CB058712

O FÍSICO

A EPOPEIA DE
UM MÉDICO MEDIEVAL

O FÍSICO
Noah Gordon

Tradução de
AULYDE SOARES RODRIGUES

Rocco

Título original
THE PHYSICIAN

Copyright © 1986 *by* Noah Gordon
Todos os direitos reservados

Direitos para a língua portuguesa reservados
com exclusividade para o Brasil à
EDITORA ROCCO LTDA.
Rua Evaristo da Veiga, 65 – 11º andar
Passeio Corporate – Torre 1
20031-040 – Rio de Janeiro – RJ
Tel.: (21) 3525-2000 – Fax: (21) 3525-2001
rocco@rocco.com.br
www.rocco.com.br
Printed in Brazil/Impresso no Brasil

Capa: JORGE PAES

CIP-Brasil. Catalogação na fonte.
Sindicato Nacional dos Editores de Livros, RJ.

G671f	Gordon, Noah
	O físico / Noah Gordon; tradução de Aulyde Soares Rodrigues. – Primeira edição – Rio de Janeiro: Rocco, 2018.
	"Versão capa dura"
	Tradução de: The physician
	ISBN 978-85-325-3126-1
	1. Romance americano. I. Rodrigues, Aulyde Soares. II. Título.
18-51737	CDD-813
	CDU-82-31(73)

Vanessa Mafra Xavier Salgado – Bibliotecária – CRB-7/6644

O texto deste livro obedece às normas do
Acordo Ortográfico da Língua Portuguesa.

SUMÁRIO

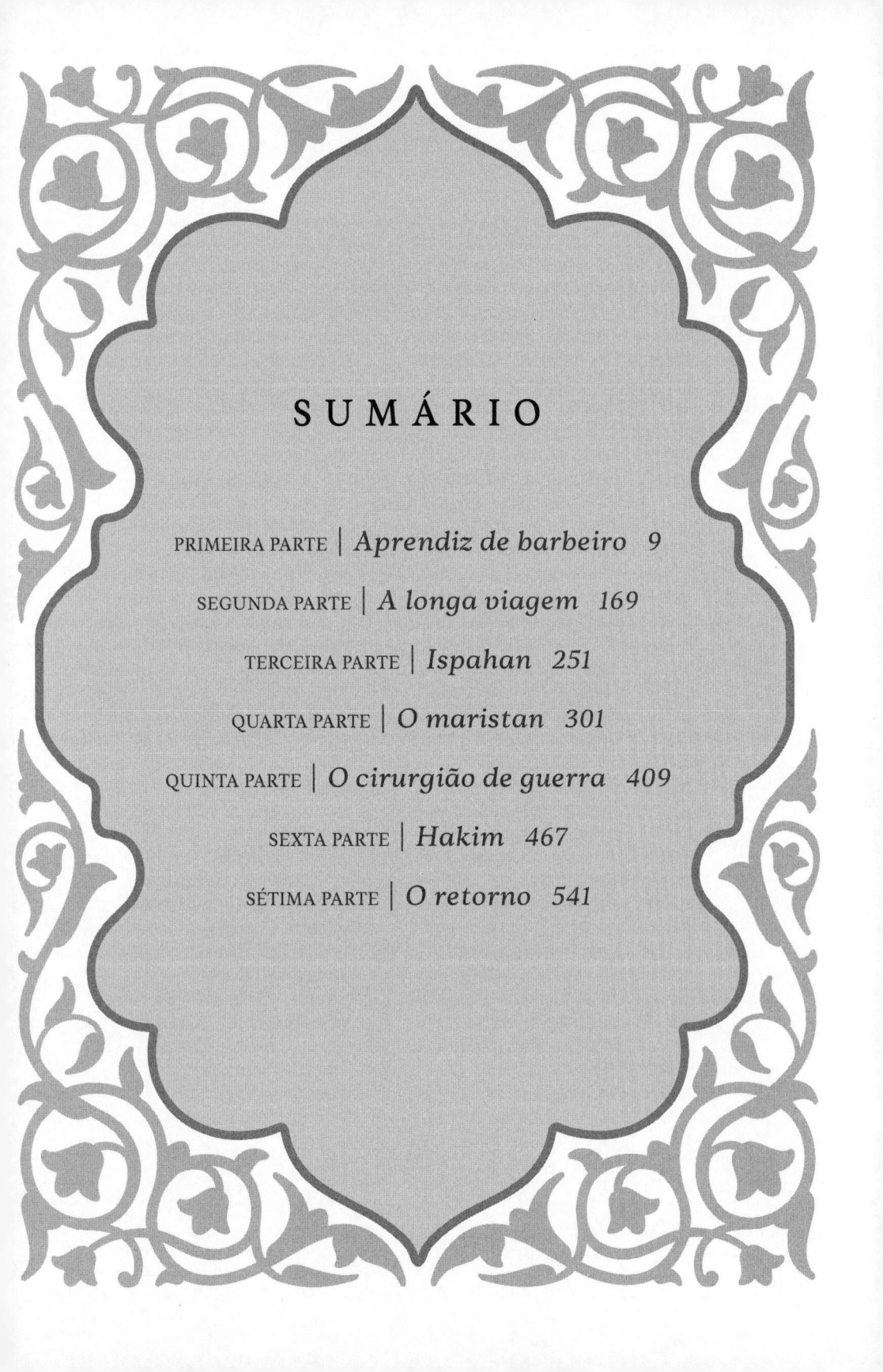

PRIMEIRA PARTE | *Aprendiz de barbeiro* 9

SEGUNDA PARTE | *A longa viagem* 169

TERCEIRA PARTE | *Ispahan* 251

QUARTA PARTE | *O maristan* 301

QUINTA PARTE | *O cirurgião de guerra* 409

SEXTA PARTE | *Hakim* 467

SÉTIMA PARTE | *O retorno* 541

*Com meu amor
para Nina
que me deu Lorraine*

Temer a Deus e obedecer a seus mandamentos;
este é o dever do homem
>> Eclesiastes 12:13

Eu sempre Te agradecerei
pois foi maravilhosa e assombrosamente feito
>> Salmos 139:14

Quanto aos mortos, Deus os ressuscitará.
>> – Qu'ran, S.6:36 (Corão)

Os sãos não precisam de médico
e sim os doentes.
>> Mateus 9:12

PRIMEIRA PARTE

Aprendiz de barbeiro

CAPÍTULO 1

O diabo em Londres

Aqueles foram os últimos momentos de abençoada inocência na vida de Rob J., mas em sua ignorância achava um sacrifício ser obrigado a permanecer na casa do pai com os irmãos e a irmã. A primavera mal começara e o sol estava bastante baixo para acariciar mornamente os beirais do telhado de palha; aproveitando o aconchego, ele deitava-se no degrau de pedra áspera na frente da porta. Uma mulher caminhava cautelosa na superfície rachada da Carpenter Street. A rua precisava de conserto, como a maioria das casas pequenas de madeira dos trabalhadores, construídas descuidadamente por hábeis artesãos que ganhavam a vida construindo casas sólidas para os mais ricos e mais afortunados.

Rob J. estava debulhando um cesto de ervilhas, tentando não perder de vista as crianças mais novas, sua responsabilidade quando Mãezinha estava fora. William Stewart, seis anos, e Anne Mary, quatro, cavavam a terra ao lado da casa, em suas brincadeiras secretas e risonhas. Jonathan Carter, dezoito meses, estava deitado em uma pele de carneiro, alimentado, arrotado e gorgolejando satisfeito. Samuel Edward, sete anos, tinha escapado de Rob J. Cheio de artimanhas, Samuel sempre conseguia desaparecer para não trabalhar, e Rob procurava-o com os olhos, furioso. Abria as vagens verdes uma por uma, tirava as ervilhas da película cerosa com o polegar, como Mãezinha fazia. Não interrompeu o trabalho quando viu que a mulher se dirigia para ele.

Barbatanas no corpete erguiam seus seios; quando se movia, às vezes aparecia o mamilo vermelho, e o rosto estava vulgarmente pintado. Rob J. tinha apenas nove anos, mas um menino de Londres sabia reconhecer uma prostituta.

– Você aí. Esta é a casa de Nathanael Cole?

Ele a observou ressentido, pois não era a primeira vez que uma mulher daquele tipo aparecia procurando por seu pai.

– Quem quer saber? – perguntou asperamente, satisfeito porque o pai estava fora, à procura de trabalho, e ela não ia poder falar com ele, satisfeito por sua Mãezinha estar entregando bordados, sendo assim poupada daquele constrangimento.

– A mulher dele precisa dele. Ela me mandou.

– O que quer dizer, *precisa* dele? – As competentes mãos infantis interromperam o trabalho.

A prostituta olhou para ele friamente, percebendo o que Rob pensava dela por seu tom e modos.

– Ela é sua mãe?

Fez um gesto afirmativo.

– Está tendo um parto difícil. Está nos estábulos de Egglestan, perto de Puddle Dock. É melhor procurar seu pai e avisar – disse a mulher, e se afastou.

O garoto olhou desesperadamente em volta.

– Samuel! – gritou, mas o maldito Samuel estava só Deus sabe onde, como sempre, e Rob interrompeu a brincadeira de William e Anne Mary. – Tome conta dos menores, William – disse. Então deixou a casa e começou a correr.

Pessoas dignas de crédito dizem que o Anno Domini 1021, o ano da oitava gravidez de Agnes Cole, pertenceu a Satã. Foi um ano marcado por calamidades para o povo e monstruosidades da natureza. No outono anterior, as colheitas nos campos foram queimadas pelas geadas intensas que congelaram os rios. Choveu como nunca antes, e com o descongelamento rápido o Tâmisa encheu e arrastou na sua corrente pontes e casas. Estrelas caíram, riscando de luz o céu ventoso de inverno, e foi visto um cometa. Em fevereiro a terra tremeu. Um relâmpago atingiu a cabeça de um crucifixo e os homens murmuraram que Cristo e seus santos estavam dormindo. Contavam que durante três dias jorrara sangue de uma fonte, e viajantes diziam que o demônio tinha aparecido em bosques e em lugares secretos.

Agnes disse ao filho mais velho para não dar ouvidos a essas histórias. Mas acrescentou preocupada que se Rob J. visse alguma coisa fora do comum devia fazer o sinal da cruz.

Todos oneravam Deus com uma carga pesada porque a queima das colheitas naquele ano trouxera tempos difíceis. Nathanael, há mais de quatro meses, estava desempregado e a família se mantinha com a habilidade de bordadeira da mãe.

No começo do casamento, ela e Nathanael estavam perdidamente apaixonados e cheios de confiança no futuro; ele pretendia enriquecer com a profissão de construtor. Mas a promoção era lenta dentro da corporação dos carpinteiros, nas mãos de comitês examinadores que escrutinizavam projetos como se cada parte da obra fosse destinada ao rei. Nathanael passou seis anos como aprendiz de carpinteiro e mais doze como Sócio Marceneiro. Agora devia ser aspirante de Mestre. Carpinteiro, a classificação profissional necessária para ser empreiteiro. Mas o processo de se tornar Mestre exigia energia e tempos prósperos, e ele estava desanimado demais para tentar.

Suas vidas continuaram na dependência da associação de classe, mas agora nem mesmo a Corporação de Carpinteiros de Londres os ajudava, pois todas as manhãs Nathanael comparecia na sede da corporação só para ser informado de que não havia nenhum emprego vago. Com outros homens desesperançados, procurava uma fuga na bebida que chamavam pigmento: um dos carpinteiros fornecia o mel, outros levavam algumas especiarias, e a corporação sempre tinha uma jarra de vinho à disposição deles.

As mulheres dos carpinteiros disseram a Agnes que era comum um dos homens sair e voltar com uma mulher com quem os maridos desempregados se revezavam.

Apesar das suas falhas, ela não podia esquivar-se a Nathanael, pois Agnes gostava muito dos prazeres da carne. Ele a mantinha sempre barriguda, bombeando um filho logo que ela se livrava de outro, e sempre que o parto estava próximo, Nathanael evitava ficar em casa. Sua vida era quase a prova das previsões pessimistas do pai de Agnes quando, já grávida de Rob J., tinha se casado com o jovem carpinteiro que estava em Watford para construir o celeiro do vizinho. O pai culpava o fato de ela ter estudado, dizendo que a instrução enchia as mulheres com tolices e lascívia.

Seu pai tinha uma pequena fazenda, dada por Aethelred de Wessex como pagamento por seus serviços ao exército. Foi o primeiro da família Kemp a se tornar proprietário rural. Walter Kemp mandou a filha à escola, na esperança de que ela conseguisse se casar com um proprietário de terras, pois os donos das grandes propriedades gostavam de ter uma pessoa de confiança que soubesse escrever e contar, e por que essa pessoa não podia ser a esposa? Ficou desgostoso com o casamento imoral e desigual da filha. Nem teve tempo de deserdá-la, o pobre homem. Suas modestas posses foram para as mãos da coroa como pagamento de impostos atrasados, quando ele morreu.

Mas sua ambição dera forma à vida dela. Os cinco anos mais felizes da sua vida foram os que havia passado na escola das freiras. As freiras usavam sapatos vermelhos, túnicas violeta e brancas e véus delicados como nuvens. Elas a ensinaram a ler e escrever o latim superficial usado no catecismo, ensinaram a cortar roupas e a fazer uma bainha com pontos invisíveis, a bordar, um trabalho tão elegante que mais tarde foi muito apreciado na França, onde era chamado de bordado inglês.

A "bobagem" que tinha aprendido com as freiras estava agora alimentando sua família.

Nessa manhã ficara na dúvida se devia ou não ir entregar o trabalho. Estava muito perto do momento do parto e sentia-se imensa e pesada, mas tinham muito pouco na despensa. Teria de ir ao mercado de Billingsgate comprar farinha e comida e para isso precisava do dinheiro que ia receber do exportador de bordados que morava em Southwark, do outro lado do rio. Carregando o pequeno embrulho, caminhou lentamente pela rua Thames na direção da ponte de Londres.

Como sempre, a rua Thames estava repleta de animais de carga e estivadores movimentando mercadorias entre os cavernosos armazéns e a floresta de mastros de navios nos cais. O barulho caía sobre ela como chuva na terra seca. Apesar dos seus problemas, era grata a Nathanael por tê-la levado para longe de Watford e da fazenda.

Gostava tanto daquela cidade!

"Filho da puta! Volte aqui e devolva meu dinheiro. Devolva!", gritou uma mulher furiosa para alguém que Agnes não pôde ver.

Carretéis de riso misturavam-se a fitas de palavras em línguas estrangeiras. Palavrões eram lançados como bênçãos afetuosas.

Passou por escravos esfarrapados carregando lingotes de ferro para os navios ancorados. Cachorros latiam para os pobres homens que se esforçavam sob o peso brutal, pérolas de suor brilhando nas cabeças raspadas. Aspirou o cheiro de alho dos corpos mal lavados e o cheiro metálico do ferro e depois o odor mais agradável de um carrinho onde um homem vendia pastéis de carne. Sua boca encheu-se de água mas não tinha mais do que uma moeda no bolso e filhos famintos em casa. "Pastéis como doce pecado", dizia o homem. "Quentes e bons!"

Das docas vinha o aroma de pinho aquecido ao sol, piche e corda queimada. Levou a mão à barriga e sentiu o movimento do bebê flutuando no oceano contido no interior dos seus quadris. Na esquina, um bando de marinheiros com flores nos gorros cantava alegremente ao som de um pífaro, um tambor, uma harpa. Quando passou por eles, notou um homem encostado em uma carroça estranha onde estavam desenhados os signos do zodíaco. O homem devia ter uns quarenta anos. Seu cabelo que, como a barba, era castanho-escuro, começava a escassear. Os traços eram regulares. Seria mais bonito do que Nathanael se não fosse gordo. O rosto era vermelho e a barriga projetava-se para a frente quase como a dela. Sua corpulência não era repulsiva; ao contrário, cativava e encantava anunciando que ali estava um espírito amistoso e alegre que gostava das melhores coisas da vida. Os olhos azuis tinham um brilho esfuziante que combinava com o sorriso.

– Linda senhora. Quer ser minha namorada? – disse ele.

Sobressaltada, Agnes olhou em volta para ver com quem ele estava falando, mas não havia ninguém.

– Ah!

Geralmente ela congelava aquele tipo de observação só com um olhar e esquecia, mas tinha senso de humor e gostava de homens que tinham também, e esse era muito interessante.

– Fomos feitos um para o outro. Eu daria a vida por você, minha dama – disse ele ardorosamente.

– Não precisa. Cristo já fez isso, senhor – respondeu ela.

Ergueu a cabeça, aprumou os ombros e continuou a andar com um meneio sedutor, precedida pela enormidade, quase incrível, da barriga com a criança dentro, juntando sua risada à dele.

Há muito tempo um homem não a cumprimentava por sua feminilidade, nem mesmo por brincadeira, e a troca de palavras absurdas a animou enquanto caminhava pela rua Thames. Ainda sorrindo, aproximava-se de Puddle Dock quando chegou a dor.

– Mãe misericordiosa – murmurou ela.

Outra dor, começando no abdome, mas tomando toda a sua mente e todo o seu corpo, impedindo-a de ficar de pé. Quando caiu sobre as pedras da rua a bolsa d'água se rompeu.

– Ajudem-me! – gritou ela. – Alguém me ajude!

Uma multidão londrina formou-se logo, ávida para ver, e Agnes foi cercada por pernas. Através da névoa da dor via o círculo de rostos olhando para baixo, para ela.

Agnes gemeu.

– Vocês aí, seus cretinos – resmungou um carroceiro. – Deixem a mulher respirar. E deixem que a gente ganhe o pão de cada dia. Saiam da rua para nossas carroças passarem.

Levaram Agnes para um lugar escuro e fresco com cheiro forte de esterco. Enquanto a carregavam, alguém deu sumiço no seu embrulho de bordado. Na obscuridade, formas grandes se mexiam e oscilavam. Uma pata escoiceou uma tábua com estrondo, e ouviu-se um relincho.

– Que negócio é esse? Ora, não pode trazer essa mulher para cá – disse uma voz irritada. Era de um homenzinho afobado, barrigudo e desdentado, e, quando ela viu as botas de montaria e o boné, reconheceu Geoff Egglestan e ficou sabendo que estava nos estábulos dele. Há mais de um ano, Nathanael havia reformado algumas baias e Agnes lembrou-se disso.

– Mestre Egglestan – disse com voz fraca. – Sou Agnes Cole, mulher do carpinteiro que o senhor conhece muito bem.

Pensou ter visto um olhar de reconhecimento e a aceitação relutante de que não podia expulsá-la dali.

O povo se amontoava atrás dele, olhos brilhantes de curiosidade.

Agnes disse com voz entrecortada:

– Por favor, será que alguém pode fazer a bondade de ir chamar meu marido?

– Não posso deixar o meu negócio – resmungou Egglestan. – Outra pessoa deve ir.

Ninguém se moveu nem disse uma palavra.

Agnes levou a mão ao bolso e tirou a moeda.

– Por favor – disse outra vez, com o dinheiro na mão erguida.

– Vou cumprir meu dever de cristã – disse imediatamente uma mulher, obviamente uma prostituta. Seus dedos fecharam-se como garras na moeda.

A dor era insuportável, nova e diferente. Estava acostumada com contrações de pouco intervalo; seus partos tinham sido um pouco difíceis depois das duas primeiras crianças, mas, no processo, Agnes tinha se alargado. Sofreu abortos antes e depois do nascimento de Anne Mary, mas tanto Jonathan quanto a menina mais nova haviam deixado seu corpo facilmente depois da perda da água, como pequenas sementes escorregadias apertadas entre dois dedos. Em cinco partos nunca sentira o que sentia agora.

Doce Inês, disse ela em silêncio, Doce Inês que socorre os cordeiros, socorra-me agora.

Sempre durante os partos rezava para a santa do seu nome, e Santa Inês[*] ajudava, mas desta vez o mundo inteiro era dor incessante e a criança dentro dela parecia um tampão.

Finalmente os gritos desesperados atraíram a atenção de uma parteira que passava, uma velha mais ou menos bêbada, que afastou os espectadores do estábulo com palavrões. Voltando-se, observou Agnes com desgosto.

– Os malditos homens te enterraram na merda – resmungou.

Não havia lugar melhor para levar Agnes. A mulher levantou a saia dela até acima da cintura e cortou a roupa de baixo; então, no chão, de frente para a vagina dilatada, afastou a palha cheia de esterco com as mãos, que depois limpou no avental sujo.

Tirou do bolso um vidrinho de gordura escurecida com o sangue e os líquidos de outras mulheres. Tirando um pouco da gordura rançosa, passou-a nas mãos até ficarem bem lubrificadas, então enfiou dois dedos, depois três, depois toda a mão no orifício dilatado da mulher que uivava agora como um animal.

– Vai doer duas vezes mais, dona – disse a parteira, lubrificando os braços até os cotovelos. – O bandidinho pode morder os dedos dos pés se quiser. Está vindo sentado.

---

[*] Tradução do nome inglês Agnes. (N. da T.)

CAPÍTULO 2

Uma família da corporação

Rob J. começou a correr na direção de Puddle Dock. Então lembrou que precisava chamar o pai e correu para a corporação dos carpinteiros, como faziam todos os filhos dos associados nos momentos difíceis.

A Corporação dos Carpinteiros de Londres ficava no fim da rua Carpenter, em uma antiga casa de pau a pique, uma estrutura de estacas entrelaçadas com junco e galhos, recoberta por uma grossa camada de argamassa que tinha de ser renovada com intervalos de alguns anos. Dentro da casa espaçosa da corporação, uns doze homens com gibões de couro e os cinturões com as ferramentas do seu ofício sentavam-se nas cadeiras toscas em volta das mesas feitas pelo comitê da casa; Rob reconheceu vizinhos e membros dos Dez do seu pai, mas não viu Nathanael.

A corporação era tudo para os carpinteiros de Londres – agência de empregos, dispensário, sociedade funerária, centro social, organização de auxílio-desemprego, árbitro, colocação de serviços e contratador de empregados, influência política e força moral. Era uma sociedade de organização fechada, composta por quatro divisões de carpinteiros chamados os Cem. Cada Cem era composto de dez Dez que se reuniam separadamente, com maior privacidade, e só quando um dos Dez era levado pela morte, doença longa ou mudança da cidade, um novo membro era aceito na corporação como Aprendiz de Carpinteiro, geralmente escolhido em uma lista que continha os nomes dos filhos dos membros. A palavra do seu Carpinteiro-Chefe era tão definitiva quanto a de qualquer pessoa da realeza, e foi para esse personagem, Richard Bukerel, que Rob correu.

Bukerel tinha os ombros curvos, como se arcasse com o peso da responsabilidade. Tudo à sua volta parecia escuro. O cabelo era negro; os olhos, da cor da casca madura do carvalho; a calça justa, a túnica e o gibão eram de lã áspera tingida na fervura de cascas de nozes; e sua pele tinha a cor de couro curtido, bronzeada pelos sóis de milhares de construções de casas. Movia-se, pensava e falava tranquilamente, e ouviu atento o que Rob lhe dizia.

– Nathanael não está aqui, meu rapaz.
– Sabe onde posso encontrá-lo, Mestre Bukerel?
Bukerel hesitou.
– Com licença, por favor – disse finalmente, dirigindo-se a alguns homens que estavam sentados ali perto.

Rob ouviu somente uma ou outra palavra ou uma frase murmurada.
— Ele está com *aquela* puta? — resmungou Bukerel.
Logo voltou para Rob.
— Sabemos onde encontrar seu pai — disse. — Corra agora para sua mãe, meu rapaz. Nós vamos chamar Nathanael e logo estaremos lá.

Rob nem parou para respirar. Esquivando-se de carroças de carga, evitando bêbados, abrindo caminho entre a multidão, correu para Puddle Dock. A meio caminho, viu seu inimigo, Anthony Tite, com o qual tivera três brigas ferozes no ano anterior. Com dois ratos de cais seus amigos, Anthony espancava alguns estivadores escravos.

Não me faça parar agora, seu escrotinho, pensou Rob friamente.
Tente, Tony-Mijão, e acabo com você.
Como ia acabar um dia com seu miserável pai.

Viu um dos ratos de cais apontar na sua direção, mas Rob já tinha passado por eles e continuava seu caminho.

Chegou aos estábulos Egglestan sem fôlego e com uma pontada no lado do corpo em tempo de ver uma mulher desconhecida enfaixando um recém-nascido.

O estábulo cheirava a esterco de cavalo e ao sangue de sua mãe. Os olhos *dela* estavam fechados e o rosto, pálido. Rob ficou surpreso com o diminuto tamanho dela.

— Mãe?
— Você é o filho?
Fez um gesto afirmativo, o peito arfando.
A velha pigarreou e cuspiu no chão.
— Deixe ela descansar — disse.

Quando o pai chegou, mal olhou para Rob J. Numa carroça cheia de palha que Bukerel pedira emprestada a um construtor, levaram a mãe para casa com o bebê, um menino que foi batizado mais tarde com o nome de Roger Kemp Cole.

Sempre que tinha um filho, Mãezinha o mostrava aos outros com orgulho zombeteiro. Agora simplesmente ficou ali deitada, olhando para o teto de palha.

Finalmente Nathanael chamou a viúva Hargreaves, que morava na casa ao lado.
— Ela não pode nem amamentar o bebê — disse ele.
— Talvez isso passe — disse Della Hargreaves.

Ela conhecia uma ama de leite e levou o bebê, para grande alívio de Rob J. Tinha as mãos cheias tomando conta dos outros irmãos. Jonathan Carter já sabia ir ao banheiro mas sem a atenção da mãe parecia ter esquecido.

Seu pai ficou em casa. Rob J. quase não falava com ele e evitava sua companhia.

Sentia falta das aulas de todas as manhãs, pois Mãe fazia com que parecessem um brinquedo alegre. Não conhecia ninguém tão cheio de calor e malícia, tão paciente com sua memória lenta.

Rob encarregou Samuel de manter William e Anne Mary fora de casa. Naquela noite, Anne Mary chorou por sua canção de ninar. Rob a abraçou com ternura, chamando-a de sua Donzela Anne Mary, como ela gostava de ser chamada. Finalmente ele cantou, falando de coelhinhos doces e macios e filhotes de passarinhos no ninho, dando graças a Deus por Anthony Tite não estar presente. A irmã tinha o rosto mais redondo e a pele mais macia do que a mãe, embora Agnes sempre dissesse que Anne Mary era parecida com os Kemp, até o traço descansado da boca quando dormia.

No segundo dia, Mãezinha parecia melhor, mas o pai disse que a cor no seu rosto era de febre. Ela tremia de frio e a agasalharam com pilhas de cobertas.

Na terceira manhã, quando Rob J. deu a ela um pouco de água, ficou assustado com o calor que sentiu no seu rosto. Agnes bateu de leve na mão dele.

– Meu Rob J. – murmurou. – Tão homem.

Seu hálito fedia e ela respirava rapidamente.

Quando Rob segurou a mão da mãe, algo passou do corpo dela para a mente do filho. Uma informação; Rob J. sabia com absoluta certeza o que aconteceria com ela. Não conseguiu chorar. Não podia chorar. Sentiu que o cabelo se eriçava na sua nuca. Uma sensação de puro terror. Não teria enfrentado se fosse um adulto, e Rob J. era uma criança.

No seu horror, apertou a mão da mãe, provocando-lhe dor. O pai viu e deu um piparote na cabeça dele.

Na manhã seguinte, quando levantou da cama, sua mãe estava morta.

Nathanael Cole sentou e chorou, o que assustou as crianças que não tinham ainda compreendido a realidade de que a mãe se fora. Nunca antes tinham visto o pai chorar e amontoaram-se em um canto, pálidos e na expectativa.

A corporação se encarregou de tudo.

As mulheres chegaram. Nenhuma fora amiga íntima de Agnes, pois o fato de ter estudado fazia dela uma pessoa suspeita. Mas agora todas perdoaram sua instrução e a prepararam para o enterro. Até muito mais tarde, Rob J. ficou detestando o cheiro de alecrim. Se os tempos fossem melhores, os homens teriam comparecido à noite, depois do trabalho, mas muitos estavam desempregados e apareceram mais cedo. Hugh Tite, pai de Anthony e parecido com ele, chegou como representante dos fabricantes de caixões, um comitê permanente que se reunia para fazer caixões para os funerais dos membros da corporação.

Pôs a mão no ombro de Nathanael.

— Tenho bastante pinho duro guardado. Que sobrou do trabalho na taverna Bradwell no ano passado. Lembra-se daquela bela madeira? Vamos fazer uma coisa boa para ela.

Hugh era um artesão semiespecializado, e Rob tinha ouvido o pai falar com desprezo do fato de ele não saber cuidar das ferramentas, mas agora Nathanael só fez um gesto afirmativo e foi apanhar uma bebida.

A corporação serviu com fartura, pois um funeral era a única ocasião em que toleravam embriaguez e gula. Além de sidra de maçã e cerveja de cevada, havia cerveja doce e uma mistura chamada *slip,* feita com mel e água fermentada durante seis semanas. Tinham o consolo e o amigo dos carpinteiros, o pigmento; vinho com sabor de amora chamado *morat,* e uma bebida de baixo teor alcoólico temperada, chamada *meteglin.* Chegaram carregados de codornizes e perdizes assadas, inúmeros pratos de assados e frituras de lebre e veado, arenque defumado, truta e linguado frescos e pão de cevada.

A corporação exigiu uma contribuição de dois pence para esmolas em nome de Agnes Cole de santa memória e providenciou os carregadores do caixão que encabeçaram a procissão até a igreja e coveiros que prepararam a cova. Na igreja de São Botolph, um padre chamado Kempton distraidamente rezou a missa, entregando sua mãe aos braços de Jesus, e os homens da corporação recitaram dois saltérios por sua alma. Foi enterrada no pátio da igreja, na frente de um pequeno teixo.

Quando voltaram, as mulheres tinham esquentado e preparado o banquete dos funerais e todos comeram e beberam durante horas, libertos das privações da pobreza pela morte de uma vizinha. A viúva Hargreaves ficou com as crianças, dando-lhes comida com muito estardalhaço. Ela os apertava contra os seios fartos e perfumados onde eles se contorciam e sofriam. Mas quando William ficou enjoado, foi Rob quem o levou para os fundos da casa e segurou sua cabeça enquanto ele vomitava. Mais tarde, Della Hargreaves bateu de leve na cabeça de William e disse que era porque sentia falta da mãe; mas Rob sabia que ela dera ao menino muita da sua comida bastante temperada e pelo resto da noite procurou afastar as crianças do prato de enguia cozida feito pela viúva.

Rob compreendia a morte, ainda assim surpreendeu-se esperando que Mãe voltasse para casa. Algo dentro dele não teria estranhado se ela abrisse a porta e entrasse, com as compras do mercado ou o dinheiro recebido do exportador de bordados de Southwark.

Aula de história, Rob.
Quais as três tribos germânicas que invadiram a Grã-Bretanha nos anos 400 e 500 a.C.?

Os anglos, os jutos e os saxões, Mãezinha.
De onde eles vieram, querido?
Germânia e Dinamarca. Conquistaram os britânicos na costa leste e fundaram os reinos da Nortúmbria, Mércia e Ânglia Oriental.
O que faz com que meu filho seja tão inteligente?
Uma mãe inteligente?
Ah! Aqui vai um beijo da sua mãe inteligente. E outro beijo porque você tem um pai inteligente. Nunca esqueça do seu pai inteligente...

Para sua grande surpresa, o pai ficou em casa. Nathanael parecia querer falar com os filhos, mas não conseguia. Passava a maior parte do tempo consertando o telhado. Algumas semanas depois do funeral, enquanto o atordoamento ainda não tinha passado de todo e Rob apenas começava a compreender o quanto sua vida ia ser diferente, Nathanael arranjou um emprego.

A argila das margens do Tâmisa é marrom e profunda, uma lama macia e pegajosa onde vivem os moluscos que esburacam a madeira dos navios, chamados teredos. Os teredos tinham feito miséria com a madeira, furando-a através dos séculos e infestando os ancoradouros. Assim, alguns tinham de ser reconstruídos. Era um trabalho brutal e nada parecido com a construção de boas casas, mas naquela situação Nathanael o abençoou.

Rob J. ficou com a responsabilidade da casa, embora fosse péssimo cozinheiro. Muitas vezes Della Hargreaves levava comida pronta ou preparava uma refeição, geralmente quando Nathanael estava em casa, e ela estava sempre perfumada, de bom humor e dava muita atenção às crianças. Era uma mulher gorda mas não sem atrativos, com a pele muito corada, maçãs do rosto salientes, queixo pontudo e mãos pequenas e gorduchas que ela usava o mínimo possível para trabalhar. Rob sempre havia tomado conta do irmão e da irmã, mas, agora que era sua única fonte de cuidados, a situação não agradava nem a ele nem às crianças. Jonathan Carter e Anne Mary estavam sempre chorando. William Stewart perdeu o apetite e estava com o rosto encovado e os olhos enormes, e Samuel Edward, mais atrevido do que nunca, levando para casa palavrões que usava contra Rob J. com tamanha satisfação que o irmão mais velho não podia evitar de lhe dar uns safanões.

Rob tentou fazer tudo o que achava que *ela* faria.

De manhã, depois de dar o mingau do bebê e pão de cevada e chá para os outros, limpava a lareira sob a grande abertura para a fumaça, pela qual caíam as gotas de chuva sibilando no fogo. Levava as cinzas para trás da casa, desfazia-se delas e depois varria a casa. Tirava o pó dos poucos móveis dos três cômodos. Três vezes por semana fazia compras em Billingstate, trazendo o que Mãe conseguia sempre trazer em uma única viagem. Quase todos os vendedores o conheciam; na primeira vez que foi sozinho, alguns deram pequenos presentes para a família Cole, com palavras de condolência – algumas maçãs, um pedaço de queijo, metade de um pequeno bacalhau salgado. Mas depois de algumas semanas estavam acostumados com sua presença e ele pechinchava com mais ardor do que Mãe, para que não pensassem que podiam se aproveitar de uma criança. Na volta seus pés se arrastavam, pois não tinha vontade nenhuma de livrar William da responsabilidade dos irmãos menores.

Mãe queria que Samuel entrasse para a escola naquele ano. Tinha enfrentado Nathanael, convencendo-o a permitir que Rob estudasse com os monges em São Botolph, e durante dois anos ele foi todos os dias a pé à escola da igreja até precisar ficar em casa para que ela pudesse trabalhar nos bordados. Agora, nenhum deles iria para a escola, pois o pai não sabia ler nem escrever e achava que aprender era um desperdício. Rob sentia falta da escola. Passava pelo bairro barulhento de casas pobres e muito juntas, mal lembrando o tempo em que sua principal preocupação eram as brincadeiras infantis e o fantasma de Tony-Mijão Tite. Anthony e seus companheiros o viam passar e não o perseguiam, como se o fato de ter perdido a mãe lhe conferisse imunidade.

Uma noite o pai disse que ele estava fazendo um bom trabalho.

– Você sempre foi amadurecido para sua idade – disse Nathanael quase com desaprovação.

Entreolharam-se constrangidos, sem muito o que dizer um ao outro. Se Nathanael passava o tempo livre com as mulheres da rua, Rob J. não sabia. Odiava ainda o pai quando se lembrava do que a mãe tinha sofrido, mas sabia que Nathanael estava lutando de um modo que ela teria admirado.

De boa vontade teria entregado os irmãos e a irmã à viúva, e observava as idas e vindas de Della, ansioso, pois as piadas e os comentários dos vizinhos o haviam informado de que era candidata a ser sua madrasta. Della não tinha filhos; o marido, Lanning Hargreaves, era carpinteiro e tinha morrido há quinze meses sob o peso de uma viga de madeira. Quando uma mulher morria deixando filhos pequenos, geralmente o homem casava outra vez rapidamente, por isso ninguém se admirou quando Nathanael começou a passar algum tempo sozinho com a viúva na casa dela. Mas esses interlúdios eram limitados, porque Nathanael estava quase sempre muito cansado. As grandes estacas e os anteparos usados na construção dos ancoradouros tinham de ser cortados dos negros troncos de carvalho e depois colocados no fundo do rio na maré baixa. Nathanael trabalhava com a roupa molhada e sentindo frio. Ele e os outros homens que faziam o trabalho adquiriram uma tosse profunda e raspante e sempre chegavam em casa cansados até os ossos. Do fundo da lama pegajosa do Tâmisa, eles retiravam pedaços de história: uma sandália romana de couro com longas tiras para amarrar no tornozelo, uma lança quebrada, pedaços de objetos de cerâmica. Nathanael levou uma lasca de sílex para Rob

J.; afiada como uma faca, a cabeça da flecha foi encontrada a seis metros de profundidade.

– É romana? – perguntou Rob entusiasmado.

O pai deu de ombros.

– Talvez saxônica.

Mas não havia dúvida quanto à origem da moeda encontrada alguns dias mais tarde. Quando Rob a esfregou com cinzas umedecidas, surgiram num lado do disco escurecido as palavras *Prima Cohors Britannie Londonii*. Seu latim de igreja era pouco para decifrar.

– Talvez indique a primeira coorte que chegou a Londres – disse Rob J.

No outro lado havia a figura de um romano a cavalo e três letras, IOX.

– O que quer dizer IOX? – perguntou o pai.

Rob não sabia. Mãezinha devia saber, mas ele não tinha mais ninguém para perguntar, e guardou a moeda.

Estavam tão acostumados com a tosse de Nathanael que nem mais a ouviam. Mas, certa manhã, quando Rob limpava a lareira, ouviu uma comoção na frente da casa. Quando abriu a porta, viu Harmon Whitelock, um membro da equipe do seu pai, e dois escravos que ele havia escolhido entre os estivadores para carregar Nathanael até a casa.

Os escravos apavoraram Rob J. Havia vários modos pelos quais um homem podia perder a liberdade. Um prisioneiro de guerra tornava-se *servi* do guerreiro que podia ter tirado sua vida mas não o fizera. Homens livres podiam ser condenados à escravidão por crimes graves, bem como devedores que não podiam pagar uma multa pesada. A mulher e os filhos tornavam-se escravos com ele, bem como as futuras gerações da sua família.

Aqueles escravos eram grandes, musculosos, com a cabeça raspada para indicar sua servidão e roupas esfarrapadas que fediam horrivelmente. Rob J. não sabia dizer se eram estrangeiros capturados ou ingleses, pois não falavam, olhando fixamente para ele. Os escravos atemorizaram Rob J. mais do que a palidez cadavérica do rosto do pai ou o modo como sua cabeça balançava de um lado para o outro quando o acomodaram.

– O que aconteceu?

Whitelock deu de ombros.

– É uma miséria. Metade dos homens está doente, tossindo e cuspindo o tempo todo. Hoje ele estava tão fraco que não aguentou logo que pegou no trabalho pesado. Alguns dias de descanso e espero que possa voltar ao trabalho.

Na manhã seguinte, Nathanael não conseguiu se levantar e sua voz estava rouca e áspera. A sra. Hargreaves levou chá quente com mel e ficou perto dele. Conversaram em voz baixa e íntima, e a mulher riu uma ou duas vezes. Mas quando voltou no outro dia, Nathanael estava com febre alta e nada disposto a brincadeiras ou conversas e ela saiu rapidamente.

A língua e a garganta de Nathanael estavam vermelhas e ele pedia água constantemente.

Durante a noite ele sonhou, gritando que os malditos dinamarqueses estavam subindo o Tâmisa nos seus navios de proa alta. Seu peito encheu-se de catarro, que ele não conseguia expelir, e respirava cada vez com maior dificuldade. Assim que o dia clareou, Rob foi chamar a viúva, mas Della Hargreaves recusou-se a acompanhá-lo:

– Está me parecendo sapinho. Sapinho pega demais – disse ela, fechando a porta.

Não tendo a quem recorrer, Rob mais uma vez foi procurar a corporação. Richard Bukerel ouviu com atenção e o acompanhou até a casa, onde sentou-se ao lado de Nathanael por algum tempo, notando o rosto congestionado e ouvindo a respiração arquejante e rouca.

A solução mais fácil seria chamar um padre; ele faria pouco mais do que acender velas e rezar, e Bukerel podia ir embora sem temer críticas. Há alguns anos era um construtor bem-sucedido, mas estava meio confuso como líder da Corporação dos Carpinteiros de Londres, tentando fazer muito mais do que era possível com os meios escassos de que dispunha.

Mas sabia o que aconteceria àquela família se o pai morresse, por isso apressou-se a usar o dinheiro da corporação para contratar Thomas Ferraton, o médico.

A mulher de Bukerel o atacou com língua ferina naquela noite:

– Um médico? Será que Nathanael Cole virou fidalguia ou nobreza? Quando um cirurgião comum é o bastante para qualquer outra pessoa pobre de Londres, por que Nathanael Cole precisa de um médico que vai cobrar caro, querido?

Bukerel murmurou uma desculpa, pois a mulher tinha razão. Só os nobres e comerciantes ricos compravam os caros serviços de um médico. O povo comum recorria aos cirurgiões, e às vezes um trabalhador pagava meio penny para que um barbeiro-cirurgião fizesse uma sangria ou um tratamento duvidoso. Na opinião de Bukerel, todos os curandeiros eram malditos sanguessugas que faziam mais mal do que bem. Mas queria dar uma chance a Cole, e em um momento de fraqueza tinha chamado o médico, gastando as mensalidades duramente ganhas dos honestos carpinteiros.

Quando Ferraton chegou à casa dos Cole, viram um homem vigoroso e confiante, a própria imagem da prosperidade. A calça justa era muito bem-feita e os punhos da camisa, adornados com bordados, o que fez Rob lembrar da mãe. A túnica acolchoada de Ferraton, da mais fina lã, estava manchada de sangue seco e vômito, o que ele acreditava ser uma honrosa propaganda da sua profissão.

Nascido na riqueza – o pai era John Ferraton, comerciante de lã –, Ferraton estudou com um médico chamado Paul Willibald, cuja próspera família fabricava e vendia ótimas espadas. Willibald tratava gente rica e, depois do aprendizado, Ferraton fez o mesmo. Pacientes da nobreza estavam fora do alcance do filho de um comerciante, mas sentia-se à vontade com os ricos; compartilhavam atitudes e interesses. Jamais tinha aceitado um paciente da classe trabalhadora, mas pensou que Bukerel fosse mensageiro de pessoa importante. Imediatamente viu que Nathanael Cole era um paciente que não merecia seus cuidados, mas, para não fazer uma cena, resolveu terminar a tarefa desagradável o mais depressa possível.

Tocou a testa de Nathanael delicadamente, examinou os olhos dele, cheirou seu hálito.

– Muito bem – disse. – Vai passar.

– O que é? – perguntou Bukerel, mas Ferraton não respondeu.

Instintivamente Rob sentiu que o médico não sabia.

– É amigdalite – disse Ferraton finalmente, mostrando as manchas brancas na garganta rubra do doente. – Uma inflamação supurativa de natureza temporária. Nada mais.

Amarrou o torniquete no braço de Nathanael, lancetou habilmente e deixou sair uma grande quantidade de sangue.

– E se ele não melhorar? – perguntou Bukerel.

O médico franziu a testa. Não pretendia voltar àquela casa da classe baixa.

– Acho melhor fazer outra sangria para garantir – disse, sangrando o outro braço.

Deixou um vidrinho de calomelano com junco queimado, cobrando separado a visita, as sangrias e o remédio.

– Sanguessuga destruidor de homens! Açougueiro de caralhos de cavalheiros – resmungou Bukerel, olhando para o homem que se afastava. O Carpinteiro-Chefe prometeu a Rob mandar uma mulher para cuidar de Nathanael.

Pálido e fraco, Nathanael estava deitado imóvel. Várias vezes pensou que o filho fosse Agnes e tentou segurar a mão dele. Mas Rob, lembrando do que tinha acontecido quando a mãe estava doente, evitou o contato.

Mais tarde, envergonhado, voltou para o lado do pai. Segurou a mão áspera e calosa de Nathanael, notando as unhas duras e quebradas, a pele encardida, os pelos escuros e ásperos.

A mesma coisa aconteceu então. Teve a sensação de que algo diminuía, como a chama de uma vela se apagando. Vagamente compreendeu que o pai estava morrendo e que aconteceria muito breve, e foi dominado por um terror mudo, como quando sentiu que a mãe ia morrer.

Além da cama estavam seus irmãos. Rob era novo mas muito inteligente e um impulso imediato e realista suplantou sua mágoa e a agonia do medo.

Sacudiu o braço do pai.

– Agora, o que vai ser de *nós*? – perguntou em voz alta, mas ninguém respondeu.

CAPÍTULO 3

A *separação*

Dessa vez, como se tratava da morte de um membro da corporação e não apenas de uma dependente, a Corporação dos Carpinteiros pagou o canto de cinquenta salmos. Dois dias depois do enterro, Della Hargreaves viajou para Ramsey a fim de morar com o irmão. Richard Bukerel levou Rob para um canto.

– Quando não têm parentes, as crianças e as possessões devem ser divididas – disse o Carpinteiro-Chefe secamente. – A corporação vai se encarregar de tudo.

Rob estava entorpecido.

Naquela noite, tentou explicar aos irmãos. Só Samuel sabia do que ele estava falando.

– Vamos nos separar, então?
– Vamos.
– Cada um vai viver com uma família diferente?
– Sim.

Tarde da noite alguém subiu de mansinho na cama dele. Rob esperava que fosse William ou Anne Mary, mas era Samuel, que o abraçou com força como para não cair.

– Eu quero que eles voltem, Rob J.
– Eu também. – Bateu de leve no ombro magro que tantas vezes tinha castigado.

Durante um tempo choraram juntos.

– Nunca mais nos veremos, então?

Rob ficou gelado.

– Oh, Samuel. Não me venha com bobagens. Naturalmente vamos morar por aqui e vamos nos ver sempre. Somos irmãos para sempre.

Consolado, Samuel dormiu, mas antes de o dia nascer molhou a cama, como se fosse mais novo do que Jonathan. De manhã ficou envergonhado e não conseguia olhar para Rob. Seus temores não eram infundados, pois ele foi o primeiro a partir. A maior parte dos Dez do seu pai estava ainda desempregada. Dos nove carpinteiros, apenas um podia e estava disposto a aceitar uma criança na sua família. Samuel saiu e saíram os martelos e as serras de Nathanael para Turner Horne, um Mestre Carpinteiro que morava a seis casas da sua.

Dois dias depois, um padre chamado Ranald Lovell apareceu com o padre Kempton, que tinha celebrado as duas missas, para a mãe e para o pai. Padre Lovell disse que estava sendo transferido para o Norte da Inglaterra e queria uma das crianças. Examinou a todos e escolheu William. O padre era um homem grande e vigoroso, com cabelo amarelo e olhos cinzentos que, Rob procurou convencer-se, eram bondosos.

Pálido e trêmulo, seu irmão apenas inclinou a cabeça quando saiu com os dois homens.

– Até logo então, William – disse Rob.

Imaginou desesperadamente se não poderia ficar com os dois menores. Mas já estava racionando o que tinha sobrado da comida do funeral do pai, e era um garoto realista. Jonathan e o gibão de couro do pai mais o cinto das ferramentas foram dados a um marceneiro chamado Aylwyn, que fazia parte dos Cem de Nathanael. Quando a sra. Aylwyn chegou, Rob explicou que Jonathan sabia ir ao banheiro sozinho, mas precisava usar fraldas quando ficava com medo e ela aceitou as fraldas de pano, finas de tanto lavar, e a criança, com um sorriso e um aceno de cabeça.

A ama de leite ficou com o bebê Roger e recebeu o material de bordado de Mãe. Richard Bukerel informou a Rob que não conhecia a mulher.

O cabelo de Anne Mary precisava ser lavado. Ele o lavou cuidadosamente, como tinha aprendido, mas um pouco de sabão entrou nos olhos dela ardendo e queimando. Rob a enxugou e a abraçou enquanto ela chorava, sentindo o perfume do cabelo castanho-claro, o mesmo perfume dos cabelos de Mãe.

No dia seguinte, os móveis em bom estado foram levados pelo padeiro e sua mulher, os Haverhill, e Anne Mary foi morar em cima da confeitaria. Segurando com força a mão dela, Rob a levou ao casal: "Adeus, então, menininha." "Eu te amo, minha Donzela Anne Mary", murmurou, abraçando-a. Mas Anne Mary parecia achar que ele era o culpado de tudo que tinha acontecido e não se despediu dele.

Sobrou apenas Rob J. e nada mais. Naquela noite, Bukerel foi falar com ele. O Carpinteiro-Chefe tinha bebido, mas sua cabeça estava clara.

– Pode demorar muito para você arranjar um lugar. São os tempos. Ninguém tem comida para o apetite adulto de um menino que não pode fazer trabalho de homem. – Depois de um silêncio meditativo, falou outra vez: – Quando eu era moço, todos diziam que se pelo menos pudéssemos ter paz e nos livrar do rei Aethelred, o pior rei que já arruinou sua geração, então os tempos seriam bons. Tivemos invasão sobre invasão, saxões, dinamarqueses, todos os malditos tipos de piratas. Agora, finalmente, temos um monarca forte e mantenedor da paz, o rei Canuto, mas é como se a natureza estivesse conspirando para nos atrapalhar. Grandes tempestades de inverno e de verão acabam conosco. Por três anos seguidos as colheitas falharam. Os moinhos não têm grãos, os marinheiros ficam no porto. Ninguém está construindo e os artesãos estão parados. São tempos duros, meu rapaz. Mas vou encontrar um lugar para você, eu prometo.

– Muito obrigado, Carpinteiro-Chefe.

Os olhos escuros de Bukerel estavam preocupados.

– Tenho observado você, Robert Cole. E vi um menino tomar conta da família como um homem de valor. Eu o levaria para a minha casa, se minha mulher fosse uma pessoa diferente. – Piscou os olhos embaralhados, compreendendo que a bebida havia soltado sua língua mais do que desejava, e levantou-se pesadamente. – Uma boa noite de descanso para você, Rob J.

– Uma boa noite de descanso, Carpinteiro-Chefe.

Rob tornou-se um eremita. Os cômodos quase vazios eram sua caverna. Ninguém o convidava para comer. Os vizinhos não podiam negar sua existência, mas o sustentavam relutantemente. A sra. Haverhill aparecia de manhã e deixava o pão não vendido da véspera na sua padaria, e a sra. Bukerel aparecia à noitinha e deixava pequenas porções de queijo, notando os olhos vermelhos do menino e advertindo que chorar era privilégio das mulheres. Ele apanhava água no poço público como antes, e cuidava da casa, mas não havia ninguém para fazer desordem naquele lugar quieto e saqueado e Rob não tinha nada a fazer senão se preocupar e fantasiar.

Às vezes ele era um batedor romano, perto da janela aberta, atrás das cortinas de Mãe, ouvindo os segredos do mundo inimigo. Ouvia passar as carroças, o latir dos cães, as brincadeiras das crianças, os sons dos pássaros.

Certa vez ouviu as vozes de um grupo de homens da corporação:

– Rob Cole é um bom negócio. Alguém devia agarrá-lo – disse Bukerel.

Rob ficou ali. Culpado e escondido, ouvindo os outros falarem a seu respeito como se se tratasse de outra pessoa.

– Certo, veja o tamanho dele. Vai ser um burro de carga quando crescer – disse Hugh Tite relutantemente.

E se Tite ficasse com ele? Rob imaginou apavorado a perspectiva de morar com Anthony Tite. Não ficou aborrecido quando Hugh rosnou com desagrado:

– Só vai ter idade para aprendiz de carpinteiro daqui a uns três anos e come como um cavalo agora, quando Londres está cheia de costas fortes e barrigas vazias.

Os homens se afastaram.

Dois dias depois, atrás da mesma cortina, pagou caro pelo pecado de escutar as conversas dos outros, quando ouviu a sra. Bukerel comentando o cargo do marido na corporação com a sra. Haverhill.

– Todos falam da honra de ser o Carpinteiro-Chefe. Pois não põe pão na minha mesa. Ao contrário, cria algumas obrigações desagradáveis. Estou cansada de compartilhar o que tenho com gente da espécie daquele garoto preguiçoso.

– O que vai acontecer com ele? – perguntou a sra. Haverhill, suspirando.

– Aconselhei o sr. Bukerel a vender o menino como indigente. Mesmo nestes tempos ruins um jovem escravo deve dar um bom preço para pagar à corporação e a todos nós o que gastamos com a família Cole.

Rob não podia respirar.

A sra. Bukerel bufou.

– O Carpinteiro-Chefe nem quis ouvir falar nisso – disse carrancuda. – Mas tenho certeza de que vou convencê-lo no fim. Só que, quando ele resolver, não vamos mais recuperar os gastos.

Quando as duas mulheres se afastaram, Rob ficou atrás da cortina da janela como se estivesse com febre, suando e tremendo de frio alternadamente.

Durante toda a sua vida vira escravos, certo de que a condição deles nada tinha a ver com a sua, pois tinha nascido inglês livre.

Era jovem demais para ser estivador nas docas. Mas sabia que meninos escravos eram usados nas minas, onde trabalhavam nos túneis estreitos demais para os corpos dos homens. Sabia também que os escravos usavam roupas esfarrapadas, eram mal alimentados e brutalmente chicoteados por pequenas coisas. E uma vez escravos, eram escravos para o resto da vida.

Deitou e chorou. Finalmente reuniu toda a coragem e disse a si mesmo que Dick Bukerel jamais o venderia como escravo, mas tinha medo de que a sra. Bukerel mandasse outros para fazer isso, sem informar o marido. Era bem capaz de uma coisa dessas. Esperando na casa silenciosa e abandonada, agora sobressaltava-se e tremia a cada som.

Cinco dias gelados depois do enterro do seu pai, um estranho bateu na porta.

– Você é o jovem Cole?

Fez que sim com a cabeça, desconfiado, o coração aos saltos.

– Meu nome é Croft. Fui mandado por um homem chamado Richard Bukerel, que conheci quando estava bebendo na taverna Bardwell.

Rob viu um homem nem jovem nem velho, grande e gordo, e o rosto, castigado pelas intempéries, emoldurado pelos cabelos longos dos homens livres, uma barba crespa e redonda da mesma cor avermelhada.

– Qual é o seu nome todo?

– Robert Jeremy Cole, senhor.

– Idade?

– Nove anos.

– Sou barbeiro-cirurgião e procuro um aprendiz. Sabe o que faz um barbeiro-cirurgião, jovem Cole?

– O senhor é uma espécie de médico?

O homem sorriu.

– Quase isso. Bukerel me informou das suas circunstâncias. Minha profissão o agrada?

Não agradava; não queria ser como o charlatão que tinha feito seu pai sangrar até a morte. Mas queria menos ainda ser vendido como escravo e respondeu afirmativamente, sem hesitação:

– Não tem medo de trabalhar?

– Oh, não, senhor!

– Isso é ótimo, pois vai trabalhar até não poder mais. Bukerel disse que sabe ler e escrever e um pouco de latim?

Ele hesitou.

– Na verdade, muito pouco latim.

O homem sorriu.

– Acho que vou experimentar você por um tempo, companheiro. Você tem alguma coisa?

A pequena trouxa estava pronta há dias. *Estarei salvo?*, pensou. Saíram e subiram na carroça mais estranha que Rob já tinha visto. De cada lado do banco da frente havia uma estaca branca com uma fita grossa enrolada como uma serpente vermelha. Era uma carroça coberta, pintada de vermelho vivo e decorada com figuras amarelas, como o sol representando um carneiro, um leão, uma balança, um bode, peixes, um arqueiro, um caranguejo...

O cavalo malhado conduzindo a carroça os levou pela rua Carpenter, passando pela sede da corporação. Rob sentou-se imóvel quando atravessaram o tumulto da rua Thames, lançando rápidos olhares para o homem, notando que seu rosto era bonito, apesar da gordura, do nariz grande e vermelho, uma verruga na pálpebra esquerda e uma rede de linhas muito finas que saíam dos cantos dos olhos azuis e penetrantes.

A carroça passou pela pequena ponte sobre o Walbrook, pelos estábulos Egglestan e pelo lugar onde Mãe tinha caído. Então viraram para a direita e atravessaram a ponte de Londres para o lado sul do Tâmisa. A balsa de Londres estava ancorada ao lado da ponte e logo adiante ficava o grande mercado Southwark, onde os artigos importados entravam na Inglaterra. Passaram por armazéns queimados e destruídos pelos dinamarqueses e recentemente reconstruídos. Na margem alta do rio, havia uma fileira de casas de pau a pique e argamassa, as pobres casas dos pescadores, os homens das barcaças e trabalhadores do cais. Havia duas pobres estalagens para os comerciantes que iam ao mercado. E então, ladeando a estrada larga, uma fileira dupla de grandes casas, as mansões dos mercadores ricos de Londres, todas com imensos jardins e algumas construídas sobre pilotis, dentro do pântano. Reconheceu a casa do importador de bordados com quem Mãe negociava. Rob nunca tinha passado daquele ponto.

– Mestre Croft?

O homem fez uma careta.

– Não, não. Nunca me chame de Croft. Sou sempre chamado de Barber, por causa da minha profissão.

– Sim, Barber – disse Rob.

Logo todo Southwark tinha ficado para trás e com pânico crescente Rob J. compreendeu que tinha entrado no estranho e desconhecido mundo exterior.

– Barber, para onde estamos indo?

O homem sorriu e sacudiu as rédeas, fazendo o cavalo trotar.

– A toda parte – disse.

CAPÍTULO 4

O Barbeiro-Cirurgião

Antes do anoitecer, acamparam em uma colina, ao lado de um regato. O homem disse que o nome do cavalo cinzento pintado era Tatus.

– Abreviação de Incitatus, o nome do cavalo que o imperador Calígula amava tanto, a ponto de fazer do animal um sacerdote e cônsul. Nosso Incitatus é um animal razoavelmente bom para um coitado com os sacos cortados – disse Barber, mostrando como cuidar do cavalo, esfregando no animal punhados de relva macia e cinzenta, depois fazendo-o beber e começar a pastar antes de cuidarem deles mesmos. Estavam em lugar aberto, a certa distância de uma floresta, mas Barber o mandou apanhar lenha seca para o fogo e Rob teve de fazer várias viagens até formar a pilha. Logo o fogo estava crepitando, e o cheiro da comida o deixou de pernas bambas. Em um caldeirão de ferro, Barber tinha posto uma generosa porção de carne de porco defumada cortada em pedaços grandes. Agora retirou a maior parte da gordura derretida e no molho fervente cortou um grande nabo e vários alhos-porrós, acrescentando um punhado de amoras secas e pitadas de ervas. Quando a mistura de cheiro forte ficou pronta, Rob nunca sentira perfume melhor. Barber comeu com apetite, observando Rob devorar uma grande porção e em silêncio servindo-o de outra. Limparam as tigelas de madeira com pedaços de pão de cevada. Sem que precisasse ser mandado, Rob levou as tigelas e o caldeirão até o regato e os lavou, esfregando com areia.

Voltou com os utensílios e foi urinar atrás de uma moita.

– Meu Senhor abençoado e Senhora, mas esse é um caralho notável – disse Barber chegando ao lado dele, de surpresa.

Rob parou de urinar antes de estar satisfeito e escondeu seu membro.

– Quando eu era bebê – disse secamente –, tive um problema aqui. Disseram que um cirurgião removeu o pequeno capuz de pele da ponta.

Barber olhou para ele atônito.

– Tirou o prepúcio. Você foi circuncidado, como um maldito pagão.

O menino afastou-se, perturbado. Ficou atento, na expectativa. O ar úmido chegou até eles vindo da floresta, Rob abriu seu pequeno embrulho e tirou outra camisa, vestindo-a sobre a que estava usando.

Barber tirou duas peles da carroça e jogou para ele.

– Dormiremos aqui fora porque a carroça está cheia de coisas.

No embrulho aberto, Barber viu o brilho da moeda e apanhou-a. Não perguntou de onde vinha e Rob não disse.

– Tem uma inscrição – disse o garoto. – Meu pai e eu... Achamos que indica a primeira coorte de romanos que chegou a Londres.

Barber examinou a moeda.

– Tem razão.

Obviamente ele sabia bastante sobre os romanos e dava valor a eles, a julgar pelo nome do seu cavalo. Rob teve quase certeza de que o homem ia ficar com a moeda.

– Tem umas letras no outro lado – disse Rob com voz rouca.

O homem aproximou-se do fogo para ver melhor, pois começava a escurecer.

– IOX. *Io* significa "grito". X é dez. Um brado romano de vitória. Dez gritos!

Rob recebeu aliviado a moeda que Barber devolveu e arrumou a cama ao lado do fogo. As peles eram de carneiro, que ele estendeu no chão com o pelo para cima, e de urso, que usou como coberta. Eram velhas e tinham um cheiro forte, mas aqueciam.

Barber arrumou sua cama do outro lado da fogueira, colocando a espada e o punhal à mão, para o caso de serem atacados, ou, pensou Rob com medo, para matar um garoto fujão. Barber tirou a corneta saxônica que usava dependurada no pescoço por uma tira de couro. Fechando o fundo com um pedaço de osso, encheu-a com um líquido escuro de um frasco e estendeu-a para Rob.

– Minha bebida particular. Beba tudo.

Rob não queria beber mas teve medo de recusar. Uma criança da classe trabalhadora de Londres não era assustada por uma versão vaga e abstrata do bicho-papão mas muito cedo aprendia que certos estivadores e marinheiros gostavam de atrair garotos para os fundos de armazéns desertos. Sabia de crianças que haviam aceitado balas e moedas de homens desse tipo, e sabia o que deviam fazer em troca. Sabia também que a embriaguez era um prelúdio comum.

Tentou recusar um segundo gole da bebida mas Barber franziu a testa.

– Beba – disse ele. – Vai acalmar você.

Só depois de Rob tomar mais dois grandes goles e engasgar, Barber ficou satisfeito. Levou o chifre para seu lado da fogueira e esvaziou o frasco, depois outro, e, finalmente, com um estrondoso arroto, ajeitou-se para dormir. Olhou mais uma vez para Rob.

– Fique descansado, companheiro – disse ele. – Durma bem. Não tem nada a temer de minha parte.

Rob estava certo de que era um truque. Com o corpo contraído, esperou sob a fedida pele de urso. A moeda estava fechada na sua mão direita. Na esquerda, embora soubesse que nem que tivesse as armas de Barber seria adversário à altura do homem, segurava uma pedra.

Finalmente, porém, tudo indicava que Barber estava dormindo. O homem roncava desagradavelmente.

O gosto de remédio da bebida enchia a boca de Rob. O álcool correu por suas veias quando aconchegou-se sob a pele e a pedra rolou da mão aberta. Agarrou a moeda e imaginou os romanos, fileiras e mais fileiras deles gritando dez vezes em honra dos heróis que não permitiriam que o mundo os subjugasse. Lá em cima as estrelas grandes e brancas cobriam o céu, tão próximas que tinha vontade de erguer o braço, apanhá-las e fazer um colar para Mãe. Pensou em cada pessoa da sua família, uma por uma. Dos que estavam vivos sentia mais falta de Samuel, o que era estranho, porque Samuel ressentia-se da sua posição de irmão mais velho e o provocava com palavrões e desaforos. Preocupava-se pensando se Jonathan estaria molhando a fralda e rezava para que a sra. Aylwyn tivesse paciência com o menininho. Esperava que Barber voltasse logo para Londres, pois queria ver os irmãos.

Barber sabia o que o menino estava sentindo. Tinha exatamente a idade dele quando ficou sozinho, depois do ataque dos noruegueses a Clacton, o vilarejo de pescadores onde nasceu. Aqueles dias estavam gravados a fogo em sua lembrança.

Aethelred era o rei da sua infância. Desde quando se lembrava, seu pai amaldiçoava Aethelred, dizendo que o povo nunca fora tão pobre sob qualquer outro rei. Aethelred oprimia e cobrava impostos excessivos, proporcionando uma vida de luxo para Emma, a bela e voluntariosa mulher que tinha importado da Normandia para ser sua rainha. Organizou um exército também com os impostos mas o usava mais para proteger a si mesmo do que ao seu povo, e era tão cruel e sanguinário que alguns homens cuspiam ao ouvir seu nome.

Na primavera do Anno Domini 991, Aethelred envergonhou seus súditos subornando invasores dinamarqueses com ouro para afastá-los da Inglaterra. Na primavera seguinte, os dinamarqueses voltaram a Londres como faziam há cem anos. Dessa vez Aethelred não teve escolha; reuniu seus homens e seus navios de guerra e os dinamarqueses foram derrotados no Tâmisa, numa batalha sangrenta. Porém, dois anos depois, houve uma invasão mais séria, quando Olaf, rei dos noruegueses, e Swegen, rei dos dinamarqueses, subiram o Tâmisa com noventa e quatro navios. Mais uma vez Aethelred reuniu seu exército ao redor de Londres e conseguiu deter os nórdicos, mas os invasores viram que o rei covarde havia deixado o país indefeso e vulnerável para defender a si mesmo. Dividindo sua frota, os nórdicos desembarcaram na costa inglesa e destruíram as pequenas cidades do litoral.

Naquela semana, o pai de Henry Croft o levara pela primeira vez em uma longa viagem para pescar arenque. Na manhã em que voltaram, Henry correu na frente, ansioso para ser o primeiro a receber o abraço da mãe e os elogios pela viagem. Escondidos em uma enseada próxima, estavam seis barcos longos noruegueses. Quando chegou a casa, viu um homem estranho vestido com peles de animais olhando para ele pela janela aberta.

Não tinha ideia de quem fosse, mas o instinto o fez voltar-se e correr diretamente para o pai.

A mãe estava no chão, usada e morta, mas seu pai não sabia disso. Luke Croft tirou a faca da bainha e dirigiu-se para a casa, mas os três homens que o esperavam do lado de fora tinham espadas. De longe, Henry Croft viu o pai ser dominado. Um dos homens segurou as mãos dele nas costas. Outro, puxando seus cabelos com as duas mãos, obrigou-o a se ajoelhar e estender o pescoço. O terceiro homem cortou a cabeça de Luke Croft com a espada. Quando tinha dezenove anos, Barber vira a execução de um assassino, em Wolverthampton; o carrasco do xerife decepou a cabeça do homem com o machado, habilmente, como se estivesse matando uma galinha. Mas a decapitação do seu pai foi diferente, pois o viking desfechou uma saraivada de golpes, como se estivesse cortando um tronco de árvore.

Histérico de dor e medo, Henry Croft correu para o bosque e escondeu-se como um animal caçado. Quando saiu, atordoado e faminto, os noruegueses já tinham partido, deixando só morte e cinzas. Henry foi enviado com outros órfãos para a abadia Crowland, em Lincolnshire.

Décadas de ataques semelhantes dos nórdicos pagãos haviam deixado os mosteiros com poucos monges e muitos órfãos, portanto os beneditinos resolveram dois problemas, ordenando muitos dos meninos sem pais. Com nove anos Henry fez seus primeiros votos e ensinaram que devia prometer a Deus viver na pobreza e na castidade para sempre, obedecendo aos preceitos estabelecidos pelo abençoado São Bento de Núrsia.

Isso lhe valeu uma educação. Estudava todos os dias durante quatro horas, e durante seis horas fazia um trabalho úmido e sujo. Crowland possuía vastas áreas de terra, charcos em sua maioria, e Henry com os outros monges revolviam a terra lamacenta, puxando arados como animais para transformar o pântano em campos de cultivo. O resto do seu tempo devia ser passado em meditação ou oração. Tinham serviços religiosos de manhã, à tarde, ao cair da noite, serviços perpétuos. Cada oração era considerada um degrau na escada interminável que levaria sua alma até o céu. Não tinham recreação nem esportes, mas era permitido andar pelo claustro, uma passagem retangular, coberta. No lado norte do claustro ficava a sacristia, onde eram guardados os objetos sagrados. A leste ficava a igreja; a oeste, o capítulo; ao sul, um refeitório sombrio que consistia na sala de jantar, cozinha e despensa, no térreo, com um dormitório na parte de cima.

Dentro do retângulo ficavam os túmulos, a prova definitiva de que a vida na abadia era previsível: amanhã seria como ontem e finalmente todos os monges descansariam na parte interna do claustro. Como muitos confundiam isso com a ideia de paz, Crowland atraía os nobres fugidos da política da corte e da crueldade de Aethelred, que salvavam suas vidas com o capuz de monge. Essa elite influente ocupava celas individuais, como os verdadeiros místicos que buscavam a Deus através da agonia do espírito e da dor física provocada pelas camisas de silício, autoflagelação e reclusão voluntária. Para os outros sessenta e sete homens tonsurados, a despeito do fato de não terem vocação, o lar era uma grande sala com sessenta e sete esteiras. Se Henry Croft acordava durante a noite, ouvia sempre tosses e espirros, roncos os mais diversos, sons de masturbação, os gritos dolorosos dos pesadelos, gases expelidos e a violação das regras de silêncio com maldições não eclesiásticas e conversas clandestinas, quase sempre sobre comida. As refeições em Crowland eram parcas.

A cidade de Peterborough ficava a doze quilômetros, mas Henry não a conhecia. Certo dia, quando tinha quatorze anos, pediu permissão ao seu confessor, o padre Dunstan, para cantar hinos e fazer orações na margem do rio, entre as vésperas e a Canção da noite. A permissão foi concedida. Henry caminhou pelo campo, na margem do rio, seguido a discreta distância pelo padre Dunstan. Henry andava lenta e deliberadamente, as mãos nas costas e a cabeça inclinada para a frente numa atitude de meditação digna de um bispo. Era um fim de tarde lindo e quente de verão, com uma brisa fresca que vinha da água. O irmão Matthew, geógrafo, tinha falado sobre o rio. Era o rio Welland. Nascia nos Midlands, perto de Corby, e deslizava sinuoso como uma serpente para Crowland, seguindo depois para nordeste entre as montanhas e os vales férteis, atravessando os pântanos do litoral para desaguar na grande baía do mar do Norte chamada The Wash.

As florestas e os campos, dádivas fartas de Deus, espalhavam-se até muito além das margens. Grilos criquilavam. Pássaros chilreavam nas árvores e vacas olhavam para ele com silencioso respeito enquanto pastavam. Um pequeno barco descansava na margem do rio.

Na semana seguinte, pediu para fazer suas preces solitárias na margem do rio depois das laudes, o serviço religioso do começo do dia. A permissão foi concedida e dessa vez o padre Dunstan não o acompanhou. Quando chegou ao rio, Henry pôs o barquinho a remo na água, entrou e o empurrou para o meio do rio.

Usou os remos só para chegar até a corrente, depois ficou imóvel no centro da pequena embarcação, olhando para a água escura, deixando que o rio o levasse como a uma folha caída. Depois de algum tempo, quando teve certeza de estar fora do alcance da abadia, começou a rir. Saltava e gritava palavras de criança. "*Isto* para você!", sem saber se estava desafiando os sessenta e seis monges que iam dormir sem ele, o padre Dunstan ou Deus, que era visto em Crowland como um ser tão cruel.

Ficou no rio o dia todo, até a água que corria para o mar ficar revolta demais para seu gosto. Levou o barco para terra e começou o período de aprendizagem sobre o preço da liberdade.

Vagueou pelos povoados da costa, dormindo em qualquer lugar, alimentando-se com o que mendigava ou roubava. Não ter o que comer era muito pior do que ter pouco. A mulher de um fazendeiro deu a ele um saco com comida, uma velha túnica e calças muito usadas, em troca do hábito de beneditino com o qual faria camisas de lã para os filhos. No porto de Grimsby um pescador o aceitou como ajudante e o fez trabalhar brutalmente por mais de dois anos, em troca de pouca comida e péssimo alojamento. Quando o pescador morreu, a mulher vendeu o barco a pessoas que não queriam meninos. Henry passou fome durante meses, até encontrar um grupo de saltimbancos, e passou a viajar com eles, carregando bagagem e ajudando no trabalho da profissão em troca de migalhas de comida e proteção. Até para Henry a arte deles era deficiente, mas sabiam bater um tambor e atrair a multidão, e quando passavam o boné era surpreendente o número de pessoas que contribuíam com uma moeda. Henry os observava avidamente. Era velho demais para ser acrobata, pois esses artistas tinham as articulações quebradas quando crianças. Mas os malabaristas lhe ensinaram a profissão. Ele imitava o mágico e aprendeu os truques mais simples; o mágico ensinou que jamais devia dar a impressão de estar praticando a necromancia, pois por toda a Inglaterra a Igreja e a Coroa estavam queimando feiticeiros. Ouviu atentamente o contador de histórias, cuja irmã foi a primeira mulher a permitir que Henry penetrasse no seu corpo. Sentia uma afinidade com os artistas, mas a trupe dissolveu-se em Derbyshire, depois de um ano, e cada um seguiu seu caminho sem ele.

Algumas semanas depois, na cidade de Matlock, sua sorte se definiu quando um barbeiro-cirurgião chamado James Farrow o contratou por seis anos. Mais tarde ficou sabendo que nenhum rapaz das vizinhanças queria ser aprendiz de Farrow porque havia histórias que o ligavam a práticas de feitiçaria. Quando Henry ouviu essas histórias estava há dois anos com Farrow e sabia que o homem não era feiticeiro. Embora o barbeiro-cirurgião fosse um homem frio e implacavelmente rigoroso, para Henry Croft representou uma oportunidade genuína.

O povoado de Matlock era rural e escassamente populoso, sem pacientes de classe alta nem comerciantes prósperos para manter um médico, e sem uma grande população de pobres para atrair um cirurgião. Em uma extensa área rural que circundava Matlock, James Farrow era o único barbeiro-cirurgião, e além de administrar clísteres, cortar cabelos e fazer barbas, praticava a cirurgia e receitava remédios. Henry cumpriu o contrato por mais de cinco anos.

Farrow era um mestre rigoroso; espancava Henry quando o aprendiz cometia algum erro, mas ensinou a ele tudo que sabia e meticulosamente.

Durante o quarto ano de aprendizado de Henry em Matlock – o ano de 1002 –, o rei Aethelred perpetrou um ato que teve consequências extensas e terríveis. Levado por suas dificuldades, o rei permitiu que alguns dinamarqueses se instalassem no Sul da Inglaterra, dando-lhes terra, sob a condição de lutarem no seu exército contra seus inimigos. Desse modo havia comprado os serviços de um nobre dinamarquês chamado Pallig, marido de Gunnhilda, irmã de Swegen, rei da Dinamarca. Naquele ano os vikings invadiram a Inglaterra com sua tática habitual, matando e queimando. Quando chegaram a Southampton, o rei resolveu pagar tributo novamente e deu aos invasores vinte e quatro mil libras para que fossem embora.

Depois que os navios tinham levado da Inglaterra todos os nórdicos, Aethelred ficou envergonhado e entregou-se a uma frustração furiosa. Ordenou que todos os dinamarqueses da Inglaterra fossem assassinados no dia de São Brice, 13 de novembro. O traiçoeiro assassinato em massa foi executado de acordo com as ordens do rei e aparentemente libertou um mal que há muito infestava a alma do povo da Inglaterra.

O mundo sempre fora brutal, mas depois do assassinato dos dinamarqueses a vida tornou-se mais cruel. Por toda Inglaterra eram perpetrados crimes violentos, feiticeiros eram caçados e executados na forca ou na fogueira. Um desejo ardente de sangue parecia dominar a terra.

O aprendizado de Henry Croft estava quase no fim quando um homem idoso chamado Bailey Aelerton morreu quando Farrow estava tratando dele. Não havia nada de notável naquela morte, mas logo correu o boato de que Aelerton tinha morrido porque Farrow espetara agulhas nele e o enfeitiçara.

No domingo anterior, na pequena igreja de Matlock o padre havia revelado que espíritos do mal tinham sido vistos à meia-noite, entre os túmulos, ao lado da igreja, praticando cópula carnal com o demônio. "É abominável para nosso Salvador que os mortos ressuscitem por meio de artes do demônio. Todos os que praticam essas artes são inimigos de Deus", trovejou ele. O demônio estava entre eles, advertiu, tendo como servos um exército de feiticeiros disfarçados em criaturas humanas, praticando a magia negra e matando secretamente.

Armou os fiéis apavorados e espantados com uma fórmula para anular o poder de qualquer pessoa suspeita de bruxaria: "Arquifeiticeiro que ataca minha alma, seu encanto deve ser invertido, sua maldição deve recair sobre sua cabeça mil vezes aumentada. Em nome da Santíssima Trindade, devolva minha saúde e minha força. Em nome de Deus Pai, Deus Filho e Deus Espírito Santo, amém."

E lembrou a advertência da Bíblia: *Não deves permitir que um feiticeiro viva*. "Devem ser procurados e eliminados se não quiserem penar nas chamas terríveis do purgatório", exortou o padre.

Bailey Aelerton morreu na terça-feira. Seu coração parou quando estava cavando a terra para plantar. A filha afirmou ter visto sinais de agulhas na sua pele. Ninguém mais tinha visto, mas na manhã de quinta-feira uma multidão chegou à casa de Farrow quando ele acabava de montar no seu cavalo, preparando-se para visitar pacientes. Estava olhando para Henry, dando as instruções para o dia, quando o arrancaram da sela.

Eram liderados por Simon Beck, cujas terras eram vizinhas às de Farrow.

– Tirem a roupa dele – disse Beck.

Farrow tremia enquanto os homens arrancavam suas roupas.

– Você é um cretino, Beck! – gritou. – Um cretino!

Parecia mais velho assim despido, a pele da barriga flácida em dobras, os ombros estreitos e curvos, os músculos fracos, o pênis encolhido, pequenino, acima do grande saco de cor púrpura.

– Aqui está! – gritou Beck. – A marca de Satã!

No lado direito da virilha de Farrow, bem visíveis havia dois pontinhos escuros, como a dentada de uma serpente. Beck cutucou um deles com a ponta da faca.

– *Verrugas!* – gritou Farrow.

O sangue aflorou, o que não devia acontecer com um feiticeiro.

– São uns espertalhões – disse Beck –, podem sangrar quando querem.

– Sou um barbeiro, não um feiticeiro – disse Farrow com desprezo, mas, quando o amarraram em uma cruz de madeira e o levaram para seu próprio lago artificial, começou a pedir misericórdia, aos berros.

A cruz foi atirada no lago raso espirrando água para todos os lados e mantida sob a superfície. A multidão se quietou, observando as bolhas. Finalmente suspenderam a cruz, dando a Farrow oportunidade para confessar. Ele respirava ainda e cuspiu água fracamente.

– Confessa, vizinho Farrow, que tem trabalhado com o demônio? – perguntou Beck bondosamente.

Mas o homem só conseguiu tossir e procurar respirar.

Eles o mergulharam outra vez. A cruz foi mantida no fundo até não haver mais bolhas. Não a retiraram imediatamente.

Henry só podia olhar e chorar, como se estivesse vendo a morte do pai outra vez. Era um homem adulto agora, não mais um garoto, mas estava completamente indefeso contra os caçadores de feiticeiros, apavorado com a ideia de que pensassem que o aprendiz do barbeiro-cirurgião era seu assistente nas feitiçarias.

Finalmente deixaram que a cruz viesse à tona, recitaram o antifeitiço e se foram, sem retirar a vítima do lago.

Quando todos tinham partido, Henry entrou na água para retirar a cruz. Uma espuma rosada aparecia entre os lábios do seu mestre. Ele fechou os olhos cegos e acusadores no rosto pálido e tirou as plantas aquáticas dos ombros de Farrow, antes de cortar as amarras que o prendiam à cruz.

O barbeiro-cirurgião era viúvo e não tinha família, portanto a responsabilidade era toda do empregado. Henry sepultou Farrow o mais depressa possível.

Quando entrou na casa, verificou que os homens haviam estado ali antes dele. Sem dúvida procuravam provas do trabalho de Satã quando levaram o dinheiro e a bebida de Farrow. Tinham feito uma "limpeza", mas Henry encontrou peças de roupa melhores do que as que usava e um pouco de comida, que pôs num saco. Apanhou também uma maleta com instrumentos cirúrgicos e o cavalo de Farrow, com o qual apressou-se a deixar Matlock, antes que eles lembrassem de sua existência e voltassem.

Era mais uma vez um homem errante, mas agora tinha uma profissão, o que significava uma grande diferença. Em toda parte havia pessoas doentes dispostas a pagar um ou dois pence pelo tratamento. Depois de algum tempo, descobriu que podia ganhar dinheiro vendendo medicamentos e para atrair as pessoas usava as coisas que tinha aprendido com o grupo de artistas ambulantes.

Acreditando que deviam estar à sua procura, nunca se demorava em um lugar e evitava o uso do seu nome, passando a se chamar Barber. Não demorou para que tudo isso formasse a trama de uma existência que lhe convinha; vestia-se bem com roupas quentes, tinha mulheres à vontade, bebia quando queria e comia exageradamente em todas as refeições, prometendo jamais ter fome. Logo aumentou de peso. Quando conheceu a mulher com quem se casou, pesava mais de cem quilos. Lucinda Eames era viúva e tinha uma bonita fazenda em Canterbury, e durante meio ano Henry tomou conta dos animais e dos campos, fazendo o trabalho de fazendeiro. Ele gostava do seu traseiro pequeno e branco, um pálido coração invertido. Quando faziam amor, a pontinha da língua rosada dela aparecia no canto da boca, como a de uma criança fazendo uma lição difícil. Ela o culpava por não terem filhos. Talvez tivesse razão, mas também não tinha concebido com o primeiro marido. A voz dela tornou-se estridente, o tom, amargo, e começou a descuidar-se do preparo das refeições, e antes de um ano de casamento, Henry estava pensando em mulheres mais ternas e refeições mais agradáveis, desejando ver-se livre da língua dela.

Era o ano de 1012, o ano em que Swegen, rei da Dinamarca, dominou a Inglaterra. Durante dez anos, Swegen perseguiu Aethelred, esperando a ocasião para castigar o homem que havia assassinado seus compatriotas. Finalmente, Aethelred refugiou-se na ilha de Wight com seus navios e a rainha Emma foi para a Normandia com os filhos Edward e Alfred.

Logo depois Swegen morreu de morte natural. Deixou dois filhos, Harold, seu sucessor no trono da Dinamarca, e Canuto, um jovem de dezenove anos, que foi proclamado rei da Inglaterra pela força das armas dinamarquesas.

Aethelred tentou ainda resistir e repeliu os dinamarqueses, mas quase imediatamente Canuto voltou, e dessa vez tomou todo o país, menos Londres. Estava a caminho para conquistar Londres quando soube da morte de Aethelred. Ousadamente convocou a reunião do Witan, o conselho de sábios da Inglaterra; e bispos, abades, condes e barões foram a Southampton e escolheram Canuto como seu legítimo rei.

Canuto demonstrou seu gênio para refazer a nação, enviando delegados à Normandia para convencer a rainha Emma a se casar com o sucessor do seu marido ao trono, e ela concordou quase imediatamente. Era muitos anos mais velha, mas uma mulher ainda desejável e sensual, e logo apareceram as piadas sobre o tempo que Canuto e Emma passavam no quarto.

Enquanto o novo rei corria para o casamento, Barber estava fugindo dessa instituição. Simplesmente abandonou o gênio terrível e a péssima cozinha de Lucinda Eames e recomeçou suas andanças. Comprou a primeira carroça em Bath, e em Northumberland contratou seu primeiro aprendiz. Imediatamente verificou as vantagens. A partir dessa data, durante anos, tinha ensinado um grande número de rapazes. Os poucos que eram realmente capazes o fizeram ganhar dinheiro, e os outros o haviam ensinado o que devia exigir de um aprendiz.

Sabia o que acontecia com os que falhavam e eram despedidos. Quase todos tinham sorte desastrosa; os mais afortunados tornavam-se brinquedos sexuais ou escravos, os menos afortunados morriam de fome ou eram mortos. Isso o perturbava mais do que queria admitir, mas não podia conservar um ajudante inepto; ele próprio era um sobrevivente, capaz de endurecer o coração quando se tratava do seu bem-estar.

O último, o garoto que havia encontrado em Londres, parecia ansioso para agradar, mas Barber sabia que as aparências enganam no que dizia respeito a aprendizes. Não adiantava remoer o assunto como um cão roendo um osso. Só o tempo poderia dizer, e logo saberia se o jovem Cole estava ou não preparado para sobreviver.

CAPÍTULO 5

A besta em Chelmsford

Rob acordou com a primeira luz embaçada e viu seu novo patrão já levantado e impaciente. Percebeu logo que Barber não começava o dia de bom humor e foi com aquele sombrio estado de espírito que o homem tirou a lança da carroça e mostrou como devia ser usada.

– Não é pesada, se usar as duas mãos. Não exige nenhuma habilidade. Atire com toda a força. Se apontar para o corpo do atacante, sem dúvida o atingirá em algum ponto. Se o detiver por algum tempo com o ferimento, provavelmente poderá matá-lo. Você compreende?

Rob fez que sim com a cabeça, constrangido com o estranho.

– Muito bem, companheiro, devemos estar sempre vigilantes e com armas à mão, pois é assim que nos mantemos vivos. Essas estradas romanas são ainda as melhores da Inglaterra, mas não são conservadas. A responsabilidade da Coroa é mantê-las abertas nos dois lados, dificultando emboscadas dos bandidos contra viajantes, mas, na maioria delas, o mato nunca foi cortado.

Mostrou como atrelar o cavalo. Quando reiniciaram a viagem, Rob sentou ao lado dele no banco externo, sob o sol forte, atormentado ainda por todo o tipo de temores. Logo Barber levou Incitatus para fora da estrada romana, entrando em uma trilha quase intransponível que levava à sombra profunda da floresta virgem. Dependurado em volta dos seus ombros estava o chifre saxão marrom que há muito tempo tinha enfeitado um grande boi. Levou-o à boca e tirou um som melodioso, um misto de toque de clarim e lamento.

– Avisa a quem puder ouvir que não estamos nos aproximando para cortar pescoços e roubar. Em alguns lugares remotos, encontrar um estranho é tentar matá-lo. A corneta diz que somos gente de valor e confiança, capazes de tomar conta de nós mesmos.

Por sugestão de Barber, Rob tentou fazer soar a corneta, mas, por mais que estufasse as bochechas e soprasse com força, não saiu nenhum som.

– Precisa de fôlego mais velho e um certo jeito. Vai aprender, não se preocupe. E coisas mais difíceis do que tocar uma corneta.

A trilha estava enlameada. Galhos haviam sido colocados nos lugares piores mas ainda assim era preciso seguir com cuidado. Em uma curva do caminho derraparam e as rodas da carroça afundaram na lama até o eixo. Barber suspirou.

Desceram, colocaram uma pá na lama, na frente das rodas. Depois apanharam galhos de árvores no bosque. Barber colocou cuidadosamente pedaços de madeira na frente de cada roda e subiu tomando as rédeas.

– Você vai empurrando os galhos para debaixo das rodas quando começarem a se mover – disse ele, e Rob J. fez um gesto afirmativo.

– Hei-TATUS! – gritou Barber. Varais e correias estalaram. – Agora! – bradou ele.

Rob rapidamente empurrou os galhos em todas as rodas enquanto o cavalo puxava com vigor. As rodas hesitaram. A lama era escorregadia mas encontraram apoio. A carroça saltou para a frente. Quando chegou na terra seca, Barber puxou as rédeas e esperou que Rob o alcançasse e subisse ao seu lado.

Estavam cobertos de lama e Barber fez Tatus parar na beira de um regato.

– Vamos apanhar alguma coisa para comer – disse ele, enquanto lavavam a lama do rosto e das mãos. Cortou duas hastes de salgueiro e apanhou anzóis e linha de pescar na carroça. Do nicho atrás do banco tirou uma caixa. – Esta é nossa caixa de gafanhotos. Uma das suas tarefas é mantê-la cheia. – Levantou a tampa o suficiente para Rob enfiar a mão.

Coisas vivas fugiram dos dedos de Rob, assustadas e ásperas, e ele apanhou uma delicadamente na palma da mão. Quando o retirou da caixa, segurando as asas entre o polegar e o indicador, o inseto agitou as pernas freneticamente. As quatro pernas dianteiras eram finas como fios de cabelo e as duas traseiras, fortes e largas na parte superior, próprias para saltar.

Barber mostrou como devia enfiar a ponta do anzol por baixo da parte dura e áspera atrás da cabeça.

– Não muito fundo, senão ele vai sangrar melado e morrer. Onde você já pescou?

– No Tâmisa.

Orgulhava-se da sua habilidade como pescador, pois ele e o pai muitas vezes mergulharam vermes no largo rio, dependendo do peixe para complementar a alimentação da família no tempo do desemprego.

Barber resmungou:

– Esta é uma pescaria diferente. Deixe as varas por um momento e fique de quatro.

Arrastaram-se cautelosamente até um lugar de onde podiam ver o remanso mais próximo e ficaram deitados de bruços. Rob pensou que o homem gordo estava biruta.

Viram quatro peixes que pareciam suspensos dentro da água clara como vidro.

– Pequenos – murmurou Rob.

– Melhor para comer desse tamanho – disse Barber, enquanto se afastavam da margem. – Suas trutas grandes do rio são duras e oleosas. Notou como esses peixes deslizavam para a parte superior do remanso? Eles se alimentam de frente para a corrente, esperando que alguma coisa saborosa caia na água e desça por ela, flutuando. São selvagens e ariscos. Se a gente fica perto do remanso, eles fogem. Se andarmos pela margem, sentem nossos passos. Por isso é preciso uma vara longa. Fique bem recuado e jogue o anzol de leve bem acima do remanso, deixando que a corrente o leve para o peixe.

Observou com expressão crítica o movimento de Rob jogando o gafanhoto como havia ensinado.

Com um choque que passou pela vara levando a tensão até o braço de Rob, o peixe invisível atacou como um dragão. Depois disso era como pescar no Tâmisa. Esperou pacientemente que a truta se cansasse e depois ergueu a ponta da vara e colocou o anzol como seu pai tinha ensinado. Quando retirou da água o primeiro peixe agitado, admiraram sua beleza, as costas brilhantes como nogueira envernizada, os lados com várias tonalidades de vermelho, as nadadeiras negras com pintas cor de laranja.

– Apanhe mais cinco – disse Barber, e desapareceu no bosque.

Rob apanhou dois, perdeu outro e cautelosamente foi para outro remanso do regato. As trutas atacavam avidamente os gafanhotos. Estava limpando o último dos seis que havia apanhado quando Barber voltou com o boné cheio de cogumelos e cebolas silvestres.

– Comemos duas vezes por dia – disse ele –, no meio da manhã e no fim da tarde, como todas as pessoas civilizadas.

Levantar às seis, almoçar às dez,
Jantar às cinco, para a cama às dez,
Faz o homem viver dez vezes dez.

Barber tinha bacon, que cortou em fatias grossas. Quando a carne derreteu na panela negra, passou as trutas na farinha e fritou na gordura, acrescentando as cebolas e os cogumelos no fim.

As espinhas das trutas saíam inteiras da carne frita. Enquanto comiam o bacon e o peixe, Barber fritou pão de cevada na gordura que tinha sobrado, cobrindo com grandes pedaços de queijo que deixou derreter, fazendo bolhas na panela. Para terminar, beberam a água fresca do regato que lhes deu os peixes.

Barber estava com melhor disposição. Um homem gordo precisa estar bem alimentado, pensou Rob. Compreendeu também que Barber era um excelente cozinheiro, e para ele as refeições passaram a ser acontecimentos ansiosamente esperados. Suspirou, sabendo que não seria alimentado assim nas minas. E o trabalho, dizia a si mesmo, satisfeito, não era tão pesado, pois podia perfeitamente manter cheia a caixa dos gafanhotos, apanhar trutas e colocar galhos embaixo das rodas da carroça sempre que ficassem atolados.

O povoado era Farnham. Tinha fazendas, uma estalagem pequena e suja, um bar do qual emanava um cheiro fraco de cerveja derramada quando passaram, um ferreiro com longas pilhas de lenha ao lado da forja, um tratador de peles, fedido, um pátio de serraria, com madeira cortada, e o prédio da administração, que dava para a praça, que não chegava a ser uma praça mas apenas um alargamento da rua, como um ovo na barriga de uma serpente.

Barber parou na entrada da cidade. Tirou da carroça um pequeno tambor e a vareta, que entregou para Rob.

– Bata com força.

Incitatus sabia do que se tratava; levantou a cabeça e relinchou, erguendo as patas, cabriolando. Rob batia orgulhosamente no tambor, contagiado pelo interesse que despertava nos dois lados da rua.

– Divertimento esta tarde – proclamou Barber. – Seguido do tratamento dos males humanos e problemas médicos, grandes ou pequenos!

O ferreiro, seus músculos desenvolvidos delineados pela fuligem, olhou para eles e parou de puxar a corda do fole. Dois garotos, no pátio da serraria, deixaram as tábuas que estavam empilhando e correram na direção do som do tambor. Um deles deu meia-volta e voltou correndo.

– Aonde você vai, Giles? – perguntou o outro.

– Até em casa, apanhar Stephen e os outros.

– Pare na minha casa e avise a família do meu irmão!

Barber fez um gesto de aprovação.

– Espalhe a notícia! – gritou.

Mulheres apareciam nas portas e chamavam outras, enquanto seus filhos corriam para a rua, tagarelando no meio dos cachorros que latiam atrás da carroça.

Barber foi devagar de uma ponta a outra da rua e voltou.

Um velho que tomava sol perto da estalagem abriu os olhos com um sorriso desdentado para todo aquele barulho. Alguns dos homens que bebiam no bar saíram para a rua com o copo na mão, acompanhados pela empregada que os servia e que enxugava as mãos no avental, com os olhos brilhando.

Barber parou na pequena praça. Tirou da carroça quatro banquetas dobráveis e as arrumou uma ao lado da outra.

– Isto chama-se palco – explicou a Rob mostrando o pequeno tablado que tinha formado. – Você fica encarregado de armar, assim que chegarmos a qualquer cidade.

No palco colocaram dois cestos cheios de pequenos frascos com rolha que, explicou Barber, continham remédio. Depois ele desapareceu dentro da carroça e fechou a cortina.

Rob sentou no banco observando as pessoas que vinham apressadas pela rua principal. O moleiro chegou com a roupa branca de farinha e Rob reconheceu dois carpinteiros pelo pó de madeira tão seu conhecido nas túnicas e no cabelo. Famílias acomodaram-se no chão, dispostas a esperar em ordem sua vez de se aproximar do palco. As mulheres bordavam e faziam tricô enquanto esperavam, e as crianças tagarelavam e brigavam. Um grupo de garotos ficou olhando para Rob. Percebendo a reverência e a inveja nos olhos deles, fez pose e deu uns passos com ar arrogante. Mas em pouco tempo toda aquela tolice saiu da sua cabeça, porque, como todos, ele era parte da audiência. Barber dirigiu-se para o palco com um gesto largo.

– Bom-dia e boa-tarde – disse ele. – Estou feliz por estar em Farnham. – E começou a fazer malabarismos.

Trabalhou com uma bola vermelha e outra amarela. Suas mãos mal pareciam se mover. Era a coisa mais linda de se ver!

Os dedos gorduchos jogavam as bolas para o ar num círculo contínuo, a princípio lentamente, depois formando uma roda imprecisa por causa da velocidade. Aplaudiram e ele tirou uma bola verde da túnica. Depois, uma bola azul. E, oh, uma bola marrom!

Que maravilha, pensou Rob, poder fazer isso!

Conteve a respiração, temendo que Barber deixasse cair uma bola, mas ele manejou as cinco facilmente, sem nenhuma pressa. Ele fez o povo rir. Contou histórias, cantou pequenas canções.

Em seguida, fez malabarismos com argolas de corda e pratos de madeira, e depois, mágica. Fez um ovo desaparecer, encontrou uma moeda no cabelo de uma criança, mudou a cor de um lenço.

– Gostariam de me ver fazer desaparecer uma caneca de cerveja?

Aplauso geral. A empregada correu para o bar e apareceu com uma caneca coroada de espuma. Barber tomou tudo em um único e longo gole. Agradeceu de bom humor os risos e os aplausos e depois perguntou às mulheres se alguma delas queria uma fita.

– Oh, é claro que quero! – exclamou a empregada do bar. Era jovem e cheinha de corpo, e a resposta, espontânea e natural, provocou risadas na assistência.

Os olhos de Barber encontraram-se com os da jovem e ele sorriu.

– Como é seu nome?
– Oh, senhor. É Amélia Simpson.
– Sra. Simpson?
– Não sou casada.

Barber fechou os olhos.

– Que desperdício – disse galantemente. – De que cor quer a fita, srta. Amélia?
– Vermelha.
– E o comprimento?

– Dois metros seria perfeito para mim.

– Espero que sim – murmurou ele, erguendo as sobrancelhas.

Todos riram com a malícia, mas Barber parecia já ter esquecido a moça. Cortou um pedaço de corda em quatro partes e depois, só por meio de movimentos das mãos, fez com que os pedaços se transformassem em uma corda inteira outra vez. Pôs um lenço sobre a corda e a transformou em uma noz. Então, fingindo surpresa, levou os dedos à boca e puxou alguma coisa vagarosamente, parando para mostrar a todos que era a ponta de uma fita vermelha.

Enquanto olhavam, foi tirando da boca, aos poucos, a fita vermelha, curvando o corpo e envesgando os olhos. Finalmente, esticando o que já tinha saído, apanhou a adaga, levou a lâmina para junto dos lábios e cortou a fita. Entregou o pedaço cortado para a moça com uma mesura.

Ao lado dela estava o serrador da cidade, que esticou a fita na sua medida de madeira.

– Dois metros exatos! – disse ele e os aplausos foram calorosos.

Barber esperou que o barulho diminuísse e ergueu um frasco do seu remédio.

– Cavalheiros, senhoras e donzelas!

"*Somente* meu Medicamento Universal Especial...

"Aumenta seu tempo de vida, regenera os tecidos gastos do corpo. Torna ágeis juntas rígidas, enrijece juntas fracas. Restaura o brilho maroto nos olhos cansados. Transforma doença em saúde, evita a queda dos cabelos e faz nascer novos brotos nas calvas brilhantes. Torna clara a visão apagada e aguça o intelecto adormecido.

"Um excelente licor, mais estimulante do que o melhor tônico, um purgativo mais suave do que um clister de creme. O Específico Universal combate a inchação e o fluxo do sangue, atenua os rigores do parto e as agonias da menstruação, erradica as perturbações escorbúticas trazidas para a terra pelos homens do mar. É bom para animais e para os humanos, veneno para a surdez, olhos doloridos, tosses, consumpção, dores de barriga, icterícia, febre e sezão. Cura qualquer doença! Acaba com as preocupações!"

Barber vendeu bastante ali no palco. Então ele e Rob armaram um biombo, atrás do qual o barbeiro-cirurgião examinou os pacientes. Os doentes e sofredores esperaram na longa fila para pagar um pêni ou dois pelo tratamento.

Naquela noite, comeram ganso grelhado no bar. A primeira vez que Rob comia uma refeição paga. Achou especialmente boa mas Barber disse que a carne estava passada demais e reclamou dos caroços no purê de nabo. Depois ele levou para a mesa uma carta da ilha da Grã-Bretanha. Era o primeiro mapa que Rob via e observou fascinado o dedo de Barber seguir a linha sinuosa, o caminho que iam percorrer nos próximos meses.

Finalmente, com os olhos se fechando, voltou sonolento para o acampamento sob a clara luz da lua e arrumou sua cama. Mas tanta coisa tinha acontecido nos últimos poucos dias que sua mente maravilhada lutou contra o sono.

Estava semiadormecido, olhando para as estrelas, quando Barber voltou, e havia alguém com ele.

– Linda Amélia – disse Barber. – Bonequinha linda. Bastou um olhar para essa boca cheia de desejo e fiquei certo de que morreria por você.

– Olhe as raízes, senão vai cair.

Rob ouviu os sons dos beijos, da roupa sendo tirada, risos e arquejos. Depois, o barulho das peles sendo estendidas.

– Acho melhor eu ficar por baixo por causa da minha barriga – ouviu dizer Barber.

– Uma barriga prodigiosa – disse a moça em voz baixa e maliciosa. – Vai ser como pular em cima de um grande acolchoado.

– Nada disso, menina, aqui está o que tenho de bom.

Rob queria ver Amélia nua, mas, quando conseguiu coragem para virar a cabeça o pouco necessário, ela não estava mais de pé e tudo o que viu foram as nádegas brilhantes.

Ele estava respirando ruidosamente mas podia até ter gritado que eles não iam ouvir. Logo viu as mãos gorduchas e grandes de Barber agarrarem as orbes giratórias.

– Ah, boneca!

A moça gemeu.

Adormeceram antes de Rob, e, quando o garoto dormiu, sonhou com Barber ainda fazendo malabarismos.

A mulher tinha partido quando Rob acordou na madrugada gelada. Levantaram acampamento e saíram de Farnham quando a maior parte dos habitantes dormia ainda.

Logo depois do pôr do sol, passaram por uma moita de amoras-pretas e pararam para encher uma cesta. Na fazenda seguinte, Barber comprou provisões. Quando acamparam para a primeira refeição, enquanto Rob acendia o fogo e cozinhava o bacon e a torrada com queijo, Barber quebrou nove ovos em uma vasilha, juntou uma generosa porção de creme de leite, bateu até fazer espuma e depois levou ao fogo, sem mexer, até formar uma panqueca macia, que ele cobriu com amoras-pretas maduras. Parecia satisfeito vendo a avidez com que Rob devorava sua parte.

Naquela tarde, passaram por um grande castelo rodeado por campos cultivados. Rob via as pessoas no campo e nas ameias. Barber apressou o cavalo num trote, passando rapidamente pelo castelo.

Mas três cavaleiros saíram do forte, foram atrás deles e os mandaram parar.

Homens armados com expressão feroz e ameaçadora examinaram com curiosidade a carroça enfeitada.

– Qual é sua profissão? – perguntou o que usava a armadura leve das pessoas de categoria.

– Barbeiro-cirurgião, senhor – disse Barber.

O homem fez um gesto afirmativo, satisfeito, e virou seu cavalo.

– Siga-me.

Entre a guarda armada, passaram pelo pesado portão ladeado pelas torres, por um segundo portão e entraram no interior da paliçada feita com troncos de pontas agudas, depois atravessaram a ponte móvel sobre o fosso. Rob nunca tinha estado tão perto de uma fortaleza. A casa enorme tinha base e meias-paredes de pedra, com os andares altos de madeira, entalhes intrincados nas varandas e nas cumeeiras e telhado dourado que brilhava ao sol.

– Deixe sua carroça no pátio. Traga seus instrumentos de cirurgião.

– Qual é o problema, senhor?

– A cadela machucou a pata.

Carregando seus instrumentos e frascos de remédio, eles o acompanharam até uma sala cavernosa. O chão era pavimentado de pedras cobertas com esteiras sujas de junco. Os móveis pareciam feitos para pequenos gigantes. Três paredes eram enfeitadas com espadas, escudos e lanças, e na parede norte pendiam tapeçarias de cores antes vivas, agora desbotadas, contra as quais erguia-se o trono de madeira escura trabalhada.

A lareira central estava apagada mas a sala cheirava à fumaça do último inverno e outro cheiro menos agradável enchia o ar, que ficou mais forte quando pararam na frente do animal deitado no chão.

– Perdeu dois dedos numa armadilha há quinze dias. A princípio a cicatrização foi boa, mas depois inflamou.

Barber fez um gesto afirmativo. Jogou fora a carne da vasilha ao lado da cabeça do animal e a encheu com o conteúdo dos seus dois frascos. A cadela o observava com olhos remelentos e rosnou quando ele colocou a vasilha no chão mas logo começou a tomar o remédio.

Barber não se arriscou; quando o animal estava quieto, atou seu focinho e suas patas.

A cadela tremeu e ganiu quando ele fez a incisão. O cheiro era horrível e o ferimento estava cheio de larvas.

– Vai perder outro dedo.

– Não deve ficar aleijada. Faça direito – disse o homem friamente.

Quando terminou, Barber lavou o sangue da pata com o resto do remédio, depois enfaixou-a com um pedaço de pano.

– Pagamento, senhor? – sugeriu delicadamente.

– Tem de esperar que o Earl volte da caçada e pedir a ele – disse o cavaleiro, afastando-se.

Desamarraram a cadela cautelosamente, apanharam os instrumentos e voltaram para a carroça. Barber pôs a carroça em movimento, lentamente, como um homem com permissão para ir embora.

Mas, quando estavam fora da vista da fortaleza, pigarreou e cuspiu.

– O Earl pode demorar dias. E então, se a cadela estiver bem, talvez resolva pagar, esse santo Earl. Se a cadela estiver morta ou o Earl indisposto, com prisão de ventre, pode mandar nos açoitar. Evito os grandes senhores e prefiro os pequenos povoados – disse, apressando o cavalo.

Na manhã seguinte, estava mais bem-disposto quando chegaram a Chelmsford. Mas encontraram um vendedor de unguento na cidade, um homem magro com uma túnica cor de laranja e fartos cabelos brancos.

– Seja bem-vindo, barbeiro – disse o homem calmamente.

– Como vai, Wat? Tem ainda o animal?

– Não, ficou doente e muito difícil. Eu o usei na luta com os cães.

– Foi uma pena não ter dado a ele meu específico. Teria ficado bom.

Riram os dois.

– Tenho um novo animal. Gostaria de ver?

– Por que não? – disse Barber. Levou a carroça para a sombra de uma árvore e deixou o cavalo pastar enquanto a multidão se reunia. Chelmsford era um grande povoado e a audiência era boa. – Você já lutou? – perguntou Barber a Rob.

Rob fez um gesto afirmativo. Adorava lutar; a luta livre era o esporte mais apreciado pela classe trabalhadora em Londres.

Wat começou o espetáculo do mesmo modo que Barber, com malabarismo. Era muito habilidoso, pensou Rob. Suas histórias não se comparavam às de Barber e as pessoas não riam tanto. Mas gostavam do urso.

A jaula estava na sombra, coberta com um pano. A multidão murmurou quando Wat o retirou. Rob já tinha visto ursos ensinados antes. Quando tinha seis anos, o pai o havia levado para ver uma daquelas criaturas do lado de fora da estalagem Swann e o animal pareceu enorme para o garoto. O urso que Wat conduziu puxando a longa corrente era menor. Pouco maior do que um grande cão, mas muito inteligente.

– Bartram, o urso! – anunciou Wat.

O urso deitou fingindo-se de morto, jogou uma bola e a apanhou, subiu numa escada, e enquanto Wat tocava flauta, executou os passos de uma dança popular chamada Carol, girando desajeitadamente e sem leveza, mas a assistência encantada aplaudia cada movimento do animal.

– E agora – disse Wat – Bartram lutará com qualquer adversário. Quem conseguir derrubá-lo ganha um pote do Unguento Wat, o mais miraculoso agente para aliviar os males humanos.

Houve um movimento divertido entre os assistentes, mas ninguém se apresentou.

– Venham, lutadores – convidou Wat.

Os olhos de Barber cintilaram.

– Aqui está um garoto que não tem medo – disse em voz alta. Para seu espanto e preocupação, Rob foi empurrado para a frente. Mãos prestativas o ajudaram.

– Meu ajudante contra seu animal, amigo Wat – disse Barber.

Wat assentiu com um gesto e os dois riram.

Oh, Mãe!, pensou Rob petrificado.

Era um urso de verdade. Balançou nas patas traseiras e inclinou a cabeça grande e peluda para ele. Não era um cão de caça, nem um companheiro de brinquedos da rua Carpenter. Rob viu ombros maciços e pernas grossas, e seu instinto foi saltar do tablado e fugir. Mas isso significaria desafiar Barber e tudo que o barbeiro-cirurgião representava para sua existência. Escolheu a atitude menos corajosa e enfrentou o animal.

Com o coração aos saltos, rodou em volta do urso, sacudindo as mãos abertas na frente dele, como tinha visto fazerem os lutadores mais velhos. Talvez não estivesse fazendo a coisa certa; alguém deu uma risada nervosa, e o urso olhou na direção do som. Tentando esquecer que o adversário não era humano, Rob fez o que faria contra outro menino da sua idade: atacou, tentando desequilibrar Bartram, mas era como querer arrancar do solo uma grande árvore.

Bartram ergueu a pata e o atingiu preguiçosamente. O urso não tinha garras mas o golpe o atirou para a outra extremidade do tablado. Agora Rob estava mais do que aterrorizado; sabia que não podia fazer nada e teria fugido, mas Bartram, gingando com rapidez disfarçada, estava perto dele, esperando. Quando Rob ficou de pé, foi abraçado pelo animal. Seu rosto encostou no corpo do urso, a boca e o nariz apertados contra ele. Estava sufocado no meio do pelo negro e áspero que cheirava exatamente como a pele com que se cobria à noite. O urso não era adulto, mas Rob também não. Lutando para se soltar, seus olhos fitaram-se nos do animal, pequenos, vermelhos e desesperados. O urso estava tão assustado quanto ele, percebeu Rob, mas controlava a situação e tinha alguma coisa para destruir. Bartram não podia morder, mas era evidente que teria mordido se fosse possível. Apertou o couro duro do focinho contra o ombro de Rob e seu bafo era forte e fedido.

Wat estendeu o braço na direção da coleira do animal. Não a tocou, mas o urso choramingou e se encolheu; largou Rob e caiu de costas no chão.

– Segure ele, seu bobo! – murmurou Wat.

Ele atirou-se para o urso, tocando o pelo negro perto dos ombros. Ninguém se deixou enganar e alguns vaiaram, mas todos tinham se divertido e estavam de bom humor. Wat fechou Bartram na jaula e voltou para premiar Rob com um potinho de unguento, como tinha prometido. Logo começou a descrever para o público os ingredientes e os usos da pomada.

Rob foi para a carroça com as pernas bambas.

– Você se saiu muito bem – disse Barber. – Atacou direto. Um pouco de sangue do nariz?

Rob fungou, sabendo que tinha tido sorte.

– O animal ia me machucar – disse sombriamente.

Barber sorriu, balançando a cabeça.

– Você viu a pequena argola na coleira dele? É uma coleira especial. A argola pode ser apertada, impedindo o animal de respirar, quando desobedece. É assim que os ursos são treinados. – Ajudou Rob a subir na carroça, depois tirou um pouco da pomada do pote e a esfregou entre o polegar e o indicador. – Sebo e gordura e uma pitada de perfume. Ele vende isso à beça – disse pensativo, vendo os interessados fazerem fila para dar dinheiro a Wat. – Um animal garante a prosperidade. Usam marmotas, bodes, corvos, texugos e cães. Até lagartos, e geralmente ganham mais dinheiro do que eu quando trabalho sozinho.

O cavalo, obedecendo às rédeas, entrou na trilha que levava à frescura dos bosques, deixando Chelmsford e o urso lutador para trás. Rob ainda estava trêmulo. Sentado, imóvel, pensava.

– Então, por que não usa um animal? – perguntou falando devagar.

Barber voltou-se um pouco no banco. Os amistosos olhos azuis encontraram os de Rob e pareciam dizer mais do que os lábios sorridentes.

– Eu tenho você – disse ele.

CAPÍTULO 6

As bolas coloridas

Começaram com malabarismo e logo Rob compreendeu que nunca seria capaz de realizar aquele tipo de milagre.

– Fique ereto, mas relaxado, mãos aos lados do corpo. Levante os braços até ficarem nivelados, paralelos com o solo. Vire as palmas para cima. – Barber examinou-o com olhos críticos e depois fez um gesto afirmativo. – Imagine que tem nas mãos uma bandeja com ovos. Não pode deixar que ela se incline nem um pouco, senão os ovos escorregam. É a mesma coisa com malabarismo. Se seus braços não ficarem nivelados, paralelos com o chão, as bolas caem. Compreendeu?

– Compreendi, Barber. – Rob estava com náuseas.

– Feche as mãos em concha como se fosse beber água nelas. – Apanhou duas bolas de madeira. Pôs uma bola vermelha na mão direita em concha e a azul na esquerda. – Agora, jogue as bolas para cima como um malabarista, mas ao mesmo tempo.

As bolas passaram por cima da cabeça de Rob e caíram no chão.

– Observe. A vermelha subiu mais, porque você tem mais força no braço direito do que no esquerdo. Portanto, precisa aprender a compensar, usar menos força na mão direita e mais força na esquerda, para que o impulso seja igual. Além disso, as bolas subiram muito. Um malabarista tem mais o que fazer do que levantar a cabeça e olhar para o sol à procura das bolas. As bolas não devem passar desta altura. – Bateu de leve na testa de Rob. – Assim você as vê sem mover a cabeça.

Ele franziu a testa.

– Outra coisa. Malabaristas nunca *atiram* uma bola. As bolas são *pipocadas*. O centro da mão dá uma pipocada para cima por um momento, de modo que a concha desaparece e a mão fica plana. O centro da mão impulsiona a bola em linha reta, e ao mesmo tempo o pulso dá uma virada rápida enquanto o braço faz um pequeno movimento para cima. Dos cotovelos aos ombros, a parte inferior do braço não deve se mover.

Apanhou as bolas e as entregou a Rob.

Quando chegaram a Hertford, Rob armou o palco, tirou da carroça os frascos de elixir, depois apanhou duas bolas de madeira e começou a treinar a pipocada. Não parecia difícil, mas percebeu que quase sempre dava um impulso giratório na bola, desviando-a. Se prendesse a bola por muito tempo, ela cairia no seu rosto ou passaria por cima do ombro. Se uma das mãos ficasse meio aberta, a bola fugiria dele. Mas insistiu e, depois de pouco tempo, pegou o jeito da pipocada. Barber ficou satisfeito quando Rob fez uma demonstração da sua nova habilidade naquela noite, antes do jantar.

No dia seguinte, Barber parou a carroça na periferia do povoado de Luton e ensinou a Rob como jogar duas bolas de modo que as duas se cruzassem no ar.

– Pode evitar colisões jogando uma bola um pouco antes da outra ou mais alto – disse ele.

Logo que começou o espetáculo em Luton, Rob afastou-se com as duas bolas e treinou em uma pequena clareira do bosque. Na maioria das vezes, a bola vermelha batia na azul com um estalido que parecia zombar dele. As bolas caíam e rolavam, tinham de ser apanhadas e Rob sentia-se tolo e desanimado. Mas ninguém estava vendo, a não ser um rato do bosque e um ou outro pássaro, e ele continuou a treinar. Finalmente percebeu que podia jogar as duas bolas sem colisão, quando a primeira chegava a uma certa distância da sua mão esquerda e a outra não ia tão alto, percorrendo menor distância. Levou dois dias, acertando e errando, repetindo constantemente até achar que podia mostrar a Barber.

Barber ensinou como movimentar as duas bolas em círculo.

– Parece mais difícil do que é. Você joga a primeira bola. Enquanto ela está no ar, passa a segunda para a mão direita. A mão esquerda apanha a primeira, a direita joga a segunda, e assim por diante, opa, opa, opa! As bolas são jogadas com maior rapidez, mas voltam muito mais devagar. Esse é o segredo dos malabaristas, é nossa salvação. Você tem muito tempo.

No fim de uma semana, Barber estava ensinando a jogar as duas bolas com a mesma mão. Tinha de segurar uma na palma e a outra mais para a frente, nos dedos. Rob ficou satisfeito por ter mãos grandes. Deixou cair muitas bolas mas finalmente pegou o jeito: primeiro jogava a vermelha e, antes que ela caísse na mão, para cima ia a azul. Dançavam para cima e para baixo, saindo e chegando na mesma mão, opa, opa, opa! Rob treinava sempre que tinha tempo – duas bolas em círculo, duas bolas cruzando-se, duas bolas só com a mão direita, duas bolas só com a esquerda. Descobriu que diminuindo a altura dos impulsos aumentava a velocidade.

Pararam na periferia de uma cidade chamada Bletchly, porque Barber tinha comprado um cisne de um fazendeiro. Era pouco mais do que um filhote, mas maior do que qualquer ave que Rob já vira alguém preparar para comer. O fazendeiro vendeu o cisne depenado, mas Barber cuidadosamente lavou a ave no córrego e depois a dependurou pelas pernas sobre o fogo para queimar o resto das penas.

Recheou a ave com castanhas, cebola, gordura e ervas, como merecia uma ave que tinha custado tão caro.

– A carne do cisne é mais forte que a do ganso porém mais seca que a do pato e por isso precisa ser bem temperada – ensinou satisfeito. Temperaram envolvendo o cisne completamente com finas lâminas de carne de porco salgada e depois o puseram sobre o fogo no espeto.

Rob começou a treinar com as bolas bem perto do fogo e o cheiro era um doce tormento. O calor das chamas retirou a gordura da carne de porco regando a carne magra da ave, enquanto a gordura do recheio derretia lentamente, temperando de dentro para fora. Barber girava o galho que servia de espeto e a pele da carne de porco aos poucos ressecou; quando finalmente a ave estava pronta, Barber a retirou do fogo e a carne de porco salgada estalou e se partiu, soltando-se. Por dentro, o cisne estava úmido e delicado, levemente fibroso mas bem temperado. Comeram a carne com o recheio de castanhas e abobrinha fresca cozida. Rob comeu uma grande coxa rosada.

Na manhã seguinte, levantaram cedo e percorreram um bom trecho de estrada, animados pelo dia de descanso. Pararam para a primeira refeição ao lado da estrada e deliciaram-se com o peito frio do cisne, com pão torrado e queijo. Quando terminaram de comer, Barber arrotou e deu a Rob uma terceira bola de madeira pintada de verde.

Viajaram como formigas pelas terras baixas. Os montes Cotswold desenhavam-se suavemente em sua maciez de verão. Os povoados aninhavam-se nos vales, com maior número de casas de pedra do que Rob estava acostumado a ver em Londres. Três dias após o dia de São Swithin ele fez dez anos. Não disse nada a Barber.

Rob estava crescendo; as mangas da camisa que Mam tinha feito bem compridas de propósito só chegavam agora acima dos pulsos ossudos. Barber o fazia trabalhar bastante. Fazia quase tudo, carregar e descarregar a carroça em cada parada, apanhar lenha e água. Seu corpo estava criando ossos e músculos com a ótima alimentação que mantinha Barber roliço e maciço. Rob tinha se acostumado rapidamente com a maravilhosa comida.

Rob e Barber estavam se acostumando um com o outro. Agora, quando o homem gordo levava uma mulher para o acampamento à noite, não era mais novidade; às vezes Rob ouvia os sons cadenciados e tentava ver, mas em geral virava para o outro lado e dormia. Dependendo das circunstâncias, Barber passava a noite na casa de uma mulher, mas sempre estava na carroça quando chegava o dia e não perdia a hora de partir.

Gradualmente Rob compreendeu que Barber tentava conquistar todas as mulheres que via e fazia o mesmo com o povo que assistia a seu espetáculo. O barbeiro-cirurgião dizia que o Específico Universal era um tônico do Oriente, feito com a infusão da flor seca de uma planta chamada vitália, só encontrada nos desertos da longínqua Assíria. Porém, quando começava a acabar o

Específico, Rob ajudava Barber a fazer uma nova porção e sabia que o tônico era, em sua maior parte, bebida comum.

Não precisaram perguntar mais do que meia dúzia de vezes para encontrar um fazendeiro disposto a vender um barrilete de meteglin. Qualquer tipo servia, mas Barber dizia que sempre procurava o meteglin, uma mistura de mel fermentado com água.

– É invenção dos galeses, companheiro, uma das poucas coisas que eles nos deram. O nome vem de *meddyg,* que significa médico, e *llyn,* que quer dizer bebida forte. É assim que eles tomam o remédio, o que é bom, pois o meteglin deixa a língua adormecida e aquece a alma.

Vitália, a Erva da Vida da longínqua Assíria, era afinal uma pitada de salitre, bem misturada por Rob em cada galão de meteglin. Dava à bebida um gosto de remédio, aliviado pelo açúcar do mel fermentado que era a base da mistura.

Os vidros eram pequenos.

– Compre um barril barato, venda o vidro caro – dizia Barber. – Nosso lugar é com as classes baixas e os pobres. Acima de nós estão os cirurgiões que cobram bem caro e às vezes deixam para nós o trabalho sujo, no qual não querem sujar as mãos, como quem joga um pedaço de carne podre para um vira-lata! Acima *desse* grupo de miseráveis estão os médicos corados, cheios de importância e que tratam os nobres porque são os de que cobram mais caro.

"Alguma vez já se perguntou por que este barbeiro não apara barbas e cabelos? Porque posso me dar ao luxo de escolher meu trabalho. Pois aqui vai uma lição que deve aprender bem, aprendiz: misturando um bom tônico e vendendo diligentemente, um barbeiro-cirurgião pode ganhar tanto quanto um médico. Se todo o resto falhar, isso é tudo que precisa saber."

Quando terminaram de preparar o tônico para vender, Barber apanhou uma pequena panela e fez um pouco mais. Então abriu a calça. Rob ficou petrificado vendo a urina jorrar no Específico Universal.

– Minha mistura especial – disse Barber com voz suave, ordenhando-se. – Depois de amanhã, chegaremos a Oxford. O bailio do lugar, chamado Sir John Fitts, cobra muito caro para não me expulsar do condado. Dentro de quinze dias estaremos em Bristol, onde o dono de uma taverna, Potter, sempre grita insultos durante meu espetáculo. Eu sempre preparo pequenos presentes para esses homens.

Quando chegaram a Oxford, Rob não procurou um lugar isolado para treinar com as bolas coloridas. Esperou vigilante até o bailio aparecer com sua suja túnica de seda, um homem alto e magro de faces encovadas e um eterno sorriso gelado que parecia provocado por algum divertimento particular. Rob viu Barber pagar o suborno e depois, como que relutantemente, oferecer um vidro de meteglin.

O bailio abriu o vidro e bebeu tudo. Rob esperou que ele engasgasse e cuspisse gritando para que os dois fossem presos imediatamente, mas lorde Fitts tomou tudo e estalou os lábios.

– Uma bebida adequada.
– Obrigado, Sir John.
– Dê-me algumas garrafas para levar.

Barber suspirou, como se estivesse aborrecido.
– Naturalmente, senhor.

As garrafas com urina estavam marcadas para diferenciar do meteglin não diluído e separadas num canto da carroça; mas Rob não tinha coragem de tomar nem um pouco da bebida com mel, com medo de se enganar. A existência da mistura especial fazia com que todo o meteglin fosse nojento para ele, o que talvez evitou que tivesse se tornado um bêbado com tão pouca idade.

Jogar três bolas era extremamente difícil. Treinou durante semanas, sem muito sucesso. Começou segurando duas bolas na mão direita e uma na esquerda. Barber disse que devia começar jogando duas bolas com uma das mãos como já sabia. Quando chegava o momento certo, jogava a terceira no mesmo ritmo. Duas bolas subiam juntas, depois uma, depois duas, depois uma... A bola solitária, girando no meio das outras duas, era uma cena bonita mas não malabarismo de verdade. Sempre que tentava uma jogada cruzada com as três bolas o resultado era desastroso.

Rob treinava sempre que podia. À noite, dormindo, via as bolas coloridas dançando no ar, leves como pássaros. Quando acordado, tentava jogá-las como as via em sonho, mas logo se atrapalhava.

Estavam em Stratford quando ele conseguiu. Não via nada de diferente no modo de jogar ou apanhar as bolas. Simplesmente tinha encontrado o ritmo; as três bolas pareciam subir naturalmente das suas mãos e voltavam como se fossem partes dele.

Barber ficou satisfeito.
– É o dia do meu nascimento e você me deu um ótimo presente – disse ele.

Para comemorar os dois acontecimentos, foram ao mercado e compraram uma perna de gamo novo, que Barber cozinhou, engordurou, temperou com menta e azeda e depois grelhou com molho de cerveja, pequenas cenouras e peras.

– Quando é seu aniversário? – perguntou enquanto comiam.
– Três dias depois de Swithin.
– Mas já passou! E você não disse nada.

Rob não respondeu.

Barber olhou para ele e fez um gesto de assentimento com a cabeça. Depois cortou fatias de carne e as amontoou no prato do garoto.

Naquela noite, Barber o levou ao bar de Stratford. Rob bebeu suco de maçã doce mas Barber tomou cerveja nova e cantou, para comemorar. Não tinha muita voz mas era afinado. Quando terminou, aplaudiram e bateram com as canecas nas mesas. Duas mulheres, as únicas no bar, estavam sentadas juntas num canto. Uma era jovem, gorducha e loura. A outra, magra e mais velha, com fios brancos entre os cabelos castanhos.

– Mais! – gritou a mais velha.

– A senhora é insaciável – disse Barber. Inclinou a cabeça para trás e cantou:

> Esta é uma alegre canção sobre o namoro de uma viúva.
> Ela foi para a cama com um salafrário, por puro azar
> O homem virou, girou e revirou a viúva
> E roubou todo seu ouro por uma farra geral.

As mulheres riram alto e depois deram gargalhadas, escondendo os olhos com as mãos.

Barber mandou servir cerveja para elas e cantou:

> Seus olhos me acariciaram uma vez,
> Seus braços me abraçam agora
> Vamos rolar juntos de lá para cá
> Portanto não faça nenhuma promessa inútil.

Com surpreendente agilidade para um homem tão grande, Barber dançou freneticamente com as duas mulheres, uma de cada vez, enquanto os homens batiam palmas e gritavam. Ele girava e rodopiava as mulheres encantadas, com toda facilidade, pois sob a gordura havia músculos de um cavalo de tiro. Rob adormeceu logo depois que Barber levou as mulheres para a sua mesa. Vagamente sentiu que o acordavam e que as mulheres ajudavam Barber a levá-lo, aos tropeções, para o acampamento.

Quando acordou na manhã seguinte, os três estavam debaixo da carroça, entrelaçados como grandes serpentes mortas.

Rob começava a se interessar muito por seios e aproximou-se, examinando as mulheres. A mais moça tinha seios caídos com mamilos pesados no meio de círculos escuros com alguns pelos. A mais velha quase não tinha seios, com mamilos pequenos e azulados como de uma cadela ou porca.

Barber abriu um olho e viu Rob estudando atentamente as mulheres. Desvencilhou-se e deu algumas palmadinhas nas mulheres sonolentas e irritadas, para tirar o forro e a coberta e guardá-los na carroça onde Rob já atrelava o cavalo. Deixou uma moeda e um vidro do Específico Universal para cada uma delas. Sob a zombaria de uma garça que passou acima deles, saíram de Stratford quando o sol começava a tingir de rosa o rio.

CAPÍTULO 7

A casa em Lyme Bay

Certa manhã, quando assoprou na corneta saxônica, ao invés de um simples escapamento de ar, saiu um som forte. Logo Rob estava marcando orgulhosamente o caminho com o toque solitário e ecoante. Com o fim do verão e dias mais curtos, começaram a viajar para sudoeste.

– Tenho uma casinha em Exmouth – disse Barber. – Procuro sempre passar o inverno na costa, pois o frio não me agrada.

Deu a Rob uma bola marrom.

Jogar as quatro bolas não era para temer, pois já sabia jogar duas com uma só mão e agora jogava duas em cada mão. Treinava constantemente, mas estava proibido quando estavam viajando na carroça, pois errava muito e Barber estava farto de fazer parar o cavalo para que ele fosse apanhar as bolas.

Às vezes chegavam a um lugar onde garotos da sua idade brincavam no rio ou riam e se divertiam e Rob sentia falta da sua infância. Mas já era diferente deles. Algum daqueles garotos já havia lutado com um urso? Podiam fazer malabarismo com quatro bolas? Sabiam tocar a corneta saxônica?

Em Glastonbury ele fez papel de bobo, demonstrando seu malabarismo para um admirado bando de garotos no pátio da igreja, enquanto Barber dava seu espetáculo na praça ao lado e podia ouvir os risos e os aplausos. Barber foi rigoroso na condenação.

– Não deve fazer demonstrações enquanto não for um verdadeiro malabarista, o que pode acontecer ou não. Entendido?

– Sim, Barber – respondeu.

Finalmente chegaram a Exmouth no começo da noite, no fim de outubro. A casa era triste e isolada, a poucos minutos a pé da beira do mar.

– Era uma fazenda, mas comprei sem a terra, por isso foi barata – disse Barber. – O cavalo fica no antigo celeiro e a carroça, naquele barracão feito para armazenar milho. – Um telheiro que antes abrigava a vaca do antigo dono protegia agora a lenha dos elementos. A casa era pouco maior que a da rua Carpenter em Londres e tinha também telhado de palha, mas, em lugar da abertura simples para a saída da fumaça, tinha uma grande chaminé de pedra. Na lareira, Barber havia colocado um suporte de ferro para caldeirão, uma trípode, uma pá, grandes ferros para atiçar o fogo e um gancho para carne. Ao lado da lareira havia um forno e, muito perto dele, um enorme estrado de cama. Barber tinha providenciado para que a casa fosse confortável nos invernos passados. Tinha uma masseira, mesa, um banco, armário para queijo, várias canecas e alguns cestos.

Depois de acender o fogo, requentaram os restos de um pernil que os tinha alimentado durante toda a semana. A carne envelhecida tinha gosto forte e o pão estava embolorado. Não era uma refeição digna do mestre.

– Amanhã vamos comprar provisões – disse Barber mal-humorado.

Rob apanhou as bolas de madeira e treinou os lançamentos cruzados à luz trêmula da lareira. Não foi mal, mas as bolas acabaram caindo.

Barber tirou uma bola amarela da sacola e jogou no chão, onde ela rolou para perto das outras.

Vermelha, azul, marrom e verde. Agora a amarela.

Rob pensou em todas as cores do arco-íris e sentiu que mergulhava no mais profundo desespero. Olhou para Barber. Sabia que o homem via a resistência nos seus olhos, que aparecia pela primeira vez, mas não podia fazer nada.

– Quantas mais?

Barber compreendeu a pergunta e o desespero.

– Nenhuma. Esta é a última – disse, em voz baixa.

Trabalharam, preparando-se para o inverno. Havia muita lenha, mas grande parte precisava ser cortada; gravetos tinham de ser apanhados, partidos e empilhados ao lado da lareira. A casa tinha dois cômodos, um para morar, o outro para guardar alimentos. Barber sabia exatamente onde adquirir as melhores provisões. Compraram cebola, nabo, um cesto de abobrinhas. Num pomar em Exeter, compraram um barril de maçãs com casca dourada e polpa branca e levaram tudo para casa, na carroça. Prepararam um barril com salmoura para a carne de porco. Uma fazenda vizinha tinha defumador e compraram pernis e peixe, que mandaram defumar e depois dependuraram ao lado de um quarto de carneiro, bem no alto, em lugar seco. O fazendeiro, acostumado com invasores da sua propriedade ou com pessoas que produziam o que comiam, disse que nunca tinha visto um homem comum comprar tanta carne.

Rob odiava a bola amarela. A bola amarela foi sua desgraça.

Desde o começo, jogar com cinco bolas não parecia certo. Tinha de manter três bolas na mão direita. Na esquerda, a bola mais baixa era segura na palma com o anular e o mínimo, enquanto que a bola de cima era presa pelo polegar, indicador e médio. Na mão direita, a mais baixa era segura do mesmo modo, mas a última era presa pelo polegar e o indicador e a do centro era enfiada entre o indicador e o médio. Mal conseguia segurá-las, quanto mais jogar.

Barber procurou ajudar.

– Quando você usa cinco, a maior parte das regras que aprendeu perde o valor – disse ele. – Agora a bola não pode ser impelida do mesmo modo, mas atirada para cima com as pontas dos dedos. Para ter tempo de jogar as cinco, precisa jogar muito alto. Primeiro joga uma bola da mão direita. Imediatamente outra deve partir da sua mão esquerda, depois da direita outra vez, depois da esquerda, depois da direita. JOGUE, JOGUE, JOGUE, JOGUE, JOGUE! Precisa jogar rapidamente!

Rob tentou e viu-se sob uma chuva de bolas. Bateu nelas com as mãos mas caíram em volta dele e rolaram para os cantos da sala.

Barber sorriu.

– Aí está seu trabalho de inverno – disse.

A água tinha um gosto amargo porque o poço da casa estava quase entupido por uma grossa camada de folhas de carvalho, apodrecidas. Rob encontrou um ancinho de madeira no celeiro e tirou pilhas de folhas negras e molhadas. Tirou areia de um lugar próximo e forrou com ela o poço. Quando a água assentou, o gosto amargo tinha desaparecido.

O inverno chegou rapidamente, uma estação estranha. Rob gostava do inverno verdadeiro com neve cobrindo o chão. Em Exmouth, naquele ano, choveu quase todo o tempo e, quando nevava, os flocos de neve derretiam no solo molhado. Não chegava a formar gelo, a não ser pequenas agulhas na água quando era apanhada no poço. O vento do mar era sempre gelado e úmido e a pequena casa era parte da umidade geral. Dormia com Barber na grande cama ao lado da lareira. Barber ficava perto do fogo mas seu corpo grande e gordo transmitia bastante calor.

Rob começou a detestar o malabarismo. Tentou desesperadamente manejar as cinco bolas mas não conseguia apanhar mais de duas ou três. Quando segurava duas bolas e tentava apanhar a terceira, a bola geralmente caía, batendo em uma das suas mãos e rolando para longe.

Começou a procurar qualquer atividade que o afastasse das bolas. Levava para fora a vasilha de pedra que servia de vaso sanitário durante a noite, sem que fosse mandado, e a lavava cuidadosamente. Cortou mais lenha do que era necessário e constantemente enchia a jarra de água. Escovava Incitatus até o pelo cinzento ficar brilhando e penteava a crina do animal. Examinava as maçãs do barril, uma por uma, jogando fora as que estavam podres. Mantinha a casa mais limpa do que a de sua mãe em Londres.

Em Lyme Bay, olhava as ondas brancas batendo na praia. O vento soprava do mar cinzento e revolto, tão áspero que seus olhos se enchiam de água. Barber notou que ele estava sempre tremendo de frio e encarregou uma viúva, chamada Editha Lipton, de cortar uma velha túnica e fazer com ela um paletó e uma calça justa para Rob.

O marido de Editha e os dois filhos tinham morrido no mar, durante uma tempestade, enquanto pescavam. Ela era uma matrona gorducha de rosto bondoso e olhos tristes. Logo tornou-se a mulher de Barber. Quando ele ficava na cidade com ela, Rob dormia sozinho na grande cama ao lado do fogo e fingia que a casa era sua. Numa noite de vento e granizo, o frio penetrando pelas aberturas das paredes, Editha dormiu na casa com eles. Rob foi desalojado para o chão e agarrou-se a uma pedra aquecida enrolada num pedaço de pano, os pés protegidos por pedaços de tarlatana da costureira. Ouviu a voz dela suave e baixa:

– O garoto não pode deitar conosco para se aquecer?
– Não – disse Barber.

Um pouco mais tarde, quando Barber com gemidos roucos trabalhava em cima dela, a mulher estendeu a mão e a encostou na cabeça de Rob, os dedos leves como uma bênção.

O menino ficou imóvel. Quando Barber terminou, ela retirou a mão. Depois disso, sempre que ela dormia na casa de Barber, Rob esperava no escuro, no chão ao lado da cama, mas ela nunca mais o tocou.

– Não está fazendo progresso – disse Barber. – Preste atenção. O valor do meu aprendiz consiste em divertir o povo. Precisa ser malabarista.

– Não posso jogar só quatro bolas?

– Um bom malabarista é capaz de manter sete bolas no ar. Conheço vários que jogam com seis. Só preciso de um malabarista comum. Mas se não pode manejar cinco bolas, logo não vou precisar mais de você. – Barber suspirou. – Tive uma porção de ajudantes, mas só três serviam para o trabalho. O primeiro foi Evan Carey, que aprendeu a jogar cinco bolas muito bem, mas tinha uma fraqueza pela bebida. Ficou comigo durante quatro prósperos anos depois de terminar o aprendizado, até ser morto por um golpe de faca numa briga de bêbados em Leicester, o fim de um tolo.

"O segundo foi Jason Earle. Era esperto, o melhor malabarista de todos. Aprendeu o ofício de barbeiro mas casou com a filha do bailio de Portsmouth e deixou que o sogro o transformasse em um ladrão e coletor de suborno.

"O penúltimo garoto era maravilhoso. Chamava-se Gibby Nelson. Foi para mim comida e bebida até morrer de febre em York."

Barber franziu a testa.

– O maldito garoto antes de você era um idiota. Como você, conseguiu jogar quatro bolas, mas nunca chegou a manejar a quinta e eu me livrei dele em Londres, antes de encontrar você.

Entreolharam-se com tristeza.

– Agora, você não é idiota. É um cara simpático, boa companhia, rápido no trabalho. Mas eu não comprei o cavalo e a carroça, nem esta casa, dependurando carne nos ganchos nem ensinando meu ofício a meninos que não posso usar. Se na primavera não estiver manejando as cinco bolas, vou ter de te deixar em algum lugar. Você compreende?

– Compreendo, Barber.

Barber podia ensinar mais alguma coisa. Fez Rob usar três maçãs e as hastes secas machucavam suas mãos. Rob apanhava as frutas suavemente, relaxando a mão um pouco em cada pegada.

– Está vendo? – disse Barber. – Por causa do cuidado com que a apanha, a maçã já na mão não permite que a outra fuja dos seus dedos.

Rob descobriu que isso funcionava com as bolas também.

– Está fazendo progresso – disse Barber, esperançoso.

O Natal os pegou desprevenidos. Editha os convidou para acompanhá-la à igreja e Barber zombou:

– Somos, por acaso, uma maldita família?

Mas não fez objeção quando ela perguntou se podia levar o garoto. A igrejinha de pau a pique e reboco estava cheia e portanto mais quente do que todo o resto do desolado Exmouth. Desde que saíra de Londres, Rob não tinha entrado em uma igreja, respirou nostalgicamente o cheiro de incenso misturado com o de gente e entregou-se completamente ao ritual da missa, um refúgio familiar. Depois o padre, com sotaque de Dartmoor, difícil de entender, falou do nascimento do Salvador e da santa vida humana que acabou quando foi morto pelos judeus e falou longamente sobre o anjo caído, Lúcifer, com quem Jesus luta eternamente para nos defender. Rob tentou escolher um santo para uma prece especial mas acabou rezando para a alma mais pura que sua mente podia conceber: *Mãe, por favor, proteja os outros. Eu estou bem, mas ajude seus filhos mais novos.* Mas não pôde evitar um pedido pessoal: *Por favor. Mãezinha, me ajude a jogar as cinco bolas.*

Da igreja foram diretamente para o ganso que girava no espeto sobre a lareira de Barber e para o recheio de ameixas e cebola.

– O homem que tem um ganso no Natal recebe dinheiro durante o ano todo – disse Barber.

Editha sorriu.

– Sempre ouvi dizer que para receber dinheiro a gente deve comer ganso na festa de São Miguel – disse ela, mas não discutiu quando Barber teimou, dizendo que era no Natal. Ele serviu bebida com generosidade e tiveram uma alegre ceia.

Editha não quis passar a noite na casa, talvez porque no dia do nascimento de Cristo seus pensamentos estivessem com o marido e os filhos mortos, assim como os de Rob estavam distantes dali.

Depois que ela partiu, Barber ficou vendo Rob fazer a limpeza.

– Não quero gostar muito de Editha – disse finalmente. – É apenas uma mulher e logo a abandonaremos.

O sol não apareceu. O cinzento imutável do céu durante as três primeiras semanas do novo ano infiltrou-se no espírito dos dois. Barber começou a pressionar, dizendo que Rob devia insistir nos treinos por piores que fossem os resultados.

– Não lembra como foi quando começou a treinar com as três bolas? Num momento não conseguia, e então de repente descobriu o jeito. A mesma coisa aconteceu com a corneta. Deve treinar com as cinco, sempre que puder.

Mas, por mais que insistisse, o resultado era sempre o mesmo. Rob começava o treino desanimado, sabendo de antemão que falharia.

Sabia que a primavera chegaria e ele não seria um malabarista.

Uma noite sonhou que Editha tocava outra vez na sua cabeça e, abrindo as pernas, mostrava sua enorme vagina. Quando acordou, não se lembrava do que tinha visto, mas uma coisa estranha e assustadora tinha acontecido durante o sonho. Rob limpou a coberta de pele quando Barber estava fora da casa, esfregando-a com cinzas molhadas.

Não era tolo a ponto de pensar que Editha esperaria que se tornasse um homem para se casar com ele, mas achava que a vida dela ficaria melhor se ganhasse um filho.

– Barber vai embora – disse Rob a ela numa manhã, quando Editha o ajudava a carregar lenha. – Não posso ficar em Exmouth com você?

Uma expressão dura apareceu nos belos olhos dela, mas Editha não os desviou.

– Não posso te sustentar. Para me manter sozinha tenho de ser costureira e prostituta. Se ficasse com você, teria de me entregar a qualquer homem.

Um graveto caiu da pilha que carregava. Esperou que Rob o apanhasse, depois deu meia-volta e foi para a casa.

Depois disso ela aparecia com menor frequência e mal falava com ele. E então deixou de visitá-los. Talvez Barber estivesse menos interessado naquele tipo de prazer, pois começou a ficar ranzinza.

– Idiota! – gritou quando Rob J. mais uma vez deixou cair as bolas. – Use só três dessa vez, mas jogue bem alto, como se estivesse usando cinco. Quando a terceira estiver no ar, bata palmas.

Rob obedeceu e depois de bater palmas teve tempo de apanhar as três bolas.

– Está vendo? – disse Barber satisfeito. – No tempo que gastou para bater palmas, podia ter jogado as outras duas bolas.

Mas quando Rob tentou, as cinco se chocaram no ar e mais uma vez fez-se o caos, o homem praguejando e as bolas rolando.

De repente, faltavam poucas semanas para a primavera.

Uma noite, pensando que Rob estava dormindo, Barber ajeitou a pele de urso aconchegando-a sob o queixo do garoto. Ficou ali de pé, olhando para Rob durante um longo tempo. Depois suspirou e se afastou.

De manhã, Barber apanhou um chicote na carroça.

– Você não presta atenção no que está fazendo – disse Barber.

Rob nunca o vira chicotear o cavalo, mas, quando deixou cair as bolas, o chicote assobiou e atingiu com força suas pernas.

A dor foi intensa; Rob deu um grito e começou a soluçar.

– Apanhe as bolas.

– Por favor, Barber!

O homem estava carrancudo.

– É para seu próprio bem. Use a cabeça. Pense no que está fazendo.

O dia estava frio, mas Barber suava.

A dor fez com que Rob se concentrasse no que estava fazendo, mas todo seu corpo tremia com os soluços e seus músculos pareciam pertencer a outra pessoa. Foi pior do que nunca. Ficou parado, trêmulo, as lágrimas escorrendo pelo rosto, o ranho escorrendo para a boca quando Barber o chicoteou outra vez. Sou um romano, pensou Rob. Quando crescer, vou procurar este homem e vou matá-lo.

Barber continuou com o castigo até o sangue aparecer no lado de fora da calça feita por Editha. Então, deixou cair o chicote e saiu da casa com passos largos.

O barbeiro-cirurgião voltou tarde da noite e caiu na cama, bêbado. De manhã seus olhos estavam calmos, mas franziu os lábios quando olhou para as pernas de Rob. Esquentou água e limpou o sangue seco com um pedaço de pano, depois apanhou um pote com gordura de urso.

– Passe no ferimento.

A certeza de ter perdido sua chance era mais dolorosa do que os cortes e os vergões nas pernas.

Barber consultou seus mapas.

– Vou partir na quinta-feira santa e levo você até Bristol. É um porto movimentado e talvez encontre algum trabalho lá.

– Sim, Barber – disse Rob em voz baixa.

Barber levou muito tempo preparando a primeira refeição do dia e finalmente serviu um delicioso mingau, torradas com queijo, ovos e bacon.

– Coma, coma – disse, secamente.

Ficou observando enquanto Rob empurrava a comida.

– Eu sinto muito – disse ele. – Fui também um menino errante e sei que a vida pode ser muito dura.

Naquela manhã Barber falou com Rob só mais uma vez:

– Pode ficar com a roupa – disse ele.

As bolas coloridas foram guardadas e Rob deixou de treinar. Mas faltavam ainda quinze dias para a quinta-feira santa e Barber continuava a fazer o menino trabalhar duro, e mandou que esfregasse o assoalho de madeira dos dois cômodos. Em casa, na primavera, Mãe também lavava as paredes, e Rob fez o mesmo. Nessa casa havia menos fumaça que na de Mãe mas as paredes pareciam nunca terem sido lavadas, e, quando Rob terminou o serviço, a diferença era enorme.

Certa tarde o sol apareceu como por magia, pintando o mar de azul brilhante e amenizando o ar salgado. Pela primeira vez Rob entendeu por que certas pessoas gostavam de morar em Exmouth. Nos bosques atrás da casa, coisinhas verdes começavam a apontar entre as folhas mortas e emboloradas; Rob apanhou brotos de samambaia, que foram cozidos com bacon. Os pescadores aventuravam-se no mar mais calmo e Barber comprou deles um bacalhau feioso e meia dúzia de cabeças de peixe. Mandou Rob picar a carne de porco salgada e a fritou até ficar seca. Então fez uma sopa, misturando carne e peixe, nabo picado, gordura derretida, leite gordo e um pouco de tomilho. Comeram em silêncio com pão quente, ambos lembrando que muito em breve Rob não estaria mais comendo tão bem.

Uma parte do carneiro estava verde e Barber cortou o pedaço estragado e levou para o bosque. Um fedor exalava do barril de maçãs onde muito pouco tinha sobrevivido. Rob esvaziou o barril, separando as frutas em bom estado.

Sentiu-as sólidas e redondas nas palmas das mãos.

Lembrando de como Barber o havia ensinado a apanhar suavemente, fazendo-o treinar com maçãs, jogou três delas, *opa-opa-opa*.

Apanhou todas. Jogou outra vez, mais alto, e bateu palmas antes que elas caíssem.

Apanhou mais duas maçãs e jogou as cinco, mas – surpresa! – elas chocaram-se no ar e caíram meio amassadas no chão. Rob ficou petrificado pois não sabia onde estava Barber; na certa apanharia outra vez se o homem visse que estava desperdiçando comida.

Mas não houve nenhum protesto do outro cômodo.

Começou a guardar as maçãs boas no barril. Não tinha sido tão ruim, pensou; sua coordenação parecia melhor.

Escolheu mais cinco maçãs e jogou.

Dessa vez quase conseguiu, mas faltou coragem e as frutas caíram no chão como que derrubadas da árvore por um forte vento de outono.

Rob apanhou as maçãs e jogou outra vez. Correu de um lado para o outro, com gestos bruscos e desajeitados, não com graça e leveza, mas dessa vez os cinco objetos subiram e caíram em suas mãos e voltaram para o ar como se fossem apenas três.

Para cima e para baixo, para cima e para baixo. Outra, outra e outra vez.

– Oh, Mãe – disse Rob com voz trêmula, embora anos mais tarde viesse a discutir consigo mesmo se a mãe tinha alguma coisa ou não a ver com aquilo.

Opa-o pa-o pa-o pa-o pa!

– Barber – disse em voz alta, com medo de gritar.

A porta se abriu. Um instante depois ele se atrapalhou e as maçãs estavam se espalhando por toda parte.

Ergueu os olhos e se encolheu, pois Barber avançava para ele com a mão estendida.

– Eu vi! – exclamou Barber, e Rob viu-se apertado em um alegre abraço que podia ser favoravelmente comparado aos melhores esforços do urso Bartram.

CAPÍTULO 8

O artista

A quinta-feira santa chegou e se foi e continuaram em Exmouth, pois Rob precisava aprender todos os aspectos do espetáculo. Treinaram malabarismo em conjunto, o que o agradou desde o começo, e logo estava trabalhando muito bem. Passaram então para mágica, truques que se igualavam em dificuldade ao malabarismo com quatro bolas.

– O diabo não protege os mágicos – disse Barber. – É uma arte humana que deve ser aprendida como você aprendeu malabarismo. Mas é muito mais fácil – acrescentou rapidamente, vendo a cara de Rob.

Barber ensinou os simples segredos da magia branca.

– Precisa de espírito ousado e audacioso e deve fazer tudo com um ar de confiança. Precisa de dedos ágeis e trabalho limpo, e deve criar ambiente com uma arenga, usando palavras exóticas para enfeitar seus atos.

"A regra final é a mais importante. Deve procurar distrações, movimentos do corpo e qualquer outra coisa de modo que os assistentes *olhem para qualquer lugar, menos para o que você está fazendo*."

– A melhor diversão é criada entre eles – disse Barber, demonstrando com o truque da fita. – Para isso preciso fitas de cor azul, vermelha, preta, amarela, verde e marrom. Na ponta de cada metro dou um nó corrediço, depois enrolo a fita bem apertada, fazendo pequenos rolos que distribuo pela minha roupa. A mesma cor fica sempre no mesmo bolso.

"Quem vai querer uma fita?", pergunto.

"Oh, eu, senhor! Uma fita azul, dois metros de comprimento."

– Raramente pedem fitas mais compridas. Não usam fitas para prender as vacas.

"Finjo que me esqueci do pedido, começando a fazer outras coisas. Então *você* prende a atenção deles, talvez com suas bolas. Enquanto estão olhando para você, enfio a mão neste bolso esquerdo da túnica, onde sempre guardo as fitas azuis. Invento uma tosse para cobrir a boca e enfio nela o rolo de fita. Quando voltam a atenção para mim, descubro a ponta da fita entre meus lábios e começo a puxar. Quando o primeiro nó chega aos meus dentes, ele se desfaz. Quando chega o segundo, sei que tenho dois metros, corto a fita e entrego."

Rob ficou encantado por aprender o truque mas desapontado com a manipulação quase grosseira, descobrindo o engano que era a mágica.

Barber continuou a desiludir o garoto. Logo, embora não pudesse ser ainda um bom mágico, já podia trabalhar como ajudante. Aprendeu pequenas danças, hinos e canções, piadas e histórias que não entendia. Finalmente decorou os discursos que acompanhavam a venda do Específico Universal. Barber disse que ele aprendia depressa. Muito antes do que Rob esperava, o barbeiro-cirurgião o declarou pronto.

Partiram numa nevoenta manhã de abril e durante dois dias atravessaram Blackdown Hills sob uma fina chuva de primavera. Na terceira tarde, sob o céu claro e novo, chegaram à cidade de Bridgeton. Barber parou o cavalo ao lado da ponte que dava nome ao lugar e examinou Rob.

– Então, tudo pronto?

Rob não estava muito certo mas respondeu com um gesto de assentimento.

– Assim é que eu gosto. A cidade não é grande coisa. Exploradores de mulheres e prostitutas, um bar movimentado e muitos fregueses que vêm de longe para as duas coisas. Portanto, tudo é permitido, sabe?

Rob não tinha ideia do que ele queria dizer, mas fez outro gesto afirmativo. Incitatus respondeu às rédeas e os levou pela ponte em trote de passeio. No começo, foi como das outras vezes. O cavalo dançou e Rob tocou o tambor enquanto desfilavam pela rua principal. Instalou o palco na praça e levou três cestos de lasca de carvalho cheios de Específico Universal para fora da carroça.

Porém dessa vez, quando começou o espetáculo, ele saltou para o palco ao lado de Barber.

– Bom-dia e boa-tarde – disse Barber. Começaram jogando duas bolas. – Estamos felizes por estar em Bridgeton.

Finalmente ficaram um de frente para o outro, enquanto continuavam a jogar as bolas. Sem perder uma, Rob mandou uma bola para Barber e apanhou a azul que foi jogada para ele. Começou mandando cada terceira bola para Barber e recebendo cada terceira de volta. Depois, uma sim e outra não, uma corrente constante de mísseis azuis e vermelhos. Depois de um sinal quase imperceptível de Barber, sempre que uma bola chegava à mão direita de Rob ele a devolvia com força e rapidamente, apanhando-a com a mesma precisão quando ela voltava.

Os aplausos foram o som mais alto e mais bonito que Rob já tinha ouvido.

Depois do primeiro ato, ele apanhou dez das doze bolas e saiu do palco, refugiando-se atrás da cortina da carroça. Estava ofegante, o coração disparado. Ouvia a voz de Barber, que não parecia nada ofegante, falando sobre as alegrias do malabarismo, enquanto jogava com duas bolas.

– Sabe o que tem quando segura objetos como esses na mão, senhora?

– O que é, companheiro? – perguntou uma prostituta.
– A completa e perfeita atenção dele – disse Barber.
A multidão alegre gritou e riu.

Na carroça, Rob preparou os objetos para a mágica e depois subiu no palco, e logo Barber fez aparecer rosas de papel em um cesto vazio, transformou um lenço de cores sóbrias em uma coleção de bandeiras coloridas, tirou moedas do ar fino e fez desaparecer uma garrafa de cerveja e depois um ovo.

Rob cantou "A viúva rica está namorando" acompanhado por assobios alegres, e depois Barber vendeu rapidamente todo o Específico Universal, esvaziando os três cestos e mandando Rob apanhar mais na carroça. Uma longa fila se formou, esperando tratamento para vários males, pois embora o povo descontraído estivesse pronto para rir e brincar, Rob notou que todos ficavam sérios quando procuravam cura para suas doenças.

Terminadas as consultas, saíram de Bridgeton, pois Barber disse que a cidade era um antro onde pescoços eram cortados quando caía a noite. O mestre obviamente estava satisfeito com o dinheiro ganho e naquela noite Rob dormiu certo de ter garantido seu lugar no mundo.

No dia seguinte, em Yeoville, para seu grande embaraço Rob deixou cair três bolas durante o espetáculo, mas Barber o consolou:

– Isso acontece às vezes no começo – disse ele. – Depois com menor frequência e, finalmente, nunca mais.

Naquela mesma semana, em Taunton, uma cidade de profissionais trabalhadores e em Bridgewater, núcleo de fazendeiros conservadores, apresentaram o espetáculo sem piadas fortes. Glastonbury foi a próxima parada, lugar de gente piedosa que havia construído suas casas em volta da grande e bela igreja de São Miguel.

– Precisamos ser discretos – disse Barber. – Glastonbury é controlada por padres, e padres detestam todo o tipo de prática médica, pois acreditam que Deus entregou a eles a responsabilidade dos corpos dos homens, bem como de suas almas.

Chegaram na manhã seguinte ao domingo de Pentecostes, o dia que marcava o fim do alegre período da Páscoa, comemorando a descida do Espírito Santo sobre os apóstolos, fortalecendo-os após nove dias de oração depois da ascensão de Jesus aos céus.

Rob notou nada menos que cinco padres nada satisfeitos entre o povo.

Ele e Barber jogaram bolas vermelhas, que Barber, em tom solene, comparou às línguas de fogo que representam o Espírito Santo em Atos 2:3. Os espectadores ficaram encantados com o malabarismo e aplaudiram generosamente, mas silenciaram quando Rob cantou "Toda a glória, louvor e honra". Rob sempre gostou de cantar; sua voz ficou embargada quando cantou sobre as crianças fazendo "doces anéis de hosana" e tremeu nas notas mais altas, mas depois que suas pernas pararam de tremer tudo foi bem.

Barber tirou da carroça sagradas relíquias, que apresentou em um baú de madeira de freixo.

– Prestem atenção, queridos amigos – dizia com sua voz de monge, como explicou mais tarde a Rob.

Mostrou terra e areia trazidas dos montes Sinai e das Oliveiras para a Inglaterra; uma lasca da santa cruz e um pedaço da viga que servia de apoio à santa manjedoura; mostrou *água* do Jordão, um torrão de terra de Getsêmane e pedaços de ossos pertencentes a inúmeros santos.

Então Rob subiu no palco sozinho. Erguendo os olhos para o céu, como Barber tinha ensinado, cantou outro hino:

> *Criador das estrelas da noite,*
>   *A luz eterna dos povos,*
> *Jesus, Redentor, salve a todos,*
>   *E ouça o chamado dos teus servos.*
>
> *Tu, lamentando que a maldição antiga*
>   *Tenha condenado à morte todo o universo,*
> *Encontraste o remédio, cheio de graça,*
>   *Para salvar e curar uma raça condenada.*

Os espectadores ficaram comovidos. Enquanto estavam todos ainda cantando, Barber segurava uma garrafa do Específico Universal.

– Amigos – disse ele. – Assim como o Senhor encontrou o remédio para seu espírito, eu encontrei o remédio para seu corpo.

Contou a história da vitália, a Erva da Vida, que obviamente convenceu tão bem os piedosos quanto convencia os pecadores, pois compraram o Específico avidamente e depois fizeram fila ao lado do biombo do barbeiro-cirurgião para consultas e tratamento. Os padres presentes olhavam carrancudos, mas foram amaciados com presentes e com o fundo religioso do espetáculo. Apenas um apresentou objeção:

– Não deve fazer nenhum sangramento – comandou severamente. – Pois o arcebispo Theodoro escreveu que é perigoso sangrar quando a luz da lua e as marés estão crescendo.

Barber concordou imediatamente.

Naquela tarde, acamparam felizes. Barber cozinhou pedaços de carne no vinho até ficarem macios e acrescentou cebola, um velho nabo, murcho mas ainda bom, e ervilhas e vagens frescas, temperando tudo com tomilho e uma pitada de hortelã. Tinham também um pedaço de queijo especial claro, comprado em Bridgwater, e depois Barber sentou ao lado do fogo contando suas moedas com evidente satisfação.

Talvez fosse o momento certo para falar no assunto que pesava constantemente na mente de Rob.

– Barber – disse ele.
– Hummm?
– Barber, quando iremos a Londres?

Absorto nas moedas, Barber balançou a mão, sem parar de contar.

– Um dia desses – murmurou –, um dia desses.

CAPÍTULO 9

O dom

Rob deixou cair quatro bolas em Kingswood. Derrubou outra em Mangotsfield mas foi a última, e depois de terem oferecido diversão e tratamento para os habitantes de Redditch, em meados de junho, não passava mais horas treinando, pois os espetáculos frequentes mantinham seus dedos ágeis e seu senso de ritmo alerta. Logo se tornou um malabarista confiante. Achava que com o tempo talvez pudesse manejar seis bolas, mas Barber não queria nada disso, preferindo que ele empregasse o tempo aprendendo a profissão de barbeiro-cirurgião.

Viajaram para o Norte como pássaros migratórios, mas não voavam, percorriam o caminho lentamente, atravessando as montanhas entre a Inglaterra e o País de Gales. Estavam na cidade de Abergavenny, uma fileira de casinhas miseráveis na encosta de uma colina de xisto, quando pela primeira vez Rob ajudou Barber no exame e tratamento dos doentes.

Rob J. estava com medo. Muito mais medo do que haviam lhe inspirado as bolas de madeira.

Os motivos das doenças eram um mistério. Parecia impossível para um mero ser humano compreender e oferecer milagres. Sabia que Barber era mais esperto do que qualquer homem que tinha conhecido para fazer aquilo.

As pessoas faziam fila na frente do biombo e ele as chamava uma a uma, à medida que Barber terminava suas consultas ou seus tratamentos, e as levava para a privacidade parcial da tênue barreira. O primeiro homem que Rob levou para seu patrão era grande e curvado, com linhas negras no pescoço, nas juntas das mãos e sob as unhas.

– Seria bom um banho – sugeriu Barber, bondosamente.

– É o carvão, compreende – disse o homem. – A poeira gruda quando cavamos.

– Você minera carvão? – perguntou Barber. – Ouvi dizer que é um veneno para fazer fogo. Já vi com meus olhos a fumaça pesada e fedida que produz, que não sobe com facilidade pelas aberturas das casas. Pode-se ganhar a vida com uma coisa tão ruim?

– O carvão está lá, senhor, e somos pobres. Mas ultimamente tenho inchaços e dores nas juntas e me incomoda para cavar.

Barber tocou os pulsos encardidos e os dedos, enfiou a ponta do dedo no cotovelo inchado do homem.

– Isso é de inalar humores da terra. Deve tomar sol sempre que puder. Tome banhos frequentes em água morna, não quente, pois o banho quente enfraquece o coração e os membros. Esfregue meu Específico Universal nas juntas doloridas e pode tomar também que vai fazer bem.

Cobrou seis pence por três garrafinhas e dois pence pela consulta sem olhar para Rob.

Uma mulher forte de lábios finos chegou com a filha de treze anos que estava noiva.

– O sangue mensal dela parou dentro do corpo e nunca sai – disse a mãe.

Barber perguntou se a menina já tivera alguma menstruação.

– Durante mais de um ano, veio todos os meses – disse a mãe. – Mas agora, há cinco meses, nada.

– Você dormiu com um homem? – perguntou Barber delicadamente para a menina.

– Não – respondeu a mãe.

Barber olhou para a menina. Era magra e bem-feita, com longos cabelos louros e olhos atentos.

– Vomita?

– Não – murmurou ela.

Barber olhou para a menina demoradamente e então estendeu o braço e apertou o vestido dela. Tomou a mão da mãe e encostou a palma contra a barriga pequena e redonda.

– Não – disse a menina outra vez. Balançou a cabeça. Seu rosto ficou vermelho e ela começou a chorar.

A mão da mãe saiu da barriga e esbofeteou o rosto da menina. Levou a filha embora sem pagar, mas Barber as deixou ir.

Em rápida sucessão, tratou de um homem cuja perna fora maltratada há oito anos e que arrastava o pé esquerdo; de uma mulher com dor de cabeça constante; de um homem com sarna no couro cabeludo; e de uma jovem idiota e sorridente que tinha uma ferida feia em um dos seios e disse que tinha pedido a Deus para mandar um barbeiro-cirurgião à sua cidade.

Vendeu o Específico Universal para todos, exceto para o homem com sarna, que não comprou, embora fosse recomendado para o caso dele; talvez não tivesse os dois pence.

Foram para as montanhas mais suaves de West Midlands. Nos arredores da cidade de Hereford, Incitatus teve de esperar perto do rio Wye enquanto um rebanho de carneiros atravessava o baixio, uma fileira interminável de flocos que passou balindo e que intimidou Rob. Gostaria de sentir-se mais à vontade com animais, mas, embora sua Mãe tivesse sido criada em uma fazenda, ele era um menino da cidade. Tatus era o único cavalo com o qual tivera contato. Um vizinho distante da rua Carpenter tinha uma vaca leiteira, mas nenhum dos Cole tinha passado muito tempo perto de carneiros.

Hereford era uma comunidade próspera. Todas as fazendas tinham chiqueiros e campos verdes e planos repletos de carneiros e bois. As casas de pedra e os celeiros eram grandes e sólidos, e as pessoas, de modo geral, mais alegres do que os montanheses pobres do País de Gales, apenas a alguns dias de distância da cidade. No parque da cidade, o espetáculo atraiu muita gente e as vendas foram muito boas.

O primeiro paciente de Barber atrás do biombo tinha mais ou menos a idade de Rob, embora fosse muito menor.

– Caiu do telhado há menos de seis dias e olhe para ele – disse o pai, um tanoeiro. Uma aduela de barril tinha se espetado na palma da mão esquerda do menino e o ferimento estava inflamado e a mão inchada como um peixe-bola.

Barber ensinou a Rob como devia segurar a mão do garoto e ao pai como segurar as pernas, então apanhou uma faca curta e afiada do seu conjunto de instrumentos.

– Segurem com força – disse.

Rob sentia as mãos trêmulas. O menino gritou quando a carne se abriu sob a lâmina. O pus amarelo-esverdeado jorrou, seguido de um fedor e um carnegão vermelho.

Barber limpou toda a podridão do ferimento e começou a tirar pequenas farpas com uma pinça de ferro.

– Pedaços da aduela que o feriu, está vendo? – disse para o pai.

O menino gemeu. Rob sentiu-se mal mas continuou segurando enquanto Barber trabalhava cuidadosamente.

– Precisamos tirar tudo – disse ele –, pois contêm humores pecaminosos que vão mortificar a mão outra vez.

Quando teve certeza de que o ferimento estava livre das farpas, derramou um pouco do Específico e fez uma atadura, depois tomou o que restou no vidro. O paciente saiu apressado e soluçando, feliz por se ver livre, enquanto o pai pagava.

O seguinte era um velho com uma tosse cavernosa. Rob o levou para trás do biombo.

– Catarro matinal. Oh, muito mesmo, senhor! – Arquejava para falar.

Barber passou a mão no peito magro, com ar pensativo.

– Bem, vamos aplicar ventosas. – Olhou para Rob. – Ajude-o a tirar parte da roupa, para aplicar ventosas no peito.

Rob tirou a camisa do homem com cuidado, pois o velho parecia frágil. Para virar o paciente de costas para o barbeiro-cirurgião, segurou as duas mãos do homem.

Era como segurar um par de pássaros trêmulos. Os dedos finos encostaram nos seus e enviaram a mensagem.

Barber viu o garoto ficar tenso.

– Vamos – disse impaciente. – Não podemos ficar aqui o dia todo.

Rob não parecia estar ouvindo.

Duas vezes antes sentira algo estranho e desagradável passar do corpo de outra pessoa para o seu. Agora, como nas duas outras ocasiões, foi dominado por um terror intenso, largou a mão do paciente e fugiu.

Praguejando, Barber procurou até encontrar seu aprendiz encolhido sob uma árvore.

– Quero saber o que isso significa. *Agora!*

– Ele... O velho vai morrer.

Barber olhou espantado para ele.

– Que conversa de merda é essa?

O aprendiz começou a chorar.

– Pare com isso – disse Barber. – Como você sabe?

Rob tentou falar mas não conseguiu. Barber o esbofeteou e ele deu um suspiro. Quando começou a falar, as palavras jorraram, pois estavam rolando em sua mente desde antes de deixar Londres.

Tinha sentido a morte iminente da mãe e aconteceu, explicou ele. Então, teve certeza de que o pai estava morrendo, e ele morreu.

– Oh, Jesus querido – disse Barber, aborrecido.

Mas escutou atentamente, observando Rob.

– Quer me dizer que sentiu a morte naquele velho?

– Senti. – Não esperava que Barber acreditasse.

– Quando?

Rob ergueu os ombros.

– Logo?

Fez um gesto afirmativo. A única coisa que podia fazer era dizer a verdade.

Viu nos olhos de Barber que ele acreditava.

Barber hesitou e por fim resolveu.

– Enquanto eu me livro dos outros, arrume a carroça – disse.

Deixaram a cidade lentamente, mas, quando não podiam mais ser vistos, afastaram-se o mais depressa possível na trilha acidentada. Incitatus atravessou o vau do rio espirrando água ruidosamente e logo adiante espalhou carneiros, e os balidos assustados quase abafavam o rugido do pastor furioso.

Pela primeira vez Rob viu Barber usar o chicote em Incitatus.

– Por que estamos correndo? – perguntou, agarrando-se para não cair.

– Sabe o que eles fazem com feiticeiros? – Barber teve de gritar para ser ouvido, com o barulho das patas e das coisas que eram sacudidas dentro da carroça.

Rob balançou a cabeça.

– Enforcam numa árvore ou penduram numa cruz. Às vezes mergulham suspeitos no seu maldito Tâmisa e, se morrem afogados, são declarados inocentes. Se o velho morrer, vão dizer que somos feiticeiros! – gritou, chicoteando uma, duas, três vezes o animal assustado.

Não pararam para comer, nem para fazer as necessidades. Quando Barber permitiu que Tatus diminuísse o passo, Hereford estava bem longe, mas o pobre animal continuou caminhando até o fim do dia. Exaustos, acamparam e comeram uma péssima refeição, em silêncio.

– Conte outra vez – disse Barber, finalmente. – Conte tudo.

Ouviu atentamente, só interrompendo para mandar Rob falar mais alto. Quando o menino terminou a história, fez um gesto de assentimento com a cabeça.

– Quando eu era aprendiz, vi meu mestre barbeiro-cirurgião ser injustamente morto como feiticeiro – disse.

Rob arregalou os olhos para ele, assustado demais para fazer perguntas.

– Algumas vezes em toda a minha vida pacientes morreram enquanto eu os estava tratando. Uma vez em Durham, uma velha morreu e eu estava certo de que uma corte religiosa ia me condenar ao julgamento por imersão ou iam me fazer segurar uma barra de ferro em brasa. Só me deixaram ir embora depois de um interrogatório cheio de suspeita, jejum e esmolas. Outra vez, em Eddisbury, um homem morreu atrás do meu biombo. Era jovem e aparentemente saudável. Uma situação propícia para criadores de problemas mas tive sorte e ninguém impediu minha saída da cidade.

Rob encontrou a voz:

– Acha que eu fui tocado... pelo demônio?

Uma pergunta que o tinha atormentado durante todo o dia.

Barber bufou com desprezo:

– Se acredita nisso, é um tolo e um idiota. E sei que não é nada disso.

Foi até a carroça, encheu seu chifre com meteglin e tomou tudo antes de falar de novo:

– Mães e pais morrem. E gente velha morre. É a natureza das coisas. Tem certeza de que sentiu mesmo?

– Tenho, Barber.

– Não pode ser engano, ou fantasia, um garoto novo como você?

Rob sacudiu a cabeça com teimosia.

– Pois eu digo que foi tudo impressão – disse Barber. – Agora, já corremos e conversamos muito e temos direito a um descanso.

Arrumaram as camas uma de cada lado do fogo. Mas levaram horas para adormecer. Barber virava de lá para cá e finalmente levantou-se e abriu outra garrafa de bebida. Foi até a cama de Rob e se agachou.

– Supondo – disse ele, e tomou um gole. – Apenas *supondo* que todas as pessoas no mundo tivessem nascido sem olhos. E você nasceu com olhos?

– Então eu ia ver coisas que ninguém mais veria.

Barber bebeu e fez um gesto afirmativo.

– Certo. Ou imagine que não tivéssemos ouvidos e você tivesse? Ou suponha que ninguém tivesse outro sentido qualquer? E por obra da natureza, ou sei lá do que for, você tivesse recebido... um dom especial. Suponhamos que sabe quando alguém vai morrer?

Rob ficou em silêncio, extremamente assustado outra vez.

– É bobagem, nós dois sabemos disso – continuou Barber. – Foi só imaginação sua, concordamos. Mas *suponha*... – Tomou um gole pensativamente, o pomo de adão subindo e descendo, a luz mortiça do fogo brilhando com calor nos olhos esperançosos fixos em Rob. – Seria um pecado não usar esse dom – concluiu.

Em Chipping Norton, compraram meteglin e prepararam outra partida de Específico, renovando o lucrativo suprimento.

– Quando eu morrer e estiver na fila na frente do portão – disse Barber –, São Pedro vai perguntar: "Como você ganhou a vida?" "Eu era fazendeiro", diz um homem, ou "Eu fazia sapatos de couro". Mas eu responderei *"Fumum vendit"* – acrescentou o antigo monge alegremente e o latim de Rob deu para traduzir: *Eu vendia fumaça.*

Contudo, aquele homem gordo era muito mais do que um vendedor ambulante de um tônico questionável. Quando tratava os doentes atrás do biombo, era habilidoso e muitas vezes carinhoso. O que Barber sabia fazer, sabia e fazia com perfeição e ensinou a Rob o toque firme e a mão delicada.

Em Buckingham, Barber ensinou Rob a extrair dentes, quando teve a sorte de encontrar um tropeiro com todos os dentes estragados. O paciente era tão gordo quanto Barber, gemia de olhos arregalados e gritava como uma mulher. No meio do tratamento, mudou de ideia. "Pare, pare, pare! Me solte!", ciciou cuspindo sangue, mas sem dúvida os dentes precisavam ser extraídos e eles insistiram; foi uma lição excelente.

Em Clavering, Barber alugou a oficina do ferreiro por um dia e Rob aprendeu a fazer instrumentos cortantes e pontudos de ferro para lancetar. Essa tarefa ele repetiu em meia dúzia de ferreiros por toda a Inglaterra durante os anos seguintes, antes que o mestre ficasse satisfeito com seu trabalho. A maior parte do que fez em Clavering foi rejeitada, mas Barber, com relutância, permitiu que Rob guardasse uma lanceta de lâmina dupla como o primeiro instrumento da sua maleta cirúrgica, um começo importante. Saindo dos Midlands, a caminho de Fens, Barber ensinou quais veias deviam ser abertas para sangrias, trazendo lembranças desagradáveis dos últimos dias do pai de Rob.

Às vezes a imagem do pai surgia em sua mente, pois sua voz estava ficando igual à dele; o timbre estava mais profundo e começavam a nascer pelos em seu corpo. As áreas cobertas de pelos não eram ainda tão densas quanto seriam mais tarde, Rob sabia por ter visto muitas vezes os corpos dos pacientes de Barber. As mulheres continuavam ainda um mistério, pois Barber usava uma boneca de gesso voluptuosa, de sorriso enigmático, chamada Thelma, na qual as mulheres indicavam as áreas das suas aflições, não sendo necessário o exame. Rob sentia-se ainda constrangido com aquela intrusão na privacidade de estranhos, mas acostumou-se com as perguntas casuais sobre as funções do corpo.

– Quando evacuou pela última vez, senhor?
– Senhora, quando deve vir seu fluxo mensal?

Por sugestão de Barber, Rob segurava a mão de cada paciente que chegava ao biombo.

– O que sente quando segura os dedos deles? – perguntou Barber certo dia em Tisbury, quando Rob estava desarmando o palco.

– Às vezes não sinto nada.

Barber assentiu com a cabeça. Apanhou uma das armações das mãos de Rob, levou para a carroça e voltou, franzindo a testa.

– Mas às vezes... sente *alguma coisa*?

Rob fez um gesto afirmativo.

– Muito bem, o quê? – perguntou Barber, irritado. – O *que* você sente, garoto?

Mas Rob não podia definir nem descrever com palavras. Era uma intuição sobre a vitalidade da pessoa, como se estivesse espiando dentro de poços profundos e sentindo quanta vida continham.

Barber interpretou o silêncio de Rob como prova de que era imaginação o que ele sentia.

– Acho que vamos voltar a Hereford e ver se o velho continuou ou não a existir com saúde – disse maliciosamente.

Ficou aborrecido quando Rob concordou.

– Não podemos voltar, seu bobo! – disse. – Pois, se ele estiver morto, é o mesmo que pôr nossos pescoços na corda.

Continuou a zombar do "dom", sempre em voz alta.

Porém, quando Rob deixou de segurar as mãos dos pacientes, mandou que continuasse.

– Por que não? Por acaso não sou um negociante cauteloso? E não nos custa nada dar asas a essa fantasia.

Em Peterborough, apenas a alguns quilômetros e toda uma vida da abadia de onde tinha fugido quando era menino, Barber sentou-se sozinho no bar durante a longa e chuvosa noite, bebendo lenta e incessantemente.

À meia-noite, o aprendiz foi procurá-lo. Rob o encontrou cambaleando no caminho e o ajudou a chegar até o fogo do acampamento.

– Por favor – murmurou Barber com voz assustada.

Rob ficou atônito ao ver o homem embriagado erguer as duas mãos estendidas para a frente.

– Ah, em nome de Cristo, por favor – disse Barber.

Finalmente Rob compreendeu. Segurou as mãos de Barber e olhou nos olhos dele.

Depois de um momento, Rob fez um gesto afirmativo.

Barber deixou-se cair na cama. Arrotou e virou para o lado, depois mergulhou num sono tranquilo.

CAPÍTULO 10

O norte

Naquele ano Barber não conseguiu chegar a Exmouth antes do inverno, pois tinham começado a viajar muito tarde e as folhas secas do outono os encontraram no povoado de Gate Fulford, em York Wolds. As charnecas estavam cobertas de plantas que enriqueciam o ar frio com seu perfume. Rob e Barber seguiram a Estrela do Norte, parando nas cidadezinhas, para bons negócios, e a carroça atravessou o tapete interminável de urze de cor púrpura até chegarem à cidade de Carlisle.

– Minha viagem para o Norte sempre termina aqui – disse Barber. – A algumas horas deste ponto termina a Nortúmbria e começa a fronteira. Do outro lado está a Escócia, que todo mundo sabe é uma terra de salafrários criadores de carneiros, perigosa para os ingleses.

Acamparam por uma semana em Carlisle e todas as noites iam à taverna, onde algumas bebidas judiciosamente pagas tiveram como resultado a informação sobre abrigo disponível. Alugaram uma casa na charneca com três cômodos pequenos. Não era muito diferente da casinha da costa sul mas não tinha lareira com chaminé de pedra, para grande aborrecimento de Barber. Arrumaram suas mantas de pele uma de cada lado do fogo, como nos acampamentos, e Incitatus foi alojado em um estábulo próximo. Mais uma vez Barber comprou provisões para o inverno, fartamente, com aquela sua facilidade de gastar dinheiro que dava a Rob a sensação de bem-estar.

Barber preparou carne de porco e de boi. Tinha pensado em comprar um pernil de veado, mas três caçadores tinham sido enforcados em Carlisle no verão por caçar os veados do rei, reservados para esporte dos nobres. Assim, compraram quinze galinhas gordas e um saco de ração.

– As galinhas ficam por sua conta – disse Barber. – Você dá comida, mata quando eu mandar, depena e prepara para minha panela.

Rob achou que as galinhas eram criaturas impressionantes, grandes, amarelas, com traseiros sem penas e cristas vermelhas, barbilhões e lobos nas orelhas. Não faziam nenhuma objeção quando ele roubava quatro ou cinco ovos dos seus ninhos todas as manhãs.

– Elas pensam que você é um grande e poderoso galo – disse Barber.

– Por que não compramos um galo cantor para elas?

Barber, que gostava de dormir até tarde nas frias manhãs de inverno e portanto não queria saber de galos madrugadores, apenas resmungou.

Rob tinha agora pelos castanhos no rosto, não exatamente barba. Barber disse que só os dinamarqueses faziam a barba mas ele sabia que não era verdade, pois seu pai fazia. Na maleta de Barber havia uma navalha e o homem gordo assentiu resmungando quando Rob pediu para usá-la. Cortou o rosto mas barbear-se o fazia sentir-se mais velho.

A primeira vez que Barber o mandou matar uma galinha, sentiu-se muito jovem. Todas olhavam para ele com os olhos negros como contas, dizendo que eram amigas. Finalmente, com esforço segurou uma delas pelo pescoço morno e começou a apertar, estremecendo e com os olhos fechados. Uma torsão forte e convulsa e o trabalho estava feito. Mas a galinha o castigou depois de morta, pois não foi fácil tirar as penas. Levou horas depenando a ave e, quando entregou o corpo para Barber, ele o observou com desprezo.

Na segunda vez que precisaram de uma galinha, Barber fez uma demonstração de mágica genuína. Segurou o bico da galinha aberto e enfiou uma lâmina fina pelo céu da boca até o cérebro. A galinha imediatamente relaxou todo o corpo e morreu, soltando as penas; saíam aos maços ao menor puxão.

– Aqui está a lição – disse Barber. – Com a mesma facilidade se pode matar um homem, e já fiz isso. É mais difícil se manter vivo, mais difícil ainda manter a saúde. Essas são as tarefas que devemos ter sempre em mente.

A temperatura do fim do outono estava perfeita para apanhar ervas e os dois percorreram os bosques e as charnecas. Barber queria especialmente encontrar beldroega; de molho no Específico, essa erva produzia um agente que fazia baixar e desaparecer a febre. Para seu desapontamento, não encontrou nenhuma. Outras coisas eram mais fáceis, como pétalas de rosas vermelhas para cataplasmas, tomilho e bolotas para serem moídos e misturados com gordura e aplicados em pústulas no pescoço. Outras exigiam trabalho árduo, como escavar para conseguir uma raiz nova que ajudava as mulheres grávidas a evitar o aborto natural. Apanharam relva-limão e endro para problemas urinários; cálamo do pântano contra deterioração da memória devido aos seus humores úmidos e frios; frutos do junípero, depois de fervido usado para desentupir o nariz; lupino para compressas quentes que abriam abcessos; e murta e malva para aliviar coceiras de erupções da pele.

– Você cresceu mais depressa do que essas ervas – observou Barber ironicamente; e era verdade; Rob estava da altura do mestre e há muito tempo a roupa feita por Editha não servia mais. Mas quando Barber o levou a um alfaiate em Carlisle e encomendou "roupas novas de inverno que sirvam durante algum tempo", o homem sacudiu a cabeça.

– O menino ainda está crescendo, não está? Quinze, dezesseis anos? Nessa idade perdem logo qualquer roupa.

– Dezesseis! Ele não tem nem onze!

O homem olhou para Rob com um misto de respeito e zombaria.

– Vai ser um homem *grande*! E sem dúvida vai fazer com que a roupa pareça ter encolhido. Por que não reformamos alguma roupa usada?

Assim, outra roupa de Barber, dessa vez de fazenda cinzenta de melhor qualidade, foi recortada e costurada. Para hilaridade geral na primeira prova, estava muito larga, com as mangas e as pernas da calça curtas demais. O alfaiate tirou fazenda da largura e encompridou as mangas e a calça, escondendo as costuras com tiras de pano azul. Rob tinha passado grande parte do verão sem sapatos, mas logo a neve ia chegar e ficou agradecido quando Barber comprou um par de botas de couro de boi.

Caminhou com elas pela praça de Carlisle até a igreja de São Marcos e bateu com a aldrava na pesada porta de madeira, que depois de algum tempo foi aberta por um velho cura com olhos remelentos.

– Por favor, padre, procuro um sacerdote chamado Ranald Lovell.

O cura piscou os olhos rapidamente.

– Conheci um padre com esse nome, ajudava a missa quando Lyfing era bispo de Wells. Na Páscoa vai fazer dez anos que morreu.

Rob balançou a cabeça.

– Não é o mesmo padre. Vi o padre Ranald Lovell com meus próprios olhos há poucos anos.

– Talvez o que eu conheci fosse Hugh Lovell, não Ranald.

– Ranald Lovell foi transferido de Londres para uma igreja no Norte. Ele está com meu irmão, William Stewart Cole. Três anos mais novo do que eu.

– Seu irmão a essa altura deve ter um nome diferente em Cristo, meu filho. Os padres às vezes trazem seus ajudantes para uma abadia para serem acólitos. Deve perguntar para outros em todo lugar. Pois a Santa Mãe Igreja é um grande mar sem limites e não passo de um peixinho. – O velho padre acenou bondosamente e Rob o ajudou a fechar a porta.

Uma película de cristais cobria a superfície do pequeno lago atrás da taverna da cidade. Barber apontou para um par de patins de gelo atados a uma viga da casa.

– Pena que não são maiores. Não vão servir, pois você tem pés grandes demais.

O gelo ficava cada dia mais espesso e, certa manhã, quando Rob foi até o meio do lago gelado e bateu com o pé, ouviu um som sólido e surdo. Apanhou os dois pequenos patins. Eram de chifre de veado e quase idênticos aos que seu pai tinha feito para ele quando tinha seis anos. Logo ficaram pequenos, mas conseguiu usá-los durante três invernos, e agora amarrou os patins nos pés. A princípio deslizou com prazer, mas as lâminas estavam ásperas e sem corte e o tamanho e as más condições o derrubaram quando tentou dar a primeira volta. Agitando os braços, caiu pesadamente e escorregou por uma grande distância.

Percebeu que alguém divertia-se com o espetáculo.

A menina devia ter uns quinze anos. Ria alegremente.

– Você é capaz de fazer melhor? – perguntou ele zangado, ao mesmo tempo admitindo que era uma bonequinha bonita, magra demais e de ombros largos, mas com cabelos negros iguais aos de Editha.

– Eu? – disse ela. – Ora, claro que não, nunca teria coragem.

A zanga de Rob desapareceu imediatamente.

– Servem melhor nos seus pés do que nos meus – disse.

Tirou os patins e foi até onde ela estava, na margem do lago.

– Não é difícil. Venha que eu mostro.

Venceu as objeções dela e amarrou os patins nos pés da menina. Ela não conseguia ficar de pé sobre o gelo escorregadio e agarrou-se nele, os olhos castanhos arregalados de medo, as narinas dilatadas.

– Não tenha medo, estou segurando – disse Rob.

Sem largar, deu um impulso por trás, sentindo o calor das nádegas dela.

Agora a menina ria e gritava, enquanto Rob continuava empurrando, dando voltas no pequeno lago. Ela era Garwine Talbott. Seu pai, Aelfric Talbott, tinha uma fazenda fora da cidade.

– Qual é seu nome?

– Rob J.

Ela conversou, mostrando que sabia muito sobre ele, pois era uma cidade pequena; sabia quando ele e Barber tinham chegado a Carlisle, a profissão deles, as provisões que tinham comprado e de quem era a casa que tinham alugado.

Logo ela começou a gostar de patinar no gelo. Seus olhos brilhavam de prazer e o frio avermelhava seu rosto. O cabelo voava para trás revelando a orelha rosada. Tinha o lábio superior fino mas o inferior era tão cheio que até parecia inchado. Rob viu uma pequena mancha roxa na parte superior do rosto e um dos dentes inferiores quebrado.

– Você, então, examina as pessoas?

– Examino, é claro.

– Mulheres também?

– Temos uma boneca. As mulheres apontam as áreas doentes.

– Que pena – disse ela. – Usar uma boneca. – Rob ficou intrigado com o olhar de soslaio da jovem. – Ela tem boa aparência?

Não tão boa como a sua, teve vontade de dizer, mas faltou coragem. Ergueu os ombros.

– O nome dela é Thelma.

– Thelma! – A risada dela era áspera e ofegante, e Rob deu um largo sorriso. – Ei! – exclamou ela procurando ver onde estava o sol. – Preciso voltar para a ordenha do fim do dia. – E apoiou o peso suave no braço dele.

Rob ajoelhou na frente da moça e tirou os patins.

– Não são meus. Estavam na casa – disse. – Mas pode ficar com eles por algum tempo e usar quando quiser.

Ela balançou a cabeça rapidamente.

– Se eu levar para casa, ele vai quase me matar, querendo saber o que andei fazendo com eles.

O sangue subiu ao rosto de Rob. Para disfarçar o embaraço, apanhou três pinhas e começou a jogar para o ar.

Ela riu batendo palmas e então explicou apressadamente, quase sem respirar, onde ficava a fazenda do pai. Deu alguns passos e parou, voltando-se para ele.

– Às quintas de manhã – disse. – Ele não encoraja visitas, mas às quintas de manhã leva queijo ao mercado.

Quando chegou quinta-feira, ele não procurou a fazenda de Aelfric Talbott. Ficou até mais tarde na cama, com medo, não de Garwine ou do pai dela, mas das coisas que estavam acontecendo dentro dele e que não entendia, mistérios que não tinha coragem nem conhecimento suficiente para enfrentar.

Tinha sonhado com Garwine Talbott. No sonho, estavam deitados no jirau do celeiro, talvez o do pai dela. Foi o tipo de sonho que tinha muitas vezes com Editha, e tentou limpar a cama sem que Barber notasse.

A neve chegou. Caía como pesada penugem de ganso, e Barber pregou peles nas janelas. Dentro da casa o ar ficou viciado, e mesmo de dia era impossível enxergar alguma coisa a não ser perto do fogo.

Nevou durante quatro dias, com breves interrupções. Procurando o que fazer, Rob sentou perto do fogo e desenhou algumas das ervas que tinham apanhado. Com pedaços de madeira queimada tirados do fogo, desenhou na casca de árvore de menta crespa, flores murchas quase secas, as folhas com veios salientes do feijão bravo trifoliado. À tarde, derreteu neve sobre o fogo e deu água e alimento para as galinhas, tendo o cuidado de abrir e fechar rapidamente a porta do galinheiro, pois, apesar da limpeza que fazia sempre, o cheiro era insuportável.

Barber ficou na cama, bebericando meteglin. Na segunda noite de nevasca, chapinhou até o bar e voltou com uma prostituta loura e quieta chamada Helen. Rob tentou ver o que faziam, da sua cama no outro lado do fogo, pois embora tivesse observado o ato muitas vezes, faltavam ainda alguns detalhes que ultimamente povoavam seus pensamentos e seus sonhos. Mas não conseguiu penetrar na espessa escuridão e via apenas as cabeças iluminadas pelo fogo.

Barber estava concentrado e enlevado mas a mulher parecia distante e melancólica, como se estivesse fazendo um trabalho sem alegria.

Depois que ela saiu, Rob apanhou um pedaço da casca de árvore e um graveto carbonizado. Em lugar de desenhar plantas, tentou reproduzir os traços da mulher.

Barber levantou-se para usar o urinol e parou para ver o desenho. Disse franzindo a testa:

– Acho que conheço esse rosto.

Algum tempo depois, já na cama, levantou a cabeça da pele de urso.

– Ora, é Helen!

Rob ficou satisfeito. Tentou desenhar o rosto do vendedor de unguento, Wat, mas Barber só identificou depois que Rob acrescentou a pequena figura de Bartram, o urso.

– Você deve continuar procurando reproduzir rostos, pois acho que pode ser útil para nós – disse Barber.

Mas logo cansou de observar os desenhos e voltou a beber até adormecer.

Na terça-feira, a neve finalmente parou de cair. Rob enrolou trapos nas mãos e na cabeça e apanhou uma pá de madeira. Limpou um caminho na frente da casa e foi ao estábulo para exercitar Incitatus, que estava engordando por falta de movimento e uma ração diária de feno e grão doce.

Na quarta-feira, ajudou alguns meninos da cidade a retirar a neve da superfície do lago. Barber tirou as peles que protegiam as janelas e deixou que o ar frio entrasse na casa. Comemorou assando um pernil de carneiro que serviu com geleia de menta e bolinhos de maçã.

Na manhã de quinta-feira, Rob dependurou os patins de gelo no pescoço pelas correias. Foi até o estábulo e colocou só o bridão e a rédea em Incitatus, montou e partiu para a cidade. O ar estalava, o sol brilhava e a neve era branca e pura.

Rob transformou-se num romano. Não adiantava fingir que era Calígula montando o Incitatus original porque sabia que Calígula era louco e teve um triste fim. Resolveu ser César Augusto e conduziu a guarda pretoriana pela Via Ápia até Brundisium.

Não teve dificuldade para encontrar a fazenda Talbott. Ficava exatamente onde a moça tinha dito. A casa era malcuidada e tristonha, com o telhado curvo, mas o celeiro era grande e bonito. A porta estava aberta e havia alguém lá dentro, com os animais.

Rob hesitou, sem desmontar do cavalo, mas Incitatus relinchou e não teve outra escolha senão anunciar sua presença.

– Garwine? – chamou.

Um homem apareceu na porta do celeiro e caminhou lentamente para ele. Segurava um forcado de madeira cheio de esterco cujo cheiro se espalhou no ar. Andava cautelosamente e Rob percebeu que estava bêbado. Era um homem pálido e curvado com uma barba escura, malcuidada, da cor dos cabelos de Garwine, e só podia ser Aelfric Talbott.

– Quem é você? – perguntou o homem.

Rob disse quem era.

O homem oscilou.

– Muito bem, Rob J. Cole, não teve sorte. Ela não está aqui. Fugiu, a prostitutazinha suja.

O forcado balançou um pouco e Rob teve certeza de que ele e o cavalo iam ser cobertos de bosta fresca e quente de vaca.

– Saia da minha propriedade – disse Talbott, e começou a chorar.

Rob conduziu Incitatus lentamente de volta a Carlisle. Imaginava para onde ela teria ido e se sobreviveria.

Não era mais César Augusto conduzindo a guarda pretoriana. Apenas um garoto acossado por dúvidas e temores.

De volta a casa, dependurou os patins na viga e nunca mais os tirou de lá.

CAPÍTULO 11

O judeu de Tettenhall

Só restava agora esperar a primavera. Novas porções do Específico foram preparadas e engarrafadas. Todas as ervas apanhadas, exceto a beldroega, depois de secas foram reduzidas a pó ou mergulhadas no tônico. Estavam cansados de treinar malabarismo, fartos de mágica, e Barber não aguentava mais o Norte e só fazia beber e dormir.

– Não tenho mais paciência para esperar que o inverno acabe – disse numa certa manhã de março, e deixaram Carlisle bem cedo, viajando lentamente para o Sul pelas estradas em péssimo estado.

Encontraram a primavera em Beverley. O ar suavizou-se, o sol apareceu e com ele uma multidão de peregrinos que visitava a grande igreja de pedra da cidade dedicada a São João Evangelista. Rob e Barber lançaram-se ao trabalho e sua primeira grande audiência da estação respondeu com entusiasmo. Tudo correu bem durante o tratamento, até que, ao levar o sexto paciente para a privacidade do biombo, Rob segurou as mãos macias de uma bela mulher.

Seu pulso acelerou.

– Venha, senhora – disse com voz fraca.

Sentia arrepios, temendo que suas mãos estivessem unidas para sempre. Voltou-se e olhou para Barber.

Barber empalideceu. Quase com selvageria, empurrou Rob para um canto onde não podiam ser ouvidos.

– Tem certeza? Precisa ter certeza.

– Ela vai morrer logo – disse Rob.

Barber voltou para a mulher, que não era velha e parecia estar bem. Não se queixava de nenhuma doença e estava ali para comprar um filtro.

– Meu marido é um homem de idade. Seu ardor está diminuindo, mas ele me admira.

Falava calmamente e os modos refinados sem falsa modéstia davam-lhe dignidade. Estava com roupas de viagem de boa qualidade. Evidentemente era uma mulher de posses.

– Não vendo filtros. Isso é mágica, não medicina, minha senhora.

Ela murmurou sua pena. Barber ficou apavorado, vendo que ela não corrigia o tratamento de senhora usado por ele; ser acusado de feitiçaria pela morte de uma dama da nobreza era sem dúvida o fim.

– Um gole de bebida geralmente produz o efeito desejado. Forte e tomado antes de ir para a cama.

Barber não aceitou pagamento. Logo que ela saiu, pediu desculpas aos pacientes que esperavam na fila. Rob já estava carregando a carroça.

Assim, fugiram outra vez.

Quase não falaram durante a fuga. Quando estavam a uma distância segura, acamparam para a noite e Barber quebrou o silêncio:

– Quando uma pessoa morre de repente, um vazio aparece nos seus olhos – disse em voz baixa. – O rosto perde a expressão, às vezes fica arroxeado. Um canto da boca fica flácido, uma pálpebra se fecha, os membros se transformam em pedra. – Suspirou. – Não é uma morte cruel.

Rob não respondeu.

Armaram as camas e tentaram dormir. Barber levantou-se e bebeu por algum tempo, mas dessa vez não estendeu as mãos para o aprendiz.

Rob sabia, no fundo do coração, que não era feiticeiro. Mas era a única explicação e ele não entendia. Deitou-se e rezou. *Por favor, quer tirar de mim esse dom imundo e devolvê-lo ao lugar de onde ele veio?* Furioso e desanimado, não podia evitar de falar assim, pois a brandura não tinha levado a nada. *É uma coisa que só pode ser inspirada pelo demônio e não quero nada com ela*, disse para Deus.

Aparentemente sua prece foi ouvida. Naquela primavera não houve nenhum incidente. A temperatura continuou boa e depois melhorou, com dias ensolarados mais quentes e secos do que nos outros anos, muito bons para os negócios.

– Bom tempo no Dia de São Swithin – disse Barber certa manhã, em triunfo. – Qualquer pessoa sabe que isso significa mais quarenta dias de tempo firme.

Gradualmente o medo diminuiu e a moral dos dois se elevou.

O mestre lembrou do seu aniversário! Na terceira manhã depois do Dia de São Swithin, Barber deu a ele o maravilhoso presente de três penas de ganso, tinta em pó e uma pedra-pomes.

– Agora pode rabiscar rostos com alguma coisa mais que gravetos queimados – disse ele.

Rob não tinha dinheiro para retribuir no aniversário de Barber. Mas certa tarde, quando passavam por um campo, viu uma planta. Na manhã seguinte, saiu do acampamento às escondidas e caminhou meia hora até o campo, onde apanhou grande quantidade da erva. No aniversário de Barber, ele o presenteou com a beldroega, a erva contra a febre, que o barbeiro-cirurgião recebeu com imenso prazer.

A harmonia entre os dois refletia-se no trabalho. Antecipavam os movimentos um do outro e o espetáculo adquiriu um brilho e um entusiasmo que provocavam aplausos esplêndidos. Rob, nos seus devaneios, imaginava os irmãos e a irmã entre os espectadores; fantasiava o orgulho e o espanto de Anne Mary e de Samuel Edward vendo o irmão mais velho fazer mágica e malabarismos com cinco bolas.

Devem estar crescidos, pensava. Será que Anne Mary se lembrava dele? Samuel Edward seria ainda aquele garoto selvagem? Jonathan Carter já devia estar andando e falando, um perfeito homenzinho.

Era impossível a um assistente dizer ao mestre para onde conduzir seu cavalo mas quando pararam em Nottingham Rob teve oportunidade de consultar o mapa e viu que estavam perto do coração da ilha da Inglaterra. Para alcançar Londres deveriam continuar para o sul, mas também desviar um pouco para o leste. Decorou os nomes e a localização das cidades, para reconhecê-las e saber se estavam viajando para onde queria ir tão desesperadamente.

Em Leicester, um fazendeiro, ao retirar uma rocha do seu campo, encontrou um sarcófago. Cavou em volta dele, mas era pesado demais e a parte de baixo estava presa à terra como um rochedo.

– O duque vai mandar homens e animais para tirar o sarcófago e vai levar para seu castelo – disse o fazendeiro com orgulho.

No mármore áspero com grânulos brancos havia uma inscrição: DIIS MANIBUS, VIVIO MARCIANO MILITI LEGIONIS SECUNDAE AUGUSTAE. IANUARIA MARINA CONJUNX PIENTISSIMA POSUIT MEMORIAM.

– Aos deuses do mundo inferior – traduziu Barber. – A Vivius Marcianus, soldado da Segunda Legião de Augusto. No mês de janeiro sua devotada esposa, Marina, mandou construir este túmulo.

Barber e Rob entreolharam-se.

– Gostaria de saber o que aconteceu com a boneca, Marina, depois de enterrar o marido, pois estava muito longe de casa – disse Barber sobriamente.

Como todos nós, pensou Rob.

Leicester era uma cidade populosa. O espetáculo atraiu grande número de espectadores e, quando terminaram a venda do tônico, começaram a trabalhar arduamente. Em rápida sucessão, Rob ajudou Barber a lancetar o furúnculo de um jovem, encanar o dedo quebrado de outro, dar uma dose de beldroega para uma matrona febril e camomila a uma criança com cólicas. Em seguida, conduziu para trás do biombo um homem calvo, atarracado, com olhos esbranquiçados.

– Há quanto tempo está cego? – perguntou Barber.

– Há dois anos. Começou a escurecer a vista e gradualmente foi piorando e agora quase não percebo a luz. Sou escrevente mas não posso trabalhar.

Barber balançou a cabeça, esquecendo que o homem não podia ver o gesto.

– Não posso devolver a visão, assim como não posso devolver a juventude.

O homem deixou-se conduzir para fora.

– É uma notícia triste – disse para Rob. – Nunca mais enxergar.

Um homem que estava perto, magro, com ossos salientes e nariz romano, ouviu e olhou atentamente para os dois. Tinha cabelos e barba brancos mas era ainda jovem, não mais do que o dobro da idade de Rob.

Adiantou-se e pôs a mão no braço do paciente.

– Como é seu nome? – falava com sotaque francês, que Rob tinha ouvido muitas vezes na fala dos normandos no porto de Londres.

– Sou Edgar Thorpe – respondeu o cego.

– Eu sou Benjamin Merlin, médico de Tettenhall, aqui perto. Posso examinar seus olhos, Edgar Thorpe?

O escrevente assentiu e ficou parado, piscando os olhos. O homem ergueu suas pálpebras com os polegares e examinou a opacidade branca.

– Posso fazer o reclinamento* nos seus olhos tirando a camada branca – disse finalmente. – Já fiz antes, mas você terá de ser forte para aguentar a dor.

– Não me importo com a dor – murmurou o homem.

– Então peça a alguém para levá-lo à minha casa em Tettenhall, bem cedo, na próxima terça-feira – disse o homem, afastando-se.

Rob ficou paralisado com o choque. Nunca podia ter pensado que alguém fosse capaz de fazer alguma coisa além do que Barber fazia.

– Mestre médico! – Correu atrás do homem. – Onde aprendeu a fazer isso... retirar a névoa dos olhos?

– Numa academia. Uma escola para médicos.

– Onde fica essa escola para médicos?

Merlin viu à sua frente um garoto grande, com roupa malfeita, pequena demais para ele. Viu a carroça pintada com cores vivas e o palco onde estavam as bolas e as garrafas de tônico cuja qualidade ele podia adivinhar.

– A meio mundo de distância – disse suavemente.

Montou na égua ajaezada e afastou-se dos barbeiros-cirurgiões sem olhar para trás.

Mais tarde, naquele mesmo dia, Rob falou em Benjamin Merlin enquanto Incitatus puxava a carroça lentamente para fora de Leicester.

Barber assentiu com um gesto.

– Já ouvi falar nele. Médico de Tettenhall.

– Isso mesmo. Fala como um francês.

– É judeu da Normandia.

---

* *To couch the eyes* – Reclinamento da catarata. Consiste em empurrar o cristalino com um instrumento semelhante a uma agulha. Não é mais usado.

– O que é um judeu?

– É outro nome para hebreu, aquela gente da Bíblia que matou Jesus e foi expulsa da Terra Santa pelos romanos.

– Falou de uma escola de médicos.

– Às vezes eles dão esse tipo de curso em Westminster. Todo mundo sabe que é uma porcaria de curso, que forma uma porcaria de médicos. A maior parte deles vai ser assistente de médicos em troca de aprendizado, assim como você está aprendendo a profissão de barbeiro-cirurgião.

– Acho que ele não estava falando de Westminster. Disse que a escola fica muito longe.

Barber deu de ombros.

– Talvez Normandia ou Bretanha. A França está cheia de judeus, e alguns chegaram até aqui, incluindo médicos.

– Li sobre os hebreus na Bíblia, mas nunca tinha visto um antes.

– Há outro médico judeu em Malmesbury, Isaac Adolescentoli é seu nome. Médico famoso. Talvez você possa vê-lo quando passarmos por Salisbury – disse Barber.

Malmesbury e Salisbury ficavam no Oeste da Inglaterra.

– Então não vamos a Londres?

– Não. – Barber percebeu alguma coisa na voz do aprendiz e há muito tempo sabia que o garoto sentia saudades dos parentes.

– Vamos direto para Salisbury – disse secamente –, para aproveitar a multidão da feira de Salisbury. De lá vamos para Exmouth, pois então o outono já terá chegado. Compreende?

Rob assentiu com a cabeça.

– Mas na primavera, quando voltarmos para a estrada, iremos para Leste, passando por Londres.

– Obrigado, Barber – disse Rob com calma exultação.

Ficou animado. O que importava a demora quando sabia que, no fim, iriam a Londres?

Sonhava acordado com os irmãos.

Finalmente seus pensamentos tomaram outros rumos.

– Acha que ele vai devolver a visão do escrevente?

Barber deu de ombros.

– Já ouvi falar dessa operação. Poucos sabem fazer e duvido que o judeu saiba. Mas gente capaz de matar Cristo não tem dificuldade de mentir para um homem cego – disse Barber, incitando o cavalo para andar mais depressa, pois estava quase na hora do jantar.

CAPÍTULO 12

A prova

Quando chegou a Exmouth, não era o mesmo que voltar para casa, mas Rob sentiu-se menos sozinho do que há dois anos, quando conheceu o lugar. A casinha na beira do mar era familiar e agradável. Barber passou a mão na grande lareira, com os apetrechos de cozinha, e suspirou.

Planejaram uma magnífica compra de provisões para o inverno mas dessa vez sem galinhas, por causa do cheiro das aves.

A roupa de Rob estava novamente pequena.

– A expansão dos seus ossos vai me arruinar – queixou-se Barber, mas deu ao garoto uma peça de fazenda marrom, de lã, que tinha comprado na feira de Salisbury. – Vou com Tatus e a carroça até Athelny para escolher queijos e presuntos, e passo a noite na estalagem. Enquanto eu estiver fora, deve limpar o poço e começar a cortar lenha. Mas arranje tempo para levar essa lã para Editha Lipton e peça que faça uma roupa para você. Lembra-se do caminho para a casa dela?

Rob apanhou a fazenda e agradeceu.

– Sei o caminho.

– A nova roupa deve poder ser alargada e encompridada – disse Barber num resmungo. – Diga a ela para deixar bainhas e costuras por dentro.

Levou a fazenda enrolada em pele de carneiro para proteger da chuva gelada que parecia ser permanente no inverno de Exmouth. Sabia o caminho. Há dois anos tinha passado algumas vezes pela casa dela, esperando vê-la.

Editha abriu a porta logo que ele bateu. Rob quase deixou cair o embrulho quando ela segurou suas mãos, tirando-o da chuva.

– Rob J.! Deixe-me olhar para você. Nunca vi dois anos provocarem tanta alteração!

Rob queria dizer que ela quase não tinha mudado, mas a voz não saía. Editha notou o olhar dele e disse com calor:

– Enquanto eu fiquei velha e grisalha – disse alegremente.

Rob balançou a cabeça. O cabelo dela ainda era negro e, sob todos os aspectos, Editha estava exatamente como ele lembrava, especialmente os olhos belos e luminosos.

Ela fez chá de hortelã e Rob reencontrou a voz, contando com detalhes e entusiasmo onde tinham estado e algumas das coisas que tinham visto.

– Quanto a mim – disse ela –, estou melhor do que antes. As coisas ficaram mais fáceis, e agora as pessoas podem mandar fazer roupas outra vez.

Rob lembrou-se do motivo da visita. Desembrulhou a pele de carneiro e mostrou a fazenda, que Editha garantiu ser de ótima lã.

– Espero que tenha bastante – disse ela preocupada –, pois você está mais alto do que Barber.

Apanhou a fita métrica e mediu a largura dos ombros, a volta da cintura, o comprimento dos braços e das pernas.

– Vou fazer calça justa, uma túnica folgada e um manto e vai ficar elegantemente vestido.

Rob assentiu com um gesto e levantou-se, sem vontade de ir embora.

– Barber está à sua espera agora?

Explicou onde Barber estava e ela fez sinal para que voltasse a sentar.

– Está na hora de comer. Não posso oferecer o que *ele* oferece, porque minhas reservas de carne real envelhecida, línguas de cotovia e pudins acabaram. Mas vai me acompanhar no meu jantar de mulher do campo.

Tirou um pão do armário e mandou que Rob saísse na chuva para apanhar um pedaço de queijo e uma jarra de sidra fresca no pequeno depósito de mantimentos perto do riacho. Na noite que chegava, Rob partiu as pontas de dois finos galhos de salgueiro; de volta a casa, cortou o queijo e o pão de cevada e enfiou os pedaços nas varetas para tostar sobre o fogo.

Editha sorriu.

– Ah, aquele homem deixou uma marca permanente em você.

Rob deu um largo sorriso.

– É sensato esquentar a comida numa noite como esta.

Comeram e beberam, e depois conversaram amigavelmente. Rob pôs mais lenha no fogo, que tinha começado a assobiar e esfumaçar sob a chuva que pingava pela abertura no teto.

– Está ficando pior lá fora – disse ela.

– Sim.

– Bobagem ir a pé para casa no escuro e com essa tempestade.

Rob tinha caminhado em noites muito mais escuras e sob chuvas muito piores.

– Parece que vai nevar – disse ele.

– Então tenho companhia.

– Eu agradeço.

Rob saiu meio atordoado para guardar o queijo e a sidra no depósito de mantimentos, sem coragem de pensar. Quando voltou, ela estava tirando o vestido.

– Melhor tirar essas roupas molhadas – disse Editha, deitando calmamente na cama só com a camisa de baixo.

Ele tirou a calça e a túnica molhadas e as estendeu ao lado da lareira redonda. Nu, foi depressa para a cama e deitou ao lado dela entre as peles, tremendo de frio.

– Frio!

Editha sorriu.

– Já esteve mais frio. Quando eu tomava seu lugar na cama de Barber.

– E eu tinha de dormir no chão, com um frio tremendo. Sim, aquilo era frio.

Editha virou de lado, para ele.

– Pobre criança sem mãe, eu ficava pensando, e tinha tanta vontade de chamar você para a cama.

– Você tocou minha cabeça.

Ela fez o mesmo agora, alisando o cabelo de Rob e apertando o rosto dele contra a maciez do seu corpo.

– Abracei meus filhos nesta cama. – Ela fechou os olhos.

Então, abriu a parte de cima da camisa e deu o seio pesado para ele.

A carne cheia de vida em sua boca fez com que lembrasse um calor infantil há muito esquecido. Sentiu um ardor sob as pálpebras.

A mão de Editha conduziu a dele em exploração.

– Deve fazer isto – continuava ela, com os olhos fechados.

Um graveto estalou no fogo mas ninguém ouviu. A lenha úmida soltava muita fumaça.

– De leve e com paciência. Em círculos, como está fazendo agora – disse ela, sonhadoramente.

Rob tirou a coberta e a camisa dela, apesar do frio. Viu com surpresa que Editha tinha pernas grossas. Seus olhos observaram o que os dedos tinham aprendido; a feminilidade dela era como seu sonho, mas agora a luz do fogo permitia que visse os detalhes.

– Mais depressa. – Editha teria dito mais, porém Rob encontrou os lábios dela. Não era a boca de uma mãe, e ele notou que ela fazia uma coisa interessante com a língua ávida.

Uma série de murmúrios o conduziram pelo corpo dela e entre as coxas pesadas. Não precisava de mais instrução; instintivamente arremeteu e penetrou.

Deus era um carpinteiro especializado, pensou Rob, pois Editha era o encaixe escorregadio em movimento e ele, a peça feita para o lugar.

Editha abriu os olhos de repente, fixando-os no rosto de Rob. Seus lábios afastaram-se dos dentes em um sorriso estranho e da sua garganta subiu um som áspero que teria parecido o de uma mulher nos estertores da morte se Rob não os tivesse ouvido antes muitas vezes.

Durante anos, tinha observado e ouvido outras pessoas fazendo amor – o pai e a mãe na casa pequena e cheia de gente, e Barber com seu longo desfile de mulheres de uma noite. Rob estava convencido de que devia haver mágica na vagina das mulheres, para que os homens a desejassem tanto. No mistério escuro daquela cama, espirrando como um cavalo por causa da fumaça da lareira, sentiu que toda a angústia e todo o peso eram tirados de dentro dele. Transportado pelo mais assustador dos prazeres, descobriu a vasta diferença entre observar e participar.

Acordada na manhã seguinte por uma batida na porta, Editha foi descalça ver quem era.
– Ele já foi? – murmurou Barber.
– Há muito tempo – respondeu ela fazendo-o entrar. – Foi dormir como garoto, acordou como homem. Resmungou alguma coisa sobre limpar o poço e saiu às pressas.
Barber sorriu.
– Tudo correu bem?
Ela assentiu, com surpreendente timidez, bocejando.
– Ótimo, pois ele estava mais do que pronto. Melhor para ele ter sua bondade do que uma iniciação cruel com a mulher errada.
Editha viu Barber tirar as moedas da bolsa e pôr em cima da mesa.
– Só esta vez – avisou ele com espírito prático. – Se ele a visitar outra vez...
Editha balançou a cabeça.
– Ultimamente estou quase sempre com um fabricante de carroças. Um bom homem, com uma casa na cidade de Exeter e três filhos. Acho que vai se casar comigo.
Barber fez um gesto afirmativo.
– E você avisou Rob para não seguir meu exemplo?
– Eu disse que quando você bebe fica embrutecido e muito menos homem.
– Não me lembro de ter pedido para dizer isso.
– Falei por minha própria observação – respondeu ela. Olhou para ele. – Também usei as suas palavras, como mandou. Disse que o mestre dele tinha se desperdiçado com bebida e mulheres sem valor. Aconselhei que procurasse escolher melhor e não seguisse seu exemplo.
Barber escutou com ar sério.
– Ele não permitiu que eu o criticasse – falou ela secamente. – Disse que você é um bom homem quando está sóbrio, um mestre excelente que o trata com bondade.
Editha sabia ler as emoções no rosto de um homem e viu que o de Barber estava inundado de prazer.
Barber pôs o chapéu e saiu. Editha guardou o dinheiro e voltou para a cama ouvindo o assobio dele lá fora.
Os homens, às vezes, eram um conforto e muitas vezes, uns brutos mas sempre enigmas, pensou Editha, virando de lado e adormecendo.

CAPÍTULO 13

Londres

Charles Bostock mais parecia um almofadinha do que um comerciante, com o cabelo longo e amarelo atado atrás com laços e fitas. Estava vestido de veludo vermelho, obviamente material caro, apesar de coberto de poeira da viagem, e os sapatos eram altos e pontudos, de couro macio, mais próprios para serem mostrados do que para andar. Mas havia nos seus olhos o brilho frio do verdadeiro comerciante e estava montado num grande cavalo branco rodeado por um grupo de servos, todos pesadamente armados para defender o patrão contra ladrões. Divertia-se conversando com o barbeiro-cirurgião, cuja carroça tinha permitido que viajasse com sua caravana de cavalos carregados de sal das salinas de Arundel.

– Tenho três armazéns na margem do rio e alugo outros. Nós, vendedores ambulantes, estamos construindo uma nova Londres, portanto somos úteis para o rei e para todo o povo inglês.

Barber assentiu delicadamente, entediado com tanta bazófia, mas feliz com a oportunidade de viajar para Londres sob a proteção das armas do comerciante, pois nas cercanias da cidade havia muito crime nas estradas.

– Qual é o seu comércio? – perguntou.

– Dentro da ilha, nossa nação, compro e vendo objetos de ferro e sal. Mas compro também coisas preciosas que não são produzidas aqui e as trago do outro lado dos mares. Peles, sedas, pedras preciosas e ouro, roupas curiosas, pigmentos, vinho, óleo, marfim e bronze, cobre e estanho, prata, vidro e coisas assim.

– Então já viajou muito por terras estranhas?

O comerciante sorriu.

– Não, mas pretendo viajar. Fiz uma viagem a Gênova e trouxe tapeçarias que pensei vender ao mais rico dos meus amigos comerciantes. Mas, antes que os comerciantes pudessem comprar para suas mansões, foram avidamente adquiridas para os castelos de vários duques que ajudam nosso rei Canuto a governar a terra.

"Devo fazer pelo menos mais duas viagens, pois o rei Canuto prometeu aos comerciantes que forem três vezes ao estrangeiro a serviço dos interesses do comércio da Inglaterra o título de *thane*. Atualmente pago a outros para viajar por mim, enquanto cuido dos negócios em Londres."

– Por favor, conte as novidades da cidade – disse Barber, e Bostock acedeu alegremente.

O rei Canuto havia construído uma grande casa real no lado leste da abadia de Westminster, revelou ele. O rei, nascido na Dinamarca, gozava de grande popularidade por causa da nova lei que dava a qualquer inglês livre o direito de caçar na sua propriedade – um direito que antes só era reservado ao rei e aos nobres.

– Agora, qualquer proprietário de terras pode matar um corço como se fosse monarca de sua própria terra.

Canuto sucedeu o irmão Harold no trono da Dinamarca e governava seu país e a Inglaterra, disse Bostock.

– Isso deu a ele o domínio do mar do Norte e construiu uma armada de navios negros que varreu o oceano de piratas, dando à Inglaterra segurança e o primeiro período de paz verdadeira em cem anos.

Rob mal ouvia a conversa. Quando pararam para jantar, em Aiton, ele e Barber fizeram o espetáculo, pagando seu lugar no séquito do comerciante. Bostock riu e aplaudiu entusiasmado os malabarismos. Deu dois pence para Rob.

– Vai ser útil na metrópole, onde o prazer custa os olhos da cara – disse ele piscando um olho.

Rob agradeceu, mas seu pensamento estava longe dali. Quanto mais se aproximava de Londres, mais deliciosa era a expectativa.

Acamparam no campo de um fazendeiro, em Reading, a menos de um dia de viagem da sua cidade natal. Naquela noite ele não dormiu, tentando decidir qual dos irmãos iria procurar primeiro.

No dia seguinte, começou a ver coisas conhecidas – um grupo de carvalhos, uma grande rocha, uma encruzilhada perto da colina onde ele e Barber tinham acampado pela primeira vez – e cada uma delas fazia seu coração saltar e o sangue cantar. Separaram-se da caravana, à tarde, em Southwark, onde o comerciante tinha negócios a tratar. Southwark tinha muita coisa mais do que da última vez que haviam passado por ali. Da estrada observaram que novos armazéns estavam sendo construídos no alagado da margem do rio, perto do lugar da antiga balsa, e no rio embarcações estrangeiras amontoavam-se no ancoradouro.

Barber conduziu Incitatus pela ponte de Londres, em uma fila de veículos. No outro lado pessoas e animais criavam tamanho congestionamento que não conseguiu virar a carroça para entrar na rua Thames e foi obrigado a seguir em frente e entrar à esquerda, na Fenchurch, atravessando o Walbrook e sacolejando nas pedras até Cheapside. Rob não conseguia ficar quieto, pois os velhos bairros com as casas de madeira pequenas e prateadas pelo tempo pareciam não ter mudado.

Barber fez o cavalo virar para a direita, em Aldersgate, e depois para a esquerda, na Newgate, e o problema de Rob sobre qual irmão procurar primeiro foi resolvido, pois a padaria ficava na rua Newgate; portanto, visitaria Anne Mary.

Lembrava-se da casa estreita com a padaria no térreo e procurou ansiosamente até avistá-la.

– Pare aqui! – gritou para Barber, escorregando do banco antes mesmo que Incitatus tivesse parado.

Mas, quando atravessou a rua correndo, viu que a casa era uma loja fornecedora de provisões para navios. Intrigado, abriu a porta e entrou. Um homem ruivo atrás do balcão levantou a cabeça ao ouvir a sineta da porta e o cumprimentou com um aceno de cabeça.

– O que aconteceu com a padaria?

O proprietário deu de ombros, atrás de uma pilha de cordas enroladas.

– Os Haverhill ainda moram no andar de cima?

– Não, eu moro lá. Ouvi dizer que eram padeiros.

Mas a loja estava vazia quando ele comprou há dois anos, informou Durman Monk, que morava no outro lado da rua.

Rob deixou Barber esperando na carroça e procurou Durman Monk, um homem solitário, feliz com a oportunidade de ter com quem falar, um velho numa casa cheia de gatos.

– Então é irmão da pequena Anne Mary. Lembro-me dela, uma menininha doce e delicada. Conheci bem os Haverhill, eram ótimos vizinhos. Mudaram para Salisbury – disse o velho, afagando um gato com olhos selvagens.

Foi com um aperto no estômago que Rob entrou na sede da corporação, que não tinha mudado, era a mesma da sua lembrança, até o pedaço de reboco que faltava na parede de pau a pique e argamassa acima da porta. Alguns carpinteiros estavam sentados, bebendo, mas Rob não viu nenhum rosto conhecido.

– Bukerel está aqui?

Um carpinteiro pôs a caneca na mesa.

– Quem? Richard Bukerel?

– Sim, Richard Bukerel.

– Morreu há dois anos.

Rob sentiu mais do que uma pontada no coração, pois Bukerel tinha sido bom para ele.

– Quem é o Carpinteiro-Chefe agora?

– Luard – respondeu o homem laconicamente. – Você! – gritou para um aprendiz. – Vá chamar Luard, como um bom menino.

Luard apareceu da parte dos fundos, um homenzinho atarracado com rosto enrugado, jovem para ser Chefe dos Carpinteiros. Fez um gesto afirmativo sem demonstrar surpresa quando Rob pediu o endereço de um membro da corporação.

Depois de folhear por alguns minutos o livro de registro da corporação, disse:

— Aqui está. — Balançou a cabeça. — Tenho uma anotação antiga relacionando um Assistente de Marceneiro chamado Aylwyn, mas há anos não foi feita nenhuma outra anotação.

Ninguém conhecia Aylwyn nem sabia por que não constava mais da lista.

— Os membros da corporação costumam se mudar, geralmente entram em outra corporação, em outra cidade – disse Luard.

— E Turner Horne? – perguntou Rob em voz baixa.

— O Mestre Carpinteiro. Ainda está aqui, na mesma casa de sempre.

Rob suspirou aliviado; pelo menos veria Samuel.

Um dos homens que estavam ouvindo a conversa levantou-se, levou Luard para um canto e os dois cochicharam.

Luard pigarreou.

— Mestre Cole – disse ele. – Turner Horne é capataz de um grupo que está construindo uma casa em Edred's Hithe. Posso sugerir que vá direto até lá para falar com ele?

Rob olhou de um rosto para outro.

— Não sei onde é Edred's Hithe.

— Uma nova área. Conhece Queen's Hithe, o velho porto romano perto do paredão do rio?

Rob fez um gesto afirmativo.

— Vá até Queen's Hithe. Lá qualquer pessoa pode dizer onde fica Edred's Hithe – disse Luard.

Encostados no paredão do rio estavam os infalíveis armazéns, e além deles as ruas com as casas dos trabalhadores do porto, fabricantes de velas e de acessórios para navios e cordame, barqueiros, estivadores, donos de barcaças e construtores de barcos. Queen's Hithe era um bairro populoso com muitas tavernas. Em uma malcheirosa casa de pasto, conseguiu informação para chegar a Edred's Hithe. Era um novo bairro que começava onde terminava o velho e encontrou Turner Horne orientando a construção da casa em um lote de campo pantanoso.

Horne desceu do telhado quando o chamaram, aborrecido por ter interrompido seu trabalho. Rob lembrou-se dele quando o viu. O homem agora estava corado e sem cabelos.

— Sou o irmão de Samuel, Mestre Horne – disse ele. – Rob J. Cole.

— E é mesmo. Mas como cresceu!

Rob viu a dor invadir os olhos bondosos do homem.

– Ele estava conosco há menos de um ano – disse Horne simplesmente. – Era um menino amoroso. A sra. Horne gostava muito dele. Estávamos sempre dizendo "Não brinquem no cais". Ficar atrás de uma carroça de carga quando o cocheiro recua quatro cavalos pode matar até um homem, quanto mais um menino de nove anos.

– Oito.

Horne olhou para Rob com ar interrogativo.

– Se aconteceu um ano depois de estar com o senhor, ele tinha oito anos – disse Rob.

Sentia os lábios rígidos, como se não quisessem se mover.

– Dois anos mais novo do que eu.

– Bem, você deve saber – disse Horne suavemente. – Está enterrado em São Botolph, na parte dos fundos à direita da igreja. Disseram que é onde está seu pai. – Fez uma pausa. – As ferramentas do seu pai – acrescentou constrangido. – Uma das serras quebrou, mas os martelos estão bons. Pode ficar com eles.

Rob balançou a cabeça.

– Fique com eles, por favor. Para se lembrar de Samuel.

Estavam acampados perto de Bishopsgate, ao lado das terras pantanosas a nordeste da cidade. No dia seguinte, fugindo das ovelhas que pastavam e da simpatia de Barber, Rob saiu cedo e foi até sua velha rua para se lembrar das crianças, até que uma mulher estranha saiu da casa de Mam e jogou água suja perto da porta de entrada.

Caminhou a esmo durante toda a manhã e chegou finalmente a Westminster, onde as casas na margem do rio eram em menor número e os campos e as plantações do grande mosteiro formavam uma nova propriedade que só podia ser a Casa do Rei, rodeada de alojamentos para soldados e construções externas nas quais, pensou Rob, deviam ser realizados os serviços da administração nacional. Viu os homens da temível guarda pessoal do rei, da qual todos falavam com temor respeitoso. Eram imensos soldados dinamarqueses, escolhidos pelo tamanho e pela capacidade de servir como proteção ao rei Canuto. Rob pensou que havia muitos homens armados para um monarca tão querido pelo povo. Voltou para o centro da cidade e, sem perceber para onde estava indo, chegou a St. Paul e então alguém pôs a mão no seu ombro.

– Conheço você. Você é Cole.

Rob olhou para o jovem e de repente tinha nove anos outra vez e não sabia se devia lutar ou correr, pois era sem dúvida Anthony Tite.

Mas havia um sorriso nos lábios de Tite e Rob não via nenhum capanga por perto. Além disso, notou, agora era umas três cabeças mais alto e muito mais encorpado do que seu antigo inimigo; bateu amigavelmente no ombro de Tony Mijão, feliz com o encontro, como se tivessem sido os melhores amigos na infância.

– Vamos a uma taverna para me contar sua vida – disse Anthony, mas Rob hesitou, pois tinha apenas os dois pence que recebera de Bostock, o mercador, por seu malabarismo.

Anthony Tite compreendeu.

– Eu pago a bebida. Estou trabalhando há um ano.

Era aprendiz de carpinteiro, Tite contou quando sentaram num canto do bar e começaram a tomar cerveja.

– No poço da serra – disse ele, e Rob notou que a voz dele estava rouca e a pele, amarelada.

Conhecia aquele trabalho. O aprendiz ficava dentro de uma vala funda sobre a qual era colocado um grande tronco de madeira. O aprendiz puxava uma extremidade da longa serra respirando o dia todo o pó de serragem que caía sobre ele, enquanto um marceneiro ficava na borda da vala manejando a serra lá de cima.

– Parece que os tempos difíceis estão acabando para os carpinteiros – disse Rob. – Estive na sede da corporação e vi poucos homens sem fazer nada.

Tite fez um gesto afirmativo.

– Londres está crescendo. A cidade já tem cem mil almas, um oitavo da população da Inglaterra. Estão construindo por toda parte. Está na hora de se candidatar a aprendiz na corporação, pois dizem que logo vão criar outro grupo de Cem. E como é filho de carpinteiro...

Rob balançou a cabeça.

– Já sou aprendiz.

Contou suas viagens com Barber e sentiu-se gratificado com a inveja que viu nos olhos de Anthony.

Tite falou sobre a morte de Samuel:

– Perdi minha mãe e dois irmãos nos últimos anos, todos morreram de varíola e meu pai morreu de febre.

Rob balançou a cabeça sombriamente.

– Preciso encontrar os que estão vivos. Qualquer casa de Londres pode abrigar o último filho que minha mãe teve antes de morrer, que foi dado por Richard Bukerel.

– Talvez a viúva de Bukerel saiba alguma coisa.

Rob endireitou o corpo na cadeira, atento.

– Ela casou outra vez, com um quitandeiro chamado Buffington. Sua nova casa não é longe daqui. Logo depois de Ludgate – disse Anthony.

A casa dos Buffington ficava num lugar ermo, não muito diferente do que fora escolhido pelo rei para sua nova residência, mas era úmida por causa da proximidade dos pântanos do rio Fleet e não passava de um barracão, não um palácio. Nos fundos da pobre casa ficavam as plantações de repolho e alface circundadas por uma charneca não drenada. Rob parou na frente da casa, observando quatro crianças tristonhas que, carregando sacos com pedras, davam voltas nos campos infestados de mosquitos, uma patrulha silenciosa e mortal contra as lebres do pântano.

Encontrou a sra. Buffington em casa e ela o cumprimentou. Estava arrumando verduras em cestos. Os animais comiam o que plantavam, explicou ela rabugenta.

– Lembro de você e da sua família – disse, examinando Rob como se ele fosse um vegetal selecionado.

Mas, quando ele perguntou, disse que não se lembrava de ter ouvido o marido mencionar o nome ou o endereço da ama de leite que tinha levado o bebê chamado Roger Cole.

– Ninguém escreveu o nome dela?

Talvez alguma coisa tenha surgido nos olhos de Rob, porque ela se ofendeu.

– Não sei escrever. Por que *você* não conseguiu o nome e escreveu, moço? Ele não é seu irmão?

Rob perguntou a si mesmo como podiam esperar essa responsabilidade de um garoto naquelas circunstâncias; mas sabia que ela estava mais certa do que errada.

A mulher sorriu.

– Não vamos ser grosseiros um com o outro, pois compartilhamos dias difíceis como vizinhos.

Rob notou com surpresa que ela o examinava como uma mulher examina um homem, com olhos cheios de calor. A mulher estava mais magra por causa do trabalho pesado e ele notou que devia ter sido bonita. Não era mais velha do que Editha.

Mas Rob pensou tristemente em Bukerel e lembrou a terrível beatice da caridade mesquinha daquela mulher que o teria vendido como escravo.

Olhou friamente para ela, murmurou um agradecimento e saiu.

Na igreja de São Botolph, o sacristão, um homem com marcas de varíola e cabelo comprido grisalho, atendeu a porta. Rob perguntou pelo padre que havia sepultado seus pais.

– Padre Kempton foi transferido para a Escócia faz dez meses agora.

O velho o levou ao cemitério da igreja.

– Oh, o cemitério está cheio – disse ele. – Você não estava aqui há dois anos, na epidemia de varíola?

Rob balançou a cabeça.

– Sorte sua. Tantos morreram, enterrávamos gente o dia inteiro. Agora estamos com falta de espaço. Vem gente para Londres de todos os cantos e um homem chega muito depressa aos quarenta anos, o tempo de vida que pode razoavelmente esperar.

– O senhor tem mais de quarenta anos – disse Rob.

– Eu? Sou protegido pela natureza religiosa do meu trabalho e sempre levei uma vida pura e inocente. – Deu um sorriso, e Rob sentiu cheiro de bebida.

Rob esperou no lado de fora da capela do cemitério enquanto o homem consultava o livro dos enterros; o melhor que o velho confuso pôde fazer foi conduzir Rob por um labirinto de pequenos monumentos envelhecidos, até uma área na parte leste do cemitério, próxima do muro dos fundos, coberto de musgo, e dizer que seu pai e seu irmão Samuel tinham sido enterrados "por aqui". Tentou lembrar o enterro do pai de Rob para identificar o lugar exato do túmulo mas não conseguiu.

Sua mãe foi mais fácil de encontrar; o teixo sobre seu túmulo tinha crescido naqueles três anos, mas Rob o reconheceu.

Então, tomando uma decisão, Rob voltou apressadamente para o acampamento. Barber foi com ele a uma parte rochosa abaixo da margem do Tâmisa, onde escolheram uma pedra cinzenta e plana, alisada pelos longos anos do trabalho da água. Incitatus os ajudou a tirá-la do rio.

Rob tinha pensado em fazer ele mesmo a inscrição, mas Barber o dissuadiu:

– Já estamos aqui há muito tempo – disse ele. – Mande um canteiro fazer isso rapidamente. Eu pago o trabalho, e, quando você terminar o aprendizado e começar a receber ordenado, me paga de volta.

Ficaram em Londres o tempo suficiente para ver a pedra com os três nomes gravados e as datas, colocada sob o teixo no cemitério.

Barber pôs a mão gorducha no ombro de Rob e olhou nos olhos dele.

– Somos viajantes. Podemos passar por todos os lugares onde pode procurar seus irmãos.

Abriu o mapa da Inglaterra e mostrou as seis grandes estradas que saíam de Londres: a nordeste, para Colchester; ao norte, para Lincoln e York; noroeste, para Shrewbury e Gales; oeste, para Silchester, Winchester e Salisbury; sudeste, para Richborough, Dover e Lyme, e ao sul, para Chichester.

– Aqui, em Ramsey – disse ele, espetando um dedo no centro da Inglaterra –, é onde sua vizinha viúva, Hargreaves, foi morar com o irmão. Ela deve saber o nome da ama para quem deu o bebê Roger, e você pode procurar por ele quando voltarmos a Londres. E aqui embaixo fica Salisbury, para onde, como disseram, sua irmã Anne Mary foi levada pelos Haverhill. – Franziu a testa. – Uma pena não sabermos disso quando passamos por Salisbury durante a feira – observou, e Rob sentiu um calafrio pensando que podia ter passado pela menininha no meio da multidão.

– Não importa – disse Barber. – Voltaremos a Salisbury a caminho de Exmouth, no outono.

Rob ficou mais animado.

– E por todo lugar no Norte vou perguntar a padres e monges se sabem do padre Lovell e do menino a seu cargo, William Cole.

No dia seguinte, bem cedo, deixaram Londres pela larga estrada Lincoln, que levava ao Norte da Inglaterra. Quando deixaram para trás as casas e o fedor de muita gente amontoada e pararam para uma primeira refeição especial, preparada com requinte, à margem de um regato marulhante, concordaram que a cidade não era o melhor lugar para respirar o ar de Deus e aproveitar o calor do sol.

CAPÍTULO 14

Ensinamentos

No começo de junho, os dois homens estavam deitados na margem de um regato perto de Chipping Norton, observando as nuvens através dos galhos das árvores e esperando a mordida das trutas.

Apoiadas em duas forquilhas de galho de árvore fincadas no chão, as varas de salgueiro estavam imóveis.

– Já está fora do tempo das trutas se interessarem por isca artificial – murmurou Barber satisfeito. – Em duas semanas, quando os gafanhotos aparecerem no campo, vamos pegar peixe mais depressa.

– Como os vermes machos conhecem as fêmeas? – perguntou Rob.

Quase cochilando, Barber sorriu.

– Sem dúvida as iscas são todas iguais no escuro, como mulheres.

– Mulheres não são iguais, nem de dia nem de noite – protestou Rob. – Parecem semelhantes, mas cada uma é um perfume diferente, um sabor, um toque, uma sensação.

Barber suspirou.

– Essa é a verdadeira dúvida que atrai os homens.

Rob foi até a carroça e voltou com um pedaço de pinho liso, no qual estava desenhado à tinta o rosto de uma mulher. Agachou ao lado de Barber e mostrou o desenho.

– Sabe quem é?

Barber examinou.

– É a garota da semana passada, a bonequinha de St. Ives.

Rob estudou o desenho, satisfeito.

– Por que pôs essa marca feia no rosto dela?

– Porque estava lá.

Barber assentiu com a cabeça.

– Eu me lembro. Mas você com sua pena e tinta pode fazer com que ela pareça mais bonita do que é. Por que não deixar que veja a si mesma de modo mais favorável do que o mundo a vê?

Rob franziu a testa, perturbado sem saber o porquê. Estudou o desenho.

– De qualquer modo, ela não viu o retrato, porque fiz depois que saímos da cidade.

– Mas podia ter feito na presença dela.

Rob deu de ombros e sorriu.
Barber sentou, bem desperto.
– Chegou a hora de tirar proveito prático da sua habilidade – disse ele.

Na manhã seguinte, pararam na oficina de um madeireiro e pediram para serrar finas tábuas redondas de uma tora de pinho. Os pedaços de madeira foram um desapontamento, granulosos demais para desenhar com pena e tinta. Mas pedaços de uma faia nova eram mais macios e mais firmes, e o madeireiro serrou uma faia de tamanho médio em troca de uma moeda.

Depois do espetáculo daquela tarde, Barber anunciou que seu sócio faria retratos de meia dúzia de habitantes de Chipping Norton, de graça.

O povo se agitou. Uma multidão rodeou Rob, vendo com curiosidade como misturava as tintas. Mas ele estava há muito tempo acostumado com assistência e não se perturbou.

Desenhou um rosto em cada um dos seis discos de madeira, um de cada vez: uma velha, dois jovens, duas empregadas da leiteria que cheiravam a vaca e um homem com uma verruga no nariz.

A mulher tinha olhos fundos, boca desdentada e lábios enrugados. Um dos jovens era gordo de rosto redondo, e era como desenhar traços em uma abóbora. O outro era magro e moreno, com olhos tristonhos. As moças eram irmãs e tão parecidas que o desafio consistia em capturar a leve diferença; Rob falhou, pois elas podiam trocar os retratos sem perceber. Dos seis, só gostou do último. O homem era quase velho e os olhos, como cada linha do rosto, eram repletos de melancolia. Sem saber como, Rob captou a tristeza.

Sem hesitar, desenhou a verruga no nariz. Barber não reclamou, pois todos ficaram satisfeitos e os assistentes aplaudiram demoradamente.

– Comprem seis vidros e podem ter, de graça, amigos, o seu retrato – gritou Barber, segurando o Específico Universal na mão estendida, começando seu discurso de sempre.

Logo fizeram fila na frente de Rob, que desenhava atentamente, e outra fila se formou na frente do estrado onde Barber vendia seu remédio.

Depois que o rei Canuto liberalizou as leis da caça, a carne de veado começou a aparecer nas bancas dos açougueiros. Na praça do mercado de Aldreth, Barber comprou um grande lombo de carne. Esfregou com alho silvestre e fez grandes cortes com a faca, enchendo-os com pedacinhos de gordura de porco e cebola, passando bastante manteiga doce na parte externa e regando continuamente, enquanto assava, com uma mistura de mel, mostarda e cerveja escura.

Rob comeu com apetite, mas Barber devorou a maior parte com uma grande quantidade de purê de nabo e um pão fresco.

– Acho que vou comer um pouco mais. Para conservar as forças – disse ele com um largo sorriso.

Desde que estavam juntos, Barber tinha engordado bastante – uns 30 quilos, pensou Rob. A carne fazia dobras no seu pescoço, os braços pareciam presuntos e a barriga navegava na frente dele como uma vela solta no vento forte. Sua sede era tão prodigiosa quanto seu apetite.

Dois dias depois de deixarem Aldreth, chegaram no povoado de Ramsey, onde, no bar, Barber despertou a atenção do proprietário engolindo sem uma palavra duas canecas de cerveja antes de imitar o trovão com um arroto e entrar no assunto:

– Estamos procurando uma mulher chamada Della Hargreaves.

O proprietário deu de ombros e balançou a cabeça.

– Hargreaves é o nome do marido. Ela é viúva. Veio há quatro anos para morar com o irmão. O nome dele não sei, mas peço que pense um pouco, pois é um lugar pequeno. – Barber pediu mais cerveja para animar o homem.

O proprietário não parecia ter lembrado de nada.

– Oswald Sweeter – murmurou sua mulher, servindo a bebida.

– Ah. É isso mesmo. A irmã de Sweeter – disse o homem, aceitando o dinheiro de Barber.

Oswald Sweeter era o ferreiro de Ramsey, grande como Barber, mas todo feito de músculos. Escutou com um leve franzir da testa e depois falou, aparentemente com relutância:

– Della? Eu a recebi na minha casa – disse ele. – Minha própria carne. – Com a tenaz, empurrou uma barra de ferro vermelha para o centro do carvão aceso. – Minha mulher foi boa para ela, mas Della tem talento para evitar o trabalho. As duas não se deram bem. Depois de meio ano, Della nos deixou.

– Foi para onde? – perguntou Rob.

– Bath.

– O que ela faz em Bath?

– O que fazia aqui, antes de ser expulsa – disse Sweeter em voz baixa. – Ela foi com um homem que parecia um rato.

– Ela foi nossa vizinha durante muitos anos em Londres, e considerada respeitável por todos. – Rob viu-se na obrigação de dizer, embora nunca tivesse gostado da mulher.

– Bem, meu jovem senhor, hoje minha irmã é uma prostituta, que prefere isso a trabalhar para ganhar o pão. Pode encontrar Della onde estiverem as prostitutas.

Tirando uma barra branca da forja, Sweeter terminou a conversa com o martelo, e uma chuva selvagem de fagulhas acompanhou os dois até a porta.

Choveu durante uma semana inteira enquanto viajavam para a costa. Então, uma manhã, saíram das camas úmidas embaixo da carroça para um dia tão suave e glorioso que tudo foi esquecido, exceto a boa sorte de serem livres e abençoados.

– Vamos dar um passeio pelo mundo inocente! – exclamou Barber, e Rob sabia exatamente o que isso significava, pois, apesar da sombria urgência da necessidade de encontrar os irmãos, ele era jovem e saudável e sentia-se muito vivo num dia como aquele.

Entre toques da corneta, cantaram com exuberância hinos e canções maliciosas, o mais barulhento sinal da sua presença em todos os tempos. Seguiram lentamente pela trilha da floresta onde a luz do sol se alternava com a sombra verde e fresca.

– O que mais pode desejar – disse Barber.

– Armas – disse Rob imediatamente.

O sorriso desapareceu dos lábios de Barber.

– Não vou comprar armas para você – disse secamente.

– Não precisa ser uma espada. Mas um punhal seria mais sensato, pois podemos ser atacados.

– Qualquer salteador de estrada vai pensar duas vezes – disse Barber –, pois somos dois homens grandes.

– É por causa do meu tamanho. Eu entro num bar e homens menores olham para mim e pensam "Ele é grande, mas uma estocada acaba com ele", e suas mãos vão para o copo das armas.

– E então notam que você não está armado e compreendem que é ainda um filhote e não um mastim, apesar do tamanho. Sentem-se tolos e deixam você em paz. Com uma lâmina no seu cinto, em duas semanas estaria morto.

Continuaram em silêncio.

Séculos de invasões violentas tinham feito com que cada inglês pensasse como soldado. Por lei, escravos não podiam usar armas e aprendizes não tinham dinheiro para comprá-las; mas qualquer outro homem com cabelo comprido era livre e tinha direito às armas que usava.

Era verdade que um homem pequeno, com uma faca, podia facilmente matar um jovem grande sem arma, pensou Barber desanimado.

– Quando chegar a hora de possuir armas, deve saber como manejar – resolveu ele. – Essa parte da sua instrução tem sido negligenciada. Portanto vou começar a ensinar o uso da espada e do punhal.

Rob deu um largo sorriso.

– Muito obrigado, Barber.

Em uma clareira colocaram-se frente a frente e Barber tirou a adaga do cinto.

– Não deve segurar a arma como uma criança matando formigas. Equilibre a lâmina na palma da mão voltada para cima como se fosse atirar para o alto.

Os quatro dedos fecham-se sobre a lâmina. O polegar pode ficar sobre o cabo ou cobrir os dedos, dependendo do golpe. O golpe de defesa mais difícil é o que é dado de baixo para cima.

"O homem que luta com faca dobra os joelhos e movimenta-se com leveza, pronto para saltar para a frente ou para trás. Pronto para desviar o corpo do golpe do assaltante. Pronto para matar, pois este instrumento é para trabalho sujo à queima-roupa. É feito com o mesmo metal do escalpelo. Uma vez comprometido com um ou com outro, deve cortar como se disso dependesse uma vida, pois geralmente é o que acontece."

Guardou a adaga na bainha e entregou a espada para Rob. Ele a ergueu, com o braço estendido.

– *Romanus sum* – disse suavemente.

Barber sorriu.

– Não, você não é nenhum maldito romano. Não com essa espada inglesa. A espada romana era curta e pontuda, com lâmina dupla de aço. Gostavam da luta corpo a corpo e às vezes usavam a espada como uma adaga. Esta é uma espada inglesa grande, Rob J., mais comprida e mais pesada. A arma mais moderna, que mantém o inimigo a distância. É um cutelo, uma machadinha que derruba criaturas humanas em vez de árvores.

Apanhou a espada e recuou, distanciando-se mais de Rob. Segurando a arma com as duas mãos, girou o corpo, a espada larga cintilou e brilhou em círculos largos e mortais cortando os raios de sol.

Finalmente parou e apoiou-se na espada, ofegante.

– Experimente – disse, entregando a espada para Rob.

Não foi consolo nenhum para Barber ver a facilidade com que seu aprendiz segurava a espada com uma das mãos. Era uma arma para homens fortes, pensou com inveja, mais eficaz quando usada com a agilidade da juventude.

Imitando Barber, Rob girou o corpo na pequena clareira. A lâmina larga sibilava no ar e um grito rouco e involuntário subiu da sua garganta. Barber observava, mais do que vagamente perturbado, enquanto Rob dizimava o exército invisível, cortando e ceifando.

A segunda lição foi algumas noites mais tarde em um bar apinhado e barulhento, em Fulford. Tropeiros ingleses de uma caravana de cavalos que se dirigia para o Norte estavam no bar com tropeiros dinamarqueses de uma caravana que ia para o Sul. Os dois grupos iam passar a noite na cidade e bebiam pesadamente, entreolhando-se como alcateias de cães raivosos.

Rob sentou com Barber e tomou sidra, sentindo-se à vontade. Tinham visto essa situação antes, e sabiam que não era prudente entrar na competição.

Um dos dinamarqueses tinha saído para urinar. Voltou com um leitão que berrava sob o braço e um pedaço de corda. Atou uma ponta da corda no pescoço do leitão e a outra numa estaca no centro da taverna. Então bateu com a caneca na mesa.

– Quem é homem para disputar comigo a caça ao porco? – gritou para os tropeiros ingleses.

– Ah, Vitus! – exclamou um dos seus companheiros encorajando-o e começou a bater na mesa, logo acompanhado pelos outros.

Os tropeiros ingleses ouviram carrancudos as batidas e os desafios gritados, e finalmente um deles foi até a estaca e fez um gesto afirmativo.

Uma meia dúzia de fregueses mais prudentes terminaram suas bebidas com um gole e saíram do bar.

Rob começou a se levantar, pois conhecia o costume de Barber de sair antes de começar a confusão, mas foi surpreendido pela mão do mestre no seu braço.

– Dois pence aqui no Dustin! – gritou um tropeiro inglês.

Logo os dois grupos apostavam avidamente.

Os dois homens não eram muito desiguais. Ambos pareciam ter vinte e poucos anos; o dinamarquês era mais encorpado e um pouco mais baixo, ao passo que o inglês tinha braços mais compridos.

Vendaram os olhos deles com pedaços de pano e os amarraram pelos tornozelos com duas cordas de três metros cada uma, atadas na estaca, um de cada lado.

– Espere – disse o homem chamado Dustin. – Mais um gole!

Gritando, os companheiros dos dois homens levaram para cada um uma caneca de meteglin, que foram imediatamente esvaziadas.

Os homens empunharam as adagas.

O leitão, que tinham segurado em ângulo reto com os dois homens, foi solto. Imediatamente tentou fugir mas, amarrado como estava, começou a correr em círculos.

– O bastardinho está chegando, Dustin! – gritou alguém.

O inglês preparou-se e esperou, mas o som das patas do animal foi abafado pelos gritos dos homens e o leitão passou por ele rapidamente.

– *Agora,* Vitus! – gritou um dinamarquês.

Aterrorizado, o leitão correu diretamente para o tropeiro dinamarquês. O homem brandiu a adaga três vezes sem chegar perto, e o animalzinho fugiu na direção de que tinha vindo, aos berros.

Dustin localizou o som e foi se aproximando de um lado, enquanto Vitus se aproximava do outro.

O dinamarquês brandiu a arma e Dustin deixou escapar um gemido quando a lâmina afiada o atingiu no braço.

– Seu fodido do Norte! – Deu um golpe selvagem em arco que não chegou perto do leitão, nem do homem.

Agora o porco correu passando pelos pés de Vitus. O tropeiro dinamarquês agarrou a corda que prendia o animal e o puxou para a sua adaga. O primeiro golpe atingiu a pata direita e o porco gritou.

– Agora você pegou ele, Vitus!

– Acabe com ele, vamos comer esse porco amanhã!

O animal gritava e era agora um ótimo alvo, e Dustin lançou-se na direção do som. A mão armada escorregou pelo lado macio do leitão e, com um ruído surdo, a lâmina entrou até o cabo na barriga de Vitus.

O dinamarquês gemeu baixinho e saltou para trás, livrando-se da adaga.

O único som na taverna eram os gritos do leitão.

– Largue a faca, Dustin, você o matou – ordenou um dos ingleses.

Rodearam o tropeiro, arrancaram a venda dos seus olhos e cortaram a corda que o prendia à estaca.

Em silêncio, os tropeiros dinamarqueses levaram o amigo, antes que os saxões pudessem reagir ou que o magistrado fosse chamado.

Barber suspirou.

– Vamos até ele, pois somos barbeiros-cirurgiões e podemos ajudar – disse para Rob.

Mas era evidente que pouco poderiam fazer. Vitus estava deitado de costas como se estivesse quebrado, os olhos imensos no rosto cinzento. Pelo ferimento aberto viram que os intestinos estavam quase cortados em dois.

Barber segurou o braço de Rob e o fez se agachar ao lado do homem ferido.

– Olhe bem – disse, com voz firme.

As camadas estavam visíveis: pele queimada, carne pálida, um forro fino e brilhante. As entranhas tinham a cor rosada de um ovo de Páscoa pintado, o sangue era vermelho vivo.

– É curioso como um homem aberto fede muito mais do que qualquer animal – disse Barber.

O sangue escorria da parede abdominal e com um jato o intestino cortado esvaziou sua matéria fecal. O homem falava baixinho em dinamarquês, talvez estivesse rezando.

Rob sentiu ânsia de vômito mas Barber o manteve perto do homem caído, como se estivesse esfregando o focinho de um filhote de cachorro nas próprias fezes.

Rob segurou a mão do tropeiro. O homem parecia um saco de areia com um buraco na parte de baixo; ele sentiu a vida se esvaindo. Agachado ao lado do tropeiro, segurou a mão dele até não sobrar areia no saco, e a alma de Vitus, com um farfalhar áspero de folha seca, simplesmente foi soprada para longe.

Continuaram a treinar com as armas, mas agora Rob estava mais cuidadoso e menos impaciente.

Pensava no seu dom com maior frequência, observava Barber e ouvia suas palavras, aprendendo tudo o que ele sabia. Quando começou a reconhecer as doenças e seus sintomas, inventou um jogo, tentando determinar pela aparência externa qual a doença de cada paciente.

No povoado de Richmond, na Nortúmbria, viram na fila de pacientes um homem pálido com olhos lacrimejantes e uma tosse dolorosa.

– O que esse homem tem? – perguntou Barber.
– Provavelmente consumpção?

Barber aprovou com um sorriso.

Mas, quando chegou a vez de o homem consultar o barbeiro-cirurgião, Rob segurou as mãos dele para conduzi-lo para trás do biombo. Não era o aperto de mãos de uma pessoa agonizante; Rob sentiu que o homem estava muito forte para sofrer de consumpção. Compreendeu que se tratava de um resfriado e logo estaria livre do desconforto passageiro.

Não viu motivo para contradizer Barber, mas ficou sabendo que seu dom não era apenas de prever a morte, mas podia ser usado para definir a doença e talvez ajudar a viver.

Incitatus conduziu a carroça vermelha lentamente para o Norte, atravessando a face da Inglaterra, povoado por povoado, alguns tão pequenos que nem tinham nome. Sempre que chegavam a um mosteiro ou a uma igreja, Barber esperava pacientemente na carroça, enquanto Rob perguntava sobre padre Ranald Lovell e o garoto chamado William Cole, mas ninguém tinha ouvido falar deles.

Entre Carlisle e Newcastle-upon-Tyne, Rob subiu em um muro de pedra construído há novecentos anos pelos exércitos de Adriano para proteger a Inglaterra dos assaltantes escoceses. Sentado na Inglaterra, olhando para a Escócia, disse para si mesmo que a maior probabilidade de encontrar alguém do seu sangue estava em Salisbury, aonde os Haverhill tinham levado sua irmã Anne Mary.

Quando finalmente chegaram a Salisbury, foi despachado sumariamente da Corporação dos Padeiros.

O Padeiro Chefe chamava-se Cummings. Era atarracado, com cara de sapo, não tão gordo quanto Barber mas o bastante para representar sua profissão.

– Não conheço nenhum Haverhill.
– Não quer, por favor, procurar nos seus registros?
– Escute aqui. Já é tarde! A maior parte dos membros da corporação está trabalhando na Feira de Salisbury e estamos muito ocupados. Procure-nos depois da feira.

Na feira, só uma parte de Rob fez malabarismos, desenhou e ajudou no tratamento dos pacientes, enquanto a outra parte estava alerta, à procura de um rosto conhecido, da menina que ele imaginava que ela deveria ser agora.

Não a viu.

No dia seguinte, voltou à sede da Corporação dos Padeiros de Salisbury. Era um lugar limpo e agradável, e, apesar do seu nervosismo, imaginou por que as casas das outras corporações eram sempre mais bem construídas do que a da Corporação dos Carpinteiros.

– Ah, o jovem barbeiro-cirurgião. – Cummings estava mais simpático e mais calmo agora. Examinou cuidadosamente os dois grandes livros de registro e balançou a cabeça. – Nunca tivemos um padeiro chamado Haverhill.

– Um casal – disse Rob. – Venderam a padaria em Londres e disseram que viriam para cá. Eles têm uma garotinha, minha irmã. O nome dela é Anne Mary.

– E fácil imaginar o que aconteceu, jovem cirurgião. Depois de vender a loja e começar a viagem, devem ter encontrado melhor oportunidade em outro lugar, algum lugar que precisasse mais de padeiros.

– Sim, é possível.

Rob agradeceu e voltou para a carroça.

Barber ficou visivelmente preocupado, mas aconselhou coragem.

– Não deve se desesperar. Algum dia você encontrará seus irmãos, vai ver.

Mas era como se a terra tivesse sido aberta, engolindo os vivos como engole os mortos. A pequena esperança que o levara até ali parecia agora ingênua demais. Sentiu que os dias da sua família tinham realmente terminado, e com um arrepio obrigou-se a reconhecer que, fosse o que fosse que o esperava no futuro, sem dúvida teria de enfrentar sozinho.

CAPÍTULO 15

O artesão

Alguns meses antes de Rob terminar seu aprendizado, tomavam cerveja escura no bar da estalagem em Exeter, conversando calmamente os termos do seu emprego.

Barber bebeu em silêncio, como se estivesse perdido em pensamentos, e finalmente ofereceu um pequeno salário.

– Mais outra roupa nova – disse, como que assaltado por um acesso de generosidade.

Rob não tinha passado seis anos na companhia dele para nada. Deu de ombros com ar de dúvida.

– Tenho vontade de voltar para Londres – disse, enchendo de cerveja as duas canecas.

Barber fez um gesto afirmativo.

– Uma roupa nova de dois em dois anos, precise ou não – acrescentou, depois de observar o rosto de Rob.

Pediram torta de coelho, que Rob comeu com apetite. Barber atacou o dono da estalagem e não a comida.

– A pouca carne que posso ver está dura demais e estupidamente temperada – resmungou. – Podemos aumentar o salário. *Um pouco* – disse.

– *Está* mal temperada – observou Rob. – Uma coisa que nunca acontece com o que você cozinha. Sempre gostei do modo que prepara caça.

– Qual o salário que você considera justo? Para um cara de dezesseis anos?

– Não quero salário.

– Não quer salário? – Barber olhou desconfiado para ele.

– Não. A renda vem da venda do Específico e do tratamento dos pacientes. Portanto, quero o correspondente a cada duodécima garrafa vendida e a cada duodécimo paciente tratado.

– Cada *vigésima* garrafa vendida, cada vigésimo paciente tratado.

Rob hesitou por um momento e então assentiu com um gesto.

– Esses termos terão valor por um ano, quando poderão ser renovados por acordo mútuo.

– Feito!

– Feito! – disse Rob calmamente.

Ergueram as canecas com largos sorrisos.
– Ah! – disse Barber.
– Ah! – disse Rob.

Barber encarou com seriedade as novas despesas. Quando se encontravam em Northampton, onde havia artesãos especializados, encomendou um segundo biombo a um marceneiro, e, quando chegaram ao lugar seguinte, Huntington, instalou o novo biombo não muito longe do seu.
– Hora de você andar com as próprias pernas – disse ele.
Depois do espetáculo e dos retratos, Rob sentou-se atrás do biombo e esperou.
Será que iam olhar para ele e dar risadas? Ou dariam meia-volta para entrar na fila de Barber?
O primeiro paciente fez uma careta de dor quando Rob segurou suas mãos, pois o pulso fora pisado por sua velha vaca.
– Deu um coice no balde, a maldita. Depois, quando eu estendi a mão para pôr o balde de pé, o maldito animal pisou em mim.
Rob segurou o pulso do homem cuidadosamente e logo esqueceu de tudo o mais. Havia um grande edema dolorido. Um osso quebrado também, o que descia do polegar. Um osso importante. Levou algum tempo para fazer a redução e colocar uma tipoia.
O paciente seguinte era a personificação de todos os seus temores, uma mulher magra e ossuda com olhos frios.
– Perdi minha audição – disse ela.
Rob examinou. Os ouvidos não pareciam entupidos com cera. Não sabia de nada que pudesse ser feito.
– Não posso ajudar – disse ele com pena.
A mulher balançou a cabeça.
– Não posso ajudar! – gritou ele.
– Então pergunte ao outro barbeiro.
– Ele também não pode fazer nada.
A mulher ficou rubra de cólera.
– Vá para o inferno! Eu mesma vou perguntar.
Rob ouviu a risada de Barber e dos que aguardavam na fila, quando ela saiu furiosa.
Estava esperando atrás do biombo, o rosto vermelho, quando chegou um jovem um ou dois anos mais velho do que ele. Rob conteve um suspiro ao ver o dedo indicador da mão esquerda do paciente em avançado estado de gangrena.
– Não é um quadro muito bonito.
O jovem, com os cantos da boca esbranquiçados, conseguiu sorrir.

– Eu amassei o dedo cortando lenha para o fogo há quinze dias. Doeu muito, naturalmente, mas parecia estar melhorando bem. E então...

A primeira falange estava negra e mais acima a área inflamada terminava em bolhas vermelhas. Das bolhas emanavam um fluxo de sangue e um cheiro gasoso.

– Como foi tratado?

– Um vizinho me aconselhou a pôr cinzas molhadas e fezes de ganso para aliviar a dor.

Rob assentiu com um gesto, pois era um remédio comum.

– Bem, agora é uma doença degenerativa que, se não for tratada, vai destruir a mão e depois o braço. Antes que penetre no corpo, você morre. O dedo tem de ser amputado.

O jovem fez um gesto de assentimento, cheio de coragem.

Rob deixou então escapar o suspiro. Precisava dupla certeza. Tirar uma parte do corpo era um passo muito sério, e o rapaz ia sentir a falta do dedo pelo resto da vida, no seu trabalho.

Foi até o biombo de Barber.

– Alguma coisa? – Os olhos de Barber cintilavam.

– Uma coisa que preciso te mostrar – disse Rob, voltando para o paciente, Barber acompanhando-o em passo mais lento.

– Eu disse que o dedo precisa ser amputado.

– Sim – concordou Barber, sem o sorriso agora. – Está certo. Precisa de ajuda, companheiro?

Rob balançou a cabeça. Fez o paciente tomar três vidros do Específico e depois arrumou tudo o que ia precisar para não ter de ficar procurando coisas no meio da operação ou gritar pedindo ajuda de Barber.

Duas facas afiadas, agulha e linha encerada, um pequeno pedaço de madeira, tiras de pano para atadura e uma serra de dentes finos.

O braço do jovem foi amarrado na tábua com a palma da mão para cima.

– Dobre o dedo doente – disse Rob, enrolando a mão com as ataduras para que os outros dedos não atrapalhassem.

Chamou três homens fortes que estavam por perto, dois para segurar o rapaz, o outro para segurar a tábua.

Vira Barber fazer isso uma dezena de vezes e outras duas tinha feito a operação sob a supervisão do mestre, mas nunca antes sozinho. O truque consistia em cortar a uma distância da parte deteriorada, de modo que o processo não continuasse, ao mesmo tempo procurando deixar o maior pedaço possível do dedo.

Apanhou uma das facas e cortou a carne. O paciente gritou e tentou se erguer da cadeira.

– Segurem firme.

Fez um corte circular em volta do dedo e parou por um minuto para absorver o sangue com um pedaço de pano, antes de cortar a parte sã dos dois lados e cuidadosamente levantar a pele na direção da mão, formando duas abas.

O homem que segurava a tábua a largou e vomitou.

– Segure a tábua – disse Rob para o que estava segurando os ombros do paciente. Não houve problema com a transferência porque o rapaz tinha desmaiado.

Osso era uma substância fácil de ser cortada e a serra, com um som raspante, separou o pedaço do dedo.

Rob recortou as abas de pele cuidadosamente, formando a ponta do coto como tinha aprendido, não muito apertada para não provocar dor, não muito solta para não atrapalhar, depois com agulha e linha fez o acabamento com pontos miúdos e iguais. Uma pequena exsudação sanguinolenta ele limpou com Específico. Ajudou a carregar o jovem para a sombra de uma árvore.

Depois, em rápida sucessão, enfaixou um tornozelo torcido, fez o curativo em um profundo corte de foice no braço de uma criança, vendeu três vidros de tônico para uma viúva atormentada por dor de cabeça constante e mais meia dúzia para um homem com gota. Começava a se sentir seguro quando apareceu uma mulher com a doença definhante mortal.

Não havia dúvida; ela estava macilenta, a pele como cera e uma fina camada de suor cobria seu rosto. Rob olhou para ela com esforço depois de ter sentido seu destino através do contato das mãos.

– ... não tenho vontade de comer – dizia ela –, não guardo nada do que como, pois o que não sai no vômito sai como sangue nas minhas fezes.

Rob pôs a mão na barriga da paciente e sentiu o volume e a rigidez, para o qual levou a palma da mão dela.

– Bubo.

– O que é bubo, moço?

– Um volume que cresce, alimentando-se de carne sadia. Pode sentir uma porção deles na sua barriga.

– A dor é terrível. Não tem nenhum remédio? – perguntou ela calmamente.

Rob a amou por tanta coragem e não se sentiu tentado a mentir para ser misericordioso. Balançou a cabeça, pois Barber tinha dito que muitas pessoas sofriam de bubo na barriga e todas morriam da doença.

Quando ela saiu, Rob desejou ter escolhido a profissão de carpinteiro. Viu o pedaço de dedo no chão. Apanhou-o, envolveu em um pedaço de pano, levou até onde estava o jovem se recuperando na sombra da árvore e pôs o pequeno embrulho na palma da mão esquerda dele.

Intrigado, ergueu os olhos para Rob.

– O que vou fazer com ele?

– Os padres dizem que devemos enterrar as partes perdidas para nos esperar no cemitério, para ressuscitarmos inteiros outra vez no Dia do Julgamento.

O jovem pensou por um momento e balançou a cabeça afirmativamente.

– Obrigado, barbeiro-cirurgião.

Em Rockingham, a primeira coisa que viram foi a cabeça branca do vendedor de unguento Wat. Ao lado de Rob no banco da carroça, Barber resmungou desapontado, pensando que o outro vendedor ambulante, tendo chegado primeiro, impedia que atuassem no lugar. Mas, depois de trocados os cumprimentos, Wat os tranquilizou:

– Não vou dar espetáculo aqui. Em vez disso, quero convidar os dois para uma luta.

Foram ver o urso, um animal grande cheio de cicatrizes e com uma argola de ferro no nariz.

– Está doente e logo vai morrer de morte natural; assim, meu urso vai me ajudar a ganhar dinheiro mais uma vez.

– Esse é Bartram, com quem eu lutei? – perguntou Rob, com uma voz que soou estranha aos seus ouvidos.

– Não, Bartram se foi há muito tempo, mais de quatro anos. Esta é uma fêmea, Godiva – disse Wat, recolocando a coberta sobre a jaula.

Naquela tarde, Wat assistiu ao espetáculo dos dois e a venda do tônico; com permissão de Barber, o vendedor de unguento subiu no pequeno estrado e anunciou a luta do urso com os cães naquela noite na arena atrás do curtume, meio pêni a entrada.

Quando Rob e Barber chegaram, já era noite e o terreno em volta da arena estava iluminado pelas chamas altas de uma dúzia de tochas. O lugar vibrava com os palavrões e as risadas masculinas. Treinadores seguravam três cães amordaçados que puxavam inquietos as correias curtas; um mastim negro e malhado, um cachorro vermelho que parecia o primo mais novo do mastim e um grande veadeiro dinamarquês.

Godiva foi conduzida por Wat e dois homens. O urso estava com os olhos vendados, mas sentiu o cheiro dos cães e instintivamente voltou-se para eles.

Os homens o levaram até uma estaca grossa no meio da arena. Tiras fortes de couro estavam pregadas na parte superior e inferior da estaca, e o mestre de cerimônias amarrou a correia inferior na perna traseira direita do urso.

Imediatamente ouviram-se gritos de protesto:

– A correia de cima, a correia de cima!

– Prenda o pescoço do bicho!

– Amarre pela argola do nariz, seu idiota!

O mestre de cerimônias não se abalou, pois era um homem experiente.

— O urso não tem garras. Portanto seria um espetáculo muito sem graça se estivesse com a cabeça amarrada. Vou deixar que use os dentes — disse ele.

Wat tirou o capuz do urso e recuou com um salto.

Godiva olhou em volta à luz trêmula das tochas, fixando intrigada os homens e os cães.

Era um animal velho e há muito passado do auge de sua força, e ninguém se entusiasmou em apostar até ser oferecido três por um nos cães, que pareciam selvagens e bem-dispostos. Os treinadores acariciavam a cabeça dos animais e seus pescoços, depois tiraram as mordaças e as correias e recuaram.

O mastim e o cachorro vermelho imediatamente encostaram a barriga no chão, os olhos fixos em Godiva. Rosnando, investiam mordendo o ar e recuavam, pois não sabiam ainda que o urso não tinha garras, que respeitavam e temiam.

O dinamarquês deu uma volta na arena, e o urso lançava olhares nervosos para ele, sobre o ombro.

— Observe o pequeno cão vermelho! — gritou Wat no ouvido de Rob.

— Parece o menos temível.

— É de uma raça notável, originária dos mastins para matar touros na arena.

Piscando, o urso ficou de pé nas patas traseiras, encostado na estaca. Godiva parecia confusa; via a ameaça real dos cães, mas era um animal de circo acostumado a correias e aos gritos dos humanos, e não estava bastante irritada para satisfazer o mestre de cerimônias. O homem apanhou uma longa lança e, espetando-a no peito enrugado, arrancou um dos mamilos.

O animal gritou de dor.

Encorajado, o mastim atacou. O que ele queria era a parte macia da barriga, mas o urso se virou e os dentes terríveis do cão rasgaram sua anca direita. Godiva urrou e deu uma patada violenta. Se suas garras não tivessem sido cruelmente removidas quando era ainda filhote, o cão teria sido eviscerado, mas a grande pata passou por ele inofensiva. O cachorro percebeu que não existia o perigo que esperava e, cuspindo carne e pelo, voltou ao ataque, enlouquecido agora com o gosto de sangue.

O pequeno cão vermelho saltou diretamente na garganta de Godiva. Seus dentes eram tão terríveis quanto os do mastim, a longa mandíbula inferior se encaixou na superior e ficou dependurado sob o focinho do urso como uma grande fruta madura numa árvore.

Finalmente o dinamarquês viu que estava na hora e atacou pela esquerda, subindo pelas costas do mastim na pressa de chegar ao urso. A orelha e o olho esquerdo de Godiva foram arrancados numa só dentada, e gotículas vermelhas voaram, quando o animal sacudiu a cabeça ferida.

O buldogue vermelho fechou as mandíbulas em uma grande dobra de pelo espesso e pele solta; a pressão dos dentes na traqueia do urso o fazia respirar com dificuldade. Agora o mastim tinha encontrado sua barriga e começou a rasgá-la.

– Uma luta muito fraca! – gritou Wat, desapontado. – Eles já dominaram o urso.

Godiva desferiu um golpe com a pata pesada nas costas do mastim. O estalo da espinha do grande cão não foi ouvido no meio do barulho mas o mastim agonizante caiu no chão de areia contorcendo-se e o urso virou as presas para o dinamarquês.

Os homens gritaram satisfeitos.

O dinamarquês foi atirado quase para fora da arena e ficou onde caiu, com a garganta aberta. Godiva tentou se livrar do cão menor que estava muito mais vermelho com o sangue do urso e do mastim. As mandíbulas obstinadas estavam trancadas no pescoço de Godiva. O urso dobrou as patas da frente e apertou com força, ainda de pé e oscilando de um lado para o outro.

Só quando o pequeno cão vermelho morreu, afinal suas mandíbulas se abriram. O urso o esfregou repetidamente contra a estaca até o buldogue cair na areia ensanguentada como um carrapicho arrancado.

Godiva ficou de quatro perto dos cães mortos mas não se interessou por eles. Tremendo e em grande sofrimento, começou a lamber a própria carne viva e sangrenta.

Os espectadores começaram a pagar ou receber as apostas com um murmúrio de conversação.

– Muito depressa, muito depressa – resmungou um homem ao lado de Rob.

– O maldito animal está vivo e podemos ainda nos divertir – disse outro.

Um jovem embriagado apanhou a lança do mestre de cerimônias e começou a açular Godiva por trás, espetando-a no ânus. Os homens aplaudiram quando o urso girou o corpo, rugindo, mas foi detido pela correia que prendia sua perna.

– O outro olho! – gritou alguém lá de trás. – Tire o outro olho!

O urso ficou de pé outra vez, apoiado nas patas traseiras. O olho bom encarava os homens com desafio, mas também com uma calma aquiescência, e Rob lembrou-se da mulher de Northampton com a doença mortal. O bêbado dirigia a ponta da lança para a imensa cabeça do animal quando Rob foi até ele e arrancou a arma das suas mãos.

– Venha cá, seu maldito idiota! – gritou Barber rispidamente, e foi na direção de Rob.

– Boa Godiva – disse Rob. Ergueu a lança e enfiou-a profundamente no peito ferido. Imediatamente o sangue jorrou de um lado do focinho crispado.

Da assistência ergueu-se um som igual ao dos cães quando atacaram.

– Ele é louco e precisamos cuidar dele – disse Barber rapidamente.

Rob deixou que Barber e Wat o arrastassem para fora da arena, afastando-o do círculo de luz.

– Que espécie de merdinha estúpida é este cretino assistente de barbeiro? – perguntou Wat, furioso.

– Confesso que não sei. – A respiração de Barber parecia um fole de forja.

Ultimamente a respiração dele está mais pesada, pensou Rob.

Dentro do círculo de luz das tochas, o mestre de cerimônia estava anunciando, para acalmar os espectadores, que tinham ainda um forte texugo para lutar com cães e as queixas transformaram-se em gritos de alegria.

Rob afastou-se, enquanto Barber pedia desculpas a Wat.

Estava sentado perto da carroça, ao lado do fogo, quando Barber chegou caminhando pesadamente. Abriu uma garrafa de bebida e tomou metade. Depois deixou-se cair na cama no outro lado do fogo, olhando fixamente para Rob.

– Você é um cu de merda – disse ele.

Rob sorriu.

– Se as apostas não tivessem sido resolvidas, eles iam querer seu sangue e eu não podia culpá-los por isso.

As mãos de Rob afagaram a pele de urso que era sua cama. O pelo estava mais desfalcado e logo não ia mais servir, pensou ele.

– Boa-noite, Barber – disse ele.

CAPÍTULO 16

Armas

Não ocorreu a Barber que ele e Rob pudessem algum dia se desentender. Com dezessete anos, o antigo aprendiz era exatamente o que tinha sido quando garoto, trabalhador, amável e de bom gênio.

Com a diferença de que agora sabia pechinchar como uma vendedora de peixe.

No fim do primeiro ano de emprego, pediu participação de um doze avos, em vez de um vinte avos. Barber resmungou mas acabou concordando, porque Rob evidentemente merecia ganhar mais.

Barber notou que ele quase não gastava o ordenado e sabia que estava economizando para comprar armas. Numa noite de inverno em Exmouth, um jardineiro tentou vender um punhal a Rob.

– Sua opinião? – perguntou Rob, entregando a arma para Barber.

Era uma arma de jardineiro.

– A lâmina é de bronze e quebra com facilidade. O punho parece adequado mas um cabo pintado com todas essas cores pode esconder defeitos.

Rob J. devolveu a faca barata.

Quando iniciaram a viagem na primavera, foram pela costa e Rob percorria as docas dos portos à procura de armas espanholas, pois o melhor aço vinha da Espanha. Mas, quando começaram a se dirigir para o interior, não tinha comprado nada.

Em julho, estavam ao norte de Mércia. No povoado de Blyth,* o estado de espírito dos dois não combinou com o nome do lugar; acordaram certa manhã e viram Incitatus deitado, rígido e sem respirar.

Rob olhou com amargura para o cavalo morto, enquanto Barber desabafava seus sentimentos com palavrões.

– Acha que morreu de alguma doença?

Barber deu de ombros.

– Não vimos nenhum sinal ontem, mas ele era velho. Não era jovem quando o comprei, há muito tempo.

Rob passou metade do dia cavando a terra, pois não queriam que Incitatus fosse devorado pelos cães e pelos abutres. Enquanto cavava uma cova bem

---

* *Blithe* – alegria, prazer, contentamento. (N. da T.)

grande, Barber saiu à procura de um substituto de Incitatus. Levou o dia todo e pagou caro, pois o cavalo era vital para eles. Finalmente comprou uma égua marrom de três anos, ainda em crescimento.

– Acha que devemos chamá-la também de Incitatus? – perguntou, mas Rob balançou a cabeça e nunca a chamaram de outro nome que não fosse Cavalo. A égua tinha bom passo, mas na primeira manhã perdeu uma ferradura e tiveram de voltar a Blyth para colocar outra.

O ferreiro chamava-se Durman Moulton e quando chegaram estava terminando de fazer uma espada que fez os olhos dos homens cintilarem.

– Quanto? – perguntou Rob, com muita avidez para o gosto de comerciante de Barber.

– Esta está vendida – disse o artesão, mas deixou que eles empunhassem e sentissem a arma. Era uma espada inglesa de lâmina larga sem nenhum ornamento, afiada, genuína e maravilhosamente forjada. Se Barber fosse mais jovem e não tão experiente da vida, ficaria tentado a fazer uma oferta.

– Quanto por uma exatamente igual, e um punhal combinando?

O total era mais do que Rob ganhava num ano.

– E tem de pagar a metade agora, se encomendar a espada – disse Moulton.

Rob foi até o vagão e voltou com uma sacola, da qual retirou o dinheiro necessário.

– Daqui a um ano voltaremos para apanhar as armas e pagar o restante – disse ele, e o ferreiro, com um gesto afirmativo, disse que as armas estariam prontas.

Apesar da perda de Incitatus, tiveram uma boa temporada, mas, quando estava quase no fim, Rob pediu um sexto dos lucros.

– Um sexto da minha renda! Para um filhote que não tem ainda dezoito anos? – Barber estava sinceramente ofendido, mas Rob ouviu o protesto calmamente e não disse nada.

Com a aproximação da data da renovação anual do acordo, quem ficou nervoso foi Barber, pois reconhecia que sua situação tinha melhorado muito com a ajuda do sócio.

Na cidade de Sempringham, ouviu uma paciente dizer para a amiga: "Entre na fila do barbeiro jovem, Eadburga, pois dizem que ele toca na gente atrás do biombo. Dizem que tem mãos que curam."

A verdade é que ele vende uma grande quantidade de Específico, pensou Barber com ironia.

Não o incomodava o fato da fila de Rob ser maior do que a sua. Na verdade, para um empregador, Rob J. era ouro no bolso.

– Um oitavo – ofereceu finalmente.

Mesmo com grande sofrimento teria concordado com um sexto, mas, para seu grande alívio, Rob aceitou.
— Um oitavo é justo — disse.

O velho foi invenção de Barber. Sempre procurando melhorar o espetáculo, inventou um velho libertino que tomava o Específico Universal e perseguia todas as mulheres que apareciam na sua frente.
— E você vai fazer o papel do velho — disse ele para Rob.
— Sou muito grande. E muito moço.
— Não, você vai fazer o papel — teimou Barber. — Pois sou tão gordo que logo iam saber que sou eu.
Observaram homens velhos durante um longo tempo, estudando como caminhavam com dificuldade, o tipo de roupa que usavam e procuravam ouvir o que os velhos diziam.
— Imagine o que deve ser sentir que sua vida está desaparecendo — disse Barber. — A gente pensa que sempre vai conseguir uma ereção. Imagine ficar velho e não conseguir mais.
Fizeram uma peruca grisalha e um bigode falso, também grisalho. Não podiam fazer rugas em Rob mas Barber cobriu o rosto dele com cosméticos imitando a secura e aspereza de uma pele castigada por anos de sol e de vento. Rob curvou o corpo grande e adotou um andar vacilante, arrastando a perna direita. Falava com voz esganiçada e hesitante, como se estivesse sempre com um pouco de medo.
O velho, com um paletó muito usado, fez sua primeira aparição em Tadcaster, enquanto Barber discursava sobre os maravilhosos poderes regeneradores do Específico Universal. Caminhando com dificuldade, foi até o estrado e comprou um vidro.
— É claro que sou um velho tolo gastando meu dinheiro desse modo — disse a voz seca e velha.
Abriu a garrafa com alguma dificuldade, bebeu o tônico e logo depois caminhou lentamente para uma garçonete que já fora orientada e paga por Barber.
— Oh, que belezinha — suspirou ele, e a moça olhou para o outro lado rapidamente, como que envergonhada. — Será que me faria um favor, meu bem?
— Se puder.
— Ponha a mão no meu rosto. Só uma palma quente e macia no rosto de um velho. Aaah! — murmurou ele quando ela, timidamente, fez o que pedia.
O povo em volta riu quando ele fechou os olhos e beijou os dedos da moça. Imediatamente o velho arregalou os olhos.
— Pelo sagrado Santo Antônio — murmurou. — Oh, mas é notável!
Voltou ao estrado, mancando, o mais depressa possível.
— Quero outro — disse para Barber, e esvaziou o vidro imediatamente.

Dessa vez, quando voltou para o lado da jovem, ela começou a andar e ele a seguiu.

– Sou seu servo – disse o velho, ansioso. – Senhora... – Inclinando-se, cochichou no ouvido dela.

– Ora, senhor, não deve dizer isso! – Continuou a andar e o povo riu às gargalhadas quando o velho a seguiu.

Quando, alguns minutos depois, o velho saiu mancando de braços com a jovem, o povo aplaudiu ruidosamente e ainda rindo apressou-se a dar suas moedas a Barber em troca dos vidros de tônico.

Finalmente não precisaram mais pagar uma mulher para o papel, pois Rob logo aprendeu a manipular as mulheres entre os assistentes. Percebia quando uma mulher honesta ficava ofendida e não a incomodava mais, e também quando outra, mais ousada, não se ofendia com um elogio malicioso e nem mesmo com um leve beliscão.

Uma noite, em Lichfield, foi ao bar fantasiado de velho e logo os fregueses estavam rindo às gargalhadas com suas histórias de aventuras amorosas.

– Uma vez eu estava muito excitado. Lembro-me de ter copulado com uma belezinha gorducha... cabelos como lã negra, tetas prontas para serem ordenhadas. Uma macia coberta como penugem escura de cisne. Enquanto no outro lado da parede o feroz pai dela, com metade da minha idade, dormia tranquilo sem saber de nada.

– E que idade você tinha então, velho?

Cuidadosamente ele endireitou as costas doloridas.

– Três dias mais novo do que sou hoje – respondeu com a voz seca e rouca.

Durante toda a noite, os tolos disputaram a vez de pagar bebida para ele.

Naquela noite, pela primeira vez Barber ajudou o assistente a voltar para o acampamento, em vez de ser ajudado por ele.

Barber refugiava-se na comida. Grelhava frangos, temperava patos, fartando-se de aves. Em Worcester, viu um par de bois sendo abatidos e comprou as línguas.

Isso era comer!

Cozinhou as grandes línguas rapidamente, antes de limpar e tirar a pele, depois refogou-as com cebola, alho silvestre e nabo, regando com mel e tomilho e gordura derretida até a parte externa ficar lisa, doce e torrada, e a parte interna tão macia que mal precisava ser mastigada.

Rob mal experimentou o petisco, apressado em encontrar outro bar para sua representação. Em todos os bares os fregueses pagavam sua bebida. Barber sabia que ele preferia cerveja clara ou escura mas via agora preocupado que Rob aceitava mead, pigmento ou morat – o que aparecesse.

Barber observava atento para verificar se aquele excesso de Rob não prejudicava seu próprio bolso. Mas, não importa o quanto tivesse bebido na noite anterior, Rob continuava a fazer tudo como antes, exceto uma coisa.

– Notei que você não segura mais as mãos dos pacientes quando chegam ao seu biombo – disse Barber.

– Você também não.

– Não sou eu que tenho o dom.

– O dom! Você sempre disse que não existia dom nenhum.

– Pois agora acredito que exista um dom – disse Barber –, e acredito que é diminuído pela bebida e que pode desaparecer com o uso constante do álcool.

– Como você disse, foi tudo fantasia da nossa parte.

– Escute bem. Tenha o dom desaparecido ou não, deve segurar as mãos dos pacientes quando chegam ao seu biombo, pois é evidente que gostam disso. Você entende?

Rob J. assentiu, emburrado.

Na manhã seguinte, encontraram um caçador de aves em uma trilha da floresta. Levava uma longa vara rachada tendo nas pontas bolas de massa cheias de sementes. Quando os pássaros iam comer as sementes, ele puxava uma corda e fechava a ponta da vara prendendo as pernas deles, e era tão experiente que seu cinto estava cheio de pequenas narcejas brancas. Barber comprou todas. Narcejas eram consideradas um alimento tão especial que a maior parte das pessoas não se dava ao trabalho de retirar as entranhas. Mas Barber era exigente. Limpou e temperou cada passarinho e fez uma refeição memorável, conseguindo desanuviar até a carranca de Rob.

Em Great Berkhamstead, deram espetáculo para uma grande audiência e venderam muitos vidros do tônico. Naquela noite, foram juntos à taverna para fazer as pazes. Durante algum tempo, tudo correu bem, mas estavam bebendo morat muito forte com um vago sabor de amoras amargas e Barber viu os olhos de Rob ficarem brilhantes e imaginou se seu rosto também ficava assim vermelho quando bebia.

Rob então fez de tudo para desafiar e insultar um lenhador grande e mal-encarado.

Num instante estavam lutando. Tinham o mesmo tamanho e a luta era selvagem e violenta, uma espécie de loucura. Embriagados com morat, lutavam muito juntos, desferindo golpes e mais golpes com toda a força, usando punhos, joelhos e pés, e os socos e pontapés pareciam martelos num carvalho.

Afinal, exaustos, foram separados por um pequeno exército de pacificadores, e Barber levou Rob J. embora.

– Bêbado idiota!

– Olha quem fala – disse Rob.

Tremendo de raiva, Barber olhou para seu assistente.

– É verdade, posso ser também um bêbado idiota – disse –, mas sempre soube evitar encrenca. Nunca vendi venenos. Nada tenho a ver com mágica que lança encantamentos ou evoca espíritos malignos. Apenas compro grande quantidade de bebida e dou um espetáculo que me permite vender garrafas pequenas com bom lucro. É um modo de vida que depende de não chamar a atenção para nossas pessoas. Portanto, essa sua idiotice deve acabar e seus punhos devem permanecer abertos.

Entreolharam-se furiosos, mas Rob assentiu com a cabeça.

A partir desse dia, Rob pareceu obedecer a ordem de Barber, quase contra a vontade, enquanto iam para o Sul, no outono, competindo com as aves migratórias. Barber resolveu não parar na Feira de Salisbury, sabendo que poderia reviver amargas lembranças em Rob. Seus esforços foram em vão, pois, quando acamparam em Winchester, e não em Salisbury, Rob voltou para o acampamento cambaleando. Seu rosto parecia carne batida e era evidente que tinha brigado.

– Passamos por uma abadia esta manhã quando você estava conduzindo a carroça e não parou para perguntar sobre padre Ranald Lovell e seu irmão.

– Não adianta perguntar. Sempre que pergunto, ninguém sabe de nada.

Rob também não falou mais em encontrar a irmã Anne Mary, nem Jonathan ou Roger, o irmão que só tinha visto logo que nasceu.

Tinha desistido deles e agora procurava esquecer, pensou Barber, esforçando-se para compreender. Era como se Rob tivesse se transformado num urso, oferecendo-se constantemente para o tormento em todos os bares. A crueldade crescia nele como erva daninha; recebia com agrado a dor provocada pela bebida e pelas brigas, para anular a dor que sentia quando pensava nos irmãos.

Barber não tinha certeza se aquela aceitação de Rob da perda das crianças era uma coisa boa ou não para o rapaz.

Aquele foi o inverno mais desagradável que passaram na pequena casa de Exmouth. No começo, Barber e Rob iam juntos à taverna. Geralmente bebiam e conversavam com os homens do lugar, e depois procuravam mulheres e as levavam para casa. Mas Barber não podia acompanhar os apetites do jovem e, para sua surpresa, não queria. Agora era Barber que, no escuro, olhava as sombras e escutava, desejando, pelo amor de Deus, que terminassem logo e tratassem de dormir.

Naquele ano não nevou mas choveu sem parar e o silvo e tamborilar das gotas começavam a ofender os ouvidos e a mente. No terceiro dia da semana do Natal, Rob chegou em casa furioso.

– Aquele maldito dono da taverna! Proibiu minha entrada na Taverna de Exmouth!

– Sem nenhum motivo, suponho?

– Porque briguei – resmungou Rob, carrancudo.

Rob agora passava mais tempo em casa, porém mais sorumbático do que nunca, e Barber também. Não tinham conversas longas e agradáveis. A maior parte do tempo Barber bebia, sua resposta de sempre à estação de frio e chuva. Quando podia, imitava os animais que hibernam. Acordado, ficava na cama, seu peso formando uma depressão no colchão, sentindo que a carne o puxava para baixo e ouvindo a própria respiração assobiar asperamente na garganta. Em geral via com poucas esperanças pacientes com a respiração muito melhor do que a sua.

Angustiado com esses pensamentos, levantou-se um dia para fazer uma enorme refeição, procurando nas carnes gordas proteção contra o frio e a premonição. Geralmente conservava ao lado da cama uma garrafa aberta e o prato de carneiro frito congelado na gordura. Rob ainda limpava a casa quando tinha vontade, mas, em fevereiro, os dois cômodos fediam como uma toca de raposa.

Receberam a primavera com entusiasmo e em março carregaram a carroça e saíram de Exmouth, atravessando a planície de Salisbury e as montanhas baixas, onde escravos encardidos cavavam calcário e greda para retirar ferro e estanho. Não pararam nos campos de escravos porque não tinham nada a ganhar ali. Barber pretendia percorrer as cercanias da fronteira com o País de Gales até Shrewsbury, depois seguir o rio Trent para noroeste. Pararam em todas as cidadezinhas e todos os povoados já conhecidos. Cavalo não fazia os passos de dança com o entusiasmo de Incitatus, mas era bonita e eles enfeitaram sua crina com fitas. Os negócios iam de vento em popa.

Em Hope-Under-Dinnmore, encontraram um artesão de peles com mãos habilidosas e Rob comprou duas bainhas de couro macio para as armas que lhe tinham sido prometidas.

Quando chegaram a Blyth, foram imediatamente procurar o ferreiro, e Durman Moulton os recebeu satisfeito. O artesão foi até uma prateleira nos fundos da oficina e voltou com dois embrulhos de pele macia.

Rob desfez os embrulhos ansiosamente e prendeu a respiração.

Por incrível que pudesse parecer, a espada era melhor do que a que haviam admirado no ano anterior. O punhal, a mesma coisa. Enquanto Rob admirava a espada, Barber segurou o punhal, sentindo o equilíbrio delicado.

– Trabalho limpo – disse para Moulton, que aceitou o cumprimento pelo que podia valer.

Rob colocou as armas embainhadas na cintura, experimentando o peso estranho. Pôs as mãos nos punhos da espada e do punhal e Barber não pôde deixar de observar sua figura.

Rob tinha presença. Com dezoito anos era homem feito e dois palmos mais alto do que Barber. Tinha ombros largos e era magro, uma juba de cabelos castanhos crespos, olhos azuis bem separados que mudavam de expressão mais rapidamente do que o mar, rosto de ossos grandes e queixo quadrado sem barba. Desembainhou a espada até a metade, aquele símbolo de homem nascido livre, e a embainhou outra vez. Observando-o, Barber sentiu um arrepio de orgulho e uma intensa apreensão que não podia descrever.

Talvez não fosse errado chamar de medo.

CAPÍTULO 17

Um novo acordo

A primeira vez que entrou num bar com suas armas – em Beverly –, Rob sentiu a diferença. Não que os homens demonstrassem mais respeito, mas tinham mais cuidado no trato com ele, e pareciam mais vigilantes. Barber não se cansava de dizer que ele deveria ter mais cuidado também, pois a raiva violenta era um dos oito crimes capitais da Santa Madre Igreja.

Rob ficou farto de ouvir o que aconteceria se as autoridades o levassem ao tribunal da Igreja, mas Barber descrevia constantemente os julgamentos por tortura, nos quais o acusado tinha sua inocência testada segurando pedras quentes ou metal em brasa, ou bebendo água fervente.

– Condenação à morte significa enforcamento ou decapitação – disse Barber com severidade. – Quase sempre, em caso de assassinato, passam correias sob os tendões dos calcanhares e os amarram ao rabo de touros selvagens. Os touros, então, são acossados por cães, até a morte.

Cristo misericordioso, pensou Rob, Barber virou uma mulher velha até com suspiros profundos. Será que pensa que vou sair por aí matando todo o povo?

Na cidade de Fulford, descobriu que tinha perdido a moeda romana que seu pai e os companheiros haviam retirado do fundo do Tâmisa. De péssimo humor, bebeu até se tornar alvo fácil da provocação de um escocês com marcas de varíola, que esbarrou no seu cotovelo. Em lugar de pedir desculpas, o escocês resmungou alguns palavrões em galês.

– Fale inglês, seu maldito anão! – vociferou Rob, pois o escocês, embora forte, era duas cabeças mais baixo do que ele.

As advertências de Barber devem ter tido resultado, porque Rob teve o bom-senso de tirar o cinto com as armas. O escocês fez o mesmo e começaram a lutar. Apesar da pequena altura, foi uma surpresa desagradável para Rob sua incrível habilidade com as mãos e os pés. Seu primeiro pontapé lascou uma costela, e então um punho que parecia de pedra quebrou o nariz de Rob com um som desagradável e uma dor intensa pior ainda.

Rob resmungou.

– Filho da puta! – disse ofegante, e recorreu à dor e à raiva para aumentar sua força. Mal conseguiu continuar a luta, até o escocês se cansar, tornando possível a retirada mútua.

Voltou claudicando para o campo, sentindo-se e parecendo vítima de um bando de gigantes.

Barber não foi exageradamente delicado quando arrumou o nariz quebrado com um estalo áspero. Passou bebida nos arranhões e nas contusões, mas suas palavras ardiam mais do que o álcool.

– Você está numa encruzilhada – disse ele. – Aprendeu sua profissão. Tem uma boa cabeça e não há razão para não prosperar, a não ser pela qualidade do seu espírito. Pois, se continuar no caminho que trilha agora, logo será um bêbado inveterado.

– Definido por alguém que vai morrer de tanto beber – disse Rob com desprezo. Rosnou quando tocou os lábios inchados e sangrentos.

– Duvido que você viva o bastante para morrer de tanto beber.

Por mais que procurasse, Rob não encontrou a moeda romana. A única coisa que o ligava à infância era a cabeça de flecha que o pai tinha dado. Mandou fazer um buraco na pedra e a usava no pescoço presa a uma tira de pele de veado.

Agora os homens afastavam-se do seu caminho, pois além do seu tamanho e da aparência profissional das armas, tinha o nariz um pouco torto no rosto repleto de manchas roxas e amareladas. Talvez Barber estivesse zangado demais para fazer um bom trabalho no nariz de Rob, que nunca mais ficou reto.

A costela o incomodou durante semanas quando respirava. Rob parecia calmo enquanto viajavam da região da Nortúmbria para Westmoreland e depois de volta para a Nortúmbria. Não foi a tavernas ou bares, onde era fácil arranjar uma briga, mas ficou perto da carroça e do fogo. Quando acampavam longe da cidade, tomava um pouco do tônico e passou a gostar de meteglin. Mas uma noite, depois de ter tomado boa parte do estoque, começou a abrir uma garrafa cujo gargalo estava marcado com a letra B. Era parte da reserva especial de bebida com urina usada por Barber para se vingar dos seus inimigos. Estremecendo, Rob jogou a garrafa fora; desde esse dia comprava bebida sempre que paravam numa cidade e guardava cuidadosamente num canto da carroça.

Na cidade de Newcastle fez o papel do velho, com uma barba falsa que escondia as equimoses no seu rosto. Havia muita gente e venderam bem o tônico. Depois do espetáculo, Rob foi até a parte de trás da carroça para tirar o disfarce e armar o biombo para o exame dos pacientes. Barber já estava lá, discutindo com um homem alto e magro.

– Eu segui vocês desde Durham e observei o que fazem – dizia o homem. – Em todo lugar atraem uma multidão. É disso que preciso e proponho viajarmos juntos e dividir os lucros.

– Você não tem nenhum lucro – disse Barber.

O homem sorriu.

– Tenho sim, pois o que faço é trabalho árduo.

– Você é um dedos-leves e batedor de carteiras, e algum dia vai ser apanhado com a mão no bolso de alguém e vai ser o fim. Não trabalho com ladrões.

– Talvez a escolha não seja sua.

– A escolha é dele – disse Rob.

O homem mal se dignou a olhar para ele.

– Fique calado, velho, do contrário pode atrair a atenção dos que querem lhe fazer mal.

Rob avançou para ele. O ladrão arregalou os olhos espantado e tirou uma faca longa e estreita do bolso interno, fazendo um pequeno movimento na direção dos dois.

O punhal de Rob saiu da bainha como que por vontade própria e penetrou no braço do homem. Rob não fez nenhum esforço, mas o golpe devia ter sido violento, pois sentiu a ponta tocar o osso. Quando retirou a lâmina, ela foi imediatamente substituída por um jato de sangue. Rob espantou-se vendo tanto sangue sair com aquela rapidez de um homem tão pequeno e magro.

O batedor de carteiras recuou, segurando o braço ferido.

– Volte – disse Barber. – Deixe fazer um curativo. Não vamos lhe fazer mais mal.

Mas o homem já estava dando a volta na carroça e logo desapareceu.

– Tanto sangue vai ser notado. Se tiver homens do magistrado na cidade, vão pegar o homem e ele pode trazer os guardas até nós. Precisamos sair logo daqui – disse Barber.

Fugiram como quando temiam a morte dos pacientes, só parando quando tiveram certeza de não estar sendo seguidos.

Rob fez uma fogueira e sentou ao lado dela, vestido ainda de velho e cansado demais para tirar o disfarce, e comeram nabo frio da véspera.

– Éramos dois – disse Barber aborrecido. – Podíamos nos livrar dele.

– Ele precisava de uma lição.

Barber olhou para ele.

– Escute aqui – disse. – Você se transformou em um risco.

Rob agastou-se com a injustiça, pois tinha agido para proteger Barber. Uma nova raiva ferveu dentro dele, um antigo ressentimento:

– Você nunca arriscou nada por minha causa. Não ganha mais nosso dinheiro. Eu ganho. Ganho mais para você do que aquele ladrão poderia ganhar com seus dedos leves.

– Um risco e uma responsabilidade – disse Barber com voz cansada, dando as costas a Rob.

Chegaram ao limite norte da viagem, parando em povoados da fronteira onde o povo não sabia se era inglês ou escocês. Trabalhando para a audiência, Rob e Barber funcionavam em perfeita harmonia, mas quando não estavam no palco havia apenas o silêncio frio entre os dois. Se começavam uma conversa, logo estavam discutindo.

Longe estava o tempo em que Barber ousava levantar a mão para ele, mas quando estava bêbado tinha a boca suja e abusada que não conhecia nenhuma cautela.

Certa noite, em Lancaster, acampados perto de um lago do qual a névoa pintada de luar erguia-se pálida como fumaça, foram atacados por um exército de insetos que pareciam moscas e refugiaram-se na bebida.

– Sempre foi um grande palerma idiota. O jovem Sir Monte de Merda.

Rob suspirou.

– Peguei um merda órfão... modelei... seria menos do que nada sem mim.

Muito em breve, resolveu Rob, começaria a praticar a profissão sozinho; há muito tempo estava convencido de que seus caminhos tinham de se separar.

Havia comprado uma grande quantidade de vinho verde em uma loja de bebidas e agora tentava silenciar a voz abrasiva de Barber com a bebida. Mas ela continuava:

– ... desajeitado e abobado. Que trabalho eu tive para ensinar malabarismo para ele!

Rob entrou na carroça para encher seu copo mas foi seguido pela voz terrível:

– Traga um maldito copo.

Pegue você mesmo, seu miserável, pensou Rob em responder.

Mas, levado por um impulso irresistível, foi até onde estavam as garrafas da Mistura Especial.

Apanhou uma e a aproximou dos olhos até distinguir a marca no gargalo. Saiu da carroça, abriu a garrafa de cerâmica e entregou-a para o homem gordo.

Crueldade, pensou Rob, amedrontado. Mas não pior do que a de Barber dando a bebida para tanta gente em todos aqueles anos.

Olhou fascinado quando Barber segurou a garrafa, virou a cabeça para trás, abriu a boca e levou a bebida aos lábios.

Ainda estava em tempo. Rob quase ouviu a própria voz dizendo a Barber para esperar. Diria que a garrafa estava rachada na boca do gargalo e a substituiria por uma de genuíno meteglin.

Mas ficou calado.

O gargalo entrou na boca de Barber.

Engula, pensou Rob cruelmente.

O pescoço gordo se movimentou enquanto Barber bebia. Então, jogando a garrafa para longe, ele se deitou para dormir.

Por que não sentiu nenhuma satisfação? Durante a longa noite insone, Rob pensou nisso.

Quando Barber estava sóbrio, podia ser dois homens diferentes, um bondoso e alegre, o outro mesquinho, que não hesitava em dar a Mistura Especial a outras pessoas. Quando estava bêbado, não havia dúvida, quem mandava era o homem mesquinho.

Rob viu com súbita clareza, como uma lança de luz no céu escuro, que estava se transformando no Barber mesquinho. Estremeceu e a tristeza o invadiu enquanto se aproximava mais do fogo.

Na manhã seguinte, levantou ao nascer do dia, apanhou a garrafa marcada e a escondeu no bosque. Depois atiçou o fogo e, quando Barber acordou, uma esplêndida refeição o aguardava.

– Não tenho agido direito – disse Rob, quando Barber acabou de comer. Hesitou e continuou com esforço: – Peço seu perdão e absolvição.

Barber fez um gesto de assentimento, atônito e em silêncio.

Atrelaram Cavalo e viajaram a manhã toda sem uma palavra, e às vezes Rob sentia que Barber o observava com olhos pensativos.

– Pensei muito no assunto – disse Barber, finalmente. – Na próxima temporada você deve viajar como barbeiro-cirurgião, sozinho.

Sentindo-se culpado, porque na véspera tinha chegado à mesma conclusão, Rob protestou:

– É a maldita bebida! Ela nos transforma cruelmente. Devemos deixar de beber e continuar como antes.

Barber ficou comovido mas balançou a cabeça.

– Em parte é a bebida, e em parte é que você é um animal jovem que precisa testar sua força e eu sou um bode velho. Além disso, para um bode sou grande demais e com pouco fôlego – disse secamente. – Preciso usar todas as minhas forças simplesmente para subir no palco e cada dia é mais difícil para mim realizar o espetáculo. Eu ficaria feliz para sempre em Exmouth, aproveitando o verão suave e cuidando de uma horta, para não falar dos prazeres da minha cozinha. Enquanto você estiver viajando, posso preparar uma grande quantidade de tônico. Posso também pagar a manutenção da carroça e do cavalo, como antes. Você fica com o dinheiro pago por todos os pacientes e, com o produto de cada cinco garrafas vendidas no primeiro ano, e cada quatro no segundo e nos anos seguintes.

– Cada três garrafas no primeiro ano – disse Rob automaticamente – e cada duas garrafas vendidas daí em diante.

– É demais para um jovem de dezenove anos – disse Barber severamente. Seus olhos brilhavam. – Vamos estudar juntos o assunto, pois somos homens sensatos.

No fim, concordaram em cada quatro garrafas no primeiro ano e cada três nos anos seguintes. O acordo seria válido por um período de cinco anos, depois do que eles estudariam novo acordo.

Barber estava satisfeito e Rob mal podia acreditar na sua sorte, pois ia ganhar muito dinheiro para um homem da sua idade. Viajaram para o Sul atravessando a Nortúmbria, ambos bem-dispostos e com renovada boa vontade e camaradagem. Em Leeds, depois do trabalho, passaram horas fazendo compras; Barber comprou prodigiosamente, declarando que precisava preparar um jantar para comemorar o novo acordo.

Saíram de Leeds por uma trilha que acompanhava o rio Aire, passando por quilômetros e quilômetros de árvores antigas que dominavam com sua altura moitas verdes, pequenos bosques e belas clareiras. Acamparam cedo entre amieiros e salgueiros, onde o rio era mais largo, e durante horas Rob ajudou Barber na criação de uma enorme torta de carne. Barber usou diversos tipos de carne picada, de veado, de vitela, de um frango gordo e de um par de pombos, seis ovos cozidos e um quarto de quilo de gordura, cobrindo tudo com massa grossa e folhada, cheia de óleo.

Comeram bastante e nada melhor para Barber do que começar a beber meteglin para saciar a sede provocada pela torta. Lembrando-se da promessa recente, Rob tomou água e observou o rosto de Barber ficar vermelho e os olhos, embaçados.

Barber pediu que Rob tirasse duas caixas de bebida da carroça e as pusesse perto dele, para poder se servir à vontade. Rob obedeceu e ficou olhando preocupado enquanto Barber bebia. Logo Barber começou a resmungar, queixando-se dos termos do acordo, mas, antes que as coisas ficassem desagradáveis, adormeceu pesadamente.

De manhã, um dia brilhante e ensolarado, cheio do canto dos pássaros, Barber levantou pálido e mal-humorado. Não parecia lembrar de seu comportamento arrogante da noite anterior.

– Vamos apanhar trutas – disse ele. – Gostaria de comer peixe fresco e a água do Aire parece ser boa para isso. – Mas quando se levantou queixou-se de dor no ombro esquerdo. – Eu carrego a carroça – resolveu –, pois o trabalho sempre funciona como graxa nas juntas doloridas.

Levou uma das caixas de meteglin até a carroça, depois voltou e apanhou a outra. No meio do caminho, deixou cair a caixa com um ruído surdo. Uma expressão atônita surgiu no seu rosto.

Levou as mãos ao peito com uma careta. Rob percebeu que a dor o fazia curvar os ombros.

– Robert – disse Barber, suavemente.

Era a primeira vez que ouvia Barber pronunciar seu nome.

Deu um passo na direção de Rob, com as duas mãos estendidas.

Mas, antes que o rapaz pudesse alcançá-lo, parou de respirar. Como uma grande árvore – não, como uma avalanche, como a morte de uma montanha –, Barber inclinou-se para a frente e desmoronou sobre a terra.

CAPÍTULO 18

Requiescat

— Eu não o conhecia.
— Era meu amigo.
— Também nunca vi você – disse o padre de mau humor.
— Está me vendo agora.

Rob tinha tirado tudo da carroça e escondido em uma moita, e abriu espaço para o corpo de Barber. Viajou seis horas até a pequena cidade de Aire's Cross com sua igreja antiga. Agora aquele padre de olhos cruéis estava fazendo perguntas rabugentas e desconfiadas, como se Barber tivesse morrido só para incomodá-lo.

O padre fungou sua desaprovação quando soube o que Barber fazia quando vivo.

— Médico, cirurgião ou barbeiro, todos eles desafiam a verdade óbvia de que só a Trindade e os santos têm o verdadeiro poder de curar.

Rob estava sobrecarregado de emoções fortes demais e sem disposição para ouvir aqueles sons. Chega, vociferou ele silenciosamente. Sentia agudamente as armas no cinto, mas era como se Barber o aconselhasse a suportar. Falou com voz suave e educada com o padre e deu uma generosa contribuição para a igreja.

Finalmente o padre fungou.

— O arcebispo Wulfstan proibiu os padres de atrair paroquianos de outros padres com seus dízimos e suas contribuições.

— Ele não era paroquiano de nenhum outro padre – disse Rob.

No fim, conseguiu que Barber fosse enterrado em solo sagrado.

Por sorte levara a bolsa cheia de dinheiro. O assunto não podia ser adiado, pois já se sentia o cheiro da morte. O marceneiro da cidade ficou chocado com o tamanho do caixão que teria de fazer. A cova também precisava ser de um tamanho respeitável, e o próprio Rob a cavou em um canto do cemitério.

Rob pensava que a cidade se chamava Aire's Cross por estar ao lado de um baixio do rio Aire, mas o padre disse que o povoado tinha esse nome por causa da enorme cruz de carvalho que estava dentro da igreja. Na frente do altar, aos pés da imensa cruz, Rob colocou o caixão de alecrim de Barber. Por acaso era o Dia de São Calisto e a Igreja da Cruz estava cheia. Quando foi rezado o *Kirie Eleison*, o pequeno santuário estava quase lotado.

— Senhor, tenha misericórdia; Cristo, tenha misericórdia – cantaram todos.

Havia apenas duas pequenas janelas. O incenso lutava contra o fedor, mas entrava um pouco de ar entre as paredes de troncos de árvores e pelo teto de palha, fazendo tremular as candeias de junco. Seis velas altas lutavam contra a escuridão formando um círculo em volta do caixão. Uma mortalha branca cobria tudo, menos o rosto de Barber. Rob tinha fechado os olhos dele e Barber parecia adormecido ou muito bêbado.

– Era seu pai? – murmurou uma velha.

Rob hesitou, depois achou mais fácil fazer um gesto afirmativo. Ela suspirou e tocou no braço dele.

Rob pagou pela missa de réquiem da qual os fiéis participaram com tocante solenidade e viu com satisfação que Barber não teria sido melhor atendido se fizesse parte de uma corporação, nem teria tantas preces respeitosas por sua alma se sua mortalha fosse a púrpura da realeza.

Quando a missa terminou e os fiéis se dispersaram, Rob aproximou-se do altar. Fez quatro genuflexões e o sinal da cruz, como sua mãe tinha ensinado há tanto tempo, inclinando-se uma vez para Deus, outra para o Filho, para Nossa Senhora e finalmente para os apóstolos e para os santos.

O padre economicamente apagou todas as candeias e depois o deixou de vigília ao lado da essa.

Rob não saiu nem para comer nem para beber e ficou ajoelhado, como que suspenso entre a luz dançante das velas e a escuridão pesada.

O tempo passou sem que percebesse.

Sobressaltou-se quando sinos cantantes anunciaram as matinas e, levantando-se, caminhou pela nave da igreja com as pernas dormentes.

– Faça a genuflexão – disse o padre friamente, e ele obedeceu.

Lá fora, começou a andar pela estrada. Sob uma árvore urinou, depois voltou e lavou o rosto e as mãos no balde, na porta da igreja, enquanto lá dentro o padre completava o ofício da meia-noite.

Algum tempo depois da partida do padre, as velas se extinguiram, deixando Rob sozinho no escuro com Barber.

Então, permitiu-se lembrar de como o homem o tinha salvo em Londres quando era apenas um garotinho. Lembrou de Barber quando ele era bondoso e de quando não era; o terno prazer de preparar e compartilhar as refeições e seu egoísmo; a paciência com que ensinava e sua crueldade, sua luxúria e seus conselhos sensatos; o riso e as raivas; seu calor e sua embriaguez.

O que tinha acontecido entre eles não foi amor, sabia Rob. Mas algo que substituía o amor o bastante para que, à primeira luz do dia sobre o rosto de cera, Rob J. chorasse amargamente, e não só por Henry Croft.

Barber foi enterrado depois das Laudes. O padre não se demorou ao pé da cova.

— Pode encher de terra — disse para Rob.

Enquanto as pedras e os cascalhos tamborilavam sobre o caixão, Rob o ouvia murmurar em latim algo sobre a certeza e a esperança da ressurreição.

Rob fez o que teria feito por uma pessoa da família. Lembrando dos seus túmulos perdidos, pagou ao padre para encomendar uma lápide dizendo o que devia ser gravado nela.

Henry Croft
Barbeiro-Cirurgião
Falecido em 11 de julho no ano 1030 d.C.

— Talvez *Requiescat in Pace*, ou coisa assim? — disse o padre.

O único epitáfio que parecia próprio para Barber, pensou Rob, era *Carpe Diem*, Desfrute o Dia. Porém, de algum modo...

Então ele sorriu.

O padre não gostou da escolha. Mas o formidável jovem estava pagando pela lápide e insistiu, assim ele escreveu cuidadosamente:

Fumum vendidi. Vendi fumaça.

Observando o padre de olhos frios que guardava o dinheiro com ar satisfeito, Rob compreendeu que não seria de admirar se nenhuma lápide fosse colocada no túmulo de um barbeiro-cirurgião. E ninguém em Aire's Cross ia se incomodar.

— Voltarei em breve para verificar se tudo foi feito como mandei.

Os olhos do padre ficaram inexpressivos.

— Vá com Deus — disse secamente, voltando para a igreja.

Cansado até os ossos e faminto, Rob levou Cavalo até onde tinha deixado suas coisas no meio da moita.

Tudo estava lá. Carregou a carroça, sentou na relva e comeu. O que sobrou da torta de carne estava estragado, mas Rob mastigou e engoliu um pão que Barber fizera há quatro dias.

Ocorreu-lhe então que era o único herdeiro. O cavalo era seu, a carroça também. Tinha herdado os instrumentos e as técnicas, os quatro cobertores puídos, as bolas e os truques de mágica, o deslumbramento e a fumaça, as decisões sobre o caminho a tomar amanhã e depois de amanhã.

A primeira coisa que fez foi quebrar as garrafas da Mistura Especial, uma a uma, contra uma rocha.

Venderia as armas de Barber, as suas eram melhores. Mas a corneta de chifre dependurou no pescoço.

Subiu para o banco da carroça e ficou ali sentado, o corpo ereto como se estivesse num trono.

Talvez, pensou Rob, fosse bom procurar um garoto para assistente.

CAPÍTULO 19

A mulher na estrada

Rob viajou como sempre tinham viajado, "dando um passeio pelo mundo inocente", como dizia Barber. Nos primeiros dias, não teve ânimo para descarregar a carroça e dar espetáculo. Em Lincoln, fez uma refeição quente na estalagem, mas o resto do tempo não cozinhou, alimentando-se especialmente de pão e queijo feitos por outros. Não bebeu. À noite, sentava ao lado do fogo sentindo-se terrivelmente só.

Esperava que alguma coisa acontecesse. Mas nada aconteceu e, depois de algum tempo, compreendeu que tinha de viver sua vida.

Em Stafford, resolveu recomeçar o trabalho. Cavalo empinou as orelhas e dançou quando Rob bateu no tambor anunciando sua presença na praça da cidade.

Era como se sempre tivesse trabalhado sozinho. As pessoas ali reunidas não sabiam que devia haver um homem mais velho que determinava quando deviam começar e terminar os malabarismos e que contava as melhores histórias. Ouviam e riam, olhavam encantados enquanto ele desenhava os retratos, compravam a bebida misturada e esperavam na fila para o tratamento atrás do biombo. Quando segurou as mãos dos pacientes, Rob descobriu que o dom tinha voltado. Um ferreiro forte que parecia capaz de erguer o mundo tinha algo dentro dele que consumia sua vida, e não ia durar muito. Uma menina magra, com uma palidez que poderia sugerir alguma doença, tinha reservas de força e vitalidade que encheram o coração de Rob de alegria quando segurou suas mãos. Talvez, como Barber tinha dito, o dom tivesse sido abafado pelo álcool e liberado pela abstinência. Fosse qual fosse o motivo, Rob sentia-se cheio de excitação, ansioso para tocar o próximo par de mãos.

Saiu de Stafford na mesma tarde, parou numa fazenda para comprar bacon e viu a gata do celeiro com uma ninhada de filhotes.

– Pode escolher – disse o fazendeiro, esperançoso. – Vou afogar a maior parte, porque comem muito.

Rob brincou com os gatinhos, balançando um pedaço de corda na frente deles, e achou todos maravilhosos, menos um branquinho desdenhoso que ficou o tempo todo distante e altivo.

– Você não quer vir comigo, hein?

O filhote tinha pose e parecia o melhor de todos, mas, quando Rob tentou segurá-lo, ele o arranhou.

Curiosamente, isso fez com que Rob decidisse. Murmurou suavemente e foi para ele um triunfo quando pegou a gatinha branca e acariciou seu pelo.

– Vou levar esta – disse, agradecendo ao fazendeiro.

Na manhã seguinte, preparou a comida e deu pão molhado no leite para a gatinha. Viu nos olhos esverdeados do animal toda a malícia felina e sorriu. "Vai se chamar sra. Buffington", disse.

Talvez alimentar a gatinha fosse uma mágica necessária. Logo depois ela estava ronronando para ele, deitada no seu colo no banco da carroça.

A manhã ia em meio quando Rob tirou a gata do colo ao ver, depois de uma curva da estrada em Tettenhall, um homem de pé ao lado de uma mulher caída no chão.

– O que há com ela? – perguntou, puxando as rédeas de Cavalo.

Viu que ela respirava, o rosto brilhava com o esforço e tinha uma barriga enorme.

– Chegou a hora dela – disse o homem.

No pomar, atrás deles, havia uma dezena de cestos cheios de maçãs. O homem, vestido com farrapos, não parecia proprietário de terras. Rob imaginou que devia ser um trabalhador rural que cultivava a terra para o proprietário em troca de uma pequena parte da colheita.

– Estávamos colhendo as primeiras frutas quando as dores começaram. Ela quis voltar para casa mas não deu tempo. Não temos parteira por aqui, porque a única que tínhamos morreu esta primavera. Mandei um garoto chamar o médico quando vi que ela estava em situação difícil.

– Muito bem – disse Rob, segurando as rédeas. Preparava-se para partir, pois era exatamente o tipo de situação que Barber o ensinara a evitar; se pudesse ajudar a mulher, o pagamento seria insignificante, e, se não pudesse, podiam culpá-lo pelo fracasso.

– Já passou muito tempo – disse o homem com amargura – e o médico não apareceu. É um médico judeu.

Enquanto o homem falava, Rob viu os olhos da mulher rolando para cima nas órbitas e ela entrou em convulsão.

Pelo que tinha ouvido de Barber, o médico judeu não ia aparecer. Rob sentiu-se encurralado pelo sofrimento nos olhos do homem e por lembranças que gostaria de esquecer.

Suspirando, desceu da carroça.

Ajoelhou ao lado da mulher suja e maltratada.

– Quando foi a última vez que ela sentiu a criança se mexer?

– Há semanas. Há uns quinze dias não vem se sentindo bem, como se tivesse sido envenenada.

Era a quinta gravidez, o homem contou. Tinham dois meninos em casa mas os dois últimos nasceram mortos.

Rob sentiu que aquela criança também estava morta. Pôs a mão de leve na barriga da mulher, desejando ardentemente ir embora, mas viu o rosto da Mãe deitada no chão cheio de estrume do estábulo e sentiu, perturbado, que a mulher ia morrer se não a ajudasse.

Entre os instrumentos de Barber, encontrou o *especulum* de metal polido, mas não o usou como espelho. Quando a convulsão passou, dobrou e abriu as pernas da mulher e dilatou o cérvix com o instrumento como Barber tinha ensinado. A massa que estava dentro dela deslizou com facilidade, mais putrefação do que um bebê. Percebeu vagamente que o marido se afastava com uma exclamação abafada.

Suas mãos diziam para a sua cabeça o que devia fazer, ao invés de ser o contrário.

Tirou a placenta, limpou e lavou a mulher. Quando ergueu os olhos, viu, surpreso, que o médico judeu tinha chegado.

— Pode se encarregar agora — disse Rob, com alívio, pois a hemorragia continuava.

— Não há pressa — disse o médico.

Mas escutou demoradamente a respiração da mulher e fez um exame tão longo e minucioso que demonstrava a pouca confiança que tinha em Rob.

Finalmente o judeu ficou satisfeito.

— Ponha a palma da mão na barriga dela e esfregue com firmeza, assim.

Rob massageou a barriga vazia, sem saber por que estava fazendo aquilo. Finalmente, sentiu o útero grande e esponjoso lá dentro encolher-se rapidamente em uma pequena bola e a hemorragia parou.

— Mágica digna de Merlin e um truque que não vou esquecer — disse Rob.

— Não há nenhuma mágica no que fazemos — disse o médico judeu calmamente. — Você sabe meu nome.

— Nos conhecemos há alguns anos. Em Leicester.

Benjamin Merlin olhou para o vagão pintado com cores vivas e sorriu.

— Ah, você era um garoto, o aprendiz. O barbeiro era um homem gordo que vomitava fitas coloridas.

— Isso mesmo.

Rob não disse que Barber estava morto, e Merlin não perguntou por ele. Observaram-se mutuamente. O rosto aquilino do judeu era ainda emoldurado pela cabeleira branca e pela barba branca também, mas não estava tão magro quanto antes.

— O escrevente com quem falou naquele dia em Leicester. Tirou a catarata dos olhos dele?

— Escrevente? — Merlin pensou por algum tempo e então lembrou. — Sim! Ele é Edgar Thorpe, do povoado de Lucteburne, em Leicestershire.

Se Rob já tinha ouvido falar de Edgar Thorpe, não se lembrava. Era uma das diferenças entre eles, pensou. Na maior parte das vezes, não sabia os nomes dos pacientes.

– Eu o operei e removi as cataratas.
– E hoje? Ele está bem?
Merlin sorriu tristemente.
– Não se pode dizer que Mestre Thorpe esteja bem, pois está velho e tem desconfortos e doenças. Mas enxerga com os dois olhos.

Rob tinha enrolado o feto em um pedaço de pano. Merlin abriu o embrulho e examinou os restos, depois borrifou sobre ele água de um vidro.

– Eu te batizo em nome do Padre, do Filho e do Espírito Santo – disse o judeu rapidamente, depois enrolou outra vez o feto no pano e o levou para o lavrador. – O bebê foi batizado – acrescentou ele – e sem dúvida terá permissão para entrar no Reino dos Céus. Diga isso ao padre Stigand ou àquele outro padre da igreja.

O lavrador tirou uma sacola suja do bolso. O sofrimento estoico do seu rosto tingindo-se de apreensão.

– Quanto eu pago, mestre médico?
– O que puder – disse Merlin, e o homem tirou um pêni da sacola e entregou a ele.
– Era homem?
– Não se pode dizer – respondeu o médico bondosamente.

Guardou a moeda no bolso grande do gibão e procurou nos outros bolsos até encontrar meio pêni, que deu a Rob. Ajudaram o homem a carregar a mulher até a casa, trabalho duro para um pêni.

Quando tudo estava terminado, foram até o regato próximo e lavaram o sangue das mãos.

– Já assistiu outros partos como esse?
– Não.
– Como sabia o que tinha de fazer?
Rob deu de ombros.
– Descreveram para mim.
– Dizem que certas pessoas nascem com o dom de curar. São escolhidos. – O judeu sorriu. – Naturalmente outros apenas têm sorte.

Rob sentiu-se constrangido com a atenção do homem.
– Se a mãe morresse e o bebê vivesse... – perguntou Rob com algum esforço.
– Operação de César.
Rob olhou, sem compreender.
– Não sabe do que estou falando?
– Não.
– Corta-se a barriga e a parede uterina e retira-se a criança.

– Abre-se a barriga da mãe?
– Isso mesmo.
– Já fez isso?
– Algumas vezes. Quando era ajudante de médico, vi um dos meus professores abrir uma mulher viva para tirar a criança.

Mentiroso!, pensou Rob, envergonhando-se por estar ouvindo tão avidamente. Lembrou do que Barber tinha dito sobre aquele homem e todos os da sua espécie.

– O que aconteceu?
– Ela morreu, mas teria morrido de qualquer modo. Não aprovo abrir a barriga de uma mulher viva, mas ouvi falar de homens que fizeram isso e a mãe e o filho sobreviveram.

Rob voltou-se para partir, antes que aquele homem com sotaque francês começasse a caçoar da sua ingenuidade. Mas deu dois passos e teve de voltar.

– Onde se corta?

Na poeira da estrada o judeu desenhou um torso e mostrou duas incisões, uma linha reta longa no lado esquerdo, uma outra no meio da barriga.

– Uma ou outra – disse ele, jogando para longe a vareta com que tinha desenhado.

Com uma leve inclinação da cabeça, Rob se afastou, incapaz de dizer obrigado.

CAPÍTULO 20

Chapéus à mesa

Rob saiu imediatamente de Tettenhall mas alguma coisa estava acontecendo com ele.

Estava com pouco estoque de Específico e no dia seguinte comprou um barril de bebida de um fazendeiro, e parou para preparar o tônico, que vendeu naquela tarde em Ludlow. O Específico vendia bem como sempre, mas Rob estava preocupado e um pouco assustado.

Segurar a alma humana na palma da mão como um cascalho. Sentir um ser humano fugindo da vida, mas por *seus atos* trazê-lo de volta! Nem um rei tinha tanto poder.

Escolhido.

Poderia aprender mais? Quanto se podia aprender? Como seria, perguntava a si mesmo, aprender tudo o que tinham para ensinar?

Pela primeira vez, reconheceu no seu íntimo o desejo de ser médico.

Poder realmente lutar contra a morte! Pensamentos novos e perturbadores às vezes o deixavam extasiado, outras eram quase uma agonia.

Na manhã seguinte, foi para Worcester, a cidade que ficava depois de Ludlow, seguindo para o sul pela margem do rio Severn. Não se lembrava do rio ou da trilha, não se lembrava de ter conduzido Cavalo, não se lembrava de nada da viagem. Quando chegou a Worcester, o povo olhou boquiaberto para a carroça; Rob entrou na praça, fez uma volta completa sem parar e saiu da cidade voltando para o lugar de onde tinha vindo.

O povoado de Lucteburne em Leicestershire era tão pequeno que nem tinha uma taverna, mas estavam ceifando feno e, quando ele parou em um campo onde quatro homens trabalhavam com foices, o ceifador que estava mais perto da estrada interrompeu o movimento ritmado para informar onde ficava a casa de Edgar Thorpe.

Rob encontrou o velho de quatro, na pequena horta, colhendo alho-porró. Percebeu imediatamente, com certa agitação, que Thorpe enxergava. Mas sofria de doloroso reumatismo e, apesar de Rob o ajudar a se erguer entre gemidos e exclamações de dor, só depois de alguns momentos conseguiu falar calmamente.

Rob apanhou algumas garrafas do Específico na carroça e abriu uma, o que agradou imensamente seu anfitrião.

– Estou aqui para fazer umas perguntas sobre a operação que restituiu sua visão, Mestre Thorpe.

– É mesmo? E qual é seu interesse?

Rob hesitou.

– Tenho um parente que precisa do tratamento, e pergunto em seu nome.

Thorpe tomou um gole da bebida e suspirou.

– Espero que seja um homem forte, com muita coragem – disse. – Amarraram-me as mãos e os pés numa cadeira. Presilhas cruéis rodeavam minha cabeça, prendendo-a à cadeira de espaldar alto. Tinha tomado muitas doses e estava quase insensível com tanto álcool, mas então puseram uns ganchinhos embaixo das minhas pálpebras, segurados por assistentes para que eu não piscasse.

Fechou os olhos e estremeceu. A história obviamente fora contada vezes sem conta, pois os detalhes estavam fixados na lembrança e eram descritos sem hesitação, mas isso não a fazia menos fascinante para Rob.

– Minha doença era tão grave que eu só via vultos na minha frente. A mão do Mestre Merlin parecia nadar perto dos meus olhos. Segurava uma lâmina, que ficava maior à medida que a mão descia, até cortar meu olho.

"Oh, a dor fez evaporar todo o efeito do álcool! Eu estava certo de que meu olho tinha sido arrancado, e não só a nuvem que o embaçava, e gritei dizendo para ele não fazer nada mais em mim. Ele continuou e eu o cobri de maldições e palavrões, dizendo que agora entendia como seu povo desprezível podia ter matado nosso Senhor.

"Quando cortou o outro olho, a dor foi tamanha que perdi a consciência. Acordei na escuridão dos meus olhos vendados e por quase quinze dias sofri horrores. Mas afinal consegui enxergar como não enxergava há muito tempo. A melhora foi tão grande que trabalhei mais dois anos inteiros como escrevente até o reumatismo me obrigar a diminuir o trabalho."

Então era verdade, pensou Rob confuso. Talvez todas as outras coisas que Benjamin Merlin dissera fossem também verdadeiras.

– Mestre Merlin é o melhor médico que já vi – disse Edgar Thorpe. – Só que – continuou mal-humorado – para um médico tão competente está levando muito tempo para livrar minhas juntas e meus ossos dessas dores.

Rob voltou a Tettenhall e acampou em um pequeno vale, permanecendo três dias perto da cidade, como um namorado apaixonado, sem coragem de visitar uma mulher e ao mesmo tempo sem conseguir abandoná-la. O primeiro fazendeiro que lhe vendeu provisões indicou onde Benjamin Merlin morava e várias vezes Rob conduziu Cavalo lentamente pela frente da casa baixa de fazenda, com um celeiro bem cuidado e construções externas, um campo cultivado, um pomar e uma plantação de uvas. Nenhuma indicação de que ali morava um médico.

Na tarde do terceiro dia, a quilômetros da casa de Merlin, encontrou-se com o médico na estrada.

– Como vai, jovem barbeiro?

Rob disse que estava bem e perguntou sobre a saúde do médico. Falaram do tempo por um momento e então Merlin se despediu:

– Não posso demorar, pois preciso ver três doentes antes do fim do dia.

– Posso acompanhá-lo para observar? – perguntou Rob com certa timidez.

O médico hesitou. Não parecia muito satisfeito com o pedido. Mas fez um gesto de assentimento, relutante.

– Por favor, procure não interferir.

A casa do primeiro paciente não ficava longe, uma pequena cabana ao lado de um lago com gansos. Chamava-se Edwin Griffith, um homem velho com uma tosse profunda, e Rob percebeu imediatamente que tinha uma grave doença do peito e logo estaria morto.

– Como se sente hoje, Mestre Griffith? – perguntou Merlin.

O homem, depois de um acesso de tosse, respirou fundo e deu um suspiro.

– Estou na mesma e sem muitas queixas, a não ser por não conseguir alimentar meus gansos esta manhã.

Merlin sorriu.

– Talvez meu jovem amigo aqui possa fazer isso. – E Rob não pôde recusar.

O velho Griffith disse onde estava a ração e logo Rob corria para o lago com o saco. A visita era uma perda de tempo para ele, pois certamente Merlin não ia se demorar ao lado de um homem quase à morte. Aproximou-se cuidadosamente dos gansos, pois sabia que podiam ser agressivos; mas estavam com fome e correram diretamente para a comida com muito barulho, permitindo que Rob se afastasse rapidamente.

Para sua surpresa, encontrou Merlin conversando com Edwin Griffith quando entrou na casa. Rob nunca tinha visto um médico trabalhar com tanta calma. Merlin fazia perguntas intermináveis sobre os hábitos e a dieta do homem, sobre sua infância, sobre os pais e avós e do que eles tinham morrido. Mediu as pulsações no pulso e no pescoço e encostou a orelha no peito do doente. Rob ficou um pouco afastado, observando atentamente.

Quando saíram, o velho agradeceu a Rob por ter alimentado as aves.

Aparentemente era dia de visitar os condenados, pois Merlin o levou a uma casa distante uns três quilômetros da praça da cidade, na qual a mulher do administrador do povoado praticamente agonizava cheia de dores.

– Como está, Mary Sweyn?

Ela não respondeu, com os olhos pregados no médico. Era resposta suficiente, e Merlin fez um gesto afirmativo. Sentou-se, segurou a mão dela e falou em voz baixa; como com o velho, passou um longo tempo ao lado dela.

– Pode me ajudar a virar a sra. Sweyn? – disse para Rob. – Com cuidado. Devagar agora.

Quando Merlin levantou a camisola para lavar o corpo esquelético, notaram no quadril esquerdo uma grande bolha inflamada. O médico lancetou imediatamente para aliviar o desconforto e Rob viu com satisfação que Merlin fez exatamente o que ele teria feito. O médico deixou um vidro com uma infusão para aliviar a dor.

– Mais um para ver – disse Merlin fechando a porta da casa de Mary Sweyn. – É Tancred Osbern. O filho deixou recado esta manhã de que ele se feriu gravemente.

Merlin amarrou seu cavalo na carroça e sentou no banco, ao lado de Rob.

– Como vão os olhos do seu parente? – perguntou o médico com voz suave.

Rob devia ter adivinhado que Edgar Thorpe contaria ao médico sobre sua visita, e sentiu o sangue subindo ao rosto.

– Eu não tive intenção de enganá-lo. Queria ver por mim mesmo o resultado da operação – disse ele. – E pareceu o modo mais simples de explicar meu interesse.

Merlin sorriu e assentiu com a cabeça. Enquanto seguiam caminho, explicou o método cirúrgico usado para remover as cataratas de Thorpe.

– Não aconselho ninguém a fazer essa operação sozinho – observou, e Rob fez um gesto afirmativo, pois não tinha intenção de operar os olhos de ninguém!

Quando chegavam a uma encruzilhada, Merlin indicava o caminho, e finalmente chegaram a uma próspera fazenda. Tinha a aparência ordenada produzida por atenção constante, mas lá dentro encontraram um fazendeiro maciço e musculoso gemendo no colchão de palha que era sua cama.

– Ah, Tancred, o que foi arranjar desta vez? – disse Merlin.

– Machuquei a maldita perna.

Merlin tirou a coberta e franziu a testa, pois a perna direita estava torcida na coxa, e inchada.

– Deve estar sentindo muita dor. Mas mandou seu filho dizer "quando eu pudesse vir". Da próxima vez, espero que não seja tão idiotamente corajoso e me chame imediatamente – observou secamente.

O homem fechou os olhos e fez um gesto de assentimento.

– Como se machucou e quando foi?

– Ontem de tarde. Caí do maldito telhado quando estava consertando a cobertura de palha.

– Não vai consertar nenhum telhado por muito tempo – disse Merlin. Olhou para Rob. – Vou precisar de ajuda. Procure uma tala, um pouco mais comprida do que a perna dele.

– Não vá destruir casas nem cercas – resmungou Osbern.

Rob saiu para ver o que podia achar. No celeiro, viu umas doze toras de faia e de carvalho, e uma tábua de pinho trabalhada à mão. Era muito larga, mas não levou muito tempo para cortar a madeira macia no sentido do comprimento usando as ferramentas do fazendeiro.

Osbern fez cara feia quando reconheceu a tábua, mas não disse nada.

Merlin olhou para o homem e suspirou.

– Ele tem as coxas de um touro. Temos um bocado de trabalho aqui, jovem Cole.

Segurou-o pelo tornozelo e pela batata da perna, tentando uma pressão uniforme, enquanto girava e endireitava o membro retorcido. Ouviram um estalido, como o de folhas secas sob os pés, e Osbern soltou um longo grito.

– Não adianta – disse Merlin depois de algum tempo. – Os músculos são enormes. Estão tensos para proteger a perna e não tenho força suficiente para soltá-los e reduzir a fratura.

– Deixe-me tentar – disse Rob.

Merlin assentiu com um gesto mas antes deu uma caneca com bebida para o fazendeiro, que tremia e soluçava com a dor produzida pela tentativa do médico.

– Outra – pediu Osbern.

Quando Osbern acabou de tomar a segunda caneca, Rob segurou a perna como Merlin tinha feito. Com cuidado para não puxar de repente, pressionou uniformemente, e a voz profunda de Osbern se transformou num grito estridente e prolongado

Merlin segurava o homenzarrão pelas axilas e puxava do outro lado, o rosto contraído, os olhos quase saltando das órbitas com o esforço.

– Acho que estamos conseguindo – gritou Rob para que Merlin ouvisse no meio dos gritos angustiados. – Está indo! – Nesse momento, as extremidades do osso partido rasparam uma na outra e se encaixaram.

O homem na cama silenciou de repente.

Rob olhou para ver se tinha desmaiado, mas Osbern estava de costas, o corpo relaxado, o rosto molhado de lágrimas.

– Mantenha a tensão na perna – disse Merlin rapidamente.

Fez uma tipoia com pedaços de pano e passou pelo pé e pelo tornozelo de Osbern. Amarrou uma extremidade de corda na tipoia e a outra extremidade na maçaneta da porta bem esticada, então aplicou a tala de madeira para manter a perna reta.

– Agora pode largar – disse para Rob.

Por segurança, amarraram a perna boa à quebrada.

Em poucos minutos tinham ajeitado e consolado o paciente exausto, deixaram instruções com a pálida mulher dele e despediram-se do irmão que ia tomar conta da fazenda.

Pararam no pátio, na frente do celeiro, e entreolharam-se. Suas camisas estavam molhadas de suor, e seus rostos tão vermelhos quanto o de Osbern molhado de lágrimas.

O médico sorriu e bateu de leve no ombro de Rob.

– Agora, deve vir comigo e jantar conosco – disse.

– Minha Deborah – disse Benjamin Merlin.

A mulher do médico era gorducha e parecia uma pomba, tinha o nariz pequeno e afilado, o rosto muito corado. Empalideceu quando viu Rob e respondeu à apresentação friamente. Merlin levou uma vasilha com água para o pátio e Rob se lavou. Ouvia a mulher lá dentro discutindo com o marido numa língua que nunca tinha ouvido.

O médico fez uma careta quando saiu para se lavar.

– Desculpe minha mulher. Ela tem medo. A lei diz que não devemos receber cristãos em nossa casa durante as festas sagradas. Esta não chega a ser uma festa sagrada. Apenas um jantar. – Olhou para Rob enquanto se enxugava. – Mas posso trazer a comida aqui fora para você, se não quiser se sentar à mesa.

– Agradeço poder acompanhá-lo, mestre médico.

Merlin fez um gesto de assentimento.

Um jantar estranho.

Além do casal havia quatro filhos pequenos, três meninos e uma menina. O nome dela era Leah e os irmãos, Jonathan, Ruel e Zechariah. Os meninos e o pai usavam solidéus à mesa! Quando a mulher apareceu com um pão quente, Merlin fez um sinal para Zechariah, que tirou um pedaço e começou a falar na língua gutural que Rob tinha ouvido há pouco.

O pai o interrompeu:

– Esta noite, *brochot*, vamos falar em inglês como cortesia para nosso convidado.

– Bendito sejas Tu, Senhor nosso Deus, Rei do Universo – disse o menino com voz suave. – Que fazes o pão nascer da terra. – Entregou o pão para Rob, que achou bom o gosto e passou para os outros.

Merlin serviu vinho tinto de um frasco, Rob seguiu o exemplo de todos e ergueu o copo quando o pai fez um sinal para Ruel.

– Bendito sejas Tu, Senhor nosso Deus, Rei do Universo, que fazes a fruta para o vinho.

O jantar consistiu em sopa de peixe feita com leite, não como Barber fazia, mas quente e saborosa. Depois comeram maçãs do pomar do judeu. O menino mais novo, Jonathan, contou indignado que os coelhos estavam comendo os repolhos.

– Então você deve acabar com os coelhos – disse Rob. – Deve pegá-los na armadilha para que sua mãe faça um assado delicioso.

Fez-se um pequeno e constrangido silêncio, e então Merlin sorriu.
– Não comemos coelho nem lebre, pois não são *kasher*.
Rob percebeu que a sra. Merlin parecia preocupada, como se temesse que ele não aprovasse ou não compreendesse seus costumes.
– É um conjunto de leis dietéticas, velhas como o tempo – explicou Merlin, dizendo que os judeus não podiam comer animais não ruminantes ou que tivessem cascos fendidos. Não podiam comer carne com leite, porque a Bíblia adverte que o cordeiro não deve ser cozido no fluxo das tetas da sua mãe. E não podiam beber sangue, nem comer carne que não fosse completamente dessangrada e salgada.
O sangue de Rob gelou e disse para si mesmo que a sra. Merlin estava certa: não compreendia os judeus. Eram sem dúvida pagãos!
Seu estômago roncou quando o médico agradeceu a Deus a refeição sem sangue e sem carne.

Apesar disso, perguntou se podia acampar no pomar naquela noite. Benjamin Merlin insistiu para que dormisse no celeiro que ficava ao lado da casa, e Rob, deitado na palha cheirosa, ouvia através da parede fina a voz da mulher subindo e descendo. Sorriu sem alegria no escuro, compreendendo a essência da mensagem, embora não entendesse a língua.
Você não conhece esse grande e jovem brutamontes, e o traz para nossa casa. Não viu o nariz torto e o rosto marcado, e as armas caras de um criminoso? Ele vai nos assassinar enquanto dormimos!
Merlin apareceu no celeiro com um frasco grande e dois copos de madeira. Entregou um a Rob e suspirou:
– Em tudo o mais ela é uma mulher excelente – disse, servindo a bebida.
– É difícil para ela viver aqui, pois sente-se separada de muitas das pessoas que ama.
A bebida era boa e forte.
– De que parte da França vocês são?
– Como este vinho que estamos bebendo, minha mulher e eu fomos feitos na aldeia de Falaise, onde nossas famílias vivem sob a benevolente segurança de Roberto da Normandia. Meu pai e dois irmãos são fabricantes e vendedores de vinho e fornecem para o mercado inglês.
Há sete anos, disse Merlin, tinha voltado para Falaise depois de estudar na Pérsia, numa academia de medicina.
– Pérsia! – Rob não tinha ideia de onde ficava a Pérsia, mas sabia que era muito longe. – Em que direção fica a Pérsia?
Merlin sorriu.
– No leste. No extremo leste.
– Como veio parar na Inglaterra?

Quando voltou para a Normandia como novo médico, disse Merlin, descobriu que havia médicos demais no protetorado do duque Roberto. Fora da Normandia, eram constantes as disputas e os perigos incertos da guerra e da política, duque contra conde, nobres contra o rei.

– Na minha mocidade eu tinha estado duas vezes em Londres com meu pai, comerciante de vinhos. Eu me lembrava da beleza do campo da Inglaterra e toda a Europa conhece o dom de estabilidade do rei Canuto. Então, resolvi vir para esse lugar verde e pacífico.

– E Tettenhall foi uma boa escolha?

Merlin fez um gesto afirmativo.

– Mas há certas dificuldades. Sem outros que compartilhem nossa fé não podemos rezar para Deus como devemos rezar e é difícil seguir as leis da alimentação. Falamos com nossos filhos na língua deles mas eles pensam na língua da Inglaterra e, apesar dos nossos esforços, ignoram muitos dos costumes do seu povo. Estou tentando atrair outros judeus da França para cá.

Inclinou-se para servir mais vinho, mas Rob pôs a mão sobre o copo.

– Mais de um me atordoa e preciso da minha cabeça.

– Por que me procurou, jovem barbeiro?

– Fale sobre a escola na Pérsia.

– Fica na cidade de Ispahan, na região oeste do país.

– Por que foi tão longe?

– Aonde mais podia ir? Minha família não queria que eu fosse aprendiz de médico, pois, embora seja doloroso para mim, devo admitir que em quase toda a Europa minha profissão é representada por um bando de parasitas e tratantes. Existe um grande hospital em Paris, o Hôtel Dieu, que não passa de uma casa de condenação para os pobres, para onde as pessoas são arrastadas à força para morrer. Há uma escola de medicina em Salerno, um lugar horrível. Por meio de outros comerciantes, meu pai soube que nos países do Oriente os árabes fizeram da ciência da medicina uma arte. Na Pérsia, os muçulmanos têm um hospital em Ispahan que é um verdadeiro centro de curas. No hospital e na academia é que Avicena ensina seus médicos.

– Quem?

– O mais célebre médico do mundo. Avicena, cujo nome árabe é Abu Ali at-Husain ibn Abdullah ibn Sina.

Rob fez com que Merlin repetisse a melodia estranha do nome até saber de cor.

– É difícil chegar à Pérsia?

– Alguns anos de viagem perigosa. Por mar, depois por terra, atravessando montanhas e desertos terríveis. – Merlin olhou atentamente para seu hóspede. – Pode tirar da cabeça as academias da Pérsia. Quanto sabe sobre sua fé, jovem barbeiro? Conhece os problemas do seu papa?

Rob ergueu os ombros.

– João XIX?

Na verdade, além do nome do pontífice e do fato de que ele dirigia a Santa Igreja, Rob não sabia mais nada.

– João XIX. É um papa montado em duas grandes Igrejas, e não numa só, como um homem tentando cavalgar dois cavalos ao mesmo tempo. A Igreja Ocidental é sempre fiel a ele, mas na Igreja Oriental há muito descontentamento. Há duzentos anos Photius tornou-se o patriarca rebelde dos católicos orientais de Constantinopla, e desde então o movimento para o cisma na Igreja tem se reforçado.

"Deve ter observado nos seus contatos com os padres que eles não confiam nos médicos e não gostam deles, nem dos cirurgiões e barbeiros, pois acreditam que por meio da prece são os guardiães dos corpos dos homens, assim como das suas almas."

Rob resmungou:

– A antipatia desses padres ingleses pelos médicos não é nada comparada ao ódio dos padres católicos pelas escolas de medicina dos árabes e outras academias muçulmanas. Vivendo muito próxima dos muçulmanos, a Igreja Oriental está em constante guerra contra o islamismo, procurando atrair os homens para a graça da fé verdadeira. A hierarquia oriental vê nos centros de estudos árabes um incitamento ao paganismo e uma ameaça perigosa. Há quinze anos, Sergius II, então patriarca da Igreja Oriental, declarou que todos os cristãos que estudassem em escolas muçulmanas a leste do seu patriarcado seriam considerados sacrílegos, violadores da fé e culpados de práticas pagãs. Pressionou o Santo Padre em Roma para que endossasse essa declaração. Benedito VIII tinha sido eleito há pouco tempo para o trono de São Pedro, com presságios de que seu papado veria a dissolução da Igreja. Para apaziguar o elemento oriental descontente, concordou imediatamente com o pedido de Sergius. A pena para paganismo é a excomunhão.

Rob franziu os lábios.

– Uma pena severa.

O médico fez um gesto de assentimento.

– Mais severa porque implica uma terrível retribuição sob a lei secular. Os códigos legais adotados, tanto pelo governo do rei Aethelred quanto pelo de Canuto, consideram o ateísmo crime capital. Os culpados são punidos severamente. Alguns são cobertos por pesadas correntes e condenados a vagar como peregrinos até as correntes enferrujarem e caírem dos seus corpos. Muitos foram queimados. Outros, enforcados, e outros, aprisionados pelo resto de suas vidas.

"Os muçulmanos, por sua vez, não têm muita disposição de ensinar a membros de uma religião hostil e ameaçadora, e os estudantes cristãos não são admitidos nas academias do califado oriental há muitos anos."

— Compreendo — disse Rob tristemente.

— A Espanha talvez seja possível para você. Fica na Europa, a mais afastada faixa do califado ocidental. As duas religiões são bem toleradas. Há alguns estudantes da França. Os muçulmanos criaram grandes universidades em cidades como Córdoba, Toledo, Sevilha. Se conseguir se formar em uma delas, será reconhecido como um estudioso. E embora seja difícil chegar à Espanha, é mais fácil do que alcançar a Pérsia.

— Por que *o senhor* não foi para a Espanha?

— Porque os judeus podem estudar na Pérsia — disse Merlin com um largo sorriso. — E eu queria tocar a fímbria do manto de Ibn Sina.

Rob franziu a testa.

— Não quero atravessar o mundo para ser um estudioso. Só quero ser um bom médico.

Merlin serviu-se de mais vinho.

— Uma coisa me intriga: é tão jovem e usa roupas de boa qualidade e armas que eu não posso comprar. A vida de barbeiro tem suas recompensas. Então, por que quer ser médico, se terá de trabalhar muito mais e ganhar muito menos?

— Aprendi a medicar algumas doenças. Sei amputar um dedo gangrenado, deixando um toco decente. Mas tantas pessoas me procuram e me pagam e não sei como ajudá-las. Sou ignorante. Digo a mim mesmo que alguns poderiam ser salvos se eu soubesse mais.

— É mesmo depois de estudar medicina por vinte vidas, sempre virão a você pessoas cujos males são um mistério, pois essa angústia da qual fala é parte e parcela da profissão de curar e temos de viver com ela. Porém, é verdade que quanto mais aprender, melhor é o médico. Suas razões são as melhores possíveis. — Merlin esvaziou o copo, pensativo. — Se as escolas árabes não são para você, deve escolher entre os médicos da Inglaterra até encontrar o melhor deles, e talvez convença alguém a aceitá-lo como aprendiz.

— Conhece algum médico melhor na Inglaterra?

Se Merlin percebeu a insinuação, não demonstrou. Balançou a cabeça e levantou-se.

— Mas nós dois já fizemos bastante para merecer o descanso e amanhã enfrentaremos o problema com a cabeça mais fresca. Uma boa noite para você, jovem barbeiro.

— Uma boa noite, mestre médico.

De manhã teve sopa quente de ervilha na cozinha e mais orações em hebraico. A família tomou junta a refeição da manhã, examinando Rob disfarçadamente, enquanto ele os examinava. A sra. Merlin parecia eternamente zangada e na luz cruel da manhã uma leve penugem escura era visível sobre seu lábio superior. Rob notou franjas aparecendo sob as bainhas das túnicas de Benjamin Merlin e do garoto chamado Ruel. O mingau era de boa qualidade.

Merlin perguntou delicadamente se Rob tinha dormido bem.

– Pensei na nossa conversa. Infelizmente não consigo me lembrar de nenhum médico que possa ser recomendado como mestre e como exemplo. – A mulher pôs um cesto cheio de amoras sobre a mesa, e Merlin deu um largo sorriso. – Ah, coma as amoras com o mingau, são deliciosas.

– Gostaria que me aceitasse como aprendiz – disse Rob.

Para seu grande desapontamento, Merlin balançou a cabeça.

Rob disse rapidamente que Barber havia ensinado muita coisa.

– Ontem eu o ajudei. Logo posso visitar sozinho seus pacientes quando o tempo não estiver bom, facilitando as coisas para o senhor.

– Não.

– Deve ter observado que tenho o sentido da cura – disse Rob obstinadamente. – Sou forte e posso fazer trabalho pesado também, sempre que for necessário. Um aprendizado de sete anos. Ou mais longo, se quiser. – Na sua agitação levantou-se, balançando a mesa e espirrando o mingau.

– É impossível – disse Merlin.

Rob ficou confuso; tinha certeza de que Merlin gostava dele.

– Não tenho as qualidades necessárias?

– Tem excelentes qualidades. Pelo que eu vi, pode ser um ótimo médico.

– Então, por quê?

– Nesta nação eminentemente cristã, não iam aceitar que eu fosse seu mestre.

– Quem ia se importar?

– Os padres iam se importar. Já se ressentem de minha presença como alguém forjado pelos judeus da França e temperado pela academia islâmica, o que para eles é uma perigosa cooperação entre elementos pagãos. Não tiram os olhos de mim. Vivo temendo o dia em que minhas palavras sejam interpretadas como feitiçaria ou em que eu me esqueça de batizar um recém-nascido.

– Se não quer me aceitar – insistiu Rob –, pelo menos indique um médico a quem eu possa recorrer.

– Já disse. Não recomendo nenhum. Mas a Inglaterra é grande e existem muitos médicos que não conheço.

Rob apertou os lábios e apoiou a mão no cabo da espada.

– Ontem à noite me aconselhou a escolher o melhor entre os péssimos. Quem são os melhores médicos que conhece?

Merlin suspirou e cedeu à insistência:

– Arthur Giles de St. Ives – disse friamente, e continuou a comer.

Rob não tinha intenção de desembainhar a espada, mas os olhos da mulher estavam na arma e ela não pôde evitar um gemido e um estremecimento, certa de que sua profecia ia se realizar. Ruel e Jonathan olhavam para ele muito sérios, mas Zechariah começou a chorar.

Rob ficou envergonhado por retribuir daquele modo a hospitalidade. Tentou se desculpar, mas não encontrou palavras, e finalmente deu as costas ao judeu-francês que tomava a sopa e deixou a casa.

CAPÍTULO 21

O velho cavaleiro

Algumas semanas atrás, Rob teria procurado se libertar da vergonha e da raiva com um copo de bebida, mas tinha aprendido a desconfiar do álcool. Parecia evidente que, quanto mais se abstinha da bebida, mais fortes ficavam as emanações que recebia das pessoas quando segurava suas mãos, e começava a dar grande valor a esse dom. Assim, em vez de beber, passou o dia com uma mulher, na clareira nas margens do Severn, alguns quilômetros adiante de Worcester. O sol tornava a relva quase tão quente quanto o sangue dos dois. Ela era ajudante de costureira com pobres dedos picados de agulha e um corpinho robusto que ficou escorregadio quando mergulharam no rio.

– Myra, você parece uma enguia! – gritou ele, sentindo-se melhor.

A moça era ligeira como uma truta e Rob, desajeitado como um grande monstro marinho, os dois mergulhados na água verde. Ela separou as pernas de Rob para passar entre elas sob a água e o rapaz acariciou os quadris pálidos e firmes de Myra. A água estava gelada mas fizeram amor duas vezes no calor da margem e Rob libertou-se de sua ira, enquanto ali perto Cavalo pastava e a sra. Buffington os observava calmamente. Myra tinha seios pequenos e pontudos e cabelos castanhos sedosos. Mais uma planta do que um arbusto, pensou ele; mais menina do que mulher, embora tivesse estado com outros homens antes.

– Quantos anos você tem, bonequinha? – perguntou ele.

– Quinze, me disseram.

Tinha exatamente a idade da sua irmã Anne Mary, e Rob pensou com tristeza que em algum lugar a irmã já era uma mulher feita sem que ele a conhecesse.

Um pensamento monstruoso insinuou-se em sua mente e Rob sentiu-se fraco e a luz do sol pareceu desaparecer.

– Seu nome sempre foi Myra?

A pergunta provocou um sorriso atônito.

– Ora, é claro, esse é o meu nome. Myra Felker. O que mais podia ser?

– Nasceu aqui por perto, bonequinha?

– Parida por minha mãe em Worcester, e aqui tenho vivido – disse ela alegremente.

Rob balançou a cabeça e acariciou a mão dela.

Contudo, pensou com sombria repulsão, dada a situação, não era impossível que algum dia, sem saber, viesse a dormir com a própria irmã. Resolveu que, no futuro, não teria nada com mulheres da idade de Anne Mary.

A ideia deprimente pôs fim ao seu estado de espírito despreocupado e começou a apanhar a roupa espalhada.

– Ah, precisamos ir agora? – perguntou ela com pena.

– Precisamos – respondeu Rob –, pois tenho de viajar muito para chegar a St. Ives.

Arthur Giles de St. Ives foi um grande desapontamento, embora Rob não tivesse direito a grandes expectativas, pois Benjamin Merlin deixara bem claro que fazia a recomendação por estar sendo pressionado. O médico era um velho gordo e sujo que na melhor das hipóteses parecia louco. Criava cabras e devia mantê-las perto da casa uma parte do tempo, porque o lugar fedia abominavelmente.

– O que cura é a sangria, jovem estranho. Deve se lembrar disso. Quando todo o resto falha, uma boa e purificadora drenagem de sangue, e depois outra e mais outra. É isso que cura os pobres coitados! – exclamou Giles.

Respondeu as perguntas de Rob com boa vontade, mas, quando falavam em outro qualquer tratamento que não fosse a sangria, ficava claro que Rob podia ensinar muita coisa ao velho. Giles não tinha nenhuma base de medicina tradicional, nenhum conhecimento que pudesse ser passado para um discípulo. Ofereceu o aprendizado e ficou furioso quando Rob declinou delicadamente a oferta. Rob ficou feliz em sair de St. Ives, pois era melhor continuar barbeiro do que se transformar numa criatura da medicina como aquele homem.

Durante algumas semanas, pensou que tinha se libertado do sonho impossível de ser médico. Trabalhava com afinco no espetáculo, vendia muito bem o Específico Universal, e a quantidade de moedas na sua bolsa era gratificante. A sra. Buffington desfrutava as vantagens da sua prosperidade como Rob tinha desfrutado as de Barber; a gata comia restos de boa comida e cresceu a olhos vistos, tornando-se um felino branco enorme, com insolentes olhos verdes. Pensava que era uma leoa e se metia em brigas. Em Rochester, desapareceu durante o espetáculo e voltou ao acampamento ao cair da noite, com marca de mordida na perna direita e metade da orelha arrancada, o pelo branco pintado de vermelho.

Rob a lavou e tratou como a uma amante.

– Ah, senhora. Precisa aprender a evitar brigas, como eu aprendi, pois não adiantam nada.

Deu leite para o animal e ficou com ela no colo perto do fogo.

A gata lambeu a mão dele com a língua áspera. Talvez houvesse uma gota de leite no seu dedo, ou o cheiro da comida do jantar, mas Rob preferiu encarar como uma carícia e passou a mão ternamente no pelo macio, agradecido por aquela companhia.

– Se o caminho para aquela escola muçulmana estivesse aberto para mim – disse ele para a gata –, eu ajeitava você na carroça e apontava para Cavalo a direção da Pérsia, e nada ia impedir que finalmente chegássemos àquele lugar pagão.

Abu Ali at-Husain ibn Abdullah ibn Sina, pensou ele, ardentemente. "Vá para o inferno, seu árabe", disse em voz alta e foi se deitar.

As sílabas cantavam em sua mente, uma litania insistente e atormentadora. *Abu Ali at-Husain ibn Abdullah ibn Sina...* até a misteriosa repetição acalmar a agitação no seu sangue, trazendo o sono.

Sonhou que estava lutando com um pavoroso cavaleiro velho, uma luta corpo a corpo com punhais.

O velho cavaleiro expelia gases e caçoava dele. Rob via ferrugem e liquens na armadura negra do adversário. Suas cabeças estavam tão próximas que via podridão e ranho saindo do nariz descarnado, e olhava dentro de olhos terríveis, sentindo o fedor nauseante do bafo do cavaleiro. Lutavam desesperadamente. Apesar da juventude e da força de Rob, sabia que a faca do espectro negro era impiedosa e sua armadura, infalível. A distância podia ver as vítimas do cavaleiro: Mãe, Pai, o doce Samuel, Barber, até Incitatus e Bartram, o urso, e a fúria de Rob lhe dava forças, embora já sentisse a lâmina inexorável penetrando seu corpo.

Acordou com a roupa úmida de orvalho por fora e de suor provocado pelo medo por dentro. Deitado no sol da manhã, com um tordo cantando sua alegria ali perto, compreendeu que, embora o sonho estivesse terminado, ele não estava. Não conseguia desistir da luta.

Aqueles que haviam partido não voltariam, essa era a realidade das coisas. Mas haveria melhor modo de passar a vida do que lutar contra o Cavaleiro Negro? Na sua opinião, o estudo da medicina seria algo para amar, substituindo a família que tinha perdido. Enquanto a gata esfregava a orelha boa em suas pernas, Rob resolveu que ia fazer com que esse desejo se realizasse.

O problema era desanimador. Deu espetáculo em Northampton, Bedford e Hereford, e em todos esses lugares procurou médicos, falou com eles e compreendeu que o total do que sabiam de medicina era menos do que Barber sabia. Na cidade de Maldon, a fama de açougueiro do médico era tão grande que quando Rob perguntava onde ficava a casa dele as pessoas empalideciam e faziam o sinal da cruz.

Não valia a pena ser aprendiz desses homens.

Ocorreu-lhe que outro médico hebreu talvez se mostrasse mais disposto a aceitá-lo do que Merlin. Na praça de Maldon, parou onde alguns homens construíam um muro de tijolos.

– Sabem se existem judeus neste lugar? – perguntou ao mestre pedreiro.

O homem olhou para ele, cuspiu e deu as costas.

Perguntou a mais alguns homens na praça, sem melhores resultados. Finalmente um deles o examinou com curiosidade.

– Por que está procurando judeus?

– Procuro um judeu médico.

O homem fez um gesto de assentimento e compreensão.

– Cristo tenha pena de você. Há judeus na cidade de Malmesbury, e eles têm um médico chamado Adolescentoli – disse ele.

Foram cinco dias de viagem de Maldon a Malmesbury, com paradas em Oxford e Alveston para o espetáculo e a venda do tônico. Rob lembrava-se vagamente de ter ouvido Barber falar em Adolescentoli como um médico famoso, e entrou em Malmesbury esperançoso, quando as sombras da noite lá caíam sobre o pequeno e informe povoado. Na estalagem, jantou comida simples mas reanimadora. Barber teria achado o cozido de carneiro mal temperado mas continha bastante carne, e depois Rob pagou por uma cama de palha limpa a um canto do dormitório.

Na manhã seguinte, pediu ao dono da estalagem para lhe falar sobre os judeus de Malmesbury.

O homem deu de ombros, como se dissesse: o que há para dizer?

– Estou curioso, pois até pouco tempo não conhecia nenhum judeu.

– Isso porque são raros na nossa terra – disse o estalajadeiro. – O marido da minha irmã, que é capitão de navio e já viajou por muitos lugares, diz que tem muitos na França. Diz que podem ser encontrados em todos os países, e que quanto mais para o leste se viaja, mais judeus se encontra.

– Isaac Adolescentoli vive entre eles, aqui? O médico?

O estalajadeiro sorriu.

– É claro que não. Eles é que vivem em volta de Isaac Adolescentoli, aquecendo-se em sua importância.

– Então ele é famoso?

– É um grande médico. Vem gente de longe para consultar Isaac e ficam aqui, nesta estalagem – disse o homem com orgulho. – Os padres falam mal dele, naturalmente, mas... – levou um dedo ao lado do nariz e inclinou-se para a frente – sei de pelo menos duas vezes em que ele foi apanhado no meio da noite e levado para Canterbury para tratar do arcebispo Aethelnoth, que no ano passado todos pensavam que estava morrendo.

Disse onde ficava o bairro dos judeus e logo Rob estava passando pelos muros de pedras cinzentas da abadia de Malmesbury, atravessando bosques e campos e um íngreme parreiral onde os monges colhiam uvas. Um pequeno bosque separava as terras da abadia das casas dos judeus, umas doze, mais ou menos, muito juntas umas das outras. Aqueles deviam ser judeus: homens que pareciam corvos, com túnicas compridas soltas e negras e chapéus de couro em forma de sino, serrando e martelando, construindo um barracão. Rob foi direto a uma construção maior do que as outras, com um pátio largo cheio de cavalos e carroças.

– Isaac Adolescentoli? – perguntou a um dos vários garotos que tratavam dos animais.

– Está no dispensário – disse o garoto, e apanhou agilmente a moeda atirada por Rob para ter certeza de que Cavalo seria bem tratado.

A porta da frente abria-se para uma grande sala de espera com bancos de madeira, todos cheios de humanidade doente. Era como as filas na frente do biombo, mas tinha muito mais gente. Não havia nem um lugar vazio mas Rob encontrou um espaço e encostou na parede.

De vez em quando, um homem aparecia na porta que dava para o resto da casa e chamava o paciente que estava na ponta do primeiro banco. Todos então passavam para o lugar ao lado. Aparentemente havia cinco médicos. Quatro eram jovens e o outro, um homem de meia-idade, pequeno e de movimentos rápidos, que Rob imaginou ser Adolescentoli.

Foi uma longa espera. A sala continuava repleta, pois parecia que cada vez que alguém entrava na porta interna, levado pelo médico, novos pacientes entravam pela porta da frente. Rob passou o tempo tentando diagnosticar os pacientes.

Quando chegou ao primeiro lugar no banco, a tarde ia em meio. Um dos médicos jovens apareceu na porta.

– Venha comigo – disse, com sotaque francês.

– Quero ver Isaac Adolescentoli.

– Sou Moses ben Abraham, aprendiz do mestre Adolescentoli. Posso cuidar de você.

– Tenho certeza de que me trataria muito bem se eu estivesse doente. Preciso ver seu mestre para tratar de outro assunto.

O aprendiz fez um gesto de assentimento e voltou-se para o seguinte no banco.

Adolescentoli apareceu logo depois e conduziu Rob por um curto corredor; por uma porta aberta, Rob viu uma sala de cirurgia, com o sofá, baldes e instrumentos. Entraram em uma salinha só com mesa e duas cadeiras.

– Qual é o seu problema? – perguntou Adolescentoli.

Ouviu com alguma surpresa quando Rob, em vez de descrever sintomas, falou nervosamente do seu desejo de estudar medicina.

O médico tinha um rosto moreno e bonito, que não sorria. Sem dúvida a entrevista não teria terminado de modo diferente se Rob fosse mais experiente, mas não resistiu e perguntou:

– Está na Inglaterra há muito tempo, mestre médico?
– Por que pergunta?
– Fala muito bem a nossa língua.
– Nasci nesta casa – disse Adolescentoli em voz baixa. – Em 70 d.C. cinco jovens judeus prisioneiros de guerra foram transportados de Jerusalém para Roma, por Tito, depois da destruição do grande Templo. Eram chamados *adolescentoli*, que em latim quer dizer "os jovens". Descendo de um deles, Joseph Adolescentoli. Conquistou a liberdade alistando-se na Segunda Legião romana, com a qual veio para esta ilha quando os habitantes eram homenzinhos pequenos em barcos de couro, os negros silures que foram os primeiros a se chamar de bretões. Sua família está na Inglaterra há tanto tempo também?
– Não sei.
– Você fala a língua adequadamente – disse Adolescentoli suavemente.
Rob falou do seu encontro com Merlin mencionando apenas a conversa sobre estudo da medicina.
– O senhor também estudou com o grande médico persa em Ispahan?
Adolescentoli balançou a cabeça.
– Cursei a universidade em Bagdá, uma escola de medicina maior, com uma grande biblioteca e uma faculdade. Só que naturalmente não tínhamos Avicena, que chamam Ibn Sina.
Falaram sobre os aprendizes do médico. Três eram judeus da França e o outro, judeu de Salerno.
– Meus aprendizes me escolheram em vez de Avicena ou outro árabe – disse Adolescentoli com orgulho. – Não têm uma biblioteca como os estudantes em Bagdá, naturalmente, mas tenho o *Leech Book of Bald*, que traz uma relação de remédios, segundo o método de Alexander de Tralles, e ensina a fazer unguentos, cataplasmas e a engessar. Eles devem estudar esse livro atentamente, bem como algumas instruções em latim de Paulo de Aegina e algumas obras de Plínio. E antes de terminarem o aprendizado, devem saber como realizar uma flebotomia, cauterização, incisão de artérias e a retirada de cataratas.
Rob sentiu um anseio ardente, não muito diferente da emoção de um homem que olha para uma mulher e a deseja.
– Vim pedir que me aceite como aprendiz.
Adolescentoli inclinou a cabeça.
– Imaginei que estava aqui para isso. Mas não vou aceitá-lo.
– Não posso convencê-lo, então?
– Não. Deve procurar um médico cristão, ou continuar como barbeiro – disse Adolescentoli, sem crueldade, mas com firmeza.
Talvez os motivos fossem os mesmos de Merlin, mas Rob nunca saberia, pois o médico não disse nada mais. Levantou-se, foi com ele até a porta e despediu-se friamente quando Rob saiu do dispensário.

Duas cidades adiante, em Devizes, durante o espetáculo, Rob deixou cair uma bola pela primeira vez. Todos riram com sua brincadeira e compraram o tônico, mas chegou ao biombo das consultas um jovem pescador de Bristol, mais ou menos da sua idade, que estava urinando sangue e tinha perdido muito peso. Disse a Rob que sabia que estava morrendo.

– Não pode fazer nada por mim?
– Como se chama? – perguntou Rob suavemente.
– Hamer.
– Acho que você tem bubo dentro do corpo, Hamer. Mas não tenho certeza. Não sei como curar sua doença, nem como aliviar a dor. – Barber teria vendido algumas garrafas ao homem. – Isto aqui é quase só bebida alcoólica comprada por baixo preço – disse, sem saber por quê. Nunca tinha dito isso a nenhum paciente.

O pescador agradeceu e foi embora.

Adolescentoli ou Merlin saberiam o que fazer, pensou Rob amargamente. Malditos medrosos, recusando-se a ensinar medicina a ele enquanto o maldito Cavaleiro Negro sorria.

Naquela noite Rob foi apanhado por uma tempestade com ventos ferozes e chuva torrencial. Era o segundo dia de setembro, cedo ainda para as chuvas de outono, mas isso não fazia com que fosse menos abundante nem menos fria. Procurou o único abrigo, a estalagem em Devizes, amarrando a rédea de Cavalo no galho de um grande carvalho no pátio. Quando entrou, viu que muitos outros haviam chegado primeiro. Não tinha nenhum espaço vazio.

Num canto escuro, sentava-se um homem encolhido e exausto, com os braços em volta de uma sacola cheia, como as que os mercadores usavam para guardar suas mercadorias. Se Rob não tivesse estado em Malmesbury, não teria olhado duas vezes para o homem, mas agora percebeu, pela túnica longa e negra e o chapéu de couro, que se tratava de um judeu.

– Foi numa noite como esta que Nosso Senhor foi assassinado – disse Rob em voz alta.

As conversas na estalagem quase cessaram quando ele começou a falar sobre a Paixão de Cristo, pois viajantes gostam de histórias e diversões. Alguém levou uma caneca de cerveja para ele. Quando contou como o povo tinha negado que Cristo era rei dos judeus, o homem cansado no canto se encolheu mais ainda.

Quando Rob chegou à parte do Calvário, o judeu já tinha desaparecido na noite com sua sacola. Rob interrompeu a história e sentou-se no canto quente deixado pelo judeu.

Mas não sentiu mais prazer em ter feito o homem sair para a tempestade do que havia sentido quando deu a Mistura Especial para Barber. A sala comum da estalagem fedia a lã molhada e corpos mal lavados, e logo sentiu-se nauseado. Antes mesmo de a chuva passar, saiu e voltou para a carroça e para seus animais.

Levou Cavalo para uma clareira próxima e o desatrelou. Tinha gravetos secos na carroça e conseguiu acender o fogo. A sra. Buffington era muito nova para dar cria, mas talvez já emanasse dela o cheiro de fêmea, pois além das sombras desenhadas pelo fogo um gato miou. Rob atirou um graveto para afugentar o animal e a gata branca esfregou-se na sua perna.

– Somos um belo par de solitários – disse ele.

Nem que levasse a vida toda, ia procurar até encontrar um médico bom que o aceitasse como aprendiz, resolveu.

Quanto aos judeus, tinha conversado apenas com dois. Sem dúvida devia haver outros.

– Talvez um deles me aceite, se eu disser que sou judeu – disse Rob para a gata.

Assim começou, como menos do que um sonho – uma fantasia em palavras; sabia que não podia ser um judeu convincente sem estudar diariamente os costumes de um mestre judeu.

Mas, sentado na frente do fogo, olhando para as chamas, a ideia tomou forma.

A gata deitou-se de costas, oferecendo a barriga macia.

– Será que não posso ser bastante judeu para convencer os muçulmanos? – perguntou Rob para ela, para si mesmo e para Deus.

O bastante para estudar com o *maior médico do mundo*?

Assustado com a enormidade da ideia, deixou cair a gata, que saltou para dentro da carroça. Voltou logo, arrastando o que parecia ser um animal peludo. Era a barba falsa que Rob usava no papel do velho. Ele apanhou o disfarce. Se podia ser um velho para Barber, perguntou a si mesmo, por que não podia ser um judeu? O mercador na estalagem em Devizes e outros podiam ser imitados...

– *Vou ser um judeu de mentira!* – exclamou.

Felizmente ninguém passou por ali para ouvir Rob conversando durante tanto tempo com uma gata, pois iriam dizer que era um mágico falando com seu súcubo.

Não tinha medo da Igreja.

– Mijo nos padres ladrões de crianças – disse para a gata.

Podia deixar crescer a barba como a de um judeu, até já estava um pouco crescida.

Diria a todos que, como os filhos de Merlin, fora criado longe do seu povo e por isso ignorava a língua e os costumes.

Iria para a Pérsia!

Ele tocaria a fímbria da túnica de Ibn Sina!

Ficou agitado e apavorado, sentindo vergonha de tremer tanto com todo seu tamanho. Foi como aquele momento em que soube que ia conhecer a Inglaterra além de Southwark pela primeira vez.

Tinham dito que *eles* estavam por toda parte, as almas malditas. Durante a viagem, procuraria conviver com eles para aprender seus costumes. Quando chegasse a Ispahan, estaria pronto para passar por judeu, e Ibn Sina iria aceitá-lo e ensinar os segredos da escola árabe.

SEGUNDA PARTE

A longa viagem

CAPÍTULO 22

Primeira etapa

Maior número de navios partia de Londres para a França do que de qualquer outro porto da Inglaterra, portanto Rob foi para a sua cidade natal. Durante a viagem, parava para trabalhar, pois queria começar sua aventura com bastante ouro. Quando chegou a Londres, a temporada das viagens estava no fim. O Tâmisa estava repleto de mastros dos navios ancorados. O rei Canuto, fiel à sua origem, havia construído uma frota de navios vikings que percorriam os mares como monstros poderosos. Os ameaçadores navios de guerra estavam rodeados de todo tipo de embarcações: largos *knorrs*, transformados em barcos de pesca de oceano; as galeras trirreme dos ricos; graneleiros quadrados e lentos; navios mercantes de dois mastros, com velas latinas triangulares; carracas com dois mastros, da Itália; e embarcações longas com um só mastro, os burros de carga das frotas mercantes dos países do Norte. Nenhum deles tinha agora carga ou passageiros, pois as geladas tempestades de vento já tinham começado. Nos terríveis seis meses seguintes, em muitas manhãs os borrifos de água salgada iam ficar congelados no Canal e os marinheiros sabiam que se aventurar lá fora, onde o Mar do Norte se encontrava e se misturava com o Atlântico, era morrer afogado nas águas encapeladas.

No Herring, um bar de marinheiros nas docas, Rob bateu sua caneca de sidra na mesa.

– Estou procurando alojamento confortável e limpo até a primavera – disse ele. – Alguém aqui sabe onde posso encontrar?

Um homem baixo e largo, parecendo um buldogue, examinou Rob enquanto esvaziava sua caneca e depois fez um gesto afirmativo.

– Aye – disse ele. – Meu irmão, Tom, morreu na última viagem. Sua viúva, Binnie Ross, ficou com dois filhos pequenos para alimentar. Se está disposto a pagar bem, tenho certeza de que será bem-vindo.

Rob pagou uma bebida para o homem e depois o acompanhou até uma casa próxima, muito pequena, ao lado do mercado em East Chepe. Binnie Ross era uma mulher magrinha, toda ela grandes olhos azuis preocupados, o rostinho pálido. A casa era limpa, mas muito pequena.

– Tenho um gato e um cavalo – disse Rob.

– Oh, o gato será bem-vindo – disse ela ansiosamente. Era óbvio que precisava desesperadamente de dinheiro.

– Pode acomodar o cavalo durante o inverno – disse o cunhado – nos estábulos Egglestan, na rua Thames.

Rob fez um gesto afirmativo.

– Sei onde fica – disse.

– Ela está prenhe – disse Binnie Ross, acariciando a gata.

Rob não via nenhum aumento na barriga do animal.

– Como sabe? – perguntou, certo de que ela se enganava. – Ela é muito nova ainda, nasceu no último verão.

A moça ergueu os ombros.

Estava certa, pois dentro de algumas semanas a sra. Buffington começou a engordar. Rob alimentava a gata com restos de comida e fornecia boa alimentação para Binnie e o filho. A filha era ainda bebê e amamentada pela mãe. Rob gostava de ir ao mercado fazer compras para eles, lembrando-se do milagre de comer bem depois de um longo tempo com a barriga roncando de fome.

O bebê chamava-se Aldyth e o garoto, com menos de dois anos, Edwin. Rob ouvia Binnie chorar todas as noites. Menos de duas semanas depois da sua chegada, ela foi até sua cama no escuro. Não disse uma palavra, deitou-se e o abraçou, continuando silenciosa até o fim. Curioso, Rob experimentou o leite dos seios dela e achou doce.

Quando terminaram, ela voltou para a própria cama e no dia seguinte não foi feita nenhuma referência ao acontecido.

– Como foi que seu marido morreu? – perguntou Rob, quando ela estava lavando a louça da refeição da manhã.

– Uma tempestade. Wulf, o irmão dele, que trouxe você aqui, disse que meu Paul foi jogado ao mar pelo vento. Ele não sabia nadar.

Ela o usou mais uma noite, agarrando-se a ele desesperadamente. Então o irmão do marido, que devia estar há algum tempo criando coragem, foi visitá-la numa tarde. Depois da visita, ele aparecia todos os dias com presentes; brincava com os sobrinhos mas era evidente que estava cortejando a mãe, e um dia Binnie disse a Rob que iria se casar com Wulf. Isto fez da casa um lugar mais tranquilo para Rob esperar o fim do inverno.

Durante uma tempestade de neve, Rob ajudou a sra. Buffington a dar à luz sua bela ninhada: uma fêmea branca, miniatura da mãe, um macho branco e um par de machos branco e preto que provavelmente se pareciam com o pai. Binnie ofereceu-se para afogar os quatro gatinhos, mas logo que desmamaram Rob forrou um cesto com pedaços de pano e os levou para a estalagem, comprando um bom número de bebidas para se desfazer deles.

Em março, os escravos que faziam o trabalho pesado no porto foram levados para o cais e longas filas de homens e carroças encheram outra vez a rua Thames, carregando os armazéns e os navios com artigos de exportação.

Rob interrogou vários viajantes e concluiu que seria melhor começar sua viagem por Calais.

— Meu navio vai para lá — disse Wulf, levando-o para ver o *Queen Emma*. Não era tão importante quanto o nome, um velho navio de madeira com um mastro enorme. Os estivadores o carregavam com barras de estanho, da Cornualha. Wulf levou Rob ao mestre, um galês carrancudo que fez um gesto afirmativo quando perguntaram se aceitaria um passageiro e pediu um preço que parecia justo.

— Tenho um cavalo e uma carroça — disse Rob.

O capitão franziu a testa.

— Vai custar caro transportar por mar. Alguns viajantes vendem seus animais e carroças deste lado do Canal e compram outros no outro lado.

Rob pensou no assunto e resolveu pagar o transporte, embora o preço fosse alto. Pretendia trabalhar como barbeiro-cirurgião durante a viagem. Cavalo e a carroça vermelha eram um bom transporte e seria difícil encontrar outro que o agradasse tanto.

Abril chegou com temperatura amena e os primeiros navios começaram a sair para o mar. O *Queen Emma* levantou âncora do fundo lamacento do Tâmisa no dia 11, e Binnie foi se despedir com muitas lágrimas. O vento era brando, mas fresco. Rob observou Wulf e outros sete marinheiros puxando os cabos para erguer a enorme vela quadrada que enfunou com um estalo seco mal tinha chegado ao topo do mastro e flutuaram a favor da maré. Bastante carregado com as barras de estanho, o grande barco saiu do Tâmisa, deslizou pesadamente pelas passagens estreitas entre a ilha de Thanet e a ilha britânica, seguiu lento a costa de Kent e então valorosamente atravessou o Canal com vento em popa.

A costa verde ficou mais escura à medida que se afastavam, até a Inglaterra se transformar em um vulto azul e depois numa mancha cor de púrpura que foi tragada pelo mar. Rob não teve oportunidade para pensamentos nobres porque estava tremendamente enjoado.

Wulf, passando por ele no convés, parou e cuspiu com desprezo para fora.

— Sangue de Deus! Estamos carregados demais para embicar ou jogar, o tempo está ótimo e o mar, calmo. Então, o que há com você?

Mas Rob não pôde responder, pois estava inclinado sobre a amurada para não sujar o convés. Parte do seu problema era terror, pois nunca viajara por mar e estava assombrado por uma vida inteira de histórias de homens afogados, desde o marido e os filhos de Editha Lipton até o infeliz Tom Ross, que fez de Binnie viúva. A água lisa como óleo na qual estava vomitando parecia inescrutável e profunda, morada dos mais cruéis monstros, e Rob amaldiçoou a imprudência com que havia se aventurado naquele elemento estranho. Para piorar as coisas, o vento ficou mais forte e o mar se encapelou com grandes marolas. Rob estava certo de que ia morrer, e o alívio seria bem-vindo. Wulf foi procurá-lo e ofereceu pão e carne de porco salgada frita e fria. Rob achou que Binnie tinha confessado as visitas à sua cama e essa era a vingança do futuro marido, a quem nem teve forças para responder.

Depois de sete intermináveis horas de viagem, outro vulto se ergueu no horizonte, oscilante, e lentamente se transformou em Calais.

Wulf despediu-se rapidamente, pois estava ocupado com a vela. Rob conduziu o cavalo e a carroça pela prancha de desembarque para a terra firme que parecia subir e descer como o mar. Raciocinou que o solo da França não podia subir e descer desse modo, do contrário já teria ouvido alguma coisa a respeito do fenômeno; e de fato, depois de caminhar alguns minutos, a terra começou a ficar mais firme. Mas ia para onde? Não tinha ideia do seu destino nem do que deveria fazer agora. A língua foi um choque para ele. Falavam rapidamente e Rob não entendia nada. Finalmente parou, subiu na carroça e bateu palmas.

– Quero empregar alguém que fale a minha língua! – gritou.

Um velho de rosto encovado adiantou-se. Era magro, quase esquelético. Não ia ajudar muito para carregar coisas ou levantar pesos. Mas notou a palidez de Rob e seus olhos cintilaram.

– Podemos conversar com um copo restaurador? Maçã fermentada faz maravilhas para o estômago – disse ele, e a língua familiar foi um bálsamo para os ouvidos de Rob.

Pararam na primeira estalagem e sentaram do lado de fora, onde estavam algumas mesas de pinho.

– Sou Charbonneau – disse o francês erguendo a voz sobre o barulho do cais. – Louis Charbonneau.

– Rob J. Cole.

O brandy de maçã foi servido, beberam à saúde um do outro e Rob viu que Charbonneau tinha razão, pois com o estômago aquecido voltou ao mundo dos vivos.

– Acho que posso comer – disse hesitante.

Satisfeito, Charbonneau fez o pedido e a empregada da estalagem pôs na mesa um pão torrado, um prato de pequenas azeitonas verdes e um queijo de leite de cabra que o próprio Barber teria aprovado.

– Está vendo por que preciso de ajuda – disse Rob tristemente –, não posso nem pedir comida.

Charbonneau sorriu.

– Fui marinheiro toda a minha vida. Era garoto quando meu primeiro navio aportou em Londres e lembro até hoje como desejava ouvir a minha língua.

Metade do seu tempo em terra fora passada no outro lado do Canal, disse ele, onde só falavam inglês.

— Sou barbeiro-cirurgião e estou indo para a Pérsia comprar remédios raros e ervas curativas que serão mandados para a Inglaterra.

Era o que tinha resolvido dizer, para evitar discutir o fato de que o motivo da sua viagem a Ispahan era considerado crime pela Igreja.

Charbonneau ergueu as sobrancelhas.

— Uma longa viagem.

Rob assentiu com a cabeça.

— Preciso de um guia, que possa também servir de intérprete para dar meus espetáculos, vender o tônico e tratar os doentes durante a viagem. Pago bem.

Charbonneau tirou uma azeitona do prato e a pôs sobre a mesa aquecida de sol.

— França — disse ele. Apanhou outra azeitona. — Os cinco ducados da Alemanha governados pelos saxões. — Outra azeitona, mais outra, até formar uma linha com sete azeitonas. — Boêmia — acrescentou, indicando a terceira na fila —, onde vivem os eslavos e os tchecos. Vem depois o território dos magiares, um país cristão mas cheio de cavaleiros bárbaros. Depois os Bálcãs, uma região de montanhas altas e ameaçadoras, povo feroz. Então vem a Trácia, da qual pouco sei, a não ser que marca o limite final da Europa e onde fica Constantinopla. E finalmente a Pérsia, para onde você quer ir.

Olhou pensativamente para Rob.

— Minha cidade natal fica na fronteira entre a França e a terra dos germânicos, cujas línguas teutônicas eu falo desde pequeno. Assim, se me empregar, eu o acompanho até depois... — Apanhou duas azeitonas e pôs na boca. — Tenho de deixá-lo com tempo para estar em Metz no próximo inverno.

— Fechado — disse Rob.

Então, enquanto Charbonneau, com um largo sorriso, pedia outro brandy, Rob solenemente comeu as azeitonas da fila, devorando os cinco países um a um.

CAPÍTULO 23

Estranho em terra estranha

A França não era tão definidamente verde quanto a Inglaterra, mas tinha mais sol. O céu parecia mais alto, a cor da França era azul intenso. Grande parte da terra era formada por florestas, como a Inglaterra. Era um país de fazendas muito bem cuidadas e aqui e ali um castelo sombrio de pedra, igual aos que Rob estava acostumado a ver no campo; mas alguns dos senhores viviam em grandes casas de madeira, muito raras na Inglaterra. Havia gado nos pastos e camponeses plantando trigo.

Rob logo notou diferenças.

– Muitas construções das fazendas não têm telhado – observou.

– Aqui chove menos do que na Inglaterra – explicou Charbonneau. – Alguns fazendeiros debulham os grãos em celeiros abertos.

Charbonneau montava um cavalo grande e calmo, cinza-claro, quase branco. Suas armas pareciam ter bastante uso e eram bem cuidadas. Todas as noites tratava cuidadosamente do cavalo e limpava a espada e o punhal. Era boa companhia no acampamento e na estrada.

Todas as fazendas tinham pomares, gloriosos de flores. Rob parou em algumas delas, procurando comprar bebida, não encontrou meteglin e comprou um barril de brandy de maçã, como o que tinha bebido em Calais, e descobriu que com ele podia fazer um Específico Universal muito melhor.

As melhores estradas, na França como em toda parte, tinham sido construídas há muito tempo pelos romanos para seus exércitos, largas, interligadas e retas como cabos de lanças. Charbonneau disse com carinho:

– Estão por toda parte, uma rede que cobre o mundo. Se quisesse, poderia viajar nesse tipo de estrada até Roma.

Porém, quando chegaram a uma placa indicando o caminho para o povoado de Caudry, Rob fez Cavalo sair da estrada romana. Charbonneau não aprovou.

– Perigosas essas trilhas pela floresta.

– Preciso, para o meu negócio. São os únicos caminhos para os pequenos povoados. Toco minha corneta. É como faço sempre.

Charbonneau deu de ombros.

As casas de Caudry eram cônicas na parte de cima, com telhados de galhos ou palha. As mulheres cozinhavam ao ar livre e quase todas as casas tinham uma mesa e bancos de madeira perto do fogo, sob um tosco abrigo feito com quatro estacas fortes de troncos de árvores novas. Não poderia jamais ser confundida com uma povoação inglesa, mas Rob fez o que sempre fazia, como se estivesse em casa.

Deu o tambor para Charbonneau e mandou que batesse com força. O francês olhou para ele com ar divertido e depois com atento interesse para a dança de Cavalo acompanhando o som do tambor.

– Espetáculo hoje! Espetáculo! – gritou Rob.

Charbonneau pegou logo a ideia e passou a traduzir imediatamente tudo o que Rob dizia.

Rob achou que o espetáculo foi uma experiência estranha na França.

Os espectadores riam das mesmas histórias, mas em momentos diferentes, talvez porque tinham de esperar a tradução. Durante os malabarismos, Charbonneau ficou paralisado e seus comentários de puro prazer contagiaram os assistentes, que aplaudiram com vigor.

Venderam muito bem o Específico Universal.

Naquela noite, no acampamento, Charbonneau insistiu com Rob para fazer o malabarismo com as bolas, mas ele recusou.

– Não tenha medo, vai ficar farto de me ver.

– É extraordinário. Diz que faz isso desde garoto?

– Faço. – Contou como Barber ficou com ele depois da morte dos pais.

Charbonneau assentiu com um gesto.

– Você teve sorte. Quando eu tinha doze anos, meu pai morreu e meu irmão, Etienne, e eu fomos dados para uma tripulação de piratas para trabalhar no navio. – Suspirou. – Meu amigo, foi uma vida dura.

– Pensei que tinha dito que sua primeira viagem o levou a Londres.

– Minha primeira viagem num navio mercante, quando tinha dezessete anos. Pois, antes disso, viajei com piratas durante cinco anos.

– Meu pai ajudou a defender a Inglaterra contra três invasões. Duas quando os dinamarqueses invadiram Londres. E a outra quando os piratas invadiram Rochester – disse Rob lentamente.

– Meus piratas não atacaram Londres. Uma vez desembarcamos em Romney, queimamos duas casas e roubamos uma vaca, que matamos para comer.

Entreolharam-se por algum tempo.

– Eram homens cruéis. Eu fazia muita coisa para continuar vivo.

Rob balançou a cabeça, assentindo.

– E Etienne? O que aconteceu com Etienne?

– Quando tinha idade suficiente, fugiu dos piratas, voltou para nossa cidade e entrou como aprendiz numa padaria. Hoje é também um velho, e faz um pão excepcional.

Rob sorriu e desejou ao francês uma boa noite.

Com pequenos intervalos entravam nas pequenas cidades e nas praças, faziam o negócio de sempre – as canções maliciosas, os retratos lisonjeiros, as curas com o tônico. No princípio Charbonneau traduzia as palavras de Rob para atrair a multidão, mas logo ficou tão acostumado que atraía as pessoas por conta própria. Rob trabalhava duro, procurando ganhar muito dinheiro, porque sabia que representava proteção em terras estranhas.

O mês de junho foi quente e seco. Pararam em pedacinhos da grande azeitona chamada França, atravessando a faixa norte, e no começo do verão estavam quase na fronteira da Alemanha.

– Estamos perto de Estrasburgo – disse Charbonneau uma manhã.

– Vamos até lá para você ver sua gente.

– Se formos, vamos perder dois dias – disse Charbonneau com honestidade, mas Rob sorriu e deu de ombros, pois gostava do velho francês.

A cidade era bonita, repleta de artesãos que construíam uma grande catedral, cuja beleza prometia ultrapassar a graça de Estrasburgo com suas ruas largas e belas casas. Foram diretamente para a padaria, onde um expansivo Etienne Charbonneau saudou o irmão com um abraço cheio de farinha.

A notícia da sua chegada espalhou-se por meio do sistema de comunicação da família e naquela noite os dois belos filhos de Etienne e três filhas de olhos escuros, com filhos, maridos e mulheres, apareceram para comemorar; a moça mais nova, Charlotte, era solteira e morava ainda com o pai. Charlotte preparou um magnífico jantar, três gansos cozidos com cenouras e ameixas secas. Havia dois tipos de pão fresco. Um redondo, que Etienne chamava de Pão de Cachorro, era delicioso, apesar do nome, feito com camadas alternadas de trigo e centeio.

– É barato, o pão dos pobres – disse Etienne, insistindo com Rob para provar o mais caro, comprido, feito com meslin, farinha de muitos grãos bem moídos. Rob gostou mais do Pão de Cachorro.

Foi uma noite alegre, Louis e Etienne traduziam para Rob, para hilaridade geral. As crianças dançaram, as mulheres cantaram, Rob fez malabarismos para pagar seu jantar e Etienne mostrou que tocava gaita de foles tão bem quanto fazia pão. Quando finalmente a família se retirou, todos beijaram os dois viajantes. Charlotte encolheu a barriga empinando os seios jovens e seus grandes olhos mornos convidaram Rob abertamente. Naquela noite, deitado, ele imaginou como seria a vida no seio de uma família igual àquela, numa cidade tão agradável.

No meio da noite, levantou-se.

– Alguma coisa? – perguntou Etienne em voz baixa.

O padeiro estava sentado no escuro, não muito longe de onde a filha dormia.

– Preciso urinar.

– Vou com você – disse Etienne, e os dois saíram e urinaram juntos na parede do celeiro. Quando Rob voltou para a cama de palha, Etienne voltou para a cadeira, vigiando a filha Charlotte.

De manhã, o padeiro mostrou a Rob seus fornos grandes e redondos e deu aos dois um saco cheio de Pães de Cachorro, assados duas vezes para ficar duros e não estragar, como biscoitos nos navios.

Os moradores de Estrasburgo tiveram de esperar seu pão naquele dia; Etienne fechou a padaria e acompanhou os dois até certa distância. A estrada romana os levou ao rio Reno, não muito longe da casa de Etienne, e depois acompanhava o rio por alguns quilômetros até um baixio. Os irmãos inclinaram-se nas selas e se beijaram.

– Vá com Deus – disse Etienne para Rob, e virou o cavalo na direção da cidade, enquanto os dois atravessavam o rio.

A água redemoinhante estava fria e ainda um pouco escura por causa da terra lançada no rio pelas enchentes da primavera, mais acima. A trilha na outra margem era íngreme e Cavalo teve de se esforçar para levar a carroça até a terra dos alemães.

Logo chegaram às montanhas, atravessando florestas de pinheiros e abetos. Charbonneau ficou mais quieto ainda, o que a princípio Rob atribuiu ao fato de não querer deixar a família e o lar, mas finalmente o francês cuspiu, com desprezo:

– Não gosto dos alemães e não gosto de estar na terra deles.

– E você nasceu o mais perto deles possível, para um francês.

Charbonneau franziu a testa.

– Um homem pode viver perto do mar e não gostar de tubarões.

Para Rob, parecia uma terra agradável. O ar era frio e limpo. Desceram uma longa montanha e no sopé viram homens e mulheres ceifando, batendo o feno do vale e armazenando, exatamente como estavam fazendo nessa época todos os fazendeiros da Inglaterra. Subiram outra montanha até pequenos pastos onde crianças tomavam conta das vacas e das cabras levadas das fazendas lá embaixo para os pastos de verão. A trilha era longa e íngreme e lá de cima viram um grande castelo de pedra cinza-escuro. Na arena, homens a cavalo treinavam para torneios com lanças acolchoadas.

Charbonneau cuspiu com desprezo outra vez:

– É a fortaleza de um homem terrível, *landgrave* deste lugar. Conde Sigdorff, o Equânime.

– O Equânime? Não parece o nome de um homem terrível.

– Está velho agora – disse Charbonneau. – Ganhou o apelido quando era jovem, atacando Bamberg e fazendo duzentos prisioneiros. Mandou cortar a mão direita de cem deles e a esquerda dos outros cem.

Apressaram os cavalos até não avistarem mais o castelo.

Antes do meio-dia, chegaram a um letreiro que indicava uma estrada transversal para o povoado de Entburg e resolveram dar um espetáculo na cidade. Tinham caminhado uns dez minutos pelo desvio quando, numa curva, viram um homem bloqueando a trilha num cavalo marrom muito magro com olhos lacrimejantes. O homem era calvo com dobras de gordura no pescoço. A roupa feita em casa cobria o corpo gordo e que parecia musculoso, como o de Barber quando Rob o conheceu. Não havia espaço para manobrar a carroça e passar por ele, mas as armas do homem estavam na bainha e Rob fez Cavalo parar, enquanto os dois se examinavam.

O homem calvo disse alguma coisa.

– Quer saber se você tem bebida – disse Charbonneau.

– Diga a ele que não tenho.

– O filho da puta não está sozinho – informou Charbonneau no mesmo tom, e Rob viu dois homens a cavalo saindo do meio das árvores.

Um era jovem e montava uma mula. Quando se aproximou do homem gordo, Rob viu a semelhança e imaginou que deviam ser pai e filho.

O terceiro homem montava um animal enorme e desajeitado que parecia um cavalo de tiro. Colocou-se diretamente atrás da carroça, impedindo a fuga dos dois. Devia ter uns trinta anos. Era pequeno, com cara de mau, e não tinha a orelha esquerda, como a sra. Buffington.

Os dois recém-chegados empunhavam espadas. O homem calvo falou em voz alta para Charbonneau.

– Disse para descer da carroça e tirar toda a roupa. Saiba que quando fizer isso eles o matarão – informou Charbonneau. – Roupas são caras e não querem estragar com sangue.

Rob não percebeu de onde Charbonneau tirou a faca. O velho a lançou com um rosnado e um movimento perfeito, rapidamente, e a lâmina acertou o peito do jovem que empunhava a espada.

O espanto surgiu nos olhos do homem gordo, mas o sorriso não tinha ainda desaparecido dos seus lábios quando Rob deslizou do banco da carroça.

Com um único passo sobre as costas largas de Cavalo, atirou-se para a frente, derrubando o homem gordo do cavalo. Caíram no chão rolando agarrados, ambos procurando um ponto fraco do outro. Finalmente Rob conseguiu passar o braço esquerdo por baixo do queixo do adversário, por trás. Um punho gorducho começou a castigar sua virilha mas ele torceu o corpo e os golpes caíam agora no quadril. Socos tremendos que deixaram sua perna dormente.

Antes disso, Rob sempre tinha lutado bêbado e semilouco de raiva. Agora estava sóbrio, com um objetivo fixo e claro.

Matar o homem.

Ofegante, segurou o punho esquerdo com a mão direita e puxou para trás, tentando estrangular o homem ou esmigalhar sua traqueia.

Depois levou a mão à testa do homem, procurando levar a cabeça bem para trás e quebrar a espinha.

Quebre!, pediu.

Mas era um pescoço curto e grosso, acolchoado com gordura e reforçado com músculos.

A mão do homem, com unhas longas e negras, alcançou o rosto de Rob. Levou a cabeça para trás o quanto pôde mas a mão arranhou o rosto, tirando sangue.

Rosnavam e faziam força, em encontrões violentos como amantes obscenos.

A mão voltou. Dessa vez chegou um pouco mais acima, tentando atingir os olhos.

As unhas afiadas arranharam e Rob gritou.

Então Charbonneau estava de pé ao lado deles. Encostou a ponta da espada calmamente no corpo do homem, procurando um lugar entre as costelas. Empurrou a espada com força.

O homem calvo suspirou, como que satisfeito. Parou de rosnar e de se mexer e seu corpo ficou pesado. Pela primeira vez, Rob sentiu o cheiro do homem.

Logo se livrou do corpo. Sentou, passando a mão no rosto ferido.

O jovem estava dependurado na mula, um dos pés preso no estribo. Charbonneau recuperou a faca e limpou o sangue da lâmina. Tirou o pé do morto do estribo e deixou o corpo cair no chão.

– O terceiro bandido? – disse Rob, ofegante ainda. Sua voz tremia.

Charbonneau cuspiu para o lado.

– Correu logo que viu que não íamos morrer facilmente.

– Talvez para o Equânime, para pedir reforços?

Charbonneau balançou a cabeça.

– Esses homens são assassinos imundos, não homens de um *landgrave*. – Revistou os corpos, como se já tivesse feito aquilo antes. O homem gordo tinha um saquinho com dinheiro dependurado no pescoço. O jovem não tinha dinheiro mas usava um crucifixo manchado. As armas eram de má qualidade mas Charbonneau as jogou para dentro da carroça.

Deixaram os assaltantes onde estavam, o corpo do homem calvo com o rosto sobre o próprio sangue.

Charbonneau amarrou a mula atrás da carroça e levou o cavalo magro pelas rédeas, e voltaram à estrada romana.

CAPÍTULO 24

Línguas estranhas

Rob perguntou a Charbonneau onde tinha aprendido a atirar facas, e o velho francês respondeu que fora com os piratas, quando era jovem.
— Era muito útil para lutar contra os malditos dinamarqueses e capturar seus navios. — Ele hesitou. — E para lutar contra os malditos ingleses e capturar *seus* navios — disse com ar malicioso.
A essa altura não se preocupavam mais com as antigas rivalidades nacionais e nenhum dos dois duvidava do valor do companheiro. Sorriram.
— Quer me ensinar?
— Se me ensinar malabarismo — disse Charbonneau, e Rob concordou imediatamente.
O acordo era unilateral, pois era tarde demais para Charbonneau aprender uma nova e difícil arte que exigia destreza, e no pouco tempo que tinham aprendera a jogar apenas duas bolas, o que fazia com grande prazer.
Rob tinha a vantagem da mocidade, e anos de prática com as bolas haviam reforçado seus pulsos, aguçado a vista e aperfeiçoado a noção de equilíbrio e tempo.
— Precisa ser uma faca especial. Seu punhal tem uma lâmina muito fina, que logo se soltaria se começasse a lançá-la, ou o punho se estragaria, pois o punho é o centro do peso e do equilíbrio de um punhal comum. Uma faca própria para ser lançada tem o peso na lâmina, assim um pequeno movimento do pulso a atira com a ponta para a frente.
Rob logo aprendeu a lançar a faca de Charbonneau com a lâmina afiada para a frente. Foi mais difícil acertar nos alvos, mas estava acostumado à disciplina dos treinos e atirava a faca em uma marca feita num largo tronco de árvore, sempre que tinha oportunidade.
Continuaram viajando pelas estradas romanas, repletas de uma mistura poliglota de viajantes. O grupo de um cardeal francês certo dia os obrigou a sair da estrada. O prelado passou no meio de duzentos cavaleiros e cento e cinquenta empregados, com sapatos vermelhos, chapéu e uma capa cinzenta sobre a batina que já fora branca mas que estava agora mais escura do que a capa, com a poeira da estrada. Peregrinos moviam-se na direção de Jerusalém, isolados ou em pequenos grupos, às vezes conduzidos ou instruídos pelos palmeiras, romeiros religiosos que mostravam ter realizado a viagem sagrada

usando duas palmas cruzadas apanhadas na Terra Santa. Bandos de cavaleiros com armaduras galopavam com gritos e brados de guerra, geralmente bêbados, sempre belicosos e sedentos de glória, pilhagem e perversidade. Alguns religiosos fanáticos usavam camisas de silício e se arrastavam para a Palestina sobre mãos e joelhos sanguinolentos para cumprir promessas feitas a Deus ou a um santo. Exaustos e indefesos, eram presas fáceis. Os criminosos infestavam as estradas e o policiamento era negligente, para não dizer mais; o ladrão ou assaltante apanhado no ato era executado imediatamente pelos próprios viajantes, sem julgamento.

Rob mantinha as armas livres e preparadas, esperando ver surgir o homem sem orelha à frente de um bando de cavaleiros sedentos de vingança. Seu tamanho, o nariz quebrado e os ferimentos no rosto o faziam parecer ameaçador, mas percebeu, divertido, que sua melhor proteção era o velho de aparência frágil que o acompanhava por causa do conhecimento da língua inglesa.

Compraram provisões em Augsburgo, um centro comercial de grande atividade, fundado pelo imperador romano Augusto em 12 a. C. Augsburgo era o centro das transações entre Alemanha e Itália, repleto de gente e todo voltado para o comércio. Charbonneau mostrou mercadores italianos, identificados pelos sapatos caros, com a ponta virada para cima. Há algum tempo Rob vinha notando um número sempre maior de judeus, mas, nos mercados de Augsburgo, eles pululavam, facilmente identificados pelas túnicas negras e os chapéus de couro de aba estreita em forma de sino.

Rob deu um espetáculo em Augsburgo, mas não vendeu tanto Específico quanto costumava, talvez porque Charbonneau traduzia de má vontade quando tinha de usar a língua gutural dos francos.

Não se preocupou, pois sua bolsa estava bem cheia; além disso, quando chegaram a Salzburgo, Charbonneau disse que aquele espetáculo seria o último dos dois juntos.

– Daqui a três dias chegaremos ao rio Danúbio e então eu volto para a França.

Rob fez um gesto de assentimento.

– Não posso ajudar mais. Além do Danúbio fica a Boêmia, onde falam uma língua que não conheço.

– Se quiser, pode vir comigo, traduzindo ou não.

Mas Charbonneau sorriu e balançou a cabeça.

– Está na hora de voltar para casa, desta vez para ficar.

Naquela noite o jantar de despedida foi na estalagem, um verdadeiro banquete com a comida da região: carne defumada cozida com gordura, repolho em picles e farinha. Não gostaram da carne e ficaram levemente embriagados com o pesado vinho tinto. Rob pagou generosamente o trabalho do francês.

Charbonneau deu um último conselho:

– Uma terra perigosa começa aqui. Dizem que na Boêmia não se distinguem os bandidos selvagens dos mercenários dos grandes senhores. Para passar incólume por essas terras, precisará da companhia de outras pessoas.

Rob prometeu que iria procurar juntar-se a um grupo forte.

O Danúbio era muito mais imponente do que esperava, rápido e com a superfície oleosa ameaçadora, que, Rob sabia, indicava águas profundas e perigosas. Charbonneau ficou um dia além do combinado, insistindo em seguir rio abaixo com ele até o povoado selvagem e semi-instalado de Linz, onde uma longa balsa transportava passageiros e carga, atravessando um trecho calmo do largo rio.

– Muito bem – disse o francês.

– Talvez nos encontremos outra vez.

– Não acredito – disse Charbonneau.

Abraçaram-se.

– Viva para sempre, Rob J. Cole.

– Viva para sempre, Louis Charbonneau.

Rob desceu da carroça e foi tratar da passagem, enquanto o velho francês se afastava, levando o cavalo marrom magro. O encarregado da balsa era um homem taciturno e grandalhão, muito resfriado, que não parava de lamber o ranho do lábio superior. Não foi fácil combinar o preço da passagem, porque Rob não falava a língua da Boêmia e no fim ficou com a impressão de ter sido explorado. Quando voltou à carroça depois da difícil transação por meio de palavras e gestos, Charbonneau já tinha desaparecido.

No terceiro dia na Boêmia, conheceu cinco alemães gordos e vermelhos e tentou fazê-los compreender que gostaria de viajar com eles. Rob foi delicado; ofereceu ouro e indicou que estava disposto a cozinhar e fazer outros trabalhos, mas nenhum dos homens sorriu, nenhum tirou a mão do punho da espada.

– Fodam-se! – disse ele finalmente, afastando-se.

Mas não podia culpar os homens, pois o grupo era reforçado e ele era um desconhecido, o perigo.

Cavalo o levou através da montanha para um planalto em forma de pires, rodeado de colinas verdes. Nos campos de terra cinzenta, homens e mulheres trabalhavam no cultivo de trigo, cevada, centeio e beterraba, mas a maior parte da terra era coberta por florestas. À noite ouviu os uivos dos lobos não muito longe de onde estava. Manteve o fogo aceso, embora não fizesse frio, e a sra. Buffington miava constantemente, ouvindo os sons dos animais selvagens, e dormiu encostada em Rob.

Na primeira parte da viagem, havia dependido de Charbonneau para várias coisas, mas descobriu que a companhia não era a menos importante. Seguindo pela estrada romana, aprendeu o significado da palavra *sozinho*, pois não podia conversar com ninguém.

Uma semana depois da partida de Charbonneau, certa manhã Rob encontrou o corpo despido e mutilado de um homem dependurado em uma árvore ao lado da estrada. O enforcado era magro, com cara de fuinha e não tinha a orelha esquerda.

Rob sentiu não poder informar a Charbonneau que outros haviam se encarregado do terceiro assaltante.

CAPÍTULO 25

O encontro

Rob atravessou o vasto planalto e chegou novamente às montanhas. Não eram tão altas quanto as que havia cruzado, mas o bastante para retardar sua marcha. Por duas vezes mais aproximou-se de grupos na estrada tentando unir-se a eles, mas sempre encontrava recusa. Certa manhã passou por ele um grupo de cavaleiros andrajosos e gritaram alguma coisa naquela língua estranha, mas Rob respondeu com um cumprimento e olhou para o outro lado, pois percebeu que eram homens selvagens e desesperados. Sentiu que se viajasse com eles logo seria um homem morto.

Chegou a uma grande cidade e ficou satisfeito quando descobriu que o taverneiro falava um pouco de inglês. Ficou sabendo que a cidade chamava-se Brünn. A maior parte dos habitantes daquela região era de membros de uma tribo chamada tchecos. Ficou sabendo pouco mais do que isso, nem mesmo onde o homem tinha aprendido as poucas palavras de inglês que sabia, pois a conversa simples e rápida tinha esgotado seu estoque. Quando Rob saiu da taverna, viu um homem na parte de trás da sua carroça examinando seus pertences.

– Saia daí – disse em voz baixa.

Desembainhou a espada mas o homem saltou da carroça e fugiu, antes que Rob pudesse detê-lo. A bolsa com o dinheiro estava ainda pregada sob o assoalho da carroça, e só faltava um saco de pano com os apetrechos de mágica. Serviu de fraco consolo imaginar a cara do homem quando abrisse a sacola.

Depois disso, limpava as armas diariamente, conservando as lâminas com uma fina camada de gordura para que deslizassem facilmente da bainha ao menor movimento. Dormia pouco e levemente ou não dormia, atento a qualquer som que indicasse um assaltante. Sabia que estaria perdido se fosse assaltado por um grupo como o dos cavaleiros andrajosos. Continuou sozinho e vulnerável por mais nove dias, até que, uma manhã, a estrada saiu da floresta e, maravilhado e com satisfação esperançosa, viu uma cidadezinha ocupada por uma grande caravana.

As dezesseis casas do povoado estavam rodeadas por centenas de animais. Rob viu cavalos e mulas de todo tipo e tamanho, selados ou atrelados a carroças, carros abertos e fechados, grandes e pequenos. Amarrou Cavalo numa árvore. Havia gente por todos os lados, e abrindo caminho entre a multidão seus ouvidos foram assaltados por uma confusão de línguas incompreensíveis.

– Por favor – disse para um homem ocupado com o trabalho duro de trocar uma roda de carroça. – Onde está o chefe da caravana?

Ajudou a colocar a roda no eixo mas só recebeu um sorriso de agradecimento e um balançar de cabeça.

– O chefe da caravana? – perguntou a outro viajante que alimentava duas parelhas de bois com bolas de madeira nas pontas dos chifres longos.

– Ah, *der Meister*? Kerl Fritta – disse o homem, apontando para uma fila de pessoas.

Depois disso foi fácil, porque o nome Kerl Fritta parecia ser conhecido por todos. Cada vez que o dizia, Rob recebia um gesto de assentimento e um dedo apontado, e finalmente chegou a uma mesa armada ao lado de uma carroça atrelada a seis enormes cavalos castanhos de tiro, os maiores que já tinha visto. Sobre a mesa estava uma espada sem bainha e ao lado dela sentava-se um indivíduo com duas longas tranças de cabelos castanhos, falando com o primeiro de uma longa fila de viajantes, que esperavam.

Rob ficou no fim da fila.

– Aquele é Kerl Fritta? – perguntou.

– Sim, é ele – respondeu um dos homens.

Entreolharam-se cheios de contentamento.

– Você é inglês!

– Escocês – disse o homem, com um leve desapontamento. – É um prazer conhecê-lo! Um grande prazer! – murmurou, segurando as duas mãos de Rob. Era alto e magro, com longos cabelos grisalhos, rosto barbeado no estilo britânico. A roupa de viagem, de fazenda negra e áspera, era de boa qualidade e bem-feita.

– James Geikie Cullen – apresentou-se. – Criador de carneiros e fabricante de lã, viajando para Anatólia com minha filha à procura de melhores variedades de carneiros.

– Rob J. Cole, barbeiro-cirurgião. Vou para a Pérsia comprar remédios preciosos.

Cullen olhou demoradamente para ele, quase com ternura. A fila andou, mas tiveram tempo para trocar informações e a língua inglesa nunca antes tinha soado tão melodiosa.

Cullen estava acompanhado por um homem de calça marrom manchada e uma túnica cinzenta muito usada; disse que era Seredy, empregado e intérprete.

Para surpresa de Rob, Cullen disse que não estavam mais na Boêmia e que Rob, sem saber, tinha atravessado a Hungria há dois dias. Aquele povoado invadido pela caravana chamava-se Vac. Podiam conseguir queijo e pão com os habitantes, mas provisões e outros suprimentos eram muito caros.

A caravana havia sido formada na cidade de Ulm, no ducado de Schwaben.

– Fritta é alemão – disse Cullen. – Não faz muito esforço para ser amável mas convém se dar bem com ele, pois temos informações seguras de que bandidos magiares estão emboscando viajantes solitários e pequenos grupos, e não há nenhuma outra caravana nas vizinhanças.

As notícias sobre os bandidos pareciam ser do conhecimento de todos e, enquanto se aproximavam da mesa, outros viajantes entraram na fila. Rob notou com interesse que havia três judeus atrás dele.

– Em caravanas como esta a gente tem de viajar tanto com nobres quanto com gente baixa – disse Cullen em voz alta.

Rob estava observando os três homens com túnicas negras e chapéus de couro. Conversavam em outra língua, mas teve a impressão de ver um brilho nos olhos de um deles quando Cullen falou, como se tivesse entendido as palavras do escocês. Rob olhou para o outro lado.

Quando chegaram à mesa de Fritta, Cullen tratou dos seus negócios e teve a gentileza de oferecer Seredy como intérprete para Rob.

O chefe da caravana, experiente e rápido na condução do seu negócio, perguntou logo o nome, profissão e destino.

– Ele quer que compreenda que a caravana não vai até a Pérsia – disse Seredy. – Depois de Constantinopla, vai ter de procurar outro grupo.

Rob assentiu com um gesto e então o alemão falou por algum tempo:

– O preço que deve pagar a Mestre Fritta é igual a vinte e dois pence de prata ingleses, mas ele não quer mais esse dinheiro, porque foi o que recebeu do sr. Cullen e o sr. Fritta não quer tantas moedas inglesas. Pergunta se pode pagar em denier.

– Posso.

– Ele quer vinte e sete deniers – disse Seredy com voz muito suave.

Rob hesitou. Tinha deniers porque tinha vendido o Específico na França e na Alemanha, mas não conhecia o valor exato da conversão.

– Vinte e três – disse uma voz atrás dele, tão baixa que Rob pensou ter imaginado.

– Vinte e três deniers – disse com firmeza.

O chefe da caravana aceitou o pagamento friamente, olhando diretamente nos olhos de Rob.

– Deve providenciar suas provisões e seus suprimentos. Se se atrasar e ficar para trás, nós o deixamos no caminho – disse o tradutor. – Ele diz que a caravana vai partir daqui formada por umas noventa pessoas separadas, um total de mais de cento e vinte homens. Exige uma sentinela para cada dez homens; assim, de doze em doze dias terá de ficar de guarda à noite.

– Está certo.

– Os recém-chegados devem se colocar no fim da linha de marcha, onde a poeira é mais espessa e o viajante é mais vulnerável. Deve acompanhar o sr. Cullen e sua filha. Cada vez que alguém à sua frente deixar a caravana, passa para um lugar adiante. Todos que chegaram depois do senhor ficarão atrás.
– Está certo.
– Se praticar sua profissão de barbeiro-cirurgião para membros da caravana, dividirá os lucros em partes iguais com o Mestre Fritta.
– Não – disse Rob imediatamente, pois não era justo dar metade do que ganhasse para aquele alemão.
Cullen pigarreou. Olhando para o escocês, Rob viu apreensão nos olhos dele e lembrou o que tinha ouvido sobre os bandidos magiares.
– Ofereça dez, tire trinta – disse a voz muito baixa atrás dele.
– Concordo em dar dez por cento do que ganhar – disse Rob.
Fritta disse uma única palavra, que Rob interpretou como o equivalente em alemão de "bosta de ganso"; depois emitiu outro som muito breve.
– Quarenta, ele diz.
– Diga a ele vinte.
Concordaram em trinta por cento. Rob agradeceu a Cullen o uso do intérprete e se afastou, olhando rapidamente para os três judeus. Eram homens de altura mediana, rostos queimados de sol, bem morenos. O que estava logo atrás dele na fila tinha nariz e lábios grossos e barba com fios brancos. Não olhou para Rob e aproximou-se da mesa com a concentração total de quem já conhece o adversário.

Os recém-chegados receberam ordem para tomar posição na linha de marcha durante a tarde e acampar no mesmo lugar naquela noite, pois a caravana partiria logo depois do nascer do dia. Rob ficou entre Cullen e os judeus, desatrelou Cavalo e a levou para pastar a alguma distância. Os habitantes de Vac aproveitavam a última oportunidade de tirar proveito daquela invasão vendendo provisões, e um fazendeiro pediu quatro deniers por alguns ovos e queijo amarelo, um preço absurdo. Rob, em lugar de pagar, trocou a mercadoria por três vidros de Específico, ganhando assim seu jantar.
Enquanto comia, observava seus vizinhos, que o observavam. No acampamento de frente para o seu, Seredy foi apanhar água mas quem cozinhou foi a filha de Cullen. Era alta e ruiva. Atrás de Rob havia um acampamento com cinco homens. Quando terminou de arrumar e limpar depois de comer, Rob foi até onde os judeus escovavam seus animais. Tinham bons cavalos e duas mulas de carga, uma das quais provavelmente carregava a barraca que tinham armado. Observaram em silêncio enquanto Rob falava com o homem que tinha estado atrás dele na fila:
– Sou Rob J. Cole. Quero agradecer ao senhor.

– De nada, de nada. – Parou de escovar o cavalo. – Sou Meir ben Asher. – Apresentou os companheiros. Dois estavam com ele na fila: Gershom ben Shemuel, que tinha uma verruga no nariz, era pequeno e parecia um tronco de árvore, e Judah ha Cohen, de nariz afilado e boca pequena, com cabelo negro e brilhante de urso e o mesmo tipo de barba. Os outros dois eram mais jovens. Simon ben ha-Levi era magro e sério, quase um homem, uma estaca fina com barba rala. E Tuveh ben Meir era um garoto de doze anos, grande para a idade, como Rob tinha sido.

– Meu filho – disse Meir.

Ninguém mais falou. Todos o observavam cuidadosamente.

– São mercadores?

Meir fez um gesto afirmativo.

– Nossa família morava na cidade de Hameln, na Alemanha. Há dez anos nos mudamos para Angora, no Bizantino, de onde viajamos para leste e para oeste, comprando e vendendo.

– O que compram e vendem?

Meir deu de ombros.

– Um pouco disso, um pouco daquilo.

Rob ficou encantado com a resposta. Passara horas pensando em detalhes mentirosos a seu próprio respeito, e via agora que não seriam necessários; comerciantes não revelavam muita coisa.

– Para onde viaja? – perguntou o jovem Simon, sobressaltando Rob, convencido de que só Meir falava inglês.

– Pérsia.

– Pérsia. Excelente! Tem família lá?

– Não. Vou fazer compras. Uma ou duas ervas, talvez alguns medicamentos.

– Ah – disse Meir.

Os judeus se entreolharam, aceitando a explicação.

Estava na hora de deixá-los e Rob se despediu, desejando boa-noite.

Enquanto conversava com os judeus, Cullen os observava, e, quando Rob se aproximou do seu acampamento, o escocês parecia ter perdido quase todo o calor do início.

Apresentou a filha, Margaret, sem entusiasmo, mas a moça cumprimentou Rob delicadamente.

Visto de perto, o cabelo vermelho parecia uma coisa muito agradável ao toque. Os olhos eram frios e tristes. As maças do rosto redondas e salientes pareciam punhos de homem e o nariz e o queixo bem-feitos, mas não delicados. A pele do rosto e dos braços era deselegantemente coberta de sardas e Rob não estava acostumado com mulheres tão altas.

Enquanto tentava resolver se ela era bonita ou não, Fritta se aproximou e falou rapidamente com Seredy.

– Ele quer que Mestre Cole fique de sentinela esta noite – disse o intérprete.

Assim, quando a noite caiu, Rob começou a ronda no seu posto, que começava no acampamento de Cullen e se estendia por oito acampamentos além do seu.

Enquanto andava, observava a estranha mistura que compunha a caravana. Perto de uma carroça coberta, uma mulher morena com cabelos louros amamentava uma criança, enquanto o marido, agachado perto do fogo, cuidava dos arreios. Dois homens limpavam as armas. Um garoto dava milho para três galinhas gordas numa tosca gaiola de madeira. Um homem cadavérico brigava com a mulher gorda numa língua que Rob supôs ser francês.

Na terceira volta, quando passou pelo acampamento dos judeus, eles estavam juntos balançando o corpo e cantando o que devia ser sua prece da noite.

A lua grande e branca subiu da floresta, além da cidade, e Rob sentia-se descansado e confiante, pois agora fazia parte de um exército de mais de cento e vinte homens, o que não era o mesmo que viajar sozinho por terra estranha e hostil.

Quatro vezes durante a noite, interpelou alguém, sempre homens que se afastavam do acampamento para satisfazer suas necessidades.

Quase de manhã, quando o sono começava a se tornar insuportável, a jovem Cullen saiu da barraca do pai. Passou perto dele, mas não demonstrou notar sua presença. Rob a via claramente à luz branca do luar. O vestido parecia muito negro e os pés, longos, que deviam estar umedecidos de orvalho, muito brancos.

Rob caminhou na direção oposta, fazendo o maior barulho possível, e ficou observando de longe, até vê-la de volta a salvo, e então começou a caminhar outra vez.

Assim que nasceu o dia, deixou o posto e fez uma refeição ligeira de pão e queijo. Enquanto comia, os judeus reuniram-se na frente da barraca para as devoções do nascer do dia. Talvez criassem problemas, pois pareciam um povo excessivamente religioso. Prenderam pequenas caixas negras na testa e enrolaram finas tiras de couro nos braços, ficando parecidos com os mastros da carroça de Rob, depois perderam-se num devaneio estranho, cobrindo a cabeça com os xales de prece. Rob ficou aliviado quando terminaram.

Atrelou Cavalo cedo demais e teve de esperar. Embora os primeiros da caravana tivessem saído logo depois do nascer do dia, o sol estava alto quando chegou sua vez. Cullen ia na sua frente, num cavalo branco e magro, seguido pelo servo, Seredy, que montava uma égua cinzenta maltratada e conduzia três cavalos com carga. Para que duas pessoas precisavam de três cavalos carregados? A filha montava um belo animal negro. Rob pensou que tanto as ancas do cavalo quanto as da mulher eram magníficas, e seguiu atrás, alegremente.

CAPÍTULO 26

Parsi

Logo se estabeleceu a rotina da viagem. Durante os três primeiros dias, escoceses e judeus observaram Rob discretamente e o deixaram em paz, talvez intimidados por seu rosto cheio de cicatrizes e os desenhos bizarros da carroça. A privacidade o agradava e estava satisfeito por poder se entregar aos próprios pensamentos.

A jovem sempre cavalgava na sua frente e inevitavelmente ele a observava quando acampavam. Ao que parecia, tinha dois vestidos negros, um dos quais lavava sempre que podia. Era uma viajante experimentada e não se preocupava com o desconforto, mas havia nela e em Cullen um ar de melancolia mal disfarçada; pelas roupas negras, Rob concluiu que estavam de luto.

Às vezes ela cantava suavemente.

Na manhã do quarto dia, quando a caravana se movia lentamente, ela desmontou para esticar as pernas, conduzindo o cavalo pelas rédeas. Rob olhou para ela e sorriu. Os olhos da moça eram enormes, as íris de um azul profundo. O rosto, de maçãs salientes, tinha planos longos e sensíveis. A boca era larga e cheia de vida, como tudo nela, curiosamente expressiva.

– Qual é a língua das suas canções?
– Gélico. O que chamamos de *erse*.
– Foi o que pensei.
– *Och*. Como um *sassenach* pode reconhecer o *erse*?
– O que é um *sassenach*?
– É como chamamos os que habitam ao sul da Escócia.
– Tenho a impressão de que não é um elogio.
– Ah, não é – admitiu ela, sorrindo.
– Mary Margaret! – chamou o pai asperamente.

A jovem foi para ele imediatamente, uma filha acostumada a obedecer.

Mary Margaret?

Devia ter mais ou menos a idade de Anne Mary, pensou Rob inquieto. O cabelo da irmã era castanho quando era pequena, mas com uns tons avermelhados...

A moça *não era* Anne Mary, lembrou ele, decidido. Precisava deixar de ver a irmã em toda mulher jovem, pois era o tipo de atitude que podia levar à loucura.

Não precisava se preocupar com o assunto, pois não tinha o menor interesse na filha de James Cullen. Havia muitas coisinhas macias no mundo e resolveu ficar longe daquela.

O pai evidentemente resolveu dar a Rob nova oportunidade de conversa, talvez porque não o vira mais falando com os judeus. Na noite do quinto dia na estrada, James Cullen fez uma visita, com uma jarra de bebida de cevada, e Rob o recebeu amavelmente, aceitando um gole amigo.

– Entende de carneiros, Mestre Cole?

Cullen deu um largo sorriso quando Rob respondeu negativamente, pronto para instruí-lo no assunto:

– Existem carneiros e carneiros. Em Kilmarnock, onde fica a propriedade Cullen, as ovelhas às vezes pesam 78 quilos e têm pelo comprido, mais denso que dos animais da Escócia, tão forte que a lã, depois de fiada e tecida, pode proteger até da chuva.

Cullen disse que pretendia comprar animais para procriação quando encontrasse os melhores, e levar para Kilmarnock.

Isso exigia capital disponível, uma grande quantidade de dinheiro, pensou Rob, e compreendeu por que Cullen precisava dos cavalos de carga. Seria bom se o escocês tivesse também uma guarda pessoal.

– Uma longa viagem a sua. Vai ficar muito tempo longe de casa.

– Eu a deixei a cargo de parentes de confiança. Foi uma decisão difícil, mas... Seis meses antes de deixar a Escócia, enterrei minha mulher, companheira de vinte e dois anos. – Cullen fez uma careta e levou a garrafa à boca, para um longo trago.

Isso explicava a tristeza dos dois, pensou Rob. O barbeiro-cirurgião que existia nele o fez perguntar do que a mulher tinha morrido.

Cullen tossiu.

– Apareceram tumores nos dois seios, tumores duros. Ela ficou pálida e fraca, perdeu o apetite e a vontade de viver. Finalmente chegou a dor terrível. Levou algum tempo para morrer, mas mesmo assim foi muito antes do que eu esperava. Chamava se Jura. Bem... Fiquei bêbado durante seis semanas mas não consegui fugir. Há anos eu vinha falando em comprar bons reprodutores na Anatólia, mas nunca acreditei que chegasse a fazê-lo. Então resolvi ir.

Ofereceu a garrafa e não ficou ofendido quando Rob balançou a cabeça.

– Hora de urinar – disse o escocês, sorrindo de leve.

Tinha tomado boa porção da garrafa e, quando tentou se levantar, Rob teve de ajudá-lo.

– Uma boa noite, Mestre Cullen. Por favor, volte sempre.

– Uma boa noite, Mestre Cole.

Vendo o homem se afastar com passos incertos, Rob refletiu que nem uma vez tinha mencionado a filha.

Na tarde seguinte, um agente comercial francês, Felix Roux, o trigésimo oitavo na linha de marcha, foi derrubado quando seu cavalo se assustou com um texugo. Foi uma queda violenta, com todo o peso do corpo sobre o braço esquerdo. O osso se partiu e o membro ficou retorcido numa estranha posição. Kerl Fritta mandou chamar o barbeiro-cirurgião, que acertou o osso e imobilizou o braço, uma manobra dolorosa. Rob tentou explicar para Roux que, embora fosse sentir uma dor dos diabos, podia continuar com a caravana. Finalmente teve de chamar Seredy para explicar ao paciente como usar a tipoia.

Voltou para a carroça pensativo. Tinha concordado em tratar viajantes doentes algumas vezes por semana. Embora recompensasse Seredy generosamente, sabia que não podia continuar usando o empregado de Cullen como intérprete.

De volta à carroça, viu Simon ben ha-Levi sentado no chão, consertando uma correia de sela, e aproximou-se do jovem judeu.

– Fala francês e alemão?

O jovem fez um gesto afirmativo, levando a correia da sela à boca para cortar o fio da costura com os dentes.

Rob falou e ha-Levi escutou. No fim, uma vez que os termos eram generosos e o trabalho não ia tomar muito tempo, concordou em ser intérprete do barbeiro-cirurgião.

Rob ficou satisfeito.

– Como é que fala tantas línguas?

– Somos mercadores e fazemos negócios entre muitas nações. Viajamos constantemente e temos parentes nos mercados de vários países. Falar línguas faz parte do nosso negócio. Por exemplo, o jovem Tuveh está estudando a língua dos mandarins, pois daqui a três anos vai viajar pela Estrada da Seda e trabalhar na firma do meu tio.

O tio, informou ele, Issachar ben Nachum, dirigia um ramo importante da família em Kai Feng Fu, de onde a cada três anos enviava uma caravana com sedas, pimenta e outros produtos exóticos do Oriente para Meshed, na Pérsia. E desde garoto, a cada três anos, Simon e outros homens da família viajavam da sua casa em Angora para Meshed, e daí acompanhavam a caravana de preciosas mercadorias de volta ao Reino Franco do Oriente.

Rob J. sentiu que seu coração acelerava.

– Sabe a língua persa?

– Naturalmente. Parsi.

Rob olhou para ele, sem compreender.

– Chama-se parsi.

– Quer me ensinar?

Simon ben ha-Levi hesitou, porque o assunto agora era outro. Podia tomar muito do seu tempo.

– Pago bem.
– Por que quer falar parsi?
– Vou precisar quando chegar à Pérsia.
– Quer fazer negócio regularmente? Voltar à Pérsia muitas e muitas vezes para comprar ervas e medicamentos, como fazemos com sedas e especiarias?
– Talvez. – Rob ergueu os ombros, um gesto digno de Meir ben Asher. – Um pouco disso, um pouco daquilo.

Simon deu um largo sorriso. Começou a rabiscar a primeira lição na terra, com um graveto, mas não dava certo, e Rob foi apanhar seu material de desenho na carroça com um pedaço redondo de faia em branco. Simon começou a ensinar a língua parsi exatamente como Mãe tinha começado a ensinar inglês há muitos anos, com o alfabeto. As letras parsi eram compostas de pontos e linhas sinuosas. Sangue de Cristo! A escrita parecia titica de pombo, pegadas de pássaros, lascas curvas de madeira, vermes tentando se foder.

– Nunca vou aprender isso – disse Rob, desanimado.
– Vai aprender – respondeu Simon placidamente.

Rob J. levou a madeira escrita para a carroça. Jantou lentamente, dando tempo para que a excitação se atenuasse, depois se sentou no banco da carroça e começou a estudar.

CAPÍTULO 27

A sentinela silenciosa

Saíram das montanhas para a planície que a estrada romana dividia com uma linha reta até onde os olhos alcançavam. Dos dois lados havia plantações em solo negro. Estavam começando a colheita de cereais e vegetais; o verão tinha acabado. Chegaram a um lago enorme e acompanharam sua margem durante três dias, parando uma noite para comprar provisões na cidade chamada Siofok. Não era uma grande cidade, casas pouco sólidas e camponeses espertos e desonestos, mas o lago – Balaton – era um sonho extraterreno, água escura e sólida como uma pedra preciosa, da qual se ergueu uma névoa branca enquanto Rob esperava, ao nascer do sol, que os judeus terminassem suas preces.

Os judeus formavam um grupo engraçado. Criaturas estranhas, balançavam a cabeça quando rezavam, como se Deus as estivesse sacudindo, para cima e para baixo, em momentos diferentes, mas que parecia funcionar com um ritmo misterioso. Quando terminaram e Rob sugeriu que fossem nadar, fizeram careta por causa do frio, mas de repente estavam falando excitados em sua própria língua. Meir disse alguma coisa, e Simon, com um gesto de assentimento, se afastou; ele era o guarda do acampamento. Os outros e Rob correram para a praia e tiraram a roupa, mergulhando barulhentamente na água rasa, como crianças. Tuveh não nadava bem e só chapinhava. Judah ha-Cohen remava fracamente com os braços e Gershom ben-Shemuel, que tinha uma barriga chocantemente branca e redonda, contrastando com o rosto queimado de sol, boiou de costas gritando canções incompreensíveis. Meir foi uma surpresa.

– Melhor do que o *mikva*! – gritou ele, cuspindo água.

– O que é *mikva*? – perguntou Rob, mas o homem atarracado mergulhou e depois começou a se afastar da praia com braçadas regulares e fortes. Rob nadou atrás dele, pensando que preferia estar com uma mulher. Tentou lembrar das mulheres com quem tinha nadado. Uma meia dúzia talvez, e tinha feito amor com todas elas antes ou depois de nadar. Algumas vezes na água que os envolvia suavemente...

Há cinco meses não tocava numa mulher, o maior período de abstenção desde que Editha Lipton o conduzira para o mundo do sexo. Batia com as mãos e os pés na água muito fria, tentando se livrar do desconforto da tesão.

Quando alcançou Meir, espirrou água no rosto dele.

Meir bufou e tossiu.

– Cristão! – gritou ofendido.

Rob jogou mais água e Meir aproximou-se dele. Rob era mais alto, mas Meir era *forte*! Empurrou Rob para baixo, mas o rapaz segurou a barba espessa do outro e o puxou com ele, para baixo, cada vez mais para baixo. Enquanto afundava, era como se diminutos salpicos de geada saídos da água escura se agarrassem ao seu corpo, frio sobre frio, até sentir-se coberto por uma pele de prata gelada.

Para baixo.

Até que, no mesmo instante, ambos entraram em pânico e perceberam que iam se afogar com aquela brincadeira. Separaram-se para subir, e chegaram à superfície ofegantes. Nenhum vencido, nenhum vitorioso, voltaram juntos para a praia. Quando saíram da água, estremeceram com um prenúncio do frio do outono e começaram a se vestir. Meir notou o pênis circuncidado e olhou para Rob.

– Um cavalo mordeu a ponta e arrancou – disse Rob.

– Uma égua sem dúvida – observou Meir solenemente.

Murmurou alguma coisa para os outros na sua língua e todos sorriram para Rob. Os judeus usavam umas roupas curiosas, com franjas, diretamente sobre a pele. Nus, eram como os outros homens; vestidos, reassumiam sua estranheza e voltavam a ser criaturas exóticas. Perceberam que Rob os observava mas ele não pediu que explicassem a estranha roupa de baixo e ninguém se ofereceu para dar a informação.

Quando o lago ficou para trás, o cenário perdeu muito da beleza. Percorrendo uma estrada interminável, passando por quilômetros e quilômetros de floresta sempre igual ou por plantações parecidas, logo viram-se dominados por uma monotonia quase insuportável. Rob J. refugiou-se na sua imaginação, visualizando a estrada logo depois de construída, uma via na vasta rede de milhares que tinham permitido aos romanos a conquista do mundo. Primeiro vinham os batedores, uma cavalaria avançada. Depois o general no seu carro de guerra conduzido por um escravo, rodeado de corneteiros, tanto para panólia quanto para assinalar sua presença. Então, a cavalo, os *tribuni* e os *legati*, o corpo de oficiais. Eram seguidos pelas legiões, uma floresta de lanças agressivas – dez coortes dos mais eficientes lutadores e matadores da história, seiscentos homens em cada coorte, cada cem legionários comandados por um centurião. E finalmente milhares de escravos fazendo o que outros animais de carga não podiam fazer, empurrar a *termenta*, a gigantesca máquina de guerra, o verdadeiro motivo para a construção das estradas: enormes aríetes para derrubar muros e fortificações, perigosas *catapultas* que faziam chover dardos do céu sobre o inimigo, gigantescas *ballista*, as fundas dos deuses, que mandavam rochas pelo ar ou lançavam grandes vigas como se fossem flechas. Finalmente as carroças carregadas de *impedimenta*, a bagagem, seguidas por mulheres e crianças, prostitutas, mercadores, correios e funcionários do governo, as formigas da história, que viviam dos espólios do banquete romano.

Agora aquele exército era lenda e sonho, os acompanhantes pó antigo, o governo há muito desaparecido, mas as estradas permaneciam, indestrutíveis vias de acesso, às vezes tão retas que chegavam a hipnotizar o viajante.

A jovem Cullen estava outra vez caminhando ao lado da carroça de Rob, o cavalo amarrado a um dos animais de carga.

– Quer me fazer companhia, senhora? A carroça pode ser uma mudança para você.

Ela hesitou, mas quando Rob estendeu a mão deixou que a ajudasse a subir.

– Seu rosto cicatrizou bem – observou ela. Enrubesceu, mas parecia não poder deixar de falar. – Tem só uma pequena linha prateada do último arranhão. Com sorte vai desaparecer e não deve ficar nenhuma cicatriz.

Rob sentiu que corava e desejou que ela não examinasse seus traços.

– Como foi que se machucou?

– Um encontro com ladrões de estrada.

Mary Cullen respirou fundo.

– Peço a Deus para nos poupar isso. – Olhou pensativamente para ele. – Estão dizendo que Kerl Fritta inventou a história sobre os bandidos magiares para atemorizar os viajantes e atrair todos para a caravana.

Rob ergueu os ombros.

– Não duvido que o sr. Fritta fosse capaz disso. Os magiares não me parecem ameaçadores.

Dos dois lados da estrada, homens e mulheres colhiam repolhos.

Ficaram em silêncio. A cada solavanco da carroça Rob despertava para a possibilidade de um quadril macio e uma coxa firme, e o perfume da carne da jovem era como o cheiro fraco e quente extraído dos arbustos de amoras pelo calor do sol.

Ele, que tinha conquistado mulheres por toda a Inglaterra, ouviu a própria voz embargada dizer:

– Seu segundo nome sempre foi Margaret, sra. Cullen?

Olhou atônita para Rob.

– Sempre.

– Não lembra de nenhum outro nome?

– Quando eu era pequena, meu pai me chamava de Tartaruga, porque as vezes eu fazia isto. – Piscou os dois olhos lentamente.

O desejo de tocar nos cabelos dela quase o enfraquecia. Sob a maçã saliente no lado esquerdo do rosto havia uma pequena cicatriz, só notada quando vista muito de perto, que não prejudicava a aparência. Rob desviou os olhos rapidamente.

O pai, lá na frente, voltou-se na sela e viu a filha na carroça. Cullen tinha visto Rob várias vezes na companhia dos judeus e todo seu desagrado estava na voz com que chamou Mary Margaret.

Ela preparou-se para descer.

– Qual é *seu* segundo nome, Mestre Cole?

– Jeremy.

Fez um gesto de assentimento, muito séria, mas os olhos zombavam dele.

– E sempre foi Jeremy? Não lembra de nenhum outro nome?

Segurou a saia com uma das mãos e saltou ágil como um animal. Rob viu de relance pernas brancas e bateu com as rédeas nas costas do cavalo, furioso por ser objeto de diversão para ela.

Naquela noite, depois do jantar, procurou Simon para a segunda lição e descobriu que os judeus tinham livros. A escola de São Botolph, que frequentou quando garoto, tinha três livros, um Cânon da Bíblia e um Novo Testamento, ambos em latim, e em inglês uma menológia, a lista dos dias feriados que deviam ser observados segundo a lei do rei da Inglaterra. Todas as páginas eram de pergaminho, feito de pele tratada de carneiros, bezerro ou cabritos. Cada letra feita à mão, uma tarefa monumental, que tornava os livros caros e raros.

Os judeus, ao que parecia, tinham muitos livros – depois Rob descobriu que eram sete – em um pequeno baú de couro trabalhado.

Simon escolheu um escrito em parsi e passaram o tempo da aula examinando o volume, Rob procurando certas letras no texto por indicação de Simon. Tinha aprendido o alfabeto parsi rapidamente e muito bem. Simon o elogiou e leu uma passagem do livro para que Rob ouvisse a melodia da língua. Parava em cada palavra fazendo Rob repetir.

– Como se chama esse livro?

– É o Qu'ran, a Bíblia deles – disse Simon, e traduziu:

Glória a Deus nas alturas, Cheio de Graça e Misericórdia:
   Ele criou tudo, incluindo o Homem.
Ao Homem Ele deu um lugar especial na Sua criação
   Honrou o Homem fazendo dele Seu representante.
E para esse fim deu a ele compreensão,
   Purificou o homem com suas afeições e deu Intuição Espiritual.

– Cada dia vou lhe dar uma lista, dez palavras e expressões persas – disse Simon. – Deve decorar para a lição do dia seguinte.

– Dê-me vinte e cinco palavras por dia – disse Rob, pois sabia que só teria o professor até Constantinopla.

Simon sorriu.

– Está bem, vinte e cinco.

No dia seguinte, Rob aprendeu as palavras facilmente, pois a estrada continuava reta e lisa e Cavalo podia caminhar com as rédeas soltas enquanto seu dono, no banco da carroça, estudava. Mas Rob achou que estava desperdiçando uma oportunidade e no dia seguinte pediu a Meir ben Asher permissão para levar o livro persa com ele para estudar durante todo o dia da viagem.

Meir recusou com firmeza:

– Esse livro não pode sair das nossas vistas. Pode ler aqui, perto de nós.

– Simon não pode viajar na carroça comigo?

Tinha certeza de que Meir ia dizer não outra vez, mas Simon interferiu:

– Posso aproveitar o tempo para verificar os livros-caixa – disse ele.

Meir pensou no assunto.

– Este aqui vai ser um estudioso feroz – disse Simon. – Tem um apetite ávido para estudar.

Os judeus olharam para Rob com expressão diferente de antes. Finalmente Meir assentiu.

– Pode levar o livro para sua carroça – disse.

Naquela noite, Rob adormeceu desejando que já fosse o dia seguinte e acordou cedo e ansioso, com uma expectativa quase dolorosa. A espera foi mais difícil porque podia observar cada um dos judeus preparando-se lentamente para o novo dia; Simon foi até o bosque para esvaziar a bexiga e os intestinos, Meir e Tiveh, bocejando, foram até o regato para se lavar, todos balançando a cabeça e resmungando a prece matinal, Gershom e Judah servindo o pão e o mingau.

Nenhum amante jamais esperou pela amada com tamanha e ávida impaciência. "Anda, anda, seu lerdo, seu hebreu malandro", murmurou Rob, repassando pela última vez a lição de vocabulário persa.

Finalmente Simon chegou com o livro persa, um pesado livro de contabilidade e uma armação de madeira com colunas de contas enfiadas em varetas finas.

– O que é isso?

– Um ábaco. Para fazer contas, muito útil para somar – disse Simon.

Quando a caravana se pôs em marcha, ficou provado que o novo plano era exequível. Apesar da relativa suavidade da estrada, as rodas da carroça passavam sobre pedras e era quase impossível escrever; mas ler era fácil e cada um mergulhou no seu trabalho, enquanto atravessavam quilômetro após quilômetro de chão.

O livro persa não fazia nenhum sentido para ele, mas Simon disse para ler as letras e as palavras até pronunciar com facilidade. Em certo trecho, Rob encontrou uma frase que Simon tinha dado na sua lista, *Kocbomedy*, "Você vem com boas intenções", e sentiu-se triunfante, como se tivesse conquistado uma pequena vitória.

Às vezes erguia os olhos e observava as costas de Mary Margaret Cullen. Agora ela cavalgava perto do pai, sem dúvida por insistência deste, pois Rob notou Cullen olhando carrancudo para Simon quando ele subiu na carroça. Mary Margaret mantinha as costas retas e a cabeça erguida, como se tivesse se equilibrado na sela durante toda a vida.

Ao meio-dia, Rob sabia a lista de palavras e frases.

– Vinte e cinco não bastam, precisa me dar mais.

Simon, sorrindo, deu mais quinze. O judeu falava pouco, e Rob acabou se acostumando com o clique-clique-clique das contas do ábaco voando sob os dedos do homem.

No meio da tarde, Simon resmungou e Rob percebeu que tinha descoberto um erro nas contas. O livro devia conter o registro de muitas transações; ocorreu a Rob que aqueles homens estavam levando para casa, para suas famílias, os lucros da caravana mercantil que tinham acompanhado da Pérsia até a Alemanha, o que explicava por que nunca deixavam o acampamento sem guarda. Na linha de marcha na sua frente estava Cullen, levando uma quantia considerável em dinheiro para a Anatólia, para comprar ovelhas. Atrás dele os judeus, sem dúvida levando mais dinheiro ainda. Se os bandidos soubessem de presas tão valiosas, pensou inquieto, na certa organizariam um exército de fora da lei e nem mesmo uma caravana tão grande estaria a salvo do ataque. Mas não pensou em deixar a caravana, pois viajar sozinho era pedir para ser morto. Assim, afastou da mente todos os temores e dia após dia continuava no banco da carroça, as rédeas soltas e os olhos fixos, como que para sempre, no Livro Sagrado do Islã.

Vieram então dias especiais. O tempo continuou bom, com céus tão outonais que o azul profundo o fazia pensar nos olhos de Mary Margaret Cullen, que ele via pouco, porque ela se mantinha a distância. Sem dúvida obedecendo às ordens do pai.

Simon terminou o exame dos livros e não tinha desculpa para se sentar ao seu lado na carroça todos os dias, mas a rotina estava estabelecida e Meir descansado quanto à segurança do livro persa.

Simon o preparava assiduamente para se tornar um príncipe mercador.

– Qual é a unidade persa básica de peso?

– É o *man*, Simon, cerca de metade da *stone* inglesa.
– Diga os outros pesos.
– O *ratel*, a sexta parte de um *mano*. O *dirban*, quinta parte do *ratel*. O *mescal*, metade do *dirban*. O *dung*, sexta parte do *mescal*. E o *barleycorn*, que é um quarto do *dung*.
– Muito bem. Muito bem mesmo!
Quando não estava sendo testado, Rob não se continha e fazia as suas eternas perguntas:
– Simon, por favor. Qual é a palavra para dinheiro?
– *Ras*.
– Simon, quer ter a bondade... o que quer dizer isto aqui no livro, *Sonab a caret*?
– Mérito para a próxima vida, isto é, no paraíso.
– Simon...
Simon gemia e Rob percebia que estava ficando inconveniente, e guardava as perguntas até que outra surgisse em sua cabeça.
Duas vezes por semana examinavam pacientes, Simon interpretando, observando e ouvindo. Quando Rob examinava e tratava, ele era o especialista e Simon o que fazia perguntas.
Um tropeiro franco, com uma eterna risada tola, queixou-se ao barbeiro-cirurgião de dor e muita sensibilidade atrás dos joelhos, onde havia uns caroços duros. Rob deu a ele um unguento de ervas com gordura de carneiro e mandou que voltasse dali a quinze dias, mas, depois de uma semana, o tropeiro estava outra vez na fila. Dessa vez tinha caroços nas axilas. Rob deu a ele dois vidros do Específico Universal e o mandou embora.
Quando todos tinham partido, Simon disse:
– Qual é o problema com o grande franco?
– Talvez os caroços desapareçam. Mas acho que isso não vai acontecer. Acho que vão aparecer outros, porque ele está com bubo. E se estiver, vai morrer logo.
Simon piscou os olhos rapidamente.
– Não pode fazer nada?
Rob balançou a cabeça.
– Sou um barbeiro-cirurgião ignorante. Talvez exista em algum lugar um grande médico que possa ajudar.
– Eu não faria o que você faz – disse Simon lentamente –, a não ser que pudesse aprender tudo o que há para saber.
Rob olhou para ele e não disse nada. Ficou chocado vendo que o judeu tinha chegado imediata e claramente à conclusão que ele levara tanto tempo para alcançar.

Naquela noite, foi acordado bruscamente por Cullen.
– Depressa, homem, pelo amor de Deus! – disse o escocês.
Uma mulher estava gritando.
– Mary?
– Não, não, venha comigo.

A noite estava escura, sem lua. Logo adiante do acampamento dos judeus, tinham acendido tochas de breu e, à luz trêmula, Rob viu um homem agonizante.

Era Raybeau, o francês cadavérico que estava três lugares atrás de Rob na linha de marcha. Sua garganta estava aberta num esgar horrível e ao lado dele, no chão, havia uma poça escura e brilhante, a vida que escapava do corpo.

– Era nossa sentinela esta noite – disse Simon.

Mary Cullen estava com a mulher que não parava de gritar, a enorme mulher de Raybeau, com quem ele estava sempre discutindo. A garganta cortada do homem escorregava sob os dedos molhados de Rob. Um ruído estertorante e líquido e Raybeau tentou por um momento voltar-se para o chamado angustiante da mulher, antes de se contorcer e morrer.

Sobressaltaram-se com o som de cavalos a galope.

– É a guarda montada enviada por Fritta – disse Meir em voz baixa, na sombra.

Toda a caravana estava alerta e armada, mas os cavaleiros de Fritta voltaram dizendo que não tinha havido nenhum assalto. Talvez o assassino fosse um ladrão solitário, ou um observador dos bandidos; de qualquer modo, já se fora.

Dormiram pouco o resto da noite. De manhã, Gaspar Raybeau foi enterrado ao lado da estrada romana. Kerl Fritta entoou o serviço de enterro rapidamente em alemão, depois todos se afastaram e nervosamente começaram os preparativos para continuar a viagem. Os judeus carregaram as mulas cuidadosamente para que a carga não se soltasse se os animais tivessem de galopar. Rob viu entre os volumes, em cada mula, uma estreita sacola de couro que parecia pesada; adivinhou o que continha. Simon não foi para a carroça mas cavalgou ao lado de Meir, pronto para lutar ou correr, conforme o caso.

No dia seguinte, chegaram a Novi Sad, uma movimentada cidade às margens do Danúbio, onde souberam que alguns monges francos que viajavam para a Terra Santa tinham sido atacados, roubados, sodomizados e mortos pelos bandidos três dias antes.

Nos três dias seguintes, viajaram como se o ataque fosse iminente, mas acompanharam o rio largo e cintilante até Belgrado sem que nada acontecesse, fizeram compras no mercado dos fazendeiros da cidade, incluindo ameixas vermelhas e ácidas muito saborosas e pequenas azeitonas verdes, que Rob comeu com prazer. Jantou numa taverna, mas não gostou da comida, uma mistura de muitas carnes gordurosas e cortadas, com gosto de ranço.

Muitas pessoas haviam deixado a caravana em Novi Sad e mais em Belgrado, e outras se juntaram a ela, assim os Cullen, Rob e o grupo de judeus passaram para a frente na linha de marcha, deixando a retaguarda vulnerável.

Logo depois de deixarem Belgrado, entraram nos contrafortes que se transformaram nas montanhas mais ameaçadoras que já haviam atravessado, as encostas íngremes cravejadas de rochas que pareciam dentes arreganhados. Nos pontos mais altos, o ar mais frio os fez lembrar o inverno. As montanhas deviam ser um inferno cobertas de neve.

Agora Rob não podia mais deixar as rédeas soltas. Subindo encostas, tinha de encorajar Cavalo com pequenas batidas das rédeas e para descer ajudava, segurando as rédeas com força para trás. Quando os braços começavam a doer e a mente ficava exausta, lembrava-se dos romanos conduzindo suas *tormentas* naquela cadeia de picos ameaçadores, mas os romanos tinham hordas de escravos que podiam ser sacrificados e Rob, apenas uma égua cansada que exigia a mais habilidosa condução. À noite, caindo de cansaço, ia até o acampamento dos judeus e conseguia uma espécie de aula. Mas Simon nunca mais viajou na carroça e em alguns dias Rob não conseguiu aprender nem dez palavras em parsi.

CAPÍTULO 28

Os bálcãs

Agora Kerl Fritta estava no seu elemento e pela primeira vez Rob olhou para ele com admiração, pois o chefe da caravana parecia estar em toda parte, ajudando quando carroças quebravam, encorajando e animando as pessoas como um bom tropeiro encoraja os animais. O caminho era cheio de pedras. No dia 1º de outubro, perderam meio dia para que homens da caravana retirassem rochas caídas no meio da trilha. Os acidentes eram frequentes agora e Rob tratou de dois braços quebrados no espaço de uma semana. O cavalo de um mercador normando empinou e a carroça caiu sobre ele, amassando sua perna. Teve de ser carregado numa liteira amarrada entre dois cavalos até uma fazenda, onde os moradores concordaram em tomar conta dele. Deixaram o homem ferido, Rob desejando ardentemente que o fazendeiro não o assassinasse para roubar, assim que a caravana desaparecesse na estrada.

– Já passamos pela terra dos magiares e estamos agora na Bulgária – disse Meir certa manhã.

Não fazia grande diferença, pois a natureza hostil das rochas era a mesma e o vento continuava a açoitá-los nos pontos mais altos. O ar ficou mais frio e os membros da caravana começaram a usar os mais variados tipos de agasalhos, quase todos mais quentes do que necessário, uma estranha coleção de criaturas com roupas velhas e acolchoadas.

Numa manhã sombria, a mula que Gershom ben Shemuel conduzia atrás do seu cavalo tropeçou e caiu, as pernas da frente dolorosamente abertas e uma delas estalou sob o grande peso da carga. A mula condenada gritava em agonia como um ser humano.

– Ajude o animal! – gritou Rob, e Meir ben Asher ajudou do único modo possível, cortando o pescoço trêmulo com uma faca afiada.

Começaram a descarregar a mula morta. Quando chegaram à bolsa estreita de couro, Gershom e Judah tiveram de retirá-la juntos, discutindo na sua língua. A outra mula levava ainda a bolsa igual e Rob percebeu que Gershom protestava, com razão, alegando que a segunda sacola seria peso demais para o animal.

Os que estavam atrás, parados, começaram a reclamar em altos brados, pois não queriam se afastar muito do resto da longa fila.

Rob correu para os judeus.

– Joguem a sacola na minha carroça.

Meir hesitou, depois balançou a cabeça.

– Não.

– Então vá para o inferno! – respondeu Rob, furioso com a falta de confiança.

Meir disse alguma coisa e Simon correu atrás dele.

– Eles vão amarrar a sacola no meu cavalo. Posso viajar na carroça? Só até podermos comprar outra mula.

Rob fez sinal para que subisse e subiu também. Seguiram em silêncio por longo tempo, pois não estava disposto a nenhuma lição de parsi.

– Você não entende – disse Simon. – As sacolas precisam ficar com Meir. Não é dinheiro dele. Uma parte pertence à família e a maior parte é dos investidores. O dinheiro é responsabilidade dele.

Rob sentiu-se melhor. Mas continuou a ser um mau dia. O caminho era difícil e a presença de uma segunda pessoa na carroça aumentava o esforço de Cavalo, visivelmente fatigada quando a noite os alcançou no topo de uma montanha e chegou a hora de acampar.

Antes do jantar, Rob e Simon precisavam ver os pacientes. O vento era tão forte que se abrigaram atrás da carroça de Kerl Fritta. Havia apenas um punhado de pessoas e, para sua surpresa e de Simon, entre elas estava Gershom ben Shemuel. O judeu atarracado e forte levantou a túnica e abaixou a calça, mostrando a Rob uma feia bolha arroxeada no traseiro direito.

– Diga a ele para se abaixar.

Gershom resmungou um gemido quando a ponta do escalpelo de Rob cortou a pele fazendo jorrar pus amarelado, e gemeu e praguejou na sua língua quando Rob apertou o furúnculo até tirar toda a matéria putrefata e só aparecer sangue vermelho vivo.

– Não vai poder montar. Durante alguns dias.

– Ele precisa – disse Simon. – Não podemos deixar Gershom.

Rob suspirou. Nesse dia os judeus estavam esgotando sua paciência.

– Pode levar o cavalo dele e ele viaja na parte de trás da minha carroça.

Simon assentiu com um gesto.

O sorridente tropeiro franco era o seguinte. Dessa vez novos caroços pequenos tinham aparecido na virilha. Os das axilas e detrás dos joelhos estavam maiores e mais sensíveis do que antes, e, quando Rob perguntou, ele disse que começavam a doer.

Segurou a mão do tropeiro entre as suas.

– Diga a ele que vai morrer.

Simon olhou para Rob furioso.

– Ora, vá para o inferno!

– Diga a ele que eu disse que vai morrer.

Simon engoliu em seco e começou a falar suavemente em alemão. Rob viu o sorriso se apagar no rosto grande e idiota, depois o franco retirou as mãos das de Rob e ergueu a direita, o punho fechado do tamanho de um presunto. Rosnou furioso.

– Diz que você é um mentiroso de merda – disse Simon.

Rob esperou, os olhos nos do tropeiro, e finalmente o homem cuspiu nos seus pés e se afastou.

Rob vendeu bebida para dois homens com tosse áspera e depois tratou um magiar que choramingava, com o polegar deslocado – o dedo estava preso na barrigueira quando o cavalo começou a andar.

Então deixou Simon, querendo fugir daquele lugar, daquela gente. A caravana estava espalhada; todos tinham procurado acampar atrás de um rochedo para se proteger do vento. Rob caminhou até passar a última carroça e viu Mary Cullen de pé numa rocha, acima da trilha.

Parecia uma figura sobrenatural. Segurava o pesado casaco de pele de carneiro aberto, com os braços estendidos para os lados, a cabeça inclinada para trás e os olhos fechados, como se estivesse sendo purificada pela força do vento que a atingia com a impetuosidade da água em plena enchente. O casaco se enfunava e as abas batiam. O vestido negro, grudado no corpo longo, delineava os seios pesados e os mamilos, a curva suave da barriga e o umbigo largo, um rego macio entre as coxas fortes. Rob sentiu uma ternura quente e estranha, sem dúvida parte de algum encantamento, pois Mary parecia uma feiticeira. O cabelo longo dançava atrás dela, brincando como labaredas de fogo.

Rob não suportou a ideia de Mary abrir os olhos e perceber que a observava, por isso voltou-se e se afastou.

Na carroça, verificou sombriamente que o interior estava muito carregado para acomodar Gershom deitado de bruços. Teria de se desfazer do palco. Levou as três partes para fora e olhou demoradamente para elas, lembrando as vezes sem conta em que ele e Barber, de pé no pequeno palco, divertiam a audiência. Então, com um erguer de ombros, apanhou uma pedra e transformou o palco em lenha. Havia carvão na vasilha de fazer fogo e Rob acendeu, abrigado do vento pela carroça. Na escuridão que se adensava, sentou-se e foi pondo os pedaços do palco nas chamas, um a um.

Era pouco provável que o nome Mary Anne tivesse sido mudado para Mary Margaret. E o cabelo castanho de uma criança, mesmo com tons avermelhados, nunca teria se transformado naquela magnífica cor ruiva, disse Rob para si mesmo, enquanto a sra. Buffington, miando, aconchegava-se ao lado dele perto do fogo, protegida do vento.

Na manhã do dia 22 de outubro, grãos duros e brancos encheram o ar, voando, levados pelo vento e provocando ardor na pele descoberta.

– É cedo para esta merda – disse Rob para Simon, com ar sombrio.

Simon estava outra vez no banco da carroça, a *bochecha* de Gershom já curada e de volta à sela.

– Não nos Bálcãs – disse Simon.

Estavam nas escarpas mais altas e mais rochosas, com florestas de faias, carvalho e pinho, e encostas inteiras tão nuas e rochosas como se uma divindade furiosa tivesse destruído parte da montanha. Havia pequenos lagos formados pelas altas quedas-d'água que despencavam em profundos desfiladeiros.

Na sua frente, Cullen pai e Cullen filha eram figuras gêmeas com os longos casacos e chapéus de pele de carneiro, vultos idênticos, a não ser pelo fato de Rob saber que a figura no cavalo negro era Mary.

A neve não se acumulou e os viajantes, lutando contra ela, continuaram o caminho, mas não com a rapidez desejada por Kerl Fritta, que andava furioso para cima e para baixo na linha de marcha, pedindo maior velocidade.

– Cristo! Fritta está com um medo dos diabos de alguma coisa – disse Rob.

Simon olhou para ele rapidamente com aquela expressão desconfiada que ele havia notado nos judeus sempre que mencionava o nome de Jesus.

– Ele precisa nos levar à cidade de Gabrovo, antes das grandes nevadas. O caminho através destas montanhas é pelo passo chamado Portão dos Bálcãs, mas já está fechado. A caravana passará o inverno em Gabrovo, perto da entrada do portão. Na cidade há casas e tavernas que aceitam viajantes. Nenhuma outra cidade do passo tem lugar para receber uma caravana grande como esta.

Rob assentiu com a cabeça, compreendendo as vantagens.

– Posso estudar meu persa durante todo o inverno.

– Não terá o livro – disse Simon. – Não vamos ficar em Gabrovo com a caravana. Vamos para a cidade de Tryavna, um pouco mais adiante, onde estão os judeus.

– Mas preciso do livro. E preciso das suas aulas.

Simon deu de ombros.

Naquela noite, depois de tratar de Cavalo, Rob foi ao acampamento dos judeus e os encontrou examinando umas ferraduras com prendedores especiais. Meir estendeu uma delas para Rob.

– Deve mandar fazer para sua égua. Evitam que o animal escorregue no gelo e na neve.

– Não posso ir para Tryavna?

Meir e Simon entreolharam-se; aparentemente tinham discutido o assunto.

– Não está em meu poder garantir a hospitalidade de Tryavna.

– Quem tem esse poder?

– Os judeus são liderados por um grande sábio, o *rabbenu* Shlomo ben Eliahu.

– O que é um *rabbenu*?

– Um estudioso. Na nossa língua, *rabbenu* significa "nosso professor" e é um termo muito honroso.

– Esse Shlomo, esse sábio. É um homem orgulhoso, frio com os estrangeiros? Altivo e inacessível?

Meir sorriu e balançou a cabeça.

– Então não posso ir a ele e pedir para ficar perto do seu livro e das aulas de Simon?

Meir olhou para Rob e não fingiu que estava satisfeito com a pergunta. Ficou calado por um longo tempo, mas, quando se convenceu de que Rob ia esperar obstinadamente a resposta, suspirou e balançou a cabeça.

– Nós o levaremos ao *rabbenu* – disse.

CAPÍTULO 29

Tryavna

Gabrovo era uma cidade tristonha, com casas provisórias, feitas de tábuas. Há meses Rob desejava uma refeição que não fosse feita por ele, uma boa comida servida na mesa de uma estalagem. Os judeus pararam em Gabrovo para visitar um mercador, o tempo suficiente para que Rob visitasse uma das três estalagens. A comida foi um desapontamento terrível, a carne salgada demais na tentativa vã de esconder o fato de estar estragada, o pão duro e velho, com buracos dos quais sem dúvida tinham sido tirados carunchos. As acomodações eram tão insatisfatórias quanto a comida. Se as outras duas estalagens não fossem melhores, os outros membros da caravana iam enfrentar um duro inverno, pois todos os quartos disponíveis estavam repletos de esteiras e teriam de dormir amontoados.

O grupo de Meir levou menos de meia hora para chegar a Tryavna, que era, afinal, muito menor do que Gabrovo. O bairro judeu – um grupo de casas com telhado de palha e tábuas gastas pelo tempo, amontoadas como para consolo mútuo – era separado do resto da cidade por vinhedos em hibernação e campos marrons nos quais o gado pastava os tocos da relva queimada pelo frio. Entraram num pátio sujo, onde garotos tomaram conta dos animais.

– Acho melhor esperar aqui – disse Meir para Rob.

A espera não foi longa. Logo Simon foi chamá-lo e o levou para uma das casas, onde, depois de percorrer um corredor escuro que cheirava a maçã, entraram numa sala onde só havia uma cadeira e uma mesa cheia de livros e manuscritos. Na cadeira estava um homem velho com cabelo e barba cor de neve. Tinha os ombros redondos e era gordo, com uma papada flácida e olhos grandes, castanhos, empalidecidos pela idade, mas que pareciam pesquisar a alma de Rob. Não houve apresentações, era como estar na presença de um grande senhor.

– Dissemos ao *rabbenu* que está indo para a Pérsia e precisa saber a língua do país para fazer negócio – explicou Simon. – Ele pergunta se o prazer de aprender não é motivo suficiente para estudar.

– Às vezes *há* prazer no estudo – disse Rob, falando diretamente com o velho na cadeira. – Para mim, quase sempre é trabalho duro. Estou aprendendo a língua dos persas porque espero que me ajude a conseguir o que desejo.

Simon e o *rabbenu* conversaram na língua deles.

– Ele pergunta se é geralmente tão honesto. Eu disse que você é bastante honesto para dizer a um homem condenado que ele está morrendo, e ele disse: "Isso é ser suficientemente honesto."
– Diga que tenho dinheiro e pagarei pela hospedagem.
O velho balançou a cabeça.
– Isso não é uma hospedaria. Quem mora aqui tem de trabalhar – disse Shlomo ben Eliahu, por intermédio de Simon. – Se o Inefável for misericordioso, não precisaremos de um barbeiro-cirurgião neste inverno.
– Não preciso trabalhar como barbeiro-cirurgião. Estou disposto a fazer qualquer coisa útil.
Os longos dedos do *rabbenu* giraram, coçando a barba, enquanto pensava no assunto. Finalmente anunciou sua decisão.
– Sempre que a carne de boi for declarada não *kasher* – disse Simon –, você vai se encarregar de vendê-la ao açougueiro cristão em Gabrovo. E durante o sabá, quando os judeus não podem trabalhar, vai tomar conta dos fogos, nas casas.
Rob hesitou. O judeu velho olhou para ele com interesse, sua atenção despertada pelo brilho nos olhos do rapaz.
– Alguma coisa? – perguntou Simon.
– Se os judeus não podem trabalhar no seu sabá, ele não está condenando minha alma, me encarregando dessas tarefas?
O *rabbenu* sorriu quando Simon traduziu.
– Ele diz que espera que não pretenda se tornar judeu, Mestre Cole?
Rob balançou a cabeça.
– Então tem certeza de que pode trabalhar sem medo no sabá dos judeus e lhe dá as boas-vindas a Tryavna.
O *rabbenu* os conduziu à parte de trás de um grande estábulo de vacas onde Rob ficaria alojado.
– Há velas na casa de estudo. Mas aqui no estábulo nenhuma vela deve ser acesa, por causa do feno seco – disse o *rabbenu* severamente, por meio de Simon, e o pôs para trabalhar imediatamente, limpando o estábulo.
Naquela noite, Rob deitou-se na palha com a gata a seus pés montando guarda como um leão. A sra. Buffington às vezes o abandonava para perseguir um rato, mas voltava logo. O estábulo era escuro e úmido, aquecido pelos grandes corpos dos bovinos, e, quando se acostumou com o eterno mugido e o cheiro doce do estrume de vaca, Rob dormiu satisfeito.
O inverno chegou a Tryavna três dias depois de Rob. A neve começou a cair durante a noite e nos dois dias seguintes alternou-se com o granizo levado pelo vento em grossos flocos que pareciam doces enormes. Quando terminou, deram a Rob uma grande pá e o ajudaram a retirar a neve acumulada perto das portas, protegendo a cabeça com um chapéu de couro que encontrou dependurado no estábulo. Lá no alto, as montanhas ameaçadoras cintilavam brancas ao

sol e o exercício ao ar livre o encheu de otimismo. Quando terminou a retirada da neve, não tinha nada mais a fazer e foi para a casa de estudo, uma construção de madeira na qual o frio penetrava, escassamente combatido por um fogo tão insignificante que ninguém se lembrava de atiçar. Os judeus sentavam-se em volta de mesas toscas e estudavam durante horas, discutindo em voz alta, às vezes furiosamente.

Chamavam sua linguagem de A Língua. Simon disse que era uma mistura de hebraico e latim, mais alguns idiomas dos países pelos quais passavam ou onde moravam. Uma língua destinada a competidores; quando estudavam juntos, atiravam palavras uns para os outros.

– Por que estão discutindo? – perguntou Rob para Meir, intrigado.

– Questões da lei.

– Onde estão os livros?

– Não usam livros. Os que conhecem a lei a memorizaram da boca dos seus professores. Os que não memorizaram ainda estão aprendendo de ouvido. Sempre foi assim. É claro que existe a Lei Escrita, mas só serve para consulta. Todos que sabem a Lei Oral são professores de interpretações legais do modo que aprenderam com seus professores e existem várias interpretações, porque existem diferentes professores. Por isso discutem. Cada vez que há um debate, aprendem mais sobre a lei.

Desde sua chegada a Tryavna, todos o chamavam de Mar Reuven, hebraico para Mestre Robert. Mar Reuven, o barbeiro-cirurgião. O título *Mar* o diferenciava dos outros como tudo o mais, pois entre eles se tratavam por *Reb*, um título que indica bastante conhecimento acadêmico, mas inferior ao de *rabbenu*. Em Tryavna havia só um *rabbenu*.

Era um povo estranho, diferente de Rob na aparência e nos costumes.

– O que há com o cabelo dele? – perguntou Reb Joel Levski, o pastor, para Meir.

Rob era o único na casa de estudo sem o *peoth*, os cachos rituais na frente das orelhas.

– Ele não sabe das coisas. É um *goy*, um Outro – explicou Meir.

– Mas Simon disse que esse Outro é circuncidado. Como pode ser? – perguntou Reb Pinhas ben Simeon, o leiteiro.

Meir deu de ombros.

– Um acidente – disse. – Falei sobre isso com ele. Nada tem a ver com o pacto de Abraão.

Durante alguns dias, todos olhavam atentamente para Mar Reuven. Por sua vez, Rob olhava também, pois aqueles homens pareciam mais do que um pouco estranhos, com seus chapéus, cachinhos e barbas espessas, a roupa escura e seus costumes pagãos. Seus hábitos durante as orações o fascinavam. Eram tão individualizados! Meir cobria-se com seu xale modesta e discretamente.

Reb Pinhas desdobrava seu *tallit* e o sacudia quase com arrogância, segurando-o na frente do corpo por duas pontas e com um movimento dos braços para cima e uma virada dos pulsos o mandava, enfunado, para o alto da cabeça, fazendo-o cair sobre os ombros suavemente, como uma bênção.

Quando rezava, Reb Pinhas oscilava para a frente e para trás com a urgência do seu desejo de enviar a súplica ao Todo-poderoso. Meir se balançava levemente, quando recitava as orações. Simon sacudia-se num ritmo mais ou menos entre os dois, terminando cada movimento para a frente com um pequeno estremecimento e um leve balançar da cabeça.

Rob lia e estudava seu livro e os judeus, comportando-se exatamente como eles, o bastante para deixar de ser uma novidade. Seis horas por dia – três, logo depois das preces da manhã, que chamavam de *shaharit*, e três depois das preces da noite, *ma'ariv* – a casa de estudos ficava cheia, pois a maioria dos homens estudava antes e depois de completar o trabalho do dia com o qual ganhavam a vida. Entretanto, entre esses dois períodos, a casa de estudos ficava relativamente silenciosa, só com uma ou duas mesas ocupadas por estudiosos de tempo integral. Logo Rob sentava-se entre eles à vontade e sem ser notado, ignorando o falatório dos judeus enquanto trabalhava no Qu'ran persa, começando finalmente a fazer algum progresso.

Quando chegava o sabá, ele cuidava dos fogos. Era seu dia de trabalho mais pesado, desde a retirada da neve, mas mesmo assim tão fácil que podia estudar boa parte da tarde. Dois dias depois, ajudou Reb Elia, o carpinteiro, a colocar novas travessas em algumas cadeiras. Além disso, não fazia nenhum trabalho pesado, a não ser o estudo do persa, até que, quase no fim da sua segunda semana em Tryavna, a neta do *rabbenu*, Rohel, o ensinou a ordenhar. Rohel tinha a pele muito branca e cabelos longos e negros que usava trançados em volta do rosto em forma de coração, boca pequena, com o lábio inferior muito feminino e mais grosso, uma pequena marca de nascença no pescoço e grandes olhos castanhos que pareciam estar sempre em Rob.

Quando estavam na leiteria, uma das vacas, um animal tolo que pensava que era um touro, montou por trás de outra vaca e começou a se mover como se tivesse um pênis enfiado no outro animal.

Rohel enrubesceu, mas sorriu e depois deu uma breve risada. Inclinou-se para a frente no banquinho de ordenhar e encostou a cabeça no flanco morno da vaca, com os olhos fechados. Apertando a saia, estendeu os braços entre os joelhos entreabertos e agarrou as tetas inchadas sob os úberes cheios. Seus dedos tremularam, apertando rapidamente um de cada vez. Quando o leite começou a jorrar no balde, Rohel respirou fundo e suspirou. A língua rosada surgiu entre os lábios e ela abriu os olhos, fitando Rob.

*   *   *

Rob, sozinho na sombria atmosfera do estábulo, segurou um cobertor. Cheirava fortemente a cavalo e era pouco maior do que um xale de oração. Com um movimento rápido, jogou o cobertor sobre a cabeça deixando-o cair suavemente sobre os ombros como se fosse o *tallit* de Reb Pinhas. A repetição conferia já uma certa confiança no manejo do xale. O gado mugia enquanto ele treinava um balanço de oração, discreto mas decidido. Preferia imitar Meir na oração, e não os mais enérgicos, como Reb Pinhas.

Essa era a parte fácil. A língua, complexa e de som estranho, levaria mais tempo para ser dominada, especialmente enquanto estava se dedicando com tanto ardor ao aprendizado do persa.

Era um povo de amuletos. No terço superior do lado direito de todos os batentes das portas de entrada, em todas as casas, havia um pequeno tubo de madeira chamado *mezuzah*. Simon disse que cada tubo continha um diminuto pergaminho enrolado; na frente havia uma inscrição em letras quadradas, assírias, de vinte e duas linhas do Deuteronômio 6:4-9 e 11:13-21, e na parte de trás a palavra *Shaddai*, "Todo-poderoso".

Como havia observado durante a viagem, todas as manhãs, exceto no sabá, cada adulto amarrava duas pequenas caixas de couro no braço e na testa. Eram chamadas *tefillin* e continham partes do seu livro sagrado, a Torah, sendo que a caixa na testa ficava perto da mente e a outra, presa no braço, perto do coração.

– Fazemos isso para obedecer às instruções do Deuteronômio – disse Simon. – "E essas palavras, que ordeno neste dia, devem estar sobre teu coração... E deves prendê-las como um sinal sobre tua mão e servirão de frontal entre teus olhos."

O problema era que Rob não podia precisar, simplesmente observando, o modo que os judeus colocavam o *tefillin*. Nem podia pedir a Simon que mostrasse, pois ia parecer estranho um cristão querer aprender o rito da religião judaica. Conseguiu contar as dez voltas das tiras de couro no braço, mas o que faziam com a mão era complicado, pois a tira de couro era enrolada entre os dedos de um modo especial que ele não podia determinar.

De pé no estábulo frio e malcheiroso, enrolou no braço esquerdo um pedaço de corda velha em vez de tira de couro do *tefillin*, mas o que fazia com a mão e com os dedos não tinha nenhum sentido.

Porém, os judeus eram professores inatos e Rob a cada dia aprendia alguma coisa. Na escola, em São Botolph, os padres haviam ensinado que o Deus do Velho Testamento era Jeová. Mas quando Rob falou em Jeová, Meir balançou a cabeça.

– Saiba que para nós o Senhor nosso Deus, Abençoado seja Ele, tem sete nomes. Este é o mais sagrado. – Com um pedaço de carvão da lareira, escreveu no chão de madeira, primeiro em persa e depois na Língua: *Yahweh*. – Nunca é dito oralmente, pois a identidade do Altíssimo é inexpressível. É mal pronunciado pelos cristãos, como você fez agora. Mas o nome não é Jeová, você compreende?

Rob assentiu com um gesto.

À noite, na cama de palha, recordava novas palavras e novos costumes, e, antes que o sono o dominasse, lembrava-se de uma frase, um fragmento de uma bênção, um gesto, um modo de pronunciar uma palavra, uma expressão de êxtase em um rosto, durante a oração, e guardava todas essas coisas na mente para o dia em que precisasse delas.

– Deve ficar longe da neta do *rabbenu* – disse Meir, franzindo a testa.

– Não tenho interesse nela. – Muitos dias haviam passado desde a conversa na leiteria e Rob não tinha estado perto dela desde então.

Na verdade, na noite anterior, sonhara com Mary Cullen e acordou de madrugada atônito e com os olhos ardendo, tentando lembrar os detalhes do sonho.

Meir fez um gesto de assentimento, o rosto desanuviado.

– Ótimo. Uma das mulheres a viu olhar para você com muito interesse, e contou para o *rabbenu*. Ele me pediu para falar com você. – Meir encostou a ponta do dedo no lado do nariz. – Uma palavra calma para um homem sensato é melhor do que um ano inteiro tentando convencer um tolo.

Rob ficou alarmado e perturbado, pois precisava ficar em Tryavna para observar os costumes dos judeus e estudar persa.

– Não quero problemas com mulheres.

– Naturalmente que não. – Meir suspirou. – O problema é a garota, que devia estar casada. Desde a infância, está prometida a Reb Meshullum ben Moses, o neto de Reb Baruch ben David. Conhece Reb Baruch? Um homem alto e magro? Rosto comprido? Nariz fino e pontudo? Senta logo depois de você na casa de estudo.

– Ah, aquele. Um homem velho com olhos ferozes.

– Olhos ferozes porque é um estudioso feroz. Se o *rabbenu* não fosse o *rabbenu*, Reb Baruch seria o *rabbenu*. Sempre foram rivais nos estudos e grandes amigos. Quando os netos eram ainda bebês, combinaram o casamento com muita alegria, para unir as duas famílias. Depois tiveram uma desavença que terminou com a amizade.

– Por que brigaram? – perguntou Rob, que começava a se sentir bastante à vontade em Tryavna para gostar de um pouco de fofoca.

– Mataram um touro em sociedade. Precisa compreender que nossas leis de *kashruth* são antigas e complexas, com regras e interpretações sobre como as coisas devem ser feitas e como não devem ser feitas. Foi descoberta uma pequena mancha no pulmão do animal. O *rabbenu* citou precedentes de que a mancha era insignificante e de modo nenhum estragava a carne. Reb Baruch citou outros precedentes, indicando que a carne estava arruinada pela mancha e não podia ser comida. Insistiu que estava certo e se agastou com o *rabbenu* por questionar seus conhecimentos.

"Discutiram até o *rabbenu* perder a paciência. 'Cortem o animal pela metade', disse ele. 'Fico com a minha parte e Baruch que faça o que bem entender com a sua.'

"Levou a metade do touro para casa com intenção de comer a carne. Mas, depois de alguma deliberação, queixou-se, 'Como posso comer a carne deste animal? Metade dele está no depósito de lixo de Baruch, e eu vou comer a outra metade?' Então, jogou fora sua metade também.

"Depois disso, os dois parecem estar sempre em campos opostos. Se Reb Baruch diz branco, o *rabbenu* diz preto, se o *rabbenu* diz carne, Reb Baruch diz leite. Quando Rohel estava com doze anos e meio, a ocasião em que os pais deviam começar a falar seriamente sobre o casamento, as famílias não tomaram nenhuma providência, porque todos sabiam que qualquer encontro terminaria em briga entre os dois homens. O jovem Reb Meshullum, o noivo em perspectiva, fez sua primeira viagem de negócios com o pai e outros homens da família. Foram a Marselha com um estoque de panelas de cobre e ficaram quase um ano, comerciando e tendo bom lucro. Contando o tempo da viagem, ficaram fora dois anos e voltaram no verão passado com um carregamento de roupas francesas de boa qualidade. Mas até agora as duas famílias, separadas pelos avós, não fizeram nada para providenciar o casamento!

"A esta altura", disse Meir, "é do conhecimento geral que a infeliz Rohel pode ser considerada uma *agunah*, esposa abandonada. Tem seios mas não amamenta bebês, é uma mulher adulta mas não tem marido, e isso se tornou um grande escândalo."

Concordaram que seria melhor para Rob evitar a leiteria nas horas da ordenha.

Foi bom Meir ter falado com ele, pois quem sabe o que podia ter acontecido se Rob não fosse claramente informado de que a hospitalidade de inverno não incluía o uso das mulheres. À noite tinha visões voluptuosas e torturantes de coxas longas e bem-feitas, cabelo vermelho e seios pálidos e jovens com mamilos que pareciam cerejas. Estava certo de que os judeus deviam ter uma oração pedindo perdão pelo sêmen desperdiçado – tinham orações para tudo –, mas Rob não tinha e escondia a evidência dos seus sonhos sob a palha fresca, tentando esquecer com o trabalho.

Era difícil. Estava rodeado pela intensa sexualidade daquela religião – acreditavam, por exemplo, que fazer amor na véspera do sabá era uma bênção especial, o que talvez explicasse por que amavam com tanto ardor o fim da semana! Os homens jovens falavam abertamente no assunto, queixando-se quando as mulheres estavam intocáveis; os casais de judeus não podiam copular nos doze dias seguintes ao começo da menstruação, ou nos sete dias depois que terminava, fosse qual fosse o período mais longo. A abstinência acabava quando a mulher indicava o fim da menstruação purificando-se por meio de imersão na piscina ritual, chamada *mikva*.

Era um tanque de tijolos dentro de uma construção sobre uma fonte. Simon disse a Rob que, para estar de acordo com o ritual, o *mikva* devia ter água natural de uma fonte ou um rio. O *mikva* era para purificação simbólica, não para limpeza. Os judeus tomavam banho em casa, mas todas as semanas, logo antes do sabá, Rob acompanhava os homens à casa de banhos, que continha apenas o tanque e um grande fogo aceso na lareira redonda, sobre o qual dependuravam caldeirões de água para ferver. Todos nus no calor enfumaçado, lutavam pelo privilégio de derramar água sobre o *rabbenu* enquanto lhe faziam perguntas infindáveis.

– *Shi-ailah, Rabbenu, shi-ailah!* Uma pergunta, uma pergunta!

Shlomo ben Eliahu respondia a cada problema com grande deliberação, citando precedentes eruditos e trechos de textos, traduzidos às vezes para Rob, com excesso de detalhes, por Simon ou Meir.

– *Rabbenu*, está realmente escrito no Livro-Guia que todos os homens devem dedicar o filho mais velho a sete anos de estudos avançados?

O *rabbenu*, despido, explorava o umbigo pensativo, puxava o lóbulo de uma orelha, coçava a barba branca com dedos longos e pálidos.

– Não está escrito, meus filhos. Por um lado – apontava para o alto com o indicador direito –, Reb Hananel ben Ashi de Leipzig *tinha* essa opinião. Por outro lado – o dedo tornava a apontar –, segundo o *rabbenu* Joseph ben Eliakim, de Jaffa, isto se aplica somente aos primeiros filhos de sacerdotes e levitas. Mas – empurrou o ar na direção deles com as duas mãos abertas – esses dois sábios viveram há centenas de anos. Hoje somos homens modernos. Compreendemos que a instrução não é somente para o primogênito, tratando todos os outros filhos como se fossem mulheres. Hoje estamos acostumados a fazer com que todos os jovens dos catorze aos dezesseis anos se dediquem ao estudo avançado do Talmude de doze a quinze horas por dia. Depois disso, os poucos que são chamados podem devotar a vida aos estudos, enquanto que os outros podem se dedicar aos negócios e estudar apenas seis horas por dia.

Bem, na verdade a maioria das perguntas traduzidas para o Outro, o visitante, não era do tipo capaz de acelerar seu pulso nem mesmo captar sua atenção por muito tempo. Ainda assim, Rob gostava das tardes de sexta-feira na casa de banhos; nunca se sentira tão à vontade na companhia de homens nus. Talvez tivesse algo a ver com seu pênis descoberto. Se estivesse entre seus iguais, seu órgão seria objeto de olhares indelicados, zombarias, perguntas, curiosidade maliciosa. Uma flor exótica crescendo isolada é uma coisa, mas estar rodeada por um campo inteiro de flores semelhantes é outra completamente diferente.

Na casa de banhos, os judeus não economizavam lenha e Rob gostava da combinação de fumaça de madeira e vapor úmido, o ardor do forte sabonete amarelo, cuja fabricação ficava a cargo da filha do *rabbenu*, a mistura exata de água fervente com a água fria da fonte que criava um calor agradável para o banho.

Rob nunca entrou no *mikva*, sabendo que era proibido. Satisfazia-se com o conforto da casa de banhos, vendo os judeus se preparando para entrar no tanque. Murmurando a bênção que acompanhava o ato, ou cantando em voz alta, segundo a personalidade de cada um, desciam os seis degraus úmidos de pedra até a água que tinha bastante profundidade. Com o rosto mergulhado, assopravam vigorosamente ou prendiam a respiração, pois o ato de purificação exigia a imersão total, de modo que cada pelo do corpo ficasse molhado.

Mesmo que tivesse sido convidado, nada convenceria Rob a penetrar no escuro mistério da água, um lugar da religião dos judeus.

Se o Deus chamado Yahweh existia realmente, então talvez soubesse que Rob Cole planejava se fazer passar por um dos Seus filhos.

Pensava que, se penetrasse nas águas inescrutáveis, alguma coisa o puxaria para o mundo do além, onde todos os pecados do seu plano desonesto seriam conhecidos, e serpentes hebraicas mastigariam sua carne e talvez fosse pessoalmente castigado por Jesus.

CAPÍTULO 30

Inverno na casa de estudo

Aquele foi o Natal mais estranho dos seus vinte e um anos. Barber não o criara como um verdadeiro crente, mas o ganso e o pudim, a gelatina de mocotó, os cantos, os brindes, a palmada amiga nas costas – tudo era parte dele, e naquele ano sentiu uma solidão imensa. Os judeus não o ignoraram naquele dia por maldade; Jesus simplesmente não existia no seu mundo. Sem dúvida Rob podia encontrar uma igreja, mas não procurou. Estranhamente, o fato de ninguém lhe desejar um feliz Natal o fazia mais cristão do que nunca, em pensamento.

Uma semana mais tarde, ao nascer do novo ano do Senhor de 1032, Rob, na cama de palha, pensou no que havia se tornado, e aonde isso o levaria. Quando vagava pela ilha britânica, considerava-se um homem muito viajado, mas agora, depois de percorrer uma distância maior do que toda a sua ilha natal, tinha ainda um mundo infindável e desconhecido à sua frente.

Os judeus comemoraram aquele dia porque era de lua nova, não por ser o primeiro de um novo ano! Rob ficou sabendo, para seu espanto, que no calendário pagão dos judeus estavam no meio do ano de 4792.

Era um país de neve. Rob recebia alegremente as nevascas, aceitando o fato de que depois de cada tempestade o grande cristão com sua grande pá de neve ia fazer o trabalho de vários homens comuns. Era sua única atividade física; quando não estava retirando neve, estava aprendendo parsi. Já conseguia pensar lentamente em parsi agora. Alguns judeus de Tryavna tinham estado na Pérsia e ele falava a língua sempre que podia.

– A pronúncia, Simon. Como está minha pronúncia? – perguntava, irritando o professor.

– O persa que quiser rir de você pode rir – disse Simon secamente –, porque, para eles, você será sempre um *estrangeiro*. Será que espera milagres?

Os judeus na casa de estudos trocaram sorrisos, zombando da tolice do gigantesco *goy*.

Podem rir, pensou Rob; constituíam um estudo muito mais interessante para o barbeiro-cirurgião do que ele para os judeus. Por exemplo, sabia que Meir e seu grupo não eram os únicos estranhos em Tryavna. Muitos homens na casa de estudos eram viajantes à espera do fim dos rigores do inverno nos Bálcãs. Para surpresa de Rob, Meir disse que nenhum deles pagava pelos três meses de comida e abrigo.

Meir explicou:

– Esse é o sistema que permite ao meu povo negociar entre as nações. Viu o quanto é difícil e perigoso viajar pelo mundo, porém todas as comunidades judaicas enviam mercadores ao estrangeiro. E em todos os povoados judeus, em qualquer terra, cristã ou muçulmana, o viajante judeu é recebido por judeus com comida e vinho, um lugar na sinagoga, um estábulo para seu cavalo. Cada comunidade tem homens no estrangeiro, sustentados por outros. E no ano seguinte, o anfitrião será hóspede.

Os estranhos logo se adaptavam à vida da comunidade, a ponto de tomar parte nas intrigas locais. Assim, certa tarde, na casa de estudos, enquanto Rob conversava em parsi com um judeu da Anatólia chamado Ezra, o ferreiro – fofoca em parsi! – ficou sabendo que no dia seguinte haveria um confronto dramático. O *rabbenu* desempenhava o papel de *shohet*, encarregado do abate de animais na comunidade. Na manhã seguinte, ia abater dois animais de sua propriedade, dois bezerros. Um pequeno grupo dos sábios mais prestigiados da comunidade atuaria como *mashgiot*, inspetor do ritual que providenciava para que as leis do abate fossem observadas em detalhes. E fora designado para presidir como *mashgiot* durante o abate efetuado pelo *rabbenu* seu antigo amigo e atual amargo antagonista, Reb Baruch ben David.

Naquela noite, Meir deu uma aula a Rob sobre o Levítico. Estes eram os animais que os judeus podiam comer: qualquer criatura que, além de ruminar, tivesse o casco partido, incluindo ovelhas, gado bovino, caprino e veados. Animais que eram *treif* – não *kasher* – eram cavalos, burros, camelos e porcos.

Entre os pássaros, podiam comer pombos, galinhas, patos domesticados e gansos. Criaturas aladas que constituíam abominação eram águias, avestruzes, abutres, cucos, cisnes, cegonhas, corujas, pelicanos, abibes e morcegos.

– Nunca em minha vida comi coisa melhor do que um filhote de cisne cuidadosamente engordurado, envolto em carne de porco salgada e grelhado lentamente no fogo.

Meir fez uma cara de nojo.

– Não vai conseguir isso aqui – disse.

O dia amanheceu claro e frio. A casa de estudos estava quase vazia depois do *shaharit*, a oração da manhã, pois muitos dirigiram-se para o pátio da casa do *rabbenu* para assistir ao *shehitah*, o abate ritual. Seus hálitos formavam pequenas nuvens que ficavam paradas no ar gelado.

Rob ficou ao lado de Simon. Houve uma pequena agitação quando Reb Baruch ben David chegou com o outro *mashgiah*, um homem velho e encurvado, Reb Samson ben Zanvil, com expressão determinada e severa.

– Ele é mais velho do que Reb Baruch e o *rabbenu*, mas não tão instruído – murmurou Simon. – E agora teme ser apanhado entre os dois se houver alguma discussão.

Os quatro filhos do *rabbenu* conduziram o primeiro animal do estábulo, um touro negro com costas curvas e ancas pesadas. Mugindo, o touro balançava a cabeça e esgravatava a terra, e precisaram da ajuda dos assistentes para controlar o animal com cordas, enquanto os inspetores examinavam cada centímetro do seu corpo.

– A menor ferida ou arranhão na pele desqualifica o animal para servir de alimento – disse Simon.

– Por quê?

Simon olhou aborrecido para Rob.

– Porque é a lei – respondeu.

Finalmente satisfeitos, levaram o touro até uma manjedoura cheia de feno doce. O *rabbenu* apanhou uma faca comprida.

– Veja a ponta cega e quadrada da faca – disse Simon. – É para não arranhar a pele do animal. Mas a lâmina é muito afiada.

Todos esperavam ali no frio e nada acontecia.

– O que estão esperando? – murmurou Rob.

– O momento certo – disse Simon –, pois o animal deve estar imóvel para o corte mortal, do contrário não é *kasher*.

Enquanto ele falava, a faca cintilou no ar. O golpe certeiro seccionou o esôfago, a traqueia e as artérias carótidas. Um fluxo vermelho jorrou, e o touro ficou inconsciente com o corte repentino do suprimento de sangue para o cérebro. Os olhos do animal se apagaram e ele dobrou os joelhos. Num instante estava morto.

Ergueu-se um murmúrio satisfeito dos assistentes, mas foi logo interrompido, pois Reb Baruch havia apanhado a faca e a examinava.

Rob, observando, percebeu a luta interna que crispava os traços finos do homem. Baruch voltou-se para seu velho rival.

– Alguma coisa? – perguntou o *rabbenu* friamente.

– Temo que sim – disse Reb Baruch. Mostrou, no meio da lâmina, uma imperfeição, uma marca diminuta no aço afiado.

Velho e enrugado, cheio de desânimo, Reb Samson ben Zanvil recuou, certo de que, como segundo *mashgiah*, seria convocado para um julgamento que não desejava fazer.

Reb Daniel, pai de Rohel e filho mais velho do *rabbenu*, começou uma discussão acalorada.

– Que bobagem é essa? Todos sabem com que cuidado são afiadas as facas rituais do *rabbenu* – disse ele, mas o pai ergueu a mão pedindo silêncio.

O *rabbenu* ergueu a faca para a luz e passou o dedo, num gesto experiente, na lâmina afiada. Suspirou, pois a marca estava lá, um erro humano que tornava inadequada a carne para consumo.

– É uma bênção que seus olhos sejam mais aguçados do que essa lâmina e continuam a nos proteger, meu velho amigo – disse ele em voz baixa, e a tensão desapareceu, como se todos tivessem finalmente exalado o ar preso nos pulmões.

Reb Baruch sorriu. Estendeu o braço e bateu de leve na mão do *rabbenu*. Os dois homens se entreolharam por um longo momento.

Então o *rabbenu* deu meia-volta e chamou Mar Reuven, o barbeiro-cirurgião.

Rob e Simon deram um passo à frente e escutaram com atenção.

– O *rabbenu* pede que você entregue a carcaça do touro *treif* ao açougueiro cristão de Gabrovo – traduziu Simon.

Rob atrelou Cavalo, que precisava urgentemente de exercício, ao trenó onde mãos prestativas colocaram o touro morto. O *rabbenu* usou uma segunda faca aprovada para o ritual do segundo animal, que foi considerado *kasher*, e os judeus já estavam desmembrando o touro abatido quando Rob sacudiu as rédeas e se afastou de Tryavna com Cavalo.

Seguiu para Gabrovo devagar e sem alegria. O açougue ficava exatamente onde tinham dito, três casas abaixo do prédio mais imponente da cidade, que era uma estalagem. O açougueiro era grande e pesado, um símbolo da profissão. A língua não foi problema.

– Tryavna – disse Rob, apontando para o touro morto.

O rosto vermelho e gordo enrugou-se todo em sorrisos.

– Ah! *Rabbenu* – disse o homem, assentindo vigorosamente com a cabeça. Foi difícil tirar o animal do trenó mas o açougueiro foi até a taverna e voltou com dois ajudantes e finalmente, com uma corda e muito esforço, o boi foi descarregado.

Simon tinha dito que o preço era fixo e não ia haver pechincha. Quando o açougueiro entregou a Rob as poucas moedas insignificantes, ficou claro por que o homem sorria tão satisfeito, pois praticamente estava roubando uma carne excelente, só por causa de uma marca na lâmina da faca! Rob jamais compreenderia um povo que, sem nenhuma razão lógica, tratava carne de boi como se fosse lixo. A idiotice de tudo aquilo o deixava furioso e com uma espécie de vergonha; queria explicar ao açougueiro que era cristão e não um daqueles que se comportavam tão idiotamente. Mas tudo o que fez foi aceitar as moedas em nome dos judeus e guardá-las no bolso por segurança.

Terminada sua missão, foi diretamente para a taverna mais próxima. O bar era escuro, longo e estreito, mais um túnel que uma sala, o teto baixo escurecido pela fumaça do fogo em volta do qual nove ou dez homens estavam sentados, bebendo. Três mulheres em uma mesa próxima esperavam atentas. Rob as examinou enquanto bebia o uísque marrom e áspero, não ao seu gosto. Evidentemente eram prostitutas de bar. Duas eram de meia-idade, mas a terceira era jovem e loura com um rostinho malicioso e inocente ao mesmo tempo. Percebeu a atenção de Rob e sorriu para ele.

Rob terminou a bebida e foi até a mesa das mulheres.

– Acho que não falam inglês – murmurou ele, acertando.

Uma das mais velhas disse alguma coisa para as companheiras e elas riram. Mas Rob tirou uma moeda do bolso e entregou à mais nova. Era toda a comunicação que precisavam. A moça guardou o dinheiro no bolso, levantou sem dizer nada às companheiras e foi apanhar o casaco dependurado.

Rob a seguiu para fora do bar e, na rua coberta de neve, encontrou-se com Mary Cullen.

– Olá. Você e seu pai estão tendo um bom inverno?

– Estamos tendo um inverno horrível – disse ela, e Rob notou que a aparência de Mary confirmava as palavras. O nariz estava vermelho e no lábio superior tinha uma ferida de frio. – A estalagem está sempre gelada e a comida é péssima. Está mesmo morando com os judeus?

– Estou.

– Como pode? – perguntou ela em voz baixa.

Rob tinha esquecido a cor dos olhos dela e o efeito que tinham sobre ele, como se estivesse vendo azulões sobre a neve.

– Eu durmo em um estábulo quente. A comida é excelente – disse com satisfação.

– Meu pai me disse que os judeus têm um cheiro especial, chamado *foetor judaicus*. Porque esfregaram alho no corpo de Cristo depois que Ele morreu.

– Às vezes nós todos temos cheiro. Mas mergulhar na água da cabeça aos pés todas as sextas-feiras é um costume deles. Acho que se lavam mais vezes do que a maioria das pessoas.

Mary corou e Rob imaginou que devia ser difícil e raro conseguir água para banho numa estalagem como a de Gabrovo.

Mary olhou a mulher que esperava pacientemente por ele a alguma distância.

– Meu pai disse que uma pessoa que consente em morar com judeus não pode ser um verdadeiro homem.

– Seu pai me pareceu um bom homem. Mas talvez – continuou ele pensativamente – seja um cretino.

Começaram a andar cada um para um lado, imediatamente.

Rob acompanhou a mulher loura a um quarto próximo. Estava em desordem, cheio de roupas sujas de mulher, e ele calculou que as três viviam juntas. Observou enquanto ela se despia.

— É uma crueldade olhar para você depois de ver aquela outra — disse ele, certo de que a mulher não entendia nem uma palavra. — Ela nem sempre é delicada, mas... não é beleza exatamente, mas poucas mulheres se comparam a Mary Cullen em aparência.

A mulher sorriu.

— Você é uma prostituta jovem e já parece velha — continuou ele.

O ar estava frio e ela deitou-se logo entre as cobertas sujas de pele, mas não antes de Rob ter visto mais do que desejava. Rob era um homem que apreciava o cheiro almiscarado tentador das mulheres, mas o que emanava dela era um fedor azedo e os pelos do seu corpo pareciam duros e emplastrados, como se muita coisa tivesse secado ali vezes sem conta sem nunca experimentar a umidade honesta da água. A avidez provocada pela abstinência era tanta que Rob teria se atirado sobre ela imediatamente, mas a visão rápida do corpo azulado de frio revelava carne muito usada e suja, que não queria tocar.

— Maldita seja aquela feiticeira de cabelos vermelhos — disse ele mal-humorado.

A mulher olhou para ele sem compreender.

— Não é sua culpa, boneca — disse Rob, enfiando a mão na bolsa. Deu à mulher mais do que ela valia, se tivessem tentado avaliar, e ela guardou as moedas sob as peles, segurando-as junto ao corpo. Rob não tinha nem começado a tirar a roupa, e com um aceno de cabeça saiu para o ar fresco.

Fevereiro chegava ao fim e Rob passava cada vez mais tempo na casa de estudo, com o Qu'ran persa. Era motivo de constante espanto para Rob a hostilidade incessante do Qu'ran para com os cristãos e o ódio amargo contra os judeus.

Simon explicou:

— Os primeiros professores de Maomé eram judeus e monges cristãos siríacos. Da primeira vez que ele falou sobre a visita do anjo Gabriel, e contou que Deus o fizera profeta com instruções para fundar uma nova religião perfeita, esperava que esses velhos amigos corressem para ele com gritos de alegria. Mas os cristãos preferiram a própria religião e os judeus, assustados e ameaçados, juntaram-se ativamente aos que negavam a pregação de Maomé. Nunca os perdoou enquanto viveu, e sempre falou e escreveu sobre eles com grande hostilidade.

Os ensinamentos de Simon fizeram com que o Qu'ran criasse vida aos olhos de Rob. Estava quase na metade do livro e trabalhava arduamente, sabendo que logo reiniciariam a viagem. Em Constantinopla, iria separar-se do grupo de Meir, o que significava não só a perda do professor Simon mas também do Qu'ran. O livro sugeria a Rob uma cultura muito distante da sua, e os judeus de Tryavna davam-lhe uma pequena visão de um terceiro modo de vida. Quando garoto, pensava que a Inglaterra era o mundo, mas via agora que havia outros povos; em alguns aspectos eram iguais, mas diferiam entre si em coisas importantes.

O encontro no abate dos touros havia reaproximado o *rabbenu* e Reb Baruch ben David, e as famílias começaram imediatamente a planejar o casamento de Rohel com o jovem Reb Meshullum ben Nathan. O bairro judeu zumbia com excitada atividade. Os dois velhos caminhavam satisfeitos, quase sempre juntos.

O *rabbenu* presenteou Rob com o velho chapéu de couro e emprestou, para estudo, uma pequena parte do Talmude. O Livro Hebraico das Leis estava traduzido para o parsi. Embora Rob apreciasse a oportunidade de ver a língua dos persas em outro documento, o sentido do trecho emprestado estava além da sua compreensão. O fragmento tratava da lei chamada *shaatnez*; embora os judeus pudessem usar linho e lã, eram proibidos de usar uma mistura de linho e lã, e Rob não podia dizer por quê.

Quando perguntava, diziam que não sabiam ou davam de ombros, dizendo que era a lei.

Naquela sexta-feira, nu na casa de banhos cheia de vapor, Rob reuniu sua coragem para falar entre os homens reunidos em volta do seu sábio.

– *Shi-ailah, Rabbenu, shi-ailah!* – gritou ele. – Uma pergunta, uma pergunta!

O *rabbenu* parou de ensaboar o corpo grande e flácido, sorriu para o estranho e então falou.

– Ele disse "pergunte, meu filho" – traduziu Simon.

– Vocês são proibidos de comer carne com leite. São proibidos de usar linho com lã. São proibidos de tocar em suas mulheres na metade do tempo. Por que tantas proibições?

– Para as necessidades da fé – disse o *rabbenu*.

– Por que Deus faz exigências tão estranhas aos judeus?

– Para nos manter separados de vocês – disse o *rabbenu*, mas seus olhos cintilavam e não havia malícia nas palavras, e Rob prendeu o fôlego quando Simon jogou água sobre sua cabeça.

Todos participaram do casamento de Rohel, a neta do *rabbenu*, com o neto de Reb Baruch, Meshullum, na segunda sexta-feira do mês de adar.

De manhã bem cedo, reuniram-se todos no lado de fora da casa de Daniel ben Shlomo, o pai da noiva. Lá dentro, Meshullum pagou o magnífico preço de quinze peças de ouro pela noiva. O *ketubah*, ou contrato de casamento, foi assinado e Reb Daniel deu um belo dote, devolvendo o preço pago pela noiva ao novo casal com mais quinze peças de ouro, uma carroça e uma parelha de cavalos. Nathan, o pai do noivo, deu ao feliz casal duas vacas leiteiras. Quando saíram da casa, Rohel, radiante, passou por Rob como se ele fosse invisível.

Toda a comunidade acompanhou o casal à sinagoga, onde recitaram sete bênçãos sob um pálio. Meshullum pisou num copo frágil para demonstrar a transitoriedade da felicidade e que os judeus não devem esquecer a destruição do Templo. Então, eram marido e mulher e começou a festa que iria durar o dia todo. Um flautista, um tocador de pífaro e um outro com tambor se encarregaram da música e os judeus cantaram vigorosamente *Meu amado foi ao seu jardim, ao canteiro de especiarias, para tratar dos jardins e colher lírios*, que, Simon explicou para Rob, era das Escrituras. Os dois avós abriam os braços, felizes, estalavam os dedos, fechavam os olhos, lançavam a cabeça para trás e dançavam. A festa do casamento foi até as primeiras horas da manhã e Rob comeu muita carne e pudins pesados e bebeu demais.

Naquela noite, na cama de palha, na escuridão morna do estábulo, Rob meditou tristemente com a gata a seus pés. Pensou na mulher loura de Gabrovo cada vez com menor repulsa e esforçou-se para não pensar em Mary Cullen. Lembrou com ressentimento o jovem e magricela Meshullum, naquele momento na cama com Rohel, e desejou que a prodigiosa instrução do jovem permitisse que desse valor à sua boa sorte.

Acordou muito antes do dia nascer e sentiu mais do que ouviu as mudanças no seu mundo. Dormiu de novo, acordou e, quando se levantou, os sons eram claramente audíveis: o gotejar, o tilintar, a precipitação, o rugido crescendo em volume enquanto mais gelo e neve derretiam juntando-se às águas da terra aberta, escorrendo pelas encostas das montanhas, anunciando a chegada da primavera.

CAPÍTULO 31

O trigal

Quando a mãe de Mary morreu, o pai disse que choraria por Jura Cullen pelo resto da vida. Mary de boa vontade o acompanhou no luto e na fuga dos prazeres do mundo, mas, quando terminou o ano, no dia 18 de março, disse ao pai que estava na hora de voltar à vida normal.

– Eu vou continuar a usar luto – disse James Cullen.
– Eu não – disse Mary, e ele assentiu com um gesto.

A jovem tinha levado de casa uma peça de fazenda de lã leve fiada do pelo dos seus carneiros, e procurou cuidadosamente até encontrar uma boa costureira em Gabrovo. A mulher assentiu com a cabeça quando Mary explicou o que queria, mas deu a entender que a fazenda, de cor natural, ficaria melhor se fosse tingida antes de cortar. As raízes de garança podiam servir para tingir de vermelho, mas com aquele cabelo Mary ia ficar parecendo um farol. A madeira do cerne do carvalho tingia de cinzento, mas, depois da dieta de negro, o cinza era triste demais. Bordo e sumagre tingiam de amarelo ou laranja, cores frívolas. Tinha de ser marrom.

– Passei a vida toda com roupas da cor da casca de noz – resmungou ela para o pai.

No dia seguinte, ele apareceu com um pote de pasta amarelada, como manteiga pouco batida.

– É tinta e muito cara.
– Não admiro muito essa cor – disse ela cautelosa.

James Cullen sorriu.

– Chama-se azul da Índia. Dissolve na água e deve ter cuidado para não tingir as mãos. Quando a roupa é retirada da água amarela, muda de cor em contato com o ar e depois disso a cor é permanente.

Mary conseguiu uma fazenda de um azul profundo como jamais tinha visto, e a costureira fez um vestido e uma capa. Ficou satisfeita mas dobrou a roupa e guardou-a até a manhã do dia 10 de abril, quando os caçadores chegaram a Gabrovo anunciando que a passagem através das montanhas estava aberta finalmente.

No começo da tarde, as pessoas que tinham esperado que a neve derretesse em toda a região começaram a chegar a Gabrovo, o ponto de partida para o passo conhecido como Portão dos Bálcãs. Os comerciantes arrumaram suas mercadorias e verdadeiras multidões disputavam barulhentamente o direito de comprar provisões.

Mary convenceu a mulher do estalajadeiro, com algum dinheiro, a esquentar água no meio de todo aquele movimento frenético e levar ao quarto das mulheres. Primeiro Mary, ajoelhada ao lado da banheira de madeira, lavou os cabelos agora longos e espessos como peles de inverno, depois entrou na banheira e esfregou o corpo até ficar brilhando.

Vestiu a roupa nova e sentou-se do lado de fora da estalagem. Passando um pente de madeira nos cabelos, enquanto secavam docemente ao sol, viu que a rua principal de Gabrovo estava apinhada de cavalos e carroças. Um grupo grande de homens, selvagemente bêbados, galopou pela cidade, sem se importar com a desordem provocada pelas patas nervosas dos seus cavalos. Uma carroça virou quando os cavalos recuaram e empinaram com os olhos rolando nas órbitas, apavorados. Enquanto os homens praguejavam e se esforçavam para segurar as rédeas e os cavalos relinchavam e gritavam, Mary correu para dentro da estalagem com o cabelo ainda um pouco úmido.

Quando o pai apareceu com o empregado Seredy, ela estava pronta.

– Quem eram os homens que passaram galopando pela cidade? – perguntou ela.

– Chamam-se cavaleiros cristãos – disse o pai friamente. – São uns oitenta franceses da Normandia em peregrinação para a Palestina.

– São muito perigosos, senhora – avisou Seredy. – Usam cotas de malha, mas viajam com carroças cheias de armaduras completas. Estão sempre bêbados e... – Desviou os olhos. – Maltratam mulheres de todos os modos. Deve ficar perto de nós, senhora.

Mary agradeceu muito séria, mas a ideia de depender de Seredy e do pai para se proteger de oitenta cavaleiros bêbados e brutais seria engraçada se não fosse ameaçadora.

A proteção mútua era a melhor razão para viajar em grandes caravanas e rapidamente carregaram os animais e os levaram ao grande campo na margem leste da cidade, onde a caravana estava se reunindo. Quando passaram pela carroça de Kerl Fritta, Mary viu que já estava sentado ao lado da mesa no seu trabalho rápido de recrutamento.

Era como voltar para casa, pois foram cumprimentados por muitas pessoas que tinham conhecido na primeira parte da viagem. Os Cullen ficaram mais ou menos no meio da linha de marcha, porque havia muitos novos viajantes agora.

Mary estava vigilante, mas era quase noite quando viu quem estava esperando. Os mesmos cinco judeus com quem ele havia deixado a caravana voltaram a cavalo. Atrás deles viu a pequena égua marrom; Rob J. Cole conduziu o vagão de cores vivas na direção dela e Mary sentiu o coração acelerar dentro do peito.

Ele estava tão bem quanto antes e parecia feliz com a volta, cumprimentou os Cullen alegremente como se não tivessem se separado zangados no último encontro.

Depois de cuidar do cavalo, Rob foi ao acampamento deles e Mary achou que era seu dever de boa vizinha avisar que os comerciantes locais tinham pouca coisa para vender, para que Rob não ficasse sem o necessário.

Ele agradeceu amavelmente e disse que tinha comprado provisões em Tryavna sem nenhuma dificuldade.

– Vocês têm o bastante?

– Temos, porque meu pai comprou cedo.

Mary ficou irritada porque Rob nem mencionou o vestido e a capa, embora tivesse olhado para ela longa e atentamente.

– São exatamente da cor dos seus olhos – disse ele, afinal.

Mary não tinha muita certeza mas resolveu interpretar como um elogio.

– Muito obrigada – disse com ar sério e, vendo que o pai se aproximava, desviou os olhos para onde Seredy armava a barraca.

Outro dia passou e a caravana não partiu. Em toda a longa linha ouviam-se reclamações. Cullen foi falar com Fritta e voltou dizendo que o chefe da caravana estava esperando que os cavaleiros normandos partissem.

– Provocaram muita desordem e Fritta sensatamente prefere que vão na frente, em lugar de nos perturbar na retaguarda – explicou.

Mas na manhã seguinte os cavaleiros não tinham partido e Fritta resolveu que já tinha esperado demais. Deu o sinal para o começo da longa etapa até Constantinopla e finalmente o movimento em onda chegou aos Cullen. No outono anterior, estavam atrás de um jovem franco com mulher e dois filhos pequenos. A família tinha passado o inverno fora da cidade de Gabrovo; sua intenção declarada era continuar a viagem com a caravana, mas não apareceram. Mary sabia que alguma coisa terrível devia ter acontecido e rezava para que Cristo os protegesse. Viajava agora atrás de dois gordos irmãos franceses cuja pretensão, segundo disseram a Cullen, era fazer fortuna comprando tapetes turcos e outros tesouros. Mascavam alho, que fazia bem à saúde, e estavam sempre virando na sela e olhando para o corpo de Mary. Ocorreu a ela que, na carroça atrás, o jovem barbeiro-cirurgião devia observá-la também e era bastante maliciosa para mover os quadris mais do que o movimento do cavalo exigia.

A gigantesca serpente de viajantes logo chegou ao passo entre as grandes montanhas. A encosta íngreme descia depois da trilha até o rio cintilante, cheio com a neve derretida que os havia feito prisioneiros durante todo o inverno.

No outro lado do grande desfiladeiro, as escarpas gradualmente se transformavam em terra plana. Naquela noite, dormiram em uma vasta planície coberta de arbustos. No dia seguinte, seguiram para o Sul e ficou evidente que o

Portão dos Bálcãs separava dois climas característicos, pois o ar era mais suave desse lado do passo e a temperatura aumentava a cada hora de viagem.

À noite pararam nas cercanias do povoado de Gornya, acampando nos pomares de ameixas com permissão dos donos, que venderam a alguns dos viajantes uma forte bebida de ameixas, bem como cebolas verdes e leite fermentado, tão espesso que precisava ser comido com colher. Bem cedo no dia seguinte, quando estavam ainda acampados, Mary ouviu um tremor como o do trovão distante. Mas logo intensificou-se aproximando-se e gritos de homens eram parte do barulho.

Mary saiu da barraca e viu a gata branca do barbeiro-cirurgião como que paralisada no meio da estrada. Os cavaleiros franceses passaram galopando como demônios num pesadelo e a gata desapareceu na nuvem de poeira, mas não antes de Mary ver o que as primeiras patas de cavalos tinham feito. Não percebeu que estava gritando, sabia apenas que estava correndo para a estrada antes de a poeira assentar.

A sra. Buffington não era mais branca. Fora pisada na poeira e Mary ergueu o pobre corpinho quebrado e pela primeira vez viu que ele tinha deixado a carroça e estava ao seu lado.

– Vai estragar o vestido novo com o sangue – disse Rob asperamente, mas o rosto pálido estava tenso.

Segurando a gata e uma pá, afastou-se do acampamento. Quando voltou, Mary não se aproximou dele, mas notou de longe que os olhos de Rob estavam vermelhos. Enterrar um animal não era o mesmo que enterrar uma pessoa, mas não parecia estranho para ela que ele pudesse chorar por um gato. Apesar do tamanho e da força, o que mais a atraía em Rob era sua ternura vulnerável.

Mary o deixou sozinho por alguns dias. A caravana virou do sul para leste outra vez, mas o sol continuava cada vez mais quente. Mary logo compreendeu que a roupa nova feita em Gabrovo tinha sido um desperdício, pois agora estava muito quente para vestir lã. Procurou entre suas roupas de verão e encontrou algumas peças leves, mas eram boas demais para viajar e logo se estragariam. Escolheu roupa de baixo de algodão e um vestido rústico de trabalho, ao qual procurou dar o mínimo de forma amarrando uma corda na cintura. Pôs um chapéu de couro de aba larga na cabeça, embora o nariz e o rosto já estivessem cobertos de sardas.

Naquela manhã, quando desmontou e começou a andar para fazer exercício como costumava, Rob sorriu para ela.

– Venha viajar comigo na minha carroça.

Mary foi, tranquilamente. Dessa vez não havia constrangimento, apenas uma serena alegria por estar ao lado dele.

Rob tirou debaixo do banco seu chapéu de couro, igual aos que os judeus usavam.

– Onde arranjou isso?

– O santo homem me deu de presente em Tryavna.

Viram então o pai de Mary olhando para os dois com ar tão carrancudo que começaram a rir.

– Fico surpreso por ele permitir que você me visite – disse Rob.

– Eu o convenci de que você é inofensivo.

Entreolharam-se satisfeitos. O rosto dele era bonito, apesar do nariz quebrado. Mary percebeu que, por mais que os traços permanecessem impassíveis, a chave para os sentimentos dele estava nos olhos, profundos e calmos como de alguém muito mais velho. Pressentia neles uma grande solidão igual à sua. Vinte e um anos? Vinte e dois?

Saiu do devaneio; Rob falava sobre o planalto cultivado pelo qual passavam.

– ... a maior parte frutas e trigo. Os invernos aqui devem ser bem mais curtos e amenos, pois as plantações estão crescidas – disse ele, mas Mary não queria perder a intimidade conseguida nos últimos momentos.

– Eu detestei você naquele dia em Gabrovo.

Outro homem teria protestado ou sorrido, mas ele não respondeu.

– Por causa da mulher eslava. Como pode andar com ela? Eu a detestei também.

– Não gaste seu ódio com nenhum de nós, pois ela era digna de pena e não dormimos juntos. Ver você estragou o prazer que eu podia ter tido com ela – disse ele simplesmente.

Mary nem por um momento duvidou de que ele estivesse dizendo a verdade e algo quente e triunfante começou a crescer dentro dela como uma flor.

Agora podiam falar de trivialidades – o caminho seguido, como os animais deviam ser conduzidos para aguentar, a dificuldade de encontrar lenha para cozinhar. Viajaram juntos a tarde toda conversando tranquilamente sobre tudo, exceto a gata e eles mesmos, e os olhos de Rob diziam coisas que não precisavam de palavras.

Mary sabia. Estava assustada por vários motivos mas não trocaria por nada no mundo aquele lugar ao lado dele, no banco pouco confortável da carroça, sob o sol causticante, e, quando o pai afinal a chamou imperiosamente, obedeceu com relutância.

Uma vez ou outra, passavam por pequenos rebanhos de carneiros, em geral maltratados, mas mesmo assim Cullen invariavelmente parava e ia com Seredy conversar com os donos dos animais. Todos diziam que para bons carneiros ele devia ir além da Anatólia.

No começo de maio, estavam a uma semana de viagem da Turquia e James Cullen não disfarçava sua satisfação. A filha estava às voltas com outro tipo de satisfação, mas fazia grande esforço para esconder do pai. Embora sempre com a oportunidade de um sorriso ou um olhar para o barbeiro-cirurgião, às vezes Mary se obrigava a ficar longe dele durante dias seguidos, pois tinha medo de que o pai percebesse o que sentia e a proibisse de chegar perto de Rob J. Cole.

Uma noite, quando lavava a louça do jantar, Rob apareceu no acampamento. Cumprimentou Mary delicadamente com um aceno de cabeça e foi diretamente ao pai dela com uma garrafa de brandy como oferta de paz.

– Sente – disse o pai com relutância.

Mas depois de um drinque juntos, Cullen ficou mais amistoso, sem dúvida porque era bom ter companhia e conversar em inglês, e também porque era difícil não gostar de Rob J. Cole. Não demorou para que James Cullen começasse a descrever o que os esperava:

– Ouvi falar de uma raça de carneiros orientais, magros, de costas estreitas, mas com a cauda e as pernas traseiras tão gordas que podem viver com as reservas armazenadas quando a comida é escassa. Os filhotes têm pelo sedoso, com um brilho maravilhoso e incomum. Espere um momento, homem, vou mostrar!

Desapareceu na barraca e voltou com um chapéu de pele de carneiro. O pelo era cinzento e muito crespo.

– A melhor qualidade – disse Cullen entusiasmado. – O pelo só fica assim crespo até o quinto dia da vida do cordeiro; depois disso, a pele continua ondulada até os dois meses.

Rob examinou o chapéu e garantiu que era uma ótima pele.

– Oh, *é sim* – disse Cullen, pondo o chapéu na cabeça. Os três riram porque a noite estava quente e chapéus de pele são para a neve. Cullen levou o chapéu para a barraca e depois os três ficaram sentados ao lado do fogo e o pai, de vez em quando, dava um gole da sua bebida para a filha. O brandy custava a passar na sua garganta mas fazia o mundo seguro para ela.

O trovão estrondou sacudindo o céu cor de púrpura, relâmpagos como lençóis de luz acendiam-se por longos segundos e Mary via as linhas do rosto de Rob, mas os olhos vulneráveis que o faziam belo estavam escondidos pela noite.

– Terra estranha, com trovões e relâmpagos e nunca uma gota de chuva – disse o pai. – Lembro-me do dia em que você nasceu, Mary Margaret. Trovões e relâmpagos também, mas acompanhados por uma copiosa chuva escocesa que caía como se o céu tivesse aberto as portas para nunca mais fechar.

Rob inclinou-se para a frente.

– Isso foi em Kilmarnock, onde tem sua propriedade?

– Não, não foi, foi em Saltcoats. A mãe dela era uma Tedder de Saltcoats. Eu levei Jura para seu antigo lar Tedder porque, quando ficou grávida, sentia muita falta da mãe. Fomos festejados e mimados durante semanas e ficamos mais tempo do que esperávamos. As dores a pegaram de surpresa e foi assim que, em vez de nascer em Kilmarnock como uma verdadeira Cullen, Mary Margaret nasceu na casa do avô Tedder, às margens do Firth of Clyde.

– Papai – disse ela suavemente –, Mestre Cole não deve estar interessado no dia do meu nascimento.

– Ao contrário – disse Rob, e fez pergunta sobre pergunta ao pai dela, ouvindo atentamente.

Mary rezava para que os relâmpagos não recomeçassem, pois não queria que o pai visse a mão do barbeiro-cirurgião no seu braço nu. Seu toque era como lanugem de cardo e sua carne era toda sensações intensas e arrepios, como se o futuro tivesse roçado por ela ou a noite estivesse fria.

No dia 11 de maio, a caravana chegou à margem oeste do rio Arda e Kerl Fritta resolveu acampar ali por mais um dia para consertos das carroças e compra de suprimentos nas fazendas próximas. James Cullen pagou um guia para conduzi-lo e a Seredy ao outro lado do rio, na Turquia, impaciente como um garoto para começar a procura dos carneiros de traseiro gordo.

Uma hora mais tarde, Mary e Rob montaram em pelo no cavalo negro da jovem e afastaram-se do barulho e da confusão. Quando passaram pelo acampamento dos judeus, ela viu o jovem magricela olhando para eles. Simon, o professor de Rob; ele abriu um largo sorriso e cutucou com o cotovelo um dos outros para que visse os dois juntos no cavalo.

Mary não se importou. Estava atordoada, talvez por causa do calor, pois o sol da manhã era uma bola de fogo. Passou os braços pelo peito de Rob para não cair e fechou os olhos, apoiando a cabeça nas costas largas.

A alguma distância da caravana, passaram por dois camponeses carrancudos conduzindo um burro carregado de lenha. Os homens olharam fixamente mas não responderam ao cumprimento. Talvez viessem de muito longe, pois não havia árvores naquela região, somente imensos campos, sem trabalhadores, porque a temporada do plantio há muito tinha terminado e ainda não era época da colheita.

Quando chegaram a um regato, Rob amarrou o cavalo num arbusto e sem sapatos caminharam pela água rasa de brilho ofuscante. Dos dois lados da água que parecia um espelho crescia um trigal e ele mostrou como as hastes longas faziam sombra criando um ambiente escuro e fresco.

– Venha – disse –, é como uma caverna. – E entrou sobre os pés de trigo como uma criança.

Mary o acompanhou lentamente. Ali perto alguma coisa viva moveu-se entre os grãos quase maduros e ela se assustou.

– É só um ratinho assustado – disse ele.

Rob aproximou-se dela naquele lugar fresco e sombreado, pintado de sol, e entreolharam-se.

– Eu não quero, Rob.

– Muito bem, então não quer, Mary – disse ele, embora ela visse nos seus olhos o desapontamento.

– Será que podia só me beijar, por favor? – pediu ela humildemente.

Assim seu primeiro momento de franca intimidade transformou-se em um beijo desajeitado, ofuscado pela apreensão de Mary.

– Não gosto da outra coisa. Eu já fiz – disse ela falando rapidamente, e o momento que ela temia se realizou.

– Então já experimentou?

– Só uma vez, com meu primo em Kilmarnock. Ele me machucou demais.

Rob beijou os olhos e o nariz dela, a boca, suavemente, enquanto Mary lutava com suas dúvidas. Afinal, quem era *este*? Stephen Tedder era o primo que tinha conhecido durante toda a vida, amigo, e fora uma verdadeira agonia. E mais tarde riu às gargalhadas do seu desconforto, como se fosse muito engraçado ter permitido que ele fizesse aquilo, como quando deixava que ele a empurrasse para cair sentada na lama.

E enquanto tinha esses pensamentos desagradáveis, aquele inglês estava mudando a natureza dos beijos, acariciando com a língua a parte interna dos seus lábios! Mas Mary começou a tremer outra vez quando Rob desabotoou seu corpete.

– Só quero beijar seus seios – disse ele com urgência e Mary teve então a estranha experiência de olhar para o rosto dele enquanto beijava seus seios que, notou com relutante satisfação, eram pesados, mas altos e firmes, rosados de excitação.

A língua dele acariciou suavemente a borda rosada, provocando arrepios. Moveu-se em círculos cada vez menores até chegar ao mamilo ereto cor-de-rosa, que começou a chupar como um bebê, durante todo o tempo acariciando-a atrás dos joelhos e entre as pernas. Mas quando a mão dele chegou à saliência, Mary enrijeceu. Sentiu os músculos das coxas e da barriga tensos e continuaram assim até ele retirar a mão.

Rob abriu a calça, tomou a mão dela e fez um presente. Mary tinha visto homens antes, por acidente, surpreendendo o pai quando se vestia ou um dos trabalhadores urinando atrás de um arbusto. E tinha visto mais nessas ocasiões do que quando esteve com Stephen Tedder; portanto, nunca tinha *visto*, e agora não conteve a curiosidade. Não esperava que fosse tão... *grosso*, pensou acusadoramente, como se fosse culpa dele. Enchendo-se de coragem, acariciou os testículos e riu baixinho vendo Rob estremecer. Era a coisa mais engraçadinha!

Assim ela estava calma e se acariciaram, até Mary tentar por iniciativa própria consumir a boca de Rob. Logo seus corpos eram frutas quentes e não foi tão terrível quando as mãos dele deixaram suas nádegas firmes e redondas e voltaram para o meio das pernas para acariciar a parte mais sensível.

Mary não sabia o que fazer com as mãos. Pôs um dedo entre os lábios dele e sentiu saliva, dentes e língua, mas Rob voltou a chupar seus seios e depois beijou sua barriga e suas coxas. Encontrou o caminho primeiro com um dedo, depois com dois, conquistando a entrada em círculos cada vez mais rápidos.

– Ah – disse ela baixinho, erguendo os joelhos.

Mas, em vez do martírio para o qual estava preparada, o que sentiu foi o calor da respiração dele. E a língua de Rob como um peixe nadou na umidade dela entre as dobras cobertas de pelos que ela própria tinha vergonha de tocar! Como é que vou olhar para esse homem outra vez?, perguntou a si mesma, mas a pergunta logo perdeu sentido, desapareceu estranha e maravilhosamente, pois ela já estava estremecendo e corcoveando, os olhos fechados, a boca silenciosa entreaberta.

Antes que ela percebesse, Rob a penetrou. Estavam realmente unidos, ele, uma extensão de calor aconchegante e sedoso bem dentro dela. Não sentiu dor, apenas uma sensação de compreensão que logo desapareceu enquanto ele se movia devagar.

Em certo momento, ele parou.

– Tudo bem?

– Sim – disse Mary. E ele continuou.

Então Mary estava movendo o corpo para ir ao encontro do dele. Era impossível agora a Rob se conter e moveu-se rapidamente e de uma grande distância, com ímpeto. Mary queria tranquilizá-lo, mas, observando-o com os olhos entrecerrados, viu Rob lançar a cabeça para trás e arquear o corpo em cima dela.

Era uma sensação estranha aquele imenso tremor, o quase rugido do que parecia um alívio espantoso quando se esvaziou dentro dela!

Por um longo tempo, na sombra do trigo da altura de um homem, mal se moveram. Ficaram quietos juntos, uma das longas pernas dela em cima dele e o suor e os líquidos secando.

– Você pode acabar gostando – disse ele finalmente. – É como cerveja de malte.

Mary beliscou o braço dele com força. Mas estava pensativa.

– Por que gostamos disto? – perguntou. – Já observei os cavalos. Por que os animais gostam?

Rob sobressaltou-se. Anos mais tarde, ela compreenderia que a pergunta a separava de todas as mulheres que ele havia conhecido, mas agora tudo o que sabia era que estava sendo observada com interesse.

Mary não poderia ter dito claramente, mas para ela Rob já estava separado de todos os outros homens. Sabia que tinha sido extremamente delicado com ela de um modo que não compreendia, a não ser o fato de ter sido quase grosseira, em comparação.

– Você pensou mais em mim do que em você mesmo – disse ela.

– Eu não sofri.

Mary acariciou o rosto dele e deixou a mão ali enquanto Rob beijava sua palma.

– A maioria dos homens... a maioria das pessoas não é assim. Eu sei.

– Precisa esquecer aquele maldito primo de Kilmarnock – respondeu ele.

CAPÍTULO 32

A oferta

Rob conseguiu alguns pacientes entre os recém-chegados e achou graça quando soube que Kerl Fritta, por ocasião do recrutamento, gabava-se de que a caravana era servida por um eficiente barbeiro-cirurgião.

Sentiu-se animado vendo aqueles que tratava na primeira parte da viagem, pois nunca antes tratara as pessoas durante tempo tão longo.

Disseram que o grande e sorridente tropeiro franco que Rob tinha tratado morreu de bubo durante o inverno, em Gabrovo. Ele sabia que ia acontecer e tinha avisado o homem, mesmo assim ficou deprimido com a notícia.

– O que gratifica é uma coisa que eu possa consertar – disse para Mary. – Um osso quebrado, um ferimento aberto, quando a pessoa está ferida, e sei com certeza o que deve ser feito para curar. O que detesto são os mistérios. Doenças que não conheço, sobre as quais às vezes sei menos que o doente. Coisas que vêm do ar e desafiam uma explicação racional e qualquer plano de tratamento. Ah, Mary, sei tão pouco. Não sei nada, mas sou tudo o que eles têm.

Sem compreender tudo o que Rob dizia, ela o consolava. E ele era um grande conforto para Mary; certa noite ela o procurou sangrando e contorcendo-se de cólicas e falou da mãe. Jura Cullen tinha começado a menstruar em um belo dia de verão e o fluxo transformou-se em torrente e depois em hemorragia. Quando ela morreu, Mary estava abalada demais pela dor para chorar, e agora, a cada mês, quando chegava seu fluxo, tinha medo de morrer.

– Quieta. Não foi uma menstruação normal, devia ser outra coisa qualquer. Sabe que é verdade – disse Rob, pondo a mão aberta quente e tranquilizadora na barriga dela e consolando-a com beijos.

Alguns dias depois, quando viajavam juntos na carroça, Rob surpreendeu-se falando de coisas que nunca havia contado a ninguém: a morte dos pais, a separação dos irmãos e a perda. Mary chorou desconsolada e longamente, virando-se no banco da carroça para que o pai não visse suas lágrimas.

– Como eu te amo! – murmurou.

– Eu te amo – disse Rob lentamente, para seu próprio espanto. Jamais dissera essas palavras para ninguém.

– Não quero te deixar nunca – disse Mary.

Depois disso, durante a viagem ela voltava-se várias vezes na sela e olhava para ele. O sinal secreto era tocar os lábios com os dedos da mão direita, como para espantar um inseto ou um grão de poeira.

James Cullen continuava a procurar o esquecimento na bebida e às vezes, quando ele dormia profundamente, depois de beber, Mary ia para Rob. Tentou dissuadi-la de fazer isso porque as sentinelas geralmente eram nervosas e era perigoso andar pelo acampamento durante a noite. Mas Mary era uma mulher decidida e continuou a procurá-lo, e Rob sempre ficava satisfeito.

Mary aprendia depressa. Logo conheciam cada traço, cada marca um do outro, como velhos amigos. O tamanho dos dois era parte da magia e às vezes, quando se moviam juntos, ele pensava em animais gigantescos copulando ao som do trovão. De certo modo, era uma situação tão nova para ele quanto para ela; Rob tivera muitas mulheres, mas nunca tinha feito amor antes. Agora só queria proporcionar prazer a ela.

Preocupado e confuso, não conseguia entender o que tinha acontecido com ele em tão pouco tempo.

Continuaram para o interior da Turquia europeia, por uma parte do país chamada Trácia. Os campos de trigo transformaram-se em planícies extensas de relva pujante e começaram a ver grandes rebanhos de ovelhas.

– Meu pai está voltando à vida – disse Mary.

Sempre que viam ovelhas, James Cullen e o indispensável Seredy galopavam pela planície para falar com os pastores. Os homens morenos usavam longos cajados, camisas de mangas compridas e calças largas presas nos joelhos.

Certa noite Cullen foi visitar Rob. Sentou-se ao lado do fogo e pigarreou constrangido.

– Não quero que pense que sou cego.

– Nunca pensei isso – disse Rob, mas em tom respeitoso.

– Vou falar sobre minha filha. Ela estudou um pouco. Sabe latim.

– Minha mãe sabia. Ela me ensinou alguma coisa.

– Mary sabe muito latim. É uma ótima coisa em terras estranhas, porque pode-se falar com funcionários importantes e homens da Igreja. Eu a mandei estudar com as freiras em Walkirk. Aceitaram Mary com a esperança de atraí-la para a Ordem, mas eu sabia que isso não ia acontecer. Mary não gosta muito de aprender línguas, mas, depois que eu disse que precisava saber latim, ela estudou com afinco. Naquele tempo eu já sonhava em viajar para o Oriente à procura de boas raças de carneiros.

– Vai conseguir levar os animais de volta vivos? – duvidava Rob.

– Vou. Sou muito bom com ovelhas – disse Cullen com orgulho. – Sempre foi apenas um sonho, mas, quando minha mulher morreu, resolvi viajar. Meus parentes disseram que eu estava fugindo e louco de dor, mas era mais do que isso.

O silêncio espesso os envolveu.

– Já esteve na Escócia, rapaz? – perguntou Cullen finalmente.

Rob balançou a cabeça.

– O mais próximo que já estive foi no Norte da Inglaterra e nas montanhas Cheviot.

– Perto da fronteira talvez, mas muito longe da *verdadeira* Escócia. A Escócia é mais alta, compreende? E as rochas, mais sólidas. As montanhas têm regatos cheios de peixes e muita água para a nossa relva. Nossa propriedade fica nas montanhas rochosas, uma grande extensão de terras. Um rebanho enorme.

Fez uma pausa, como para escolher cuidadosamente as palavras.

– O homem que se casar com Mary ficará com tudo, se for o homem certo – disse.

Inclinou-se para Rob.

– Em quatro dias estaremos na cidade de Babaeski, onde minha filha e eu vamos deixar a caravana. Viajaremos para o Sul, para a cidade de Malkara, onde há um grande mercado de animais e onde pretendo comprar ovelhas. Depois iremos para o planalto da Anatólia, onde estão minhas melhores esperanças. Ficaria satisfeito se nos acompanhasse. – Suspirou e olhou Rob nos olhos. – Você é forte e saudável. É corajoso, do contrário não se aventuraria tão longe para fazer negócio e conquistar uma melhor posição no mundo. Não é o que eu teria escolhido para Mary, mas ela quer você. Amo minha filha e quero que seja feliz. É tudo que eu tenho.

– Mestre Cullen – disse Rob, mas o criador de ovelhas o interrompeu:

– Não é uma coisa para ser oferecida e nem aceita levianamente. Pense no assunto, como eu pensei.

Rob agradeceu delicadamente, como se tivessem lhe oferecido uma maçã ou um doce, e Cullen voltou para seu acampamento.

Rob passou a noite em claro, olhando para o céu. Não era tolo e reconhecia que Mary era uma dádiva rara. Além disso, miraculosamente ela o amava. Nunca mais encontraria mulher igual.

E *terra*. Bom Deus, terra.

Estavam oferecendo a ele uma vida com a qual seu pai jamais sonhara, nem os seus antepassados. Trabalho e renda garantidos, respeito e responsabilidades. Propriedades para legar aos filhos. Uma existência diferente de tudo que tinha conhecido até então estava sendo *oferecida* – uma mulher amorosa de quem ele gostava e o futuro garantido como um dos poucos no mundo, um proprietário de terras.

Virou e revirou na cama, sem poder dormir.

No dia seguinte, Mary apareceu com a navalha do pai e começou a aparar o cabelo de Rob.

– Não perto das orelhas.

– É onde está mais crescido e em desordem. E por que não se barbeia? Essa barba curta faz você parecer um selvagem.

– Vou acertar quando estiver mais comprida. – Tirou a toalha do pescoço. – Sabe que seu pai falou comigo?

– É claro que falou comigo primeiro.

– Não vou para Malkara com vocês, Mary.

Só a boca e as mãos indicaram o que ela estava sentindo. Os dedos pareciam em repouso sobre o colo mas seguravam a navalha com tanta força que as juntas estavam brancas sob a pele transparente.

– Vai se encontrar conosco em outro lugar?

– Não – disse Rob. Era difícil. Não estava acostumado a falar honestamente com mulheres. – Vou para a Pérsia, Mary.

– Você não me quer.

O desapontado desânimo da voz dela fez com que Rob compreendesse o quanto estava despreparada para essa eventualidade.

– Quero você, mas pensei muito e não é possível.

– Por que impossível? Já é casado?

– Não, não. Mas vou para Ispahan, na Pérsia. Não para uma oportunidade no mundo dos negócios como disse, e sim para estudar medicina.

O rosto dela revelava confusão; o que era medicina comparada com as terras dos Cullen?

– Preciso ser médico. – Parecia uma desculpa absurda. Rob sentiu-se envergonhado, como se estivesse confessando um vício ou outra fraqueza. Não tentou explicar, pois era complicado e ele próprio não entendia.

– Seu trabalho só traz sofrimento. Você sabe disso. Você mesmo me disse que ele o atormenta.

– O que me atormenta é minha ignorância e inabilidade. Em Ispahan posso aprender a ajudar aqueles por quem hoje nada posso fazer.

– Não posso ir com você? Meu pai pode nos acompanhar e comprar ovelhas lá. – A súplica na voz de Mary e a esperança nos seus olhos obrigaram Rob a endurecer o coração, para não consolá-la.

Explicou a proibição da Igreja sobre estudar em academias islâmicas, e disse o que pretendia fazer.

Quando compreendeu, Mary ficou pálida.

– Está arriscando a salvação eterna.

– Não acredito que minha alma seja prejudicada.

– Um judeu! – Mary limpou a navalha na toalha com movimentos nervosos e a guardou na sacola de couro.

– Isso mesmo. Portanto, você compreende, é uma coisa que tenho de fazer sozinho.

– O que estou vendo é um homem louco. Fechei os olhos para o fato de não saber nada a seu respeito. Acho que já disse adeus a muitas mulheres. É verdade, não é?

– Isso não é a mesma coisa.

Rob queria explicar a diferença, mas Mary não deixou. Tinha ouvido tudo muito bem e só então Rob percebeu o quanto estava ferida.

– Não tem medo de que eu diga ao meu pai que me usou, para que ele pague para vê-lo morto? Ou que revele ao primeiro padre que encontrar o destino de um cristão que zomba da Santa Igreja?

– Dei a você minha verdade. Jamais poderia provocar sua morte nem trair você. Tenho certeza de que vai me tratar do mesmo modo.

– Não vou ficar esperando nenhum médico – disse ela.

Rob assentiu com um gesto, odiando-se por causa da amargura que tinha visto nos olhos dela.

Durante todo o dia, Rob a observou ereta na sela. Mary não se voltou para olhar. À noite, viu Mary e Mestre Cullen conversando longamente. Devia ter dito ao pai que decidiu não se casar, pois, quando terminaram, Cullen sorriu para Rob, aliviado e triunfante. Cullen conversou com Seredy e, antes do anoitecer, o empregado levou dois homens ao acampamento. Rob achou que eram turcos, pelas roupas que usavam.

Mais tarde concluiu que deviam ser guias, pois quando acordou, na manhã seguinte, os Cullen já tinham partido.

Como sempre, todos os que estavam atrás passaram para um lugar à frente. Naquele dia, em vez de acompanhar o cavalo negro, Rob viajou atrás dos dois gordos irmãos franceses.

Culpado e magoado, mas ao mesmo tempo com uma sensação de alívio, reconheceu que nunca tinha pensado em casamento e fora apanhado de surpresa. Perguntou a si mesmo se a decisão era resultado de um real compromisso com a medicina ou se havia simplesmente fugido do casamento em pânico, como Barber teria feito.

Talvez as duas coisas, concluiu. Pobre e tolo sonhador, pensou com desprezo. Um dia vai se cansar, estará velho e mais sedento de amor, então sem dúvida vai se contentar com uma porca suja com língua ferina.

Sentindo a imensa solidão, desejou que a sra. Buffington estivesse viva. Tentou não pensar no que havia destruído, inclinando-se para a frente e olhando enojado para os traseiros obscenos dos irmãos franceses.

Assim, durante uma semana, foi como se alguém tivesse morrido. Quando a caravana chegou a Babaeski, a dor da culpa se intensificou, pensando que dali deveriam ter partido juntos para uma nova vida. Mas, quando pensou em

James Cullen, sentiu alívio por estar sozinho, pois tinha certeza de que o escocês seria um sogro muito problemático.

Mas não deixou de pensar em Mary.

Dois dias depois, começou a se libertar da depressão. Atravessando montanhas cobertas de relva, ouviu, vindo de longe, um barulho diferente. Um som que só podia ser produzido por anjos, que finalmente se aproximou e Rob viu pela primeira vez uma caravana de camelos.

Os sinos dependurados nos animais soavam a cada passo estranho e ondulante que davam.

Os camelos eram maiores do que tinha imaginado, mais altos do que um homem e não mais compridos do que um cavalo. Os focinhos engraçados pareciam serenos e sinistros ao mesmo tempo, com narinas grandes e dilatadas, olhos líquidos de pálpebras pesadas, semiescondidos pelas longas pestanas que davam aos animais uma estranha aparência feminina. Estavam amarrados uns aos outros e carregados com enormes fardos de palha de cevada entre as duas enormes corcovas.

Empoleirado sobre os fardos, em cada sétimo ou oitavo camelo da fila, um tropeiro de pele escura, só com um turbante e calça esfarrapada, conduzia os animais. Ocasionalmente os incitavam com um grito, "Hut! Hut! Hut!", que os camelos, sossegados, pareciam ignorar.

Os camelos tomaram conta da paisagem plana. Rob contou quase trezentos até os últimos da fila se transformarem em pontinhos distantes e até não ouvir mais o maravilhoso sussurro dos sininhos melodiosos.

Aquele indiscutível sinal do Oriente apressou os viajantes quando começaram a acompanhar um istmo estreito. Rob não via água, mas Simon disse que ao sul ficava o mar de Mármara, e ao norte, o grande mar Negro, e o ar tinha agora o gosto revigorante do sal que o fazia recordar a Inglaterra, envolvendo-o numa nova sensação de urgência.

Na tarde seguinte, a caravana subiu uma montanha e Constantinopla apareceu lá embaixo, como uma cidade de sonho.

CAPÍTULO 33

A última cidade cristã

O fosso era largo e, quando as patas dos cavalos atravessavam barulhentamente a ponte levadiça, Rob viu carpas do tamanho de leitões na água profunda e verde. A margem interna era protegida por um parapeito e a uns cinco metros adiante por um muro maciço de pedra escura, com uns 30 metros de altura. As sentinelas andavam lá em cima, de ameia para ameia.

A uns 50 metros adiante havia outro muro idêntico ao primeiro! Constantinopla era uma fortaleza com quatro linhas de defesa.

Passaram por dois conjuntos de grandes portais. O imenso portão interno tinha três arcos e era adornado com a nobre estátua de um homem, sem dúvida um antigo governante, e com alguns animais de bronze. Os animais eram maciços e pesados, com grandes orelhas erguidas em fúria, rabos curtos e o que pareciam ser longas caudas saindo ameaçadoras dos focinhos.

Rob puxou as rédeas do cavalo para observar as esculturas e atrás dele Gershom reclamou e Tuveh gemeu.

– Mexa o traseiro, *inghiliz*! – gritou Meir.

– O que são esses animais?

– Elefantes. Nunca viu elefantes, pobre estrangeiro?

Rob balançou a cabeça, virando-se no banco da carroça enquanto continuava a marcha, para estudar as criaturas. Assim, os primeiros elefantes que ele viu eram do tamanho de cachorros e imobilizados no metal recoberto pela pátina de cinco séculos.

Kerl Fritta os conduziu ao caravançará, um pátio enorme através do qual viajantes e carga entravam e saíam da cidade. Era uma área plana com armazéns para as variadas mercadorias, abrigos para animais e casas de descanso para os viajantes. Fritta era um guia veterano e, passando por uma turba barulhenta no pátio do caravançará, levou sua caravana até um conjunto de *khans*, cavernas feitas pelo homem nas encostas próximas que proporcionavam sombra e abrigo às caravanas. A maior parte dos viajantes ia passar apenas um ou dois dias no caravançará, descansando, consertando carroças ou trocando os cavalos por camelos, e depois seguiria a estrada romana até Jerusalém.

– Sairemos dentro de algumas horas – disse Meir para Rob –, pois estamos a dez dias de viagem de Angora e ansiosos para nos livrar da responsabilidade.

– Acho que vou ficar por aqui um pouco mais.

– Quando resolver partir, procure o *kervanbashi*, o chefe das caravanas do lugar. Chama-se Zevi. Foi tropeiro quando jovem, depois mestre de caravanas, conduzindo comboios de camelos por todas as estradas. Ele conhece os viajantes e – disse Simon com orgulho – é judeu e um bom homem. Providenciará para que viaje em segurança.

Rob despediu-se de todos, segurando os pulsos como era costume deles.

Adeus, Gershom, gorducho cujo traseiro firme eu lancetei.

Adeus Judah, de nariz fino e barba negra.

Adeus, jovem amigo Tuveh.

Obrigado, Meir.

Obrigado, obrigado, Simon!

Separava-se deles com pena, pois tinham sido bons para ele. E com dificuldade, porque estava se separando também do livro que o havia levado à língua dos persas.

Rob percorreu sozinho a cidade de Constantinopla, enorme, maior do que Londres, talvez. Vista de longe, parecia flutuar no ar quente e claro, emoldurada pela pedra azul-escura dos muros e dos tons diferentes de azul do céu e do mar de Mármara, ao sul. Vista de dentro, Constantinopla era uma cidade repleta de igrejas de pedra que dominavam com sua altura as ruas estreitas apinhadas de homens montados em burros, cavalos e camelos, mais as cadeirinhas, pequenos carros e carroças de todo o tipo. Homens enormes com uniformes folgados de fazenda áspera marrom passavam volumes imensos nas costas ou nas tábuas de madeira que usavam como chapéus.

Numa praça Rob parou para observar a figura solitária sobre a colina de pórfiro, de frente para a cidade. Lendo uma inscrição em latim, ficou sabendo que era Constantino, o Grande. Os padres e irmãos professores de São Botolph, em Londres, tinham transmitido muita informação sobre o homem representado pela estátua; os padres gostavam muito de Constantino, o primeiro imperador romano que se converteu ao cristianismo. Na verdade, sua conversão foi decisiva para a Igreja Católica, e depois de capturar a metrópole chamada Bizâncio pela força das armas e transformá-la em Constantinopla – cidade de Constantino –, transformou-a na joia do cristianismo no Oriente, uma cidade de catedrais.

Rob deixou a área de comércio e igrejas e entrou nos bairros de casas de madeira, umas muito juntas das outras, com segundo andar que podia ter sido transportado de qualquer cidade inglesa. Era uma cidade rica em nacionalidades, como convinha ao lugar que marcava o fim de um continente e o começo de outro. Passou pelo bairro grego, por um mercado armênio, um setor judeu e, de repente, em vez de ouvir uma língua ininteligível depois da outra, ouviu palavras em parsi.

Imediatamente perguntou por um estábulo e indicaram o de Ghiz. Rob providenciou o conforto de Cavalo antes de deixá-la, pois a égua o servira bem e merecia um calmo descanso e muita comida. Ghiz indicou a Rob onde ficava sua própria casa, no topo da Trilha dos Trezentos e Vinte e Nove Degraus, onde tinha um quarto para alugar.

O quarto valia a subida, era claro e limpo, com uma brisa salgada que entrava pela janela.

Lá embaixo via o Bósforo cor de jacinto, onde as velas pareciam flores em movimento. Além da praia distante, a uns oitocentos metros mais ou menos, via as abóbadas altas e os minaretes agudos como pontas de lança e compreendeu que eram eles o motivo das defesas, do fosso e dos dois muros que circundavam Constantinopla. A alguns metros da sua janela terminava a influência da Cruz e os guardas tinham como objetivo defender a cristandade do islamismo. Do outro lado do estreito começava a influência do Crescente.

Parado na janela, olhou para a Ásia, onde muito em breve entraria.

Naquela noite, Rob sonhou com Mary. Acordou melancólico e saiu apressadamente do quarto. Numa rua que saía da praça Fórum de Augusto, encontrou banhos públicos, onde depois de mergulhar rapidamente na água gelada, passou para o *tepidarium*, de água quente, como César, ensaboando-se e respirando o vapor.

Quando saiu, o corpo seco e revigorado pelo último mergulho na água fria, estava com uma fome devoradora e mais otimista. No mercado judeu comprou peixes pequenos bem fritos e um cacho de uvas pretas que comeu enquanto procurava o que iria precisar.

Em várias lojas do mercado viu a roupa de baixo de linho usada pelos judeus de Tryavna. As camisetas curtas eram enfeitadas com *tsitsith*, que, segundo Simon, permitia aos judeus obedecer a advertência da Bíblia no sentido de usar durante toda a vida franjas nos lados das roupas.

Encontrou um comerciante judeu que falava parsi. Um homem muito velho com os cantos da boca voltados para baixo e manchas de comida na túnica, mas para Rob a primeira ameaça de ser descoberto.

– É presente para um amigo, ele tem meu tamanho – murmurou Rob.

O velho não lhe deu a menor atenção, preocupado com a venda. Finalmente Rob conseguiu uma peça de roupa de baixo do seu tamanho.

Rob não ousou comprar tudo de uma vez. Foi até o estábulo para ver se Cavalo estava bem.

– Sua carroça é muito boa – disse Ghiz.
– Sim, é.
– Posso me interessar em comprar.
– Não está à venda.

Ghiz deu de ombros.

– Uma boa carroça, só que eu teria de pintar de novo. Mas o cavalo não vale nada. Não tem espírito, aquele olhar orgulhoso. Seria sorte sua livrar-se dele.

Rob percebeu que o interesse de Ghiz pela carroça tinha como objetivo disfarçar o entusiasmo por Cavalo.

– Nenhum dos dois está à venda.

Porém, conteve um sorriso à ideia de que um estratagema tão simples tivesse sido tentado com alguém que fazia desse tipo de coisa seu meio de vida. A carroça estava perto e Rob divertiu-se, enquanto Ghiz se ocupava com outras tarefas, em fazer certos preparativos.

Primeiro tirou uma moeda de prata do olho esquerdo de Ghiz.

– Oh, Alá!

Fez uma bola de madeira desaparecer sob um lenço colorido, depois fez o lenço mudar de cor, uma, duas vezes, de verde para azul e para marrom.

– Em nome do Profeta...

Rob puxou uma fita da boca e deu de presente ao homem com um gesto largo e elegante, como se o dono do estábulo fosse uma jovem encabulada. Entre maravilhado e com medo daquele *djinni* infiel, Ghiz cedeu ao prazer da diversão. Assim passaram parte do dia agradavelmente, com mágicas e malabarismos, e quando terminou, Rob poderia ter vendido qualquer coisa a Ghiz.

Com a refeição da noite serviram uma garrafa de bebida marrom muito forte, espessa demais, pesada e em grande quantidade. Na mesa ao lado, estava um padre e Rob ofereceu um pouco de bebida a ele.

Os padres em Constantinopla usavam mantos negros, longos e largos e chapéus cilíndricos de pano com pequenas abas duras. A batina do padre na estalagem estava razoavelmente limpa mas o chapéu contava a história engordurada de uma longa carreira. Era um homem de rosto vermelho e olhos saltados, de meia-idade, ansioso para conversar com um europeu para melhorar seu domínio das línguas ocidentais. Não falava inglês mas experimentou a língua dos normandos e dos francos, escolhendo finalmente a dos persas, um tanto agastado.

Chamava-se padre Tamas e era grego.

Sua disposição melhorou com a bebida, que tomava em grandes goles.

– Vai se estabelecer em Constantinopla, Mestre Cole?

– Não, dentro de poucos dias viajo para o leste à procura de ervas medicinais que pretendo levar para a Inglaterra.

O padre fez um gesto de assentimento. Seria melhor ir para o leste o mais breve possível, disse ele, pois o Senhor havia determinado que um dia iria haver uma guerra santa entre a Única Igreja Verdadeira e os selvagens do islã.

– Já visitou a catedral de Santa Sofia? – perguntou, e ficou escandalizado quando Rob sorriu balançando a cabeça. – Mas, meu amigo, deve visitar antes de sair da cidade! Precisa! É a maravilha das igrejas de todo o mundo. Foi construída por ordem do próprio Constantino e, quando aquele digno imperador entrou na catedral pela primeira vez, caiu de joelhos e exclamou: "Construí melhor do que Salomão!"

"Não é sem razão que o chefe da Igreja tem sua sede dentro da magnificência da catedral de Santa Sofia", disse o padre Tamas.

Rob olhou para ele surpreso.

– Quer dizer que o papa João mudou de Roma para Constantinopla?

O padre Tamas estudou Rob atentamente. Quando teve certeza de que o rapaz não estava se divertindo à sua custa, o grego sorriu com frieza.

– João XIX é ainda o Patriarca da Igreja Cristã em Roma. Mas Alexius IV é o Patriarca da Igreja Cristã em Constantinopla, e aqui é nosso único pastor – explicou.

A bebida e o ar do oceano combinaram para dar a Rob um sono profundo e sem sonhos. Na manhã seguinte, repetiu o luxo dos Banhos Augustinianos e depois comprou pão e ameixas frescas, que comeu enquanto se dirigia ao bazar dos judeus. Escolheu cuidadosamente, pois tinha pensado muito em cada item. Em Tryavna vira alguns xales de oração de fino linho mas os homens que Rob mais respeitava entre os judeus preferiam lã; comprou um xale de lã, enfeitado com franjas iguais às da roupa de baixo compradas na véspera.

Com uma estranha sensação, comprou um conjunto de filactérios, as tiras de couro usadas na testa e no braço nas preces matinais.

Comprou uma coisa em cada banca. Um dos vendedores, jovem e pálido, com falhas nos dentes, tinha uma coleção muito variada de túnicas. Não falava persa, mas entenderam-se com gestos. Nenhuma das túnicas servia para Rob mas o homem o mandou esperar e correu até a banca do velho de quem Rob tinha comprado o *tsitsith*. Voltou com túnicas grandes e Rob comprou duas.

Saiu do bazar com as compras em uma sacola de pano e entrou numa rua por onde não tinha passado ainda, e logo viu-se à frente de uma igreja tão magnífica que só podia ser Santa Sofia. Entrou pelas enormes portas de bronze e encontrou-se em um imenso espaço de maravilhosas proporções, onde os pilares terminavam em arcos, os arcos em abóbadas, as abóbadas numa cúpula tão alta que sentiu-se pequeno e insignificante. O vasto espaço da nave era iluminado por milhares de candeias cuja luz suave queimando em óleo era refletida numa luminosidade muito maior do que estava acostumado a ver nas igrejas, ícones emoldurados em ouro, paredes de mármores preciosos, brilho e esplendor exagerado para o gosto inglês. Não viu nem sinal do Patriarca mas, na extremidade da nave, viu padres no altar com casulas ricamente bordadas. Um dos vultos balançava um turíbulo e cantavam a missa, mas estavam tão longe que Rob não sentia o perfume do incenso nem entendia as palavras em latim.

A maior parte da nave estava deserta e Rob sentou-se bem atrás, rodeado por bancos vazios de madeira trabalhada, sob a figura contorcida na cruz que pairava acima da sua cabeça à luz das candeias. Sentiu que os olhos fixos penetravam as profundezas de sua alma e sabiam o que levava no saco de pano. Não fora criado como cristão praticamente, mas nessa rebelião calculada sentia-se estranhamente movido por sentimentos religiosos. Sabia que sua entrada na catedral tinha como objetivo esse momento, levantou-se e durante algum tempo seus olhos fitaram os da figura na cruz em silêncio.

Finalmente disse em voz alta:

– Precisa ser feito. Mas não o estou abandonando.

Um pouco mais tarde já não tinha tanta certeza, depois de subir a colina de degraus de pedra e chegar ao seu quarto.

Pôs na mesa o pequeno quadrado de aço que servia de espelho para fazer a barba e levou a faca ao cabelo que caía agora longo e emaranhado sobre as orelhas, aparando, até deixar somente os cachos rituais que os judeus chamavam de *peoth*.

Tirou a roupa e vestiu o *tsitsith*, amedrontado, esperando ser atingido por um raio. As franjas pareciam se arrastar por todo seu corpo.

A túnica longa e negra era menos assustadora. Não passava de uma vestimenta externa, sem conexão com o Deus deles.

A barba estava ainda rala demais. Arrumou os cachos sobre as orelhas para que ficassem dependurados sob o chapéu judeu em forma de sino. O chapéu de couro era um achado por ser tão obviamente velho e usado.

Porém, quando saiu da casa para a rua outra vez, teve certeza de que era loucura e que não podia dar certo; esperava que olhassem para ele e rissem às gargalhadas.

Preciso de um nome, pensou.

Não podia se chamar Reuven, o barbeiro-cirurgião, como o chamavam em Tryavna; para que a transformação fosse completa, precisava mais do que uma versão mal amanhada para o hebreu de sua identidade *goy*.

Jesse...

Um nome que se lembrava de quando Mãe lia a Bíblia em voz alta. Um nome forte com o qual poderia viver, o nome do pai do rei Davi.

Para patronímico, escolheu Benjamin, em honra a Benjamin Merlin, que, embora contra a vontade, tinha mostrado o que um médico deve ser.

Diria que era de Leeds, resolveu, porque lembrava-se das casas dos judeus naquela cidade e podia descrever o lugar com detalhes, se fosse preciso.

Resistiu à tentação de dar meia-volta e fugir, pois caminhando na sua direção apareceram três padres e, com algo muito parecido com pânico, Rob viu que um deles era o padre Tamas, seu companheiro no jantar da véspera.

Os três caminhavam sem pressa, como corvos passeando, absortos na conversação.

Rob com esforço andou na direção deles. "A paz esteja convosco", disse quando chegaram perto.

O padre grego olhou com desprezo para o judeu e voltou a atenção para os companheiros, sem retribuir a saudação.

Depois que eles passaram, Jesse ben Benjamin, de Leeds, deu um leve sorriso. Calmo agora e mais confiante continuou seu caminho, dando passos largos, com a palma da mão encostada na face direita, como caminhava o *rabbenu* de Tryavna quando absorto nos seus pensamentos.

TERCEIRA PARTE

Ispahan

CAPÍTULO 34

A *última etapa*

Apesar da mudança na aparência, sentia-se ainda como Rob J. Cole quando foi ao caravançará ao meio-dia. Um grande comboio estava se organizando para Jerusalém e o vasto espaço aberto era uma confusão de tropeiros conduzindo camelos e burros carregados, homens tentando pôr as carroças na linha, cavaleiros perigosamente amontoados, enquanto animais gritavam seus protestos e homens e mulheres afobados erguiam as vozes para acalmar os animais e uns aos outros. Um grupo de cavaleiros normandos havia se apossado da única sombra, no lado norte dos armazéns, onde descansavam deitados no chão, lançando insultos de bêbados aos que passavam. Rob J. não sabia se eram os mesmos que tinham pisoteado a sra. Buffington, mas podiam ser, e os evitou com nojo.

Sentou em uma pilha de tapetes de oração e observou o chefe da caravana. O *kervanbashi* era um entroncado judeu-turco com turbante negro sobre o cabelo grisalho, com traços ainda da cor vermelha original. Simon havia dito que esse homem, chamado Zevi, podia ser valioso para uma viagem segura. A fila na frente dele era extensa.

– Seu desgraçado! – rugiu Zevi para um infeliz tropeiro. – Desapareça daqui, seu idiota! Leve seus animais embora, pois não sabe que devem seguir os animais dos mercadores do mar Negro? Já não disse isso duas vezes? Será que não pode lembrar nunca seu lugar na linha de marcha, seu bastardo?

Rob tinha a impressão de que Zevi estava em todo lugar, resolvendo discussões entre mercadores e transportadores, conversando com o guia da caravana a respeito da rota a seguir, verificando conhecimentos de embarque de mercadorias.

Rob observava em silêncio quando um persa aproximou-se dele, um homenzinho tão magro que suas faces eram duas cavidades. Os restos que apareciam na barba indicavam que tinha comido mingau de grão-de-bico naquela manhã e usava um turbante sujo cor de laranja, pequeno demais para sua cabeça.

– Para onde viaja, judeu?
– Espero partir em breve para Ispahan.
– Ah, Pérsia! Deseja um guia, *effendi*? Pois nasci em Oum, a uma caçada de cervo de Ispahan, e conheço cada pedra e cada arbusto do caminho.

Rob hesitou.

– Todos os outros o levarão pelo caminho mais longo e mais difícil, acompanhando a costa. Depois as montanhas da Pérsia. Isso porque evitam o caminho mais curto, através do Grande Deserto Salgado, do qual têm medo. Mas eu posso levar o senhor até a água em pleno deserto, evitando todos os ladrões.

Rob sentiu-se tentado a concordar e partir imediatamente, lembrando dos ótimos serviços de Charbonneau. Mas havia algo de furtivo no homem e afinal Rob balançou a cabeça.

O persa deu de ombros.

– Se mudar de ideia, mestre, sou um bom negócio como guia, muito barato.

Logo depois, um dos fidalgos peregrinos franceses passou pela pilha de tapetes em que Rob estava sentado, tropeçou e caiu em cima dele.

– Seu merda – disse ele, cuspindo. – Seu judeu.

Rob ficou de pé, sentindo o sangue subir ao rosto. Viu que o normando estava com a mão na espada.

Subitamente, Zevi estava ao lado deles.

– Mil perdões, meu senhor, dez mil perdões. Eu me encarrego desse aqui – disse, empurrando o atônito Rob para que caminhasse na frente dele.

Quando se afastaram do francês, Rob ouviu a saraivada de palavras de Zevi e balançou a cabeça.

– Não falo bem a Língua. Também não precisava da sua ajuda com o francês – disse, procurando as palavras em persa.

– É mesmo? Estaria morto, seu bezerro.

– Era negócio meu.

– Não, não. Num lugar cheio de muçulmanos e cristãos bêbados, matar um único judeu é como comer uma única tâmara. Teriam matado muitos de nós, portanto é muito negócio meu – disse Zevi furioso. – Que espécie de *Yahud* é você que fala persa como um camelo, não fala a própria língua e procura encrenca? Como se chama e de onde vem?

– Sou Jesse, filho de Benjamin. Judeu de Leeds.

– Onde diabo é Leeds?

– Inglaterra.

– Um *inghliz*! – disse Zevi. – Nunca antes conheci um judeu *inghliz*.

– Somos poucos e muito espalhados. Não há uma comunidade lá. Nem *rabbenu*, *shohet* ou *mashgiah*. Nem casa de estudos nem sinagoga, assim quase não ouvimos falar nossa língua. Por isso falo tão pouco.

– Não é bom criar os filhos num lugar onde não sentem o próprio Deus e não falam a sua língua – suspirou Zevi. – Geralmente é difícil ser judeu.

Rob perguntou se sabia de alguma caravana grande e bem protegida para Ispahan, e Zevi balançou a cabeça.

— Um guia falou comigo – disse Rob.

— Uma merda de persa com um turbante pequeno e barba imunda? – bufou Zevi com desprezo. – Aquele leva você diretamente para as mãos dos homens malvados. Ia ficar lá no deserto com a garganta cortada e todos os seus bens roubados. Não – continuou ele –, ficará melhor numa caravana com seu próprio povo. – Pensou durante algum tempo. – Reb Lonzano – disse finalmente.

— Reb Lonzano?

Zevi assentiu com um gesto.

— Sim, talvez Reb Lonzano seja a solução.

Não muito longe de onde estavam, começou uma discussão entre tropeiros e alguém chamou Zevi. Com uma careta ele disse:

— Esses filhos de camelos, esses chacais pesteados! Não tenho tempo agora, volte depois da partida da caravana. Venha ao meu escritório no fim da tarde, a cabana atrás da taverna principal. Então tudo será resolvido.

Rob voltou algumas horas mais tarde e encontrou Zevi na cabana que era seu refúgio no caravançará. Três judeus estavam com ele.

— Este é Lonzano ben Ezra – disse Zevi.

Reb Lonzano, de meia-idade e o mais velho, era evidentemente o chefe. Tinha cabelo e barba castanhos, sem nenhum fio branco, mas a juventude que isso poderia insinuar perdia-se no rosto enrugado e nos olhos severos.

Loeb ben Kohen e Aryeh Askari eram uns dez anos mais novos do que Lonzano. Loeb era alto e magro, e Aryeh, menor e de ombros largos. Ambos tinham o rosto moreno e castigado pelas intempéries dos mercadores viajantes, mas mantinham-se cautelosamente neutros, esperando o veredicto de Lonzano sobre o estranho.

— São negociantes de volta à sua cidade, Masqat, do outro lado do golfo Pérsico – disse Zevi. Voltou-se para Lonzano. – Muito bem – acrescentou com expressão severa –, esse infeliz foi criado como um *goy* ignorante numa longínqua terra cristã, e precisa aprender que judeus podem ser bons para judeus.

— O que vai fazer em Ispahan, Jesse ben Benjamin? – perguntou Reb Lonzano.

— Vou estudar, para ser médico.

Lonzano fez um gesto de assentimento.

— O *madrassa*, em Ispahan. O primo de Reb Aryehm, Reb Mirdin Askari, estuda medicina nessa escola.

Rob inclinou-se para a frente curioso e teria começado a fazer perguntas, mas Reb Lonzano não admitia interrupções.

— Está preparado para pagar a parte justa das despesas da viagem?

— Estou.

— Disposto a compartilhar do trabalho e das responsabilidades?

— Muito disposto. Qual é seu negócio, Reb Lonzano?

Lonzano olhou para Rob carrancudo. Evidentemente achava que a entrevista devia ser dirigida por ele, não o contrário.

— Pérolas — disse relutantemente.

— De que tamanho é a caravana na qual viaja?

Lonzano permitiu que uma leve insinuação de sorriso aparecesse nos cantos dos lábios.

— *Nós* somos a caravana.

Rob ficou confuso. Voltou-se para Zevi.

— Como é que três homens podem me oferecer proteção contra os bandidos e outros perigos?

— Escute — disse Zevi. — Esses são judeus *viajantes*. Sabem quando devem se aventurar e quando não devem. Quando se esconder. Onde procurar proteção e ajuda, em qualquer trecho do caminho. — Voltou-se para Lonzano. — O que diz, amigo? Aceita o homem ou não?

Reb Lonzano olhou para os dois companheiros. Continuaram em silêncio, sem mudar de expressão, mas deviam ter indicado alguma coisa, pois Lonzano olhou para Rob e fez um gesto afirmativo com a cabeça.

— Está bem, será bem-vindo. Partimos de madrugada para o porto do Bósforo.

— Estarei lá com minha carroça e meu cavalo.

Aryeh bufou e Loeb suspirou.

— Nada de cavalo, nada de carroça — disse Lonzano. — Navegamos no mar Negro em pequenos barcos, para evitar uma viagem longa e perigosa por terra.

Zevi pôs a mão enorme no joelho de Rob.

— Se estão dispostos a levá-lo, é uma excelente oportunidade. Venda o cavalo e a carroça.

Rob resolveu e acenou afirmativamente.

— *Mazel!* — disse Zevi com tranquila satisfação, e serviu vinho tinto turco para selar o acordo.

Do caravançará, Rob foi direto ao estábulo e Ghiz deixou escapar uma exclamação abafada quando o viu:

— Você é *Yahud*?!

— Eu sou *Yahud*.

Ghiz balançou a cabeça atemorizado, como se estivesse convencido de que aquele mágico era um *djinni* que podia alterar sua identidade à vontade.

— Mudei de ideia, vendo a carroça.

O persa fez uma oferta ridícula, menos da metade do que a carroça valia.

— Não, tem de pagar um preço justo.

– Pois fique com sua carroça inútil. Agora, se quiser vender o cavalo...
– O cavalo dou de presente.
Ghiz entrecerrou os olhos, pressentindo perigo.
– Deve pagar um preço justo pela carroça, mas o cavalo é presente.
Rob aproximou-se de Cavalo e afagou o nariz dela pela última vez, agradecendo em silêncio a lealdade com que o tinha servido.
– Lembre-se sempre disto. Este animal trabalha com boa disposição, mas deve ser alimentado bem e regularmente e estar sempre limpo, para não ter feridas. Se ela estiver bem quando eu voltar, tudo estará bem com você. Mas se ela for maltratada...
Olhou nos olhos de Ghiz e o homem empalideceu e virou a cabeça.
– Eu vou tratar bem dela, judeu. Vou tratar muito bem!

A carroça fora seu único lar durante muitos anos. E além disso era como se estivesse dizendo adeus ao que ainda restava de Barber.
Teria de deixar grande parte do que ela continha, um bom negócio para Ghiz. Tirou os instrumentos cirúrgicos e algumas ervas medicinais. A caixinha de pinho dos gafanhotos com a tampa perfurada. Pouca coisa mais.
Pensou que estava aprendendo a se disciplinar, mas não teve muita certeza na manhã seguinte, quando saiu pelas ruas escuras carregando uma grande sacola de pano. Chegou ao porto do Bósforo quando a luz do dia começava a aparecer acinzentada e Reb Lonzano olhou carrancudo para a sacola de couro que fazia curvar suas costas.
Atravessaram o estreito do Bósforo em um *teimil*, uma embarcação baixa e longa, pouco mais que um tronco de árvore escavado no centro, engraxado e munido de um único par de remos manejados por um jovem sonolento. Na margem oposta desembarcaram em Uskudar, uma cidade de choupanas amontoadas ao longo da praia, de frente para ancoradouros cheios de barcos de todos os tipos e tamanhos. Com desânimo, Rob ficou sabendo que fariam uma caminhada de uma hora até a pequena baía onde estava a embarcação que os levaria através do Bósforo seguindo a costa do mar Vermelho. Pôs a grande sacola nas costas e acompanhou os três homens.
Depois de algum tempo, começou a andar ao lado de Lonzano.
– Zevi me contou o que aconteceu com você e o normando no caravançará. Precisa se controlar, do contrário pode ser um perigo para todos nós.
– Sim, Reb Lonzano.
Rob deu um profundo suspiro, mudando a posição da sacola.
– Alguma coisa errada, *inghliz*?
Rob balançou a cabeça. Carregando a sacola no ombro dolorido, o suor salgado escorrendo para dentro dos olhos, pensou em Zevi e sorriu.
– É difícil ser judeu – respondeu.

Chegaram finalmente a uma pequena baía deserta e Rob viu, balançando nas marolas, um grande e largo navio cargueiro com um mastro e três velas, uma grande e duas pequenas.

– Que tipo de barco é esse? – perguntou para Aryeh.

– Um *keseboy*. Bom barco.

– Venham! – chamou o capitão. Era Ilias, um grego feioso e louro, com o rosto queimado de sol no qual se destacava a brancura do sorriso com muitas falhas entre os dentes. Rob achou que Ilias era um negociante pouco exigente, pois, esperando para embarcar, viu nove espantalhos de cabeças raspadas, sem sobrancelhas nem pestanas.

Lonzano resmungou:

– Dervixes, monges pedintes muçulmanos.

Os capuzes dos monges eram trapos sujos. Da corda atada na cintura pendia uma xícara e uma funda. No centro da testa tinham uma marca escura e redonda como um calo escamoso. Mais tarde Reb Lonzano disse que era o *zabiba*, comum aos muçulmanos devotos que encostavam a testa no chão para rezar cinco vezes por dia.

Um deles, talvez o líder, levou a mão ao peito e inclinou-se para os judeus.

– *Salaam.*

Lonzano retribuiu a curvatura.

– *Salaam aleikhem.*

– Venham! Venham! – chamou o grego, e entraram na água fria até o barco onde a tripulação, dois jovens com tangas, esperavam para ajudá-los a subir a escada de corda do *keseboy*. Não havia convés ou cabines, simplesmente um espaço aberto ocupado por um carregamento de madeira, piche e sal. Como Ilias fazia questão de deixar uma passagem no centro para facilitar o manejo das velas pela tripulação, sobrava pouco espaço para os passageiros e, depois que suas bagagens foram guardadas, judeus e muçulmanos amontoaram-se como arenques salgados.

Quando foram içadas as duas âncoras, os dervixes começaram a gritar. O líder, chamado Dedeh – tinha o rosto envelhecido e, além da *zabiba*, mais três marcas na testa, que pareciam resultado de queimaduras –, inclinou a cabeça para trás e gritou para o céu:

– *Allah Ek-beeer!*

O eco parecia pairar sobre o mar.

– *La ilah illallah* – cantaram em coro os discípulos.

– *Allah Ek-beeer!*

O *keseboy* afastou-se da costa, achou o vento com muito tatalar das velas e navegou decidido para o leste.

Rob estava espremido entre Reb Lonzano e um dervixe magricela e jovem com uma única marca de queimadura na testa. O muçulmano sorriu para ele e, enfiando a mão na bolsa, tirou pedaços amassados de pão, que distribuiu entre os judeus.

– Agradeça a ele por mim – disse Rob. – Não quero pão.

– Precisamos comer – observou Lonzano. – Do contrário, ficará muito ofendido.

– É feito de farinha nobre – disse o dervixe em persa. – Na verdade, um pão excelente.

Lonzano olhou carrancudo para Rob, talvez aborrecido por ele não falar a Língua. O jovem dervixe os observou enquanto comiam o pão que tinha gosto de doce sólido.

– Sou Melek abu Ishak – disse o dervixe.

– Sou Jesse ben Benjamin.

Com um gesto de assentimento, o homem fechou os olhos. Logo estava roncando, o que para Rob era sinal de sabedoria, pois viajar no *keseboy* era extremamente aborrecido. A paisagem marítima e a terra próxima pareciam imutáveis o tempo todo.

Porém, tinha muito em que pensar. Perguntou a Ilias por que navegavam tão perto da costa e o grego sorriu.

– Eles não podem vir até aqui e nos apanhar em água rasa – explicou.

Rob acompanhou com a vista o dedo apontado e viu, ao longe, pequenas nuvens brancas, que eram as velas de um navio.

– Piratas – disse o grego. – Esperam que o vento nos leve para o mar aberto, talvez. Para nos matar, tomar minha carga e seu dinheiro.

Com o sol quase a pino, um fedor de corpos mal lavados invadiu a atmosfera do barco. Em geral era dissipado pela brisa do mar, mas, quando o ar ficava mais parado, o cheiro era extremamente desagradável. Rob achou que vinha dos dervixes e procurou se afastar um pouco de Melek abu Ishak, mas não tinha para onde fugir. Contudo, havia vantagens em viajar com muçulmanos, pois cinco vezes por dia Ilias levava o *keseboy* à terra para que pudessem se prostrar na direção de Meca. Esses intervalos eram aproveitados pelos judeus para rápidas refeições em terra ou para esvaziar bexigas e intestinos atrás das moitas.

A pele inglesa de Rob há muito tinha sido bronzeada na viagem, mas agora sentia que o sol e o sal a transformavam em couro. Com o cair da noite, a ausência de sol era uma bênção, mas o sono logo tirou os homens das posições perpendiculares e Rob ficou prensado entre o peso e os roncos de Melek à direita, e o peso silencioso de Lonzano à esquerda. Finalmente, não suportando mais a posição, usou os cotovelos e recebeu imprecações ardorosas dos dois lados.

Os judeus rezavam no barco. Todas as manhãs, Rob colocava seu *tefillin* junto com os outros, enrolando a tira de couro no braço esquerdo, como tinha praticado com a corda em Tryavna. Enrolava o couro em dedos alternados, a cabeça inclinada para a frente, para que ninguém notasse que não sabia o que estava fazendo.

Entre os rápidos desembarques, Dedeh conduzia seus dervixes na oração dentro do barco:

– Deus é o maior! Deus é o maior! Deus é o maior! Deus é o maior! Confesso que não existe deus a não ser Deus! Confesso que não há deus a não ser Deus. Confesso que Maomé é o Profeta de Deus! Confesso que Maomé é o Profeta de Deus!

Eram dervixes da ordem de Selman, o barbeiro-profeta, devotados a uma vida de pobreza e piedade, Melek disse para Rob. Os trapos que usavam significavam renúncia aos prazeres do mundo. Lavá-los significaria renegar a fé, o que explicava o fedor. Raspar todos os pelos do corpo significava a remoção do véu que separava os servos de Deus. As xícaras levadas nos cintos de corda eram símbolos do profundo poço da meditação, e as fundas, para afugentar o demônio. As marcas na testa ajudavam a penitência, e davam pedaços de pão a estranhos porque Gabriel havia compartilhado o pão com Adão, no paraíso.

Estavam fazendo a *ziaret*, peregrinação aos túmulos sagrados em Meca.

– Por que vocês enrolam tiras de couro nos braços de manhã? – perguntou Melek.

– É o mandamento do Senhor – disse Rob, explicando que a ordem estava escrita no Deuteronômio.

– Por que cobrem os ombros com xales quando fazem as orações, às vezes, mas não sempre?

Rob sabia poucas respostas; a observação dos judeus em Tryavna fornecera um conhecimento muito superficial. Procurou disfarçar a ansiedade por estar sob interrogatório.

– Porque o Inefável, Abençoado seja, mandou fazer essas coisas – disse com seriedade, e Melek assentiu com um gesto e sorriu.

Quando virou para o outro lado, viu que Reb Lonzano o observava com os olhos de pálpebras pesadas.

CAPÍTULO 35

Sal

Os dois primeiros dias foram calmos e sem incidentes, mas no terceiro o vento ficou mais frio e o mar, mais revolto. Ilias habilmente mantinha o *keseboy* entre os perigos do navio pirata e da arrebentação. Ao pôr do sol, formas escuras e finas ergueram-se das águas cor de sangue recurvando-se e mergulhando ao lado e sob o barco. Rob estremeceu apavorado, mas Ilias riu dizendo que eram golfinhos, criaturas inofensivas e brincalhonas.

De madrugada as marolas se erguiam e rolavam em enormes colinas íngremes e o enjoo voltou como um velho amigo. Seus acessos de vômito eram contagiosos até mesmo para a tripulação de marinheiros experientes, e logo o barco estava cheio de homens enjoados, vomitando, rezando em várias línguas para que Deus desse fim ao seu sofrimento.

No pior dos momentos, Rob pediu que o deixassem em terra, mas Reb Lonzano balançou a cabeça.

– Ilias não vai mais aportar nem para as orações dos muçulmanos, porque nesta parte da costa estão os turcomanos – explicou ele. – Os estrangeiros que não matam, usam como escravos, e em cada uma das suas tendas há um ou dois infelizes acorrentados para o resto da vida.

Lonzano contou a história do primo que, com dois filhos grandes e robustos, tentara levar uma caravana de trigo até a Pérsia.

– Foram apanhados, amarrados e enterrados até o pescoço no próprio trigo que carregavam e deixados para morrer de fome, uma morte nada misericordiosa. Finalmente os turcomanos venderam os corpos para nossa família, para o enterro judaico.

Assim Rob ficou no barco e quatro dias intermináveis passaram como uma série de anos de sofrimento.

Sete dias depois de terem deixado Constantinopla, Ilias levou o *keseboy* para um pequeno porto onde se amontoavam umas quarenta casas, algumas delas construções frágeis de madeira, mas a maioria feita com blocos de argila endurecida ao calor do sol. Era um porto de aparência inóspita, mas não para Rob, que durante toda a vida lembraria o porto de Rize com gratidão.

– *Imshallah! Imshallah!* – exclamaram os dervixes quando o *keseboy* encostou no ancoradouro. Reb Lonzano recitou uma bênção. Com a pele queimada de sol, mais magro, sem barriga nenhuma, Rob saltou do barco e caminhou cautelosamente pela terra ondulante, para longe do mar odioso.

Dedeh fez uma curvatura para Lonzano, Melek piscou os olhos para Rob e sorriu, e os dervixes foram embora.

– Venham – disse Lonzano.

Os judeus começaram a andar como se soubessem para onde iam. Rize era um lugarzinho horrível. Cães amarelos corriam latindo para eles. Passaram por crianças com feridas nos olhos, que davam risadinhas nervosas, por uma mulher desgrenhada cozinhando sobre uma fogueira ao ar livre, dois homens dormindo na sombra como amantes apaixonados. Um velho cuspiu quando passaram.

– O principal negócio deles é vender animais para as pessoas que chegam por mar e continuam a viagem pelas montanhas – disse Lonzano. – Loeb entende muito de animais e é encarregado da compra.

Rob deu o dinheiro para Loeb e logo chegaram a um pequeno barraco ao lado de um cercado com burros e mulas. O vendedor era estrábico. Não tinha o terceiro e quarto dedos da mão esquerda e quem os havia removido fizera um péssimo trabalho, mas os tocos de dedos eram úteis para puxar os cabrestos, separando os animais para que Loeb examinasse.

Loeb não pechinchou nem se demorou. Às vezes mal parecia olhar para os animais. Às vezes parava para verificar olhos, dentes, cernelhas e jarretes.

Disse que compraria só uma das mulas, e o vendedor ofendeu-se com o preço oferecido.

– Não é suficiente! – disse xingando, mas, quando Loeb deu de ombros e se afastou, o homem carrancudo o fez parar e aceitou o dinheiro.

De outro homem compraram três animais. O terceiro vendedor que visitaram olhou longamente para os animais que eles conduziam e fez um gesto afirmativo de compreensão. Separou animais da sua manada para eles.

– Conhecem os animais dos outros vendedores e assim sabem que Loeb só compra o melhor – disse Aryeh.

Logo os quatro membros do grupo de judeus tinham burros pequenos e resistentes para montar e uma mula forte para carga.

Lonzano disse que estavam a um mês de viagem de Ispahan, se tudo corresse bem, e Rob ganhou novas forças. Passaram um dia atravessando a planície costeira e três dias no sopé das montanhas. Subiram então para as altas encostas, Rob gostava de montanhas, mas aquelas eram áridas e rochosas, com pouca vegetação.

– É porque não há água durante boa parte do ano – disse Lonzano. – Na primavera, há enchentes violentas e perigosas, e no resto do tempo a região é seca. Os lagos são geralmente de água salgada, mas sabemos onde encontrar água doce.

De manhã fizeram a oração, e, quando terminaram, Aryeh cuspiu e olhou para Rob com desprezo.

– Você não sabe merda nenhuma. É um *goy* muito burro.

– Quem é burro é *você* e fala como um porco – disse Lonzano para Aryeh.

– Ele não sabe nem como se põe o *tefillin*! – disse Aryeh, emburrado.

– Foi criado entre estranhos e, se ele não sabe, é nossa oportunidade para ensinar. Eu, Reb Lonzano ben Ezra ha-Levi, de Masqat, vou ensinar a ele alguns dos costumes do seu povo.

Lonzano ensinou Rob a enrolar corretamente os filactérios. O couro era enrolado três vezes no braço, formando a letra hebraica *shin*, depois era enrolado sete vezes no antebraço, na palma da mão e nos dedos, formando mais duas letras, *dalet* e *yud*, completando a palavra *Shaddai*, um dos sete nomes impronunciáveis.

Enquanto enrolavam as tiras de couro rezavam, inclusive uma passagem de Oseias 2:21-22: "E me unirei a ti para sempre... na retidão e na justiça, e na bondade cheia de amor e na compaixão. E me unirei a ti com fidelidade e conhecerás o Senhor."

Repetindo as palavras, Rob começou a tremer, pois tinha prometido a Jesus que, apesar da sua aparência externa, permaneceria fiel. Então lembrou que Cristo era judeu e sem dúvida durante sua vida devia ter usado os filactérios milhares de vezes, recitando aquelas mesmas orações. O peso deixou seu coração, bem como o medo, e repetiu as palavras de Lonzano enquanto as tiras de couro no seu braço faziam a mão ficar roxa de um modo muito interessante, indicando que o sangue estava preso nos dedos pelo couro apertado, e Rob imaginou para onde o sangue teria ido e para onde iria quando tirasse as tiras dos braços.

– Outra coisa – disse Lonzano enquanto tiravam os filactérios. – Não deve esquecer de pedir a orientação divina, porque você não sabe a Língua. Está escrito que quando a pessoa não pode dizer uma súplica determinada, deve pelo menos pensar no Todo-poderoso. Isso também é rezar.

Não compunham uma cena muito bonita, pois um homem alto fica desproporcional cavalgando um burro. Os pés de Rob quase tocavam o chão, mas o burro suportava seu peso com facilidade, por longas distâncias, e era ágil, perfeitamente adequado para subir e descer montanhas.

Rob não gostava do passo de Lonzano, pois o líder do grupo usava uma vara espinhosa na sua montaria, apressando-a a todo momento.

– Por que tão depressa? – resmungou Rob finalmente, mas Lonzano nem se dignou a virar a cabeça.

Loeb respondeu:

– Gente perigosa vive nesta região. Matam qualquer viajante e detestam especialmente os judeus.

Conheciam o caminho de cor; Rob o desconhecia completamente e, se algo acontecesse aos outros três, sua sobrevivência, naquele ambiente árido e hostil, era muito duvidosa. A trilha subia e descia, íngreme, contorcendo-se entre os picos escuros e ameaçadores da Turquia oriental. No fim da tarde do quinto dia, chegaram a um pequeno regato que corria preguiçoso entre as margens rochosas.

– O rio Coruh – disse Aryeh.

A garrafa de Rob estava quase vazia, mas Aryeh balançou a cabeça quando ele se dirigiu para o regato.

– É salgada – disse mal-humorado, como se Rob tivesse obrigação de saber, e continuaram o caminho.

Ao cair da noite, depois de uma curva, viram um garoto tomando conta de cabras. Saiu correndo quando apareceram.

– Vamos atrás dele? – perguntou Rob. – Talvez vá avisar os bandidos da nossa presença.

Dessa vez Lonzano olhou para ele e sorriu, e Rob percebeu que a tensão estava diminuindo.

– Aquele era um garoto judeu. Estamos quase em Bayburt.

O povoado tinha menos de cem pessoas, um terço mais ou menos de judeus. Ficava atrás de um muro forte e alto construído na encosta da montanha. Quando chegaram ao muro, o portão já estava aberto. Foi fechado imediatamente atrás deles e trancado, e ao desmontarem encontraram segurança e hospitalidade dentro dos muros do bairro judeu.

– *Shalom* – cumprimentou o *rabbenu* de Bayburt sem demonstrar surpresa.

Era um homem pequeno, que ficaria muito bem montado num burro. Sua barba era espessa e tinha uma expressão pensativa.

– *Shalom aleikhum* – respondeu Lonzano.

Em Tryavna, Rob tinha ouvido falar sobre o sistema de viagem dos judeus e agora o via na prática como um participante. Meninos levaram os animais para serem tratados, outros apanharam suas garrafas para serem lavadas e enchidas com água do poço do povoado. As mulheres levaram toalhas molhadas para que se lavassem e foram conduzidos para uma refeição de pão fresco, sopa e vinho antes da reunião na sinagoga com os homens da cidade para o *ma àriv*. Depois da prece, juntaram-se ao *rabbenu* e a alguns dos dirigentes do povoado.

– Seu rosto é familiar, não é? – disse o *rabbenu* para Lonzano.

– Já tive o prazer da sua hospitalidade antes. Estive aqui há seis anos com meu irmão Abraham e nosso pai de santa memória, Jeremiah ben Label. Nosso pai nos foi tirado há quatro anos, quando um pequeno ferimento no braço gangrenou e o envenenou. A vontade do Altíssimo.

O *rabbenu* assentiu com um gesto e suspirou:

– Que ele possa descansar.

Um judeu grisalho coçou o queixo e perguntou ansioso:

– Será que lembra de mim? Yosel ben Samuel de Bayburt? Eu me hospedei na casa da sua família em Masqat, vai fazer dez anos nesta primavera. Transportava pirita de cobre numa caravana de quarenta e três camelos e seu tio... Issachar?... me ajudou a vender as piritas para um fundidor e obter um carregamento de esponjas marinhas que levei de volta e vendi com bom lucro.

Lonzano sorriu.

– Meu tio Jehiel. Jehiel ben Issachar.

– Jehiel, isso mesmo! Foi Jehiel. Ele está com saúde?

– Estava quando saí de Masqat – respondeu Lonzano.

– Muito bem – disse o *rabbenu* –, a estrada para Erzurum é controlada por uma súcia de bandidos turcos, que a praga os leve e que todo tipo de catástrofe impeça seus passos. Eles matam, pedem resgate, fazem o que bem entendem. Devem dar a volta por fora da região deles, tomando uma pequena trilha que atravessa as mais altas montanhas. Não vão se perder, pois um dos nossos jovens vai como guia.

Assim, bem cedo no dia seguinte, deixaram a estrada logo depois de Bayburt, entrando por uma trilha rochosa que, em alguns trechos, tinha menos de um metro de largura, com imensos desfiladeiros entre as montanhas. O guia ficou com eles até voltarem a salvo para a estrada principal.

Na noite seguinte, chegaram a Karakose, onde havia apenas uma dúzia de famílias judias, prósperos mercadores que viviam sob a proteção de um poderoso chefe, Ali ul Hamid. O castelo de Hamid tinha a forma de um heptágono sobre uma alta montanha ao lado da cidade. Parecia um galeão de guerra, desmontado e sem mastros. A água era levada à fortaleza por meio de burros e as cisternas eram mantidas sempre cheias para o caso de cerco da cidade. Em troca da proteção de Hamid, os judeus de Karakose obrigavam-se a manter as despensas do castelo cheias de painço e arroz. Rob e os três judeus não tiveram oportunidade de ver Hamid, mas deixaram Karakose satisfeitos, nada dispostos a se demorar numa cidade cuja segurança dependia do capricho de um único homem poderoso.

Atravessavam agora um território extremamente perigoso e difícil, mas o sistema organizado das viagens estava funcionando. Todas as noites, renovavam o suprimento de água doce, tinham boa comida e abrigo, além de conselhos sobre a estrada que iriam percorrer. As linhas de preocupação no rosto de Lonzano desapareceram.

Na tarde de uma sexta-feira, chegaram ao pequeno povoado de Igdir, na encosta da montanha, e passaram mais um dia nas pequenas casas de pedra dos judeus para não viajar no sabá. Cultivavam frutas em Igdir, e fartaram-se com prazer comendo amoras e compota de marmelo. Agora até Aryeh estava relaxado e Loeb tratou Rob com delicadeza, mostrando a linguagem secreta de sinais com a qual os negociantes judeus do Oriente conduziam seus negócios sem falar.

– É toda feita com as mãos – disse Loeb. – Um dedo em riste significa dez, o dedo dobrado, cinco. O dedo seguro pela outra mão só com a ponta de fora significa um, a mão inteira vale cem, o punho fechado, mil.

Na manhã em que deixaram Igdir, Rob e Loeb cavalgaram lado a lado, negociando secretamente com movimentos das mãos, fechando negócios para embarques não existentes, comprando e vendendo especiarias, ouro e reinos, para passar o tempo. A trilha era rochosa e difícil.

– Não estamos longe do monte Ararat – disse Aryeh.

Rob observou os picos enormes e pouco amistosos, o terreno árido.

– O que Noé deve ter pensado quando saiu da arca? – perguntou, e Aryeh ergueu os ombros.

Em Nazik, a cidade seguinte, atrasaram-se. A comunidade ocupava o comprimento de um grande desfiladeiro rochoso, e nela viviam oitenta e quatro judeus e umas trinta vezes esse número de anatolianos.

– Vai haver um casamento turco nesta cidade – disse o *rabbenu*, um homenzinho magro com ombros curvos e olhos cheios de força. – Já começaram a comemorar e estão agitados de modo perigoso. Não ousamos sair do nosso bairro.

Seus anfitriões os mantiveram fechados no bairro judeu durante quatro dias. Tinham muita comida e um bom poço. Os judeus de Nazik eram agradáveis e delicados, e embora o sol estivesse causticante, os viajantes dormiam em um estábulo de pedra sobre palha fresca e limpa. Da cidade chegavam os sons de brigas e desordens de bêbados, de móveis quebrados e em certo momento uma chuva de pedras desabou sobre os judeus, vinda do outro lado do muro, mas ninguém se feriu.

Depois de quatro dias, tudo estava quieto, e um dos filhos do *rabbenu* saiu para ver e disse que os turcos estavam exaustos e calmos depois da festa selvagem, e na manhã seguinte Rob saiu de Nazik satisfeito com seus três companheiros de viagem.

Atravessaram então uma região difícil, sem nenhum povoado judeu e nenhuma proteção. Três dias depois de terem deixado Nazik, chegaram a um planalto com uma grande extensão de água cercada por uma faixa larga de lama seca e branca. Apearam dos burros.

– Este é Urmiya – disse Lonzano para Rob –, um lago raso e salgado. Na primavera, os rios trazem para cá minerais das montanhas. Mas nenhum deles deságua no lago, assim o sol do verão bebe a água e deixa o sal em volta das margens. Apanhe uma pitada de sal e ponha na língua.

Rob obedeceu e fez uma careta.

Lonzano sorriu.

– Está sentindo o gosto da Pérsia.

Rob não entendeu imediatamente.

– Estamos na Pérsia?

– Estamos. Esta é a fronteira.

Rob ficou desapontado. Parecia um caminho longo demais a percorrer para... aquilo. Lonzano percebeu.

– Não se preocupe. Vai ficar apaixonado por Ispahan. Eu garanto. Acho melhor montarmos outra vez, temos ainda longos dias de viagem.

Mas, antes, Rob urinou no lago Urmiya, acrescentando a Mistura Especial inglesa ao sal da Pérsia.

CAPÍTULO 36

O caçador

Aryeh não escondia seu ódio. Na frente de Lonzano e Loeb, tomava cuidado com o que dizia, mas, quando os dois não podiam ouvi-lo, seus comentários sobre Rob eram contundentes. Mesmo quando falava com os outros dois judeus, era sempre desagradável.

Rob era maior e mais forte. Às vezes precisava recorrer a toda a força de vontade para não atacar Aryeh.

Lonzano percebeu.

– Deve ignorar Aryeh – disse ele.

– Aryeh é um... – Não sabia a palavra persa para bastardo.

– Mesmo em casa, Aryeh não é muito agradável, mas não tem alma de viajante. Quando saímos de Masqat, estava casado há menos de um ano e tinha um filho recém-nascido que não queria deixar. Desde então está sempre mal-humorado. – Lonzano suspirou. – Bem, nós todos temos família e muitas vezes é difícil viajar para tão longe de casa, especialmente no sabá ou num dia santo.

– Há quanto tempo saíram de Masqat? – perguntou Rob.

– Desta vez, há vinte e sete meses.

– Se essa vida de viajante é tão árdua e solitária, por que continuam nela?

Lonzano olhou para ele.

– É assim que um judeu sobrevive.

Contornaram o lado norte do lago Urmiya e logo estavam outra vez nas montanhas altas e áridas. Passaram duas noites com os judeus de Tabriz e Takestan. Rob não via muita diferença entre esses lugares e os povoados da Turquia. Eram comunidades montanhosas, com casas feitas na pedra, gente dormindo nas sombras e cabras soltas nas proximidades do poço. Kashan era assim também, mas tinha um leão no seu portão de entrada.

Um leão de verdade, imenso.

– É um animal famoso, com quarenta e cinco palmos do nariz à ponta da cauda – disse Lonzano com orgulho, como se o leão fosse seu. – Foi abatido há vinte anos por Abdallah Xá, pai do atual governante. Durante sete anos, espalhou o pânico entre o gado da região até Abdallah sair em sua busca e matá-lo. Em Kashan, todos os anos comemoram o aniversário da caçada.

Agora o leão tinha abricós secos no lugar dos olhos, e a língua era um pedaço de feltro vermelho. Aryeh disse com desprezo que era recheado com trapos e mato seco. Gerações de traças tinham destruído o pelo até o couro em alguns lugares, mas as pernas pareciam colunas e os dentes eram ainda os originais, grandes e aguçados como pontas de lança, e Rob sentiu um arrepio quando os tocou.

– Não gostaria de me encontrar com ele.

Aryeh sorriu com seu ar superior.

– A maioria dos homens leva a vida toda sem ver um leão.

O *rabbenu* de Kashan era um homem gorducho com cabelo e barba cor de areia. Chamava-se David ben Sauli, o professor, e Lonzano disse que era um estudioso famoso, apesar da pouca idade. Foi o primeiro *rabbenu* que Rob viu com um turbante em lugar do chapéu de couro dos judeus. Quando conversou com os três homens, as linhas de preocupação voltaram ao rosto de Lonzano.

– Não é seguro tomar o caminho para o Sul através das montanhas – disse o *rabbenu*. – Um forte grupo de seljuks está nessa área.

– Quem são os seljúcidas? – perguntou Rob.

– Um povo de pastores que vive em tendas – disse Lonzano. – Assassinos e ferozes na luta. Atacam as terras nos dois lados da fronteira da Pérsia com a Turquia.

– Não podemos atravessar as montanhas – disse o *rabbenu* tristemente. – Os soldados seljuks são piores do que os bandidos.

Lonzano olhou para Rob, Loeb e Aryeh.

– Então só temos duas alternativas. Podemos ficar em Kashan até ser resolvido o problema com os seljuks, o que pode levar meses, um ano talvez. Ou podemos dar a volta nas montanhas, evitando os seljuks, aproximando-nos de Ispahan pelo deserto e depois pela floresta. Nunca viajei por esse deserto, o Dasht-i-Kavir, mas conheço outros e sei que são terríveis. – Voltou-se para o *rabbenu*. – É possível atravessá-lo?

– Não precisariam atravessar todo o Dasht-i-Kavir. Deus nos livre! – disse o *rabbenu* lentamente. – Apenas um canto, uma viagem de três dias, para o Leste e depois para o Sul. Sim, já foi feito algumas vezes. Podemos dar indicações do caminho a seguir.

Os quatro entreolharam-se. Finalmente Loeb, o mais calado, quebrou o silêncio.

– Não quero ficar um ano aqui – disse, falando por todos.

Cada um comprou uma bolsa de couro de cabra para água, enchendo-a antes de deixar Kashan. Era pesada.

– Precisamos de tanta água para três dias? – perguntou Rob.

– Acidentes acontecem. Podemos ter de ficar mais tempo no deserto – disse Lonzano. – E tem de dividir a água com os animais, pois vamos levar burros e mulas para o Dasht-i-Kavir, não camelos.

Um guia de Kashan os acompanhou num cavalo branco até onde uma trilha quase invisível saía da estrada. O Dasht-i-Kavir começava em uma crista argilosa, onde era mais fácil viajar do que nas montanhas. A princípio fizeram bom tempo de marcha e ficaram animados. O solo modificava-se tão gradualmente que mal percebiam, mas ao meio-dia, quando o sol os castigava sem piedade, estavam andando sobre areia tão fina que as patas dos animais desapareciam dentro dela. Todos desmontaram, e homens e animais continuaram enfrentando igualmente a caminhada árdua.

Para Rob era uma paisagem de sonho, um oceano de areia que se estendia em todas as direções até onde a vista alcançava. Às vezes erguia-se em ondas imensas, como as do mar que ele tanto temia, outras vezes era como as águas plácidas de um lago, apenas encrespadas pelo vento oeste. Não via sinal de vida, nenhum pássaro no ar, nenhum verme ou inseto na terra, mas à tarde passaram por ossos muito brancos, amontoados como uma pilha de lenha para o fogo no pátio de uma casa inglesa, e Lonzano disse que os restos dos animais e dos homens eram recolhidos pelas tribos nômades e empilhados para servir de pontos de referência. Aquela indicação de que existia alguém que podia viver num lugar como aquele era uma ideia impressionante e tentaram manter os animais quietos, sabendo que o zurrar do burro era levado até muito longe no ar parado.

Era um deserto de sal. Às vezes a areia sobre a qual caminhavam formava uma trilha entre a lama salgada como a do lago Urmiya. Seis horas de marcha deixaram-nos exaustos e, quando chegaram a uma pequena elevação de areia que lançava uma sombra, homens e animais se amontoaram para desfrutar a frescura relativa. Depois de uma hora na sombra, continuaram a caminhada até o pôr do sol.

– Talvez fosse melhor viajar à noite e dormir durante o dia – sugeriu Rob.

– Não – respondeu Lonzano rapidamente. – Quando eu era moço, certa vez atravessei o Dasht-i-Lut com meu pai, dois tios e quatro primos. Que descansem em paz. Dasht-i-Lut é um deserto de sal, como este. Resolvemos viajar durante a noite e logo tivemos problemas. Na estação quente, os lagos e pântanos salgados da estação chuvosa secam rapidamente, deixando uma crosta na superfície. Homens e animais às vezes quebravam essa camada mais ou menos fina. Embaixo dela há água salgada e areias movediças. É muito perigoso viajar à noite.

Recusou-se a responder perguntas sobre essa experiência da juventude no Dasht-i-Lut e Rob não insistiu, percebendo que era um assunto para ser esquecido.

Quando a noite caiu, se sentaram ou se deitaram na areia salgada. O deserto que os tinha calcinado durante o dia era frio à noite. Não tinham nada para queimar e, de qualquer modo, não teriam feito uma fogueira para não atrair olhares indesejáveis. Rob estava tão cansado que, apesar do desconforto, dormiu profundamente até a primeira luz do dia.

Percebeu que a água que em Kashan parecia ser excessiva tinha diminuído consideravelmente nas areias secas. Limitou-se a pequenos goles enquanto comia o pão, de manhã, dando mais para os seus dois animais. Derramava as porções no chapéu de couro e o segurava enquanto eles bebiam, colocando depois, com prazer, o chapéu molhado na cabeça castigada pelo sol.

Foi um dia de árdua caminhada. Quando o sol estava a pino, Lonzano começou a cantar uma frase das Escrituras: "*Levanta-te e alegra-te, pois tua luz chegou, e a glória do Senhor ergue-se em ti.*" Um a um os outros começaram a cantar também, e durante algum tempo glorificaram o Senhor com suas gargantas secas.

Logo foram interrompidos:

– Cavaleiros se aproximando! – gritou Loeb.

Muito longe, ao sul, viram uma nuvem de poeira que parecia levantada por um grande grupo de homens, e Rob pensou que talvez fosse o povo do deserto que deixava as marcas com pilhas de ossos. Mas, quando chegou mais perto, viram que era apenas uma nuvem.

Quando o vento quente do deserto os alcançou, os burros e as mulas tentaram dar as costas para ele com a sabedoria do instinto. Rob abrigou-se o melhor possível atrás dos animais enquanto o vento os açoitava. Os primeiros efeitos eram como os da febre. O vento carregava areia e sal que queimavam a pele como flocos de cinzas quentes. O ar ficou mais pesado e mais opressivo do que antes, e homens e animais esperaram obstinadamente enquanto o vento os fazia parte da terra, cobrindo-os com uma camada de areia e de sal com dois dedos de espessura.

Naquela noite, sonhou com Mary Cullen. Sentado ao lado dela sentiu-se tranquilo. Havia felicidade no rosto de Mary, e Rob sabia que era por sua causa, o que o fazia feliz também. Ela começou a bordar e sem que ele percebesse como, nem por que, agora ela era Mam e ele sentiu um calor e uma segurança que não experimentava desde os nove anos.

Então acordou, tossindo e cuspindo em seco. Tinha areia e sal na boca e nas orelhas, e, ao se levantar e andar, areia e sal se esfregavam entre suas nádegas.

Era a terceira manhã. *Rabbenu* David ben Sauli dissera a Lonzano para viajar para o Leste por dois dias e depois para o Sul por mais um dia. Tinham caminhado na direção que Lonzano supunha ser Leste e agora seguiram a direção que Lonzano acreditava ser o Sul.

Rob nunca foi capaz de distinguir entre Leste e Sul, Oeste e Norte. Imaginou o que seria deles se Lonzano não soubesse realmente onde era o Leste e nem onde era o Sul, ou se as indicações do *rabbenu* de Kashan não fossem exatas.

A parte do Dasht-i-Kavir que estavam atravessando era como uma pequena enseada em um grande oceano. O deserto era vasto e, para eles, impossível de ser atravessado.

E se em lugar de atravessar a pequena enseada estivessem se encaminhando diretamente para o coração do Dasht-i-Kavir?

Nesse caso, estariam condenados.

Perguntou a si mesmo se o Deus dos judeus não estaria reclamando sua pessoa por causa de todo aquele fingimento. Mas Aryeh, embora nada amável, não era cruel, e Lonzano e Loeb eram ótimas pessoas; não era lógico pensar que o Deus deles os destruiria para punir um *goy* pecador.

Não era o único com pensamentos desesperados. Percebendo o que sentiam, Lonzano tentou fazê-los cantar outra vez. Mas sua voz foi a única que se ergueu e logo desistiu.

Rob derramou no chapéu a ração final de água e esperou que os animais bebessem.

Na sua garrafa de couro havia apenas uns seis goles. Pensou que, se estavam quase no fim do Dasht-i-Kavir, isso não tinha importância, e, se estavam se dirigindo para a direção errada, aquela água não seria suficiente para salvar sua vida.

Bebeu toda. Obrigou-se a goles pequenos, mas a água acabou logo.

Assim que esvaziou a bolsa de couro de cabra a sede começou a atormentá-lo mais do que nunca. A água que acabava de beber parecia queimar suas entranhas, acompanhada por uma terrível dor de cabeça.

Tentou andar, mas seus passos estavam trôpegos. Não posso andar, compreendeu Rob apavorado.

Lonzano começou a bater palmas.

– *Ai*, di-di-di-di-di-di, *ai*, di-di *di*, di! – cantou ele e começou a dançar, balançando a cabeça, rodopiando, levantando os braços e os joelhos ao ritmo da canção.

Os olhos de Loeb encheram-se de lágrimas furiosas.

– Pare com isso, seu idiota! – gritou.

Mas logo depois fez uma careta e começou a cantar e bater palmas, rodopiando em volta de Lonzano.

Depois Rob e até Aryeh:

– *Ai*, di-di-di-di-di-di, *ai*, di-di *di*, di!

Cantaram com lábios secos e dançaram com pés insensíveis. Finalmente se calaram e pararam a dança louca, mas continuaram a andar, movendo uma perna dormente depois da outra, não ousando enfrentar a possibilidade de estarem perdidos.

No começo da tarde ouviram um trovão. Rolou distante por um longo tempo antes de trazer algumas gotas de chuva, e logo depois viram uma gazela e depois um par de burros selvagens.

Os animais imediatamente apressaram o passo. Começaram a trotar por conta própria, farejando o que havia adiante, e os homens montaram nos burros, deixando a extrema fronteira de areia na qual tinham caminhado durante três dias.

A paisagem era agora uma planície, primeiro com vegetação esparsa, depois mais rica. Antes do cair da noite, chegaram a um pequeno lago onde cresciam juncos e andorinhas mergulhavam e rodopiavam. Aryeh experimentou a água e fez um gesto afirmativo.

– É boa.

– Não devemos deixar que os animais bebam muita água para não ficarem esfalfados – avisou Loeb.

Fizeram os animais beber cautelosamente, amarraram todos nas árvores e então beberam, tiraram a roupa e entraram no pequeno lago, entre os juncos.

– Quando atravessou o Dasht-i-Lut, perdeu algum viajante? – perguntou Rob.

– Perdemos meu primo Calman – respondeu Lonzano. – Um homem de vinte e dois anos.

– Caiu sob a crosta de sal?

– Não. Abandonou toda a autodisciplina e tomou toda a água. Morreu de sede.

– Descanse em paz – comentou Loeb.

– Quais são os sintomas de um homem morrendo de sede?

Lonzano evidentemente ficou ofendido.

– Não quero pensar nisso.

– Pergunto porque vou ser médico, e não por simples curiosidade – disse Rob e viu que Aryeh olhava para ele com antipatia.

Depois de algum tempo, Lonzano fez um gesto afirmativo.

– Meu primo Calman ficou confuso com o calor e bebeu água demais, até o fim. Estávamos perdidos e cada um cuidava da própria água. Não tínhamos permissão para compartilhar. Depois de algum tempo, ele começou a ter ânsia de vômito, mas não tinha nenhum líquido para vomitar. Sua língua ficou negra e o céu da boca, esbranquiçado. Começou a delirar, pensando que estava na casa da mãe. Os lábios se encolheram expondo os dentes e a boca abria-se num sorriso feroz. Ele ora respirava com dificuldade, ora roncava. Naquela noite, protegido pela escuridão, desobedeci e coloquei um pedaço de pano molhado na boca dele, mas era tarde demais. Depois de dois dias sem água, ele morreu.

Ficaram em silêncio na água escura.

– *Ai*, di-di-di-di-di-di, *ai*, di-di *di*, di! – cantou Rob afinal.

Ele e Lonzano se entreolharam e sorriram.

Um mosquito pousou no rosto ressecado de Loeb e ele deu um tapa no próprio rosto.

– Acho que os animais podem tomar mais água – disse, e todos saíram da água para cuidar deles.

No dia seguinte, estavam montados novamente ao nascer do sol e para intenso prazer de Rob passavam agora por inúmeros lagos circundados por campos de relva. Os lagos o entusiasmaram. A relva alcançava os joelhos de um homem alto e era deliciosamente perfumada. Cheia de gafanhotos e grilos, além de pequenos insetos cuja picada provocava ardor e coceira. Alguns dias antes teria ficado feliz ao ver um inseto, mas agora ignorava as borboletas grandes e coloridas da relva para dar palmadas nos mosquitos, praguejando furioso.

– Oh, Deus, o que é aquilo?! – exclamou Aryeh.

Rob olhou para onde ele apontava e viu à luz clara do sol uma nuvem imensa que se erguia a leste. Observou-a com alarme crescente enquanto ela se aproximava, pois parecia a nuvem de poeira avistada quando o vento do deserto os envolveu.

Mas dessa vinha o som inconfundível de patas de cavalos, como se um imenso exército corresse para eles.

– Os seljúcidas? – murmurou, mas ninguém respondeu.

Pálidos e preocupados, esperaram e observaram enquanto a nuvem se aproximava cada vez mais e o som era agora ensurdecedor.

A uma distância de mais ou menos cinquenta passos, ouviram o ruído metálico de choque, como se milhares de cavaleiros experimentados tivessem puxado as rédeas ao mesmo tempo.

A princípio não conseguiram ver nada. Então a poeira abaixou e Rob viu burros selvagens, um número enorme em ótimas condições, dispostos em fila. Os burros olharam para os homens com atenta curiosidade e os homens olharam para eles.

– *Hai!* – gritou Lonzano, e a manada deu meia-volta e continuou seu caminho, para o Norte, deixando para trás uma mensagem sobre a multiplicidade da vida.

Passaram por manadas menores de burros e manadas enormes de gazelas, às vezes pastando juntos e obviamente quase nunca caçados, pois não se importaram com a presença dos homens. Mais ameaçadores eram os porcos selvagens em grande quantidade. Ocasionalmente Rob via uma porca peluda ou um javali com presas perigosas, e por todos os lados animais rosnavam fuçando a terra entre a relva alta.

Agora, quando Lonzano sugeriu, todos cantaram, para avisar os porcos selvagens da sua presença, evitando assim que se assustassem e atacassem. Rob sentia arrepios e suas longas pernas aos lados do burrinho, passando entre a relva, pareciam muito vulneráveis, mas os porcos abriam caminho ouvindo as vozes altas dos homens e não criavam problema.

Chegaram a um regato de águas rápidas que parecia um grande fosso, as margens quase verticais e cobertas de funcho, e embora tivessem procurado rio abaixo e rio acima, não encontraram um ponto adequado para atravessar; finalmente levaram os animais para dentro do regato. Foi difícil, os burros e as mulas esforçando-se para subir a margem oposta e escorregando na terra molhada. O ar se encheu de pragas e palavrões e com o cheiro forte do funcho esmagado, e a travessia consumiu um tempo enorme. Depois do rio entraram numa floresta, seguindo uma trilha igual às que Rob percorria na Inglaterra. A região era mais selvagem do que os bosques ingleses; as copas das árvores entrelaçadas cobriam a luz do sol, mas o mato baixo era exuberante e repleto de vida selvagem. Identificou veados, lebres e um porco-espinho, e nas árvores havia pombos e o que lhe pareceu uma espécie de perdiz.

Era o tipo de caminho que Barber teria gostado de percorrer, pensou, imaginando qual seria a reação dos judeus se tocasse sua corneta de chifre.

Rob ia na frente quando, depois de uma curva, seu burro refugou. Acima deles, num galho de árvore, um gato selvagem os observava.

O burro recuou e atrás deles a mula farejou o animal e urrou. Talvez a pantera tenha sentido o pavor do homem e dos animais. Enquanto Rob procurava uma arma, o animal, que para ele parecia monstruoso, deu o bote.

Uma flecha, longa e pesada, atirada com força tremenda, acertou o olho direito da fera.

As garras afiadas arranharam o pobre burro quando o felino caiu sobre Rob, tirando-o da sela. Caiu no chão, sufocado com o cheiro almiscarado do felino. O animal estava em cima dele, o rosto de Rob de frente para a traseira da pantera, vendo o pelo brilhante, o ânus e a grande pata direita, a poucos centímetros do seu rosto, com as solas obscenamente grandes, parecendo inchadas. A garra de um dos dedos tinha sido arrancada recentemente, e o lugar estava ainda em carne viva, indicando que na outra extremidade do felino não havia olhos de abricó seco nem língua de feltro.

Saíram pessoas da floresta. Perto delas estava o chefe, segurando ainda o longo arco.

O homem usava um casaco simples de morim vermelho forrado de algodão, meias rústicas, sapatos de couro granulado e turbante descuidadamente enrolado. Tinha uns quarenta anos, corpo forte, empertigado, barba escura e curta, nariz aquilino e a chama do matador ainda nos olhos enquanto observava seus batedores retirando a pantera morta de cima do enorme jovem.

Rob levantou-se trêmulo, esforçando-se para controlar os intestinos.

– Pegou o maldito burro? – perguntou para ninguém em particular. Nem os judeus nem os persas responderam, pois a pergunta foi feita em inglês. Afinal, viu que o burro tinha sido trazido do bosque estranho, onde outros perigos talvez estivessem à espreita e tremia agora como seu dono.

Lonzano aproximou-se de Rob e resmungou alguma coisa. Então todos estavam ajoelhados no rito de prostração que, mais tarde, descreveram para Rob como *ravi zemin*, "rosto no chão", e Lonzano o puxou para baixo sem nenhuma delicadeza, garantindo que sua cabeça se curvasse adequadamente, apertando com a mão a nuca dele.

O caçador percebeu o gesto de Lonzano. Rob ouviu o som dos passos do homem e depois os sapatos de couro granulado pararam a alguns centímetros da sua cabeça curvada.

– Uma grande pantera morta e um grande *dhimmi* pouco educado – disse uma voz bem-humorada, e os sapatos se afastaram.

Caçador e empregados partiram com a presa sem outra palavra, e depois de algum tempo os judeus se levantaram.

– Você está bem? – perguntou Lonzano.

– Estou, estou. – Sua túnica estava rasgada, mas ele estava ileso. – Quem é ele?

– Ala-al-Dawla, Xainxá, O Rei dos Reis.

Rob olhou para a estrada pela qual os homens tinham partido.

– O que é um *dhimmi*?

– Significa "Homem do Livro". É como chamam os judeus aqui – disse Lonzano.

CAPÍTULO 37

A cidade de Reb Jesse

Rob separou-se dos três judeus dois dias depois, em Kupayeth, um povoado na encruzilhada, com uma dúzia de casas de tijolos em ruínas. O desvio pelo Dasht-i-Kavir os levara um pouco demais para o Leste, mas tinha agora menos de um dia de viagem para o Oeste até Ispahan, ao passo que os três teriam ainda três semanas de viagem árdua para o Sul e só estariam em casa depois de cruzar o estreito de Hormuz.

Rob sabia que, sem aqueles homens e os povoados judeus que os abrigara, nunca teria chegado à Pérsia.

Rob e Loeb abraçaram-se.

– Vá com Deus, Reb Jesse ben Benjamin!

– Vá com Deus, amigo.

Até o mal-humorado Aryeh conseguiu um sorriso meio a contragosto quando desejaram mutuamente boa viagem, sem dúvida tão feliz por se despedir quanto o próprio Rob.

– Quando estiver na escola de medicina, não esqueça de dar recomendações ao parente de Aryeh, Reb Mirdin Askari – disse Lonzano.

– Sim. – Segurou as mãos de Lonzano. – Muito obrigado, Reb Lonzano ben Ezra.

Lonzano sorriu.

– Para quem é quase um Outro, foi excelente companheiro e um homem de valor. Vá em paz, *inghliz*.

– Vão em paz.

Com um coro de bons votos, seguiram caminhos diferentes.

Rob estava montado na mula porque depois do ataque da pantera havia transferido a carga para o pobre burro assustado. Fez seus preparativos com calma, mas a excitação crescia a cada momento e queria saborear a última parte da viagem.

Felizmente não tinha pressa, porque a estrada era movimentada. Ouviu o som de que tanto gostava e logo alcançou uma fila de camelos, cada um com dois cestos cheios de arroz. Seguiu atrás do último camelo, deliciando-se com o soar melodioso dos sinos.

A floresta subia até um planalto aberto; onde havia água em abundância, havia plantações de arroz e de papoulas para o ópio, separadas por extensas áreas de rocha árida. O planalto por sua vez terminava em montanhas de calcário branco com grandes partes retiradas pelo homem.

Quase no fim da tarde a mula chegou ao pico de uma colina e Rob viu lá embaixo o vale de um pequeno rio e – vinte meses depois de ter saído de Londres! – Ispahan.

A primeira e ofuscante impressão foi de brancura cintilante com toques de azul-escuro. Era um lugar voluptuoso, cheio de hemisférios e curvas, grandes construções com cúpulas brilhando à luz do sol, mesquitas com minaretes que pareciam lanças, espaços verdes abertos e olmos e ciprestes adultos. A parte sul da cidade era cor-de-rosa, pois os raios do sol se refletiam nas dunas de areia e não no calcário.

Agora Rob não podia mais se controlar. *"Hai!"*, gritou, batendo com os calcanhares na mula. Com o burro correndo atrás, saíram da fila e passaram pelos camelos a trote apressado.

A uns trezentos metros da cidade, a trilha se transformava em uma espetacular avenida de lajotas, a primeira estrada pavimentada que Rob via desde que deixara Constantinopla. Era muito larga, com quatro pistas separadas por fileiras de olmos da mesma altura. A avenida atravessava o rio por meio de uma ponte, na realidade uma represa em arco que formava um reservatório para irrigação. Ao lado da placa com o nome do rio, Zayandeh, o Rio da Vida, crianças nuas de pele morena brincavam e nadavam.

A avenida o conduziu ao grande muro de pedra e ao portão da cidade que formava um arco maravilhoso.

No outro lado do muro ficavam as grandes casas dos ricos, com terraços, pomares e vinhedos. Havia arcos pontudos por toda parte – nos portais, nas janelas, nos portões dos jardins. Depois do bairro dos ricos, vinham as mesquitas e construções maiores, com os telhados abobadados, brancos e redondos, com pequenas pontas no topo, como se os arquitetos fossem loucamente apaixonados por seios femininos. Era fácil ver para onde tinha ido a pedra da montanha de calcário; tudo era de pedra branca orlada com azulejos azul-escuros que formavam desenhos geométricos ou citações do Qu'ran:

> *Não há outro deus senão Ele, o mais misericordioso.*
> *Lute pela religião de Deus.*
> *Ai daqueles que são negligentes em suas orações.*

As ruas estavam repletas de homens com turbantes, mas não se viam mulheres. Passou por uma imensa praça aberta; mais ou menos um quilômetro adiante, por outra. Deliciava-se com os sons e os cheiros. Era sem dúvida um *municipium*, um conjunto de seres humanos como o que tinha conhecido quando garoto, em Londres, e por algum motivo Rob sentiu que estava no lugar certo, cavalgando lentamente por aquela cidade, na margem norte do Rio da Vida.

Dos minaretes, vozes masculinas, algumas distantes e fracas, outras próximas e claras, começaram a chamar os fiéis para a prece. O movimento parou, todos os homens voltados para o que devia ser o sudoeste, a direção de Meca. Todos os homens da cidade estavam de joelhos, acariciando o solo com as palmas das mãos, encostando a cabeça nas lajes da rua.

Rob fez a mula parar e desmontou, em sinal de respeito.

Terminadas as preces, aproximou-se de um homem de meia-idade que enrolava apressadamente seu tapete de oração tirado de um carro de boi. Rob perguntou onde ficava o bairro judeu.

– Ah. Chama-se Yehuddiyyeh. Continue por esta avenida, Yazdegerd, até chegar ao mercado judeu. No fim do mercado, há um portão com arco, e no outro lado vai encontrar seu bairro. Não pode errar, *dhimmi*.

O lugar estava cheio de barracas que vendiam móveis, lampiões a óleo, pães, doces com cheiro de mel e especiarias, roupas, utensílios de todos os tipos, vegetais e frutas, carnes, peixes, galinhas depenadas e limpas ou vivas e cacarejando – todo o necessário para a vida material. Viu xales de oração, roupas com franjas, filactérios. Na barraca onde se escreviam cartas, um velho enrugado inclinava-se para a mesa com vidros de tinta e penas, e uma mulher lia a sorte numa tenda aberta. Rob sabia que era o bairro judeu por causa da presença das mulheres vendendo e comprando no mercado, com cestos no braço. Usavam vestidos negros largos e lenços na cabeça. Poucas tinham véu no rosto, como as muçulmanas. Os homens estavam vestidos como Rob e tinham barbas espessas e longas.

Andou devagar, saboreando a cena e os sons. Passou por dois homens que discutiam o preço de um par de sapatos, brigando como inimigos. Outros brincavam, aos gritos. Era preciso falar alto para ser ouvido.

No outro lado do mercado, passou pelo portão em arco e pelas ruas estreitas secundárias, depois desceu uma ladeira sinuosa e chegou a uma grande área de casas muito pobres, construídas irregularmente, separadas por pequenas ruas sem nenhuma pretensão à uniformidade. Muitas casas eram encostadas em outras, mas aqui e ali aparecia uma separada, com um pequeno jardim; embora humildes, pelos padrões ingleses, destacavam-se das outras como se fossem castelos.

Ispahan era antiga mas o Yehuddiyyeh parecia mais antigo ainda. As ruas eram sinuosas, e delas saíam vielas. As casas e sinagogas eram de pedras ou de tijolos muito velhos cor-de-rosa desbotados. Algumas crianças passaram por ele conduzindo um bode. As pessoas, em grupos, conversavam e riam. Logo seria hora do jantar e o cheiro de comida que vinha das casas dava água na boca.

Andou pelo bairro até encontrar um estábulo, onde deixou os animais. Antes de sair, limpou as marcas da pantera no flanco do burro, que estavam cicatrizando muito bem.

Não muito longe do estábulo encontrou uma estalagem cujo dono era velho e alto, tinha um maravilhoso sorriso e uma corcunda. Chamava-se Salman, o Menor.

– Por que o Menor? – não pôde deixar de perguntar Rob.

– Na minha aldeia natal de Razan, meu tio era Salman, o Grande. Um estudioso de fama – explicou o velho.

Rob alugou uma esteira num canto do grande dormitório.

– Quer comida?

Rob sentiu-se tentado pelos pequenos pedaços de carne no espeto, arroz encorpado que Salman chamava de *pilah*, cebolinhas torradas no fogo.

– É *kasher*? – perguntou cautelosamente.

– Naturalmente que é *kasher*, pode comer sem medo!

Depois da carne, Salman serviu doces de mel e uma bebida agradável chamada *sherbet*.

– Você vem de longe – disse ele.

– Europa.

– Europa. Ah!

– Como sabia?

O velho deu um largo sorriso.

– O modo que fala a língua. – Viu o desapontamento de Rob. – Vai aprender melhor, tenho certeza. Como é ser judeu na Europa?

Rob não sabia, mas então lembrou do que Zevi tinha dito.

– É difícil ser judeu.

Salman fez um gesto afirmativo.

– Como é ser judeu em Ispahan?

– Oh, aqui não é tão ruim. As pessoas aprendem a nos insultar no Qu'ran, e nos xingam. Mas estão acostumadas conosco e nós com elas. Sempre houve judeus em Ispahan – continuou. – A cidade foi começada por Nabucodonosor, que, segundo a lenda, instalou aqui os judeus prisioneiros, depois de ter conquistado a Judeia e destruído Jerusalém. Então, novecentos anos mais tarde, um Xá chamado Yazdegerd apaixonou-se por uma judia que morava aqui, Shushan-Dukht, e fez dela sua rainha. Ela facilitou as coisas para seu povo, e mais judeus vieram para a cidade.

Rob pensou que não podia ter escolhido disfarce melhor, podia misturar-se com eles como uma formiga no formigueiro, logo que tivesse aprendido seus costumes.

Assim, depois do jantar, acompanhou o estalajadeiro à Casa da Paz, uma das doze sinagogas. Era uma construção quadrada, de pedra antiga, as rachaduras cheias de musgo macio e marrom, embora não fosse úmido. Tinha estreitas aberturas em lugar de janelas e a porta tão baixa que Rob teve de se curvar para entrar. Um corredor escuro levava ao interior onde lampiões iluminavam colunas que serviam de suporte ao teto alto e escuro demais para seus olhos. Os homens sentavam-se na parte principal e as mulheres atrás de uma parede, num pequeno recesso, ao lado do prédio. Rob achou mais fácil executar o rito do *ma'riv* na sinagoga do que na companhia de três judeus na estrada. Ali tinham um *hazzan* para conduzir, as preces e uma congregação inteira para murmurar ou cantar de acordo com a escolha de cada um, e Rob juntou-se ao movimento oscilante dos fiéis, menos preocupado com a pobreza do seu hebraico e o fato de que nem sempre conseguia acompanhar as orações.

De volta à estalagem, Salman sorriu com ar malicioso.

— Talvez queira um pouco de divertimento, um homem jovem como você? À noite as *maidans*, as praças públicas do bairro muçulmano da cidade, ficam muito movimentadas. Há mulheres e vinho, música e divertimento que nem pode imaginar, Reb Jesse.

Mas Rob balançou a cabeça.

— Gostaria disso, mas outro dia qualquer — respondeu. — Esta noite preciso ficar com a cabeça clara, pois, amanhã, vou tratar de um assunto muito importante.

Naquela noite Rob não dormiu, virando e revirando na cama, imaginando se Ibn Sina seria um homem acessível.

De manhã encontrou um banho público, uma construção de tijolos sobre uma fonte natural. Com sabão forte e toalhas limpas, livrou-se do encardido das viagens, e, quando o cabelo secou, aparou a barba com uma tesoura cirúrgica, usando seu quadrado de aço polido como espelho. A barba estava mais cheia e Rob achou que parecia judeu.

Escolheu a melhor das duas túnicas. Com o chapéu de couro na cabeça, saiu e perguntou a um homem com os membros atrofiados onde ficava a escola dos médicos.

— Quer dizer a *madrassa*, o lugar de estudo? Fica perto do hospital — disse o mendigo. — Na rua de Ali, perto da mesquita Sexta-Feira, no centro da cidade.

Em agradecimento pela moeda, o homem abençoou os descendentes de Rob até a décima geração.

Foi uma longa caminhada. Rob teve oportunidade de observar que Ispahan era um centro comercial, viu homens ocupados com suas profissões, sapateiros e artesãos de objetos de metal, ceramistas e fabricantes de rodas, os sopradores de vidro e alfaiates. Passou por diversos bazares onde eram vendidos os mais diversos artigos. Chegou finalmente à mesquita Sexta-Feira, uma estrutura quadrada maciça, com um magnífico minarete em volta do qual pássaros revoavam. Vinha depois um mercado onde predominavam as barracas de livros e pequenos restaurantes, e então viu a *madrassa*.

No terreno que circundava a escola, entre outras lojas de livros para os estudantes, havia construções baixas e longas que serviam de alojamento. Em volta dele, crianças corriam e brincavam. Havia jovens por toda parte, quase todos com turbantes verdes. Os prédios da *madrassa* eram de blocos de pedra calcária, como a maioria das mesquitas. Eram bem afastados uns dos outros, com jardins no meio. Sob um castanheiro carregado de frutos não abertos e espinhosos, seis jovens estavam sentados com as pernas cruzadas, atentos às palavras de um homem de barba branca com um turbante azul-celeste.

Rob aproximou-se deles. "... os silogismos de Sócrates", dizia o professor. "Uma proposição é logicamente considerada verdadeira quando duas outras proposições são verdadeiras. Por exemplo, a primeira, todos os homens são mortais; a segunda, Sócrates é um homem; pode-se deduzir logicamente que Sócrates é mortal."

Rob fez uma careta e continuou a andar, sentido-se inseguro; tanta coisa ele não sabia, tanta coisa não compreendia.

Parou na frente de um prédio muito antigo com uma mesquita anexa e um belo minarete e perguntou a um estudante de turbante verde onde ensinavam medicina.

– Terceiro prédio depois deste. Aqui ensinam teologia. No prédio seguinte, lei islâmica. Lá ensinam medicina – disse, apontando para um prédio de pedra branca abobadado.

Era tão parecido com a arquitetura predominante de Ispahan que até muitos anos mais tarde Rob sempre pensava nele como A Grande Teta. Ao lado ficava uma construção grande térrea, o *maristan*, lugar de pessoas doentes. Intrigado, em lugar de entrar na *madrassa*, Rob subiu os três degraus de mármore do *maristan* e entrou pelo portal de ferro batido.

Havia um pátio central com um tanque cheio de peixes coloridos e bancos sob árvores frutíferas. Corredores saíam do pátio como raios de sol, com salas grandes dando para cada um deles. A maior parte das salas estava ocupada. Rob nunca tinha visto tantas pessoas doentes e feridas em um só lugar e caminhou pelos corredores, atônito.

Os pacientes eram dispostos de acordo com suas doenças; aqui, uma sala longa com vítimas de fraturas; mais adiante, doentes de febres diversas; ali – Rob franziu o nariz, pois evidentemente era a seção reservada a pacientes com diarreia e outras doenças dos processos excretores. Porém, mesmo nessa sala a atmosfera não era opressiva, pois havia grandes janelas e o fluxo do ar só era impedido por cortinas claras, esticadas como telas para que não entrassem insetos. Rob notou encaixes na parte de cima e de baixo para a colocação de venezianas no inverno.

As paredes eram caiadas de branco e o chão de pedra, fácil de limpar, criava uma temperatura mais amena do que o calor lá fora.

Em cada sala corria uma pequena fonte!

Rob parou na frente de uma porta fechada onde estava escrito: *dar-ul-maraftan*, "morada dos que precisam ser acorrentados". Abriu a porta e viu três homens nus, cabeças raspadas e braços amarrados, acorrentados a uma janela alta por meio de argolas de ferro no pescoço. Dois estavam deitados, dormindo ou inconscientes, mas o terceiro olhou para ele e começou a berrar como um animal, as lágrimas correndo pelo rosto magro.

– Desculpe – disse Rob em voz baixa, e deixou os loucos em paz.

Chegou à sala dos pacientes operados e teve de resistir à tentação de parar em cada leito e erguer os curativos, para examinar os tocos dos amputados e as outras operações.

Ter oportunidade de ver tantos pacientes interessantes todos os dias e receber ensinamentos de grandes homens! Era como ter passado a infância no Dasht-i-Kavir, pensou Rob, e descobrir de repente que é dono de um oásis.

A tabuleta na sala seguinte era demais para seus conhecimentos limitados da língua persa, mas, quando entrou, percebeu logo que era destinado a doenças e ferimentos nos olhos.

Logo na entrada um enfermeiro robusto curvava-se a uma repreensão.

– Foi um engano, Mestre Karim Harun – disse o enfermeiro. – Pensei que tivesse dado ordens para remover as ataduras de Eswed Omar.

– Seu caralho de burro – disse o outro homem, furioso.

Era jovem, magro e musculoso, e Rob viu com surpresa que usava o turbante verde dos estudantes, embora agisse como um médico, dono do próprio chão que pisava naquele hospital. Não tinha nada de afeminado mas era aristocraticamente belo, o homem mais bonito que Rob já tinha visto, com cabelo negro brilhante e olhos castanhos profundos que cintilavam furiosos.

– Foi *seu* erro, Rumi. Eu mandei trocar o curativo de Kuru Yezidi, não de Eswed Omar. *Ustad* Juzjani fez o reclinamento em Eswed Omar e deu ordens para que o curativo não fosse mudado durante cinco dias. Passei a ordem para você e você não obedeceu, seu merda! Agora, se Eswed Omar não conseguir recuperar a visão e se a ira de al-Juzjani cair sobre mim, eu corto seu traseiro gordo como um assado de carneiro.

Viu Rob ali de pé, hipnotizado, e franziu a testa.

– O que *você* quer?

– Falar com Ibn Sina para entrar na escola de medicina.

– Então é isso que quer. Mas o Príncipe dos Médicos o espera?

– Não.

– Então, deve ir ao segundo andar do prédio ao lado e procurar *Hadji* Davout Hosein, o diretor interino da escola. O diretor é Rotun bin Nasr, primo distante do Xá e general do exército, que aceita a honra e nunca vem à escola. *Hadji* Davout Hosein é o administrador, deve procurá-lo.

O estudante Karim Harun voltou-se então para o enfermeiro, carrancudo.

– Agora, acha que pode trocar o curativo de Kuru Yezidi, seu objeto verde no casco de um camelo?

Pelo menos alguns dos estudantes de medicina moravam na Grande Teta, pois pequenas celas davam para o corredor escuro do primeiro andar. Através de uma porta aberta perto do patamar da escada, Rob viu dois homens que pareciam estar cortando um cão amarelo, talvez morto.

No segundo andar, perguntou a um homem de turbante verde onde podia encontrar o *hadji* e finalmente foi levado à sala de Davout Hosein.

O diretor interino era um homem pequeno e magro, não velho ainda, com um ar de importância, uma túnica cinzenta e o turbante branco dos que fizeram a peregrinação a Meca. Tinha olhos pequenos e escuros, e na testa um *zabiba* bem marcado evidenciava o fervor da sua piedade.

Depois de trocarem *salaams*, ouviu o pedido de Rob e o examinou atentamente.

– Diz que vem da Inglaterra? Da Europa?... Ah, em que parte da Europa fica isso?

– Ao Norte.

– Norte da Europa. Quanto tempo levou para chegar aqui?

– Pouco menos de dois anos, *hadji*.

– Dois anos! Extraordinário. Seu pai é médico, formado por nossa escola?

– Meu pai? Não, *Hadji*.

– Hummm. Um tio, talvez?

– Não. Serei o primeiro médico da família.

Hosein franziu a testa.

– Temos aqui estudiosos descendentes de longas linhagens de médicos. Tem cartas de apresentação, *dhimmi*?

– Não, Mestre Hosein. – O pânico crescia dentro dele. – Sou um barbeiro-cirurgião, já tenho alguma prática.

– Nenhuma referência de alguns dos nossos famosos diplomados? – perguntou Hosein atônito.

– Nenhuma.

– Não aceitamos como estudante qualquer pessoa que apareça.

– Não é um capricho passageiro. Viajei uma distância imensa por causa da vontade decidida de estudar medicina. Aprendi sua língua.

– Muito mal, devo dizer. – O *hadji* fungou. – Não ensinamos simplesmente a prática da medicina. Não produzimos comerciantes, moldamos estudiosos. Nossos estudantes aprendem teologia, filosofia, matemática, física, astrologia e jurisprudência, além de medicina, e quando se formam são cientistas e intelectuais bem preparados para escolher entre as carreiras de professor, médico ou a lei.

Rob esperou com uma sensação de derrota.

– Assim, compreende? É impossível.

O que Rob compreendia era quase dois anos.

Ter dado as costas a Mary Cullen.

Suar sob o sol escaldante, tremer de frio sob a neve glacial, enfrentar tempestades e chuvas. Atravessar um deserto de sal e florestas traiçoeiras. Subir e descer como uma maldita formiga montanha após montanha.

– Não vou embora antes de falar com Ibn Sina – disse com firmeza.

Hadji Davout Hosein abriu a boca, mas viu algo nos olhos de Rob e a fechou. Empalideceu e fez um rápido gesto de assentimento.

– Por favor, espere aqui – pediu, saindo da sala.

Rob esperou sozinho.

Depois de algum tempo, apareceram quatro soldados. Nenhum tão grande quanto Rob, mas todos fortes. Tinham bastões de madeira curtos e grossos nas mãos. Um deles, com o rosto marcado de varíola, batia o bastão na palma da mão esquerda.

– Como se chama, judeu? – perguntou ele, não asperamente.

– Sou Jesse ben Benjamin.

– Estrangeiro, europeu, foi o que o *hadji* disse?

– Sim, da Inglaterra. Um lugar muito distante daqui.

O soldado fez um gesto de assentimento.

– Por acaso não se recusou a sair quando o *hadji* pediu?

– É verdade, mas...

– Está na hora de sair agora, judeu. Conosco.

– Não vou sair sem falar com Ibn Sina.

O homem brandiu o bastão.

Não o meu nariz, pensou Rob angustiosamente.

Mas o sangue fluiu imediatamente, e os quatro homens sabiam como usar os bastões com econômica eficiência. Eles o cercaram de modo que Rob mal podia mover os braços.

– Para o inferno! – gritou ele em inglês.

Não entenderam, mas o tom era indiscutível e bateram com mais força. Um dos golpes o atingiu acima da têmpora e subitamente Rob ficou tonto e nauseado. Tentou pelo menos vomitar no escritório de *hadji*, mas a dor era grande demais.

Os homens eram bons profissionais. Quando Rob não constituía mais uma ameaça, pararam de bater com os bastões, usando eficientemente os punhos.

Eles o carregaram para fora da escola, segurando-o sob os braços. Tinham quatro grandes cavalos baios amarrados do lado de fora e levaram Rob aos tropeções entre dois deles. Quando ele caía, o que aconteceu três vezes, um dos homens desmontava e dava pontapés nas suas costelas até ele se levantar. Pareceu uma longa caminhada mas foram apenas até onde terminavam as terras da *madrassa* e pararam na frente de um prédio pequeno de tijolos, simples e feio, parte do ramo mais baixo do sistema judiciário islâmico, como Rob veio a saber mais tarde. Lá dentro havia uma mesa de madeira, atrás da qual estava sentado um homem mal-encarado, cabeludo, barbudo, com a túnica negra não muito diferente da de Rob. Estava ocupado em abrir um melão.

Os quatro soldados levaram Rob até a mesa e se perfilaram respeitosamente enquanto o juiz retirava com as unhas sujas os caroços do melão, deixando-os cair numa vasilha de cerâmica. Então cortou a fruta e comeu lentamente. Ao terminar, limpou primeiro as mãos e depois a faca na túnica negra, voltou-se para Meca e agradeceu a Alá pela comida.

Acabada a prece, suspirou e olhou para os soldados.

– Um judeu-europeu louco que perturbou a tranquilidade pública, *mufit* – disse o soldado com rosto marcado. – Preso por causa da queixa do *hadji* Davout Hosein, o qual ele ameaçou violentamente.

O *mufti* assentiu com um gesto e tirou um pedaço de melão do meio dos dentes com a ponta da unha. Olhou para Rob.

– Você não é muçulmano e foi acusado por um muçulmano. A palavra de um infiel não pode ser aceita contra a de um fiel. Conhece algum muçulmano que possa falar em sua defesa?

Rob tentou falar rapidamente mas nenhum som saiu da sua garganta, embora suas pernas chegassem a se dobrar com o esforço. Os soldados o fizeram empertigar o corpo.

– Por que age como um cão? Ah, está bem. Afinal é um infiel, e não conhece nossos costumes. Sendo assim, merece misericórdia. Podem levá-lo para o *carcan*, aos cuidados do *kelonter* – ordenou o *mufti* aos soldados.

Duas palavras foram acrescentadas ao vocabulário persa de Rob, e ele pensou no significado delas enquanto os soldados o arrastavam do tribunal outra vez entre dois cavalos. Uma das definições adivinhou certo; embora não soubesse então, o *kelonter*, que supôs ser uma espécie de carcereiro, era o preposto da cidade.

Quando chegaram à cadeia grande e sombria, Rob pensou que *carcan*, sem dúvida, queria dizer prisão. O soldado de rosto marcado o entregou a dois guardas, que o levaram aos empurrões pelo corredor, passando por masmorras úmidas e malcheirosas, mas saíram finalmente da escuridão sem janelas para a claridade de um pátio interno onde duas fileiras de troncos de tortura eram ocupados por inconsciente ou lamentosa miséria humana. Os guardas o conduziram até um tronco vazio e um deles o abriu.

– Enfie a cabeça e o braço direito no *carcan* – ordenou ele.

Instinto e medo fizeram Rob recuar, mas eles interpretaram sua resistência com técnica precisa.

Eles o espancaram até Rob cair no chão, e então começaram a dar pontapés, como os soldados tinham feito. Rob só podia enrodilhar o corpo para proteger as partes mais vulneráveis e passar os braços sobre a cabeça.

Quando terminaram, empurraram e manejaram Rob como se fosse um saco de cereais até colocar nas aberturas sua cabeça e seu braço direito. Fecharam a parte superior do *carcan* com pregos, antes de deixá-lo, quase inconsciente, dependurado e indefeso sob o sol inclemente.

CAPÍTULO 38

O Calaat

Eram instrumentos de tortura peculiares, feitos com um retângulo e dois quadrados de madeira formando um triângulo, cujo centro prendia o pescoço de Rob quase erguendo seu corpo do chão. A mão direita, usada para comer, estava na extremidade da peça mais longa com uma argola de madeira presa ao pulso, pois enquanto estivesse no *carcan*, o prisioneiro não era alimentado. A mão esquerda, usada para se limpar, estava livre, pois o *kelonter* era civilizado.

Nos intervalos de consciência, olhava para a dupla fila de troncos, cada um com um infeliz. Na outra extremidade do pátio, havia um grande bloco de madeira.

Em certo momento, Rob sonhou com gente e demônios em mantos negros. Um homem se ajoelhou e colocou a mão direita no bloco de madeira; um dos demônios brandiu uma espada mais larga e mais pesada do que o cutelo inglês e a mão foi amputada pelo pulso, enquanto outros vultos com mantos rezavam.

O mesmo sonho repetido e repetido sob o sol causticante. Então, uma diferença. O homem se ajoelhou colocando a nuca no bloco, arregalando os olhos para o céu. Rob pensou que seria decapitado, mas cortaram a língua do infeliz.

Quando abriu os olhos novamente, não viu gente nem demônios, mas no chão e no cepo de madeira as manchas frescas diziam que não fora sonho.

Era doloroso respirar. Havia levado a maior surra da sua vida e não sabia se tinha ossos quebrados.

Dependurado no *carcan*, Rob chorou dolorosa e silenciosamente, tentando evitar que alguém ouvisse, esperando que ninguém estivesse vendo.

Finalmente procurou aliviar o sofrimento falando com os vizinhos que mal podia ver, virando um pouco a cabeça. Um esforço que logo aprendeu a não fazer sem cuidado, pois a pele do pescoço logo ficou em carne viva, roçando na madeira. À esquerda, estava um homem espancado até a inconsciência e que não se movia; o jovem à direita olhou para Rob com curiosidade mas devia ser surdo-mudo, muito idiota ou incapaz de entender o persa claudicante que ele falava. Depois de algumas horas, um guarda notou que o homem à sua esquerda estava morto. Foi retirado e outro tomou seu lugar.

Ao meio-dia a língua de Rob estava áspera e parecia encher toda a boca. Não sentia vontade de urinar ou de evacuar, pois tudo já tinha sido sugado do seu corpo pelo sol. Às vezes imaginava-se de volta no deserto, e nos momentos de lucidez lembrava com extrema clareza a descrição feita por Lonzano de como se morre de sede, a língua inchada, as gengivas enegrecidas, a ilusão de estar em outro lugar.

Afinal Rob virou a cabeça e seus olhos se encontraram com os do novo prisioneiro. Examinaram-se mutuamente e Rob viu o rosto inchado e a boca ferida.

– Não existe ninguém a quem se possa pedir misericórdia? – perguntou em voz baixa.

O outro esperou, talvez intrigado com a pronúncia de Rob.

– Há Alá – disse afinal. Não era fácil também entender o que dizia por causa dos lábios feridos.

– Mas ninguém aqui?
– É estrangeiro, *dhimmi*?
– Sou.

O homem dirigiu seu ódio contra Rob:

– Você viu um *mullah*, estrangeiro. Um homem santo condenou você. – Aparentemente perdendo interesse, virou o rosto.

A descida do sol no horizonte foi uma bênção. O frescor da noite era quase um prazer. Rob sentia o corpo adormecido, nenhuma dor muscular; talvez estivesse morrendo.

Durante a noite, o homem ao seu lado falou outra vez.

– Há o Xá, judeu estrangeiro – disse ele.

Rob esperou.

– Ontem, o dia da nossa tortura foi quarta-feira, *Chahan Shanbah*. Hoje é *Panj Shanbah*. Todas as semanas, na manhã do *Panj Shanbah*, para uma purificação perfeita da alma, antes do *Jom'a*, o sabá, Ala-al-Dawla Xá concede audiência, na qual qualquer pessoa pode se aproximar do seu trono na Sala das Colunas para se queixar de injustiças.

Rob não conseguiu abafar a pequena chama de esperança:

– Qualquer pessoa?

– Qualquer uma. Até um prisioneiro pode pedir para ser levado e expor seu caso ao Xá.

– Não, não deve fazer isso! – advertiu uma voz na escuridão. Rob não conseguiu localizar de onde vinha.

– Deve tirar essa ideia da cabeça – continuou a voz desconhecida. – Pois o Xá quase nunca contraria a sentença ou o julgamento de um *mufti*. E os *mullahs* esperam ansiosamente a volta dos que desperdiçam o tempo do Xá com falatório. É quando línguas são cortadas e barrigas abertas, como este demônio deve saber, este demônio filho da puta que dá maus conselhos. Deve depositar sua fé em Alá e não no Ala Xá.

O homem à direita de Rob ria maliciosamente, como se tivesse sido apanhado numa brincadeira.

– Não há esperança – disse a voz na escuridão.

A risada do homem transformou-se num acesso de tosse raspante. Quando recuperou o fôlego, ele disse:

– Sim, devemos procurar a esperança no paraíso.

Ninguém mais disse nada.

Vinte e quatro horas depois de ser colocado no *carcan*, Rob foi libertado. Tentou ficar de pé, mas caiu, e passou pela agonia de sentir o sangue voltando aos músculos.

– Vá – disse um guarda, com um pontapé.

Rob ergueu-se com esforço e saiu da cadeia mancando, com pressa de se ver longe daquele lugar. Andou até uma grande praça com muitos olmos e uma fonte na qual bebeu e bebeu, com uma sede infindável. Depois mergulhou a cabeça na água até os ouvidos começarem a zunir e sentiu que um pouco do cheiro da prisão tinha sido lavado.

As ruas de Ispahan estavam apinhadas e todos olhavam para ele quando passavam.

Um gordo vendedor, com a túnica rasgada, afugentava as moscas de um caldeirão que fervia sobre o braseiro na sua carroça puxada a burro. O aroma que vinha do caldeirão provocou tamanha fraqueza em Rob que ele se assustou. Mas quando abriu a bolsa, em vez do dinheiro suficiente para manter-se durante meses, encontrou apenas uma pequena moeda de bronze.

Eles o roubaram enquanto estava inconsciente. Praguejou furioso, sem saber se o ladrão era o soldado de rosto marcado ou um guarda da cadeia. A moeda de bronze era uma zombaria, uma brincadeira irônica do ladrão, ou talvez tivesse sido deixada por um pervertido senso de caridade. Entregou a moeda ao homem, que serviu para ele uma porção de *pilah* de arroz gorduroso. Estava bem temperado e continha alguns grãos de feijão e Rob engoliu com muita pressa, ou talvez seu corpo estivesse sobrecarregado demais pela privação, pelo sol e pelo *carcan*. Quase imediatamente devolveu toda a comida na rua empoeirada. Seu pescoço sangrava e sentia um latejamento atrás dos olhos. Procurou a sombra de um olmo e ficou ali pensando na Inglaterra verde, no seu Cavalo, na carroça com o dinheiro sob as tábuas do assoalho e na sra. Buffington sentada ao seu lado, como companhia.

A multidão era mais densa agora, uma torrente de movimento na rua, todos indo na mesma direção.

– Para onde estão indo? – perguntou ao vendedor.

– À audiência do Xá – respondeu o homem, olhando de soslaio para o judeu ferido, até Rob se afastar.

Por que não?, pensou. Por acaso tinha outra escolha?

Juntou-se à maré que se movia pela avenida de Ali e Fátima, atravessou a avenida dos Mil Jardins, com quatro pistas, entrou em um bulevar imaculado, chamado Portões do Paraíso. Havia jovens, velhos e os que não eram nem jovens nem velhos, *hadjis* com turbantes brancos, estudantes com turbantes verdes, *mullahs*, mendigos sãos e aleijados com roupas andrajosas e turbantes de todas as cores, jovens pais com filhos no colo, carregadores levando cadeirinhas, homens a cavalo e montados em burros. Rob logo estava acompanhando um grupo de judeus com túnicas negras, coxeando atrás deles como um filhote de ganso perdido.

Passaram pelo frescor passageiro de um bosque artificial, pois as árvores não abundavam em Ispahan, e então, embora estivessem ainda dentro dos muros da cidade, por numerosos campos onde pastavam ovelhas e cabras, que separavam a realeza da cidade. Agora aproximavam-se de um gramado grande e muito verde com duas colunas de pedra de cada lado do pórtico. Quando apareceu a primeira casa da corte real, Rob pensou que fosse o palácio, pois era maior do que a Casa do Rei em Londres. Mas havia casa após casa do mesmo tamanho, construídas em sua maioria com tijolos ou pedras, muitas com torres, pórticos e todas com terraços e enormes jardins. Passaram por vinhedos, estábulos e duas pistas de corridas, pomares e pavilhões ajardinados tão belos que Rob teve vontade de se afastar da multidão e andar naquele esplendor perfumado, mas sabia que era sem dúvida proibido.

Então surgiu uma estrutura tão imensa e ao mesmo tempo tão graciosa que mal pôde acreditar, toda com telhados em forma de seios, circundados por ameias nas quais sentinelas com capacetes e escudos cintilantes andavam sob flâmulas coloridas que flutuavam com a brisa.

Rob puxou a manga do homem na frente dele, um judeu atarracado, com a franja da roupa de baixo aparecendo sob a túnica.

– Que fortaleza é essa?

– Ora, a Casa do Paraíso, residência do Xá! – O homem o examinou preocupado. – Está sujo de sangue, amigo.

– Não foi nada, um pequeno acidente.

A multidão se esparramou pela longa estrada e, quando chegaram mais perto, Rob viu que a parte principal do palácio era protegida por um largo fosso. A ponte levadiça estava erguida, mas ao lado do fosso, perto de uma praça que servia de portal para o palácio, havia um salão por cujas portas a multidão começou a entrar.

Dentro, o espaço era tão grande quanto o da catedral de Santa Sofia em Constantinopla. O chão era de mármore, as paredes e os tetos altos, de pedra, artisticamente perfurados para que a luz do dia iluminasse suavemente o interior. Era a Sala das Colunas, pois ao lado das quatro paredes havia colunas de pedra, elegantemente trabalhadas e caneladas. As bases das colunas tinham a forma de pernas e patas de vários animais.

A sala estava quase cheia quando Rob chegou e logo começaram a entrar depois dele, apertando-o no meio do grupo de judeus. Cordões de isolamento formavam passagens em todo o comprimento do salão. Rob observou, notando tudo com nova intensidade, pois dessa vez o *carcan* lhe dera a sensação exata de ser estrangeiro; atos que considerava natural, os persas podiam achar estranhos e ameaçadores, e compreendia que sua vida ia depender de sua compreensão de como agiam e pensavam.

Viu que homens da classe alta, com calças e túnicas bordadas e turbantes de seda, sapatos de brocado, entravam no salão a cavalo, por outra porta. Cada um deles parava a aproximadamente cento e cinquenta passos do trono, onde empregados seguravam o cavalo em troca de uma moeda, e daquele ponto privilegiado seguiam a pé entre os pobres.

Oficiais subalternos, com uniforme e turbante cinzentos, passavam agora entre o povo, perguntando a identidade dos que traziam petições, e Rob aproximou-se da passagem com dificuldade e soletrou seu nome para um deles, que o anotou em uma folha de pergaminho que parecia curiosamente fina e insubstancial.

Um homem alto acabava de entrar na plataforma erguida na frente do salão, na qual havia um grande trono. Rob estava muito longe para notar detalhes, mas o homem não era o Xá, pois se sentou em um trono menor, abaixo e à direita do lugar real.

– Quem é aquele? – perguntou ao judeu com quem tinha falado antes.

– É o grão-vizir, o santo imã Mirza-aboul-Qandrasseh. – O judeu olhou preocupado para Rob, pois tinha notado que ele era um dos que tinham petições a fazer.

Ala-al-Dawla apareceu na plataforma, desafivelou o cinto, colocando a espada e a bainha no chão, sentou-se no trono. Todos na Sala das Colunas fizeram o *ravi zemin*, enquanto o imã Qandrasseh invocava o favor de Alá para os que iam pedir justiça ao Leão da Pérsia.

A audiência começou imediatamente. Rob não ouvia muito bem as palavras dos suplicantes e nem as do Xá, apesar do silêncio que se fez na grande sala. Mas sempre que um deles falava, suas palavras eram repetidas em voz alta por outros colocados em pontos estratégicos, sendo desse modo levadas aos ouvidos de todos.

O primeiro caso era de dois pastores curtidos pelo tempo, do povoado de Ardistan, que tinham andado durante dois dias até Ispahan para levar seu problema ao Xá. Discordavam ferozmente sobre o direito de propriedade de um cabrito. Um dos homens tinha uma cabra, há muito tempo estéril e não receptiva. O outro disse que tinha preparado a cabra para ser fecundada pelo bode e portanto reclamava agora a posse do cabrito.

– Você usou mágica? – perguntou o imã.

– Excelência, tudo que fiz foi usar uma pena para excitar a cabra – disse o homem, e a multidão riu batendo os pés.

Imediatamente o imã indicou que o Xá favorecia o manejador da pena.

Para a maioria dos presentes era uma diversão. O Xá não falava. Talvez comunicasse seus desejos ao Qandrasseh por meio de sinais, mas todas as perguntas e decisões pareciam partir do imã, que não gostava de tolos.

Um professor com ar severo, óleo no cabelo e a barba curta em ponta, com túnica bordada que parecia ter sido jogada fora por um homem rico, apresentou petição para estabelecer uma nova escola na cidade de Nain.

– Não existem duas escolas na cidade de Nain? – perguntou Qandrasseh secamente.

– Escolas pobres com professores indignos, Excelência – respondeu o professor suavemente.

Um pequeno murmúrio de desaprovação ergueu-se do povo.

O professor continuou a ler a petição, que aconselhava a escolha de um diretor para a escola proposta, com tantos requisitos detalhados, específicos e irrelevantes para ocupar a posição, que um riso leve percorreu os ouvintes, pois obviamente a descrição só se enquadrava no próprio requerente.

– Chega – interrompeu Qandrasseh. – Essa petição é maliciosa e egoísta, portanto um insulto para o Xá. Que esse homem seja açoitado vinte vezes pelo *kelonter*, pela vontade de Alá.

Soldados apareceram girando os bastões, e só de vê-los os ferimentos de Rob começaram a latejar, e o professor foi levado, protestando eloquentemente.

O caso seguinte foi pouco divertido – dois nobres idosos com roupas caras de seda tinham uma pequena diferença sobre direitos de terras para pasto. Começou o que pareceu uma interminável discussão à meia-voz sobre antigos acordos entre homens há muito tempo mortos, enquanto a audiência bocejava e murmurava queixas sobre a ventilação na sala apinhada e sobre as dores nas pernas cansadas. Não demonstraram nenhuma emoção com o veredicto.

– Que Jesse ben Benjamin, judeu da Inglaterra, se aproxime – alguém chamou.

O nome flutuou no ar e ricocheteou como eco repetido muitas vezes pela multidão. Rob caminhou mancando pela passagem atapetada, um tanto constrangido com sua túnica rasgada e suja e o chapéu de couro muito usado que combinavam com seu rosto castigado.

Aproximou-se do trono e fez o *ravi zemin* três vezes, como tinha visto os outros fazerem.

Quando ergueu o corpo viu o Imam de *mullah* negro, o nariz como uma machadinha incrustada no rosto forte emoldurado pela barba cinzenta.

O Xá estava com o turbante dos religiosos que fizeram a peregrinação a Meca, mas entre as dobras usava uma fina coroa de ouro. A longa túnica branca era de fazenda macia e leve, adornada com fios azuis e dourados. Mantos azul-escuros cobriam a parte inferior das suas pernas e os sapatos pontudos eram bordados de vermelho vivo. Parecia ausente e distante, a imagem de um homem que não prestava atenção por estar entediado.

– Um *inghliz* – observou o imã. – Atualmente é nosso único *inghliz*, nosso único europeu. Por que veio à Pérsia?

– À procura da verdade.

– Deseja abraçar a religião verdadeira? – perguntou Qandrasseh, sem severidade.

– Não, pois já concordamos em que não existe Alá, mas Ele, o mais misericordioso – disse Rob, abençoando as longas horas passadas sob a tutela de Simon ben ha-Levi, o mercador instruído. – Está escrito no Qu'ran: "Não adorarei o que adoras, nem adorarás o que eu adoro... Tens tua religião, tenho a minha."

Devia ser breve, pensou Rob.

Sem demonstrar emoção e em linguagem simples, contou que estava na selva do oeste da Pérsia quando um animal saltou sobre ele.

O Xá aparentemente começou a prestar atenção.

– No lugar em que nasci não existem panteras. Eu não estava armado, nem sabia como lutar com aquela criatura.

Contou como sua vida foi salva por Ala-al-Dawla Xá, caçador de felinos selvagens, como seu pai, Abdallah Xá, que havia matado o leão de Kashan. As pessoas que estavam perto do trono começaram a aplaudir seu governante com gritos agudos de aprovação. Murmúrios percorreram a sala enquanto os repetidores passavam a história para a multidão que estavam muito longe do trono.

Qandrasseh não se moveu, mas Rob viu, pela expressão dos olhos dele, que não estava satisfeito com a história, nem com a reação provocada no povo.

– Apresse-se, *inghliz* – disse ele –, e diga qual é o seu pedido aos pés do único Xá verdadeiro.

Rob respirou fundo.

– Como está também escrito que quem salva uma vida é responsável por ela, peço ao Xá para fazer minha vida tão valiosa quanto possível.

Contou sua tentativa malsucedida de ser aceito como estudante na escola de medicina de Ibn Sina.

A história da pantera espalhava-se agora pelos quatro cantos do salão e o grande auditório vibrava com o contínuo bater de pés.

Sem dúvida Ala Xá estava acostumado ao temor e à obediência, mas talvez há muito tempo não era espontaneamente aclamado. A expressão do seu rosto demonstrava que o som era doce música para seus ouvidos.

– Ah! – O único Xá verdadeiro inclinou-se para a frente, os olhos brilhando, e Rob percebeu que ele o reconhecia como a vítima do incidente com a pantera.

Os olhos dos dois se encontraram por um momento e então o Xá voltou-se para o imã e falou pela primeira vez, desde o começo da audiência.

– Dê ao judeu um *calaat* – disse ele.

Sem que Rob soubesse por quê, o povo riu.

– Venha comigo – disse o oficial grisalho. Dentro de poucos anos seria um homem velho, mas era ainda forte e poderoso. Usava um elmo curto de metal polido, gibão de couro sobre a túnica marrom militar e sandálias com tiras de couro. As cicatrizes falavam por ele: nos dois braços viam-se marcas de ferimentos de espada, cicatrizados, a orelha esquerda tinha sido cortada e a boca permanentemente distorcida por um antigo ferimento sob a maçã do rosto.

– Eu sou Khuff – disse. – Capitão dos Portões. Sou herdeiro de tarefas difíceis, como você. – Olhou para o pescoço em carne viva de Rob e sorriu. – O *carcan*?

– Sim.

– O *carcan* é um filho da mãe – disse Khuff com admiração.

Saíram da Sala das Colunas e caminharam na direção dos estábulos. Agora, no longo campo verde, homens galopavam lançando seus cavalos uns contra os outros, girando e brandindo longas lanças que pareciam cajados de pastores invertidos, mas nenhum caía.

– Procuram atingir um ao outro?

– Procuram atingir uma bola. É o bola e bastão, um jogo de cavaleiros. – Khuff observou Rob com atenção. – Há muita coisa que você não sabe. Sabe o que é o *calaat*?

Rob balançou a cabeça.

– Antigamente, quando alguém conquistava o favor de um rei persa, o monarca retirava um *calaat*, um objeto da sua vestimenta, e o dava como penhor do seu agrado. O costume atravessou o tempo como sinal do favor real. Agora o "objeto real" consiste em um meio de vida, roupas, uma casa e um cavalo.

– Então sou rico?

Khuff deu um largo sorriso, como se Rob fosse um tolo.

– O *calaat* é uma honra especial, mas sua suntuosidade varia muito. O embaixador de uma nação que tenha combatido ao lado da Pérsia na guerra pode receber as vestes mais luxuosas, um palácio quase tão magnífico quanto a Casa do Paraíso e um garanhão notável, com arreios ornamentados com pedras preciosas. Mas você não é embaixador.

Atrás dos estábulos havia um cercado repleto de um verdadeiro oceano de cavalos. Barber sempre dizia que na escolha de um cavalo deve-se procurar um animal com cabeça de princesa e traseiro de prostituta gorda. Rob viu um cinzento que preenchia esses requisitos, com a vantagem de olhos verdadeiramente reais.

– Posso ficar com aquela égua? – perguntou, apontando.

Khuff não se deu ao trabalho de explicar que era um animal para príncipes, mas um sorriso irônico contorceu seus lábios defeituosos. O Capitão dos Portões desamarrou um cavalo selado e montou. Entrou no meio da massa ondulante e habilmente separou do grupo um castrado castanho, razoável, mas sem porte, pernas curtas e fortes e ancas musculosas.

Khuff mostrou a marca em forma de tulipa na anca do animal.

– Ala Xá é o único criador de cavalos da Pérsia, e esta é a sua marca. Este cavalo pode ser trocado por outro com a mesma marca, mas nunca deve ser vendido. Se ele morrer, corte a pele onde está a tulipa e troque por outro.

Khuff deu a Rob uma bolsa com algumas moedas, menos do que ele ganharia vendendo o Específico em um único espetáculo. O Capitão dos Portões procurou no armazém próximo, até encontrar, uma sela usada do exército. A roupa que deu a Rob era bem-feita, mas simples, e consistia em calça larga presa na cintura com um cordão, faixas de linho que envolviam as pernas do lado de fora da calça como ataduras, do tornozelo ao joelho, uma camisa larga também, chamada *durra*; dois casacos para as diferentes estações, um curto e leve, o outro longo e forrado com pele de carneiro; um suporte cônico para turbante chamado *qalansuwa* e um turbante marrom.

– Não tem verde?

– Este é melhor. O turbante verde é de material inferior e pesado, usado por estudantes e pelos mais pobres dos pobres.

– Assim mesmo é o que eu quero – insistiu Rob, e Khuff deu a ele o turbante barato com um longo olhar de desprezo.

Serventes atentos saltaram ao chamado do capitão quando ele pediu seu cavalo, um garanhão árabe parecido com a grande égua cobiçada por Rob. Montado no plácido castrado castanho e carregando o saco de pano com as novas roupas, Rob seguiu atrás de Khuff como um escudeiro, até o Yehuddiyyeh. Percorreram demoradamente as ruas sinuosas do bairro judeu e finalmente Khuff parou na frente de uma casa pequena de tijolos vermelho-escuros. Tinha um estábulo, um telhado sobre quatro estacas e um jardinzinho de onde um lagarto piscou para Rob e depois desapareceu numa rachadura do muro de pedras. Quatro árvores adultas de abricó davam sombra ao mato que tinha de ser cortado. A casa tinha três cômodos, um com chão de terra, dois com assoalho de tijolos, igual ao das paredes, com depressões feitas pelos pés de muitas gerações. Um rato morto e mumificado estava num canto do quarto sujo e o fedor leve e enjoativo da decomposição enchia o ar.

– É sua – disse Khuff. Acenou com a cabeça e se foi.

Ouvindo ainda o som das patas do cavalo do capitão, Rob sentiu que seus joelhos se dobravam. Ajoelhou no chão sujo, deitou-se e ficou tão inconsciente para o mundo quanto o rato morto.

Rob dormiu dezoito horas. Acordou com cãibras e dores, como um velho com as juntas congeladas. Sentado na casa silenciosa, olhou para os grãos de poeira no raio de sol que entrava pela abertura do teto. A casa precisava de reparos – havia rachaduras no reboco das paredes e um dos parapeitos da janela estava despencando –, mas era sua primeira casa desde a morte dos pais.

No pequeno celeiro, para seu horror, o novo cavalo estava sem água, *sem* comida e ainda arreado. Tirou a sela do animal e, depois de carregar água de um poço público no chapéu de couro, correu para o estábulo onde estavam sua mula e seu burro. Comprou baldes de madeira, palha de painço e um cesto de aveia e carregou tudo para casa nas costas do burro.

Depois de cuidar dos animais, apanhou a roupa nova e foi para o banho público, parando primeiro na estalagem de Salman, o Menor.

– Vim apanhar minhas coisas – disse para o velho estalajadeiro.

– Estão guardadas, embora eu tenha lamentado por sua vida quando duas noites passaram sem que aparecesse. – Salman olhou para ele atemorizado. – Estão falando de um *dhimmi* estrangeiro, um judeu-europeu que foi à audiência e ganhou um *calaat* do Xá da Pérsia.

Rob fez um gesto afirmativo.

– Então foi você mesmo? – murmurou Salman.

Rob sentou-se pesadamente.

– Não como desde que você me serviu aquela refeição.

Salman não perdeu tempo em servir a comida. Rob experimentou o estômago cautelosamente com pão e leite de cabra, e depois, vendo que não sentia nada além de muita fome, passou para quatro ovos cozidos, mais pão em quantidade, um pequeno queijo duro e uma tigela de *pilah*. A força começou a voltar aos seus membros.

No banho, ficou longo tempo mergulhado, aliviando os ferimentos. Quando se vestiu, sentiu-se como um estranho, embora muito menos do que quando vestiu pela primeira vez a túnica de judeu. Atou as tiras nas pernas com dificuldade, mas para enrolar o turbante precisaria de orientação e provisoriamente resolveu continuar com o chapéu de couro.

De volta a casa, jogou fora o rato morto e examinou sua situação. Tinha uma modesta prosperidade, mas não era isso que desejava do Xá, e sentiu uma vaga apreensão que foi interrompida pela chegada de Khuff, que, sempre carrancudo, desenrolou um pergaminho e começou a ler em voz alta:

ALÁ

Edito do Rei do Mundo, Alto e Majestoso Senhor, Sublime e Honrado acima de qualquer comparação; Magnífico em títulos e Inabalável base do Reino, Excelente, Nobre e Magnânimo; o Leão da Pérsia e o Mais Poderoso Senhor do Universo. Ordena ao Governador, ao Intendente e aos outros Oficiais Reais da Cidade de Ispahan, a Sede da Monarquia e Teatro da Ciência e da Medicina. Saibam todos que Jesse, filho de Benjamin, judeu e barbeiro-cirurgião da cidade de Leeds, na Europa, veio ao nosso reino, o melhor governado em toda a Terra e refúgio conhecido dos oprimidos, e foram-lhe concedidas a Honra e a Glória de se apresentar perante os Olhos do Mais Alto, e por humilde petição pede ajuda do verdadeiro Tenente do verdadeiro Profeta que está no Paraíso, isto é, nossa Mais Nobre Majestade. Saibam todos que a Jesse, filho de Benjamin, de Leeds, é por meio desta concedidas Vestes Reais com Honras e Benefícios e que Todos devem tratá-lo de acordo. Saibam também que este Edito baseia-se nas mais rigorosas Penalidades e que sua violação implica Pena Capital. Feito no terceiro *Panj Shanbah* do mês de Rejab, em nome da nossa mui alta Majestade por seu Peregrino dos Nobres e Sagrados Lugares Santos, e seu Chefe e Superintendente do Palácio das Mulheres do Altíssimo, o imã Mirza-aboul Qandrasseh, Vizir. *É necessário se armar com a ajuda do mais Alto Deus em todos* os *Assuntos Temporais.*

– Mas e a *escola*? – Rob não pôde evitar a pergunta com voz rouca.

– Não trato com a escola – disse o Capitão dos Portões, partindo tão depressa quanto tinha chegado.

Um pouco mais tarde, dois fortes carregadores pararam com uma cadeirinha na porta da casa de Rob e dela desceu o *hadji* Davout Hosein com uma enorme quantidade de figos para desejar boa sorte na nova casa.

Sentaram-se entre formigas e abelhas no chão, entre as ruínas do pequeno jardim de abricó, e comeram figos.

– Essas árvores de abricó estão ainda excelentes – disse o *hadji* examinando-as com ar entendido. Falou longamente, explicando como as quatro árvores podiam reviver com muita poda, irrigação e aplicação de esterco de cavalo.

Finalmente Hosein se calou.

– O que há? – perguntou Rob.

– Tenho a honra de transmitir cumprimentos e felicitações do honrado Abu Ali at-Husain ibn Abdullah ibn Sina.

O *hadji* estava suando e tão pálido que o *zabiba* na sua testa destacava-se como nunca. Rob sentiu pena dele, mas não tanta que diminuísse o imenso prazer do momento, mais doce e mais delicioso do que a fragrância embriagadora dos pequenos abricós caídos no chão sob as árvores, quando Hosein entregou a Jesse, filho de Benjamin, um convite para se matricular na *madrassa* e estudar medicina no *maristan*, onde, com o tempo, poderia aspirar a exercer a medicina.

QUARTA PARTE

O *maristan*

CAPÍTULO 39

Ibn Sina

A primeira manhã de Rob J. como estudante começou quente e tristonha. Vestiu-se cuidadosamente com as roupas novas, mas resolveu que estava quente demais para enfaixar as pernas. Depois de um esforço em vão para descobrir como devia enrolar o turbante, deu uma moeda a um garoto na rua, que mostrou o modo de dobrar o pano bem apertado em volta da *qalansuwa* e depois prendeu as pontas. Mas Khuff tinha razão a respeito do peso da fazenda barata; o turbante verde pesava quase seis quilos e no fim Rob tirou o peso estranho da cabeça, substituindo-o pelo velho chapéu judeu, com alívio.

O chapéu o identificou imediatamente quando chegou à Grande Teta, onde um grupo de jovens de turbantes verdes conversavam.

– Aqui está o seu judeu, Karim – disse um deles.

O jovem sentado nos degraus da escada levantou-se e Rob reconheceu o belo e elegante estudante que tinha visto no hospital censurando o enfermeiro.

– Sou Karim Harun. E você é Jesse ben Benjamin.

– Sim.

– O *hadji* me encarregou de mostrar a escola e o hospital, bem como de responder às suas perguntas.

– Vai desejar estar de volta ao *carcan*, hebreu! – gritou alguém, e os outros riram.

Rob sorriu.

– Acho que não.

Evidentemente todos na escola tinham ouvido falar do judeu-europeu que fora preso e depois admitido na escola de medicina por intervenção do Xá.

Começaram com o *maristan*, mas Karim andava muito depressa, um guia mal-humorado e superficial, que evidentemente queria completar o mais rápido possível a tarefa indesejável. Mas Rob J. ficou sabendo que o hospital era dividido em seção dos homens e seção das mulheres. Os homens tinham enfermeiros, as mulheres, enfermeiras e atendentes femininas. Só os médicos e os maridos podiam se aproximar das pacientes.

Tinham duas salas para cirurgia, e uma outra, longa, de teto baixo, repleta de prateleiras com jarros e vidros com etiquetas.

– Este é o *khazanat-ul-sharaf*, a "casa do tesouro dos remédios" – disse Karim. – Às segundas e quintas os médicos fazem exames clínicos na escola.

Depois dos exames e do tratamento, os droguistas fazem os remédios receitados pelos médicos. Os droguistas do *maristan* são extremamente precisos e honestos. A maioria dos droguistas da cidade são prostitutas que vendem um vidro de mijo dizendo que é água de rosas.

No prédio ao lado, Karim mostrou as salas de exames, salas de aulas e os laboratórios, uma cozinha e refeitório e uma grande casa de banhos para uso dos estudantes.

– Temos quarenta e oito clínicos e cirurgiões, mas nem todos são professores. Contando com vocês, são vinte e sete estudantes de medicina. Cada assistente é designado para vários médicos. O aprendizado varia de acordo com o indivíduo, bem como todo o curso. Será candidato ao exame oral quando o corpo docente resolver que está pronto. Se passar, passa a ser chamado *Hakim*. Se for reprovado, continua estudante e tem de trabalhar para conseguir outra oportunidade.

– Há quanto tempo está aqui?

Karim fechou a cara e Rob percebeu que tinha feito a pergunta errada.

– Sete anos. Fiz exames duas vezes. No ano passado, fui reprovado em filosofia. Minha segunda tentativa foi há três semanas, e fui mal na prova de jurisprudência. Que me importa a história da lógica ou os precedentes na lei? Já sou um bom médico. – Suspirou amargamente. – Além das aulas de medicina, tem de frequentar aulas de direito, teologia e filosofia. Pode escolher suas aulas. O melhor é assistir sempre às aulas do mesmo professor – revelou com relutância –, pois alguns deles são compreensivos nos exames quando chegam a nos conhecer.

"Todos na *madrassa* devem assistir às aulas da manhã de cada matéria. Mas à tarde os estudantes de direito preparam minutas ou vão aos tribunais, os futuros teólogos vão para as mesquitas, os futuros filósofos escrevem ou leem, e os estudantes de medicina servem como atendentes no hospital. Os médicos visitam o hospital à tarde e os estudantes os acompanham para conseguir permissão de examinar pacientes e propor tratamento. Os médicos fazem perguntas instrutivas e intermináveis. É uma ótima oportunidade para aprender ou, sorriu sem alegria, 'para bancar o perfeito cretino'."

Rob observou o rosto bonito e tristonho. Sete anos, pensou desanimado, e nada a não ser perspectivas incertas. E aquele homem sem dúvida tinha começado a estudar medicina com muito melhor preparo do que ele, que tinha muito menos base.

Porém temores e sentimentos negativos desapareceram quando entrou na biblioteca, chamada Casa da Sabedoria. Rob jamais poderia ter imaginado tantos livros num só lugar. Alguns manuscritos eram de velino, mas a maior parte do mesmo material leve do *calaat*.

– A Pérsia não tem muito bom pergaminho – observou ele.

Karim bufou com desprezo:

— Não é pergaminho nenhum. Chama-se papel, uma invenção dos olhos oblíquos do Oriente, que são infiéis muito inteligentes. Vocês não têm papel na Europa?

— Eu nunca vi.

— Papel é feito de trapos velhos batidos e misturados com cola animal e depois prensado. É barato, até os estudantes podem comprar.

A Casa da Sabedoria encantou Rob como nenhuma outra coisa que já tinha visto. Andou silenciosamente pela sala, tocando nos livros, lendo os nomes dos autores, poucos deles seus conhecidos.

Hipócrates, Dioscórides, Ardigeno, Rufas de Éfeso, o imortal Galeno... Oribásio, Filagrio, Alexandre de Trales, Paulo de Egina...

— Quantos livros há aqui?

— A *madrassa* possui quase cem mil livros — disse Karim com orgulho. Sorriu vendo a descrença nos olhos de Rob. — A maioria deles foi traduzida para o persa em Bagdá. Na Universidade de Bagdá há uma escola de tradutores, onde os livros são transcritos em papel em todas as línguas do Califado do Oriente. Bagdá tem uma universidade enorme, com seiscentos mil livros na sua biblioteca, e mais de seis mil estudantes e professores famosos. Mas nossa *madrassa* tem uma pequena coisa que eles não têm.

— O que é? — perguntou Rob, e o jovem o levou até uma das paredes da Casa da Sabedoria onde só havia obras de um autor.

— Ele — disse Karim.

Naquela tarde no *maristan*, Rob viu o homem que os persas chamavam de Chefe dos Príncipes. À primeira vista, Ibn Sina era um desapontamento. O turbante vermelho de médico era desbotado e descuidadamente enrolado, e sua *durra*, muito usada e simples. Pequeno e quase calvo, tinha o nariz abastado e com veias salientes e um começo de papadas sob a barba branca. Parecia um velho árabe comum até Rob notar os olhos castanhos e penetrantes, tristonhos e observadores, severos e curiosamente vivos, e sentiu imediatamente que Ibn Sina via coisas que os outros homens não podiam ver.

Rob era um dos sete alunos que, com quatro médicos, caminhavam atrás de Ibn Sina na sua ronda pelo hospital. Nesse dia o médico-chefe parou a certa distância do leito de um homem pequenino com membros magérrimos.

— Quem é o estudante atendente desta seção?

— Eu, Mestre, Mirdin Askari.

Então esse era o primo de Aryeh, pensou Rob. Observou com interesse o judeu moreno com queixo longo e dentes grandes e quadrados, um rosto feioso e agradável, como o de um cavalo inteligente.

Ibn Sina indicou o paciente com um movimento da cabeça.

— Fale sobre esse doente, Askari.

– É Amahl Rahin, condutor de camelos que entrou no hospital há três semanas com dor intensa na parte inferior das costas. A princípio suspeitamos de injúria na espinha durante uma bebedeira mas a dor logo se estendeu para o testículo direito e para a coxa direita.
– E a urina? – perguntou Ibn Sina.
– Até o terceiro dia a urina estava clara. Amarelo-clara. Na manhã do terceiro dia, tinha traços de sangue, e de tarde ele passou seis cálculos urinários, quatro pequenos grãos de areia e os outros dois, pedras do tamanho de ervilhas. Desde então não tem tido dores e a urina está clara, mas não está se alimentando.
Ibn Sina franziu a testa.
– O que ofereceram a ele?
O estudante ficou intrigado com a pergunta.
– O de sempre. *Pilah* de vários tipos. Ovos de galinha. Carneiro, cebola, pão... Ele nem toca na comida. O intestino parou de funcionar, o pulso está mais fraco e ele enfraquece a cada dia.
Ibn Sina fez um sinal afirmativo e olhou para eles.
– Então, o que é que ele tem?
Outro estudante tomou coragem:
– Eu acho, Mestre, que os intestinos estão torcidos, bloqueando a passagem da comida através do corpo. Sentindo isso, ele não permite que nenhum alimento entre na sua boca.
– Obrigado, Fadil ibn Parviz – disse Ibn Sina delicadamente. – Mas nesse caso o paciente se alimenta, e logo depois vomita. – Esperou. Ninguém disse nada e ele aproximou-se do doente.
– Amahl – disse. – Sou Husayn, o médico, filho de Abd-Ullah, que era filho de al-Hassan, que era filho de Ali, que era filho de Sina. Estes são meus amigos e serão seus. De onde você vem?
– Da aldeia de Shaini, Mestre – murmurou o homem.
– Ah, um homem de Fars! Passei dias felizes em Fars. As tâmaras do oásis em Shaini são grandes e doces, não são?
Os olhos de Amahl encheram-se de lágrimas e ele fez um gesto afirmativo.
– Askari, vá buscar tâmaras e uma tigela de leite quente para o nosso amigo.
A ordem foi obedecida imediatamente, e o médico e os alunos viram o homem começar a comer as frutas avidamente.
– Devagar, Amahl. Mais devagar, meu amigo – avisou Ibn Sina. – Askari, providencie a mudança da dieta do nosso amigo.
– Sim, Mestre – disse o judeu enquanto todos continuavam a andar.
– Isso deve ser lembrado a respeito dos pobres doentes a nosso cuidado. Eles vêm a nós, mas não se transformam em nós, e muitas vezes não comem o que comemos. Leões não gostam de feno nem quando visitam as vacas.

"Os habitantes do deserto alimentam-se especialmente de coalhada e outros produtos derivados do leite. Os habitantes do Dar-ul-Maraz comem arroz e alimentos secos. Os khorasanis só gostam de sopa engrossada com farinha. Os indianos comem ervilhas, legumes, óleo e temperos fortes. O povo da Transoxiania toma vinho e come carne, especialmente carne de cavalo. O povo de Fars e o do Arabistão comem especialmente tâmaras. Os beduínos estão acostumados com carne, leite de camelo fêmea e gafanhotos. O povo de Gurgan, os georgianos, os armênios e os europeus gostam de tomar bebidas alcoólicas às refeições e comem carne de vaca e de porco."

Ibn Sina olhou atentamente para os homens reunidos à sua volta.

– Nós os aterrorizamos, jovens mestres. Muitas vezes não podemos salvá-los e às vezes nosso tratamento os mata. Não vamos deixar que morram de fome também.

O Chefe dos Príncipes afastou-se deles com as mãos nas costas.

Na manhã seguinte, num pequeno anfiteatro com bancos dispostos em arquibancada, Rob assistiu à sua primeira aula na *madrassa*. Estava nervoso, chegou cedo e estava sentado na quarta fila quando entrou um grupo de estudantes.

A princípio não deram atenção a Rob. A conversa era a respeito do aviso recebido por um deles, Fadil ibn Parviz, de que seria examinado para verificar se estava pronto a se tornar médico, e os amigos reagiam com piadas invejosas.

– Só falta uma semana para o exame, Fadil? – perguntou um jovem baixo e gorducho. – Acho que vai mijar verde de tanto medo!

– Cala essa boca, Abbas Sefi, seu nariz de judeu, seu caralho cristão! Não precisa ter medo do exame, porque vai ser estudante por mais tempo do que Karim Harun – disse Fadil, e todos riram.

– *Salaam*, o que temos aqui? – disse Fadil, notando Rob pela primeira vez. – Qual é seu nome, *dhimmi*?

– Jesse ben Benjamin.

– Ah, o famoso prisioneiro! O judeu barbeiro-cirurgião do *calaat* do Xá. Vai ver que precisa mais do que um decreto real para ser médico.

A sala começava a se encher de alunos. Mirdin Askari passava pelos bancos de pedra à procura de um lugar e Fadil o chamou:

– Askari! Aqui está outro judeu que chegou para ser uma sanguessuga. Logo vão ser mais numerosos do que nós.

Askari olhou friamente para eles, ignorando Fadil como se ele fosse um inseto incômodo.

A chegada do professor, um homem com ar preocupado que ensinava filosofia e se chamava Sayyid Sa'di, impediu que fizessem outros comentários.

Rob teve uma ideia do que tinha assumido quando resolveu ser médico, pois Sayyid notou um rosto estranho na classe e perguntou:

– Você, *dhimmi*, como se chama?
– Sou Jesse ben Benjamin, mestre.
– Jesse ben Benjamin, diga-nos como Aristóteles descreve o relacionamento entre o corpo e o espírito.

Rob balançou a cabeça.

– Está no seu livro *Da alma* – disse o professor, impaciente.
– Não conheço *Da alma*. Nunca li Aristóteles.

Sayyid Sa'di olhou fixamente para ele, preocupado.

– Precisa começar imediatamente – disse.

Rob entendeu muito pouco o que o pequeno Sayyid Sa'di disse durante a aula.

Quando a aula terminou e o anfiteatro estava se esvaziando, aproximou-se de Mirdin Askari.

– Eu trago os melhores votos de três homens de Masqat, Reb Lonzano ben Ezra, Reb Loeb ben Kohen e seu primo, Reb Aryeh Askari.
– Ah. A viagem deles foi bem-sucedida?
– Acredito que sim.

Mirdin fez um gesto de assentimento.

– Ótimo. Você é um judeu da Europa, ouvi dizer. Muito bem. Ispahan deve parecer muito estranha para você, mas quase todos nós viemos de outros lugares.

Os estudantes de medicina, disse ele, eram catorze muçulmanos de nações do Califado do Oriente, sete muçulmanos do Califado do Ocidente e cinco judeus orientais.

– Então sou o sexto judeu? Pensei que éramos mais numerosos pelo que Fadil ibn Pardiz disse.
– Oh, Fadil! Um único estudante de medicina judeu seria demais para o gosto de Fadil. Ele é de Ispahan. Os ispahanianos consideram a Pérsia a única nação civilizada e o islamismo a única religião. Quando os muçulmanos trocam insultos, chamam uns aos outros de "judeus" ou "cristãos". Quando estão de bom humor, consideram a coisa mais espirituosa chamar um maometano de *dhimmi*.

Rob assentiu com a cabeça, lembrando que todos tinham dado risada quando o Xá o chamou de hebreu.

– Isso o irrita?
– Faz com que eu trabalhe com mais afinco. Assim posso sorrir quando deixo os estudantes muçulmanos bem para trás, na *madrassa*. – Olhou para Rob com curiosidade. – Dizem que é barbeiro-cirurgião. É verdade?
– É.
– Se eu fosse você, não falava no assunto – disse Mirdin cautelosamente. – Os cirurgiões da Pérsia acham que os barbeiros-cirurgiões são...

– Menos do que admiráveis?
– Não aprovam.
– Não me importa o que aprovam. Não me desculpo do que sou.
Julgou ter visto uma chama de aprovação nos olhos de Mirdin, mas se realmente apareceu, sumiu no mesmo instante.
– E não deve – disse Mirdin.
Com um seco aceno de cabeça, saiu do anfiteatro.

Uma aula de teologia islâmica dada por um gordo *mullah* chamado Abul Bakr foi pouco melhor que a de filosofia. O Qu'ran é dividido em cento e catorze capítulos, chamados *suras*. Os *suras* variam em extensão desde algumas linhas até centenas de versos, e para desalento de Rob, ficou sabendo que não podia se formar na *madrassa* se não soubesse de cor os *suras* importantes.

Durante a aula seguinte, dada por um mestre-cirurgião chamado Abu Ubayd al-Juzjani, recebeu ordem de ler *Dez tratados sobre o olho*, de Hunayn. Al-Juzjani era pequeno, moreno e amedrontador, com um olhar fixo e o gênio de um urso saído do sono. O rápido acúmulo de deveres escolares apavorou Rob, mas interessou-se pela aula de al-Juzjani sobre a opacidade que cobria os olhos de tantas pessoas, tirando-lhes a visão.

– Acredita-se que essa cegueira seja causada por um derramamento de humor corrupto no olho – disse al-Juzjani. – Por esse motivo, os antigos médicos persas a chamaram de *nazul-i-ab*, ou "descida de água", que se vulgarizou na denominação de doença de queda-d'água, ou catarata.

O cirurgião disse que a maior parte das cataratas começava como pequenos pontos no cristalino que quase não interfeririam com a visão, mas gradualmente se espalhavam, até todo o cristalino ficar de um branco leitoso, provocando a cegueira.

Rob observou al-Juzjani fazer o reclinamento no olho de um gato morto. Logo depois, seus assistentes distribuíram pelos estudantes animais mortos para treinar o processo em cães e gatos, até em galinhas. Rob recebeu um vira-lata malhado com olhar fixo, um esgar permanente e sem as patas dianteiras. Suas mãos estavam pouco firmes e não tinha ideia do que devia fazer. Mas criou coragem, lembrando que Merlin tinha curado a cegueira de Edgar Thorpe por ter estudado naquela mesma escola, talvez naquela mesma sala.

De repente al-Juzjani estava ao lado dele olhando para o olho do seu cão morto.

– Ponha sua agulha no lugar que pretende fazer o reclinamento e faça uma marca – disse asperamente. – Depois leve a ponta da agulha para o ângulo externo do olho, no mesmo nível e um pouco acima da pupila. Isso faz com que a catarata mergulhe por baixo dela. Se estiver operando o olho direito, segure a agulha com a mão esquerda e vice-versa.

Rob seguiu as instruções, pensando nos homens e nas mulheres que tinham aparecido atrás do biombo do barbeiro-cirurgião durante anos, com olhos opacos e pelos quais não fora capaz de fazer coisa alguma.

Para o inferno com Aristóteles e o Qu'ran! Para isso tinha viajado até a Pérsia, pensou exultante.

Naquela tarde, estava com um grupo de estudantes acompanhando al-Juzjani no *maristan*, como acólitos seguindo um bispo. Al-Juzjani visitou pacientes e ensinou, comentou e fez perguntas aos estudantes, enquanto trocava curativos e retirava pontos. Rob viu que era um cirurgião hábil e com diversas especialidades; seus pacientes no hospital naquele dia estavam convalescendo da cirurgia da catarata, de um braço esmagado e amputado, da retirada de bubos, circuncisões e a sutura do ferimento por objeto agudo no rosto de um garoto.

Quando al-Juzjani terminou, Rob repetiu a caminhada pelo hospital, dessa vez atrás do *Hakim* Jalal-ul-Din, um especialista em ossos, cujos pacientes estavam presos a complexos sistemas de retratores, engates, cordas e roldanas que Rob examinava com respeitosa admiração.

Tinha esperado nervosamente ser chamado ou questionado, mas nenhum dos médicos pareceu notar sua existência. Quando Jalal terminou, Rob ajudou os atendentes a alimentar os pacientes e a limpar a comida derramada.

Saiu do hospital e foi à procura de livros. Cópias do Qu'ran podiam ser encontradas em grande número na biblioteca da *madrassa* e ele descobriu *Da alma*. Mas ficou sabendo que o único exemplar do livro de Hunyan *Dez tratados sobre o olho* estava emprestado, e havia meia dúzia de pedidos antes do seu.

O encarregado da Casa da Sabedoria era um homem bondoso chamado Yussuf-ul-Gamal, um calígrafo que passava o tempo vago com pena e tinta, fazendo cópias extras dos livros comprados em Bagdá.

– Você esperou muito. Agora só daqui a semanas vai ter *Dez tratados sobre o olho* à sua disposição – disse ele. – Quando um livro é aconselhado por um professor, deve correr para mim antes que os outros cheguem primeiro.

Rob fez um gesto de assentimento. Levou os dois livros para casa, parando no mercado judeu para comprar um lampião a óleo de uma mulher magra com queixo forte e olhos cinzentos.

– Você é europeu?

– Sou.

Ela deu um largo sorriso.

– Somos vizinhos. Sou Hinda, mulher de Tall Isak, três casas ao norte da sua. Deve nos visitar.

Rob agradeceu e sorriu, sentindo o coração aquecido.

– Para você, o menor preço. Meu melhor preço para o judeu que conseguiu arrancar um *calaat* daquele rei!

Na estalagem de Salman, o Menor, parou para uma refeição de *pilah*, mas ficou desanimado quando Salman apresentou mais dois judeus vizinhos ao judeu que tinha ganho o *calaat*. Eram homens fortes e jovens, canteiros por profissão. – Chofni e Shemuel b'nai Chivi, filhos da viúva Nitka, a parteira que morava no fim da rua. Os irmãos deram palmadinhas nas costas de Rob, as boas-vindas, tentaram pagar vinho para ele.

– Fale do *calaat*, fale sobre a Europa! – exclamou Chofni.

A camaradagem era tentadora, mas Rob escapou para a solidão da sua casa. Depois de tratar dos animais, leu Aristóteles no jardim e achou difícil, pois o sentido fugia à sua compreensão e sentiu-se abatido com a própria ignorância.

Quando a noite caiu, foi para dentro e acendeu o lampião, passando então para o Qu'ran. Os *suras* pareciam dispostos de acordo com a extensão, os mais longos em primeiro lugar. Mas quais eram os *suras* importantes que precisava decorar? Não tinha ideia. E eram tantas as passagens introdutórias; *seriam importantes?*

Desesperado, resolveu que precisava começar de algum lugar.

Glória ao Deus Altíssimo, cheio de Graça e Misericórdia; Ele criou tudo, inclusive o Homem...

Leu as passagens uma, duas vezes, mas, antes de ter decorado apenas alguns versos, suas pálpebras, pesadas, se fecharam. Vestido, Rob mergulhou num sono pesado, no chão da casa, à luz do lampião, como um homem procurando escapar de um estado de vigília cheio de dor e vergonha.

CAPÍTULO 40

Um convite

Todas as manhãs, Rob acordava com o sol entrando pela estreita janela do seu quarto, refletindo o dourado dos telhados das casas estranhamente inclinadas do Yehuddiyyeu. As pessoas apareciam nas ruas com o nascer do dia, os homens dirigindo-se para as preces matinais nas sinagogas, as mulheres apressando-se para abrir as barracas do mercado ou para comprar mais cedo os melhores produtos do dia.

Na casa vizinha à sua, ao norte, morava um sapateiro chamado Yaakob ben Rashi, com a mulher, Naoma, e a filha, Lea. Ao sul a casa vizinha era ocupada por um padeiro chamado Micah Halevi, a mulher, Yudit, e três filhas pequenas. Rob estava morando apenas há alguns dias no Yehuddiyyeu quando Micah mandou Yudit levar um pão redondo e chato para o seu café, quente ainda e torrado. Em todo o Yehuddiyyeu tinham palavras amigas para o judeu estrangeiro que tinha ganhado um *calaat*.

Era menos popular na *madrassa*, onde os estudantes muçulmanos nunca o chamavam pelo nome e tinham prazer em chamá-lo de *dhimmi* e os próprios judeus só o chamavam de europeu.

Se sua experiência como barbeiro-cirurgião não era admirada, ainda assim foi útil no *maristan*, onde, em três dias, ficou claro que Rob sabia fazer ataduras, sangrias e reduzir fraturas simples com a habilidade de um estudante formado. Foi liberado da tarefa de limpeza e passou a trabalhar na parte mais diretamente ligada ao cuidado dos doentes, o que fez sua vida mais suportável.

Perguntou a Abul Bakr quais entre as cento e catorze *suras* eram mais importantes, porém o gordo *mullah* não soube responder.

— Todas são importantes — respondeu. — Algumas mais importantes para um estudioso, outras mais importantes para outro.

— Mas não posso me formar nessa escola se não souber de cor as *suras* importantes! Se não me disser quais são, como vou saber?

— Ah — disse o professor de teologia. — Deve estudar o Qu'ran e Alá (louvado seja!) as revelará.

Rob sentia o peso de Maomé nas suas costas, os olhos de Alá pregados nele. Para onde quer que se voltasse na escola, lá estava o islã. Um *mullah* assistia a todas as aulas para garantir que Alá (Ele é grande e poderoso!) não fosse profanado.

A primeira aula de Rob com Ibn Sina foi de anatomia e dissecaram um enorme porco, proibido aos muçulmanos como alimento, mas permitido para estudo.

— O porco é um bom objeto para estudo da anatomia porque seus órgãos internos são idênticos aos do homem — disse Ibn Sina, cortando a pele do animal.

O porco estava cheio de tumores.

— Esses tumores de superfície lisa provavelmente não são importantes. Mas alguns cresceram muito depressa... vejam, como estes — disse Ibn Sina, inclinando a carcaça pesada para que todos pudessem ver —, e pedaços de carne se acumularam uns sobre os outros como partes de uma couve-flor. Os tumores em couve-flor são mortais.

— Aparecem nos seres humanos?

— Não sabemos.

— Não podemos verificar?

A sala ficou em silêncio, os outros estudantes olhando com desprezo o demônio estrangeiro e infiel, os instrutores atentos. O *mullah* que tinha abatido o porco ergueu a cabeça do livro de orações.

— Está escrito — disse Ibn Sina cuidadosamente — que os mortos ressuscitarão e serão recebidos pelo Profeta (que Deus o abençoe e o receba!) para viver outra vez. Na expectativa desse dia, os corpos não devem ser mutilados.

Depois de um momento, Rob fez um gesto de assentimento. O *mullah* voltou a suas preces, e Ibn Sina retomou a aula de anatomia.

Naquela tarde o *hakim* Fadil ibn Parviz estava no *maristan* com um turbante vermelho de médico, recebendo as congratulações dos estudantes por ter passado nos exames. Rob não tinha nenhum motivo para gostar de Fadil mas estava entusiasmado e contente mesmo assim, pois o sucesso de qualquer estudante podia ser o seu algum dia.

Fadil e al-Juzjani fizeram a ronda naquele dia e Rob os seguiu com outros quatro estudantes: Abbas Sefi, Osmar Nivahend, Suleiman-al-Gamal e Sabit bin Qurra. No último momento, Ibn Sina juntou-se a al-Juzjani e Fadil, e Rob sentiu o nervosismo crescente, a pequena excitação sempre provocada pela presença do médico-chefe.

Chegaram à seção de pacientes com tumores. No leito perto da porta, estava um homem imóvel de olhos fundos e pararam a uma certa distância dele.

— Jesse Benjamin — disse al-Juzjani. — Fale sobre este homem.

— É Ismail Ghazali. Não sabe que idade tem mas nasceu em Khur durante as grandes enchentes da primavera. Disseram-me que tem trinta e quatro anos.

Al-Juzjani acenou com a cabeça, aprovando.

— Ele tem tumores no pescoço, nas axilas e na virilha, que provocam muita dor. O pai morreu de doença semelhante quando Ismail Ghazali era menino. Urinar é para ele uma verdadeira agonia. A urina é amarelo-escura com sombras que parecem fios de linha vermelhos. Não consegue comer mais de umas poucas colheradas de mingau sem vomitar, por isso está recebendo comida leve e sempre que pode aceitar.

— Você o sangrou hoje? — perguntou al-Juzjani.

— Não, *hakim*.

— Por que não?

— É desnecessário provocar mais dor. — Talvez, se Rob não estivesse pensando no porco e imaginando se o corpo de Ismail Ghazali não estaria consumido por um tumor em forma de couve-flor, não tivesse se traído. — Ao cair da noite ele estará morto.

Al-Juzjani olhou arregalado para ele.

— Por que pensa isso? — perguntou Ibn Sina.

Todos os olhos estavam em Rob, mas ele não tentou uma explicação.

— Eu sei — disse afinal, e Fadil, esquecendo sua nova dignidade, soltou um riso abafado.

O rosto de al-Juzjani enrubesceu de cólera, mas Ibn Sina ergueu as mãos para os outros médicos, indicando que deviam continuar a ronda.

O incidente eliminou todo o otimismo entusiástico de Rob. Naquela noite, não conseguiu estudar. A escola tinha sido um *erro*, pensou. Nada podia fazer dele o que não era, e talvez estivesse na hora de reconhecer que não estava destinado a ser médico.

Porém, na manhã seguinte, voltou à escola e assistiu a três aulas; depois, à tarde, obrigou-se a acompanhar al-Juzjani na inspeção dos pacientes. Quando começaram a visita, Ibn Sina juntou-se a eles como na véspera, para angústia de Rob.

Quando chegaram à ala dos tumores, um garoto estava deitado no leito perto da porta.

— Onde está Ismail Ghazali? — perguntou al-Juzjani ao enfermeiro.

— Levado durante a noite, *hakim*.

Al-Juzjani não disse nada. Continuaram, ele tratando Rob com o desprezo gelado devido a um *dhimmi* estrangeiro que tinha adivinhado com sorte.

Mas quando completaram as visitas e foram liberados, Rob sentiu que alguém segurava seu braço e, voltando-se, viu os olhos perturbadores do velho homem.

— Venha compartilhar da minha refeição da noite.

Naquela noite Rob, com nervosa expectativa, seguiu as direções dadas pelo médico-chefe conduzindo seu cavalo castanho pela avenida dos Mil Jardins até a rua onde ficava a casa de Ibn Sina. Era uma enorme residência de pedras com duas torres, construída entre pomares e parreiras nos terraços de uma encosta. Ibn Sina tinha também recebido "o objeto real" do Xá, mas seu *calaat* fora concedido quando era famoso e venerado e era uma dádiva principesca.

Rob foi admitido na propriedade murada por um Chefe do Portão que o esperava e se encarregou do seu cavalo. O caminho que levava à casa era de pedra britada tão fina que seus passos soavam como murmúrios. Quando se aproximou da casa, uma porta lateral foi aberta e nela apareceu uma mulher. Jovem e graciosa, vestia um manto de veludo vermelho, largo na cintura, com enfeites cintilantes nas barras, sobre um vestido largo de algodão com flores amarelas, e embora fosse pequenina, andava como uma rainha. Nos tornozelos tinha argolas com contas, onde a calça vermelha era presa nas pernas, terminando em franjas macias sobre os calcanhares nus. A filha de Ibn Sina – se é que estava certo – examinou Rob com seus olhos grandes e negros com a mesma curiosidade com que Rob a examinava, antes de virar o rosto coberto com um véu, como mandavam as leis do islã.

Atrás dela surgiu uma figura de turbante, enorme como um pesadelo. A mão do eunuco estava no cabo adornado de pedras preciosas da sua adaga e ele não desviou os olhos, mas os manteve fixos em Rob até conduzir a moça a salvo por uma porta no muro do jardim.

Rob estava ainda olhando para os dois quando uma grande laje inteiriça de pedra abriu-se com dobradiças silenciosas e um empregado o fez entrar em uma sala espaçosa e fresca.

– Ah, jovem amigo, seja bem-vindo à minha casa.

Ibn Sina o conduziu através de uma série de grandes salas cujas paredes de azulejos eram enfeitadas com belas tapeçarias com as cores da Terra e do céu. Os tapetes sobre o chão de pedra eram espessos como a relva. Era um jardim aberto, no centro da casa, uma mesa estava posta ao lado de uma fonte.

Rob sentiu-se pouco à vontade, pois nunca fora ajudado a se sentar por um criado. Outro entrou com uma travessa com pão e Ibn Sina cantou a prece islâmica com desafinada naturalidade.

– Deseja sua prece? – perguntou graciosamente.

Rob partiu um dos pães com facilidade, pois já estava acostumado ao agradecimento dos judeus.

– Abençoado sejas Tu, ó Senhor nosso Deus, Rei do Universo, que faz o pão nascer da terra.

– Amém – disse Ibn Sina.

A refeição foi simples e excelente, pepinos cortados com hortelã e coalhada, um *pilah* muito leve preparado com pedaços de carneiro magro e galinha, morangos e abricós ensopados e um *sherbet* refrescante de suco de frutas.

Ao terminarem de comer, um homem com a argola dos escravos no nariz entregou aos dois toalhas úmidas para as mãos e o rosto, enquanto outros escravos tiravam a mesa e acendiam tochas fumacentas para afastar os insetos.

Uma tigela com grandes pistaches foi colocada na mesa e ficaram sentados, partindo as cascas com os dentes e conversando amigavelmente.

– Agora. – Ibn Sina inclinou-se para a frente e seus olhos notáveis, que podiam transmitir tantas coisas, brilhavam atentos à luz das tochas. – Vamos falar sobre o motivo pelo qual você sabia que Ismail Ghazali estava morrendo.

Rob descreveu como, quando tinha nove anos, segurou a mão da mãe e soube que ela ia morrer, e como, do mesmo modo, ficou sabendo da morte iminente do pai.

E falou sobre as outras vezes, das pessoas cujas mãos tinha segurado e sentido o terrível e assustador aviso.

Ibn Sina o interrompeu pacientemente sobre cada história, estimulando a memória de Rob para que nenhum detalhe fosse esquecido. Lentamente, a atitude reservada do velho homem desapareceu.

– Mostre o que você faz.

Rob segurou as mãos de Ibn Sina e olhou nos olhos dele, sorrindo depois de algum tempo.

– Por enquanto, não precisa temer a morte.

– Nem você – disse o médico em voz baixa.

Depois de um breve momento, Rob pensou: *Cristo Santíssimo!*

– Então é uma coisa que o *senhor* também sente, médico-chefe?

Ibn Sina balançou a cabeça.

– Não do modo que você sente. Em mim, manifesta-se como uma certeza nas profundezas do meu ser, um forte instinto indicando se o paciente vai ou não morrer. Durante anos tenho falado com outros médicos que têm essa intuição, e formamos uma irmandade muito mais extensa do que pode imaginar. Mas nunca encontrei ninguém com maior força do que você. É uma responsabilidade, e para corresponder a ela deve se tornar um médico excelente.

A desagradável realidade voltou à lembrança de Rob e ele suspirou.

– Posso não vir a ser médico, pois não tenho instrução. Seus estudantes muçulmanos foram alimentados à força com conhecimentos clássicos durante toda a vida, e os... outros alunos judeus foram criados no ambiente extremamente erudito das suas casas de estudo. Aqui na universidade eles adquirem conhecimentos sobre essas bases, enquanto que eu tenho como base dois anos de escola elementar e uma vasta ignorância.

– Então deve construir com mais afinco e mais depressa do que os outros – disse Ibn Sina, sem grande simpatia.

O desespero deu coragem a Rob:

– A escola exige demais. E muita coisa não quero e não preciso. Filosofia, o Qu'ran...

O velho professor o interrompeu com desprezo na voz:

– Está cometendo um erro muito comum. Se não estudou filosofia, como pode rejeitá-la? A ciência e a medicina ensinam sobre o corpo, ao passo que a filosofia ensina sobre a mente e a alma, e um médico precisa disso, como precisa de ar e alimento. Quanto à teologia, decorei o Qu'ran quando tinha dez anos. É da minha religião, não da sua, mas não vai lhe fazer mal, e decorar dez Qu'rans seria um pequeno preço pelo que vai ganhar aprendendo medicina.

"Você tem boa mente, pois aprendeu uma língua nova e vemos em você muitas promessas. Mas não deve temer que o estudo se torne parte de você, até ser tão natural quanto respirar. Deve ampliar a mente para absorver tudo o que temos para ensinar."

Rob estava calado e atento.

– Tenho um dom pessoal, tão forte quanto o seu, Jesse ben Benjamin. Posso reconhecer um homem dentro do qual existe um médico, e em você vejo a vontade de curar, tão intensa que queima como fogo. Mas não basta isso. Um médico não é declarado por *calaat*, o que é uma sorte, pois já existem muitos médicos ignorantes. Por isso temos a escola, para separar o joio do trigo. E quando vemos um estudante que não parece muito apto, somos mais severos com seus testes. Se o esforço é demasiado para você, deve se esquecer de nós e voltar a ser um barbeiro-cirurgião vendendo suas pomadas falsificadas...

– Tônico – disse Rob, carrancudo.

– Seu tônico falso, então. Pois para ser *hakim* é preciso merecer. Se é o que deseja, deve se sacrificar a favor do estudo, procurar todos os meios para acompanhar os outros estudantes e até mesmo superá-los. Deve estudar com o fervor dos abençoados ou dos amaldiçoados.

Rob respirou profunda e longamente, os olhos fixos ainda nos de Ibn Sina, e disse a si mesmo que não tinha atravessado metade do mundo para falhar agora.

Levantou-se para partir e foi assaltado por uma ideia.

– O senhor tem *Dez tratados sobre o olho*, de Hunayn, médico-chefe?

Ibn Sina sorriu.

– Tenho. – E saiu apressado, voltando com o livro, que entregou ao seu aluno.

CAPÍTULO 41

O *Maidan*

Muito cedo numa manhã atarefada, três soldados o procuraram. Rob ficou tenso, pronto para qualquer coisa, mas dessa vez os homens eram só delicadeza e respeito e os bastões ficaram nas bainhas. O chefe, cujo bafo revelara que tinha comido cebola no café da manhã, fez uma profunda reverência.

– Fomos enviados para informar, mestre, que amanhã haverá uma sessão formal na corte, depois da Segunda Prece. Os agraciados com o *calaat* são esperados.

Assim, na manhã seguinte, Rob encontrou-se novamente sob os tetos abobadados e dourados da Sala das Colunas.

Dessa vez não havia a assistência da multidão, o que Rob achou que era uma pena, pois o *Shahansha* estava resplandecente. Ala usava um turbante, uma túnica esvoaçante e sapatos pontudos de púrpura, calça e faixas vermelho vivo e uma pesada coroa de ouro trabalhado. O vizir, o imã Mirza-aboul Qandrasseh, estava num pequeno trono próximo, como sempre com sua túnica negra de *mullah*.

Os beneficiários do *calaat* estavam afastados dos tronos como observadores. Rob viu Ibn Sina e não reconheceu nenhum outro, a não ser Khuff, Capitão dos Portões.

O assoalho em volta de Ala estava coberto por tapetes brilhantes com fios de seda e ouro. Em almofadões dos dois lados do trono e de frente para ele sentava-se um grupo de homens ricamente vestidos.

Rob aproximou-se de Khuff e tocou no braço do homem.

– Quem são eles? – murmurou.

Khuff olhou com desprezo para o judeu estrangeiro, mas respondeu pacientemente como tinha sido ensinado.

– O império é dividido em catorze províncias, nas quais existem quinhentos e quarenta e dois Lugares Consideráveis, cidades, povoações muradas e castelos. São os *mirzes*, *chawns*, *sultãos* e *beglerbegs*, que governam os principados controlados por Ala-al-Dawla.

A cerimônia devia estar para começar, porque Khuff afastou-se apressado, colocando-se ao lado de uma das portas fechadas.

O embaixador da Armênia foi o primeiro enviado a chegar à sala. Era um homem ainda jovem, com cabelo e barba negros mas todo o resto nele era cinzento, a égua que montava e a túnica de seda com caudas de raposa prateada. A cento e cinquenta passos do trono foi detido por Khuff, que o ajudou a desmontar e o conduziu ao trono para beijar os pés de Ala.

Terminados os cumprimentos, o embaixador presenteou o Xá com preciosidades do seu reino, incluindo uma grande lanterna de cristal, nove pequenos espelhos de cristal com molduras de ouro, cento e vinte metros de tecido de cor púrpura, vinte vidros de perfume e cinquenta selas.

Demonstrando pouco interesse, Ala deu as boas-vindas ao armênio à sua corte e mandou que transmitisse os agradecimentos ao seu gracioso senhor pelos presentes.

Em seguida entrou o embaixador dos Khazars, também recebido por Khuff, e tudo se repetiu, com a diferença de que o presente do rei de Khazar eram três belos cavalos árabes e um filhote de leão acorrentado, não domado, que, assustando-se, evacuou no tapete de fios de ouro e seda.

A sala ficou em silêncio, esperando a reação do Xá. Ala não franziu a testa nem sorriu, mas esperou que escravos e criados retirassem apressadamente a matéria ofensiva, os presentes e o Khazar. Os cortesãos sentados aos pés do Xá pareciam estátuas inanimadas, os olhos fixos no Rei dos Reis. Eram sombras, prontas a se movimentar com o corpo de Ala. Finalmente, em resposta a um sinal quase imperceptível, a tensão diminuiu e o enviado seguinte, do Amir de Qarmatia, foi anunciado e entrou na sala com seu cavalo marrom-avermelhado.

Rob continuou de pé, olhando respeitosamente, mas em espírito estava longe da corte, estudando suas lições, numa revisão silenciosa. Os quatro elementos: terra, água, fogo e ar; as qualidades reconhecidas pelo tato: frio, calor, secura e umidade; os temperamentos: sanguíneo, fleumático, colérico e saturnino; as faculdades: natural, animal e vital.

Imaginou as partes do olho descritas por Hunayn, recitou mentalmente os nomes das sete ervas recomendadas para sezão e as dezenove para febres, recitou até mesmo algumas vezes as primeiras nove *stanzas* do terceiro *sura* do Qu'ran, intitulado "A família de Imran".

Começava a sentir prazer com sua revisão mental quando foi interrompido e viu que Khuff trocava palavras excitadas com um velho imperioso de cabelos brancos, montado num garanhão castanho nervoso.

– Sou apresentado por último porque represento os turcos seljuk, uma ofensa deliberada ao meu povo!

– Alguém tem de ser último, Hadad Khan, e hoje foi Vossa Excelência – disse calmamente o Capitão dos Portões.

Com fúria descontrolada, o seljuk tentou passar com o enorme cavalo e se aproximar do trono. O velho soldado grisalho resolveu fingir que a culpa era do grande animal e não do cavaleiro. "Ôo!", gritou ele agarrando o bridão e batendo várias vezes com força no focinho do cavalo com seu bastão, fazendo-o relinchar e recuar.

Os soldados controlaram o grande animal castanho enquanto Khuff ajudava Hadad Khan a desmontar com mãos não muito delicadas, e depois conduziu o embaixador até o trono.

O seljuk fez o *ravi zemin* rapidamente e com voz trêmula transmitiu os cumprimentos do seu líder, Toghrul-beg. Não tinha presentes.

Ala Xá não dirigiu nem uma palavra ao embaixador, e o despediu friamente com um aceno, terminando a cerimônia.

A não ser pelo embaixador seljuk e o leão cagão, Rob achou tudo extremamente aborrecido.

Rob gostaria de tornar mais agradável a pequena casa no Yehuddiyyeh do que era quando Ala Xá a deu de presente. O trabalho levaria alguns dias, mas cada hora era preciosa agora, assim os parapeitos das janelas ficaram como estavam, as paredes continuaram rachadas, as árvores de abricó não foram podadas e o jardim estava tomado pelo mato.

Comprou de Hinda, a vendedora do mercado judeu, três *mezuzot*, os pequenos tubos de madeira que continham pergaminhos enrolados com trechos das Escrituras. Eram parte do seu disfarce; colocou-os no lado direito do batente de cada uma das suas portas, não menos de um palmo da parte superior, como lembrava que o *mezuzot* era colocado nas casas dos judeus de Tryavna.

Descreveu o que queria para um carpinteiro indiano, fazendo desenhos na terra, e o homem não teve dificuldade em fazer uma mesa rústica de oliveira e uma cadeira de pinho no estilo europeu. Comprou alguns utensílios de cozinha de um homem que trabalhava em cobre. Fora disso, preocupou-se tão pouco com a casa que era como morar numa caverna.

O inverno se aproximava. As tardes ainda eram quentes mas o ar da noite que entrava pelas janelas começava a esfriar, anunciando a mudança de estação. Comprou várias peles baratas no mercado armênio e dormia aquecido com elas.

Numa sexta-feira à noite, seu vizinho Yaakob ben Rashi, o sapateiro, convenceu Rob a compartilhar com ele o jantar do sabá. Era uma casa modesta mas confortável e a princípio Rob sentiu prazer na hospitalidade. Naoma, a mulher de Yaakob, cobriu o rosto e recitou a bênção sobre as velas. A filha gorducha, Lea, serviu uma boa refeição de peixe de rio, galinha cozida, *pilah* e vinho. Lea, durante quase todo o tempo, manteve os olhos baixos modestamente, mas, várias vezes, sorriu para Rob. Tinha idade para se casar e duas vezes durante o jantar o pai fez cautelosas sugestões sobre um bom dote. Aparentemente ficaram desapontados quando Rob agradeceu a todos e saiu cedo, voltando aos seus livros.

Sua vida entrou numa rotina. A observância religiosa diária era para os estudantes da *madrassa*, mas os judeus tinham permissão para frequentar os ritos da sua religião, assim todas as manhãs Rob ia à sinagoga Casa da Paz. O hebreu das orações do *shaharit* era familiar para ele, mas algumas outras continuavam intraduzíveis, como sílabas sem sentido; porém, o balanço e o canto eram um modo calmante de começar o dia.

As manhãs eram dedicadas às aulas de filosofia e de religião que Rob frequentava com obstinada regularidade, e uma grande quantidade de cursos de medicina.

Estava melhorando seu persa, mas às vezes, durante a aula, era obrigado a perguntar o significado de uma palavra ou de uma expressão. Os estudantes às vezes explicavam, às vezes não.

Certa manhã, Sayyid Sa'di, o professor de filosofia, mencionou o *gashtagh-daftaran*.

Rob inclinou-se para o lado de Abbas Sefi e perguntou:

– O que é *gashtagh-daftaran*?

Mas o estudante gorducho apenas olhou para ele aborrecido e balançou a cabeça.

Rob sentiu que alguém cutucava suas costas. Voltou-se e viu Karim Harun no degrau de pedra atrás do seu. Karim deu um largo sorriso.

– Uma ordem de antigos escribas – murmurou. – Registraram a história da astrologia e os primórdios da ciência persa.

Karim apontou para o lugar vazio ao seu lado.

Rob sentou-se perto dele. A partir desse dia, quando chegava à sala de aula, verificava se Karim estava presente e sentavam-se juntos.

A melhor parte do dia era a tarde, quando Rob trabalhava no *maristan*. Ficou melhor ainda no terceiro mês na escola quando chegou sua vez de examinar novos pacientes. O processo de admissão o aturdiu de tão complexo. Al-Juzjani mostrou como devia ser feito.

– Escute bem, pois é uma tarefa importante.

– Sim, *hakim*.

Rob tinha aprendido a sempre ouvir com atenção as palavras de al-Juzjani, pois percebeu que, depois de Ibn Sina, era ele o melhor médico do *maristan*. Uma meia dúzia de pessoas tinha dito que al-Juzjani sempre fora assistente de Ibn Sina, mas Rob sabia que ele falava com autoridade própria.

– Deve anotar toda a história do paciente e, na primeira oportunidade, estudá-la detalhadamente com um médico mais adiantado.

A cada doente perguntavam qual sua ocupação, hábitos, exposição a doenças contagiosas, doenças do peito, estômago e vias urinárias. Toda a roupa do paciente era removida e faziam um exame físico minucioso, incluindo inspeção do catarro, vômito, urina, fezes e contagem do pulso, além de uma tentativa de detectar febre pelo calor do corpo.

Al-Juzjani ensinou Rob a passar as mãos pelos dois braços do paciente ao mesmo tempo, depois pelas duas pernas, depois de cada lado do corpo para detectar qualquer defeito, inchação ou outra irregularidade. Ensinou a bater no corpo do paciente com as pontas dos dedos com pancadas rápidas e firmes, a fim de descobrir doenças por meio de algum som anormal. Quase tudo era novo e estranho para Rob, mas logo se acostumou com a rotina e achava fácil, porque tinha trabalhado com doentes durante anos.

O momento difícil chegava no começo da noite, ao chegar em casa, no Yehuddiyyeh, pois era quando se iniciava a batalha entre a necessidade de estudar e o sono. Aristóteles era um grego antigo e sábio, e Rob aprendeu que quando o assunto era interessante o estudo se transformava de obrigação em prazer. Era uma descoberta de grande importância, a única coisa talvez que o fazia trabalhar com o afinco necessário, pois Sayyid Sa'di imediatamente o mandou ler Platão e Heráclito; e al-Juzjani, casualmente, como se estivesse pedindo para colocar outro tronco na lareira, mandou Rob ler os doze livros sobre medicina da *Historia Naturalis*, de Plínio – "como preparação para ler Galeno no ano seguinte"!

Tinha sempre trechos do Qu'ran para decorar. Quanto mais decorava, mais ofendido ficava. O Qu'ran era a compilação oficial das pregações do Profeta, e a mensagem de Maomé fora essencialmente a mesma durante anos sem fim. O livro era uma repetição depois da outra, cheio de calúnias contra os judeus e o cristianismo.

Mas ele foi perseverante. Vendeu o burro e a mula, para não perder tempo tratando e alimentando os dois. Comia rapidamente e sem prazer, e a frivolidade não tinha vez em sua vida. Todas as noites lia até não enxergar as letras, e aprendeu a pôr minúsculas quantidades de óleo nas lâmpadas, para que não continuassem a queimar depois que sua cabeça caía sobre os braços e ele adormecia sobre os livros na mesa rústica. Agora sabia por que Deus lhe dera um corpo grande e forte e bons olhos, pois ele os usava até os últimos limites da resistência na ânsia de se instruir.

Certa noite, sentindo que não podia estudar mais e precisava fugir, saiu da casinha no Yehuddiyyeh e mergulhou na vida noturna das *maidans*.

Estava acostumado às grandes praças municipais durante o dia, espaços abertos banhados de sol com poucas pessoas passeando ou enrodilhadas, dormindo num pedaço de sombra. Mas descobriu que à noite eram barulhentas e cheias de vida, com grupos ruidosos e desordeiros de homens da classe baixa da Pérsia.

Todos pareciam falar e rir ao mesmo tempo, e o vozerio era mais intenso que nas feiras de Glastonbury. Um grupo de malabaristas-cantores usava de cinco bolas no seu número e era engraçado e muito hábil, e Rob teve vontade de juntar-se a eles. Lutadores musculosos, os corpos pesados brilhantes de gordura animal para dificultar a pega do oponente, lutavam enquanto os espectadores gritavam conselhos e faziam apostas. Titeriteiros apresentavam um espetáculo indecente, acrobatas saltavam e davam cambalhotas, vendedores de comidas diversas gritavam para atrair a freguesia.

Rob parou em uma barraca de livros iluminada com tocha, e o primeiro volume que examinou foi uma coleção de desenhos. Cada desenho mostrava o mesmo homem e a mesma mulher, representando uma variedade de posições do ato sexual que Rob nunca havia sequer imaginado.

– As sessenta e quatro em desenhos, mestre – disse o vendedor.

Rob não tinha ideia do que eram as sessenta e quatro. Sabia que era contra a lei do islã vender ou possuir desenhos do corpo humano, porque o Qu'ran dizia que Alá (louvado seja!) era o único criador da vida. Mas ficou encantado com o livro e o comprou.

Foi depois a uma espécie de bar onde o ar estava pesado de conversa e pediu vinho.

– Não tem vinho. Isto é *chai-khana*, casa de chá – respondeu um jovem afeminado. – Pode tomar *chai* ou *sherbet*, ou água de rosas fervida com cardamonos.

– O que é *chai*?

– Excelente bebida. Vem da Índia, eu acho. Ou talvez seja trazida pela Estrada da Seda.

Rob pediu *chai* e um prato de doces.

– Temos um lugar especial. Quer um garoto?

– Não.

A bebida servida era muito quente, um líquido ambarino com gosto meio sem graça, um tanto ácido; Rob não sabia se tinha gostado ou não, mas os doces eram bons. Das galerias mais altas das arcadas perto da *maidan* vinha o som de uma melodia plangente, e Rob, olhando para o outro lado da praia, viu que a música era tocada em cornetas de cobre polido com dois metros de comprimento. Sentado no *chai-khana* fracamente iluminado, Rob ficou olhando para a multidão e tomando *chai* após *chai*, até que um contador de histórias começou a divertir os fregueses com uma história sobre Jamshid, o quarto dos reis-heróis. A mitologia agradava a Rob pouco mais do que a pederastia, portanto pagou ao afeminado e abriu caminho entre o povo até chegar ao fim da *maidan*. Ficou parado por um momento, observando as carruagens puxadas por mulas que lentamente davam volta após volta na praça, pois tinha ouvido os estudantes falarem a respeito delas.

Finalmente fez sinal para uma que parecia bem conservada, com um lírio pintado na porta.

Dentro estava escuro. A mulher esperou que as mulas começassem a andar e só então se moveu.

Logo Rob pôde ver que a mulher gorda tinha idade para ser sua mãe. Durante o ato gostou dela, pois era uma prostituta honesta; não fingiu paixão nem prazer, mas tratou dele com delicadeza e muita experiência.

Quando terminaram, a mulher puxou um cordão na carruagem, indicando o fim do ato, e o cafetão na boleia parou o carro.

— Leve-me até o Yehuddiyyeh — disse Rob para o homem. — Pago o tempo dela.

Seguiram tranquilamente na carruagem balouçante.

— Como é seu nome? — perguntou Rob.

— Lorna. — Experiente, ela não perguntou o nome dele.

— Sou Jesse ben Benjamin.

— Muito prazer, *dhimmi* — cumprimentou ela timidamente, tocando os músculos tensos dos ombros dele. — Por que estão como cordas cheias de nós? Do que tem medo, um jovem grande como você?

— Temo ser um boi quando deveria ser uma raposa — respondeu ele, sorrindo no escuro.

— Você não é nenhum boi, pelo que sei — comentou ela secamente. — Qual é sua profissão?

— Estudo no *maristan*, para ser médico.

— Ah, como o Chefe dos Príncipes. Minha prima é cozinheira da primeira esposa dele desde que Ibn Sina chegou a Ispahan.

— Sabe o nome da filha dele? — perguntou Rob depois de um momento.

— Não há nenhuma filha. Ibn Sina não tem filhos. Tem duas esposas, Reza, a Piedosa, que é velha e doente, e Despina, a Feia, que é jovem e bonita, mas Alá (seja louvado!) não abençoou nenhuma delas com prole.

— Compreendo.

Usou a mulher mais uma vez, confortavelmente, antes de a carruagem chegar ao Yehuddiyyeh. Então indicou ao cocheiro onde ficava sua casa e pagou muito bem aos dois por possibilitarem a ele entrar na casa, acender suas lâmpadas e encarar seus melhores amigos e piores inimigos, os livros.

CAPÍTULO 42

A diversão do Xá

Rob estava numa cidade, rodeado de gente, mas levava uma vida solitária. Todas as manhãs estava em contato com os outros estudantes, e todas as noites os deixava. Sabia que Karim e Abbas moravam com outros em celas na *madrassa* e supunha que Mirdin e os outros estudantes judeus moravam em alguma parte do Yehuddiyyeh, mas não tinha ideia de como eram suas vidas fora da escola e do hospital. Parecia com a sua, pensava, repleta de leitura e estudo. Rob estava ocupado demais para sentir a solidão.

Passou apenas doze semanas admitindo pacientes ao hospital, depois foi designado para algo que detestava, pois os estudantes de medicina se revezavam no tribunal islâmico quando eram decretadas sentenças pelo *kelonter*.

Na primeira vez que voltou à prisão e passou pelos *carcans*, sentiu um nó no estômago.

O guarda o levou a um calabouço onde um homem se debatia e gemia. Onde devia estar a mão direita do prisioneiro, uma corda de esparto segurava um trapo azul que envolvia o coto, acima do qual o braço aparecia assustadoramente inchado.

– Está me ouvindo? Sou Jesse.
– Sim, senhor – murmurou o homem.
– Como se chama?
– Sou Djahel.
– Djahel, há quanto tempo deceparam sua mão?

O homem balançou a cabeça sem entender.

– Duas semanas – disse o guarda.

Rob tirou o pano e encontrou uma camada de esterco de cavalo. Como barbeiro-cirurgião, muitas vezes tinha visto esterco usado desse modo e sabia que raramente fazia bem e que talvez fosse prejudicial. Tirou-o todo do braço do homem.

A parte do braço próxima à amputação estava amarrada com outro pedaço de corda. Com a inchação, a corda tinha penetrado nos tecidos e o braço começava a ficar negro. Rob cortou a corda e lavou o toco lenta e cuidadosamente. Passou uma mistura de sândalo com água de rosas e fez um curativo com cânfora em lugar do esterco, deixando Djahel gemendo, mas aliviado.

Essa foi a melhor parte do seu dia, pois dali foi levado para o pátio da prisão, para o começo da aplicação da pena.

O espetáculo foi muito parecido com o que tinha visto durante sua prisão, com a diferença de que, quando estava no *carcan*, podia se refugiar na inconsciência. Agora ficou imóvel entre os *mullahs* que cantavam preces enquanto um guarda musculoso erguia uma espada enorme. O prisioneiro, um homem de rosto cinzento, condenado por traição e sedição, foi obrigado a se ajoelhar e colocar o rosto no cepo.

– Eu amo o Xá! Beijo seus pés sagrados! – berrou o homem de joelhos, numa tentativa vã de evitar a sentença, mas ninguém respondeu e a espada já estava sibilando no ar. O golpe foi certeiro e a cabeça rolou até um *carcan*, os olhos ainda arregalados pelo medo angustiante.

Os restos foram removidos e então um jovem, apanhado com a mulher de outro homem, teve a barriga aberta. Dessa vez o mesmo carrasco brandiu uma adaga longa e fina com tamanha precisão, cortando da esquerda para a direita, que as entranhas do adúltero saltaram imediatamente.

Por sorte não havia assassinos, que teriam sido arrastados, esquartejados e deixados para os cães e os abutres.

Os serviços de Rob começaram a ser necessários depois das punições menores.

Um ladrão, que nem era ainda um homem, sujou a calça de medo e de dor quando sua mão foi decepada. Havia uma vasilha com piche quente, mas Rob não a usou, pois a força da amputação selou o toco, que ele teve apenas de lavar e enfaixar.

O trabalho foi mais desagradável com uma mulher gorda e chorosa condenada por ter zombado do Qu'ran pela segunda vez e que teve a língua cortada. O sangue rubro jorrou entre seus gritos roucos e sem palavras, até Rob conseguir pinçar o vaso.

No seu íntimo, brotava o ódio pela justiça muçulmana e pelo tribunal de Qandrasseh.

– Este é um dos seus mais importantes instrumentos – disse Ibn Sina aos estudantes, em tom solene.

Ergueu um vidro com urina, explicando que era chamado *matula*. Tinha a forma de sino e uma borda larga e curva para apanhar a urina. Ibn Sina havia ensinado um soprador de vidro a fazer a *matula* para seus médicos e estudantes.

Rob sabia que quando a urina continha sangue ou pus algo estava errado. Mas Ibn Sina dera duas semanas de aula só sobre a urina!

Estava fina ou viscosa? As sutilezas do cheiro eram pesadas e discutidas. Havia a pegajosa sugestão de açúcar? O cheiro seco que sugeria a presença de pedras? A acidez da doença consumidora? Ou apenas o cheiro forte de quem comeu aspargos?

O fluxo era copioso, o que significava que o corpo estava se libertando da doença, ou fraco, que podia significar febres internas secando os fluidos do organismo?

Quanto à cor, Ibn Sina os ensinou a ver a urina com olhos de artista, numa paleta com vinte e uma tonalidades, de claro a amarelo, ocre-escuro, vermelho e marrom, até o negro, mostrando as várias combinações do *contenta*, ou componentes não dissolvidos.

Por que toda essa comoção com o mijo?, perguntava Rob a si mesmo, exausto.

– Por que a urina é tão importante? – perguntou.

Ibn Sina sorriu.

– Ela vem de dentro, onde acontecem coisas importantes.

O mestre leu um trecho de Galeno que indicava serem os rins os órgãos separadores da urina:

> "Qualquer açougueiro sabe disso por ver todos os dias a posição dos rins e do canal (chamado uretra) que sai de cada rim, indo até a bexiga. E estudando essa anatomia, ele conclui qual é seu uso e a natureza das suas funções."

Rob ficou furioso. Os médicos não precisavam consultar açougueiros, nem aprender em carneiros mortos ou porcos como são feitos os seres humanos. Se era tão importante saber o que estava acontecendo dentro dos homens e das mulheres, por que não *olhavam dentro dos homens e das mulheres?* Se *mullahs* do Qandrasseh podiam ser ignorados para copular em farras de bebedeira, por que os médicos não ousavam ignorar os homens santos para adquirir conhecimento? Ninguém falava da mutilação eterna nem da ressurreição dos mortos quando uma corte religiosa decepava a cabeça de um prisioneiro ou sua mão, cortava sua língua ou abria sua barriga.

Bem cedo na manhã seguinte, dois guardas palacianos de Khuff conduzindo um carro puxado por mula e cheio de suprimentos pararam no Yehuddiyyeh à procura de Rob.

– Sua Majestade vai fazer visitas hoje, mestre, e requer sua companhia – disse um dos soldados.

O que vai ser agora?, pensou Rob.

– O Capitão dos Portões pede que se apresse. – O soldado pigarreou discretamente. – Talvez fosse melhor o senhor vestir sua melhor roupa.

– Estou vestido com minha melhor roupa – respondeu Rob, e o fizeram se sentar atrás da carroça, em cima de alguns sacos de arroz, e saíram apressadamente.

Saíram da cidade em uma fila de tráfego formado por cortesãos a cavalo e em cadeirinhas, ao lado de todos os tipos de carroças que transportavam equipamentos e suprimentos. Apesar do transporte vulgar, Rob sentia-se maravilhosamente, pois jamais fora conduzido por estradas recentemente cobertas de cascalho e regadas há pouco tempo. Um lado da estrada onde, disseram os soldados, o Xá deveria passar estava coberto de flores.

A viagem terminou na casa de Rotun bin Nasr, general do exército, primo distante de Ala Xá e governador honorário da *madrassa*.

– É aquele – informou um dos soldados, apontando para um homem gordo e sorridente, afetado e falante.

A bela propriedade ficava no meio de um grande terreno. A festa ia começar num jardim cuidadosamente tratado, no centro do qual jorrava água uma imensa fonte de mármore. Por toda parte estavam estendidas tapeçarias de seda e ouro e almofadões com belos bordados. Empregados corriam de um lado para o outro com bandejas de doces, pastelaria, vinhos e água perfumada. Do lado de fora de um portão, ao lado do jardim, um eunuco com uma espada desembainhada guardava o Terceiro Portão, que dava para o *haram*. De acordo com a lei muçulmana, somente o dono da casa podia entrar no aposento das mulheres e qualquer transgressor do sexo masculino tinha a barriga aberta, portanto Rob ficou feliz ao se afastar do Terceiro Portão. Os soldados deixaram bem claro que ele não precisava descarregar a carroça nem fazer qualquer outro trabalho, e Rob perambulou para fora do jardim, em uma área próxima aberta, cheia de animais, nobres, escravos, criados e um exército de saltimbancos que pareciam ensaiar todos ao mesmo tempo.

Uma nobreza de criaturas de quatro patas estava reunida ali perto. A vinte passos um do outro estavam amarrados uns doze dos mais belos garanhões árabes que Rob já tinha visto, nervosos e orgulhosos, com olhos escuros e bravios. Os arreios mereciam um exame demorado, pois quatro dos bridões eram adornados com esmeraldas, dois com rubis, três com diamantes e três com uma mistura de pedras coloridas que ele não identificou. Os cavalos estavam ajaezados com mantos longos de brocado dourado, enfeitado com pérolas, e presos com tranças de seda e ouro a argolas de ouro no topo de grossos pregos de ouro fixos no chão.

A trinta passos dos cavalos estavam os animais bravios: dois leões, um tigre e um leopardo, todos espécimes magníficos, cada um na sua imensa tapeçaria vermelha, presos do mesmo modo que os cavalos e tendo ao lado vasilhas de ouro com água.

Em uma jaula mais adiante, meia dúzia de antílopes brancos com longos chifres retos como flechas – diferentes dos gamos da Inglaterra! – agrupavam-se nervosos, olhando para os felinos que piscavam sonolentamente para eles.

Mas Rob passou pouco tempo com esses animais e ignorou os gladiadores, lutadores, arqueiros e outros abrindo caminho entre eles na direção de um enorme objeto que imediatamente chamou sua atenção, até chegar à distância de um braço do seu primeiro elefante vivo.

Era mais maciço do que esperava, muito maior do que os das estátuas que tinha visto em Constantinopla. O animal era meio corpo mais alto do que um homem alto. Cada perna era uma coluna cheia de força terminando numa pata completamente redonda. A pele enrugada parecia grande demais para o corpo e era cinzenta, com manchas grandes rosadas, como pedaços de líquen numa rocha. As costas abauladas eram mais altas do que os ombros e o traseiro, do qual a cauda pendia como uma corda grossa, com um chumaço de cabelo na ponta. A cabeça enorme fazia com que os olhos rosados parecessem pequenos, embora não fossem menores que os de um cavalo. Na testa tinha duas saliências, como se chifres estivessem tentando atravessar a pele. Cada orelha balouçante era quase do tamanho de um escudo de guerreiro, mas a coisa mais extraordinária naquela criatura extraordinária era o nariz, mais longo e muito mais grosso do que a cauda.

O elefante era tratado por um indiano miúdo de túnica e calça cinzentas, turbante branco, faixa na cintura que, a uma pergunta de Rob, disse que era Harsha, um *mahout*, ou tratador de elefantes. O animal era a montaria de combate do Ala Xá e chamava-se Zi, abreviação de Zi-ul-Quarnayn, ou "Duas Vezes Honrado", em honra das ameaçadoras protuberâncias ósseas, recurvadas e tão longas quanto Rob era alto, que se estendiam para fora, saindo dos cantos do maxilar superior do animal.

– Quando entramos na batalha – disse o indiano com orgulho –, Zi usa uma cota de malha e espadas longas e aguçadas são amarradas nas suas presas. Foi treinado para investir, assim o ataque de Sua Excelência no seu elefante guerreiro que avança com altos barridos é uma visão e um som que gela o sangue de qualquer inimigo.

O *mahout* dirigia os empregados que traziam baldes com água, esvaziando-os em uma grande vasilha de ouro da qual o elefante sugava a bebida com a ponta da tromba e a jogava na boca!

Rob ficou perto do elefante até os tambores e címbalos anunciarem a chegada do Xá. Voltou então ao jardim, onde estavam os outros convidados.

Ala Xá usava roupas simples, contrastando com as dos convidados, que pareciam vestidos para uma cerimônia de Estado. Respondeu ao *ravi zemin* com um aceno da cabeça e se sentou na suntuosa cadeira acima dos almofadões, perto da piscina.

A festa começou com uma demonstração de espadachins brandindo cimitarras com tanta força e graça que todos ficaram quietos, atentos ao som metálico de espada contra espada, o girar estilizado de exercício de combate, tão ritual quanto uma dança. Rob notou que a cimitarra era mais leve do que a espada inglesa e mais pesada do que a francesa; exigia a habilidade do duelista e o ímpeto de pulsos e braços fortes para o golpe cortante. Com pena viu a exibição chegar ao fim.

Acrobatas-mágicos com muitos floreios plantaram uma semente na terra, a regaram e a cobriram com um pano. Atrás de um biombo de corpos em reviravoltas e cambalhotas, no ponto máximo das acrobacias, um deles puxou o pano, enfiou um galho com folhas no chão e cobriu tudo novamente. A diversão e o truque eram claros e aparentes para Rob, que estava à espera deles, e, divertido, viu o pano ser finalmente removido para que o povo aplaudisse "a árvore de crescimento mágico".

Ala Xá estava visivelmente impaciente quando começaram as lutas.

– Meu arco – ordenou ele.

Esticou e dobrou o arco, mostrando aos cortesãos a facilidade com que o curvava. Os mais próximos murmuraram sua admiração pela força do Xá, enquanto outros aproveitavam o ambiente descontraído para conversar e Rob ficou sabendo o motivo do convite; como europeu, ele era, como tudo o mais, um objeto estranho para ser mostrado, como os animais ou os malabaristas, e os persas o encheram de perguntas:

– Vocês têm um Xá no seu país, aquele lugar...?

– Inglaterra. Temos, um rei. Seu nome é Canuto.

– Os homens do seu país são guerreiros e cavaleiros? – perguntou curiosamente um velho com olhos sábios.

– Sim, sim, grandes guerreiros, ótimos cavaleiros.

– E o tempo, o clima?

– Mais frio e mais chuvoso do que na Pérsia – informou Rob.

– E a comida?

– É diferente, não usamos tantos temperos. Não temos *pilah*.

Ficaram chocados.

– Não têm *pilah* – disse o velho com desprezo.

Eles o rodearam, mais por curiosidade, não por amizade, e Rob sentiu-se isolado no meio deles.

Ala Xá levantou-se.

– Vamos aos cavalos! – exclamou impaciente, e todos o seguiram até um campo próximo, deixando os lutadores rosnando e se agarrando.

– Bola e bastão, bola e bastão! – gritou alguém, e todos aplaudiram.

– Então, vamos jogar – concordou o Xá, escolhendo três homens para seu time e quatro para o time adversário.

Os cavalos, conduzidos por cavalariças até o campo, eram pôneis pequenos e fortes, pelo menos um palmo menores do que os garanhões brancos. Todos montaram e cada jogador recebeu um bastão longo e flexível com a ponta em gancho.

Em cada extremidade do campo havia duas colunas de pedra, mais ou menos a oito passos uma da outra. Cada time levou os cavalos para perto das colunas e se alinhou na frente delas, os dois grupos frente a frente, como exércitos inimigos. Um oficial de exército que ia atuar como juiz, de um dos lados do campo rolou uma bola de madeira, do tamanho de uma maçã de Exmouth, para o centro do campo.

Os assistentes começaram a gritar. Os cavalos lançaram-se para a frente em pleno galope, os cavaleiros gritando e brandindo os bastões.

Meu Deus, pensou Rob apavorado. Cuidado, cuidado! Três cavalos se chocaram com um ruído impressionante e um deles caiu, rolando no chão e atirando o cavaleiro para longe. O Xá, com um movimento circular do braço, atingiu a bola de madeira em cheio e os cavalos mergulharam para ela, espirrando pedaços de solo, as patas trovejando.

O cavalo caído relinchava, tentando levantar-se com o jarrete quebrado. Uns doze cavalariços aproximaram-se, cortaram o pescoço do animal e o arrastaram para fora do campo, antes que o cavaleiro pudesse ficar de pé. O homem segurava o braço esquerdo e sorria com os dentes cerrados.

Rob pensou que o braço devia estar quebrado e aproximou-se do cavaleiro.

– Posso ajudá-lo?
– Você é médico?
– Barbeiro-cirurgião e estudante do *maristan*.

O nobre fez uma careta de espanto e desgosto.

– Não, não. Precisamos chamar al-Juzjani – disse, e foi levado do campo.

Outro cavalo e cavaleiro entraram no jogo imediatamente. Os oito jogadores aparentemente esqueciam que era um jogo e não uma batalha. Atiravam as montarias contra as do adversário e, tentando acertar na bola para jogá-la entre as duas colunas, brandiam os tacos perigosamente perto dos oponentes e dos cavalos. Suas próprias montarias não escapavam dos golpes dos cavaleiros, pois o Xá muitas vezes acertava a bola muito perto dos cascos velozes do seu cavalo e por baixo da barriga do animal.

O Xá estava constantemente sob ataque. Homens que sem dúvida teriam sido açoitados se dirigissem um olhar ameaçador ao seu soberano e senhor agora faziam o possível para atingi-lo, e pelos rosnados e murmúrios dos espectadores, Rob concluiu que não ficariam aborrecidos se Ala Xá fosse ferido ou jogado para fora do cavalo.

Mas nada disso aconteceu. Como os outros, o Xá cavalgava loucamente mas com uma habilidade digna de admiração, conduzindo o pônei sem usar as mãos que seguravam o taco e aparentemente usando pouca força nas pernas para se manter montado. Ala mantinha a pose decidida e confiante e cavalgava como se fosse uma extensão do cavalo. Rob nunca tinha visto aquele padrão de hipismo e pensou embaraçado no velho que perguntou sobre a habilidade dos cavaleiros ingleses e em sua resposta de que eram excelentes.

Os cavalos eram espantosos, pois corriam atrás da bola sem diminuir a velocidade e davam meia-volta instantaneamente, galopando em direção oposta, uma, duas, várias vezes, só o controle excepcional impedindo que cavalos e cavaleiros se chocassem contra as colunas de pedra.

O ar se encheu de poeira e os espectadores gritavam até ficar roucos. Tambores soavam e címbalos tilintavam em êxtase quando alguém fazia um ponto e finalmente o time do Xá tinha jogado a bola entre as colunas cinco vezes e seus oponentes, três, e o jogo terminou. Os olhos de Ala cintilavam de satisfação quando desmontou, pois tinha feito dois pontos. Para comemorar, enquanto os pôneis eram levados, dois touros novos foram amarrados no centro do campo e dois leões, soltos em cima deles. A competição era curiosamente desigual, pois nem bem os felinos foram libertados, os touros foram derrubados e mortos com machados e os leões atacaram a carne ainda trêmula.

Rob compreendeu que a morte misericordiosa dos touros devia-se ao fato de Ala Xá ser o Leão da Pérsia. Seria inaceitável e cruel se, por acaso, durante sua festa, um simples touro vencesse o símbolo do poder do Rei dos Reis.

No jardim, quatro mulheres com véu no rosto oscilavam e dançavam ao som de pífaros, enquanto um poeta cantava falando das *houris*, as jovens e sensuais virgens do Paraíso.

O imã Qandrasseh não poderia fazer nenhuma objeção; embora ocasionalmente a curva de uma nádega ou de um seio fosse sugerida sob a fazenda dos vestidos negros e largos, só estavam descobertos as mãos e os pés, pintados de vermelho com hena, para os quais os espectadores olhavam avidamente, pensando em outros lugares pintados do mesmo modo, escondidos pela túnica negra.

Ala Xá levantou-se, afastou-se dos que estavam em volta da piscina, passou pelo eunuco com a espada desembainhada e entrou no *haram*.

Rob parecia ser o único que olhava para o rei quando Khuff, o Capitão dos Portões, chegou para montar guarda ao Terceiro Portão ao lado do eunuco. A conversa ficou mais animada; perto de Rob, o general Rotun bin Nasr, anfitrião da festa do rei e dono da casa, ria alto demais com as próprias piadas, como se Ala não tivesse ido para suas mulheres na frente de toda a corte.

É isso então que se deve esperar do Mais Poderoso Senhor do Universo?, pensou Rob.

Depois de uma hora o Xá voltou com expressão benigna. Khuff afastou-se do Terceiro Portão, fez um sinal discreto e o banquete começou.

Os mais finos pratos brancos foram colocados sobre toalhas de brocado de Qum. Pão de quatro qualidades foi servido e onze tipos de *pilah* em terrinas de prata tão grandes que uma só daria para todos os presentes. Em cada terrina o arroz tinha uma cor e sabor diferentes, preparado com açafrão, açúcar, pimenta, canela, cravo ou ruibarbo, suco de romã ou de limão. Quatro dos enormes tabuleiros continham doze aves cada um, dois tinham pernis grelhados de antílope, um cheio de carneiro grelhado e quatro continham carneiros inteiros feitos no espeto, a carne macia, úmida e torrada por fora.

Barber, Barber, que pena você não estar aqui!

Para quem tinha aprendido a apreciar a boa comida com um mestre, nos últimos meses Rob tivera mais do que a quota suportável de refeições apressadas e espartanas para se dedicar aos estudos. Agora, com um suspiro, experimentou de tudo, à vontade.

Quando as longas sombras se transformaram no começo da noite, os escravos fixaram grandes velas nas carapaças de tartarugas vivas e as acenderam. Quatro caldeirões imensos foram carregados da cozinha e dependurados em grandes estacas; um estava cheio de ovos de galinha misturados, formando um pudim cremoso, um continha sopa leve com ervas, outro, carne cortada e variada, muito temperada, e o último continha pedaços de peixe frito de um tipo desconhecido de Rob, a carne branca soltando-se em flocos como a do linguado, mas com a delicadeza da truta.

As sombras transformaram-se em noite. Pássaros noturnos piavam; os outros sons eram murmúrios, arrotos, o rasgar e mastigar das carnes apetitosas. Uma vez ou outra uma das tartarugas se movia, e a luz da vela nas suas costas tremulava e mudava de lugar, como o luar na água.

E continuavam comendo.

Havia uma travessa de salada de inverno, raízes de ervas conservadas em salmoura. E uma travessa com salada de verão, alface romana e verduras amargas e apimentadas que Rob nunca tinha comido antes.

Uma tigela funda foi colocada na frente de cada convidado, cheia de *sherbet* agridoce. Então os criados apareceram com peles de cabra cheias de vinho, copos e travessas com pastelaria e amêndoas com mel e sementes salgadas.

Sentado sozinho, Rob experimentou o bom vinho, sem falar com ninguém, sem que ninguém falasse com ele, observando e ouvindo tudo com a mesma curiosidade com que tinha experimentado a comida.

As peles de cabra logo se esvaziaram e foram substituídas por outras cheias, um suprimento inesgotável da adega do próprio Xá. Os homens levantavam-se e se afastavam para urinar ou vomitar. Alguns estavam molhados e inconscientes.

As tartarugas, nervosas talvez, amontoaram-se num canto, deixando o resto do jardim às escuras. Acompanhado por uma lira, um garoto eunuco com voz alta e doce cantava sobre guerreiros e amor, ignorando o fato de que ao seu lado dois homens brigavam.

– Boceta de prostituta! – xingou um deles completamente bêbado.

– Cara de judeu! – retrucou o outro.

Rolaram lutando no chão até serem separados e levados para longe.

Finalmente o Xá ficou nauseado, depois inconsciente e foi carregado para sua carruagem.

Depois disso, Rob foi embora. Não havia lua e o caminho de volta da casa do Rotun bin Nasr era difícil de ser seguido. Levado por um impulso profundo e amargo, começou a andar no lado da estrada reservado para o Xá e parou uma vez para urinar, longa e satisfatoriamente, sobre as flores espalhadas.

Cavaleiros e carruagem passavam por ele, mas ninguém ofereceu condução, e Rob levou horas para chegar a Ispahan. A sentinela, acostumada aos convidados que voltavam da festa do Xá, o deixou passar com um gesto cansado.

No meio do caminho Rob parou, sentou num muro baixo e contemplou aquela cidade estranha, onde tudo era proibido pelo Qu'ran e cometido pelo povo. Um homem podia ter quatro mulheres mas muitos mostravam-se dispostos a arriscar a vida para dormir com as mulheres dos outros, enquanto Ala Xá fodia quem ele bem entendesse. Tomar vinho era proibido pelo Profeta e considerado pecado, mas havia uma avidez nacional por vinho, grande parte do povo bebia demais, e o Xá era dono de uma enorme adega com ótimas safras.

Meditando sobre o enigma que era a Pérsia, voltou para casa com as pernas cansadas, sob o céu perolado e o suave canto do *muezzin* no minarete da mesquita Sexta-Feira.

CAPÍTULO 43

A equipe de médicos

Ibn Sina estava acostumado à devota condenação do imã Qandrasseh, que não podia controlar o Xá, mas advertia seus conselheiros com estridência crescente de que o vinho e a licenciosidade provocariam o castigo de uma força maior que a do trono. Para esse fim, o vizir procurava obter informações no estrangeiro e apresentava um padrão comprovando que Alá (todo poderoso Ele é!) estava furioso com os pecadores em todo o mundo.

Viajantes da Estrada da Seda falavam dos terríveis terremotos e das neblinas pestilentas na parte da China regada pelos rios Kiang e Hoai. Na Índia, um ano de seca foi seguido por abundante chuva de primavera, mas as plantações viçosas foram devoradas por uma praga de gafanhotos. Grandes tempestades assolavam a costa do mar da Arábia, provocando enchentes com muitas mortes, enquanto que no Egito o povo estava faminto porque o Nilo não havia subido ao nível necessário. No Malaquistão, uma montanha de fumaça se abriu lançando um rio de rocha derretida. Dois *mullahs* em Nain contaram que demônios tinham aparecido nos seus sonhos. Exatamente um mês antes da festa do Ramadã houve um eclipse parcial do sol, e então o céu parecia estar em chamas; fogos celestiais estranhos foram observados.

A pior demonstração do desprazer de Alá partiu dos astrólogos que anunciaram com grande nervosismo uma grande conjunção dos três planetas superiores, Saturno, Júpiter e Marte, dentro de dois meses, no signo de Aquário. Havia divergências quanto à data, mas todos concordavam quanto à gravidade do acontecimento. O próprio Ibn Sina ouviu a notícia pensativo, pois Aristóteles tinha escrito sobre a ameaça representada pela conjunção de Marte e Júpiter.

Assim, foi como uma predestinação quando Qandrasseh chamou Ibn Sina numa clara e terrível manhã e disse que havia um surto de peste em Shiraz, a maior cidade no território de Anshan.

– Que peste?
– A Morte – disse o imã.

Ibn Sina empalideceu, esperando que o imã estivesse enganado, pois a Morte não aparecia na Pérsia há trezentos anos. Mas sua mente fixou-se logo no problema.

– Devem ser enviados soldados imediatamente para a Estrada das Especiarias para impedir o avanço das caravanas que vêm do Sul. E precisamos enviar um grupo de médicos a Anshan.

– Não temos muito lucro com os impostos de Anshan – disse o imã, mas Ibn Sina balançou a cabeça.

– É interesse nosso conter a doença, pois a Morte passa rapidamente de um lugar para o outro.

Quando voltou para casa, Ibn Sina resolveu que não podia mandar um grupo de colegas, pois se a praga chegasse a Ispahan, seriam necessários em seu próprio território. Resolveu escolher um médico e um grupo de aprendizes.

A emergência seria usada para temperar os melhores e os mais fortes, pensou ele. Depois de alguma consideração, Ibn Sina apanhou pena, tinta e papel e escreveu:

Hakim Fadil ibn Parviz, líder
Suleiman-al-Gamal, estudante do terceiro ano
Jesse ben Benjamin, estudante do primeiro ano
Mirdin Askari, estudante do segundo ano.

O grupo devia conter também alguns dos mais fracos candidatos da escola para dar a eles uma única oportunidade enviada por Alá de se redimir das falhas e seguir o caminho para se tornar um bom médico. Assim, acrescentou mais quatro nomes à lista:

Omar Nivahend, estudante do terceiro ano
Abbas Sefi, estudante do segundo ano
Ali Rashid, estudante do primeiro ano
Karim Harun, estudante do sétimo ano.

Quando os oito jovens se reuniram e o médico-chefe informou que os estava mandando a Anshan para lutar contra a Morte, não conseguiram olhar para ele, nem um para o outro; era uma espécie de constrangimento.

– Vocês precisam usar armas – disse Ibn Sina –, pois é impossível saber como o povo vai agir quando assolado pela praga.

Ouviram um suspiro longo e trêmulo de Ali Rashid. Tinha dezesseis anos, rosto redondo e olhos mansos, e sentia tanta saudade da família em Hamadhan que chorava dia e noite e nem podia se aplicar devidamente aos estudos.

Rob obrigou-se a se concentrar no que Ibn Sina estava dizendo:

– ... Não podemos dizer como devem combater a praga, pois jamais apareceu durante nossas vidas. Mas temos um livro compilado há três séculos por médicos que sobreviveram a pragas em diversos lugares. Daremos esse livro a vocês. Sem dúvida contém teorias e remédios sem valor, mas entre eles pode haver informação útil. – Ibn Sina passou a mão na barba. – Em vista da possibilidade da Morte ser provocada pela contaminação da atmosfera por eflúvios pútridos, acho que devem acender grandes fogueiras de madeiras aromáticas nas vizinhanças dos doentes e dos sãos. Os sãos devem se lavar com vinho ou vinagre e aspergir as casas com vinagre, e devem cheirar cânfora e outras substâncias voláteis.

"Devem providenciar para que os doentes também façam isso. Será prudente usar esponjas ensopadas com vinagre no nariz, quando se aproximarem dos doentes, e ferver toda a água antes de beber, para clarear e separar as impurezas. E devem tratar das unhas diariamente, pois o Qu'ran diz que o demônio esconde-se sob as unhas."

Ibn Sina pigarreou.

– Os que sobreviverem à praga não devem voltar imediatamente a Ispahan, para não trazerem a doença. Irão para uma casa, na Rocha de Ibraim, a um dia de viagem a leste da cidade de Naim, e a três dias a leste daqui. Lá deverão descansar durante um mês antes de voltar para casa. Compreenderam?

Todos fizeram um gesto afirmativo.

– Sim, Mestre – disse *Hakim* Fadil ibn Parviz com voz trêmula, falando por todos em sua nova posição.

O jovem Ali chorava silenciosamente. O belo rosto de Karim Harun estava carrancudo com maus preságios.

Finalmente Mirdin Askari falou:

– Minha mulher e meus filhos... Preciso tomar providências. Para ter certeza de que ficarão bem se...

Ibn Sina assentiu com um aceno da cabeça.

– Os que têm responsabilidades terão apenas algumas horas para tomar as providências.

Rob não sabia que Mirdin era casado e tinha filhos. O estudante judeu era discreto e autossuficiente, muito seguro nas classes e no *maristan*. Mas agora seus lábios sem cor moviam-se em uma prece silenciosa.

Rob J. estava tão assustado quanto os outros com essa missão da qual talvez não voltasse, mas procurou ter coragem. Pelo menos não ia mais precisar atender os condenados na cadeia, pensou.

– Mais uma coisa – disse Ibn Sina, olhando para eles com olhos de pai. – Devem anotar tudo cuidadosamente, para os que venham a combater a próxima praga. E deixem as notas em lugar onde possam ser encontradas caso algo aconteça a vocês.

Na manhã seguinte, quando o sol tingiu de vermelho as copas das árvores, atravessaram a ponte sobre o Rio da Vida, cada homem montado num bom cavalo e levando um cavalo ou uma mula de carga.

Depois de algum tempo, Rob sugeriu a Fadil que um homem fosse enviado na frente como observador e que outro cavalgasse na retaguarda, um pouco afastado do grupo. O jovem *hakim* fingiu pensar no assunto e depois gritou as ordens.

Naquela noite, Fadil concordou imediatamente quando Rob sugeriu o sistema de alternar sentinelas, como faziam na caravana de Kerl Fritta.

Sentados em volta da fogueira de galhos espinhosos, o estado de espírito do grupo era ora jocoso, ora sombrio.

– Acho que Galeno nunca foi tão sábio como quando falou sobre a melhor escolha para um médico durante uma praga – disse Suleiman-al-Gamal com voz taciturna. – Galeno disse que o médico deve fugir da praga, para viver e tratar outro dia, e foi exatamente o que ele fez.

– Acho que o grande médico Rhazes pensou melhor – disse Karim.

Três palavrinhas afastam a praga:
Rápido, longe e tarde, seja onde for que você viva.
Saia rapidamente, vá para muito longe,
E que sua volta seja muito mais tarde.

As risadas soaram altas demais.

Suleiman foi a primeira sentinela. Não devia ter sido grande surpresa quando, na manhã seguinte, descobriram que ele fugira durante a noite, levando seus cavalos.

Ficaram chocados e abatidos. Na noite seguinte, quando acamparam, Fadil escolheu Mirdin Askari para sentinela, uma boa escolha; ele os guardou bem.

Mas a sentinela do terceiro acampamento foi Omar Nivahend, que imitou Suleiman e fugiu com os cavalos durante a noite.

Fadil convocou uma reunião logo que descobriram a segunda fuga.

– Não é pecado ter medo da Morte; se fosse, todos nós estaríamos condenados – disse ele. – Também não é pecado concordar com Galeno e com Rhazes e fugir, embora eu pense como Ibn Sina, que um médico deve combater a pestilência em lugar de correr dela.

"O que é pecado é deixar os companheiros sem proteção durante a noite. E é por fugir com um animal carregado com suprimentos necessários para os doentes e para os agonizantes." Olhou para eles fixamente. "Portanto, se alguém quiser partir, que vá agora. E dou minha palavra de honra de que o deixarei partir sem que seja envergonhado ou prejudicado."

Podia-se ouvir a respiração dos homens. Ninguém se adiantou.

Rob falou:

– Sim, qualquer um pode partir. Mas se essa partida nos deixar sem sentinelas e sem guardas, ou se levar suprimentos necessários aos pacientes que vamos tratar, digo que devemos perseguir esse desertor e matá-lo.

Outro silêncio.
Mirdin molhou os lábios.
– Concordo – disse.
– Sim – disse Fadil.
– Concordo também – disse Abbas Sefi.
– Eu também – murmurou Ali.
– E eu! – disse Karim.
Todos sabiam que não se tratava de uma promessa vã, mas de um voto solene.

Duas noites depois, chegou a vez de Rob ficar de sentinela. Tinham acampado em um desfiladeiro rochoso onde a luz da lua transformava em monstros as rochas ameaçadoras. Foi uma noite longa e solitária e Rob teve oportunidade de pensar nas coisas tristes que sempre conseguia afastar da mente, e pensou nos irmãos e na irmã, e nos que estavam mortos. Pensou demoradamente na mulher que tinha deixado escapar entre seus dedos.

Pouco antes do nascer do dia, ele estava de pé na sombra de uma grande rocha, não muito longe dos homens adormecidos, quando percebeu que um deles estava acordado e parecia preparado para partir.

Karim Harun caminhou cautelosamente pelo acampamento, tentando não despertar os outros. Quando estava a alguma distância, começou a correr pela trilha, e logo desapareceu.

Harun não tinha levado suprimentos nem deixado o grupo sem proteção e Rob não fez nenhuma tentativa para detê-lo. Mas sentiu um amargo desapontamento, pois começava a gostar do belo e irônico estudante que estava na *madrassa* há tantos anos.

Uma hora mais tarde, Rob desembainhou a espada, alertado pelo som de passos que caminhavam na sua direção na luz indecisa da madrugada. De pé enfrentou Karim, que parou boquiaberto ao ver a lâmina pronta para atacar, o peito arfando, o rosto e a túnica molhados de suor.

– Vi quando você saiu. Pensei que tinha fugido.
– Eu corri. – Karim respirou com dificuldade. – Corri do acampamento... e corri de volta. Sou um corredor – replicou ele sorrindo, enquanto Rob J. embainhava a espada.

Karim corria todas as manhãs, voltando sempre ensopado de suor. Abbas Sefi contava histórias engraçadas, cantava canções sujas e era um imitador cruel. *Hakim* Fadil era um lutador, e nos acampamentos, à noite, o líder derrotava todos, tendo um pouco de trabalho só com Rob e com Karim. Mirdin era o melhor cozinheiro e alegremente aceitou a incumbência das refeições da noite. O jovem Ali, que tinha sangue de beduíno, era um cavaleiro fantástico e nada o agradava mais do que servir de batedor, cavalgando muito na frente do grupo; depois de algum tempo, seus olhos não brilhavam com lágrimas, mas com entusiasmo, e demonstrava uma energia jovem que encantava a todos.

A camaradagem crescente era agradável e a longa viagem teria sido um prazer se nos acampamentos e nas paradas para descanso *Hakim* Fadil não insistisse em ler para eles o *Livro da Praga*, confiado a ele por Ibn Sina. O livro oferecia centenas de sugestões de várias autoridades, todos afirmando saber como combater a praga. Um homem chamado Lamna, do Cairo, insistia que um método infalível era dar ao paciente a própria urina para beber, ao mesmo tempo recitando súplicas específicas a Alá. (Ele é glorioso!)

Al-Hajar, de Bagdá, sugeria chupar uma romã adstringente durante uma epidemia, e Ibn Mutillah, de Jerusalém, recomendava a ingestão de lentilhas, ervilhas indianas, sementes de abóbora e argila vermelha. As sugestões eram tantas que não pareciam ter nenhum valor para o grupo de médicos. Ibn Sina havia escrito um adendo ao livro, no qual relacionava práticas que lhe pareciam razoáveis: fogueiras para criar fumaça acre, lavar as paredes com cal, espargir vinagre e dar às vítimas sucos de frutas para beber. No fim, concordaram em seguir o regime sugerido por seu professor e ignorar todos os outros conselhos.

Durante uma pausa no meio do oitavo dia, Fadil leu no livro que, de cada cinco médicos que trataram os doentes da Morte no Cairo, quatro tinham morrido com a doença. Uma silenciosa melancolia tomou conta deles quando retomaram a viagem, como se tivessem sido informados da determinação dos seus destinos.

Na manhã seguinte, chegaram a um pequeno povoado chamado Nardiz. Estavam no distrito de Anshan.

Os habitantes do povoado os trataram com respeito quando *hakim* Fadil disse que eram médicos de Ispahan, enviados por Ala Xá para ajudar as vítimas da praga.

– Não temos a pestilência, *hakim* – disse o chefe da aldeia, agradecido. – Mas ouvimos falar de morte e sofrimento em Shiraz.

Agora viajavam cautelosamente, mas passaram vilarejo após vilarejo vendo só pessoas saudáveis. Num vale em Naksh-i-Rustam, chegaram ao local dos grandes túmulos de rocha, o cemitério de quatro gerações de reis persas. Ali, acima do vale varrido pelos ventos, Dario, o Grande, Xerxes, Artaxerxes e Dario II jaziam há mil e quinhentos anos, durante os quais guerras, pestilências e conquistadores tinham surgido e desaparecido no esquecimento. Enquanto os quatro muçulmanos pararam para a Segunda Prece, Rob e Mirdin leram a inscrição num dos túmulos, com reverência:

> Sou Xerxes, o Grande Rei, o Rei dos Reis,
> Rei de Países de Muitas Raças,
> Rei do Grande Universo, Filho de Dario, o Rei,
> O Acameniano.

Passaram por ruínas com colunas onduladas e partidas e pedras espalhadas. Karim disse a Rob que era Persépolis, destruída por Alexandre, o Grande, novecentos anos antes do nascimento do Profeta (que Deus o abençoe e o receba!).

Não muito longe das ruínas antigas da cidade, chegaram a uma fazenda. Estava silenciosa, a não ser pelo balir de algumas ovelhas que pastavam um pouco além da casa, um som agradável levado pelo ar ensolarado. Um pastor sentado sob uma árvore parecia tomar conta dos animais, e, quando chegaram perto, viram que estava morto.

O *hakim* ficou imóvel no cavalo, como todos os outros, olhando para o corpo. Enquanto Fadil não sabia que decisão tomar, Rob desmontou e examinou o homem, cuja carne estava azul e já áspera e rígida. Estava morto há muito tempo para que pudessem fechar seus olhos, e algum animal tinha tirado pedaços das pernas e devorado a mão direita. A frente da túnica estava coberta de sangue negro. Quando Rob cortou o pano com a adaga, não viu nenhum sinal da peste mas um ferimento sobre o coração, suficientemente extenso para ter sido feito com uma espada.

– Procurem – disse Rob.

A casa estava deserta. No campo, encontraram os restos de centenas de ovelhas mortas, grande parte dos ossos limpos pelos lobos. Por todo o campo viam-se sinais de patas de cavalos e, ao que parecia, um exército tinha parado ali o tempo suficiente para matar o pastor e carregar alguma carne.

Fadil, com os olhos vidrados, não deu qualquer sugestão, nem uma ordem.

Rob deitou o corpo do pastor de lado e eles o cobriram com pedras para proteger-lhe os restos dos animais, depois sentiram-se satisfeitos por deixar a fazenda.

Finalmente chegaram a uma bela propriedade, uma casa suntuosa rodeada por campos cultivados. Também parecia deserta, mas eles desmontaram.

Depois de Karim bater longa e ruidosamente, uma pequena vigia no centro da porta se abriu e um olho fixou-se neles.

– Vão embora.

– Somos um grupo de médicos de Ispahan, viajando para Shiraz – disse Karim.

– Sou Ishmael, o mercador. Posso lhes dizer que há pouca gente viva em Shiraz. Há sete semanas um exército de turcomanos seljúcidas chegou em Anshan. A maioria fugiu dos seljúcidas levando mulheres, crianças e animais para a proteção dos muros de Shiraz. Os seljúcidas nos sitiaram. A Morte já estava no meio deles e desistiram do cerco depois de alguns dias. Mas, antes de partir, atiraram com catapultas dois corpos de soldados mortos com a praga por cima dos muros da cidade cheia de gente. Logo que partiram, nos apressamos a levar os corpos para fora dos muros e os queimamos, mas era tarde demais e a Morte apareceu entre nós.

Agora *hakim* Fadil encontrou a voz:

– É uma pestilência apavorante?

– Não se pode imaginar coisa pior – disse a voz atrás da porta. – Algumas pessoas parecem imunes à doença, como eu, graças a Alá (cujas dádivas são abundantes!). Mas a maioria dos que estavam dentro dos muros está morta ou morrendo.

– E os médicos de Shiraz? – perguntou Rob.

– Havia na cidade dois barbeiros-cirurgiões e quatro médicos, todos os outros fugiram assim que os seljuks partiram. Os barbeiros e dois dos médicos trabalharam entre os doentes, mas morreram rapidamente. Um dos ajudantes pegou a praga e havia só um médico para cuidar dos doentes quando saí da cidade, há menos de dois dias.

– Então parece que precisam muito de nós em Shiraz – disse Karim.

– Tenho uma casa grande e limpa – disse o homem – e um grande suprimento de comida e vinho, vinagre e lima, e bastante cânhamo para aliviar as dores. Vou abrir minha casa para vocês, pois é proteção para mim receber os que curam. Em pouco tempo, quando a peste tiver terminado seu caminho, podemos entrar em Shiraz para proveito mútuo. Quem quer aproveitar a minha segurança?

Todos ficaram em silêncio.

– Eu – disse Fadil com voz rouca.

– Não faça isso, *hakim* – disse Rob.

– Você é nosso líder e nosso médico – observou Karim.

Mas Fadil parecia não ouvir.

– Eu vou entrar, mercador.

– Eu também – disse Abbas Sefi.

Os dois desmontaram. Ouviram o som de uma barra pesada sendo erguida da porta. Viram de relance um rosto barbado e pálido quando a porta foi aberta apenas o suficiente para que os dois homens entrassem rapidamente, depois foi fechada e a tranca colocada novamente.

Os outros lá fora pareciam homens à deriva no mar aberto. Karim olhou para Rob.

– Talvez estejam certos – resmungou ele.

Mirdin ficou calado, com expressão preocupada e incerta. O jovem Ali estava prestes a chorar outra vez.

– O *Livro da Praga* – disse Rob, lembrando que Fadil o guardava numa grande sacola dependurada no pescoço. Bateu na porta com força.

– Vá embora – disse Fadil.

Parecia apavorado, talvez temendo que, se abrisse a porta, eles o atacassem.

– Escuta aqui, seu bosta – disse Rob, furioso. – Se não der o livro de Ibn Sina, vamos juntar galhos secos e madeira em volta das paredes dessa casa e atear fogo. Será um prazer para mim, seu falso médico.

Imediatamente a tranca foi retirada outra vez. A porta se abriu e o livro foi jogado no chão aos pés dos que estavam fora.

Rob o apanhou e montou. Sua fúria não durou muito, pois uma parte dele desejava estar com Fadil e Abbas Sefi na casa segura do mercador.

Só depois de muito tempo virou na sela e olhou para trás. Mirdin Askari e Karim Harun estavam a uma certa distância, mas iam atrás dele. O jovem Ali Rashid fechava a retaguarda, puxando o cavalo de carga de Fadil e a mula de Abbas Sefi.

CAPÍTULO 44

A morte

A trilha atravessava uma planície pantanosa em linha quase reta, continuando sinuosa por uma cadeia rochosa e nua que levaram dois dias para atravessar. Finalmente, na terceira manhã, descendo para Shiraz, viram fumaça ao longe. Aproximando-se, viram homens queimando cadáveres fora dos muros da cidade. Além de Shiraz, viam-se as encostas da famosa garganta Teng-i--Allahu Akbar, ou Passo de Deus que É Maior. Rob notou dezenas de grandes pássaros pretos sobre o passo e percebeu então que haviam encontrado a peste.

Não havia nenhuma sentinela no portão quando entraram.

– Então os seljuks estiveram dentro dos muros? – disse Karim, pois Shiraz parecia uma cidade devastada. Era uma comunidade agradável de pedra rosada, com muitos jardins, mas por toda parte tocos de árvores marcavam os lugares onde devia ter havido sombra e verde majestade, e até as roseiras dos jardins tinham sido tiradas para alimentar as piras funerárias.

Como se estivessem caminhando em sonho, passaram pelas ruas desertas.

Finalmente viram um homem com andar claudicante, mas, quando o interpelaram e tentaram se aproximar, ele desapareceu atrás de algumas casas.

Logo encontraram outro e dessa vez o cercaram com os cavalos quando tentou fugir, e Rob J. desembainhou a espada.

– Responda, que não lhe faremos nenhum mal. Onde estão os médicos?

O homem estava apavorado. Segurava contra a boca e o nariz um pequeno embrulho, talvez de ervas aromáticas.

– Na casa do *kelonter* – arquejou ele, apontando para o fim da rua.

Passaram por uma carroça cheia de cadáveres. Os dois coletores corpulentos, com o rosto coberto por véus mais espessos que os das mulheres, pararam para apanhar o corpo de uma criança deixado ao lado na rua. Havia três cadáveres de adultos, um homem e duas mulheres na carroça.

Na prefeitura apresentaram-se como a equipe médica de Ispahan, e um homem musculoso, de aparência militar, e um outro, velho e fraco, olharam atônitos para eles; os rostos tinham a flacidez e os olhos, a imobilidade de quem não dormia há muito tempo.

– Sou Dehbid Hafiz, o *kelonter* de Shiraz – disse o homem mais moço. – E este é *hakim* Isfari Sanjar, nosso último médico.

– Por que as ruas estão vazias? – perguntou Karim.

– Éramos catorze mil almas – disse Hafiz. – Com o ataque dos seljúcidas, mais quatro mil pessoas refugiaram-se dentro dos nossos muros. Depois do aparecimento da Morte, um terço de todos que estavam em Shiraz fugiu da cidade, incluindo – acrescentou amargamente – todos os ricos e os homens do governo, satisfeitos por deixar seu *kelonter* e seus soldados guardando sua propriedade. Quase seis mil morreram. Os que não foram ainda atingidos escondem-se dentro de casa pedindo a Alá (misericordioso!) para continuarem assim.

– Como os está tratando, *hakim*? – perguntou Karim.

– Nada adianta contra a Morte – respondeu o velho médico. – Só podemos esperar dar algum conforto aos que estão morrendo.

– Não somos médicos ainda – interrompeu Rob –, mas aprendizes de medicina enviados por nosso mestre Ibn Sina, e faremos o que o senhor mandar.

– Não tenho nenhuma ordem a dar, façam o que for possível – disse *hakim* Isfari Sanjar asperamente. Acenou com a mão. – Dou um conselho. Se quiserem ficar vivos, como eu fiquei, devem comer todas as manhãs, na primeira refeição, um pedaço de torrada embebida em vinagre ou vinho, e sempre que falarem com alguém, devem primeiro tomar um pouco de vinho – explicou ele, e Rob J. percebeu que aquilo que parecia fraqueza da idade era na verdade um avançado estado de embriaguez.

Relatório da Equipe Médica de Ispahan

Se este compêndio for encontrado depois das nossas mortes, será generosamente recompensado quem o entregar a Abu Ali at-Husain ibn Abdullah ibn Sina, médico-chefe do *maristan*, Ispahan. Escrito no 19º dia do mês de Rabia I, no 413º ano depois da Hégira.

Estamos há quatro dias em Shiraz e 243 pessoas morreram. A peste começa como uma febre fraca, seguida por dor de cabeça, às vezes severa. A febre aumenta extremamente um pouco antes do aparecimento de uma lesão na virilha, na axila ou atrás da orelha, geralmente chamada bubo. O *Livro da Praga* menciona esses bubos, que segundo *hakim* Ibn al-Khatib, da Aldalusia, são inspirados pelo demônio e sempre aparecem sob a forma de uma serpente. Os que foram observados em Shiraz não parecem serpentes, mas são redondos e duros como a lesão de um tumor. Podem ter o tamanho de uma ameixa, mas a maioria tem o tamanho de uma lentilha. Quase sempre há vômito sanguinolento, que sempre indica a iminência da morte. Alguns poucos têm sorte e o bubo supura. Quando isso acontece é como se um humor maléfico estivesse saindo do paciente, que pode então se restabelecer.

(assinado)
Jesse ben Benjamin
Estudante

Encontraram um hospital improvisado na cadeia, de onde os presos tinham sido libertados. Estava repleto de mortos, agonizantes e os recentemente infectados, tantos que era impossível dar conforto a qualquer um. O ar enchia-se de gemidos e gritos, e com o fedor do vômito de sangue, corpos não lavados e excreção humana.

Depois de conversar com os outros três, Rob foi ao *kelonter* e requisitou o uso da cidadela, na qual se alojavam os soldados. Conseguindo o pedido, foi de paciente em paciente na prisão, avaliando o estado de cada um, segurando suas mãos.

A mensagem que fluía para suas mãos era quase sempre terrível; a taça da vida transformada numa peneira.

Os que estavam próximos da morte foram removidos para a cidadela. Como era uma grande porcentagem das vítimas, os que não estavam ainda moribundos puderam ser tratados num lugar mais limpo e menos apinhado.

Estavam no inverno persa, noites frias, tardes quentes. Os picos das montanhas cintilavam com a neve e de manhã os estudantes precisavam usar seus casacos de lã de carneiro. Acima do desfiladeiro, abutres negros pairavam em número cada vez maior.

– Seus homens estão jogando os corpos no desfiladeiro em lugar de queimá-los – disse Rob J. ao *kelonter*.

Hafiz fez um gesto afirmativo.

– Eu proibi, mas acho que você tem razão. A lenha é escassa.

– Todos os cadáveres devem ser queimados. Sem exceção – disse Rob com firmeza, pois Ibn Sina fora muito positivo a esse respeito. Embora sem intenção, as palavras de Rob ofenderam Hafiz:

– Onde meus homens vão arranjar madeira? Todas as nossas árvores se foram.

– Mande soldados cortarem árvores nas montanhas – disse Rob.

– Eles não voltariam.

Então Rob mandou que o jovem Ali levasse os soldados às casas abandonadas. A maioria delas era de pedra mas tinha portas, janelas, fortes beirais de madeira. Ali fez com que os homens retirassem toda a madeira e as chamas das piras estalavam fora dos muros da cidade.

Tentaram seguir as instruções de Ibn Sina a respeito de respirar através de esponjas embebidas em vinagre, mas as esponjas atrapalhavam e logo foram postas de lado. Seguindo o conselho do *hakim* Isfari Sanjar, todos os dias comiam torrada embebida em vinagre e tomavam bastante vinho. Às vezes, ao cair da noite, estavam tão bêbados quanto o velho *hakim*.

Depois de algumas canecas de vinho, Mirdin falou de sua mulher, Fara, e dos filhos, Dawwid e Issachar, que esperavam sua volta a salvo em Ispahan. Falou com saudade da casa do pai no mar da Arábia, onde sua família viajava pela costa comprando pérolas miúdas.

– Gosto de você – disse para Rob. – Como pode ser amigo do meu terrível primo Aryeh?
Então Rob compreendeu a frieza inicial de Mirdin:
– Amigo de Aryeh? Não sou amigo de Aryeh. Aryeh é um merda!
– Isso mesmo, um merda, exatamente! – exclamou Mirdin, e riram às gargalhadas.

O belo Karim contou com voz pastosa histórias de conquistas sexuais e prometeu que ia encontrar para o jovem Ali o mais belo par de tetas do Califado do Oriente quando voltassem a Ispahan. Karim corria todos os dias pela cidade da morte. Às vezes, por insistência dele, todos faziam companhia na corrida, passando pelas ruas vazias, casas abandonadas, casas dentro das quais amontoavam-se os nervosos indivíduos não atingidos pela doença, casas na frente das quais os cadáveres tinham sido postos na rua à espera da carroça dos mortos – todos eles correndo da visão terrível da realidade. Pois eram impulsionados por mais do que vinho. Rodeados de morte, eram jovens e cheios de vida, e tentavam sufocar o terror fazendo de conta que eram imortais e invioláveis.

Relatório da Equipe Médica de Ispahan

Escrito no 28º dia do mês de Rabia II, no 413º ano depois da Hégira.

Sangria, ventosas e purgações parecem ter pouco efeito. É interessante a relação entre os bubos e a morte nesta praga, pois continua sendo evidente que quando o bubo se abre ou segrega continuamente a matéria verde e malcheirosa o paciente tem possibilidade de sobreviver.
Talvez muitos pereçam por causa da febre alta que devora as gorduras do corpo. Mas quando o bubo supura, a febre cai rapidamente e começa a recuperação.
Tendo observado isso, procuramos amadurecer os bubos para que se abram, por meio de cataplasmas de mostarda e bulbos de lírio, cataplasmas de figos e cebola cozida, amassados e misturados com manteiga, e uma variedade de cataplasmas para puxar a matéria do bubo. Às vezes cortamos os bubos e os tratamos como se fossem úlceras, com pouco resultado. Geralmente essas excrescências, afetadas em parte pela doença e em parte por serem puxadas violentamente, tornam-se tão duras que nenhum instrumento pode cortá-las. Nesse caso tentamos queimá-las com cáusticos, com pouco resultado. Muitos morreram quase loucos com o tormento, e alguns, durante a operação, e podemos dizer portanto que torturamos essas

criaturas até a morte. Mas alguns se salvam. Esses talvez sobrevivessem sem nossa presença aqui, mas é um consolo para nós acreditar que pudemos ajudar alguns poucos.

(assinado)
Jesse ben Benjamin
Estudante

— Seus catadores de ossos! — gritou o homem. Seus dois criados o jogaram brutalmente no chão do hospital improvisado e saíram correndo, sem dúvida para roubar os bens do patrão, o que é comum durante uma praga que parece corromper as almas tanto quanto os corpos. Crianças com bubos eram abandonadas sem hesitação pelos pais loucos de pavor. Três homens e uma mulher tinham sido decapitados naquela manhã por pilhagem, e um soldado foi esfolado por possuir uma mulher agonizante. Karim levou um grupo de soldados com baldes de água e cal para lavar as casas onde a peste havia entrado e disse que todos os vícios estavam à venda, observando que toda a violência sexual que havia testemunhado deixava claro que muitos estavam se agarrando à vida através da selvageria da carne.

Um pouco antes do meio-dia, o *kelonter*, que não tinha entrado nem uma vez na casa da peste, mandou um soldado pálido e trêmulo chamar Rob e Mirdin do lado de fora, onde encontraram Kafiz cheirando uma maçã cheia de ervas para evitar a doença.

— Saibam que o número dos que morreram ontem baixou para 37 — disse ele, triunfante.

Era um resultado espetacular, pois, no pior dia, na terceira semana depois do começo da peste, 268 tinham morrido.

Kafiz disse que por esse cálculo Shiraz perdera 801 homens, 502 mulheres, 3.193 crianças, 566 escravos, 1.417 escravas, 2 cristãos sírios e 32 judeus.

Rob e Mirdin trocaram um olhar de compreensão, pois perceberam a ordem de importância na lista das vítimas do *kelonter*.

O jovem Ali apareceu na rua nesse momento. Algo parecia errado porque o rapaz teria passado por eles sem virar a cabeça se Rob não o tivesse chamado.

Rob aproximou-se dele e notou algo estranho nos seus olhos. Quando tocou a cabeça de Ali, o terrível e tão familiar calor fez gelar seu coração.

Ah, Deus.

— Ali — disse Rob suavemente. — Precisa entrar comigo agora.

Tinham visto muitas mortes, mas testemunhar a rapidez com que a doença tomou posse de Ali Rashid foi para Rob, Karim e Mirdin como sofrer toda a dor do garoto.

De vez em quando Ali curvava o corpo num espasmo violento, como se alguma coisa tivesse mordido sua barriga. A agonia o fez tremer em convulsões, arqueando o corpo em posições estranhas e contorcidas. Eles o banharam com vinagre e no começo da tarde ficaram esperançosos, pois sua temperatura estava quase normal. Mas foi como se a febre estivesse reunindo suas forças e, quando voltou, foi mais alta do que nunca, os lábios dele se racharam, os olhos rolaram para dentro das órbitas.

Entre os gritos e gemidos, os de Ali quase se perdiam, mas os outros três ouviam os sons terríveis, porque as circunstâncias haviam feito deles sua família.

Quando chegou a noite, revezaram-se ao lado do seu leito.

Antes do amanhecer, quando Rob chegou para substituir Mirdin, Ali estava exaurido na cama em desordem. Seus olhos opacos pareciam não ver que a febre que devorava o corpo tinha transformado o rosto redondo de adolescente, do qual surgiam agora maçãs salientes e um nariz curvo, na imagem do beduíno que ele seria se vivesse.

Rob tomou as mãos de Ali e sentiu a vida dele se esvaindo.

Uma vez ou outra, como compensação por não poder fazer coisa alguma, ele sentia o pulso de Ali, fraco e indefinido como o roçar das asas de um pássaro preso.

Quando Karim chegou para substituir Rob, Ali estava morto. Não podiam mais fingir que eram imortais. Era evidente que outro seria o seguinte e começaram a conhecer o verdadeiro significado do medo.

Acompanharam o corpo de Ali até a pira e cada um rezou ao seu modo enquanto o fogo o consumia.

Naquela manhã, viram os primeiros sinais de mudança no ritmo da doença; um número bem menor de doentes apareceu na casa da peste. Três dias depois, o *kelonter*, mal disfarçando a esperança da voz, anunciou que no dia anterior só onze pessoas tinham morrido.

Andando perto da casa da peste, Rob notou um grande número de ratos mortos ou morrendo e, quando os examinou, viu uma coisa estranha: os animais estavam com a praga, pois quase todos tinham um pequeno mas indiscutível bubo. Apanhou um que tinha morrido recentemente e cujo corpo peludo e quente estava ainda infestado de pulgas. Rob o colocou sobre uma pedra plana e abriu o animal com a faca, tão habilmente quanto se estivesse sendo observado por al-Juzjani ou outro professor de anatomia.

Relatório da Equipe Médica de Ispahan

Escrito no 5º dia do mês de Rabia II, 413º ano depois da Hégira.

Vários animais morreram como os homens, e ficamos sabendo que cavalos, vacas e bois, ovelhas, camelos, cães, gatos e pássaros morreram de peste em Anshan.

A dissecação de seis ratos que morreram da doença foi interessante. Os sinais externos eram semelhantes aos encontrados nas vítimas humanas, olhos vidrados, músculos contorcidos, lábios abertos, língua protuberante e escura, bubo na virilha ou atrás de uma orelha.

A dissecação desses ratos demonstrou por que a remoção cirúrgica dos bubos é quase sempre inútil. A lesão parece ter raízes profundas, como cenouras, que, depois de removida a parte principal do bubo, permanece na vítima para fazer sua tarefa de destruição.

No abdome dos ratos encontrei os orifícios inferiores do estômago e a parte superior dos intestinos tingidos de bile verde. O intestino inferior estava com manchas. Os fígados dos seis ratos estavam atrofiados e em quatro deles os corações, secos.

Em um dos ratos o estômago apresentava-se, por assim dizer, descascado internamente.

Será que esses efeitos ocorrem nos órgãos das vítimas humanas? O estudante Karim Harun diz que Galeno afirma que a anatomia interna do homem é idêntica à do porco e do macaco, mas diferente da dos ratos.

Assim, embora não conheçamos as causas da morte pela praga em seres humanos, podemos ter a absoluta e amarga certeza de que ocorrem internamente, portanto fora do nosso alcance de inspeção.

(assinado)
Jesse ben Benjamin
Estudante.

Dois dias depois, quando trabalhava na casa da peste, Rob sentiu um mal-estar, um peso, uma fraqueza nos joelhos, dificuldade para respirar, um calor interno como se tivesse comido temperos pesados, mas não se tratava disso.

As sensações continuaram e aumentaram enquanto ele trabalhava, durante toda a tarde. Esforçou-se por ignorá-las, até que, olhando para o rosto de uma das vítimas – vermelho e deformado, os olhos brilhantes –, Rob percebeu que estava vendo a si mesmo.

Foi procurar Mirdin e Karim.

Viu a resposta nos olhos deles.

Antes de deixar que o levassem para uma cama, insistiu em apanhar o *Livro da Praga* e suas anotações, entregando tudo a Mirdin.

– Se nenhum de vocês sobreviver, isto deve ser deixado pelo último homem em lugar que possa ser encontrado e levado a Ibn Sina.

– Sim, Jesse – respondeu Karim.

Rob estava calmo. Uma montanha tinha sido tirada dos seus ombros; o pior estava acontecendo, portanto estava livre da terrível prisão do medo.

– Um de nós ficará com você – disse o bom e comovido Mirdin.
– Não, muitos aqui precisam de vocês.
Mas sentia a atenção solícita de ambos o tempo todo.

Resolveu anotar cada estágio da doença, gravando bem na mente, mas só chegou até o começo da febre alta e da dor de cabeça tão terrível que toda a pele do seu corpo parecia anormalmente sensível. As cobertas tornaram-se pesadas e irritantes e ele as jogou para longe. Afinal adormeceu.

Sonhou que estava conversando com o alto e magro Dick Bukerel, o Carpinteiro Chefe da corporação do seu pai, há tanto tempo falecido. Quando acordou, o calor começou a ficar mais opressivo, a excitação interna, mais intensa.

Durante a noite maldormida, foi perturbado por sonhos violentos, nos quais lutava com um urso que gradualmente enegrecia e crescia até se transformar no Cavaleiro Negro, enquanto todos os que tinham sido levados pela praga assistiam à luta selvagem na qual nenhum conseguia abater o outro.

De manhã foi acordado pelos soldados, que retiravam a carga terrível da casa da peste para a carroça. Era um espetáculo familiar para ele como estudante de medicina, mas visto do ângulo do doente, era tremendo. Seu coração batia disparado, havia um zumbido distante nos seus ouvidos. O peso nos membros estava pior do que antes e o fogo ardia dentro dele.

– Água.

Mirdin apressou-se em apanhar o que ele pedia, mas, quando Rob se moveu para beber, deixou escapar uma exclamação angustiada. Hesitou antes de examinar o local da dor. Finalmente afastou a túnica e ele e Mirdin trocaram um olhar cheio de medo. Sob seu braço esquerdo havia um enorme bubo cor de púrpura.

Rob segurou o pulso de Mirdin.

– Não devem cortá-lo! E nem queimar com ácido. Você promete?

Mirdin libertou o pulso da mão de Rob e o empurrou, fazendo-o se deitar outra vez.

– Prometo, Jesse – respondeu suavemente e saiu para procurar Karim.

Mirdin e Karim levantaram o braço de Rob e o amarraram pelo pulso em uma estaca ao lado da cama, expondo o bubo. Aqueceram água de rosas e fizeram compressas, mudando-as cada vez que esfriavam.

Rob nunca tivera na vida febre tão alta, nem quando criança, nem depois de homem, e toda a dor do seu corpo se concentrava no bubo, até sua mente se desviar da intensa agonia e começar a delirar.

Procurou o frescor da sombra de um trigal e a beijou, tocou sua boca, beijou seu rosto, o cabelo vermelho espalhando-se sobre ele como uma névoa brilhante.

Ouviu Karim rezando em persa, e Mirdin em hebraico. Quando Mirdin chegou no *Shema*, Rob acompanhou. *Ouve, ó Israel, o Senhor nosso Deus, o Senhor que é Um. E deves amar o Deus teu Senhor com todo teu coração...*

Teve medo de morrer com a escritura judaica nos lábios e procurou lembrar uma prece cristã. A única que lhe veio à mente foi um canto dos padres da sua infância:

> *Jesus Christus natus est.*
> *Jesus Christus crucifixus est.*
> *Jesus Christus sepultus est.*
> *Amém.*

Seu irmão Samuel estava sentado no chão ao lado da cama, sem dúvida o guia enviado para levá-lo. Samuel parecia o mesmo, com aquela expressão irônica e zombeteira. Rob não sabia o que dizer para Samuel; ele era um homem adulto mas Samuel era ainda o mesmo garoto de quando morreu.

A dor tornou-se mais intensa. A dor era terrível.

– Venha, Samuel! – exclamou ele. – Vamos embora!

Mas Samuel continuou ali sentado olhando para ele.

Então sentiu um alívio tão doce e repentino da dor no braço que era como um novo ferimento. Não podia se permitir a uma falsa esperança, e esperou pacientemente que alguém aparecesse.

Depois do que pareceu um tempo extremamente longo, viu Karim inclinado sobre ele.

– Mirdin! Mirdin! Alá seja louvado, o bubo se abriu!

Dois rostos sorridentes pairavam sobre o seu, um moreno e belo, o outro feioso com a bondade dos santos.

– Vou colocar um dreno – disse Mirdin, e, durante algum tempo, estiveram muito ocupados para agradecimentos.

Era como se tivesse navegado pelo mais tempestuoso dos mares e flutuasse agora no mais calmo e tranquilo dos remansos.

A recuperação foi tão rápida e sem incidentes como Rob tinha visto em outros que tinham sobrevivido. Sentia fraqueza e algum tremor, natural depois de febre alta, mas sua mente estava clara e não confundia mais fatos do presente com os do passado.

Inquieto, não podia mais ficar sem fazer nada, mas seus guardiães o obrigaram a ficar em repouso, na cama.

– Para você a prática da medicina é tudo – observou Karim certa manhã. – Eu já sabia, por isso não me opus quando tomou a liderança do nosso grupo.

Rob abriu a boca para protestar mas fechou-a sem dizer nada, pois era verdade.

– Fiquei furioso quando Fadil ibn Parviz foi escolhido como líder – continuou Karim. – Ele sempre se sai bem nos exames e é muito considerado pelos professores, mas na prática da medicina é uma calamidade. Além disso, começou o aprendizado dois anos depois de mim e já é um *hakim*, ao passo que eu sou ainda estudante.

– Então, como pode me aceitar como líder, com um aprendizado de menos de um ano?

– Você é diferente, está fora de competição por ser um escravo da arte de curar.

Rob sorriu.

– Observei você, nestas semanas difíceis. Não é possuído pelo mesmo senhor?

– Não – respondeu Karim calmamente. – Oh, não me compreenda mal, quero ser o melhor dos médicos. Mas quero com a mesma intensidade ficar rico. A riqueza não é sua maior ambição, é, Jesse?

Rob balançou a cabeça.

– Quando eu era criança, na aldeia de Carsh, que fica na província de Hamadhãn, Abdallah Xá, o pai de Ala Xá, conduziu um grande exército através dos nossos campos para atacar um bando de seljúcidas turcos. Onde o exército de Abdallah parava chegava a miséria, uma praga dos soldados. Tomavam colheitas e animais, alimento que significava sobrevivência ou desastre para seu próprio povo. Quando o exército partiu, estávamos morrendo de fome.

"Eu tinha cinco anos. Minha mãe segurou minha irmã recém-nascida pelos pés e esfacelou a cabeça da criança contra uma rocha. Dizem que muitos recorreram ao canibalismo e eu acredito.

"Primeiro morreu meu pai, depois minha mãe. Durante um ano, vivi nas ruas com mendigos e era um garoto pedinte. Finalmente fui recolhido por Zaki-Omar, amigo do meu pai. Era um atleta famoso. Ele me educou e me ensinou a correr. E durante nove anos, fodeu meu traseiro."

Karim ficou em silêncio por um momento, a quietude só quebrada pelo gemido de um paciente no outro lado da enfermaria.

– Eu tinha quinze anos quando ele morreu. A família me expulsou, mas Zaki-Omar tinha providenciado minha entrada na *madrassa* e vim para Ispahan, livre pela primeira vez na vida. Resolvi que, se tiver filhos, eles terão segurança, e sei que essa segurança só é dada pela riqueza.

Como crianças tinham enfrentado catástrofes semelhantes, separados por quase metade do mundo, pensou Rob. Se ele tivesse tido menos sorte, ou se Barber fosse outro tipo de homem...

A conversa foi interrompida pela chegada de Mirdin, que se sentou no chão, no outro lado da cama de Rob.

— Ninguém morreu em Shiraz ontem.
— Alá! — exclamou Karim.
— *Ninguém morreu!*
Rob segurou as mãos dos dois.
Depois, Karim e Mirdin apertaram as mãos também. Estavam além do riso, além das lágrimas, como homens velhos que compartilharam de uma vida inteira. Unidos, ficaram ali imóveis, entreolhando-se, saboreando a sobrevivência.

Dez dias se passaram antes que considerassem Rob com forças suficientes para a viagem de volta. A notícia do fim da praga tinha se espalhado. Só dali a muitos anos haveria árvores em Shiraz outra vez, mas as pessoas estavam voltando e algumas com madeira. Passaram por uma casa onde os carpinteiros colocavam venezianas e outros, as várias portas.

Era bom deixar a cidade e viajar para o Norte.

Viajaram sem pressa. Quando chegaram à casa de Ishmael, o mercador, desmontaram e bateram na porta, mas ninguém atendeu.

Mirdin franziu o nariz.

— Deve haver cadáveres por aqui — disse em voz baixa.

Entraram na casa e encontraram os corpos decompostos do mercador e do *hakim* Fadil. Não havia nem sinal de Abbas Sefi, que sem dúvida havia procurado um "refúgio mais seguro" quando os outros ficaram doentes.

Assim, tinham um último dever a cumprir antes de deixar a terra da praga e fizeram preces e enterraram os dois corpos, fazendo uma grande fogueira com os móveis caros do mercador.

Oito tinham saído de Ispahan na equipe de médicos, três voltaram de Shiraz.

CAPÍTULO 45

Os ossos de um homem assassinado

Quando voltou, Ispahan parecia irreal, cheia de gente saudável rindo e conversando ou discutindo. Durante algum tempo, Rob achava estranho andar no meio daquele povo, como se o mundo estivesse de cabeça para baixo.

Ibn Sina ficou triste mas não surpreso quando soube das deserções e das mortes. Recebeu avidamente o livro de registros de Rob. Nos três meses que os estudantes haviam passado na casa, na Rocha de Ibrahim, para garantir que não levariam a praga para Ispahan, Rob tinha feito um longo relatório, descrevendo com detalhes seu trabalho em Shiraz.

Deixou bem claro que os outros dois estudantes tinham salvo sua vida, referindo-se aos dois com caloroso louvor.

– Karim também? – perguntou Ibn Sina, diretamente, quando ficaram a sós.

Rob hesitou, pois parecia presunção avaliar um companheiro. Mas respirou fundo e respondeu:

– Ele pode ter problema com os exames, mas já é um médico maravilhoso, calmo e decidido nos momentos difíceis e carinhoso com os que sofrem.

Ibn Sina ficou satisfeito.

– Agora você deve ir à Casa do Paraíso, pois o rei está ansioso para conversar sobre a presença de um exército seljúcida em Shiraz.

O inverno agonizava, mas não estava morto, e o palácio estava frio. As botas pesadas de Khuff rangiam no chão de pedra enquanto Rob o seguia pelos corredores escuros.

Ala Xá estava sozinho, sentado a uma mesa.

– Jesse Benjamin, Majestade. – O Capitão dos Portões retirou-se enquanto Rob executava o *ravi zemin*.

– Pode se sentar aqui comigo, *dhimmi*. Ponha a toalha sobre as pernas – disse o rei.

Rob obedeceu com um choque agradável. A mesa estava sobre uma grade no chão, através da qual subia o calor de fornos sob o assoalho.

Sabia que não devia olhar para o monarca por muito tempo e nem diretamente, mas notou a evidência dos comentários do povo no mercado sobre a dissipação contínua do Xá. Os olhos de Ala chamejavam como os de um lobo e o rosto estava flácido, sem dúvida resultado do excesso de vinho.

Na frente do Xá, havia um tabuleiro com quadrados brancos e negros, e sobre ele figuras elaboradamente trabalhadas em osso. Ao lado do tabuleiro, havia copos e uma jarra com vinho. Ala serviu os dois e esvaziou seu copo rapidamente.

— Beba, beba, o vinho vai fazer de você um judeu alegre. — Os olhos injetados eram imperiosos.

— Peço sua bondosa permissão para não beber. Não me faz ficar alegre, Majestade. O vinho me deixa mal-humorado e selvagem, por isso não posso desfrutar desse prazer como homens mais afortunados.

Conseguiu a atenção do Xá:

— Para mim, provoca todas as manhãs uma dor intensa atrás dos olhos e um tremor nas mãos. Você é o médico. Qual é o remédio?

Rob sorriu.

— Menos vinho, Alteza, e mais passeios a cavalo no ar puro da Pérsia.

Os olhos perscrutadores procuraram insolência no rosto de Rob e não encontraram.

— Então deve cavalgar comigo, *dhimmi*.

— Estou às suas ordens, Majestade.

Ala acenou com a mão, significando que estava combinado.

— Agora, vamos falar dos seljúcidas em Shiraz. Quero que conte tudo.

Ouviu atentamente o relato detalhado de Rob de tudo o que sabia sobre o exército que invadira Anshan.

Finalmente fez um gesto de assentimento.

— Nosso inimigo do Noroeste deu a volta e tentou se estabelecer no Sudeste. Se tivessem conquistado e dominado Anshan, Ispahan seria um petisco entre as mandíbulas trituradoras dos seljúcidas. — Bateu com a mão aberta na mesa. — Alá seja louvado por castigá-los com a praga. Quando voltarem, estaremos prontos.

Empurrou o grande tabuleiro, colocando-o entre os dois.

— Conhece este passatempo?

— Não, Alteza.

— Nossa antiga diversão. Quando se perde, é chamado *shahtreng*, a "angústia do rei". Mas é mais conhecido como o Jogo do Xá, pois é sobre guerra. — Sorriu, divertido. — Vou lhe ensinar o Jogo do Xá, *dhimmi*.

Deu a Rob uma das figuras representando um elefante para que ele sentisse a textura macia.

— Entalhada em presa de elefante. Como vê, cada um tem um número igual de peças. O rei fica no centro, seu fiel companheiro, o general, a postos. De cada lado deles, fica um elefante, lançando sombras agradáveis tão escuras quanto o índigo sobre o trono. Dois camelos ficam depois dos elefantes, com homens decididos montados neles. Vêm então dois cavalos com seus cavaleiros, prontos para lutar no dia da batalha. Em cada extremidade das linhas de batalha um *rukh*, ou guerreiro, leva as mãos em concha aos lábios, bebendo o sangue do inimigo. Na frente move-se a infantaria, cujo dever é ajudar os outros durante a luta. Se um soldado a pé passa para o outro lado do campo de batalha, esse herói é colocado ao lado do rei, como o general.

"O bravo general, durante a batalha, nunca se movimenta além de um quadrado do rei. Os poderosos elefantes andam três quadrados e observam todo o campo de batalha com três quilômetros de largura. O camelo corre bufando e sapateando por três quadrados, assim e assim. Os cavalos andam também três quadrados e, passando por cima deles, um dos quadrados fica intocado. Por todos os lados atacam os vingativos *rukhs*, atravessando todo o campo de batalha.

"Cada peça se move na própria área, e só faz um movimento de cada vez. Se alguém se aproxima do rei durante a batalha, grita em voz alta: 'Afaste-se, oh, Xá!', e o rei tem de sair do seu quadrado. Se o rei inimigo, cavalo, *rukh*, general, elefante e infantaria fecharem o caminho na sua frente, o rei tem de olhar para os quatro lados com o cenho franzido. Se vir que seu exército foi derrotado, na frente e atrás, morre de cansaço e de sede, o destino determinado pelo firmamento giratório para o vencido na guerra."

Serviu-se de mais vinho, bebeu e olhou carrancudo para Rob.

– Você compreendeu?

– Acho que sim, Alteza – respondeu Rob cautelosamente.

– Então vamos começar.

Rob cometeu erros, movendo algumas peças incorretamente, e sempre Ala o corrigia com um rosnado. O jogo não foi demorado, pois rapidamente as forças de Rob foram dizimadas e o rei, tomado.

– Outra partida – ordenou Ala satisfeito.

O segundo confronto acabou quase tão depressa quanto o primeiro, mas Rob começou a perceber que o Xá antecipava seus movimentos, pois armava emboscadas e o atraía para armadilhas, como se estivessem numa verdadeira guerra.

Quando terminaram a segunda partida, Ala acenou dando por encerrada a visita.

– Um bom jogador pode evitar a derrota durante dias – disse ele. – Quem vence no Jogo do Xá pode governar o mundo. Mas você se saiu bem para a primeira vez. Não é desgraça sofrer *shahtreng*, pois, afinal de contas, não passa de um judeu.

Como era bom estar de novo na pequena casa do Yehuddiyyeh e voltar às duras rotinas do *maristan* e das aulas!

Para grande satisfação de Rob, não foi mais designado para a prisão, passando algum tempo como aprendiz na seção de fratura, servindo, com Mirdin, como assistente do *hakim* Jalal-ul-Din. Magro e sombrio, Jalal parecia ser um líder típico da sociedade médica de Ispahan, respeitado e próspero. Mas diferia de grande parte dos médicos em vários aspectos importantes.

– Então você é Jesse, o barbeiro-cirurgião de quem ouvi falar? – perguntou, quando Rob se apresentou.

– Sou, Mestre médico.

– Não compartilho do desprezo geral pelos barbeiros-cirurgiões. Muitos são ladrões e tolos, é verdade, mas há entre eles homens honestos e inteligentes. Antes de ser médico, exerci uma profissão desprezada pelos médicos persas, consertador ambulante de ossos, e depois que me tornei *hakim*, continuei a ser o mesmo homem de antes. Mas, embora não o condene como barbeiro, vai ter de trabalhar muito para ganhar meu respeito. Se não o merecer, eu o expulso do meu serviço com um pontapé no traseiro, europeu.

Mas Rob e Mirdin gostavam do trabalho árduo. Jalal-ul-Din era um famoso especialista em ossos e inventor de uma grande variedade de talas acolchoadas e instrumentos de tração. Ensinou-os a usar as pontas dos dedos como se fossem olhos para espiar sob a carne contundida e esmagada, visualizando a lesão até poder decidir o melhor método de tratamento. Jalal tinha uma habilidade especial para manipular lascas e fragmentos até que estivessem todos no lugar certo, onde a natureza pudesse transformá-los em partes de ossos novamente.

– Ele parece ter um interesse estranho por crimes – resmungou Mirdin depois do primeiro dia como assistente de Jalal.

Era verdade, pois Rob havia notado que o médico naquele dia falara longamente sobre um assassino que confessara sua culpa naquela semana, do tribunal do imã Qandrasseh.

Um certo Fakhr-i-Ayn, pastor, confessou que, há dois anos, tinha sodomizado e depois matado um companheiro também pastor, chamado Qifti-al-Ullah, enterrando a vítima numa cova rasa fora dos muros da cidade. O assassino foi condenado e imediatamente executado e esquartejado.

Alguns dias mais tarde, quando Rob e Mirdin se apresentaram a Jalal, ele disse que o corpo do homem assassinado ia ser removido da cova rasa e enterrado no cemitério muçulmano com o benefício das orações islâmicas, para garantir a admissão da sua alma no paraíso.

– Venham – disse Jalal. – É uma oportunidade rara. Hoje seremos coveiros.

Não contou quem tinha subornado, mas logo os dois assistentes e o médico, conduzindo uma mula carregada, acompanhados por um *mullah* e um soldado do *kelonter*, foram até a encosta deserta onde o falecido Fakhr-i-Ayn confessara que tinha enterrado sua vítima.

– Tenham cuidado – pediu Jalal quando começaram a cavar.

Logo viram os ossos de uma das mãos, e logo depois removeram todo o esqueleto, colocando os ossos de Qifti-al-Ullah num cobertor.

– Está na hora de comer – anunciou Jalal, levando a mula para a sombra de uma árvore a certa distância da cova. A mochila das costas do animal foi aberta e apareceu ave grelhada, um suntuoso *pilah*, grandes tâmaras do deserto, doces de mel, uma jarra de *sherbet*. O soldado e o *mullah* começaram a comer avidamente, e Jalal com seus assistentes os deixaram com a comida pesada e a sesta que viria depois.

Os três correram para o esqueleto. A terra tinha feito sua tarefa e os ossos estavam limpos, exceto por uma mancha cor de ferrugem no lugar em que a adaga de Fakhr havia atravessado o esterno. Ajoelharam sobre os ossos, murmurando, mal pensando que aqueles restos eram de um homem chamado Qifti.

– Vejam o fêmur – disse Jalal –, o maior e mais forte osso do corpo. Não é evidente por que é tão difícil reduzir uma fratura na coxa?

"Contém os doze pares de costelas. Estão vendo como elas formam uma gaiola? A gaiola protege o coração e os pulmões, não é maravilhoso?"

Era grande a diferença entre estudar ossos de carneiros e ossos humanos, pensou Rob, mas essa era só uma parte da história.

– O coração e os pulmões humanos, já os viu? – perguntou para Jalal.

– Não. Mas Galeno diz que são muito parecidos com os do porco. Nós todos já vimos os do porco.

– E se não forem iguais?

– São iguais – respondeu Jalal, mal-humorado. – Não vamos desperdiçar essa oportunidade de ouro, pois logo os dois voltarão. E estão vendo como os pares superiores de costelas se prendem ao osso do peito por meio de uma matéria conjuntiva flexível? Os outros três são unidos por um tecido comum, e os dois últimos pares não são unidos na frente. Alá (o Grande e Poderoso) não é mesmo o mais inteligente criador, *dhimmis*? Não é maravilhosa a estrutura com a qual Ele construiu sua gente?

Ali, agachados sob o sol escaldante, degustaram o banquete acadêmico, fazendo do homem assassinado uma aula de anatomia.

Depois, Rob e Mirdin passaram algum tempo nos banhos da academia, lavando a sensação funérea e descansando os músculos do trabalho não habitual de cavar a terra. Foi lá que Karim os encontrou, e Rob percebeu que alguma coisa estava errada.

– Vou fazer outro exame.

– É isso que você quer, não é?

Karim olhou para os dois membros da faculdade que conversavam na outra extremidade da sala e baixou a voz:

— Estou com medo. Já tinha perdido a esperança de outro exame. Será o terceiro que faço. Se falhar dessa vez, tudo estará acabado. — Olhou para os dois com ar sombrio. — Pelo menos agora posso trabalhar como assistente.

— Vai trotar pelo exame como um corredor — disse Mirdin.

Karim, com um gesto, eliminou a tentativa de brincadeira.

— Não estou preocupado com a parte da medicina. Mas com a filosofia e o direito.

— Quando? — perguntou Rob.

— Dentro de seis semanas.

— Então temos tempo.

— Sim, eu estudo filosofia com você. Jesse o ajudará com as leis.

Rob gemeu silenciosamente, pois não se considerava de modo algum um jurista. Mas tinham enfrentado a praga juntos e estavam unidos por catástrofes semelhantes da infância; sabia que tinha de tentar.

— Começamos esta noite — disse, apanhando uma toalha.

— Nunca ouvi falar de ninguém que fizesse sete anos como aprendiz e no fim conseguisse ser médico — conversou Karim, sem esconder o terror que sentia, criando um novo nível de intimidade.

— Vai passar — acalmou-o Mirdin, e Rob fez um gesto afirmativo.

— Preciso — murmurou Karim.

CAPÍTULO 46

A adivinhação

Durante duas semanas seguidas, Ibn Sina convidou Rob para jantar com ele.
– Ora, ora, o mestre tem um aluno favorito – zombou Mirdin, mas havia orgulho e não inveja no seu sorriso.
– É muito bom que ele se interesse – disse Karim, sério. – Al-Juzjani teve a proteção de Ibn Sina desde que os dois eram jovens, e al-Juzjani é um grande médico.

Rob franziu a testa, não desejando compartilhar a experiência nem com os amigos. Não podia descrever o que era passar uma noite inteira como único beneficiário da mente de Ibn Sina. Numa noite falaram sobre os corpos celestes – ou, para ser exato, Ibn Sina falou e Rob ouviu. Outra noite Ibn Sina falou durante quatro horas sobre as teorias dos filósofos gregos. Sabia tanto e ensinava com tanta facilidade!

Rob, ao contrário, antes de ensinar Karim, precisava aprender. Resolveu deixar de assistir às aulas por seis semanas, a não ser as escolhidas sobre as leis, e retirou livros sobre leis e jurisprudência da Casa da Sabedoria. Ajudar Karim no estudo das leis não ia ser simplesmente um ato de amizade, pois era uma matéria que Rob havia negligenciado. Estudando com Karim, estava se preparando também para o dia do seu exame.

No islã havia dois ramos da lei: *Fiqh*, ou ciência legal, e *Shari'a*, a lei divina revelada por Alá. Quando se acrescentava a esses dois o *Sunna*, a verdade e a justiça, como haviam sido reveladas pela vida exemplar e pelos ensinamentos de Maomé, o resultado era um corpo de conhecimentos complicado e complexo que assustava até os estudiosos.

Karim estava tentando, mas era evidente que fazia um esforço muito grande.
– É demais – reclamava ele.

A tensão era aparente. Pela primeira vez em sete anos, exceto o período em que tinham combatido a praga em Shiraz, deixou de ir diariamente ao *maristan* e confessou a Rob que se sentia estranho e arrancado do seu elemento sem a rotina diária de cuidar dos pacientes.

Todas as manhãs, antes de se encontrar com Rob para estudar as leis e depois com Mirdin para estudar os filósofos e seus ensinamentos, Karim corria à primeira luz da manhã. Rob tentou uma vez correr com ele mas logo ficou para trás; Karim corria como se tentasse fugir dos seus temores. Algumas vezes Rob o acompanhava montado no cavalo castanho. Karim corria pela cidade adormecida, passando pelos sentinelas sorridentes do portão principal, atravessava o Rio da Vida e chegava ao campo. Rob tinha a impressão de que ele não pensava nem se importava para onde corria. Os pés subiam e desciam, e as pernas tinham um ritmo constante e automático que parecia acalmar e acalentar Karim como se fosse uma infusão de *buing*, a forte semente de cânhamo que davam aos doentes com dores desesperadas. Aquele dispêndio diário de energia preocupava Rob.

– Tira muita força de Karim – queixou-se para Mirdin. – Devia reservar toda a energia para estudar.

Mas o sábio Mirdin passou a mão pelo nariz e pelo queixo forte e equino e balançou a cabeça.

– Não, sem correr acho que ele não ia conseguir atravessar este período difícil – disse, e Rob foi bastante inteligente para aceitar, pois tinha muita fé em que a sabedoria cotidiana de Mirdin fosse tão grande quanto seus conhecimentos acadêmicos.

Certa manhã, foi chamado e no cavalo castanho percorreu a avenida dos Mil Jardins até chegar à estrada de terra que levava à bela casa de Ibn Sina. O guarda do portão tomou conta do seu cavalo, e quando Rob chegou à porta de pedra, Ibn Sina estava à sua espera.

– É minha mulher. Ficaria agradecido se a examinasse.

Rob inclinou-se, confuso; não faltavam a Ibn Sina colegas famosos que ficariam honrados e satisfeitos em examinar a mulher. Mas acompanhou o médico até uma porta que dava para uma escada de pedra que parecia a parte interna de uma pequena concha, e subiram para a torre norte da casa.

A velha mulher estava deitada na cama simples e olhou através deles com olhos embaçados e cegos. Ibn Sina se ajoelhou ao lado dela.

– Reza.

Os lábios secos estavam rachados. Ele umedeceu um pano com água de rosas e o passou pela boca e pelo rosto da mulher, ternamente. Ibn Sina tinha a experiência de uma vida inteira de como tornar confortável um quarto de doente, mas nem o ambiente limpo, a roupa recentemente trocada e as perfumadas nuvenzinhas de fumaça que se erguiam dos pratos com incenso disfarçavam o fedor da doença.

Os ossos pareciam quase violar a transparência da pele. O rosto estava branco como cera, o cabelo ralo e branco. Talvez o marido fosse o maior médico do mundo, mas ela era uma mulher velha nos estágios finais da doença dos ossos. Grandes bubos erguiam-se nos braços esqueléticos e na parte inferior das pernas. Os tornozelos e os pés estavam inchados com fluido acumulado.

O quadril direito apresentava adiantado estado de deterioração e Rob sabia que se erguesse a camisola encontraria muitos outros tumores em fase avançada invadindo as partes externas do corpo, assim como, pelo cheiro, tinha certeza de que já haviam atingido os intestinos.

Ibn Sina não o havia chamado para confirmar o terrível e óbvio diagnóstico. Agora Rob compreendeu o que o médico queria dele e segurou as duas mãos frágeis nas suas, falando mansamente com a mulher. Levou mais tempo do que o necessário, olhando nos olhos dela, que por um momento pareceram clarear.

– Da'ud? – murmurou ela, segurando com mais força as mãos de Rob.

Rob olhou para Ibn Sina com ar interrogativo.

– O irmão dela, morto há muitos anos.

O vazio voltou aos olhos da mulher, os dedos perderam a força. Rob colocou as mãos dela na cama e os dois saíram da torre.

– Quanto tempo?

– Não muito, *hakim-bashi*. Acho que é uma questão de dias. – Rob ficou constrangido; o outro homem era muito mais velho do que ele para poder apresentar condolências habituais. – Então, não se pode fazer nada por ela?

Os lábios de Ibn Sina crisparam-se.

– Só me resta demonstrar meu amor com infusões cada vez mais fortes. – Acompanhou o aprendiz até a porta e voltou para a mulher doente.

– Mestre – disse alguém para Rob.

Voltou-se e viu o eunuco enorme que guardava a segunda mulher.

– Quer, por favor, me acompanhar?

Passaram por uma porta no muro do jardim, tão pequena que ambos precisaram se abaixar, para outro jardim dentro da torre sul.

– Do que se trata? – perguntou secamente ao escravo.

O eunuco não respondeu. Algo atraiu a atenção de Rob e ergueu os olhos para o rosto velado que espiava de uma das janelas.

Seus olhos se encontraram e então os da mulher desapareceram num turbilhão de véus e a janela ficou vazia.

Rob voltou-se para o escravo e o eunuco sorriu de leve, erguendo os ombros.

– Ela me pediu para trazê-lo aqui. Queria olhar para o senhor, mestre – explicou ele.

Rob talvez tivesse sonhado com ela naquela noite, mas não teve tempo. Estudou as leis de domínio da propriedade e, quando o óleo da sua lamparina estava baixo, ouviu o som de patas de cavalo descendo a rua e aparentemente parando na sua porta.

Bateram.

Apanhou a espada, pensando em ladrões. Era tarde demais para visitas.
– Quem está aí?
– Wasif, senhor.

Rob não conhecia nenhum Wasif mas reconheceu a voz. Com a espada na mão, abriu a porta e viu que tinha adivinhado certo. Era o eunuco, segurando as rédeas de um burro.

– Foi o *hakim* que o mandou?
– Não, mestre. Fui mandado por ela, que deseja que venha.

Rob não respondeu. O eunuco era experiente demais para sorrir, mas um brilho malicioso nos olhos sérios foi a reação ao espanto do *dhimmi*.

– Espere – disse Rob rudemente, fechando a porta.

Reapareceu depois de se lavar às pressas e, montando o cavalo castanho em pelo, seguiu o enorme escravo pelas ruas escuras e sinuosas, o homem à sua frente arrastando os pés no chão, montado no pobre burro. Passaram por casas silenciosas, onde gente dormia, entraram numa trilha cuja terra fofa abafava o ruído das patas dos animais e depois atravessaram um campo que se estendia até o muro da propriedade de Ibn Sina.

Um portão no muro os levou à porta da torre sul. O eunuco abriu o portão da torre e curvando-se indicou com um gesto que Rob devia seguir sozinho.

Era como as fantasias de milhares de noites deitado sozinho na cama e excitado. A escura passagem de pedra era idêntica à da torre norte, em círculo como a espiral de uma concha, e quando chegou ao topo encontrou-se em um espaçoso *haram*.

À luz do lampião, viu que ela o esperava em um largo leito com almofadas, uma mulher persa preparada para o amor, mãos, pés e *cunnus* pintados de vermelho e deslizantes de óleo. Os seios foram um desapontamento, pouco maiores que os de um garoto.

Rob tirou o véu dela.

O cabelo era negro, também tratado com óleo e preso para trás na cabeça redonda. Tinha imaginado o rosto proibido de uma rainha de Sabá ou de uma Cleópatra e espantou-se por encontrar uma moça muito jovem com boca trêmula, passando a ponta da língua rosada nervosamente nos lábios. O rosto era bonito, em forma de coração, com queixo pontudo e nariz curto e reto. Da fina narina direita pendia uma pequena argola de metal onde só cabia seu dedo mínimo.

Rob estava há muito tempo naquele país: o rosto descoberto era mais excitante para ele do que o corpo do qual todos os pelos tinham sido raspados.

– Por que a chamam de Despina, a Feia?
– Ibn Sina ordenou. Para enganar o Mau-Olhado – respondeu a jovem enquanto Rob deitava-se ao lado dela.

Na manhã seguinte ele e Karim estudaram *Fiqh* outra vez, as leis do casamento e do divórcio.

– Quem faz o contrato de casamento?
– O marido faz o contrato de casamento e o apresenta à mulher, e ele escreve o *mahr*, o valor do dote, no contrato.
– Quantas testemunhas são necessárias?
– Não sei. Duas?
– Isso mesmo, duas. Quem tem primazia de direitos no *haram*, a segunda ou a quarta mulher?
– Todas as mulheres têm direitos iguais.

Passaram para as leis do divórcio, e os motivos: esterilidade, mau gênio, adultério.

Sob o *Shari'a*, a penalidade por adultério era o apedrejamento, mas há dois séculos não era mais usada. A mulher adúltera de um homem rico e poderoso podia ainda ser executada na prisão do *kelonter* por decapitação, mas as mulheres adúlteras dos pobres geralmente levavam uma boa surra de vara e depois o marido se divorciava ou não, dependendo da sua vontade.

Karim não tinha dificuldade com o *Shari'a*, pois fora criado em uma família devota e conhecia as leis da religião. Era o *fiqh* que o amedrontava. Havia tantas leis, sobre tantas coisas, e Karim tinha certeza de que não ia se lembrar.

Rob pensou no assunto.

– Se não pode lembrar as palavras exatas do *fiqh*, então deve recorrer ao *Shari'a* ou ao *Sunna*. Toda a lei baseia-se nos sermões e escritos de Maomé. Portanto, se não lembrar a lei, dê a eles a resposta da religião ou da vida do Profeta e talvez fiquem satisfeitos. – Suspirou. – Vale a pena tentar. Enquanto isso vamos rezar, e decorar todas as leis do *fiqh* que forem possíveis.

Na tarde seguinte, no hospital, acompanhou al-Juzjani pelos corredores e parou com os outros ao lado da cama de um garotinho pequeno como um rato, Bilal. Perto do menino estava um camponês com olhos parados e resignados.

– Doença abdominal – disse al-Juzjani. – Um exemplo do quanto a cólica pode sugar a alma. Qual a idade dele?

Intimidado, mas lisonjeado com a atenção, o pai inclinou a cabeça.

– Está na nona estação, senhor.

– Há quanto tempo está doente?

– Duas semanas. É a doença do lado, que já matou dois dos seus tios e o meu pai. Dor terrível. Vem e vai, vem e vai. Mas há três dias veio e não se foi.

O enfermeiro, que tratava al-Juzjani servilmente e sem dúvida queria que acabassem logo o exame do menino e continuassem a ronda, disse que o doente só tinha tomado *sherbets* de frutas açucarados.

– Tudo que ele toma vomita ou evacua.

Al-Juzjani fez um gesto afirmativo.

– Examine o doente, Jesse.

Rob tirou a coberta. O menino tinha uma cicatriz sob o queixo mas era antiga e nada tinha a ver com a doença. Pôs a palma da mão no rostinho magro e Bilal tentou se mover mas não teve forças. Rob bateu de leve no ombro dele.

– Quente.

Passou as pontas dos dedos lentamente pelo corpo do garoto. Quando chegou na barriga, o menino gritou.

– A barriga está macia no lado esquerdo e endurecida no direito.

– Alá tentou proteger o local da desordem – disse al-Juzjani.

Com a maior leveza possível, Rob delineou a área dolorida partindo do umbigo para a parte direita do abdome, sentindo remorso pela tortura que provocava a cada vez que apertava de leve a barriga. Virou Bilal de lado e viram que o reto estava vermelho e sensível.

Rob cobriu o garoto, segurou as mãozinhas magras e ouviu outra vez a risada do Cavaleiro Negro.

– Ele vai morrer, senhor? – perguntou o pai, sem emoção.

– Vai – respondeu Rob, e o homem fez um gesto de assentimento.

Ninguém sorriu. Depois que voltaram de Shiraz, Mirdin e Karim haviam contado certas histórias que foram repetidas. Rob começou a notar que ninguém mais achava graça quando ele ousava dizer que alguém iria morrer.

– Aelus Cornelius Celsus descreveu essa doença do lado em suas obras que devem ser lidas – continuou *hakim* al-Juzjani, passando para o leito seguinte.

Quando o último paciente foi examinado, Rob foi à Casa da Sabedoria e pediu a Yussuf-ul-Gamal para ajudá-lo a encontrar o que o romano havia escrito sobre a doença do lado. Ficou fascinado ao ver que Celsus abria os corpos dos mortos para aperfeiçoar seus conhecimentos. Porém, pouco se sabia sobre essa doença que Celsus chamava de desordem do intestino grosso perto do ceco, acompanhada por inflamação violenta e dor no lado direito do abdome.

Quando terminou a leitura, voltou a Bilal. O pai não estava mais lá. Um *mullah* carrancudo inclinava-se sobre o garotinho como um grande corvo, entoando preces do Qu'ran, enquanto a criança olhava fixamente para suas roupas negras com os olhos arregalados.

Rob puxou a coberta e o garoto tirou os olhos do *mullah*. Numa mesa baixa o enfermeiro havia deixado três romãs redondas como bolas para acompanhar a refeição da noite, e Rob as apanhou e começou a jogar as frutas para o ar, uma de cada vez, até fazê-las flutuar sobre sua cabeça, passando de uma das mãos para a outra. Como nos velhos tempos, Bilal. Não era mais um malabarista perfeito, mas com três objetos não havia problema e Rob fez truques maravilhosos com as romãs.

Os olhos do garoto estavam redondos como objetos voadores.

– O que precisamos é de melodia!

Não sabia canções persas e precisava de alguma coisa cheia de vida. Soou então a canção rouca e antiga de Barber:

> *Seus olhos me acariciaram uma vez.*
> *Seus braços me abraçam agora...*
> *Rolamos juntos para lá e para cá,*
> *Portanto não faça promessas vazias!*

Não era uma canção própria para acompanhar a morte de uma criança, mas o *mullah*, olhando para toda aquela brincadeira sem poder acreditar, se encarregava da solenidade e da oração, enquanto que Rob fornecia um pouco da alegria da vida. De qualquer modo, eles não compreendiam as palavras, portanto não havia nenhum desrespeito. Cantou várias estrofes para Bilal e então viu o garoto entrar na última convulsão que fez do pequeno corpo um arco. Sempre cantando, Rob sentiu o pulso adejar para o nada no pescoço de Bilal.

Fechou os olhos do menino, limpou o ranho do nariz, arrumou e lavou o corpo. Penteou o cabelo de Bilal e amarrou o queixo com um pano.

O *mullah* continuava sentado sobre as pernas cruzadas, entoando o Qu'ran. Seus olhos o fuzilavam; o homem podia orar e odiar ao mesmo tempo. Sem dúvida ia fazer queixa do *dhimmi* que tinha cometido sacrilégio, mas Rob disse a si mesmo que o relatório não contaria que um pouco antes de morrer Bilal havia sorrido.

Quatro noites naquela semana, o eunuco Wasif foi apanhar Rob, que ficava na torre sul do *haram* até as primeiras horas da manhã.

Davam aulas de línguas.

– Um caralho.

Ela ria.

– Não, seu *lingam*. E isto, meu *yoni*.

Ela disse que eles combinavam bem.

– Um homem pode ser uma lebre, um touro ou um cavalo. Você é um touro. Uma mulher pode ser uma corça, uma égua ou um elefante, e eu sou uma corça. Isso é bom. Seria difícil para uma lebre dar prazer a um elefante – disse ela muito séria.

Ela era a professora, ele, o aluno, como se fosse menino outra vez e nunca tivesse feito amor. Despina fazia coisas que Rob tinha visto no livro de desenhos que comprara na *maidan* e muitas outras que não estavam no livro. Ela mostrou o *kshiraniraka*, abraço de leite e água. A posição da mulher de Indra. O *auparishtaka*, relação oral.

No começo ele ficou deliciado e intrigado, enquanto passavam do Revirado para o Batida na Porta, para o Coito do Ferreiro. Ficou de mau humor quando ela tentou ensinar os ruídos que devia fazer quando se satisfazia, a escolha entre o *sut* e o *plat* em lugar do gemido.

– Vocês nunca simplesmente relaxam e fodem? É pior do que decorar o *fiqh*.

– É mais gostoso depois que se aprende – retrucou ela, ofendida.

Rob não se importou com o tom da reprovação. Tinha decidido também que preferia mulheres com pelos.

– O velho não chega para você?

– Ele era mais do que suficiente, antes. Sua potência era famosa. Gostava de bebida e de mulher, e, quando estava disposto, era capaz de foder uma cobra. Uma cobra *fêmea* – disse ela, e seus olhos cintilaram de lágrimas enquanto sorria. – Mas há dois anos que ele não dorme comigo. Quando ela ficou muito doente, ele não me procurou mais.

Despina disse que pertencia a Ibn Sina desde o nascimento. Era filha de um casal de escravos, uma indiana e um persa que era criado de confiança de Ibn Sina. A mãe morreu quando tinha seis anos. O velho tinha se casado com ela por ocasião da morte do seu pai, quando Despina tinha doze anos, e nunca a libertou.

Rob encostou o dedo na argola do nariz dela, o símbolo da escravidão.

– Por que não?

– Como propriedade dele, sendo sua segunda mulher, estou duplamente protegida.

– E se ele entrasse aqui agora? – Rob pensou na única escada.

– Wasif fica lá embaixo e procuraria distraí-lo. Além disso, meu marido está ao lado do leito de Reza e não larga da mão dela.

Rob olhou para Despina, fez um gesto de assentimento e sentiu a culpa que vinha crescendo dentro dele sem que percebesse. Gostava da jovem pequena e bonita, de pele azeitonada com seios pequenos, uma barriguinha macia e boca quente. Tinha pena da vida que ela levava, prisioneira naquela cela confortável. Sabia que a tradição islâmica a mantinha quase todo o tempo dentro da casa e dos jardins e não a culpava de nada, mas tinha aprendido a amar o velho médico de mente magnífica e nariz grande.

Levantou-se e começou a se vestir.

– Eu poderei ser seu amigo.

Despina não era tola. Olhou para ele com interesse.

– Você esteve aqui quase todas as noites e se afastou de mim. Se eu mandar Wasif daqui a duas semanas, você virá.

Rob beijou o nariz dela bem acima da argola.

No seu cavalo castanho, voltando lentamente para casa sob a luz da lua, imaginou se não estava agindo como um tolo.

Onze noites mais tarde, Wasif bateu à sua porta.

Despina quase acertou, ele sentiu-se extremamente tentado e queria fazer um gesto afirmativo, concordando. O antigo Rob J. teria se apressado a reforçar uma história que, pelo resto da sua vida, poderia ser contada entre homens que bebiam e se gabavam – como tinha ido outra vez para a jovem esposa, e outra e outra vez, enquanto o velho marido estava em outra parte da casa.

Rob balançou a cabeça.

– Diga a ela que não vou mais.

Os olhos de Wasif cintilaram sob as pestanas longas e pintadas de negro, sorriu com desprezo para o tímido judeu e foi embora no seu burrinho.

Reza, a Piedosa, morreu três dias depois, quando os *muezzins* da cidade entoavam a Primeira Prece, uma hora adequada para o fim de uma vida religiosa.

Na *madrassa* e no *maristan* comentavam que Ibn Sina havia preparado o corpo da mulher com as próprias mãos e que o enterro fora simples, apenas com a presença de alguns *mullahs* para as orações.

Ibn Sina não foi à escola nem ao hospital. Ninguém sabia onde ele estava.

Uma semana depois da morte de Reza, Rob viu al-Juzjani, à noite, bebendo na *maidan* principal.

– Sente-se, *dhimmi* – convidou al-Juzjani, fazendo sinal para servirem mais vinho.

– *Hakim*, como vai o médico-chefe?

Era como se não tivesse perguntado.

– Ele acha que você é algo diferente. Um estudante especial – disse al-Juzjani, ressentido.

Se ele não fosse um estudante de medicina, e se al-Juzjani não fosse o grande al-Juzjani, Rob pensaria que o homem o invejava.

– Se não fosse um estudante especial, *dhimmi*, concordaria comigo. – Al-Juzjani fixou os olhos brilhantes em Rob, e ele percebeu que o cirurgião estava muito bêbado. Ficaram em silêncio enquanto o vinho era servido.

– Nós nos conhecemos em Jurjan quando eu tinha dezessete anos. Ibn Sina era poucos anos mais velho, mas, Alá! Era como olhar diretamente para o sol. Meu pai fez o negócio. Eu seria aprendiz de medicina de Ibn Sina, e também seu factótum.

Al-Juzjani bebeu o vinho com ar pensativo.

– Eu o servi. Ele me ensinou matemática, usando o texto do *Almagest*. E ditou vários livros para mim, incluindo a primeira parte do *Canon da Medicina*, cinquenta páginas cada precioso dia.

"Quando ele deixou Jurjan, saí com ele e o segui a uma meia dúzia de lugares. Em Hamadhan, o Amir o elevou a vizir mas o exército se rebelou e Ibn Sina foi jogado na prisão. A princípio disseram que iam matá-lo, mas foi libertado, o filho de uma égua de sorte! Logo o Amir foi atacado de cólica e Ibn Sina o curou, e o vizirato voltou às mãos dele!

"Fiquei com ele quando era médico, prisioneiro e vizir. Era muito mais meu amigo do que meu mestre. Todas as noites discípulos se reuniam na casa dele, enquanto eu lia em voz alta trechos do livro de Ibn Sina, *A cura*, e outra pessoa presente lia trechos do *Cânon*. Reza cuidava para que sempre fôssemos bem alimentados. Quando terminávamos, tomávamos vinho, saíamos e procurávamos mulheres. Ele era o mais alegre dos companheiros e se divertia do mesmo modo que estudava. Teve dezenas de belas prostitutas, talvez fosse excepcionalmente bom de foda, como fazia tudo melhor do que os melhores dos homens. Reza sabia, mas o amava do mesmo modo."

Al-Juzjani olhou para longe.

– Agora ela está enterrada e ele, destruído. Não quer a companhia dos velhos amigos e todos os dias anda sozinho pela cidade, distribuindo esmolas para os pobres.

– *Hakim* – disse Rob suavemente.

Al-Juzjani olhou fixamente para ele.

– *Hakim*, quer que o leve para casa?

– Estrangeiro. Quero que me deixe agora.

Rob fez um gesto afirmativo, agradeceu pelo vinho e foi embora.

Rob esperou uma semana e então dirigiu-se para a casa em plena luz do dia e deixou o cavalo com o guarda do portão.

Ibn Sina estava sozinho. Seus olhos estavam tranquilos. Sentaram-se confortavelmente, se olhando às vezes em silêncio.

– Já era médico quando se casou com ela, mestre?

– Eu me tornei *hakim* aos dezesseis anos. Nos casamos quando eu tinha dez, no ano em que decorei o Qu'ran, o ano em que comecei a estudar o poder curativo das ervas.

Rob ficou maravilhado.

– Nessa idade eu estava me esforçando para ser um impostor e um barbeiro-cirurgião. – Contou a Ibn Sina como Barber o tomara como aprendiz quando ficou órfão.

– O que seu pai fazia?

– Era carpinteiro.

– Conheço as corporações europeias. Ouvi dizer – falou Ibn Sina lentamente – que há poucos judeus na Europa e que não são aceitos nas corporações.

Ele sabe, pensou Rob angustiado.

– Alguns são – murmurou.

Os olhos de Ibn Sina eram penetrantes mas bondosos. Rob não podia se livrar da impressão de que estava tudo acabado.

– Você deseja aprender a arte e a ciência de curar tão desesperadamente?
– Sim, mestre.
Ibn Sina suspirou, fez um gesto afirmativo, olhou para longe.
Rob pensou que tinha se enganado, pois logo começaram a falar de outras coisas.
Ibn Sina lembrou a primeira vez que viu Reza:
– Ela era de Bukara, uma menina quatro anos mais velha do que eu. Nossos pais eram coletores de impostos, e o casamento foi arranjado amigavelmente, a não ser por uma breve dificuldade, porque o avô dela fazia objeção ao fato de o meu pai ser ismali e usar haxixe durante as cerimônias religiosas. Mas logo nos casamos. Ela foi fiel durante toda a minha vida.
O velho homem olhou para Rob.
– Você tem ainda todo o ardor da juventude. O que você quer?
– Quero ser um bom médico. – Do tipo que só o senhor sabe fazer, acrescentou silenciosamente. Mas tinha certeza de que Ibn Sina compreendia.
– Você já é capaz de curar. Quanto a valor... – Ibn Sina ergueu os ombros. – Para ser um bom médico, precisa ser capaz de responder a uma adivinhação sem resposta.
– Qual é a pergunta? – perguntou Rob J., intrigado.
Mas o velho homem sorriu no seu sofrimento.
– Talvez um dia você descubra. Faz parte da adivinhação.

CAPÍTULO 47

O exame

Na tarde do exame de Karim, Rob exerceu suas atividades habituais com especial energia e atenção, procurando afastar da mente a cena que logo teria lugar na sala de reuniões ao lado da Casa da Sabedoria.

Ele e Mirdin recrutaram Yussuf-ul-Gamal, o bondoso bibliotecário, como cúmplice e espião. Durante seu trabalho na biblioteca, Yussuf podia ver as identidades dos examinadores. Mirdin esperou do lado de fora e logo levou a notícia para Rob.

– É Sayyid Sa'di para filosofia – disse Yussuf a Mirdin, e voltou apressadamente para dentro, para saber mais.

Isso não era ruim; o filósofo era um homem difícil, mas não faria nada para reprovar um candidato.

Porém, a partir daí as notícias eram apavorantes.

Nadir Bukh, o legalista autocrático com barba em forma de pá, que havia reprovado Karim no primeiro exame, era o examinador de direito! O *mullah* Abul Bakr faria as perguntas sobre teologia, e o Príncipe dos Médicos era o examinador de medicina.

Rob tinha esperado que Jalal estivesse entre os examinadores de cirurgia, mas Jalal estava trabalhando como sempre, cuidando de pacientes; e então Mirdin chegou correndo e cochichou que o último examinador tinha chegado e era Ibn al-Natheli, que nenhum deles conhecia muito bem.

Rob concentrou-se no trabalho, ajudando Jalal a instalar o aparelho de tração num ombro deslocado, um eficiente instrumento inventado pelo próprio Jalal. O paciente, um guarda do palácio que tinha caído do cavalo durante um jogo de bola e bastão, no fim parecia um animal contido por cordas, os olhos arregalados por causa do desaparecimento repentino da dor.

– Agora vai ficar deitado durante algumas semanas, descansando enquanto os outros se esforçam nas onerosas tarefas dos soldados – ordenou Jalal alegremente.

Mandou Rob administrar medicamentos adstringentes e indicar uma dieta ácida, até terem certeza de que não havia se instalado nenhuma inflamação ou hematoma.

O enfaixamento do ombro com tiras de pano, não muito apertadas, mas o suficiente para conter os movimentos, foi a última tarefa de Rob. Quando terminou, foi para a Casa da Sabedoria e sentou-se para ler Celsus, tentando ouvir o que diziam na sala de exames, mas conseguindo apenas distinguir um murmúrio ininteligível. Finalmente desistiu e foi esperar nos degraus da escola de medicina, onde Mirdin logo foi juntar-se a ele.

– Ainda estão lá dentro.

– Espero que não demore demais – disse Mirdin. – Karim não é do tipo que aguenta um exame muito longo.

– Não estou muito certo de que ele possa aguentar qualquer tipo de exame. Vomitou durante uma hora inteira esta manhã.

Mirdin sentou-se ao lado de Rob no degrau. Falaram sobre alguns pacientes e depois ficaram calados, Rob de cenho franzido, Mirdin suspirando.

Depois de um tempo maior do que teriam julgado possível, Rob se levantou.

– Aqui está ele.

Karim abria caminho entre os estudantes.

– Dá para adivinhar pela cara dele? – perguntou Mirdin.

Não dava, mas muito antes de chegar perto Karim gritou a boa-nova:

– Podem me chamar de *hakim,* estudantes!

Desceram correndo os degraus.

Os três se abraçaram, dançaram, gritaram, batendo um nas costas do outro, fazendo tanto barulho que o *hadji* Davout Hosein passou por eles e olhou indignado ao ver estudantes da sua academia comportando-se daquele modo.

O resto do dia e as primeiras horas da noite foram momentos dos quais iam se recordar pelo resto de suas vidas.

– Vamos à minha casa para comer alguma coisa – disse Mirdin.

Era a primeira vez que os convidava, a primeira vez que abria seu mundo particular.

Mirdin morava em dois quartos alugados em uma casa ao lado da sinagoga Casa de Sion, na outra extremidade do bairro Yehuddiyyeh, onde ficava a casa de Rob.

Sua família foi uma agradável surpresa. Uma mulher tímida, Fara. Morena, nádegas baixas, olhos límpidos. Dois filhos de rosto redondo, Dawwid e Issachar, que se agarravam à saia da mãe. Fara serviu doces e vinho, obviamente preparados para a comemoração, e depois de vários brindes os três amigos saíram e foram a um alfaiate, que tirou as medidas do novo *hakim* para seu manto negro de médico.

– Esta é uma noite para as *maidans*! – disse Rob, e ao cair da noite estavam em uma casa de pasto que dava para a grande praça central da cidade, comendo uma ótima refeição persa e repetindo as doses do vinho almiscarado que Karim na verdade não precisava, pois estava embriagado com sua nova posição de médico.

Comentaram as perguntas e respostas do exame:

— Ibn Sina não parava de fazer perguntas sobre medicina: "Quais são os vários sinais obtidos pelo suor, candidato?... Muito bem, Mestre Karim, muito completo... E quais são os sinais gerais que usamos para prognóstico? Quer falar sobre a higiene adequada para um viajante em terra e depois no mar?" Era quase como se soubesse que a medicina é meu forte e os outros assuntos, meu ponto fraco.

"Sayyid Sa'di me pediu para falar sobre o conceito de Platão de que todos os homens desejam a felicidade, o que, graças a Mirdin, estudei a fundo. Respondi longamente, com muitas referências ao conceito do Profeta de que a felicidade é a recompensa que Alá nos dá pela obediência e pela prece constantes. E assim resolvi esse perigo."

— E Nadir Bukh? — perguntou Rob.

— O advogado. — Karim estremeceu. — Pediu-me para falar sobre o *fiqh* no que se refere à punição dos criminosos. Eu não conseguia pensar. Então disse que todas as punições são baseadas nos escritos de Maomé (abençoado seja!), o qual afirma que neste mundo dependemos uns dos outros proximamente, enquanto que remotamente dependemos sempre de Alá agora e para sempre. O tempo separa o bom e puro do cruel e rebelde. O indivíduo que se desvia é punido e o que obedece entrará em perfeita consonância com a Vontade Universal de Deus, na qual o *fiqh* se baseia. Desse modo, o comando da alma está todo com Alá, que se encarrega de punir todos os pecadores.

Rob olhava para ele espantado.

— O que *quer dizer* isso?

— Não sei. Nem sabia quando disse. Vi Nadir Bukh ruminando a resposta para ver se continha alguma carne desconhecida para ele. Parecia prestes a abrir a boca para pedir esclarecimento ou fazer outras perguntas, o que seria meu fim, quando Ibn Sina me pediu para falar sobre o humor do sangue, e eu usei as palavras dele nos dois livros que escreveu sobre o assunto, e o *interrogatório terminou*!

Riram às gargalhadas, até ficarem com os olhos cheios de lágrimas, e beberam, beberam e beberam outra vez.

Afinal, quando não podiam beber mais, cambalearam até a rua além da *maidan* e chamaram o carro puxado por burro com o lírio pintado na porta. Rob sentou no banco do cocheiro com o explorador das mulheres. Mirdin adormeceu com a cabeça no vasto colo de uma mulher chamada Lorna, e Karim, com a cabeça no peito dela, cantou suaves canções.

Os olhos tranquilos de Fara ficaram redondos de preocupação quando carregaram seu marido para o quarto.

— Ele está doente?

— Ele está bêbado. Como nós todos — explicou Rob, e voltaram para o carro puxado a burro que os levou até a pequena casa no Yehuddiyyeh, onde ele e

Karim deixaram-se cair no chão logo que entraram e adormeceram vestidos como estavam.

Durante a noite, Rob acordou com um som angustiado e percebeu que Karim estava chorando.

De madrugada foi acordado outra vez, quando seu visitante se levantou.

Rob resmungou. Não devia beber nunca, pensou sombriamente.

– Desculpe, mas preciso correr.

– Correr? Por que nesta manhã das manhãs? Depois da noite passada?

– Preciso me preparar para o *chatir*.

– O que é *chatir*?

– Uma corrida a pé.

Karim saiu da casa. Rob ouviu o slap-slap-slap quando ele começou a correr, e o som foi diminuindo até desaparecer.

Deitado no chão, Rob ouviu o latido dos vira-latas que marcavam o progresso do mais novo médico do mundo, voando como um *djinn* pelas ruas estreitas do Yehuddiyyeh.

CAPÍTULO 48

Um passeio no campo

— O *chatir* é nossa corrida nacional, realizada todos os anos e quase tão antiga quanto a Pérsia – disse Karim. – Comemora o fim do Ramadã, o mês de jejum religioso. Originalmente tão distante nas brumas do tempo que perdemos o nome do rei que patrocinou a primeira corrida, era uma competição para escolher o *chatir* do Xá, ou escudeiro, mas através dos séculos passou a atrair para Ispahan os melhores corredores da Pérsia e de outros lugares e adquiriu a característica de grande espetáculo.

A corrida começava nos portões da Casa do Paraíso e passava pelas ruas de Ispahan, percorrendo dez milhas romanas e meia, terminando em uma série de estacas no pátio do palácio. Nas estacas pendiam tipoias, cada uma contendo doze flechas destinadas a um corredor específico. O corredor que chegava às estacas tirava uma flecha da sua tipoia e a colocava na aljava que levava nas costas, depois voltava para a outra etapa da corrida. Tradicionalmente a competição começava com a chamada para a Primeira Prece. Era um duro teste de resistência. Quando a temperatura estava quente e opressiva, o último concorrente ainda na pista era declarado vencedor. Quando fazia frio, os concorrentes muitas vezes concluíam as doze etapas, 126 milhas romanas, geralmente apanhando a última flecha depois da Quinta Prece. Embora se dissesse que atletas antigos tinham conseguido melhor tempo, a maioria terminava a corrida em aproximadamente catorze horas.

— Nenhuma pessoa viva lembra-se de um atleta que tenha terminado em menos de treze horas – disse Karim. – Ala Xá anunciou que o atleta que conseguir fazer em doze horas, ou menos, ganhará um magnífico *calaat*. Além disso, terá um prêmio de quinhentas peças de ouro e será nomeado Chefe Honorário dos *Chatirs*, o que representa um ótimo ordenado anual.

— Por isso treinou tanto, correndo todos os dias? Acha que pode ganhar essa corrida?

Karim sorriu e deu de ombros.

— Todos os corredores sonham em ganhar o *chatir*. Eu gostaria de ganhar a corrida e o *calaat*. Só uma coisa pode ser melhor do que ser médico: é ser um médico *rico* em Ispahan!

O ar mudou, tornando-se tão maravilhosamente úmido e temperado que parecia beijar a pele de Rob quando saiu de casa. O mundo todo parecia em plena juventude, e o Rio da Vida rugia dia e noite com o degelo. Em Londres era abril nevoento mas em Ispahan era o mês de *shaban*, mais macio e doce do que o mês de maio inglês. As árvores de abricó esquecidas no pequeno jardim desabrocharam em brancura de maravilhosa beleza, e certa manhã Khuff foi apanhar Rob em casa dizendo que Ala Xá queria a companhia dele para montar naquele dia.

Rob ficou apreensivo, pensando em passar algum tempo com o instável monarca e ao mesmo tempo surpreso pelo fato de o Xá ter lembrado da promessa de cavalgarem juntos.

Nos estábulos da Casa do Paraíso, disseram para esperar. Esperou por longo tempo; afinal Ala apareceu, acompanhado por um séquito tão grande que Rob mal podia acreditar.

– Muito bem, *dhimmi*!
– Majestade.

Ala Xá interrompeu o *ravi zemin* com um gesto impaciente e logo montaram.

Foram para as montanhas, o Xá num garanhão árabe branco que praticamente voava com leve beleza, Rob atrás dele. Depois de algum tempo, o Xá pôs o cavalo a passo ligeiro, fazendo sinal para Rob ficar ao seu lado.

– Você é um excelente médico por receitar a equitação, Jesse. Tenho me afogado na merda da corte. Não é agradável estar longe de tanta gente?
– Sim, é, Majestade.

Um pouco depois, Rob olhou para trás. Lá longe estava o mundo inteiro: Khuff e seus guardas, de olho no monarca, palafreneiros com cavalos de reserva e animais de carga, carroças que rangiam e estalavam, rolando pelo solo desigual.

– Você quer um animal mais esperto?

Rob sorriu.

– Seria um desperdício da generosidade de Vossa Majestade. Este cavalo é digno da minha habilidade, Alteza.

Na verdade, Rob gostava do castrado castanho.

Ala bufou seu desprezo:

– Vê-se que não é persa, pois nenhum persa perderia a oportunidade de ter uma montaria melhor. Na Pérsia, cavalgar é tudo, e os filhos homens saem de dentro das mães com pequenas selas entre as pernas.

Bateu com os calcanhares nos flancos do cavalo. O animal saltou um tronco caído, e o Xá, virando na sela, retesou seu enorme arco sobre o ombro esquerdo, rindo às gargalhadas quando a pesada flecha não acertou o alvo.

– Você conhece a história desse exercício?
– Não, Alteza. Eu o vi executado por cavaleiros na sua festa.
– Sim, sempre o executamos e alguns são peritos. Chama-se o Tiro da Pártia.* Há oitocentos anos os pártios eram um dos povos da nossa terra. Habi-

---
* Tiro para cobrir a retirada. (N. da T.)

tavam o leste da Média, um território quase todo de terríveis montanhas e um deserto pior ainda, o Dasht-i-Kavir.

– Conheço o Dasht-i-Kavir. Atravessei um pedaço dele para chegar aqui.

– Então sabe o tipo de gente que pode viver nele – disse Ala, puxando com força as rédeas do garanhão, para ficar ao lado do cavalo de Rob.

– Houve uma luta para o controle de Roma. Um dos contendores era o idoso Crassus, governador da Síria. Precisava de uma conquista militar para igualar ou ultrapassar os feitos dos seus rivais, César e Pompeu, e resolveu desafiar os pártios.

"O exército da Pártia, que correspondia a um quarto das temíveis legiões romanas de Crassus, era comandado por um general chamado Suren. Consistia quase todo de arqueiros montados em pequenos e rápidos cavalos persas e uma pequena força de catafratos, soldados montados com armaduras e lanças longas e mortais.

"As legiões de Crassus lançaram-se diretamente contra Suren, que recuou para o Dasht-i-Kavir. Em lugar de se dirigir para o Norte, na direção da Armênia, Crassus perseguiu o inimigo, mergulhando no deserto. E então aconteceu uma coisa maravilhosa.

"Os catafratos atacaram antes que os romanos tivessem tempo de completar seu clássico quadrado de defesa. Depois da primeira carga, os lanceiros recuaram e os arqueiros tomaram seu lugar. Usaram os arcos persas iguais ao meu, mais poderosos que os dos romanos. Suas flechas perfuravam os escudos romanos, os peitorais e as grevas, e, para espanto das legiões, os pártios desfechavam tiros muito precisos sobre os ombros, enquanto recuavam."

– O tiro pártio – disse Rob.

– O tiro pártio. A princípio os romanos mantiveram o moral, esperando que o inimigo logo esgotasse suas flechas. Mas Suren tinha um grande suprimento de flechas carregado por camelos, e os romanos não conseguiram usar sua tática de guerra de quase corpo a corpo. Crassus enviou seu filho para um ataque diversivo e a cabeça do jovem foi devolvida ao pai na ponta de uma lança persa. Os romanos fugiram acobertados pela noite, o exército mais poderoso do mundo! Dez mil escaparam, conduzidos por Cassius, futuro assassino de César. Dez mil foram capturados. E vinte mil, incluindo Crassus, foram mortos. As baixas dos pártios foram insignificantes, e desde esse dia todos os garotos da Pérsia praticam o tiro pártio.

Ala esporeou o cavalo e tentou outra vez, gritando com prazer quando a flecha penetrou com força no tronco de uma árvore. Então ergueu o arco no ar, sinal para que os outros se aproximassem.

Um tapete espesso foi desenrolado e os soldados ergueram a tenda do rei. Enquanto três músicos tocavam cítara suavemente, a comida foi servida.

Ala sentou-se e com um gesto mandou que Rob se sentasse ao seu lado. Foram servidos peitos de várias aves muito bem temperados, um *pilah* ácido, pão, melões que deviam ter sido guardados numa caverna durante o inverno e três tipos de vinho. Rob comeu com prazer, mas Ala comeu muito pouco, porém bebeu bastante dos três vinhos.

Ala ordenou que armassem o jogo do Xá. Dessa vez Rob lembrou-se dos diferentes movimentos das peças, mas o Xá o venceu facilmente em três partidas, apesar de ter pedido mais vinho e tomado rapidamente.

– Qandrasseh gostaria de decretar uma lei contra o vinho – disse Ala.

Rob não sabia qual era a resposta certa.

– Vou lhe falar sobre Qandrasseh, *dhimmi*. Qandrasseh acha, erroneamente, que o trono existe principalmente para punir os que não obedecem ao Qu'ran. O trono existe para aumentar a nação e torná-la poderosa, não para se preocupar com os pecados dos habitantes. Mas o imã acredita que ele é a terrível mão direita de Alá. Não basta a ele ter chegado a vizir do Xá, vindo da chefia de uma pequena mesquita na Média. Ele é parente distante da família abássida, em suas veias corre o sangue dos califas de Bagdá. Qandrasseh gostaria de vir a governar Ispahan, atacando do meu trono com seu pulso religioso.

Agora Rob não poderia ter respondido nem que soubesse a resposta, pois estava apavorado. O vinho, soltando a língua do Xá, o colocava no maior perigo, pois se Ala, quando ficasse sóbrio, se arrependesse do que acabava de dizer, não seria difícil se livrar da única testemunha.

Mas Ala não parecia preocupado. Quando serviram um garrafão de vinho fechado, ele o jogou para Rob e o levou de volta aos cavalos. Não tentaram caçar, apenas cavalgaram naquele dia preguiçoso até se sentirem aquecidos e agradavelmente cansados. As montanhas estavam floridas, flores vermelhas, amarelas e brancas em forma de taça, com hastes grossas. Rob nunca as tinha visto na Inglaterra. Ala não sabia como se chamavam, mas explicou que originavam-se de um bulbo como uma cebola.

– Vou levá-lo a um lugar que não deve mostrar a ninguém. – E Ala conduziu-o pelas moitas até chegarem à entrada de uma caverna coberta de samambaias. Lá dentro o ar quente cheirava a ovos podres e havia uma piscina de água escura circundada por rochas cinzentas com líquens de cor púrpura. Ala começou a se despir.

– Vamos, não demore. Tire a roupa, seu *dhimmi* tolo!

Rob obedeceu com nervosa relutância, imaginando se o Xá era o tipo de homem que gostava do corpo de outros homens. Mas Ala já estava dentro d'água, observando-o abertamente, mas sem lascívia.

– Traga o vinho. Você não é excepcionalmente bem-dotado, europeu.

Rob compreendeu que não seria boa política observar que seu órgão era maior que o do rei.

O Xá era mais perceptivo do que Rob pensava, pois Ala estava sorrindo maliciosamente para ele.

— Não preciso parecer um cavalo, pois posso ter qualquer mulher. Nunca durmo duas vezes com a mesma mulher, sabia disso? Por isso os meus anfitriões só podem me receber uma vez, a não ser que arranjem uma nova mulher.

Rob entrou cuidadosamente na água quente com cheiro de depósitos minerais e Ala abriu o garrafão de vinho e bebeu, depois inclinou-se para trás e fechou os olhos. O suor brotou no seu rosto e na testa até a parte fora d'água ficar tão molhada quanto a que estava dentro. Rob o observou, pensando como seria ser supremo.

— Quando perdeu sua virgindade? — perguntou Ala ainda de olhos fechados.

Rob contou da viúva inglesa que o havia levado para a cama.

— Eu também tinha doze anos. Meu pai mandou que a irmã dele começasse a ir para a minha cama, como é nosso costume com jovens príncipes, muito sensato. Minha tia era carinhosa e boa professora, foi quase uma mãe para mim. Durante anos pensei que depois de cada trepada vinha sempre uma tigela de leite quente e um doce.

Ficaram ali, na água quente, num silêncio satisfeito.

— Eu devia ser o Rei dos Reis, europeu — murmurou Ala finalmente.

— Mas é o Rei dos Reis.

— É assim que me chamam.

Abriu os olhos, fixando-os firmemente em Rob.

— Xerxes, Alexandre, Ciro, Dario. Todos grandes, e, se não persas de nascimento, todos eram reis persas quando morreram. Grandes reis de grandes impérios.

"Agora não existe império. Em Ispahan, sou o rei. Para oeste, Toghrul-beg governa vastas tribos de seljúcidas turcos nômades. A leste, Mahmud é o sultão da região montanhosa e selvagem de Ghazna. Além de Ghazna, duas dúzias de rajás fracos governam na Índia, mas só constituem ameaça uns para os outros. Os únicos reis realmente fortes são Mahmud, Toghrul-beg e eu. Quando saio da cidade, os *chawns* e *beglerbegs* deixam os muros das cidades e povoados que governam e vêm ao meu encontro com tributos e adulações.

"Mas sei que esses mesmos *chawns* e *beglerbegs* prestariam homenagem igual a Mahmud e a Toghrul-beg se passassem por eles com seus exércitos.

"No passado houve um tempo como o de hoje, quando existiam pequenos reinos e reis que lutavam pelo prêmio de um grande império. Finalmente só dois homens conquistaram todo o poder. Ardashir e Ardewan defrontaram-se em combate singular, enquanto seus exércitos assistiam. Duas figuras enormes com cota de malha defrontando-se no deserto. Terminou a luta quando Ardewan foi derrotado e morto e Ardashir foi o primeiro homem a adotar o título de Xainxá. Não gostaria de ser esse Rei dos Reis?"

Rob balançou a cabeça.

– Só quero ser médico.

Rob viu a incompreensão no rosto do Xá.

– Uma novidade. Durante toda a minha vida ninguém jamais perdeu a oportunidade de me lisonjear. Mas está claro que você não trocaria seu lugar com o rei.

"Andei investigando. Dizem que como aprendiz você é notável. Que grandes coisas são esperadas para quando vier a ser um *hakim*. Vou precisar de homens capazes de fazer grandes coisas sem lamber meu traseiro.

"Usarei a astúcia e o poder do trono para manter Qandrasseh a certa distância. O Xá sempre precisa lutar para manter a Pérsia. Usarei meus exércitos e minha espada contra outros reis. Antes de terminar, a Pérsia será um império outra vez e eu serei realmente um Xainxá."

Segurou o pulso de Rob com força.

– Quer ser meu amigo, Jesse ben Benjamin?

Rob sabia que tinha sido atraído e apanhado na armadilha de um esperto caçador. Ala Xá estava recrutando sua futura lealdade para seus próprios objetivos. E fazia tudo fria e calculadamente; sem dúvida havia mais naquele monarca do que o libertino bêbado.

Rob não pretendia se envolver em política e arrependeu-se daquele passeio da manhã. Mas estava feito, e tinha plena consciência dos seus débitos.

Segurou o pulso do Xá.

– Tem a minha lealdade, Majestade.

Ala assentiu com um movimento da cabeça. Inclinou-se novamente para trás, no calor da piscina, e coçou o peito.

– Muito bem. E gosta disto, deste meu lugar especial?

– É tão sulfuroso quanto um peido, Alteza.

Ala não era homem de dar risadinhas espremidas. Apenas arregalou os olhos e sorriu. Finalmente falou outra vez.

– Pode trazer uma mulher aqui, se quiser, *dhimmi* – disse com voz preguiçosa.

– Não gosto disso – observou Mirdin quando Rob contou o seu passeio com Ala. – Ele é imprevisível e perigoso.

– É uma grande oportunidade para você – disse Karim.

– Uma oportunidade que não desejo.

Para seu alívio, os dias se passaram sem que o Xá o chamasse novamente. Sentia necessidade de amigos que não fossem reis e passava grande parte do tempo com Mirdin e Karim.

Karim estava entrando na rotina da vida de um jovem médico, trabalhando no *maristan* como antes, com a diferença que agora recebia um pequeno ordenado de al-Juzjani para examinar e tratar diariamente os pacientes do cirurgião. Com mais tempo livre e mais dinheiro para gastar, começou a frequentar as *maidans* e os bordéis.

– Venha comigo – insistia com Rob. – Eu te arranjo uma prostituta com cabelos negros como as asas do corvo e macia como a seda.

Rob sorria e balançava a cabeça.

– Que tipo de mulher você quer?

– Com cabelos vermelhos como fogo.

Karim deu um largo sorriso.

– Não existem mulheres assim.

– Vocês precisam de esposas – aconselhou Mirdin placidamente, mas nenhum dos dois lhe dava ouvidos.

Rob voltou suas energias para os estudos. Karim continuou sua procura solitária de mulheres, e seu apetite sexual tornou-se motivo de piada entre o pessoal do *maristan*. Conhecendo a história do amigo, Rob sabia que por trás daquele belo rosto e dentro daquele corpo de atleta existia um garotinho sem amigos procurando o amor das mulheres para apagar terríveis lembranças.

Karim corria agora mais do que nunca, no começo e no fim de cada dia. Treinava constantemente e com afinco, não só correndo. Ensinou Rob e Mirdin a usarem a espada curva da Pérsia, a cimitarra, mais pesada do que a arma que Rob estava acostumado a usar e que exigia pulso forte e firme. Karim os fazia treinar com pesadas pedras nas mãos, virando-as para baixo e para cima, para a frente e para trás, para fortalecer e dar velocidade aos punhos.

Mirdin não era um bom atleta e não poderia ser um espadachim. Mas aceitava suas limitações com bom humor e possuía uma força intelectual tão grande que não era importante o fato de não ser bom com a espada.

Depois que anoitecia, pouco viam de Karim – de um momento para o outro parou de convidar Rob para os bordéis, dizendo que tinha começado um caso com uma mulher casada e estava apaixonado. Mas Rob era convidado cada vez com maior frequência à casa de Mirdin, perto da sinagoga Casa de Sion, para o jantar.

Em um baú na casa de Mirdin, teve a surpresa de ver um tabuleiro igual ao que tinha visto só duas vezes antes.

– É o Jogo do Xá?

– É. Você conhece? Minha família sempre jogou.

As peças do jogo de Mirdin eram de madeira, mas o jogo era idêntico ao que Rob havia disputado com Ala, só que, em lugar de se preocupar com a vitória rápida e arrasante, Mirdin estava mais interessado em ensinar. Em pouco tempo, com a orientação do amigo, Rob começou a compreender a beleza do jogo.

O doméstico Mirdin oferecia a Rob rápidas visões de paz. Numa noite quente, depois de uma refeição simples de *pilah* com vegetais, feito por Fara, Rob foi com Mirdin dizer boa-noite a Issachar, que tinha seis anos.

– Abba. Nosso Pai do céu está me olhando?

– Sim, Issachar. Ele o vê sempre.

– Por que não posso vê-Lo?

– Ele é invisível.

O menino tinha o rosto gorducho e moreno e olhos sérios. Os dentes e o queixo já eram grandes demais e ia ter a inelegância dos traços do pai, mas também sua doçura.

– Se Ele é invisível, como Ele sabe como é?

Rob sorriu. Da boca dos bebês, pensou. Responda, oh, Mirdin, estudioso da lei oral e escrita, mestre do Jogo do Xá, filósofo e médico...

Mas Mirdin sabia a resposta.

– A Torá diz que Ele fez o homem à Sua imagem, igual a Ele; assim, basta olhar para você, meu filho, para ver a Si mesmo. – Mirdin beijou o garoto. – Uma boa noite, Issachar.

– Uma boa noite, Abba. Uma boa noite, Jesse.

– Descanse bem, Issachar – disse Rob, beijando o menino e acompanhando o amigo para fora do quarto.

CAPÍTULO 49

Cinco dias a caminho do oeste

Uma grande caravana chegou da Anatólia e um jovem tropeiro foi até o *maristan* com um cesto cheio de figos secos para o judeu chamado Jesse. O rapaz era Sadi, filho mais velho de Dehbid Hafiz, *kelonter* de Shiraz, e o presente dos figos simbolizava o amor e a gratidão do seu pai pelos homens de Ispahan que haviam lutado contra a praga.

Sadi e Rob tomaram *chai* e comeram os figos deliciosos, grandes e polpudos, cheios de cristais de açúcar. Sadi os havia comprado em Midyat de um tropeiro cujos camelos transportavam os figos de Izmir, atravessando toda a Turquia. Agora ia levar os camelos para o Leste outra vez, dirigindo-se para Shiraz, e começava a grande aventura da viagem orgulhoso e satisfeito, quando o comerciante *dhimmi* pediu que levasse um presente de vinhos até Ispahan para seu pai, Dehbid Hafiz.

As caravanas eram as únicas fontes de notícias, e Rob interrogou o jovem minuciosamente.

Quando a caravana partiu de Shiraz não havia nenhum sinal da praga. Grupos de seljúcidas foram vistos uma vez na parte montanhosa a leste da Média mas parecia ser um pequeno bando de homens e não atacaram a caravana (Alá seja louvado!). Em Ghazna tinha aparecido uma espécie de erupção pruriente e o chefe da caravana não quis parar, temendo que os tropeiros procurassem as mulheres da cidade e contraíssem a estranha doença. Em Hamadhan não havia nenhuma praga, mas um estrangeiro cristão havia levado uma febre europeia para o islã e os *mullahs* proibiram qualquer contato do povo com os demônios infiéis.

— Quais são as características dessa doença?

Sadi ibn Dehbid hesitou, pois não era médico e não se preocupava com essas coisas. Só sabia que ninguém, a não ser a filha do cristão, chegava perto dele.

— O cristão tem uma filha?

Sadi não conseguiu descrever o homem doente nem a filha, mas disse que Boudi, o mercador de camelos que viajava com a caravana, tinha visto os dois.

Procuraram o mercador de camelos, um homenzinho mirrado com olhos astutos que cuspia o suco de betel vermelho entre os dentes escuros.

Boudi não se lembrava muito bem dos cristãos, dizia, mas, quando Rob ofereceu uma moeda, sua memória melhorou e disse que os havia visto a cinco dias de viagem para o Oeste, meio dia além da cidade de Datur. O pai era de meia-idade, com cabelo grisalho longo e sem barba. Usava roupas estrangeiras, negras como os mantos dos *mullahs*. A mulher era jovem e alta e tinha cabelos estranhos, de um vermelho pouco menos vivo que o vermelho da hena.

Rob olhou para ele, consternado.

– O europeu parecia muito doente?

Boudi sorriu com calma.

– Não sei, mestre. Doente.

– Tinham criados?

– Não vi nenhum.

Sem dúvida tinham fugido, pensou Rob.

– Acha que tinham comida suficiente?

– Eu mesmo dei a ela um cesto de cereais e três pães, mestre.

O olhar de Rob assustou Boudi.

– Por que você deu a ela essa comida?

O mercador de camelos ergueu os ombros. Procurou numa sacola e retirou dela uma adaga com o punho para cima. Adagas mais finas podiam ser encontradas em qualquer mercado persa mas aquela era a prova, pois da última vez que Rob a vira pendia do cinto de James Geikie Cullen.

Rob sabia que se confiasse em Karim e Mirdin eles insistiriam em acompanhá-lo, e queria ir sozinho. Deixou recado para os dois com Yussuf-ul-Gamal.

– Diga que fui chamado para resolver um assunto pessoal e que explico quando voltar – disse para o bibliotecário.

Quanto aos outros, contou apenas para Jalal.

– Vai se ausentar por algum tempo. Mas por quê?

– É importante. Tem a ver com uma mulher...

– Naturalmente que tem – resmungou Jalal.

O consertador de ossos ficou mal-humorado até certificar-se de que havia muitos aprendizes na clínica e que não seria prejudicado. Então fez um gesto de assentimento.

Rob partiu na manhã seguinte. Era uma longa jornada e a pressa seria prejudicial, mas forçou o passo do cavalo castanho, pois via mentalmente uma mulher sozinha naquela região selvagem e estranha com o pai doente.

Era verão, as águas da primavera já tinham evaporado sob o sol cor de cobre e a poeira salgada da Pérsia o envolvia, insinuando-se na sacola que levava na sela. Rob a ingeria com a comida e havia uma fina película na sua água. Por toda parte via as flores silvestres cobertas de poeira marrom, e passava por camponeses que aravam o solo aproveitando a pouca umidade para irrigar os vinhedos e as tamareiras, como faziam há milhares de anos.

Rob viajava com sombria determinação e ninguém o interrompeu ou o atrasou; assim, ao cair da noite do quarto dia, passou pela cidade de Datur. Nada podia ser feito durante a noite, mas na manhã seguinte reiniciou a viagem ao nascer do sol. No meio da manhã, no pequeno povoado de Gusheh, um mercador aceitou a moeda que ele ofereceu, mordeu-a e então disse tudo o que todos sabiam sobre os cristãos. Estavam em uma casa perto do uádi de Ahmad, não muito distante para o oeste.

Não conseguiu encontrar o uádi mas perguntou a dois guardadores de cabras, um velho e um menino, sobre o paradeiro dos cristãos. O velho ao ouvir a pergunta apenas cuspiu.

Rob desembainhou a espada. Havia em sua expressão uma selvageria quase esquecida. O velho percebeu e, sem tirar os olhos da arma, ergueu o braço e apontou.

Rob seguiu a direção indicada. Quando estava fora do alcance dos dois, o menino pôs uma pedra na funda e atirou. Rob ouviu quando ela bateu nas pedras, atrás dele.

Chegou ao uádi subitamente. O antigo leito do rio estava quase seco, mas devia ter sido alimentado na estação anterior porque na sombra havia ainda mato crescido. Rob o acompanhou por algum tempo, até ver uma pequena casa de terra e pedras. Ela estava de pé ao lado de um caldeirão que fervia sobre o fogo e, quando o viu, correu para a casa como um animal selvagem. Quando Rob desceu do cavalo já havia alguma coisa pesada segurando a porta por dentro.

– Mary.
– É você?
– Sim, sou eu.

Um silêncio, e depois o som raspante da pedra sendo afastada. A porta se abriu um pouco, depois se escancarou.

Rob lembrou que Mary o havia visto com a barba e a roupa persa, embora o chapéu de couro fosse um velho conhecido.

Ela empunhava a espada do pai. As provações por que havia passado estavam no rosto magro, fazendo com que os olhos parecessem maiores e o nariz longo e fino mais proeminente. Havia bolhas nos seus lábios, o que Rob lembrou, acontecia quando Mary estava exausta. O rosto estava sujo de fuligem, exceto por duas linhas desenhadas pelas lágrimas provocadas pela fumaça. Mas ela piscou os olhos e Rob a viu tão senhora de si quanto lembrava.

– Por favor. Pode ajudar meu pai? – pediu, conduzindo-o rapidamente para o interior da casa.

O coração de Rob se apertou quando viu James Cullen. Não precisou segurar as mãos do criador de carneiros para saber que ele estava morrendo. Mary devia saber também, mas olhava para ele como se esperasse que devolvesse a saúde ao pai só com o toque das mãos.

Pairava no ar o fedor da excreção de Cullen.

– Está com disenteria?

Ela assentiu com um gesto cansado e descreveu os detalhes com voz inexpressiva. A febre tinha começado há algumas semanas, com vômito e uma dor terrível no lado direito do abdome. Mary tratou dele com todo cuidado. Depois de algum tempo, a temperatura baixou e, para seu grande alívio, ele começou a melhorar. Durante algumas semanas, parecia ter entrado em convalescença e estava quase bom, então os sintomas voltaram, dessa vez muito mais violentos.

Cullen estava pálido e emaciado, os olhos sem vida. O pulso era quase imperceptível. Tinha acessos alternados de febre e de frio, além de diarreia e vômito.

– Os empregados pensaram que era a praga. Eles fugiram – disse ela.

– Não. Não é a praga. – O vômito não era negro e não havia bubos. Fraco consolo. O abdome estava rígido como uma tábua. Quando Rob fez pressão, Cullen, embora aparentemente mergulhado na maciez do estado de coma, gritou.

Rob sabia o que era. Da última vez que vira a doença, tinha feito malabarismos para que um garoto pudesse morrer sem medo.

– Uma perturbação do intestino grosso. Chamam às vezes de doença do lado, um veneno que começa no intestino e se espalha pelo corpo.

– Qual é a causa?

Rob balançou a cabeça.

– Talvez o intestino se enrosque ou haja alguma obstrução.

Ambos compreenderam o desespero da sua ignorância.

Rob trabalhou arduamente, fazendo o máximo possível para ajudar James Cullen. Aplicou enemas de camomila leitosa e, não obtendo resultado, administrou doses de ruibarbo e sais. Fez compressas quentes no abdome, mas ambos sabiam que não adiantava.

Ficou ao lado da cama do escocês. Gostaria de fazer com que Mary fosse descansar no quarto ao lado, mas sabia que o fim estava próximo e ela teria muito tempo para descansar depois.

No meio da noite, Cullen deu um pequeno salto na cama, um estremecimento.

– Está tudo bem, pai – murmurou Mary esfregando as mãos dele, e então a vida se esvaiu tão silenciosa e tranquilamente que durante algum tempo nenhum dos dois percebeu que o pai de Mary estava morto.

Mary tinha desistido de barbear o pai alguns dias antes da morte e tiveram de raspar a barba grisalha agora. Rob penteou o cabelo dele e segurou o corpo nos braços enquanto Mary o lavava com os olhos secos.

– Fico contente por fazer isso que não pude fazer com minha mãe – disse.

Cullen tinha uma longa cicatriz na coxa direita.

– Ele se feriu perseguindo um javali no meio do mato quando eu tinha onze anos. Teve de passar o inverno dentro de casa. Fizemos um presépio juntos naquele ano e foi quando comecei a conhecê-lo.

Terminados os preparativos, Rob foi apanhar mais água no regato e a aqueceu no fogo. Enquanto Mary tomava banho, ele cavou a sepultura, o que foi extremamente difícil, pois o solo era quase todo de pedras e ele não tinha os instrumentos necessários. No fim usou a espada de Cullen e um galho de árvore com ponta para cavar, além das mãos. Quando terminou, fez uma cruz com dois galhos presos no centro pelo cinto de Cullen.

Mary pôs o vestido preto que usava quando Rob a conhecera. Ele carregou Cullen enrolado em um cobertor de lã da Escócia, tão bonito e quente que teve pena de colocá-lo na sepultura.

Precisariam de uma missa completa de Réquiem e Rob não sabia nenhuma prece de sepultamento, além de não confiar no seu latim. Mas lembrou-se de um dos salmos de sua mãe:

> *O Senhor é o meu pastor, nada me faltará.*
> *Ele me faz repousar em pastos verdejantes, leva-me para águas remansosas.*
> *Refrigera minha alma, guia-me pelas veredas da justiça por amor do Seu nome.*
> *Ainda que eu caminhe pelo vale da sombra da morte, não temerei nenhum mal porque Tu estás comigo; tua vara e teu cajado me consolam.*
> *Preparaste uma mesa para mim na presença dos meus inimigos; ungiste minha cabeça com óleo, meu cálice transbordou. Bondade e misericórdia certamente me acompanharão por todos os dias da minha vida, e habitarei a casa do Senhor para todo o sempre.*

Fechou o túmulo e afixou a cruz. Afastou-se e Mary ficou ali ajoelhada, os olhos fechados, os lábios se movendo com palavras que só ela ouvia.

Rob deixou que ela ficasse algum tempo sozinha na casa. Mary havia soltado os dois cavalos, para que pudessem pastar livremente na escassa relva do uádi, e Rob saiu à procura dos animais.

Mary e o pai tinham construído um cercado usando arbustos espinhosos. Dentro, encontrou os ossos de quatro ovelhas, provavelmente devoradas por animais carnívoros. Sem dúvida Cullen havia comprado muitas outras, roubadas por seres humanos.

Escocês maluco! Nunca devia tentar transportar um rebanho até a Escócia. Agora nem ele voltaria para casa e a filha estava sozinha numa terra hostil.

Numa das extremidades do pequeno vale rochoso, Rob descobriu os restos do cavalo branco de Cullen. Talvez tivesse quebrado uma perna, tornando-se presa fácil para os outros animais; a carcaça estava quase toda devorada, mas Rob reconheceu o trabalho de chacais e, voltando para a sepultura de Cullen, colocou sobre ela pedras pesadas e planas para que os animais não desenterrassem o corpo.

Encontrou o cavalo negro na outra extremidade do uádi, o mais longe possível do banquete dos chacais. Não foi difícil colocar o cabresto no animal, que parecia ávido pela segurança e salvaguarda da servidão.

Voltou à casa e encontrou Mary pálida mas calma.

– O que eu teria feito se você não tivesse aparecido?

Rob sorriu, lembrando-se da barricada na porta e da espada na mão dela.

– O que fosse preciso.

Mary estava se controlando com esforço.

– Gostaria de voltar para Ispahan com você.

– É o que eu quero. – O coração de Rob disparou, mas moderou-se com as palavras seguintes:

– Existe um caravançará em Ispahan?

– Existe. Com grande movimento.

– Então, vou procurar uma caravana para o Oeste. E chegar até um porto onde possa arranjar passagem para casa.

Rob segurou as mãos dela, a primeira vez que se tocavam desde sua chegada. Os dedos dela estavam ásperos, bem diferentes dos dedos de uma mulher de *haram*, mas Rob não queria soltá-los.

– Mary, cometi um erro terrível. Não posso deixar que vá embora outra vez.

Os olhos firmes fixaram-se nele.

– Venha comigo para Ispahan, para vivermos juntos.

Seria mais fácil se não precisasse falar de Jesse ben Benjamin e da necessidade do disfarce.

Foi como se uma corrente tivesse passado entre as mãos deles, mas Rob viu a indignação nos olhos de Mary, quase horror.

– Tantas mentiras – disse ela em voz baixa.

Tirou as mãos das dele e saiu da casa.

Rob foi até a porta e a viu caminhando no leito seco do rio.

Mary demorou até Rob ficar preocupado, mas afinal voltou.

– Diga-me: por que essa farsa vale a pena?

Rob procurou com esforço as palavras certas, um constrangimento a que se submeteu porque desejava Mary e era um direito dela saber a verdade.

– É como ter sido escolhido. Como se Deus tivesse dito "Ao criar os seres humanos, cometi enganos e o encarrego de trabalhar para corrigir alguns deles". Não é algo que eu tenha desejado, mas algo que me procurou.

Mary ficou assustada.

– Não acha que está blasfemando, considerando-se capaz de corrigir os erros de Deus?

– Não, não – disse ele suavemente. – Um bom médico é apenas instrumento Dele.

Mary fez um gesto afirmativo e Rob pensou ter visto um brilho de compreensão, talvez até mesmo de inveja nos olhos dela.

– Sempre teria de compartilhar você com uma amante.

Ela adivinhou meu caso com Despina, pensou Rob tolamente.

– Quero só você.

– Não, você quer seu trabalho e ele vem em primeiro lugar, antes da família, antes de qualquer coisa. Mas eu te amei tanto, Rob. E quero ser sua mulher.

Rob a abraçou.

– Os Cullen se casam na igreja – murmurou ela com o rosto no ombro dele.

– Mesmo que encontrássemos um padre na Pérsia, ele não casaria uma cristã com um judeu. Precisamos dizer a todos que nos casamos em Constantinopla. Quando terminar meu curso de medicina, voltaremos para a Inglaterra e nos casaremos.

– E nesse intervalo? – perguntou ela secamente.

– Um casamento de mãos dadas. – Segurou as mãos dela.

Entreolharam-se sobriamente.

– Precisam ser ditas algumas palavras, mesmo nesse tipo de casamento.

– Mary Cullen, eu a tomo para minha mulher – disse Rob, comovido. – Prometo respeitá-la e protegê-la, e você tem todo o meu amor.

Gostaria de dizer coisa melhor mas estava emocionado demais e não controlava completamente a língua.

– Robert Jeremy Cole, eu o tomo por marido – repetiu ela com voz clara. – Prometo ir aonde você for e procurar sempre seu bem-estar. Você tem todo o meu amor desde a primeira vez que o vi.

Mary apertou as mãos dele a ponto de machucá-lo, e Rob sentiu toda a vitalidade dela como um latejamento. O túmulo lá fora não permitia sentimentos de alegria, mas Rob sentia uma imensidade de emoções e dizia para si mesmo que aqueles votos eram muito melhores do que muitos dos que se ouviam na igreja.

Rob carregou o cavalo castanho com os pertences de Mary e ela montou no outro, o seu negro. Ele pretendia revezar a carga de um animal com o outro a cada dia. Nas raras ocasiões em que o solo era macio e plano, ele e Mary montavam juntos, mas na maior parte do tempo ela ia montada e Rob, a pé. Uma viagem demorada, mas ele não estava com pressa.

Mary parecia mais dada a longos silêncios do que antes e Rob não fez nenhuma tentativa para tocá-la, respeitando seu luto. Na segunda noite de viagem, acamparam ao lado da estrada, em uma clareira, e Rob ficou acordado ouvindo, afinal, o choro dela.

– Se você é ajudante de Deus, corrigindo Seus erros, por que não foi capaz de salvar meu pai?

– Não sei o bastante.

O choro tinha demorado para chegar e agora parecia que não ia parar nunca. Rob a tomou nos braços. Deitados, com a cabeça dela no seu ombro, ele começou a beijar o rosto molhado e depois a boca, macia, receptiva e com o gosto de que ele se lembrava. Massageou as costas dela, acariciando a pequena depressão no fim da espinha, e então sentiu a língua dela e enfiou a mão por baixo da roupa de Mary.

Ela chorava ainda, mas estava aberta para seus dedos e abrindo-se para recebê-lo.

Mais do que paixão, Rob sentiu um intenso respeito e agradecimento por ela. Uniram-se num balanço delicado e terno, mal se movendo. Durou uma eternidade e terminou perfeito para ele; procurando curar, foi curado, e, procurando confortar, foi reconfortado, mas para dar algum prazer a Mary teve de terminar com a mão.

Depois ele a abraçou e falou suavemente, contando sobre Ispahan e o Yehuddiyyeh, e a *madrassa* e o hospital, e Ibn Sina. E falou dos amigos, o muçulmano e o judeu, Mirdin e Karim.

– Eles são casados?

– Mirdin é. Karim tem uma porção de mulheres.

Adormeceram abraçados.

Rob acordou à luz intensa e acinzentada da manhã, ouvindo o estalar do couro da sela, o bater lento de cascos na estrada poeirenta, uma tosse seca, homens falando montados nos seus cavalos.

Olhou por cima dos arbustos que separavam seu acampamento da estrada e viu um grupo de soldados a cavalo. Pareciam ferozes, armados com as espadas orientais dos homens de Ala, mas carregando arcos mais curtos que os dos persas. Vestiam túnicas surradas e os turbantes, antes brancos, estavam manchados de terra e de suor, e o fedor que emanava deles chegou até onde Rob os espiava numa verdadeira agonia, esperando que um dos cavalos percebesse sua presença ou que um cavaleiro olhasse através da moita e o visse ao lado da mulher adormecida.

Apareceu um rosto familiar e Rob reconheceu Haddad Khan, o exaltado embaixador seljúcida na corte de Ala Xá.

Então eram seljúcidas. E cavalgando ao lado do embaixador de cabelos brancos estava outra figura conhecida, um *mullah* chamado Musa Abbas, ajudante-chefe do imã Mirza-aboul Qandrasseh, o vizir da Pérsia.

Rob viu um total de seis *mullahs* e contou noventa e seis soldados a cavalo. Não podia dizer quantos já haviam passado enquanto ele dormia.

Felizmente seu cavalo e o de Mary não relincharam, e por fim o último seljúcida passou por eles e Rob ousou respirar, ouvindo o som dos cascos se distanciando.

Acordou Mary com um beijo e imediatamente levantaram acampamento, continuando a viagem, pois agora Rob estava com pressa.

CAPÍTULO 50

O Chatir

— Casado? – perguntou Karim, olhando para Rob com um largo sorriso. – Uma esposa! Não esperava que seguisse meu conselho – comentou Mirdin sorrindo satisfeito. – Quem arranjou o casamento?

– Ninguém. Isto é – apressou-se Rob a dizer –, há mais de um ano houve um acordo nupcial, mas só agora foi posto em prática.

– Como é o nome dela? – quis saber Karim.

– Mary Cullen. É escocesa. Eu a conheci e o seu pai numa caravana quando vim para o Oriente. – Falou um pouco sobre James Cullen, de sua doença e morte.

Mirdin parecia não estar ouvindo.

– Escocesa. Europeia então?

– Sim. Um lugar ao Norte do meu país.

– É cristã?

Rob fez um gesto afirmativo.

– Preciso ver essa mulher europeia – disse Karim. – É bonita?

– É muito bonita! – respondeu Rob com amor, e Karim riu. – Mas quero que julguem por vocês mesmos. – Rob voltou-se incluindo Mirdin no convite, mas o amigo não estava mais ali.

Não agradava a Rob relatar ao Xá o que tinha visto, mas havia prometido lealdade e não tinha outra escolha. Quando chegou ao palácio e pediu para ver o rei, Khuff o recebeu com seu sorriso frio.

– O que deseja?

O Capitão dos Portões lançou um olhar duro como pedra quando Rob balançou a cabeça em silêncio.

Mas Khuff pediu que esperasse e foi dizer a Ala que o *dhimmi* estrangeiro queria vê-lo, e logo depois conduziu Rob à presença do rei.

Ala cheirava a bebida, mas ouviu sobriamente a notícia de que seu vizir mandara discípulos pietistas conferenciarem com um grupo dos inimigos do Xá.

– Não tive nenhuma notícia de ataques em Hamadhan – disse Ala lentamente. – Não era um grupo de assalto dos seljúcidas, portanto sem dúvida encontraram-se para tramar alguma traição. – Observou Rob com olhos semicerrados. – Quem mais sabe disso?

– Ninguém, Majestade.

– Pois que continue assim.

Ala, em vez de continuar a conversa, pôs o tabuleiro do Jogo do Xá entre eles. Ficou visivelmente satisfeito por encontrar um oponente mais difícil do que antes.

– Ah, *dhimmi*, está ficando habilidoso e ardiloso como um persa!

Rob conseguiu deter o ataque do Xá durante algum tempo. No fim, Ala o esfregou na poeira como sempre, *shahtreng*. Mas ambos reconheceram que o jogo entre eles havia vencido um obstáculo. Agora era uma luta e Rob poderia ter resistido por mais tempo, se não estivesse tão ansioso para voltar à nova esposa.

Ispahan era a cidade mais bonita que Mary já tinha visto, ou talvez fosse por estar com Rob. Ficou satisfeita com a pequena casa no Yehuddiyyeh, embora o bairro judeu fosse muito pobre. Não era uma casa grande como a do uádi em Hamadhan, mas era feita com melhor material.

Insistiu para que Rob comprasse argamassa e algumas ferramentas e resolveu reformar a casa enquanto ele estivesse fora, no seu primeiro dia sozinha. Estavam em pleno verão persa e o vestido de luto de mangas compridas logo ficou encharcado de suor.

A manhã ia em meio quando o homem mais belo que ela já tinha visto bateu à porta. Carregava um cesto com ameixas-pretas, que pôs no chão para tocar o cabelo dela, o que a assustou. O homem riu baixinho, encantado, ao mesmo tempo encantando Mary com seus dentes muito brancos e perfeitos no rosto moreno. Ele falou durante longo tempo; parecia eloquente e delicado, repleto de sentimento, mas falava persa.

– Desculpe – disse ela.

– Ah. – Ele compreendeu imediatamente e tocou no próprio peito. – Karim.

Mary perdeu o medo e ficou encantada.

– Ah. Então é o amigo do meu marido. Ele me falou de você.

Com um grande sorriso, Karim a conduziu sob protestos que ele não entendia, até uma cadeira, onde Mary se sentou, comendo uma ameixa doce enquanto ele misturava a argamassa e a espalhava em três rachaduras da parede interna. Depois substituiu o peitoril da janela. Completamente à vontade, ela o deixou ajudá-la a podar o mato do jardim.

Karim ainda estava lá quando Rob chegou, e Mary insistiu para que jantasse com eles. Tiveram de esperar até o cair da noite, porque estavam no Ramadã, o nono mês, mês de jejum.

– Gosto de Karim – comentou Mary quando o visitante se despediu. – Quando vou conhecer o outro, o Mirdin?

Rob a beijou e balançou a cabeça.

– Não sei.

Para Mary, o Ramadã era uma época bastante estranha. Era o segundo Ramadã de Rob em Ispahan e ele disse que era um mês sombrio, supostamente dedicado a oração e penitência, mas a comida parecia estar muito presente no pensamento de todos, porque os muçulmanos não podiam comer nem beber desde o nascer até o pôr do sol. Os vendedores de alimentos desapareciam das ruas e dos mercados, e as *maidans* ficavam escuras e silenciosas durante todo o mês, embora amigos e familiares se reunissem à noite para comer e se fortalecer para o próximo dia de jejum.

– Estávamos na Anatólia no Ramadã do ano passado – disse Mary. – Papai comprou carneiros de um criador e ofereceu um banquete aos nossos empregados muçulmanos.

– Podemos dar um jantar de Ramadã.

– Seria bom, mas estou de luto – lembrou ela.

Na verdade, Mary estava lutando com emoções conflitantes, às vezes abatida por tamanha dor pela perda do pai que chegava a se sentir paralisada, outras vezes sentia-se consciente de que era a mais feliz das mulheres.

Nas poucas ocasiões em que se aventurava a sair, tinha a impressão de que todos a olhavam com hostilidade. O vestido negro de luto não era diferente dos usados pelas outras mulheres do Yehuddiyyeh, mas sem dúvida o cabelo vermelho a distinguia como uma europeia. Tentou usar o chapéu de abas largas das viagens, mas as mulheres apontavam para ela na rua do mesmo modo, e a frieza continuava.

Em outras circunstâncias, Mary teria sentido solidão, pois no meio da populosa cidade só podia se comunicar com uma pessoa; mas o que sentia era uma privacidade absoluta, como se só ela e o marido existissem no mundo.

Naquele tristonho mês de Ramadã, só foram visitados por Karim Harun, e várias vezes Mary viu o jovem médico correndo pelas ruas, um espetáculo que a fazia conter a respiração, pois era como ver uma corça. Rob falou sobre a corrida a pé que teria lugar no primeiro dia do feriado de três dias chamado *bairam*, que comemorava o fim do longo jejum.

– Prometi ajudar Karim durante a competição.

– Vai ser o único ajudante dele?

– Mirdin estará lá também. E acho que vai precisar de nós dois. – Havia uma interrogação na voz dele e Mary compreendeu que Rob temia que ela achasse uma falta de consideração à memória do pai.

– Então deve ir – disse ela com voz firme.

– A corrida em si mesma não é uma comemoração. Não será falta de respeito uma pessoa enlutada assistir a ela.

Mary pensou no assunto e no fim resolveu que o marido estava certo e que assistiria ao *chatir*.

A manhã do primeiro dia do mês de Shawwal começou com uma névoa pesada dando a Karim esperança de um bom dia, um dia para correr. Não tinha dormido muito bem, mas sem dúvida os outros competidores haviam passado a noite do mesmo modo, tentando afastar a corrida da mente.

Levantou-se e preparou uma boa porção de ervilhas com arroz, polvilhando o *pilah* com sementes de aipo medidas com grande precisão. Comeu mais do que desejava, alimentando-se como quem alimenta uma fornalha, e depois voltou para a cama e descansou, enquanto as sementes de aipo faziam seu trabalho, mantendo sua mente clara e serena com uma prece:

> *Alá, faça-me ligeiro e com passo firme neste dia.*
> *Que meu peito seja como um fole e não falhe jamais,*
> *E minhas pernas fortes e resistentes como árvores jovens.*
> *Que minha mente mantenha-se clara e meus sentidos, aguçados,*
> *E meus olhos fixos em Ti.*

Não rezou pela vitória. Quando era garoto, Zaki-Omar não se cansava de repetir: "Todos os cães covardes corredores rezam pela vitória. Como deve ser confuso para Alá! É melhor pedir velocidade e resistência e usá-las para assumir a responsabilidade da vitória ou da derrota."

Quando sentiu vontade, levantou-se e foi até o balde, agachando-se durante um longo tempo para pôr os intestinos em movimento. A quantidade de sementes de aipo fora correta; quando terminou, sentia-se vazio, mas sem fraqueza, e não seria detido por uma câimbra no meio da corrida.

Aqueceu água e lavou-se usando uma vasilha à luz do lampião, enxugando o corpo rapidamente porque a escuridão, cada vez menor, continha um ar frio. Então passou óleo de oliva no corpo para se proteger contra o sol, e duas vezes nos lugares em que a fricção poderia provocar dor – mamilos, axilas, virilha e no pênis, entre as nádegas e finalmente nos pés, especialmente nas pontas dos dedos.

Vestiu uma tanga e uma camisa de linho, sapatos de couro leve de escudeiro e um boné com uma pena. Dependurou no pescoço a aljava de arqueiro e um amuleto dentro de um saquinho de pano, depois passou um manto em volta dos ombros para se proteger do frio. E saiu de casa.

Caminhou lentamente a princípio, depois com maior rapidez, sentindo que o calor desfazia a tensão dos músculos e das articulações. Havia pouca gente nas ruas. Ninguém notou quando entrou numa moita cerrada para a última urinada nervosa. Porém, quando chegou ao lugar de partida, ao lado da ponte pênsil da Casa do Paraíso, encontrou uma multidão, centenas de homens. Abriu caminho entre eles cautelosamente até se encontrar com Mirdin, como haviam combinado, na parte de trás, e logo depois chegou Jesse ben Benjamin.

Os dois amigos cumprimentaram-se friamente. Algum problema entre eles, pensou Karim. Afastou o pensamento imediatamente. Estava na hora de pensar somente na corrida.

Jesse sorriu para ele e com ar de interrogação tocou no saquinho de pano dependurado no pescoço.

– Minha sorte – informou Karim. – Da minha dama.

Mas não devia falar antes da corrida, não podia. Sorriu para os dois, como que dizendo que não deviam se ofender, e, fechando os olhos, esvaziou a mente, ignorando as vozes altas e as risadas que o rodeavam. Era mais difícil ignorar o cheiro dos vários óleos e gordura animal, o cheiro de corpo e de roupa suada.

Fez sua oração.

Quando abriu os olhos, a neblina estava perolada. Através dela via-se o disco redondo e vermelho do sol. O ar tinha mudado e estava pesado. Karim compreendeu com apreensão que ia ser um dia escaldante.

Não estava em suas mãos. *Imshallah*.

Tirou a capa e a entregou a Jesse.

Mirdin estava pálido.

– Que Alá esteja com você.

– Corra com Deus, Karim – disse Jesse.

Karim não respondeu. Agora um silêncio envolvia a multidão. Os corredores e os assistentes olhavam para o minarete mais próximo, da mesquita Sexta-Feira, onde Karim divisava uma pequena figura que acabava de entrar na torre.

Logo o chamado persistente para a Primeira Prece vibrou no ar e Karim prostrou-se voltado para sudoeste, na direção de Meca.

Quando terminou a prece, todos começaram a gritar a plenos pulmões, corredores e espectadores. Era assustador e ele estremeceu. Alguns gritavam encorajando, outros invocavam Alá; muitos simplesmente gritavam, o som, de gelar o sangue, feito por homens quando atacavam muros do inimigo.

Dali de onde estava, podia apenas imaginar o movimento dos contestantes, mas sabia por experiência que alguns estavam correndo para ficar na primeira fila, empurrando e lutando, sem dar atenção a quem atropelavam e que danos estavam causando. Até mesmo aqueles que não demoravam a se erguer depois da prece corriam perigo, porque no torvelinho insano de corpos, braços agitados acertavam postos, pés chutavam as pernas mais próximas, tornozelos se torciam e se distendiam.

Por isso Karim esperava lá atrás com desdenhosa paciência enquanto onda após onda de corredores passava por ele, assaltando-o com o barulho.

Porém, finalmente ele estava correndo. O *chatir* tinha começado e Karim estava na cauda de uma longa serpente de homens.

* * *

Karim corria devagar. Levaria longo tempo para percorrer as primeiras cinco milhas e um quarto, mas era parte do seu plano. A alternativa teria sido se colocar na frente da multidão, e então, se não fosse machucado no começo, lançar-se para a frente a uma velocidade que o fizesse ganhar distância de todos os outros. Mas isso exigia um grande dispêndio de energia logo na partida. Tinha escolhido o modo mais seguro.

Percorreram a larga avenida dos Portões do Paraíso e viraram à esquerda, para correr mais de uma milha pela avenida dos Mil Jardins, que descia e depois subia, com uma longa descida na primeira parte, e uma subida mais curta e mais íngreme na volta. O curso virou para a direita, na rua dos Apóstolos, que tinha só um quarto de milha de comprimento; mas a rua curta era descida agora e exigia esforço na volta. Viraram para a esquerda outra vez, entrando na avenida de Ali e Fátima, e a seguiram até a *madrassa*.

Havia todo tipo de gente no grupo dos corredores. Era moda para os jovens nobres fazer meia-volta da corrida, e homens com roupas de seda, próprias para o verão, corriam ao lado de homens pobremente vestidos. Karim manteve-se atrás, pois até ali, mais do que uma corrida, era uma multidão correndo, estimulada pelas comemorações do fim do Ramadã. Não era um mau começo, pois o passo mais lento permitia que os fluidos do seu corpo começassem a circular gradualmente.

Havia espectadores, mas era muito cedo para a densa multidão que logo se reuniria ao lado do percurso. Passando pela *madrassa*, olhou imediatamente para o telhado longo do *maristan*, onde a mulher que lhe tinha dado o amuleto – a bolsinha de pano continha uma mecha dos seus cabelos – dissera que o marido tinha arranjado lugar para que ela assistisse ao *chatir*. Ela não estava, mas dois enfermeiros do hospital ali na rua gritaram *"Hakim, Hakim!"*. Karim acenou para eles, certo de que deviam estar desapontados por vê-lo tão atrás.

Deram a volta no terreno da *madrassa* e chegaram à *maidan* central, onde haviam sido erguidas duas grandes tendas. Uma para os cortesãos, atapetada e forrada com brocado, continha mesas com comidas e vinhos variados. A outra tenda, para corredores não nobres, oferecia pão, *pilah* e *sherbet* de graça, e parecia tão convidativa quanto a outra, assim a corrida perdeu quase a metade dos competidores, que se dirigiram para a tenda com gritos de alegria.

Karim estava entre aqueles que passaram direto pelas tendas. Deram a volta por trás dos gols de pedra do bola e bastão e começaram a voltar para a Casa do Paraíso.

Agora eram em menor número e Karim tinha espaço para entrar no seu ritmo.

A escolha era variada. Alguns preferiam se esforçar nas primeiras voltas, aproveitando o frescor da manhã. Mas Karim aprendera com Zaki-Omar que o segredo para completar longas distâncias consistia em escolher um ritmo que usasse suas últimas gotas de energia no fim da corrida, e manter esse passo o tempo todo. Karim entrou no passo com o ritmo perfeito e a regularidade de um cavalo de trote. A milha romana correspondia a mil passos de cinco pés cada um, mas Karim corria cerca de mil e duzentos passos numa milha, cada um cobrindo pouco mais de quatro pés. Mantinha as costas retas, a cabeça erguida. O ploc-ploc-ploc dos seus pés batendo no chão, no passo escolhido, era como a voz de um velho amigo.

Começou a passar alguns corredores, embora soubesse que a maioria deles não era de competidores sérios, e estava correndo com facilidade quando voltou aos portões do palácio e apanhou sua primeira flecha, colocando-a na aljava.

Mirdin ofereceu um bálsamo para proteger sua pele do sol, que ele recusou, e água, que Karim tomou agradecido mas em pouca quantidade.

– Você está no 42º lugar – disse Jesse, e Karim, com um gesto de assentimento, continuou correndo.

Agora corriam em plena luz do dia e o sol estava baixo mas bastante quente, demonstrando claramente o calor que viria logo. Não era surpresa. Às vezes Alá era bondoso para os corredores, mas quase todos os *chatirs* eram verdadeiros tormentos sob o calor da Pérsia. Os pontos altos da carreira de Zaki-Omar como atleta tinham sido dois segundos lugares em dois *chatirs*, uma vez quando Karim tinha doze anos, e depois no ano em que fez catorze. Lembrava-se do terror que sentiu ao ver a exaustão no rosto vermelho de Zaki e os olhos esbugalhados. Zaki tinha corrido o tempo e a distância que lhe foi possível, mas nas duas corridas havia um atleta que podia correr por mais tempo e maior distância.

Carrancudo, Karim afastou a lembrança.

As subidas não pareciam piores do que na primeira volta e ele as galgou quase sem perceber. Por toda parte a multidão se adensava, pois era uma bela manhã de sol e Ispahan estava desfrutando o feriado. A maioria das lojas tinha fechado e o povo sentava-se ou ficava de pé em grupos – armênios juntos, indianos juntos, judeus juntos, sociedades eruditas e organizações religiosas em massa.

Quando Karim chegou outra vez na frente do hospital e não viu a mulher que prometera estar ali, seu coração se apertou. Talvez o marido a tivesse proibido de assistir à corrida.

Havia um sólido grupo de espectadores na frente da escola e todos o aplaudiram e acenaram.

Quando se aproximou da *maidan*, viu que já estava movimentada como se fosse uma noite de quinta-feira. Músicos, malabaristas, esgrimistas e mágicos representavam para grandes audiências, enquanto os corredores passavam pelo lado externo da praça quase sem serem notados.

Karim começou a passar competidores exaustos, deitados ou sentados ao lado do percurso.

Quando apanhou a segunda flecha, Mirdin mais uma vez tentou dar a pomada para proteger do sol mas ele recusou, reconhecendo com íntimo embaraço o motivo da recusa: a pomada tinha má aparência e queria que a mulher o visse sem ela. Poderia usá-la se precisasse, depois, uma vez que, por acordo prévio, nessa volta Jesse começaria a segui-lo no seu cavalo castanho. Karim sabia que estava chegando o primeiro teste da sua alma, pois invariavelmente sentia-se deprimido depois das 25 milhas romanas.

Os problemas apareceram quase por tabela. Na metade da subida da avenida dos Mil Jardins, sentiu que o calcanhar direito estava em carne viva. Era impossível percorrer aquela distância sem prejudicar os pés e Karim sabia que precisava ignorar o desconforto, mas este logo foi acrescentado de uma dor no lado direito, que aumentou até ele prender a respiração cada vez que o pé direito se chocava com o solo.

Fez um sinal para Jesse, que levava uma pele de cabra com água ao lado da sela, mas a bebida quente com gosto de pele de cabra pouco adiantou para aliviar o desconforto.

Porém, quando chegou perto da *madrassa*, imediatamente viu no telhado do hospital a mulher que procurava e foi como se tudo que o incomodava tivesse desaparecido.

Rob, a cavalo atrás de Karim, como um escudeiro seguindo o seu cavaleiro, viu Mary quando se aproximaram do *maristan* e trocaram um sorriso. Com o vestido de luto, não seria notada se não estivesse com o rosto descoberto, pois todas as outras mulheres usavam o véu negro e pesado próprio para a rua. As outras no telhado estavam um pouco separadas de Mary, como se temessem ser corrompidas por seus costumes europeus.

Havia escravos com as mulheres e Rob reconheceu o eunuco Wasif atrás de uma pequena figura disfarçada por um vestido negro informe. O rosto estava escondido atrás do véu de crina de cavalo, mas ele viu os olhos de Despina e para onde estavam voltados.

Seguindo o olhar dela até Karim, Rob viu algo que quase o deixou sem ar. Karim também vira Despina e seus olhos se cruzaram. Quando passou correndo perto dela, ele ergueu a mão e tocou na pequena bolsa de pano que levava dependurada no pescoço.

Para Rob, pareceu uma declaração evidente para todos, mas o som da torcida não diminuiu. E embora Rob procurasse Ibn Sina entre o povo, não o encontrou quando passaram pela *madrassa*.

* * *

Karim procurou fugir da dor no lado até ela diminuir, e ignorou o desconforto no pé. Agora chegava o momento do atrito e, por todo o percurso, homens conduzindo carroças puxadas por burros apanhavam os corredores que não conseguiam continuar.

Quando apanhou a terceira flecha, Karim permitiu que Mirdin passasse a pomada feita com óleo de rosas, óleo de nozes e canela. Sua pele morena ficou amarela mas estava protegido do sol. Jesse massageou suas pernas enquanto Mirdin aplicava a pomada, depois levou um copo aos seus lábios rachados, fazendo-o tomar mais água do que ele desejava.

Karim tentou protestar:
– Não quero ficar com vontade de urinar.
– Está suando demais para urinar.
Sabia que era verdade, e bebeu. Logo estava a caminho outra vez, correndo, correndo.

Dessa vez, quando passou pela escola, sabia que ela estava vendo um fantasma, a pomada amarela derretida, com listras de suor e de poeira molhada.

Agora o sol estava alto e quente, esquentando o chão com um calor que penetrava o couro dos sapatos e queimava a sola dos pés. Ao longo do percurso havia homens com vasilhas de água, e às vezes ele parava para molhar a cabeça antes de continuar a correr, com um agradecimento ou uma bênção.

Depois que Karim apanhou sua quarta flecha, Jesse o deixou, para reaparecer logo em seguida montando o cavalo negro de Mary, sem dúvida tendo deixado o outro na sombra, com água para beber. Mirdin esperava ao lado da estaca com as flechas, observando os outros corredores, de acordo com o que tinham combinado.

Karim continuava a passar por homens em completo colapso. Um deles, inclinado para a frente no meio da rua, vomitava o conteúdo de um estômago vazio. Um indiano resmungando parou de manquejar e jogou para longe os sapatos. Correu uma meia dúzia de passos, deixando listras vermelhas dos pés feridos, e depois parou, esperando pela carroça.

Quando Karim passou pelo *maristan* na quinta volta, Despina não estava mais no telhado. Talvez tivesse se assustado com a aparência dele. Não importava, pois ele a tinha visto e agora, uma vez ou outra, levava a mão à bolsinha com as espessas mechas de cabelos negros que ele próprio tinha cortado.

Em certos lugares as carroças, os pés dos corredores e as patas dos cavalos dos ajudantes erguiam uma poeira terrível que entrava pelo nariz e pela boca, fazendo-o tossir. Karim começou a fechar seu consciente até transformá-lo em algo pequeno e remoto em algum lugar das profundezas do seu íntimo, pensando em nada, permitindo que o corpo continuasse a fazer o que tinha feito tantas vezes.

O chamado para a Segunda Prece foi um choque.

Em todo o percurso, corredores e espectadores se prostravam na direção de Meca. Karim deitou-se no chão e tremeu, o corpo sem poder acreditar que as exigências que o forçavam tivessem cessado, pelo menos temporariamente. Queria tirar os sapatos, mas sabia que não ia conseguir calçá-los novamente nos pés inchados. Terminada a prece, ficou imóvel por um momento.

– Quantos?

– Dezoito. Agora é a corrida – disse Jesse.

Karim recomeçou, forçando o corpo a correr dentro do ar trêmulo de calor. Mas sabia que não era ainda a corrida.

Era mais difícil agora vencer as subidas do que na parte da manhã, mas manteve o ritmo regular. Esta era a pior parte, com o sol a pino e o desafio verdadeiro à sua frente. Pensou em Zaki, certo de que, a não ser que morresse, iria continuar correndo até conquistar pelo menos o segundo lugar.

Até aquele ano não tinha experiência suficiente, e no ano seguinte talvez seu corpo estivesse velho demais para tamanho esforço. Tinha de ser agora.

Esse pensamento o fez procurar no seu âmago e encontrar a força, quando outros procuravam e não encontravam, e quando a sexta flecha deslizou para dentro da sua aljava, voltou-se imediatamente para Mirdin.

– Quantos?

– Só seis – disse Mirdin admirado, e Karim, com um gesto de assentimento, começou a correr outra vez.

Agora era a corrida.

Viu três homens na sua frente e reconheceu dois deles. Estava passando por um indiano pequeno de corpo bem-feito. A uns oito passos na frente do indiano estava um jovem cujo nome Karim não sabia, mas reconhecia como um soldado da guarda do palácio. E bem mais adiante, mas a uma distância que permitia a Karim ver seu rosto, estava um famoso corredor, um homem de Hamadhan chamado Harat.

O indiano tinha diminuído a velocidade, mas acelerou quando Karim ia passando por ele e correram juntos, os passos cadenciados. Ele era muito moreno, a pele quase cor de ébano, sob a qual músculos longos e lisos cintilavam no sol em cada movimento.

A pele de Zaki era escura, uma vantagem sob o sol escaldante. A pele de Karim precisava da pomada amarela; tinha a cor do couro claro, resultado, como Zaki dizia, de uma ancestral ter sido fodida por um dos louros gregos de Alexandre. Às vezes Karim pensava que talvez fosse verdade. Foi grande o número de invasões gregas e ele conhecia homens persas com pele clara e mulheres com seios brancos como a neve.

Um cãozinho pintado apareceu do nada e começou a acompanhar os corredores, latindo.

Quando passavam pelas propriedades da avenida dos Mil Jardins, as pessoas ofereciam pedaços de melão e copos com *sherbet*, mas Karim não aceitava, com medo de cólicas. Aceitou água, que punha no boné virando-o sobre a cabeça com alívio momentâneo, pois o solo secava com incrível rapidez.

O indiano agarrou o melão verde e comeu enquanto corria, jogando a casca por sobre o ombro.

Juntos, passaram pelo jovem soldado. Ele já estava fora do páreo, uma volta atrás, pois tinha apenas cinco flechas na aljava. Duas linhas vermelho-escuras desciam na frente da sua camisa, resultado do excesso de fricção nos mamilos. A cada passo suas pernas se dobravam levemente nos joelhos e era claro que não iria aguentar por muito mais tempo.

O indiano olhou para Karim com um largo sorriso de dentes muito brancos.

Karim viu com certo desânimo que o indiano corria com facilidade e o rosto estava alerta mas relativamente pouco tenso. Sua intuição de corredor dizia que o homem era mais forte do que ele e estava menos cansado. Talvez fosse também mais veloz, se chegassem a comparar.

O cãozinho pintado que os acompanhava há algum tempo virou de repente e atravessou a pista na frente deles. Karim saltou para não tropeçar nele e sentiu o roçar do pelo quente, mas o animal bateu com força na perna do indiano, derrubando-o.

Começou a se levantar quando Karim virou para trás, mas depois sentou outra vez. Seu pé direito estava torcido num ângulo impossível e ele olhava para o tornozelo incrédulo, incapaz de aceitar o fato de que estava fora da corrida.

– Vá! – gritou Jesse para Karim. – Eu cuido dele. Você siga em frente!

E Karim voltou-se e correu como se a força do indiano tivesse passado para suas pernas, como se Alá tivesse falado com a voz do *dhimmi*, porque começava a acreditar realmente que o momento era aquele.

Karim seguiu al-Harat durante boa parte daquela volta. Em certo momento, na rua dos Apóstolos, aproximou-se bastante e o homem olhou para trás. Tinham-se conhecido em Hamadhan e viu que al-Harat o reconheceu com um brilho de desprezo nos olhos: Ah! É o garoto amante de Zaki-Omar.

Al-Harat aumentou a velocidade e logo abriu uma distância de 200 passos à frente de Karim.

Karim apanhou a sétima flecha e Mirdin falou sobre os outros corredores, deu-lhe água e passou a pomada amarela em sua pele.

– Você está em quarto lugar. Em primeiro está um afegão cujo nome não sei. Um homem de al-Rayy está em segundo, seu nome é Mahdavi. Depois al-Harat e você.

Por uma volta e meia Karim seguiu al-Harat como quem conhecia seu lugar, às vezes pensando nos outros dois tão adiantados que nem estavam à vista. Em Ghazna, uma região de montanhas imensas, os afegãos corriam por trilhas altas onde o ar era rarefeito e diziam que não sentiam cansaço nas altitudes menores. Tinha também ouvido dizer que Mahdavi de al-Rayy era um bom corredor.

Quando descia a curta e íngreme ladeira da avenida dos Mil Jardins, viu um corredor atordoado na beira da rua, com a mão no lado do corpo e chorando. Passaram por ele, e logo Jesse informou que se tratava de Mahdavi.

Karim sentia novamente a dor no lado e os dois pés estavam doloridos. O chamado para a Terceira Prece o surpreendeu no começo da nona volta. A Terceira Prece era um momento que o preocupava, pois o sol não estava muito alto e temia que seus músculos se enrijecessem. Mas o calor continuava e parecia um pesado cobertor quando Karim se prostrou e orou, e suava ainda quando levantou-se e recomeçou a correr.

Dessa vez, embora mantivesse o passo, passou por al-Harat como se o homem de Hamadhan estivesse andando. Quando Karim o ultrapassou, al-Harat tentou reagir mas sua respiração tornou-se ruidosa e desesperada e ele cambaleava. O calor o vencera; como médico, Karim sabia que o homem podia morrer se fosse o tipo de doença do calor que enrubescia o rosto e secava a pele, mas o rosto de al-Harat estava pálido e molhado de suor.

Assim mesmo ele parou quando o outro cambaleou outra vez sem sair do lugar.

Al-Harat tinha ainda reservas de desprezo no olhar, mas queria que um persa vencesse a corrida.

– Corra, seu bastardo!

Karim se afastou satisfeito.

Do alto da primeira descida, olhando para a estrada reta lá embaixo, viu uma pequena figura subindo a ladeira distante.

Nesse momento o afegão caiu, se levantou e continuou a correr, desaparecendo afinal na rua dos Apóstolos. Com esforço, Karim se controlou, mantendo o passo e só viu o outro corredor quando chegou à avenida de Ali e Fátima.

A distância entre eles tinha diminuído. O afegão tornou a cair e levantou-se, correndo desordenadamente; podia estar acostumado ao ar rarefeito, mas nas montanhas de Ghazna fazia frio e o calor de Ispahan favorecia Karim, que continuou a diminuir a distância.

Quando passaram pelo *maristan*, não viu nem ouviu as pessoas que conhecia porque estava concentrado no competidor à sua frente.

Karim o alcançou depois da quarta e última queda. Deram água para o afegão e estavam aplicando compressas frias enquanto ele ofegava como um peixe fora d'água, um homem atarracado com ombros largos e pele escura. Os olhos castanhos ligeiramente amendoados olharam calmamente para Karim quando ele passou correndo.

A vitória trouxe mais angústia do que triunfo, pois agora teria de haver uma decisão. Ganhara o dia; teria forças para tentar o *calaat* do Xá? O "objeto real", quinhentas peças de ouro e o título honorário, mas muito bem pago, de Chefe dos *Chatirs* eram concedidos a qualquer homem que completasse o curso de 126 milhas em menos de doze horas.

Dando a volta na *maidan*, Karim ficou de frente para o sol e pensou. Tinha corrido o dia inteiro, quase 95 milhas. Devia ser suficiente e desejava devolver as nove flechas conquistadas e receber o prêmio em moedas, depois juntar-se aos outros competidores que se banhavam agora no Rio da Vida. Sentia necessidade de se banhar na inveja e admiração dos outros e nas águas verdes do rio, o que bem merecia.

O sol pairava sobre o horizonte. Teria tempo? Haveria força ainda no seu corpo? Seria a vontade de Alá? Talvez não conseguisse completar mais 31 milhas antes que o chamado para a Quarta Prece anunciasse o pôr do sol.

Mas sabia que a vitória total expulsaria Zaki-Omar dos seus pesadelos mais eficientemente do que fazer amor com todas as mulheres do mundo.

Assim, depois de apanhar a outra flecha, em lugar de se dirigir para a tenda dos juízes, começou a décima volta. A estrada de poeira branca estendia-se deserta à sua frente, e agora Karim corria contra o escuro *djinn* do homem de quem desejara ser filho e que o havia prostituído.

Quando só ficou um homem na pista e o *chatir* estava ganho, a multidão começou a ser dispersar; mas agora, ao longo do percurso, viam Karim correndo sozinho e voltavam, compreendendo que ele disputava o *calaat* do Xá.

O povo tinha experiência do *chatir* anual e sabia o esforço exigido para correr num dia de calor escaldante, por isso ergueu-se logo um rugido rouco de amor que parecia impulsionar Karim, fazendo-o completar aquela volta quase com prazer. Passando pelo hospital, reconheceu rostos que sorriam com orgulho, al-Juzjani, o enfermeiro Rumi, Yussuf, o bibliotecário, o *hadji* Davout Hosein, até Ibn Sina. Quando viu o velho professor, seus olhos dirigiram-se imediatamente para o telhado do hospital e lá estava ela novamente, e Karim sabia que quando estivessem juntos outra vez ela seria seu verdadeiro prêmio.

Mas surgiu um grave problema na segunda metade daquela volta. Estava aceitando a água para jogar na cabeça, e agora, descuidado por causa do cansaço, deixou que um pouco molhasse o sapato do pé esquerdo. O couro começou a friccionar asperamente a pele já sensível do pé. Talvez isso tivesse provocado uma pequena alteração no seu passo porque logo sentiu câimbra no tendão do jarrete.

Pior ainda, quando chegou perto dos Portões do Paraíso, o sol estava mais baixo do que ele esperava, diretamente acima das montanhas distantes, e, quando começou aquela que rezava para que fosse sua penúltima volta, sentiu um grande desânimo pensando que não teria tempo suficiente e foi tomado pela mais profunda melancolia.

Tudo ficou pesado. Continuou no mesmo ritmo, mas seus pés pareciam pedras, a aljava cheia de flechas era um doloroso golpe nas costas a cada passo, e até o pequeno saco de pano com as mechas de cabelo parecia empurrá-lo para trás. Começou a jogar água na cabeça com maior frequência, sentindo que as forças diminuíam.

Mas o povo da cidade estava contagiado por uma febre estranha. Cada indivíduo era Karim Harun. Mulheres gritavam à sua passagem. Homens faziam milhares de votos, gritavam elogios, invocavam Alá, imploravam ao Profeta e aos doze imãs mártires. Antecipando seu aparecimento pelos incentivos e aplausos, molhavam a rua, espalhavam flores no seu caminho, corriam ao lado dele abanando-o ou borrifando água perfumada no seu rosto, nas coxas, nos braços e nas pernas.

Karim sentia que penetravam no seu sangue e nos ossos e inflamou-se com o ardor deles. Seu passo ficou mais seguro e regular.

Os pés levantavam e abaixavam, levantavam e abaixavam. Manteve o passo, mas agora não procurava esconder a dor, procurando esporear a fadiga que o sufocava concentrando-se na dor no lado do corpo, na dor nos pés, na dor nas pernas.

Quando apanhou a décima primeira flecha, o sol começava a deslizar atrás das montanhas e parecia uma moeda pela metade.

Correu envolto pela luz que se aprofundava, sua última dança, subiu a primeira ladeira suave, desceu a parte íngreme da avenida dos Mil Jardins, atravessou a parte plana, subiu a longa ladeira com o coração batendo forte.

Quando chegou à avenida de Ali e Fátima, jogou água na cabeça e não a sentiu.

A dor diminuía a cada momento e ele continuava correndo. Quando alcançou a escola, não procurou os amigos, mais preocupado com o fato de ter perdido a sensação das pernas.

Contudo, os pés que ele não sentia continuavam subindo e descendo, impelindo-o para a frente, ploc-ploc-ploc.

Dessa vez na *maidan*, ninguém assistia aos espetáculos, mas Karim não ouviu o rugido da multidão nem a viu, correndo no seu mundo silencioso, no fim de um dia completamente amadurecido que começara a se transformar em noite.

Quando entrou na avenida dos Mil Jardins outra vez, viu uma luz vermelha, informe, que morria atrás das montanhas. Teve a impressão de se movimentar lentamente, lentamente, pela parte plana e subindo a ladeira – a última!

Começou a descida, o momento mais perigoso, pois se as pernas insensíveis o fizessem tropeçar e cair, não se levantaria mais.

Quando virou a esquina entrando na avenida dos Portões do Paraíso, o sol tinha desaparecido. Via vultos imprecisos que pareciam flutuar acima do solo, incentivando-o em silêncio, mas enxergou com clareza a figura do *mullah*, que, entrando na escada estreita em espiral da mesquita, subiu para a pequena plataforma da alta torre e esperou que morressem os últimos raios do sol...

Sabia que tinha poucos momentos.

Tentou forçar as pernas mortas a passos mais largos, numa tentativa de aumentar a velocidade.

Na sua frente, um garoto saiu de perto do pai e correu para o meio da pista; ficou paralisado olhando para o gigante que se inclinou sobre ele.

Karim apanhou o garoto e o colocou nos ombros, continuando a correr, e o rugido do aplauso fez tremer a terra. Quando chegou às estacas com o menino, Ala estava à sua espera, e quando Karim apanhou a décima segunda flecha, o Xá tirou o turbante da cabeça e o trocou pelo boné do vencedor.

O frenesi da multidão foi detido pela chamada dos *muezzins* em todos os minaretes da cidade. O povo voltou-se para Meca e orou. O garoto que Karim segurava ainda começou a chorar e ele o soltou. A prece terminou e, quando ele se ergueu, rei e nobres o rodearam como cãezinhos barulhentos. O povo lá adiante começou a gritar outra vez, empurrando para se aproximar e reclamar seu herói, e era como se Karim Harun tivesse se tornado de repente o dono da Pérsia.

QUINTA PARTE

O cirurgião de guerra

CAPÍTULO 51

A confidência

— Por que não gostam de mim? – perguntou Mary para Rob.
— Não sei.

Ele não tentou negar, Mary não era tola. Quando a filha mais nova de Halevi caminhou para eles certo dia, a mãe, Yudit, que não levava mais pão quente para o judeu estrangeiro, correu, apanhou a menina sem uma palavra e fugiu como se temesse algum contágio perigoso. Rob levou Mary ao mercado judeu e percebeu que não sorriam mais para ele, para o judeu do *calaat*, que não era mais o freguês favorito de Hinda, a vendedora. Passaram pelos outros vizinhos, Naoma e a filha gorducha, Lea, e as duas mulheres desviaram os olhos friamente, como se Yakob ben Rashi não tivesse insinuado num jantar do sabá que Rob poderia entrar para a família do sapateiro.

Sempre que passava pelo Yehuddiyyeh, via que os judeus paravam de conversar e olhavam fixamente para ele. Notava o cotovelo tocando significativamente o companheiro mais próximo, o ressentimento ardente de um olhar ocasional, até mesmo uma praga murmurada nos lábios do velho Reb Asher Jacobi, o que fazia a circuncisão, a amargura dirigida àquele que estava compartilhando o fruto proibido.

Rob procurava se convencer de que não era importante; na verdade, o que eram para ele aquelas pessoas do bairro judeu?

Mirdin Askari era outro caso; Rob não estava imaginando, Mirdin o evitava realmente. Naquelas manhãs sentia falta do sorriso de Mirdin, mostrando os grandes dentes e o companheirismo reconfortante, pois agora Mirdin invariavelmente o cumprimentava com frieza, o rosto impassível, e se afastava.

Finalmente procurou Mirdin e o encontrou deitado na sombra de um castanheiro na *madrassa*, lendo o vigésimo volume do *Al-Hawi*, de Rhazes, o último da coleção.

— Rhazes era bom. *Al-Hawi* abrange toda a medicina – comentou Mirdin constrangido.

— Li doze volumes. Logo pretendo ler os outros. – Rob olhou para ele. – É tão ruim o fato de eu ter encontrado uma mulher para amar?

Mirdin olhou para ele.

— Como pode se casar com uma Outra?

— Mirdin, ela é uma joia.

– "Pois os lábios de uma mulher estranha são como um favo de mel e sua boca é mais macia do que o óleo." Ela é uma *gentia*, Jesse! Seu tolo, somos um povo disperso e perseguido lutando para sobreviver. Cada vez que um de nós se casa fora da nossa religião é o fim de futuras gerações para nós. Se não compreende isso, não é o homem que pensei que fosse e não quero ser seu amigo.

Rob pensou então que durante todo aquele tempo estava se enganando – o povo do bairro judeu era importante, pois o haviam aceito livremente como um deles. E esse homem importava mais do que todos, pois tinha dado sua amizade e Rob não tinha tantos amigos para se dar ao luxo de perder Mirdin.

– *Não sou* o homem que você pensou que eu fosse. – Sentia necessidade de falar, acreditando que não estava aplicando mal sua confiança. – Não casei fora da minha religião.

– Ela é cristã.

– Sim, é.

O sangue desapareceu do rosto de Mirdin.

– É uma brincadeira de mau gosto?

Rob não respondeu e Mirdin, apanhando o livro, pôs-se de pé num salto.

– Infame! Se for verdade, se você não está louco, não só está arriscando o próprio pescoço como pondo o meu em perigo. Se consultar o *fiqh*, vai saber que, contando para mim, me faz também um criminoso, como cúmplice, a não ser que eu o delate. – Mirdin cuspiu. – Filho do demônio, você trouxe perigo para meus filhos e eu amaldiçoo o dia em que nos conhecemos.

E Mirdin se afastou apressadamente.

Os dias passaram e os homens do *kelonter* não apareceram. Mirdin não o havia delatado.

No hospital, o casamento de Rob não era problema. A informação de que tinha se casado com uma cristã espalhou-se entre o pessoal do *maristan*, mas já era considerado um excêntrico antes – o estrangeiro, o judeu que havia saído da prisão para receber um *calaat* – e a união disparatada era aceita como mais uma aberração. Além disso, na sociedade muçulmana, onde um homem podia ter quatro mulheres, o fato de se casar com uma não provocava muita comoção.

Porém Rob sentiu profundamente a perda de Mirdin. Ultimamente também quase não via Karim; o jovem *hakim* fora adotado pelos nobres da corte e vivia em banquetes e divertimentos dia e noite. O nome de Karim estava na boca de todos, desde o *chatir*.

Assim, Rob estava sozinho com sua nova esposa e ela com ele, e estabeleceram uma fácil rotina de vida. Mary era o que sua casa precisava: era agora um lugar mais acolhedor e confortável. Apaixonado, passava o maior tempo possível com ela e, quando estavam separados, lembrava a carne rosada e úmida, a linha longa e terna do nariz, a viva inteligência dos olhos dela.

Cavalgavam pelas montanhas e faziam amor nas águas sulfurosas da piscina secreta de Ala. Rob deixou o antigo livro indiano de desenhos à mão e, quando experimentava as variações descritas, via que Mary as havia estudado. Algumas eram agradáveis, outras, hilariantes. Riam alegremente na cama, fazendo jogos estranhos e sensuais.

Rob era o eterno cientista.

— Por que você fica tão molhada? É como um poço me sugando.

Mary catucou o peito dele com o cotovelo.

Mas ficava embaraçada com a própria curiosidade.

— Gosto tanto quando está tão pequeno, flácido e fraco, macio como cetim. Por que ele muda? Tive uma ama que dizia que fica longo e denso porque está cheio de pneuma. Acha que é isso?

Rob balançou a cabeça.

— Não é ar. Fica cheio de sangue arterial. Vi um homem enforcado com o pinto rígido tão cheio de sangue que estava vermelho como um salmão.

— Eu não *te* enforquei, Robert Jeremy Cole!

— Tem a ver com olfato e visão. Certa vez, no fim de uma viagem meu cavalo mal podia se mover de tanta fadiga. Mas farejou uma brutal égua por perto e, antes mesmo que ela aparecesse, o órgão e os músculos dele pareciam feito de madeira e correu para ela com tamanha avidez que tive de segurar as rédeas.

Rob a amava muito. Mary valia qualquer perda. Porém, certa noite, seu coração deu um salto quando um vulto familiar apareceu na porta de sua casa e cumprimentou com um aceno de cabeça.

— Entre, Mirdin.

Apresentada ao visitante, Mary o observou com curiosidade; mas serviu vinho e doces e os deixou a sós, saindo para alimentar os animais, com aquela discrição que Rob tanto amava.

— Você é mesmo cristão?

Rob fez um gesto afirmativo.

— Posso levá-lo a uma cidade distante, em Fars, onde o *rabbenu* é meu primo. Se pedir conversão aos homens sábios da cidade, talvez eles concordem. Então não precisará mais de mentiras e disfarces.

Rob olhou para o amigo e balançou a cabeça lentamente.

Mirdin suspirou.

— Se você fosse um trapaceiro, teria concordado imediatamente. Mas é um homem honesto e fiel, além de um ótimo médico. Por isso não posso lhe dar as costas.

— Obrigado.

— Jesse ben Benjamin não é o seu nome.

— Não. Meu verdadeiro nome é...

Mas Mirdin balançou a cabeça num gesto de advertência e ergueu a mão.

— O outro nome não deve ser pronunciado entre nós. Você deve continuar a ser Jesse ben Benjamin.

Olhou apreciadoramente para Rob.

— Você se adaptou bem ao Yehuddiyyeh. Em algumas coisas não combinava. Eu dizia a mim mesmo que era por seu pai ser um judeu-europeu, um apóstata que tinha se desviado dos nossos costumes e esquecido de passar para o filho o direito de primogenitura.

"Mas deve estar sempre alerta para não cometer um engano fatal. Se for descoberto, a sentença do tribunal dos *mullahs* será terrível. Sem dúvida, a morte. Se for apanhado, todos os judeus correrão perigo aqui. Embora não seja culpa deles, na Pérsia é fácil o inocente sofrer pelo culpado."

— Tem certeza de que quer se envolver em risco tão grande? — perguntou Rob em voz baixa.

— Já pensei no assunto. Preciso ser seu amigo.

— Isso me alegra.

Mirdin fez um gesto de assentimento.

— Mas tenho meu preço.

Rob esperou.

— Tem de compreender o que finge que é. Há muito mais em ser judeu do que vestir a túnica e usar a barba de certo modo.

— Como posso compreender isso?

— Deve aprender os mandamentos do Senhor.

— Eu sei os Dez Mandamentos. — Agnes Cole os tinha ensinado a todos os filhos.

Mirdin balançou a cabeça.

— Os dez são uma fração das leis que estão contidas na nossa Torá. A Torá tem 613 mandamentos. São esses que precisa estudar junto com o Talmude, os comentários de cada lei. Só então poderá ver a alma do meu povo.

— Mirdin, isso é pior do que o *fiqh*. Estou me sufocando de tanto estudar — disse Rob desesperado.

Os olhos de Mirdin cintilaram.

— É o meu preço.

Rob viu que ele falava sério.

Suspirou.

— Maldito seja. Está bem.

Então, pela primeira vez, Mirdin sorriu. Serviu-se de vinho e, ignorando a mesa e as cadeiras em estilo europeu, se sentou no chão, com as pernas cruzadas sob o corpo.

— Então, vamos começar. O primeiro mandamento é: "Deves frutificar e multiplicar."

Rob pensou que era extremamente agradável ver o rosto caloroso e feioso de Mirdin na sua casa.

— Estou tentando, Mirdin — retrucou com um largo sorriso. — Estou fazendo o melhor possível!

CAPÍTULO 52

A formação de Jesse

— O nome dela é Mary, como o da mãe de Yeshua – disse Mirdin para a mulher, na sua língua.
– O nome dela é Fara – disse Rob para Mary, em inglês.
As duas mulheres se observaram mutuamente.
Mirdin levara Fara para visitar os amigos, com os dois garotos morenos, Dawwid e Issachar. As mulheres não podiam conversar, pois não tinham uma língua comum. Porém, logo estavam se comunicando com risadinhas abafadas, sinais das mãos, girar de olhos e exclamações de frustração. Fara talvez tenha se tornado amiga de Mary obedecendo a ordem do marido, mas desde o começo as duas mulheres, diferentes em tudo, sentiram-se unidas por um elo de respeito mútuo.
Fara ensinou a Mary como prender o cabelo vermelho e longo e cobri-lo com um lenço, sempre que saísse de casa. Algumas mulheres judias usavam véus como as muçulmanas, mas a maioria simplesmente cobria a cabeça, e bastou isso para que Mary deixasse de chamar atenção. Fara a levou às barracas do mercado onde podia comprar produtos mais frescos e boa carne, e mostrou quais os vendedores que deviam ser evitados. Fara ensinou a fazer carne *kasher*, deixando-a de molho e salgando para remover o excesso de sangue. E como guardar carne, pimenta em pó, alho, folhas de louro e sal num pote de barro com tampa, que era depois recoberto com carvão e deixado em fogo lento durante todo o longo *sabbat* para ficar saborosa e macia, um prato delicioso chamado *shalent*, que passou a ser o favorito de Rob.
– Oh, eu gostaria tanto de conversar com ela, fazer perguntas e contar coisas! – confessou Mary ao marido.
– Eu a ensino a falar a língua.
Mas Mary não queria saber a língua dos judeus nem a dos persas.
– Não sou muito boa com palavras estrangeiras, como você. Levei anos para aprender inglês e trabalhei como escrava para dominar o latim. Não iremos em breve para um lugar onde eu possa ouvir meu gaélico?
– Na hora certa – respondeu ele, sem prometer quando seria essa hora.

Mirdin entregou-se à tarefa de fazer com que o Yehuddiyyeh voltasse a aceitar Jesse ben Benjamin.

— Os judeus, desde Salomão, não, antes de Salomão!, casaram-se com mulheres dos gentios e sobreviveram dentro da comunidade judaica. Mas todos eram homens que, por meio da sua vida diária, provavam continuar a pertencer ao seu povo.

Por sugestão de Mirdin, começaram a se encontrar duas vezes por semana para as preces no Yehuddiyyeh, para o *shaharit* de manhã na pequena sinagoga chamada Casa da Paz, a preferida de Rob, e para o *ma'ariv*, no fim do dia, na sinagoga Casa de Sion, perto da casa de Mirdin. Para Rob não era sacrifício. Sempre encontrava tranquilidade nas orações rítmicas entoadas e no balanço e no devaneio que as acompanhavam. À medida que a língua se tornava mais natural para ele, esqueceu que ia à sinagoga para reforçar seu disfarce e às vezes tinha a impressão de que seus pensamentos podiam chegar até Deus. Rezava não como Jesse, o judeu, nem como Rob, o cristão, mas como um homem procurando compreensão e conforto. Às vezes isso acontecia quando estava recitando uma oração judaica, mas frequentemente alcançava esse momento de comunhão em uma relíquia da infância; outras vezes, enquanto todos à sua volta recitavam bênçãos tão antigas que podiam ter sido usadas pelo filho do carpinteiro da Judeia, Rob fazia seu pedido a um dos santos da mãe ou rezava para Jesus ou para Maria.

Gradualmente diminuíram os olhares de reprovação dirigidos a ele, e depois desapareceram com o passar dos meses e os moradores do Yehuddiyyeh habituaram-se a ver o grande judeu-inglês segurando uma sidra cheirosa e acenando com galhos de palma na sinagoga Casa da Paz durante o festival da colheita, o *sukkot*, jejuando com os outros no *Yom Kippur*, dançando na procissão que acompanhava os pergaminhos, em comemoração à entrega da Torá por Deus ao povo judeu. Yaakob ben Rashi disse a Mirdin que obviamente Jesse ben Benjamin estava tentando se penitenciar pelo casamento impensado com uma mulher estranha.

Mirdin era esperto e sabia a diferença entre o verniz protetor e o comprometimento total da alma de um homem.

— Só peço uma coisa — disse ele. — Jamais seja o décimo homem.

Rob J. compreendeu. Se os fiéis esperavam por um *minyan*, a congregação de dez homens judeus, que lhes permitia orar em público, seria uma coisa terrível enganá-los para manter sua farsa. Rob prometeu imediatamente e sempre teve grande cuidado para cumprir a promessa.

Quase todos os dias ele e Mirdin encontravam tempo para estudar os mandamentos. Não usavam nenhum livro. Mirdin sabia os preceitos como lei oral.

— De modo geral, todos concordam que podemos coligir 613 mandamentos na Torá — disse ele. — Mas nem todos concordam sobre a forma exata de cada um. Um estudioso pode contar um preceito como um mandamento separado, outro pode considerá-lo parte de uma lei anterior. Estou dando a você a versão dos 613 mandamentos do modo que foi passado de geração em geração na minha família e ensinado por meu pai, Reb Mulka Askar de Masqat.

Mirdin disse que 248 *mitzvot* eram mandamentos positivos, como a diretriz de que o judeu deve cuidar da viúva e do órfão, e 365 eram negativos, como a advertência de que o judeu não deve aceitar suborno.

Aprender o *mitzvot* com Mirdin era mais divertido do que os outros estudos de Rob, porque sabia que não ia haver exame. Gostava de se sentar com um copo de vinho ouvindo a lei judaica, e logo descobriu que isso o ajudava no estudo do *fiqh* islâmico.

Trabalhava mais do que nunca mas cada dia era um prazer. Sabia que a vida em Ispahan era mais fácil para ele do que para Mary. Embora voltasse para ela avidamente no fim de cada dia, todas as manhãs a deixava para ir ao *maristan* ou à *madrassa* com uma avidez diferente. Nesse ano estudou Galeno e mergulhou completamente nas descrições dos fenômenos anatômicos que não podia ver só olhando para o paciente – a diferença entre artérias e veias, o pulso, o funcionamento do coração como um punho que se abria e fachava sem parar jogando o sangue para fora durante a sístole, depois relaxando e se enchendo novamente de sangue durante a diástole.

Deixou o aprendizado com Jalau e os retratores de ossos, acopladores e cordas passando para o inventário dos instrumentos de cirurgia, pois trabalhava agora com al-Juzjani.

– Ele não gosta de mim. Só me permite limpar os instrumentos – queixou-se para Karim, que tinha trabalhado mais de um ano com al-Juzjani.

– Todos os novos assistentes começam assim – tranquilizou-o Karim. – Não desanime.

Era fácil para Karim falar sobre paciência naqueles dias. Parte do seu *calaat* era uma casa grande e elegante, na qual ele atendia agora uma clientela quase que exclusiva de famílias da corte. Era elegante um nobre observar casualmente que seu médico era o atleta herói da Pérsia, Karim do *chatir*, e ele atraía pacientes com tanta facilidade que teria enriquecido mesmo sem o estipêndio concedido pelo Xá. Vestia roupas caras e chegava na casa de Rob com presentes generosos, comidas e bebidas finas, e certa vez com um espesso tapete Hamadhan, presente de casamento. Flertava com Mary e dizia coisas incríveis para ela em persa, e ela afirmava que ficava grata por não entender, mas logo começou a gostar dele e o tratava como um irmão irreverente.

No hospital, onde Rob esperava que a popularidade de Karim fosse mais discreta, isso não acontecia. Os estudantes se amontoavam em volta dele, acompanhando-o em suas rondas, como se fosse o mais sábio dos sábios, e Rob teve de concordar quando Mirdin Askari observou com um sorriso que o melhor modo de ter sucesso como médico era vencer o *chatir*.

Às vezes al-Juzjani interrompia o trabalho de Rob para perguntar o nome do instrumento que ele estava limpando ou como era usado. Havia um número muito maior de instrumentos do que os que Rob tinha usado como barbeiro-cirurgião, instrumentos cirúrgicos especiais para certas operações, e ele limpava e amolava bisturis arredondados, bisturis curvos, escalpelos, serras para ossos, curetas de orelha, sondas, faquinhas para lancetar quistos, brocas para remover corpos estranhos dos ossos...

O método de al-Juzjani provou ser eficiente, pois no fim de duas semanas, quando Rob começou a trabalhar como assistente na sala de operações do *maristan*, bastava o cirurgião murmurar seu pedido para que Rob entregasse imediatamente o instrumento certo.

Dois outros estudantes que trabalhavam há meses com al-Juzjani tinham permissão para fazer operações simples, sempre sujeitos aos comentários cáusticos e à crítica atenta do mestre.

Só depois de dez semanas como assistente e observador Rob teve permissão de al-Juzjani para cortar, e assim mesmo sob supervisão. Quando a oportunidade chegou, tratava-se de remover o dedo indicador de um carregador cuja mão fora amassada pela pata de um camelo.

Rob tinha aprendido observando. Al-Juzjani sempre aplicava um torniquete, usando uma fina tira de couro como as que eram empregadas pelos flebotomistas para erguer a veia antes da sangria. Rob aplicou o torniquete habilmente e realizou a amputação sem hesitar, pois tinha feito aquilo muitas vezes como barbeiro-cirurgião. Porém, sempre tinha trabalhado com muito sangue, e ficou maravilhado com a técnica de al-Juzjani, que permitia o recorte do retalho de pele e o fechamento do toco sem limpar o sangue constantemente e quase sem nenhuma exsudação do ferimento.

Al-Juzjani observou com atenção e com a carranca habitual. Quando Rob terminou, o cirurgião afastou-se sem um elogio, mas também sem resmungar e citar outro método que seria melhor, e, enquanto limpava a mesa depois da operação, Rob sentiu-se feliz, reconhecendo uma pequena vitória.

CAPÍTULO 53

Quatro amigos

Se o Rei dos Reis tinha tomado alguma providência para reduzir os poderes do seu vizir, depois das revelações de Rob, não eram providências visíveis. Se é que era possível, os *mullahs* de Qandrasseh pareciam mais ubíquos do que nunca e mais rigorosos e enérgicos no seu zelo de fazer com que Ispahan refletisse o ponto de vista Qu'arânico do imã sobre o comportamento muçulmano.

Há sete meses Rob não era chamado à presença de Ala. Estava contente com isso, pois entre o trabalho e a mulher, as horas do dia eram poucas para ele.

Certa manhã, para espanto de Mary, foi procurado por soldados, como nas outras ocasiões.

— O Xá deseja que cavalgue com ele neste dia.

— Está tudo bem — tranquilizou Rob a mulher, acompanhando os soldados.

Nos grandes estábulos atrás da Casa do Paraíso, encontrou Mirdin Askari, pálido como a morte. Chegaram à conclusão de que Karim devia ter algo a ver com aquele chamado, pois ele era o companheiro favorito de Ala desde o começo da sua notoriedade como atleta.

Estavam certos. Ala chegou aos estábulos e Karim estava atrás dele com o maior dos sorrisos.

O sorriso tornou-se menos confiante quando o Xá se inclinou para ouvir Mirdin Askari, que murmurava palavras na Língua, enquanto se prostrava para o *ravi zemin*.

— Vamos! Fale em persa e explique o que está dizendo — ordenou Ala irritado.

— É uma bênção, Alteza. Uma bênção que os judeus oferecem quando veem o rei — conseguiu dizer Mirdin. — Bendito sejas, ó Senhor nosso, Deus, Rei do Universo, que deste Tua glória para a carne e para o homem.

— Os *dhimmis* oferecem preces de agradecimento quando veem o seu Xá? — disse Ala atônito e satisfeito.

Rob sabia que era um *berakhah*, dito pelos fiéis sempre que viam *qualquer* rei, mas nem ele nem Mirdin viram nenhuma vantagem em explicar isso, e Ala estava de ótimo humor quando montou no cavalo branco e os três o acompanharam pelo campo tranquilo.

– Ouvi dizer que se casou com uma europeia – disse Ala para Rob, virando na sela.

– É verdade, Alteza.

– Ouvi dizer que os cabelos dela têm a cor da hena.

– Sim, Majestade.

– O cabelo das mulheres deve ser negro.

Rob não podia discutir com um rei e não achou necessário; agradecia o fato de ter uma mulher que Ala não aprovava.

Passaram o dia como o primeiro passeio de Rob com o Xá, com a diferença de que agora havia outros dois para compartilhar o peso da atenção do monarca, portanto a tensão era menor e o prazer, maior. Ala ficou satisfeito em descobrir o profundo conhecimento de Mirdin sobre a história da Pérsia e, enquanto cavalgavam lentamente pelas montanhas, os dois falaram do antigo saque de Persépolis por Alexandre, que o persa Ala condenava e o Ala militarista aplaudia. No meio da manhã, em uma sombra, Ala praticou com Karim o uso da cimitarra, e enquanto os dois giravam e as espadas se chocavam ruidosamente, Mirdin e Rob conversaram sobre suturas cirúrgicas, discutindo os méritos da seda comparados aos do fio de linho (que, ambos concordavam, se decompunha com maior facilidade), crina de cavalo e, a preferida de Ibn Sina, o cabelo humano. Ao meio-dia fizeram uma lauta refeição na tenda do Xá e os três se revezaram como perdedores no Jogo do Xá, embora Mirdin tivesse lutado valentemente e em uma partida quase tivesse conseguido vencer, tornando a vitória final mais doce para Ala.

Dentro da caverna secreta de Ala, os quatro mergulharam amigavelmente, descontraindo os músculos na água quente da piscina e o espírito com um suprimento inesgotável de boa bebida.

Karim rolou o vinho na língua apreciadoramente antes de beber e sorriu para Ala.

– Eu fui um garoto mendigo. Já contei isso, Alteza?

Ala devolveu o sorriso e balançou a cabeça.

– Um garoto mendigo bebe agora o vinho do Rei dos Reis.

– Sim. Escolhi para amigos um garoto mendigo e um par de judeus. – A risada de Ala foi mais alta e mais longa que as deles. – Para meu chefe dos *chatirs* tenho altos e nobres planos, e há muito tempo gosto deste *dhimmi*. – E empurrou Rob de leve, já um pouco bêbado. – Agora outro *dhimmi* parece ser um homem excelente, digno de ser notado. Deve ficar em Ispahan quando terminar a *madrassa*, Mirdin Askari, para ser médico da minha corte.

Mirdin enrubesceu, constrangido.

– Alteza, é uma grande honra. Peço que não se ofenda, mas imploro sua boa vontade para permitir que eu volte para casa, para as terras ao longo do golfo, quando chegar a *hakim*. Meu pai está velho e doente. Serei o primeiro médico na nossa linhagem, e quero que antes de morrer ele me veja instalado no seio da nossa família.

Ala fez um gesto de assentimento, distraído.

– O que faz essa família que vive no grande golfo?

– Nossos homens viajam por aquelas costas desde tempos imemoriais comprando pérolas dos mergulhadores, Majestade.

– Pérolas! Isso é bom, pois eu adquiro pérolas quando são boas. Você pode ser o instrumento de riqueza da sua gente, *dhimmi*, pois deve dizer a eles para procurar a maior pérola e trazê-la a mim, que eu a comprarei e sua família ficará rica.

Voltaram para casa cambaleando na sela. Ala esforçava-se para ficar ereto e falava com eles com um carinho que podia ou não continuar, depois do doloroso processo de voltar à sobriedade, que na certa viria a seguir. Quando chegaram aos estábulos e os empregados e aduladores os cercaram, Ala resolveu exibir os três.

– Somos quatro amigos! – gritou, sendo ouvido por metade da corte. – Apenas quatro homens bons que são amigos!

Como tudo que dizia respeito ao Xá, as palavras foram repetidas por toda a cidade.

– Com alguns amigos um pouco de desconfiança é necessária – advertiu Ibn Sina a Rob, certa manhã, uma semana mais tarde.

Estavam numa festa em honra do Xá oferecida por Fath Ali, um homem muito rico cuja firma comercial vendia os vinhos para a Casa do Paraíso e para a maioria dos nobres da corte. Rob ficou feliz por ver Ibn Sina. Desde o seu casamento, o médico-chefe, com sua típica sensibilidade, raramente pedia sua companhia à noite. Os dois passaram por Karim rodeado de admiradores e Rob achou que o amigo parecia mais um prisioneiro do que um objeto de adulação.

A presença deles fora exigida por serem beneficiários de *calaat*, mas Rob estava farto das diversões reais; embora diferissem em detalhe, eram de uma semelhança tediosa. Além disso, ressentia a perda de tempo.

– Preferia estar trabalhando no *maristan*, lá é o meu lugar.

Ibn Sina olhou em volta cautelosamente. Andavam juntos pela propriedade do comerciante e teriam alguns momentos de liberdade, pois Ala acabara de entrar no *haram* de Fath Ali.

– Nunca esqueça que tratar com um monarca não é o mesmo que tratar com homens comuns – disse Ibn Sina. – Um rei não é como você ou eu. Ele faz um movimento descuidado e alguém como nós é executado. Ou ele estala os dedos e alguém tem permissão para continuar vivo. Isso é o poder absoluto, e nenhum homem nascido de mulher pode resistir a ele. Leva o melhor dos monarcas a uma espécie de loucura.

Rob deu de ombros.

— Nunca procuro a companhia do Xá, nem tenho vontade de me envolver com política.

Ibn Sina fez um gesto de aprovação.

— Há uma coisa sobre os monarcas do Oriente: gostam de escolher médicos para seus vizires, achando que os homens que curam já têm a atenção de Alá. Sei o quanto é fácil responder à tentação desse cargo e já bebi o vinho embriagador do poder. Duas vezes, quando eu era jovem, aceitei o título de vizir, em Hamadhan. Foi mais perigoso do que a prática da medicina. Na primeira vez, escapei por pouco de ser executado. Fui atirado na prisão do forte chamado Fardajan, onde definhei durante meses. Quando fui libertado de Fardajan, vizir ou não, sabia que não podia mais ficar em Hamadhan. Com al-Juzjani e todas as pessoas da minha casa vim para Ispahan, onde tenho vivido desde então sob a proteção de Ala.

Voltaram para os jardins onde prosseguia a festa.

— Felizmente para a Pérsia, Ala permite que grandes médicos se dediquem à sua profissão — disse Rob.

Ibn Sina sorriu.

— Faz parte dos seus planos ser conhecido como um grande rei que protege as artes e as ciências — retrucou secamente. — Mesmo quando era jovem, era ávido por um império de influência. Agora, vai tentar aumentá-lo, procurando devorar os inimigos antes que eles o devorem.

— Os seljúcidas.

— Oh, eu teria mais medo dos seljúcidas se fosse vizir de Ispahan. Mas Ala está com a atenção voltada para Mahmud de Ghanza, pois os dois são pedaços do mesmo pano. Ala já atacou a Índia quatro vezes, capturando vinte e oito elefantes de guerra. Mahmud está mais próximo da fonte, atacou a Índia mais vezes e tem mais de cinquenta elefantes de guerra. Ala o inveja e o teme. Mahmud será o primeiro a ser eliminado, para que Ala possa prosseguir com seu sonho.

Ibn Sina parou e pôs a mão no braço de Rob.

— Você precisa ter muito cuidado. Homens sábios dizem que os dias de Qandrasseh como vizir estão contados. E que um jovem médico tomará o lugar dele.

Rob não respondeu mas lembrou-se que Ala tinha falado de "altos e nobres planos" para Karim.

— Se for verdade, Qandrasseh atacará cruelmente qualquer pessoa que seja amigo ou que apoie seu rival. Não basta a você ser isento de ambições políticas. Quando um médico convive com os que estão no poder, precisa aprender a se curvar e seguir a corrente, do contrário não pode sobreviver.

Rob não estava muito certo de ser capaz de se curvar e seguir a corrente.

— Não se preocupe demais — confirmou Ibn Sina. — Ala muda de opinião muitas vezes e com muita rapidez, e não se pode planejar nada para o futuro.

Continuaram a andar e chegaram aos jardins pouco antes do objeto da sua conversa sair do *haram* de Fath Ali, que parecia descontraído e de bom humor.

No meio da tarde, Rob começou a pensar se Ibn Sina alguma vez havia oferecido uma festa em homenagem ao seu Xá e protetor. Aproximou-se de Khuff e fez a pergunta, casualmente.

O grisalho Capitão dos Portões entrecerrou os olhos concentrando-se, depois fez um gesto afirmativo.

– Há poucos anos.

Evidentemente Ala não se interessaria pela primeira mulher de Ibn Sina, a velha Reza, a Piedosa, portanto era mais do que certo que havia exercido seu poder de soberano sobre Despina. Rob imaginou o Xá subindo a escada circular da torre de pedra, enquanto Khuff guardava a entrada.

Montando o corpo pequenino e voluptuoso da jovem.

Fascinado agora, Rob observou os três homens, cada um cercado por nobres bajuladores e embevecidos. O Xá com seu grupo habitual de beijadores de traseiro, Ibn Sina, grave e discreto, respondendo calmamente as perguntas dos homens com aparência de estudiosos. Karim, como sempre naqueles dias, praticamente escondido entre os admiradores que queriam falar com ele, tocar suas roupas, banhar-se na excitação e fulgor daquela presença tão disputada.

A Pérsia parecia perita em fazer de cada homem um corno.

Rob sentia-se perfeitamente à vontade manejando os instrumentos cirúrgicos, como se fossem partes intercambiáveis do seu próprio corpo. Al-Juzjani cada vez dedicava a Rob maior parte do seu precioso tempo, mostrando com paciência esmerada como fazer cada coisa. Os persas tinham meios para imobilizar e insensibilizar os pacientes. O cânhamo, posto de molho em decocção de cevada por alguns dias, produzia uma infusão que, tomada, permitia ao paciente continuar consciente sem sentir dor. Rob passou duas semanas com os farmacêuticos do *khazanat-ul-sharaf*, aprendendo a preparar medicamentos que faziam o paciente dormir. Eram substâncias imprevisíveis e de controle difícil, mas às vezes colaboravam para que o cirurgião operasse sem os tremores convulsivos, os gemidos e gritos de dor.

As receitas mais pareciam mágica do que medicina:

> Tome carne de carneiro. Retire toda a gordura e corte em pedaços grandes, empilhando os pedaços cortados sobre e em volta de uma boa quantidade de sementes de meimendro negro torradas. Coloque numa vasilha de barro sob uma pilha de esterco de cavalo até aparecerem os vermes. Coloque então os vermes num vidro até ficarem secos. Uso: tome duas partes desses vermes e uma parte de ópio em pó e instile no nariz do paciente.

O ópio é derivado do suco de uma flor oriental, a papoula. Era cultivado em campos de Ispahan, mas a demanda era maior do que a oferta, pois era usado nos ritos religiosos nas mesquitas dos muçulmanos ismali e também como remédio; assim, uma parte era importada da Turquia e de Ghanza. Era a base de todas as fórmulas para aliviar a dor.

> Tome ópio puro e nozes. Depois de moídos, cozinhe juntos e deixe de molho no vinho por quarenta dias. Ponha o vidro no sol constantemente. Logo a mistura se transformará numa pasta. Um comprimido feito com essa pasta e administrado a qualquer pessoa a tornará imediatamente inconsciente e sem nenhuma sensação.

Usavam outro medicamento com frequência, por ser o preferido de Ibn Sina:

> Tome partes iguais de meimendro negro, ópio, euforbia e sementes de alcaçuz. Moa cada uma em separado e misture tudo num pilão. Coloque um pouco da mistura sobre qualquer tipo de comida e a pessoa que comer adormecerá imediatamente.

Apesar da suspeita de que al-Juzjani se ressentia do seu relacionamento com Ibn Sina, em pouco tempo Rob estava usando todos os instrumentos cirúrgicos. Os outros assistentes de al-Juzjani achavam que o novo aprendiz recebia os trabalhos melhores e, ofendidos, descarregavam a inveja em Rob, com reclamações murmuradas e insultos cruéis. Rob não se importava, pois estava aprendendo mais do que jamais sonhou ser possível. Certa tarde, depois de ter realizado sozinho a cirurgia que mais o impressionava – o reclinamento de olhos cegos pela catarata –, tentou agradecer a al-Juzjani, mas o cirurgião o interrompeu bruscamente:

– Você tem jeito para cortar a carne. E uma coisa que nem todos têm, e meu ensinamento especial é egoísta, pois descarrego grande parte do meu trabalho em suas mãos.

Era verdade. Rob fazia amputações, fechava todo tipo de ferimento, drenava abdomens para aliviar a pressão dos fluidos na cavidade peritoneal, removia hemorroidas, retirava veias varicosas...

– Acho que está gostando demais de cortar – comentou Mirdin com um sorriso malicioso, certa noite, quando jogavam o Jogo do Xá na casa dos Askari. No quarto ao lado, Fara ouvia a canção de ninar que Mary cantava para seus filhos em *erse*, a língua dos escoceses.

– Sinto uma certa atração – admitiu Rob.

Ultimamente estava pensando em se tornar cirurgião, depois de chegar a *hakim*. Na Inglaterra, os cirurgiões eram considerados abaixo dos médicos, mas na Pérsia tinham o título especial de *ustad* e desfrutavam o mesmo respeito e a mesma prosperidade dos *hakins*.

Mas tinha certas reservas:

– A cirurgia é satisfatória do modo que é feita. Mas temos de nos limitar a operar do lado de fora da pele. O interior do corpo é um mistério, descrito em livros de mais de mil anos. Não sabemos quase nada do interior do nosso corpo.

– É assim que tem de ser – replicou Mirdin calmamente, tomando um *rukh* com um dos seus soldados a pé –, cristãos, judeus e muçulmanos concordam que é pecado profanar a forma humana.

– Não estou falando em profanação. Falo de cirurgia, falo em dissecção. Os antigos não prejudicavam sua ciência com advertências sobre pecado, e o pouco que sabemos nos vem dos antigos gregos, que tinham liberdade para abrir o corpo humano e estudá-lo. Eles abriam os mortos e observavam como o homem é feito por dentro. Por um breve momento, naqueles dias longínquos, o brilho dos seus conhecimentos iluminou toda a medicina, e depois o mundo mergulhou na escuridão.

Rob meditava sombriamente e seu jogo sofria com isso. Mirdin rapidamente capturou outro *rukh* e um dos camelos de Rob.

– Eu acho – disse Rob finalmente, com ar distraído – que naqueles longos séculos de escura ignorância deve ter havido alguns pequenos fogos secretos.

Agora a atenção de Mirdin desviou-se do tabuleiro.

– Homens que tiveram coragem de dissecar seres humanos mortos, às escondidas. Desafiando os padres para realizar o trabalho do Senhor como médicos.

Mirdin arregalou os olhos.

– Meu Deus! Seriam condenados como feiticeiros.

– Não podiam transmitir seus conhecimentos, mas pelo menos teriam ganho muito para si mesmos.

Mirdin agora parecia alarmado.

Rob sorriu.

– Não, não vou fazer isso – falou suavemente. – Já tenho problemas demais fingindo ser judeu. Simplesmente não tenho o tipo de coragem necessária.

– Devemos demonstrar gratidão pelas pequenas bênçãos – disse Mirdin secamente.

O desvio da atenção e a preocupação prejudicaram seu jogo e Mirdin perdeu um elefante e dois cavalos em rápida sucessão, mas Rob não sabia o suficiente para fazer pressão e conseguir a vitória. Com fria rapidez, Mirdin reorganizou suas forças e em doze movimentos, para desapontamento de Rob, ele o levou ao *shahtreng*, a angústia do rei.

CAPÍTULO 54

As expectativas de Mary

A única amiga de Mary era Fara, mas bastava para ela. As duas mulheres conversavam durante horas seguidas, uma comunicação sem perguntas e respostas que caracteriza a maioria das conversas sociais. Às vezes Mary falava e Fara ouvia a torrente de gaélico que não entendia; às vezes Fara falava a Língua e Mary ouvia sem entender.

Por mais estranho que parecesse, as palavras não eram importantes. O que importava era a emoção transmitida pelos traços do rosto, os gestos das mãos, o tom de voz, os segredos que os olhos contavam.

Assim compartilhavam seus sentimentos, o que era uma vantagem para Mary, pois com Fara falava de coisas que jamais mencionaria a uma conhecida tão recente. Falou da dor de perder o pai; da falta que sentia da missa cristã; a força da sua saudade quando sonhava com a jovem e bela mulher que Jura Cullen fora, e quando acordava na pequena casa do Yehuddiyyeh e tinha de aceitar o fato de que a mãe estava morta há muito tempo. Falava de coisas que jamais teria mencionado nem que tivessem sido amigas a vida toda; como o amava tanto que às vezes esse amor a fazia tremer descontroladamente; dos momentos em que o desejo a inundava com tamanho calor que pela primeira vez compreendia o cio das éguas; de como não podia ver um carneiro acasalando com uma ovelha sem pensar nas suas pernas e seus braços envolvendo o corpo de Rob, o gosto dele na sua boca, o cheiro da carne firme e quente no seu nariz, a extensão quente e mágica do marido que fazia dos dois uma só pessoa, quando procuravam levá-lo até o âmago do seu ser.

Não sabia se Fara falava sobre essas coisas, mas seus olhos e ouvidos diziam que muitas vezes a mulher de Mirdin falava de coisas íntimas e importantes, e as duas mulheres tão diferentes uniam-se por amor e respeito, num elo de amizade.

Certa manhã, Mirdin, sorridente e satisfeito, bateu no ombro de Rob.

— Então obedeceu ao mandamento para se multiplicar. Ela está esperando criança, seu bode europeu!

— Não é verdade!

— É sim — disse Mirdin com firmeza. — Vai ver. Nesse assunto, Fara nunca se engana.

Dois dias depois, Mary empalideceu quando tomavam o café da manhã e vomitou tudo o que tinha comido. Rob limpou e raspou o chão de terra batida e cobriu o lugar com areia limpa. Naquela semana Mary vomitou todos os dias, e, quando a menstruação não chegou, ninguém teve mais dúvida. Não devia ser surpresa, pois faziam amor incansavelmente; mas Mary já começava a pensar que talvez Deus não aprovasse sua união.

Sua menstruação quase sempre era difícil e dolorosa, e Mary ficou satisfeita por estar livre dela, mas a náusea frequente não fazia da troca um bom negócio. Rob segurava a cabeça dela e limpava tudo quando vomitava, pensando na criança com alegria e temor, imaginando nervosamente que tipo de cultura seu sêmen geraria. Agora despia a mulher com mais ardor do que nunca, pois o cientista que havia nele notava com imenso prazer as mudanças nos menores detalhes, o aumento e escurecimento das aréolas dos mamilos, o crescimento dos seios, a primeira leve curva da barriga, uma alteração na expressão, pelo aumento sutil do nariz e dos lábios. Insistia para que Mary se deitasse de bruços e observava o acúmulo de gordura nos quadris e nas nádegas, o leve engrossamento das pernas. A princípio Mary gostava dessa atenção, mas depois perdeu a paciência.

– Os dedos dos pés – resmungava ela. – Já examinou os dedos dos pés?

Rob estudava os pés da mulher gravemente e informava que os dedos não tinham mudado.

Para Rob, o prazer das cirurgias era estragado pela quantidade de castrações que realizavam.

Fazer eunucos era um procedimento comum e havia dois tipos de castração. Homens bonitos, escolhidos para guardar as entradas dos *haram*s, onde teriam pouco contato com as mulheres da casa, eram submetidos somente à retirada dos testículos. Para serviços variados dentro do *haram*, homens feios eram preferidos, com prêmios pagos aos que tivessem o nariz amassado ou naturalmente asqueroso, a boca torta, lábios grossos e dentes negros ou irregulares; para tornar esses homens completamente incapazes sexualmente, eram removidos todos os seus órgãos genitais e tinham de usar um tubo oco para urinar.

Geralmente meninos novos eram castrados. Às vezes eram enviados para a escola de eunucos em Bagdá, onde aprendiam música e canto ou os conhecimentos básicos do comércio e administração, o que fazia deles criados muito valiosos, peças de propriedade, como o eunuco escravo de Ibn Sina, Wasif.

A técnica da castração era básica. O cirurgião segurava com a mão esquerda o objeto a ser amputado. Com a navalha afiada na mão direita, removia as partes com um único golpe, pois a rapidez era essencial. Aplicava então uma compressa de cinzas quentes sobre a área e o homem estava permanentemente alterado.

Al-Juzjani explicou que quando a castração era feita como punição, às vezes não administravam a compressa de cinzas e o paciente sangrava até morrer.

Uma noite, Rob chegou em casa, olhou para a mulher, tentando afastar a ideia de que nenhum homem e garotos que ele tinha castrado poderiam fazer uma mulher abrigar uma nova vida. Pôs a mão na barriga morna de Mary, que não estava muito grande ainda.

– Logo vai parecer um melão verde – disse ela.

– Quero ver quando for uma melancia.

Rob fora à Casa da Sabedoria para ler sobre o feto. Ibn Sina escreveu que depois que o útero se fecha sobre o sêmen, a vida se forma em três estágios. Segundo o Mestre dos Médicos, no primeiro estágio o coágulo se transforma num pequeno coração; no segundo estágio, aparece outro coágulo, que se transforma no fígado; e no terceiro estágio, todos os órgãos importantes são formados.

– Encontrei uma igreja – disse Mary.

– Uma igreja cristã? – perguntou Rob, e se admirou quando ela fez um gesto afirmativo.

Não sabia de nenhuma igreja em Ispahan.

Na semana anterior, Mary e Fara tinham ido ao mercado armênio para comprar trigo. Entraram pela rua errada e numa viela estreita com cheiro de urina ela descobriu a igreja do Arcanjo Miguel.

– Católicos orientais?

Ela assentiu outra vez.

– É uma igrejinha tristonha, frequentada por um punhado dos mais pobres camponeses armênios. Sem dúvida é tolerada por não oferecer nenhuma ameaça.

Mary tinha voltado à ruazinha duas vezes, olhando com inveja os armênios que entravam e saíam da igreja.

– A missa deve ser na língua deles. Não podemos nem acompanhar.

– Mas celebraram a eucaristia. Cristo está presente no altar.

– Arriscaríamos a minha vida se fôssemos. Por que não vai rezar na sinagoga com Fara, pode oferecer suas preces em silêncio? Quando vou à sinagoga, rezo para Jesus e para os santos.

Mary ergueu a cabeça e pela primeira vez Rob viu a fúria contida atrás dos seus olhos.

– Não preciso que nenhum judeu me ajude a rezar – retrucou ela furiosa.

Mirdin concordou com ele a respeito de rejeitar a cirurgia como profissão.

– Não é só a castração, embora seja terrível. Mas nos lugares em que não existem estudantes de medicina para servir nas cortes dos *mullahs* o cirurgião é chamado para atender os prisioneiros depois da execução da pena. Melhor usar seu conhecimento e habilidade combatendo a doença e a dor do que fazer belos cotos do que poderiam ser membros e órgãos saudáveis e inteiros.

Sentado nos degraus de pedra da *madrassa* tomando o sol da manhã, Mirdin suspirou quando Rob contou da necessidade que Mary sentia de ir à igreja.

– Você deve rezar com ela quando estão sozinhos. E deve levá-la para seu povo, logo que for possível.

Rob assentiu com um gesto, olhando pensativamente para o amigo. Mirdin havia demonstrado amargura e ódio quando pensou que Rob era um judeu que havia rejeitado a própria fé. Mas desde o momento em que soube que Rob era um Outro, era a própria essência da amizade.

– Já pensou – perguntou Rob – como cada religião reivindica a posse do coração e dos ouvidos de Deus? Nós, vocês e o islã, cada um diz que sua religião é a verdadeira. Será que nós todos estamos errados?

– Talvez estejamos todos certos – respondeu Mirdin.

Rob sentiu uma intensa afeição pelo amigo. Logo Mirdin seria médico e voltaria para sua família em Masqat, e quando Rob chegasse a *hakim*, também voltaria para casa. Sem dúvida nunca mais se veriam.

Entreolharam-se e Rob teve certeza de que Mirdin pensava a mesma coisa.

– Vamos nos encontrar no paraíso?

Mirdin olhou para ele gravemente.

– Eu o encontrarei no paraíso. Promessa solene?

Rob sorriu.

– Promessa solene.

Um apertou o pulso do outro.

– Vejo a separação entre a vida e o paraíso como um rio – disse Mirdin. – Se muitas pontes cruzam o rio, será que Deus se importa qual delas escolhemos?

– Acho que não – respondeu Rob.

Os dois amigos separaram-se, cada um voltando aos seus afazeres.

Rob e dois outros estudantes ouviram atentamente a advertência de al-Juzjani para que fossem discretos sobre a operação que iam realizar. Não revelaria a identidade da paciente para proteger sua reputação, mas deixou claro que era parente próxima de um homem famoso e poderoso e que tinha câncer do seio.

Devido à gravidade da doença, a proibição teológica do *aurat* – que proibia a qualquer homem que não o marido ver o corpo de uma mulher do pescoço aos joelhos – seria ignorada para que pudessem operar.

A mulher, cheia de opiatos e vinho, foi levada inconsciente para a operação. Era gorda e pesada, com fiapos de cabelos grisalhos escapando do pano enrolado na cabeça. Estava com um véu solto no rosto e o corpo todo coberto, exceto na região dos seios, que eram grandes, macios e flácidos, indicando uma paciente de idade.

Al-Juzjani mandou que cada estudante apalpasse os dois seios suavemente para aprender como detectar um tumor. Não precisava nem da palpação, o tumor era perfeitamente visível no seio esquerdo, do comprimento do polegar de Rob e três vezes mais grosso.

Rob observava com grande interesse; era a primeira vez que via um seio humano aberto. O sangue brotou quando al-Juzjani encostou o bisturi na carne e cortou bem abaixo da parte inferior do tumor, procurando extrair tudo. A mulher gemeu e o cirurgião trabalhou rapidamente, ansioso para terminar antes que ela acordasse.

Rob viu que, no interior do seio, havia músculos, tecido celular cinzento e depósitos de gordura amarela, como numa galinha. Via perfeitamente alguns dutos lactíferos rosados que se uniam no mamilo como afluentes de um rio juntando-se numa baía. Talvez al-Juzjani tivesse cortado um dos dutos; um líquido avermelhado jorrou do mamilo como uma gota de leite rosado.

Al-Juzjani retirou o tumor e estava suturando rapidamente. Se não fosse algo impossível, Rob diria que o cirurgião estava nervoso.

Ela é parente do Xá, pensou Rob. Talvez tia; talvez a tia da qual o Xá tinha falado na caverna, a que o iniciara na vida sexual.

Gemendo e quase completamente desperta, ela foi levada logo que a sutura terminou.

Al-Juzjani suspirou.

– Não há cura. O câncer vai matá-la no fim, mas podemos tentar atrasar seu progresso.

Viu Ibn Sina lá fora e saiu para fazer o relatório da operação, enquanto os estudantes limpavam a sala.

Logo depois Ibn Sina entrou na sala e falou rapidamente com Rob, batendo de leve no seu ombro antes de sair.

Rob ficou paralisado com o que acabara de ouvir. Saiu da cirurgia e dirigiu-se para o *khazanat-ul-sharaf*, onde Mirdin estava trabalhando. Encontraram-se no corredor que levava à farmácia. Rob viu no rosto de Mirdin todas as emoções que o inundavam.

– Você também?

Mirdin fez um gesto afirmativo.

– Em duas semanas?

– Sim. – Era pânico o que sentia. – Não estou pronto para o teste, Mirdin. Você está aqui há quatro anos, mas só estou há três e não estou pronto.

Mirdin esqueceu o próprio nervosismo e sorriu.

– Você está pronto. Foi barbeiro-cirurgião e todos que o tiveram como aluno sabem o que você é. Temos duas semanas para estudarmos juntos, e depois o exame.

CAPÍTULO 55

O desenho de um Membro

Ibn Sina nasceu num pequeno povoado chamado Afshanah, perto da aldeia de Kharmaythan, e logo depois do seu nascimento a família mudou-se para a cidade de Bukhara. Quando era ainda muito pequeno, seu pai, um coletor de impostos, arranjou para que ele estudasse com um professor de Qu'ran e um professor de literatura, e com dez anos Ibn Sina sabia de cor todo o Qu'ran e tinha absorvido grande parte da cultura muçulmana. Seu pai conheceu um comerciante de vegetais chamado Mahmud, o Matemático, que ensinou cálculo e álgebra para o garoto. Antes que o menino bem-dotado visse surgir os primeiros fios de barba, sabia tudo sobre leis e conhecia a obra de Euclides e a geometria, e os professores pediram ao seu pai que o deixasse devotar a vida aos estudos.

Começou a estudar medicina com onze anos e com dezesseis estava dando aulas para os médicos mais velhos e passando grande parte do tempo praticando direito. Durante toda sua vida, ele seria jurista e filósofo, mas notou que, embora essas carreiras merecessem deferência e respeito no mundo persa no qual vivia, nada era tão importante para o indivíduo quanto seu bem-estar e o fato de viver ou morrer. Muito jovem ainda, quis o destino que Ibn Sina servisse a uma série de governantes que usavam seu gênio para proteger a própria saúde, e embora tivesse escrito dezenas de volumes sobre a lei e a filosofia – o bastante para ganhar o apelido afetuoso de Segundo Professor (o Primeiro era Maomé) –, foi como Príncipe dos Médicos que conquistou a fama e a adulação que o acompanhavam por onde quer que fosse.

Em Ispahan, onde passara imediatamente de refugiado político a *hakim-bashi*, médico-chefe, encontrou uma cidade com grande número de médicos, e muitos homens se transformando em curandeiros por meio de uma simples declaração. Poucos desses futuros médicos tinham as bases de conhecimento ou o gênio intelectual que marcaram sua entrada na profissão, e compreendeu que devia descobrir um meio de determinar quem era qualificado para praticar a medicina e quem não era. Há mais de um século realizavam-se exames para médicos em Bagdá e Ibn Sina convenceu a comunidade médica de que em Ispahan o exame seletivo na *madrassa* devia criar ou rejeitar médicos, sendo ele o principal examinador.

Ibn Sina era o médico mais famoso do Oriente e dos califados do Oriente, porém havia trabalhado em um ambiente educacional que não tinha o prestígio das maiores instituições. A Academia de Toledo tinha sua Casa de Ciência, a Universidade de Bagdá, sua escola de tradutores, o Cairo possuía uma tradição médica sólida e rica, há muitos séculos. Todos esses lugares tinham suas bibliotecas famosas e magníficas. Porém em Ispahan havia a pequena *madrassa* e uma biblioteca que dependia da caridade da maior e mais rica instituição de Bagdá. O *maristan* era uma versão pálida e menor do grande hospital Azudi, em Bagdá. A presença de Ibn Sina tinha de compensar a falta de tamanho e grandiosidade.

Ibn Sina admitia o pecado do orgulho. Sua reputação era tão alta a ponto de ser intocável, mas preocupava-se com as reputações dos médicos que ele formava.

No oitavo dia do mês de *shawwa*, uma caravana de Bagdá levou uma carta de Ibn Sabur Yaqut, o médico examinador chefe de Bagdá. Ibn Sabur iria a Ispahan e visitaria o *maristan* na primeira metade do mês de *zulkadah*. Ibn Sina conhecia Ibn Sabur e preparou-se para suportar a condescendência e constantes comparações vaidosas do seu rival de Bagdá.

Apesar de todas as custosas vantagens desfrutadas pela medicina em Bagdá, ele sabia que os exames na universidade não eram rigorosos. Mas ali, no *maristan*, havia dois estudantes de medicina, os melhores que já tinha visto. E imediatamente imaginou o meio de fazer com que a comunidade médica de Bagdá fosse informada sobre o tipo de médicos que Ibn Sina formava em Ispahan.

Assim, porque Ibn Sabur Yaqut iria visitar o *maristan*, Jesse ben Benjamin e Mirdin Askari foram chamados para o exame que decidiria se seriam ou não *hakim*.

Ibn Sabur Yaqut continuava exatamente como Ibn Sina se lembrava. O sucesso criara uma expressão imperiosa nos olhos sob as pálpebras pesadas. Havia mais cabelos brancos na sua cabeça do que quando tinham se encontrado em Hamadhan há doze anos, e agora ele usava um conjunto espalhafatoso e caro de material multicolorido que proclamava sua posição e prosperidade, mas, apesar do trabalho artístico, não escondia o fato de que sua cintura estava muito mais larga do que nos tempos da juventude. Ele percorreu a *madrassa* e o *maristan* com um sorriso e um altaneiro bom humor, suspirando e comentando que devia ser ótimo tratar de problemas em pequena escala.

O famoso visitante aparentemente ficou satisfeito com o convite de fazer parte da banca examinadora que iria julgar os dois candidatos.

A comunidade escolástica de Ispahan não possuía uma profundidade de excelência, mas havia brilho suficiente entre os mestres das várias matérias para Ibn Sina organizar uma banca que teria sido respeitada no Cairo ou em Toledo. Al-Juzjani examinaria a parte de cirurgia. O imã Yussef Gamali da mesquita Sexta-Feira se encarregaria da teologia, Musa Ibn Abbas, um *mullah* da equipe do imã Mirza-aboul Qandrasseh, vizir da Pérsia, faria as perguntas sobre direito e jurisprudência. Ibn Sina se encarregava da filosofia; e na medicina, o visitante de Bagdá foi discretamente encorajado a apresentar as perguntas mais difíceis.

Não preocupava Ibn Sina o fato de os dois candidatos serem judeus. É claro que alguns judeus eram burros e péssimos médicos, mas Ibn Sina sabia por experiência que os judeus mais inteligentes que resolviam se dedicar à medicina já tinham viajado parte da distância, pois a pesquisa, a discussão intelectual e a procura das verdades e provas eram parte da religião dos *dhimmi*s, entranhada neles nas suas casas de estudo, muito antes de serem estudantes de medicina.

Mirdin Askari foi chamado em primeiro lugar. O rosto feioso de queixo comprido estava alerta mas calmo, e quando Musa Ibn Abbas fez uma pergunta sobre as leis da propriedade respondeu sem exageros, mas de modo completo, citando exemplos e precedentes no *Fiqh* e no *Shari'a*. Os outros examinadores aguçaram a atenção quando a pergunta de Yussef Gamali combinou a lei com a teologia, mas qualquer temor de que o candidato fosse ser prejudicado por não ser um Verdadeiro Crente desapareceu ao ouvirem o pensamento profundo de Mirdin. Ele usou exemplos da vida de Maomé e pensamentos registrados, apontando as diferenças legais e sociais entre o islã e sua religião onde eram relevantes, e onde não eram, intercalando a Torá nas suas respostas como uma ratificação do Qu'ran, ou o Qu'ran como apoio da Torá. Mirdin usava a mente como uma espada, pensou Ibn Sina, fazendo um ataque simulado, defendendo, uma vez ou outra dando um golpe certeiro como se fosse feita de aço frio. O conhecimento de Mirdin era tão bem estruturado que, embora cada homem na sala compartilhasse sua erudição em maior ou menor grau, todos ficaram assombrados e encantados com o que estava sendo revelado daquela mente privilegiada.

Quando chegou sua vez, Ibn Sabur desfechou pergunta sobre pergunta como se fossem flechas. As respostas eram sempre dadas sem hesitação, mas nenhuma representava a opinião de Askari. Citava Ibn Sina, Rhazes ou Galeno, ou Hipócrates, e certa vez citou o livro *Das febres baixas*, de Ibn Sabur Yaqut, e o médico de Bagdá ouviu impassivamente suas próprias palavras recitadas pelo examinando.

O exame foi muito mais longo do que qualquer outro, até que finalmente o candidato se calou, olhou para eles, e ninguém mais fez perguntas.

Ibn Sina gentilmente deu ordem para que Mirdin saísse da sala e mandou chamar Jesse ben Benjamin.

Sentiu a mudança sutil na atmosfera quando entrou o segundo candidato, alto e forte o bastante para ser um desafio visual aos homens mais velhos e ascéticos, a pele curtida pelo sol do Oeste e do Leste, os olhos castanhos bem separados com uma expressão de inocente desconfiança, e o nariz quebrado feroz que o fazia parecer mais um carregador de lanças do que um médico. As mãos grandes e quadradas pareciam feitas para dobrar ferro, mas Ibn Sina as tinha visto acariciar rostos febris com extrema suavidade e cortar a carne sangrenta com absoluto controle. Sua mente há muito tempo era a de um médico.

Ibn Sina chamara Mirdin em primeiro lugar propositadamente, para montar o palco e porque Jesse ben Benjamin era diferente dos estudantes aos quais aquelas autoridades estavam acostumados, com qualidades que não podiam ser reveladas num exame acadêmico. Em três anos, Rob tinha dominado uma quantidade prodigiosa de conhecimento, mas sua erudição não era profunda como a de Mirdin. Rob tinha presença, mesmo com todo o nervosismo.

Estava olhando fixamente para Musa Ibn Abbas e a pele em volta da sua boca estava branca, mais nervoso do que Askari.

O auxiliar do imã Qandrasseh notou o olhar de Rob, que era quase indelicado, e o *mullah* começou bruscamente com uma pergunta de ordem política cujo perigo não se preocupou em disfarçar:

— O reino pertence à mesquita ou ao palácio?

Rob não respondeu com a segurança rápida e sem hesitação tão impressionante em Mirdin.

— Está explicado no Qu'ran — respondeu ele, no seu persa com sotaque. — Alá diz no *Sura* dois: "Estou estabelecendo na terra um vice-rei." E no *Sura* trinta e oito, a tarefa do Xá é determinada deste modo: "Davi, ouça bem, Nós te nomeamos vice-rei na Terra, portanto julgue entre os homens com justiça, e não siga nenhum capricho, do contrário será afastado do caminho de Deus." Portanto, o reino pertence a Deus.

Dando o reino a Deus, a resposta evitava a escolha entre Qandrasseh e Ala, e era inteligente e boa. O *mullah* não discutiu.

Ibn Sabur pediu que o candidato apontasse a diferença entre varíola e sarampo.

Rob citou o tratado de Rhaze intitulado *Classificação das doenças*, acentuando o fato de que os sintomas premonitórios da varíola são febre e dor nas costas, ao passo que no sarampo a febre é mais alta e há acentuada depressão mental. Citou Ibn Sina como se o médico não estivesse presente, dizendo que o Livro Quarto do *Qanun* sugere que a erupção do sarampo geralmente aparece toda de uma vez, ao passo que a da varíola aparece uma depois da outra.

Estava confiante e seguro e não tentou inserir na resposta sua experiência com a praga, como outro qualquer teria feito. Ibn Sina sabia que Rob era um homem de peso; entre os examinadores, só ele e al-Juzjani sabiam a magnitude do esforço feito por aquele homem nos últimos três anos.

— E se tiver de tratar um joelho quebrado? — perguntou al-Juzjani.

— Se a perna estiver reta, deve ser imobilizada com duas talas rígidas. Se estiver dobrada, *hakim* Jalal-ul-Din inventou um modo de imobilização que serve tanto para o joelho quanto para o cotovelo. – Havia papel, tinta e uma pena ao lado do visitante examinador, e o candidato estendeu a mão para eles. – Posso desenhar um membro* para que possam ver a posição da tala – disse ele.

Ibn Sina ficou horrorizado. Embora fosse europeu, o *dhimmi* devia saber que quem desenhasse a forma humana, no todo ou em parte, seria queimado no mais quente fogo do inferno. Era um pecado e uma transgressão para o muçulmano até mesmo olhar um desenho desse tipo. Dada a presença do *mullah* e a do imã, o artista que zombasse de Deus e tentasse sua moralidade recriando a forma humana seria julgado pelo tribunal islâmico e jamais seria um *hakim*.

Os examinadores refletiam as mais variadas emoções. O rosto de al-Juzjani indicava uma pena imensa, um pálido sorriso tremia nos lábios de Ibn Sina, o imã estava perturbado, o *mullah* já estava furioso.

A pena voava entre o tinteiro e o papel. Fazia um ruído áspero e então era tarde demais, o desenho estava pronto. Rob o entregou a Ibn Sabur e o homem de Bagdá o estudou, evidentemente sem poder acreditar. Quando o passou para al-Juzjani, o cirurgião não conteve um largo sorriso.

O desenho pareceu demorar uma eternidade para chegar a Ibn Sina, mas quando chegou ele viu o que mostrava... um galho de árvore! O galho curvo de um abricoseiro, sem dúvida, pois as folhas apareciam também no desenho. Um nó de madeira retorcido substituía a fratura do joelho, e as extremidades da tala apareciam atadas bem acima e abaixo da fratura.

Não havia nenhuma dúvida quanto à forma de imobilização.

Ibn Sina olhou para Jesse, procurando disfarçar seu alívio e sua afeição. Com imenso prazer, olhou para o visitante de Bagdá. Recostando-se na cadeira, começou a fazer ao seu estudante as mais complicadas perguntas de filosofia que podia imaginar, certo de que o *maristan* de Ispahan podia se dar ao luxo de estender o espetáculo.

Rob ficou chocado quando reconheceu Musa Ibn Abbas como o ajudante do vizir que tinha visto no encontro secreto com o embaixador seljúcida. Mas logo compreendeu que eles não o tinham visto e que a presença do *mullah* na banca examinadora não representava nenhuma ameaça.

Terminado o exame, foi diretamente para a ala do *maristan* que abrigava os pacientes de cirurgia, pois ele e Mirdin tinham concordado que sentar e ficar esperando o resultado seria difícil demais. Era melhor passar o intervalo trabalhando, e logo se absorveu numa variedade de tarefas, examinando pacientes, mudando curativos, removendo pontos – os trabalhos simples aos quais estava acostumado.

O tempo passou e nenhuma notícia.

---

* Em inglês, *limb* = membro ou galho. (N. da T.)

Então Jalal-ul-Din entrou na cirurgia – o que significava que os examinadores já haviam se dispersado. Rob teve vontade de perguntar se Jalal sabia a decisão da banca mas não teve coragem. Jalal cumprimentou como de hábito, sem nenhuma indicação de que percebia a angústia do estudante.

No dia anterior tinham trabalhado juntos em um boiadeiro ferido por um touro. O braço do homem tinha se partido como um ramo de salgueiro em dois lugares quando o animal pisou nele, depois o touro o tinha chifrado antes de ser afastado pelos outros homens.

Rob tinha aparado e suturado os músculos e a carne do ombro e do braço, e Jalal reduziu as fraturas e colocou as talas. Agora, depois de examinarem o paciente, Jalal reclamou que as ataduras muito espessas prejudicavam a posição das talas.

– Não podemos tirar as ataduras?

Rob ficou intrigado, pois Jalal sabia que não.

– É cedo demais.

Jalal ergueu os ombros. Olhou para Rob com simpatia e sorriu.

– Deve ser como diz, *hakim*. – E saiu da sala.

Assim Rob ficou sabendo. Ficou imóvel por algum tempo, dominado pela emoção.

Finalmente a rotina reclamou sua atenção. Precisava ver mais quatro pacientes e continuou, obrigando-se a examinar todos com o cuidado de um bom médico, como se sua mente fosse o sol, pequeno e quente, focalizado em cada um, através do cristal da sua concentração.

Mas, quando terminou o exame do último paciente, deixou-se dominar pelos sentimentos, o mais puro prazer que já tivera na vida. Caminhando quase como um homem embriagado, correu para casa para contar a Mary.

CAPÍTULO 56

O comando

Rob tornou-se *hakim* seis dias antes de completar vinte e quatro anos, e o encantamento durou semanas. Para sua satisfação, Mirdin não sugeriu que fossem às *maidans* para comemorar o novo status de médicos; sem exagerar, achava que a mudança em suas vidas era muito importante para ser marcada por uma noite de bebedeira. As duas famílias reuniram-se na casa dos Askari e comemoraram com um jantar.

Rob e Mirdin foram tirar as medidas para a túnica e o capuz negro de *hakim*.

– Vai voltar para Masqat agora? – perguntou Rob.

– Vou ficar aqui mais alguns meses, pois preciso aprender algumas coisas no *khazanat-ul-sharaf*. E você? Quando volta para a Europa?

– Mary não pode viajar enquanto estiver grávida. Acho melhor esperar até que a criança possa fazer a viagem com segurança. – Sorriu. – Sua família em Masqat vai comemorar quando chegar seu médico. Mandou dizer que o Xá deseja comprar uma grande pérola?

Mirdin balançou a cabeça.

– Minha família viaja pelas aldeias dos pescadores de pérolas e compra pérolas pequenas. Eles as vendem por medidas de xícaras para mercadores, que por sua vez as vendem para serem costuradas em roupas. Minha família teria de fazer muito sacrifício para arranjar o dinheiro necessário para comprar uma pérola grande. Também não ficaria muito ansiosa em negociar com o Xá, pois os reis raramente pagam um preço justo pelas grandes pérolas de que tanto gostam. De minha parte, espero que Ala tenha esquecido a "grande sorte" que concedeu ao meu povo.

– Membros da corte perguntaram por você na noite passada e sentiram sua falta – disse Ala Xá.

– Estive tratando uma mulher desesperadamente doente – respondeu Karim.

Na verdade tinha estado com Despina. Os dois estavam desesperados. Era a primeira vez em cinco noites que conseguia escapar das exigências aduladoras dos cortesãos e cada momento com ela era precioso.

– Existem doentes na minha corte que precisam da sua sabedoria – comentou Ala contrariado.

– Sim, Alteza.

Ala deixara bem claro que Karim tinha o favor do trono, mas Karim já estava farto dos membros das famílias nobres que o procuravam com doenças imaginárias e sentia falta do movimento e do verdadeiro trabalho do *maristan*, onde podia sempre ser útil como médico e não servir de enfeite.

Porém, cada vez que chegava à Casa do Paraíso e era saudado pelas sentinelas, ficava emocionado. Pensava muitas vezes como Zaki-Omar ficaria assombrado vendo seu garoto cavalgando com o Rei da Pérsia.

– ... estou fazendo planos, Karim – dizia o Xá. – Formulando grandes acontecimentos.

– Que Alá sorria para eles.

– Precisa chamar seus amigos, os dois judeus, para uma reunião. Quero falar com vocês três.

– Sim, Majestade – assentiu Karim.

Dois dias depois, Rob e Mirdin foram convidados para cavalgar com o Xá. Era uma oportunidade para estar com Karim, que ultimamente tinha todo seu tempo ocupado com a companhia de Ala. No pátio do estábulo da Casa do Paraíso, os três jovens médicos comentaram sobre os exames, para alegria de Karim, e quando o Xá chegou, montaram e cavalgaram atrás dele pelo campo.

Era agora uma excursão familiar para todos, mas nesse dia demoraram-se mais, praticando o tiro pártio, que só Karim e Ala conseguiam realizar com uma aleatória possibilidade de sucesso. Almoçaram bem e não falaram de nada de importância até estarem todos sentados na água quente da piscina da caverna, tomando vinho.

Foi então que Ala disse calmamente que dentro de cinco dias sairia de Ispahan com um grande grupo de ataque.

– Para atacar o quê, Majestade? – perguntou Rob.

– Os currais de elefantes no Sudoeste da Índia.

– Alteza, posso ir com Vossa Majestade? – perguntou Karim imediatamente com os olhos brilhando.

– Espero que vocês três possam me acompanhar – respondeu Ala.

O Xá falou durante longo tempo, lisonjeando-os por revelar aos três seus planos mais secretos. A Oeste, os seljúcidas evidentemente preparavam-se para a guerra. Em Ghanza, o sultão Mahmud estava mais truculento do que nunca, e no fim Ala teria de enfrentá-lo. Era uma ótima ocasião para Ala organizar suas forças. Seus espiões informavam que em Mansura uma fraca guarnição indiana guardava os elefantes. Um ataque seria uma boa manobra de treinamento, e, o mais importante, forneceria os valiosos animais que, protegidos com cota de malha, eram armas temíveis, que podiam decidir o resultado de uma batalha.

– Tenho outro objetivo – continuou Ala. Apanhou a bainha que estava ao lado da piscina e tirou uma adaga cuja lâmina era de aço azul, desconhecido dos outros, com desenhos em espiral.

– O metal desta adaga só existe na Índia. É diferente de todos os metais que temos. A lâmina tem melhor corte e fica afiada por mais tempo. É tão duro que corta as armas comuns. Devemos procurar espadas feitas com esse metal, pois com um bom número delas, meu exército vencerá.

Passou a adaga para que eles examinassem seu corte e a fina têmpera.

– Irá conosco? – perguntou Ala a Rob.

Ambos sabiam que era um comando, não um pedido; a dívida estava vencida e era hora de pagar.

– Sim, eu irei, Alteza – disse Rob, procurando parecer satisfeito. Estava com a cabeça leve de tanto vinho e sentia o pulso disparado.

– E você, *dhimmi*? – perguntou Ala para Mirdin.

Mirdin estava pálido.

– Vossa Majestade concedeu-me permissão para voltar para minha família em Masqat.

– Permissão! É claro que tem permissão. Agora tem de resolver se nos acompanha ou não – disse Ala secamente.

Karim apanhou a pele de cabra e encheu de vinho todos os copos.

– Venha à Índia, Mirdin.

– Não sou soldado – retrucou Mirdin lentamente. Olhou para Rob.

– Venha conosco, Mirdin. – Rob ouviu a própria voz insistindo. – Estudamos menos de um terço dos mandamentos. Podemos continuar estudando durante a viagem.

– Precisaremos de cirurgiões – disse Karim. – Além disso, será Jesse o único judeu que já conheci disposto a lutar?

Era uma brincadeira rude, mas bem-humorada, mas algo gelou nos olhos de Mirdin.

– Não é verdade. Karim, você está estupidificado com vinho – replicou Rob.

– Eu vou – decidiu Mirdin, e todos gritaram de prazer.

– Imaginem – comentou Ala satisfeito. – Quatro amigos juntos, atacando a Índia!

Naquela tarde, Rob foi procurar Nikta, a parteira. Era uma mulher severa e magra, não velha ainda, com nariz fino no rosto pálido e olhos que pareciam passas. Ofereceu alguma coisa para comer e beber, sem muito entusiasmo, e ouviu o que ele tinha a dizer. Rob explicou que precisava sair da cidade. O olhar dela dizia que o problema era parte do seu mundo normal: o marido viaja, a mulher fica em casa para sofrer sozinha.

– Já vi sua mulher. A de cabelos vermelhos, a Outra.

– Sim, ela é cristã europeia.

Nikta ficou pensativa por algum tempo e finalmente resolveu:

– Está certo. Eu a atenderei quando chegar a hora. Se houver alguma dificuldade, fico na sua casa durante as últimas semanas.

– Muito obrigado. – Deu a ela cinco moedas, quatro de ouro. – É bastante?

– É bastante.

Rob não foi para casa. Saiu novamente do Yehuddiyyeh e foi à casa de Ibn Sina, sem ser convidado.

O médico-chefe o cumprimentou e o ouviu com seriedade.

– E se você morrer na Índia? Meu irmão Ali morreu num ataque semelhante. Talvez a possibilidade não tenha ocorrido a você, porque é jovem e forte e só vê vida à sua frente. Mas e se a morte o levar?

– Estou deixando dinheiro com minha mulher. Pouco é meu, o resto era do pai dela – disse Rob escrupulosamente. – Se eu morrer, pode providenciar para que ela viaje com a criança?

Ibn Sina fez um gesto afirmativo.

– Tenha cuidado para que eu não precise ter todo esse trabalho. – Ibn Sina sorriu. – Pensou na adivinhação que eu o desafiei a descobrir?

Rob admirou-se de que uma mente como aquela tivesse tempo para brincadeiras infantis.

– Não, médico-chefe.

– Não importa. Se Alá quiser, haverá muito tempo para pensar na resposta. – Seu tom de voz mudou e disse bruscamente: – E agora, sente mais perto, *hakim*. Acho bom falarmos um pouco sobre o tratamento de ferimentos.

Rob contou para Mary quando estavam na cama. Explicou que não tinha escolha, que tinha se comprometido a pagar pelos favores de Alá e que, de qualquer modo, sua presença no grupo de ataque era um comando.

– Não preciso dizer que nem Mirdin nem eu procuraríamos uma aventura maluca se pudéssemos evitar.

Não entrou em detalhes sobre os possíveis inconvenientes, mas disse que tinha combinado com Nikta para atender Mary na hora do parto, que Ibn Sina a ajudaria se houvesse qualquer outro problema.

Mary deve ter ficado apavorada, mas não se queixou. Rob julgou perceber revolta na voz dela quando fez algumas perguntas, mas talvez fosse reflexo da culpa que ele sentia, pois reconhecia que bem no fundo estava entusiasmado com a ideia de bancar o soldado, feliz por viver um sonho da infância.

Uma vez, durante a noite, pôs a mão na barriga da mulher e sentiu a carne morna que já se elevava, já começava a aparecer.

– Talvez você não o veja do tamanho de uma melancia como disse – murmurou Mary, no escuro.

– Certamente por esse tempo estarei de volta.

Quando chegou o dia da partida, Mary recolheu-se em si mesma, voltando a ser a mulher decidida que ele encontrara sozinha protegendo ferozmente o pai agonizante no uádi de Ahmad.

Quando chegou o momento, ela estava lá fora, secando seu cavalo negro. Beijou-o com os olhos secos e o viu partir, uma mulher alta com a cintura um pouco larga cujo corpo grande ultimamente parecia estar sempre cansado.

CAPÍTULO 57

O cameleiro

Seria uma pequena força para um exército, mas era grande para um grupo de assalto, seiscentos guerreiros a cavalo e montados em camelos e vinte e dois elefantes. Khuff apossou-se do cavalo castanho logo que Rob chegou ao ponto de encontro na *maidan*.

– Seu cavalo será devolvido quando voltarmos a Ispahan. Vamos usar só montarias treinadas para não refugar quando veem um elefante.

O cavalo marrom foi levado para a manada que ficaria nos estábulos reais e, para consternação de Rob e divertimento de Mirdin, deram-lhe uma feiosa camela cinzenta que olhou para ele com olhos frios enquanto ruminava, os lábios como borracha se contorcendo e as mandíbulas moendo em direções opostas.

Mirdin ganhou um camelo marrom; montara camelos durante toda a vida e mostrou a Rob como manejar as rédeas e gritar os comandos, para que o dromedário, com uma só corcova, dobrasse as pernas na frente, ajoelhando-se, e depois dobrasse as pernas traseiras, despencando no chão. O cavaleiro montava de lado e puxava as rédeas, gritando outro comando, e o animal desdobrava as pernas invertendo a ordem dos movimentos para ficar de pé.

Havia duzentos e cinquenta camelos. Finalmente chegou Ala, uma esplêndida figura. Seu elefante era um metro mais alto do que os outros. As presas eram enfeitadas com argolas de ouro. O *mahout* sentado orgulhosamente na cabeça do animal dirigia com os pés enfiados nas orelhas do elefante. O Xá sentava-se ereto em uma caixa acolchoada nas grandes costas convexas, uma figura esplêndida vestida de seda azul e turbante vermelho. O povo gritou entusiasmado. Talvez muitos deles estivessem aplaudindo o herói do *chatir*, pois Karim, montado num nervoso garanhão árabe cinzento com olhos selvagens, seguia logo atrás do elefante real.

Com voz trovejante e áspera Khuff gritou um comando e seu cavalo começou a trotar atrás do elefante do rei e de Karim, e então os outros elefantes entraram na fila e saíram da praça. Depois deles vinham os cavalos e só então os camelos, e atrás deles centenas de burros carregados, com as ventas cirurgicamente cortadas para que aspirassem mais ar, compensando o esforço. Os soldados a pé seguiam por último.

Mais uma vez Rob estava a três quartos da fila na linha de marcha, o que parecia ser sua posição costumeira quando viajava com muita companhia. Isso significava que ele e Mirdin tinham de enfrentar constantes nuvens de poeira; prevenidos, tinham trocado os turbantes pelos chapéus de couro dos judeus, que os protegiam melhor da poeira e do sol.

Rob achou o camelo alarmante. Quando ele ajoelhou e ele instalou seu peso considerável nas costas do animal, ele relinchou ruidosamente e depois resmungou e gemeu para se levantar. Rob mal podia acreditar; estava muito mais alto do que quando montava um cavalo; balançava e pulava e havia menos gordura e carne para acolchoar seu traseiro.

Quando cruzaram a ponte sobre o Rio da Vida, Mirdin olhou para ele com um largo sorriso.

– Vai aprender a amá-lo! – gritou para o amigo.

Rob jamais aprendeu a amar sua camela. Sempre que podia, o animal cuspia uma saliva grossa em cima dele e tentava mordê-lo como um cão. Rob teve de amarrar as mandíbulas da fera que, além disso, tentava atingi-lo com coices como uma mula mal-humorada. Rob estava sempre atento aos caprichos do animal.

Estava gostando de viajar com soldados na frente e atrás dele; eram como uma antiga coorte romana, e Rob imaginava-se parte de uma legião, levando seus costumes e conhecimentos a lugares distantes. A fantasia era sempre desfeita no fim do dia, pois não armavam um acampamento organizado como os romanos. Ala tinha sua tenda e seus tapetes macios, músicos e cozinheiros para satisfazer suas vontades. Os outros escolhiam um pedaço de chão e dormiam vestidos como estavam. O fedor das fezes dos animais e dos homens era uma constante, e, quando chegavam a um regato, deixavam as águas imundas quando partiam.

À noite, deitado no escuro no chão duro, Mirdin continuava a ensinar as leis de acordo com o Deus dos judeus. O exercício habitual de ensinar e aprender ajudava a ignorar o desconforto e as apreensões. Estudaram uma grande quantidade de mandamentos com excelente resultado e Rob observou que ir para a guerra talvez fosse uma boa coisa para o estudo. A voz calma e erudita de Mirdin parecia garantir que veriam dias melhores.

Durante uma semana, usaram as próprias provisões, e então todas se acabaram, de acordo com o planejado. Cem soldados a pé foram designados como provedores e marchavam bem adiante do grupo principal. Procuravam nos campos e todos os dias voltavam conduzindo cabras, ovelhas, aves vivas ou cargas de cereais. O melhor era reservado para o Xá e o resto, distribuído, assim todas as noites cozinhavam em centenas de fogueiras ao ar livre e os soldados comiam bem.

Em cada acampamento organizavam assistência médica; o local das consultas ficava perto da tenda do Xá, para desencorajar doenças fictícias, mas mesmo assim a fila era grande. Uma noite, Karim apareceu onde Rob e Mirdin trabalhavam.

– Quer trabalhar? Precisamos de ajuda – perguntou Rob.
– É proibido. Devo ficar ao lado do Xá.
– Ah – suspirou Mirdin.
Karim olhou para eles com seu sorriso de canto de boca.
– Querem mais comida?
– Temos o bastante – respondeu Mirdin.
– Posso conseguir o que quiserem. Vamos levar algumas semanas até os currais dos elefantes em Mansura. Acho melhor fazerem suas vidas durante a marcha o mais confortáveis possível.

Rob pensou na história que Karim tinha contado durante a praga, em Shiraz. Como seus pais haviam sido violentamente mortos por um exército que passou pela província de Hamadhan. Imaginou quantos bebês teriam a cabeça arrebentada contra as rochas para salvá-los da fome, com a passagem daquele exército.

Então envergonhou-se dessa animosidade contra o amigo, pois a incursão à Índia não fora ideia de Karim.

– Quero pedir uma coisa. Que cavem trincheiras nos quatro lados de cada acampamento para serem usadas como latrinas.

Karim fez um gesto de assentimento.

A sugestão foi imediatamente atendida, com a explicação de que o novo sistema era uma ordem dos cirurgiões. Não contribuiu para a popularidade dos médicos, pois agora todas as noites soldados cansados, com dor de barriga, tinham de sair no escuro à procura de uma trincheira. Os que não faziam isso eram castigados com espancamento. Mas o fedor diminuiu e era bom não ter de se preocupar em pisar em merda humana todas as manhãs, quando levantavam acampamento.

A maioria dos homens via os médicos com certo desprezo. Todos tinham notado que Mirdin havia se apresentado ao grupo de ataque sem nenhuma arma, obrigando Khuff a lhe dar uma espada de guarda de terceira classe, que ele sempre esquecia de usar. Os chapéus de couro também os distinguiam dos outros, bem como o hábito de levantar cedo e sair do campo para se cobrir com xales de oração e recitar bênçãos com tiras de couro enroladas nos braços e nas mãos.

Mirdin ficou intrigado:
– Não há nenhum judeu aqui para suspeitar de você; então por que continua rezando comigo? – Deu um largo sorriso quando Rob ergueu os ombros. – Acho que uma pequena parte de você já é judia.
– Não.
Rob contou como, no dia em que assumiu a identidade judia, tinha ido à catedral de Santa Sofia em Constantinopla e prometido a Jesus que jamais o abandonaria.

Mirdin fez um gesto de assentimento sem o sorriso. Eram bastante sensatos para não insistirem no assunto. Sabiam que jamais concordariam em várias coisas porque tinham sido criados com crenças diferentes sobre Deus e a alma humana, mas evitavam essas armadilhas e compartilhavam aquela amizade como homens razoáveis, como médicos e agora como soldados novatos.

Quando chegaram a Shiraz, de acordo com combinação prévia, o *kelonter* foi ao encontro deles com um comboio de burros carregados de provisões, um sacrifício que salvou o distrito de Shiraz da indiscriminada coleta dos soldados provedores. Depois de prestar homenagem ao Xá, o *kelonter* abraçou Rob, Mirdin e Karim e sentaram-se os quatro, bebendo vinho e lembrando os dias da praga.

Rob e Mirdin o acompanharam nos seus camelos até os portões da cidade. Na volta, tentados por um trecho plano e macio da estrada e pelo vinho nas suas cabeças, resolveram apostar uma corrida de camelos. Foi uma revelação para Rob, pois o que até ali era um passo desajeitado e balouçante transformou-se em algo muito diferente quando o camelo começou a correr. O passo do animal aumentou consideravelmente em comprimento e cada um era agora um salto para a frente que levava o camelo e o homem pelo ar num plano igual e veloz. Rob, comodamente sentado, desfrutava as sensações variadas: ele flutuava, pairava no ar, ele era o vento.

Compreendia agora por que os judeus-persas tinham inventado um nome judeu para a espécie adotada pela maioria do povo – *gemala sarka*, camelos voadores.

A fêmea cinzenta lutou desesperadamente e pela primeira vez Rob sentiu afeição por ela.

– Vamos, bonequinha! Vamos, garota! – gritava ele enquanto voavam na direção do campo.

O macho marrom de Mirdin venceu, mas a competição animou Rob. Pediu ração extra aos guardadores dos elefantes para sua fêmea cinzenta e ela o mordeu no braço. A mordida não feriu a pele mas deixou uma feia equimose que o incomodou durante dias, e foi então que Rob deu o nome à sua camela: Meretriz.

CAPÍTULO 58

Índia

Logo depois de Shiraz, chegaram à Estrada das Especiarias e seguiram por ela, evitando a região montanhosa do interior, até tomarem o caminho de Hormuz, na costa. Estavam no inverno mas o ar do golfo era quente e perfumado. Às vezes, depois de acampados, os soldados e seus animais banhavam-se nas águas quentes e salgadas das praias arenosas, enquanto sentinelas nervosos vigiavam atentos a possível aproximação de tubarões. As pessoas que viam agora eram tanto negros ou baluchis quanto persas. Eram pescadores ou, nos oásis próximos das areias da costa, agricultores que cultivavam tâmaras e romãs. Moravam em tendas ou casas de pedra recobertas com barro, de telhados planos; uma vez ou outra passavam por uádis, onde as famílias viviam em cavernas. Para Rob era uma terra pobre, mas Mirdin ficava cada vez mais entusiasmado, olhando em volta com expressão suave.

Quando chegaram à aldeia de pescadores de Tiz, Mirdin segurou a mão de Rob e o levou até a beira da água.

– Lá, no outro lado – disse, apontando para o golfo azul-celeste. – Lá está Masqat. Daqui, um barco pode nos levar à casa do meu pai em poucas horas.

Uma proximidade atormentadora, mas na manhã seguinte levantaram acampamento e a cada passo mais se distanciavam da família Askari.

Quase um mês depois de deixarem Ispahan, saíram da Pérsia. Foram efetuadas mudanças. Ala ordenou três círculos de sentinelas à noite nos acampamentos e de manhã uma nova senha era passada de homem em homem; quem tentasse entrar no acampamento sem a senha seria morto.

Quando entraram no solo estranho de Sind, os soldados deram expansão aos seus instintos destruidores e certa vez conduziram mulheres até o acampamento, como se conduzissem um bando de animais. Ala disse que permitiria a presença de mulheres somente por aquela noite. Seria difícil para seiscentos homens chegarem perto de Mansura sem serem vistos e o Xá não queria que ninguém fosse avisado com antecedência pelas mulheres que pegassem no caminho.

Seria uma noite selvagem. Viram Karim escolher quatro mulheres cuidadosamente.

– Para que Karim quer quatro? – perguntou Rob.
– Não está escolhendo para ele – disse Mirdin.

Estava certo. Karim conduziu as mulheres para a tenda do rei.

– Para isso lutamos tanto para ajudá-lo a passar nos exames e ser médico? – perguntou Mirdin com amargura. Rob não respondeu.

Os homens passavam as mulheres de mão em mão, revezando-se em grupos. Amontoavam-se e assistiam ao ato, aplaudindo, e os sentinelas foram dispensados do serviço para compartilhar daquela primeira presa de guerra.

Mirdin e Rob sentaram-se ao lado de uma pele de cabra com vinho amargo. Durante algum tempo tentaram estudar, mas não era uma boa ocasião para comentar as leis do Senhor.

– Você me ensinou mais de quatrocentos mandamentos – disse Rob pensativo. – Logo terminaremos.

– Eu apenas fiz uma lista deles. Certos estudiosos devotam a vida ao estudo dos comentários de um único mandamento.

A noite estava cheia de gritos e sons de embriaguez.

Durante anos Rob conseguira se controlar evitando bebidas fortes, mas agora sentia-se só e, com seu desejo sexual não satisfeito por todo aquele espetáculo selvagem à sua volta, bebeu depressa demais.

Não demorou para que ficasse truculento. Mirdin, sem acreditar que aquele era o amigo calmo e sensato, não o provocou. Mas um soldado passou por eles e deu um empurrão em Rob, e se Mirdin não procurasse acalmar as coisas, falando com Rob como se fosse um menino mimado e levando-o para a cama, sem dúvida teria havido uma luta.

Na manhã seguinte as mulheres já tinham ido embora e Rob pagou sua tolice tendo de montar o camelo com uma terrível dor de cabeça. Mirdin, sempre o estudante de medicina, piorou as coisas fazendo uma infinidade de perguntas e chegando à conclusão de que alguns homens devem considerar o vinho um veneno e uma feitiçaria.

Mirdin não tinha pensado em levar uma arma, mas não esqueceu o Jogo do Xá, o que foi uma bênção, pois jogavam todas as noites, até ficar escuro demais. Agora as partidas já eram muito disputadas e bem equilibradas, e certa vez, com a sorte do seu lado, Rob ganhou.

Com o tabuleiro entre eles, falou da sua preocupação com Mary.

– Deve estar ótima, pois Fara diz que ter filhos é algo que as mulheres aprenderam há muito tempo – disse Mirdin alegremente.

Rob imaginou em voz alta se seria homem ou mulher.

– Vocês tiveram relações quanto tempo depois da menstruação dela?

Rob ergueu os ombros.

– Al-Habib escreveu que, se a relação ocorrer do primeiro ao quinto dia depois do fim da menstruação, será menino. Do quinto ao oitavo, menina. – Mirdin hesitou e Rob sabia que era porque al-Habib dizia também que se a relação ocorresse depois do décimo quinto dia a criança podia ser hermafrodita.

— Al-Habib escreveu também que pais com olhos castanhos fazem filhos homens e pais com olhos azuis fazem filhas mulheres. Porém, venho de uma terra onde quase todos os homens têm olhos azuis e sempre tiveram muitos filhos homens — disse Rob, zangado.

— Sem dúvida al-Habib escreveu só sobre gente normal, como a que temos no Oriente — replicou Mirdin.

Às vezes, em lugar do Jogo do Xá, faziam uma revisão dos ensinamentos de Ibn Sina sobre tratamento de feridos em batalhas, ou examinavam os instrumentos, certificando-se de que estavam bem equipados como cirurgiões. O que foi bom, porque uma noite foram convidados à tenda de Ala para jantar com o rei e responder a perguntas sobre seus preparativos. Karim estava presente e cumprimentou os amigos com ar constrangido; logo perceberam que tinha recebido ordens para fazer as perguntas e avaliar a eficiência dos dois.

Os criados apareceram com água e toalhas para que lavassem as mãos antes de comer. Ala mergulhou as pontas dos dedos numa bela vasilha de ouro e as enxugou com uma toalha de linho azul-claro com frases do Qu'ran bordadas a ouro.

— Diga como tratariam ferimentos cortantes — perguntou Karim.

Rob disse o que Ibn Sina havia ensinado: derramar óleo quase fervente sobre o ferimento para evitar supuração e humores maléficos.

Karim assentiu com um gesto.

Ala escutava muito pálido. Então deu instruções muito firmes para que, caso fosse ferido mortalmente, deviam enchê-lo de soporíferos para aliviar a dor logo depois que um *mullah* tivesse feito com ele a prece final.

A refeição foi simples segundo os padrões reais, ave assada no espeto com vegetais de verão, mas muito melhor preparada do que a que estavam acostumados no acampamento e servida em travessas. Depois, enquanto três músicos tocavam cítaras, Mirdin enfrentou Ala no Jogo do Xá e foi facilmente vencido.

Era uma mudança agradável na rotina, mas Rob não teve pena quando deixaram o rei. Não invejava Karim que ultimamente sempre viajava no elefante chamado Zi, sentado na caixa com o Xá.

Mas Rob continuava fascinado pelos elefantes e sempre que tinha oportunidade examinava-os com interesse. Alguns carregavam o peso de cotas de malha como as dos guerreiros humanos. Cinco elefantes carregavam vinte *mahouts* levados por Ala como reserva na esperança de que voltariam conduzindo os elefantes roubados em Mansura. Todos os *mahouts* eram indianos capturados em outras incursões, mas eram muito bem tratados e regiamente recompensados, de acordo com seu grande valor, e o Xá estava certo da sua lealdade.

Os elefantes se encarregavam do próprio alimento. No fim do dia, seus tratadores, pequenos e escuros, os conduziam aos campos com vegetação onde eles comiam à vontade relva, pequenos galhos e casca de árvore, muitas vezes derrubando árvores com extrema facilidade para conseguir o que queriam.

Certa noite, os elefantes assustaram um bando de criaturas peludas, com rabo, que pareciam homenzinhos e que Rob sabia, por suas leituras, se tratar de macacos. Depois disso, viam macacos todos os dias, uma variedade de pássaros de penas coloridas e às vezes serpentes no chão ou nas árvores. Harsha, o *mahout* do Xá, informou a Rob que algumas daquelas serpentes tinham um veneno mortal.

– Se alguém for picado, o local da picada deve ser aberto com uma faca, todo o veneno sugado e logo cuspido. Então, mata-se um pequeno animal e seu fígado deve ser colocado sobre o ferimento para retirar o resto do veneno.
– O indiano advertiu que a pessoa que sugasse o ferimento não podia ter nenhuma ferida ou corte na boca. – Se tiver, o veneno entra e ela morre em meia tarde.

Passaram por estátuas do Buda, grandes deuses sentados, dos quais alguns dos homens zombavam constrangidos, mas que ninguém profanava, pois, embora dissessem que Alá era o único Deus verdadeiro, havia naquelas figuras imutáveis uma sutil ameaça que os fazia compreender o quanto estavam distantes da sua terra. Olhando para os enormes e ameaçadores deuses de pedra, Rob defendeu-se com um silencioso Pai Nosso de São Mateus. Naquela noite talvez Mirdin tivesse feito o mesmo, pois, deitado no chão, rodeado pelo exército persa, deu uma aula extremamente entusiástica sobre a Lei.

Foi a noite em que chegaram ao 524º mandamento, com um intrigante edito: "Se um homem cometer um pecado que merece a pena de morte, e for condenado a morrer enforcado numa árvore, seu corpo não deve permanecer a noite toda na árvore, mas deves enterrá-lo no mesmo dia."

Mirdin disse a Rob para prestar muita atenção a essas palavras.

– Por causa delas, não estudamos o corpo humano como os gregos pagãos estudavam.

Rob sentiu um arrepio e levantou-se.

– Os sábios e estudiosos extraem três leis desse mandamento – disse Mirdin.
– Primeira, se o corpo de um criminoso convicto deve ser tratado com tanto respeito, então o corpo de um cidadão respeitável deve ser também rapidamente enterrado sem ser sujeito a vergonha ou desrespeito. Segunda, quem deixa seus mortos sem enterrar durante uma noite está transgredindo um mandamento negativo. E terceira, o corpo deve ser enterrado inteiro e sem cortes, pois se for deixada a menor porção de tecido é como se não tivesse sido enterrado.

– Aí foi que eles erraram – replicou Rob pensativo. – Porque se essa lei proíbe que se deixe o corpo de um assassino sem enterrar, cristãos, muçulmanos e judeus impedem que os médicos estudem aquilo que procuram curar!

– É o mandamento de Deus! – retrucou Mirdin severamente.

Rob, deitado, olhou para a escuridão. Perto deles um soldado roncava alto e mais adiante alguém tossiu e cuspiu. Pela centésima vez perguntou a si mesmo o que estava fazendo no meio deles.

– Acho que o que vocês fazem é desrespeito. Enterrar os mortos com tanta pressa, como se não vissem a hora de se livrar deles.

– É verdade que não damos atenção exagerada ao cadáver. Depois do funeral, honramos a memória do morto com a *shiva*, sete dias durante os quais os enlutados ficam dentro de casa orando e se lamentando.

A frustração cresceu e Rob sentiu o mesmo impulso selvagem de quando bebia demais.

– É um absurdo. É um mandamento ignorante.

– Não deve dizer que a palavra de Deus é ignorante!

– Não estou falando da palavra de Deus. Estou falando da interpretação que os homens dão à palavra de Deus. Uma interpretação que tem mantido o mundo na ignorância e nas trevas por mais de mil anos.

Mirdin ficou calado por algum tempo.

– Não estamos pedindo sua aprovação – disse finalmente. – Nem sabedoria nem decência. Nosso acordo diz apenas que você estudaria as leis de Deus.

– Sim, concordei em estudar. Não concordei em fechar a mente nem guardar em segredo meu julgamento.

Dessa vez Mirdin não respondeu.

Dois dias depois, chegaram afinal às margens de um grande rio, o Indo. Alguns quilômetros ao norte havia um baixio de fácil travessia, mas os *mahouts* disseram que às vezes era guardado por soldados, por isso viajaram para o sul até outro baixio, mais profundo, mas que podia ser transposto. Khuff designou um grupo de soldados para a construção de jangadas. Os que sabiam nadar passaram para a outra margem com seus animais. Os que não nadavam atravessaram nas balsas, apoiando longas varas no fundo do rio. Alguns elefantes atravessaram caminhando no leito do rio, o corpo todo mergulhado, exceto a tromba, com a qual respiravam fora d'água. Quando o rio ficava muito profundo para eles, nadavam como os cavalos.

Reuniram-se na outra margem e começaram a viajar para o Norte outra vez, na direção de Mansura, dando uma larga volta para evitar o baixio guardado.

Karim chamou Mirdin e Rob, e durante algum tempo viajaram todos com Ala nas costas de Zi. Rob tinha de se concentrar no que o Xá dizia, pois o mundo era diferente nas costas de um elefante.

Os espiões de Ala haviam informado, em Ispahan, que Mansura não era fortemente guardada. O velho rajá do lugar, que fora um comandante feroz, tinha morrido recentemente e diziam que os filhos eram péssimos soldados que mantinham fracas guarnições.

— Agora preciso mandar batedores para confirmar isso – disse Ala. – Vocês irão, pois lembrei agora que dois mercadores *dhimmi* podem se aproximar de Mansura sem chamar atenção.

Rob resistiu ao impulso de olhar para Mirdin.

— Devem ficar atentos às armadilhas para elefantes perto do povoado. Às vezes eles fazem estruturas de madeira com pontas agudas de ferro, e as enterram em trincheiras rasas, perto dos muros. Essas armadilhas são devastadoras para os elefantes e precisamos ter certeza de que não são usadas aqui antes de apanharmos nossos elefantes.

Rob fez um gesto de assentimento. Montado num elefante, tudo parecia possível.

— Sim, Majestade – respondeu.

Os soldados acamparam para esperar a volta dos batedores. Rob e Mirdin deixaram seus camelos, obviamente animais do exército treinados para velocidade e não para levar carga, e saíram do acampamento com dois burros.

A manhã estava fresca e ensolarada. Na floresta, pássaros silvestres piavam desafios e gritavam, e um grupo de macacos ralhou com eles de cima de uma árvore.

— Eu gostaria de dissecar um macaco.

Mirdin ainda estava zangado com ele e gostando de ser observador secreto menos ainda do que gostava de ser soldado.

— Por quê? – perguntou.

— Ora, para descobrir o que fosse possível. Como Galeno dissecou macacos da Barbary para aprender.

— Pensei que tinha resolvido ser médico.

— Isso é ser médico.

— Não, isso é ser um dissecador. *Eu* vou ser médico e vou passar meus dias tratando as pessoas de Masqat quando ficarem doentes, pois é o que os médicos fazem. *Você* não consegue resolver se quer ser cirurgião, dissecador, médico ou uma... parteira com sacos! Você quer tudo!

Rob sorriu e não disse nada. Tinha pouca defesa porque até certo ponto o que Mirdin estava dizendo era verdade.

Viajaram em silêncio por algum tempo. Duas vezes passaram por indianos, um fazendeiro enterrado na lama até os tornozelos em um canal de irrigação e dois homens na estrada carregando uma vara em cuja extremidade havia um cesto cheio de ameixas amarelas. Os dois os saudaram numa língua que nenhum deles entendeu e responderam com sorrisos; Rob esperava que os homens não chegassem ao acampamento, pois agora quem visse os soldados seria logo transformado em escravo ou cadáver.

Depois de uma curva da estrada, encontraram uns seis homens puxando burros e Mirdin pela primeira vez abriu um largo sorriso, pois os viajantes usavam chapéus judeus de couro cobertos de poeira iguais aos seus e túnicas negras obviamente muito viajadas.

– *Shalom!* – cumprimentou Rob quando se aproximaram.

– *Shalom aleikhem!* E sejam bem-vindos.

O porta-voz e líder do grupo disse que seu nome era Jillel Nafthali, comerciante de especiarias de Ahwaz. Era pomposo e sorridente, tinha uma marca de nascença cor de morango que cobria a face esquerda e parecia disposto a passar o dia inteiro com apresentações e árvores genealógicas. Um dos homens era seu irmão, Ari, outro, seu filho, e os outros três, maridos das suas filhas. Não conhecia o pai de Mirdin, mas tinha ouvido falar da família Askari, que comprava pérolas em Masqat, e a troca de nomes continuou até chegar a um distante primo de Nafthali que Mirdin conhecia, ficando os dois lados felizes por não serem estranhos.

– Vieram do Norte? – perguntou Mirdin.

– Estivemos em Multan. Um pequeno negócio – respondeu Nafthali com um ar satisfeito que indicava a magnitude da transação. – Para onde vão?

– Para Mansura. Negócios, um pouco disso, um pouco daquilo – respondeu Rob, e os homens balançaram a cabeça com ar respeitoso. – Conhecem bem Mansura?

– Muito bem. Na verdade, passamos a noite lá com Ezra ben Husik, que negocia com pimenta em grão. Um homem de valor, muito hospitaleiro.

– Então observaram a guarnição do lugar? – perguntou Rob.

– A guarnição? – Nafthali olhou para eles intrigado.

– Quantos soldados há em Mansura? – perguntou Mirdin calmamente.

Os homens compreenderam, e Nafthali recuou, chocado.

– Não nos envolvemos nessas coisas – respondeu em voz baixa, quase um sussurro.

Voltaram-se, prontos para seguir viagem. Rob percebeu que estava na hora de uma demonstração de fé.

– Não devem continuar por esta estrada, pois se exporiam a perigo de vida. Também não devem voltar para Mansura.

Olharam para ele assustados.

– Então, para onde iremos? – perguntou Nafthali.

– Tirem seus animais da estrada e escondam-se nos bosques. Fiquem escondidos o tempo necessário, até ouvirem a passagem de um grande grupo de homens. Depois que todos tiverem passado, voltem à estrada e vão para Ahwaz o mais depressa possível.

– Nós agradecemos – respondeu Nafthali sombriamente.

– É seguro para nós chegarmos perto de Mansura? – perguntou Mirdin.

O comerciante de especiarias fez um gesto afirmativo.

– Estão acostumados a ver comerciantes judeus.

Rob não ficou satisfeito. Lembrando a linguagem dos sinais que Loeb tinha ensinado na viagem para Ispahan, os sinais secretos por meio dos quais os negociantes judeus no Oriente conduziam seus negócios sem dizer uma palavra, ergueu a mão e a girou no ar, o que queria dizer *quantos?*.

Nafthali olhou para ele, e finalmente pôs a mão direita no cotovelo esquerdo, o sinal para centenas. Então abriu os dedos e os levou ao cotovelo direito.

Rob queria estar certo de ter compreendido.

– Novecentos soldados?

Nafthali fez um gesto afirmativo.

– *Shalom* – cumprimentou ele, com tranquila ironia.

– A paz esteja convosco – respondeu Rob.

A floresta terminou e viram Mansura. O povoado ficava num pequeno vale, no fundo de uma encosta de pedra. Lá de cima podiam ver a guarnição: alojamentos, campos de treino, estábulos dos cavalos, currais dos elefantes. Rob e Mirdin observaram tudo cuidadosamente e guardaram na memória.

Tanto o povoado quanto a guarnição eram defendidos por uma única paliçada feita de troncos de árvores, dispostos um ao lado do outro, com pontas afiadas na parte superior para dificultar a escalada.

Quando chegaram perto do muro da cidade, Rob espetou um dos burros com uma vareta e, seguido por crianças que gritavam e riam, perseguiu o animal do lado de fora dos muros, enquanto Mirdin ia para o outro lado, ostensivamente para cercar o burro fujão.

Nem sinal de armadilhas para elefantes.

Não perderam tempo e voltaram para o leste imediatamente. Em pouco tempo estavam no acampamento.

A senha do dia era *mahdi*, que significa "salvador"; depois de repetir a palavra para as três linhas de sentinelas, seguiram Khuff até a presença do Xá.

Ala franziu o cenho quando ouviu falar em novecentos soldados, pois seus espiões o haviam feito esperar muito menos. Mas não desanimou.

– Se conseguirmos fazer um ataque de surpresa, a vantagem estará do nosso lado.

Desenhando no chão com varetas, Rob e Mirdin indicaram os detalhes das fortificações e a localização dos currais dos elefantes, enquanto o Xá ouvia atentamente e fazia planos.

Os homens tinham passado toda a manhã preparando o equipamento, engraxando armaduras, afiando lâminas com perfeição.

Os elefantes tomaram vinho nos seus baldes de água.

– Não muito. O suficiente para ficarem mal-humorados e prontos para lutar – explicou Harsha para Rob, que assentiu pensativo. – Só damos antes da batalha.

Os elefantes pareciam compreender. Moviam-se inquietos e os *mahouts* tinham de ficar alertas enquanto desempacotavam as cotas de malhas, as colocavam sobre os animais e prendiam com firmeza. Espadas especiais, longas e pesadas, com soquetes no lugar do punho, eram afixadas nas presas, e agora, além da aura de força bruta, havia também a de uma crueldade letal.

Houve uma explosão de atividade nervosa quando Ala mandou que toda a força se pusesse em marcha.

Seguiram pela Estrada das Especiarias, lentamente, bem devagar, pois o momento exato era tudo, e Ala queria chegar a Mansura no fim do dia. Ninguém falava. Encontraram apenas alguns infelizes no caminho, que foram aprisionados, amarrados e guardados pelos soldados a pé para não darem alarme. Quando chegaram ao lugar em que tinha visto os judeus de Ahwaz, Rob pensou nos homens escondidos ali perto, ouvindo as patas dos animais e os pés em marcha mais o suave tinido das cotas de malha dos elefantes.

Saíram da floresta quando a noite começava a cobrir o mundo, e acobertado pela semiescuridão Ala dispôs suas forças ao longo do topo da colina. Atrás dos elefantes, sobre os quais sentavam-se quatro arqueiros, costas contra costas, seguiram homens com espadas em cavalos e camelos e depois da cavalaria vinham os soldados a pé com lanças e cimitarras.

Dois elefantes, sem cota de malha, montados apenas por seus *mahouts*, moveram-se quando foi dado o sinal. Os que estavam no topo da colina viram os dois grandes animais descerem envoltos pela tranquila luz acinzentada. Lá adiante, as fogueiras do povoado tremulavam enquanto as mulheres preparavam a refeição da noite.

Quando os dois elefantes chegaram à paliçada, abaixaram a cabeça e a encostaram nos troncos de madeira.

O Xá ergueu o braço.

Os elefantes moveram-se para a frente. Com um grande estalo e ruídos surdos, o muro caiu. O braço do Xá foi abaixado e os persas começaram a avançar.

Os elefantes desceram a colina com rapidez e determinação. Atrás deles, camelos e cavalos começaram a descer em passo ligeiro e depois no galope. Do povoado, ergueram-se gritos distantes.

Rob desembainhou a espada e a usava para bater nos flancos da sua Meretriz, mas ela não precisava de encorajamento. Primeiro, apenas a batida surda dos cascos e a música das cotas de malha, depois seiscentas vozes começaram a gritar seu brado de guerra e os animais os acompanharam, os camelos gemendo, os elefantes barrindo selvagem e agudamente.

Rob sentiu o cabelo eriçar na nuca, e gritava como um animal quando os atacantes de Ala caíram sobre Mansura.

CAPÍTULO 59

O ferreiro Indiano

Rob tinha rápidas impressões, como se estivesse folheando uma série de desenhos. O camelo passou pela abertura na paliçada a toda a velocidade. Passando pela cidade, o medo nos olhos do povo que fugia freneticamente dava-lhe uma sensação estranha da própria invulnerabilidade, uma convicção carnal, misto de poder e vergonha, como a que tinha experimentado há muito tempo na Inglaterra, quando enganou o velho judeu.

Quando chegou à guarnição, já estava em progresso uma batalha feroz. Os indianos lutavam no chão, mas conheciam elefantes e sabiam como atacá-los. Soldados a pé com longos espetos de madeira tentavam acertar os olhos dos animais, e Rob viu que tinham conseguido atingir um dos elefantes sem cota de malha que havia derrubado o muro. O *mahout* tinha desaparecido, sem dúvida morto, e o animal sem os dois olhos estava parado, trêmulo e gritando dolorosamente.

Rob viu um rosto escuro com uma careta e a espada erguida, a lâmina já se adiantando em sua direção. Não teve tempo de pensar em usar a espada como uma fina lâmina francesa; simplesmente a lançou para a frente e a ponta entrou na garganta do indiano. O homem caiu e Rob voltou-se para o que o atacava do outro lado do camelo, brandindo a arma como uma machadinha.

Alguns indianos tinham machados e cimitarras e tentavam vencer os elefantes atacando as trombas ou as pernas grossas como árvores, mas a luta era desigual. Os elefantes atacavam, as orelhas, com a raiva, abertas como velas de navio. Dobrando as trombas sob as presas mortais, atacavam como navios de guerra, caindo sobre os indianos e derrubando vários de cada vez. Os gigantescos animais erguiam os pés, como numa dança selvagem, e os abaixavam, fazendo tremer a terra. Homens atingidos pelas patas imensas eram amassados como uvas no lagar.

Rob estava aprisionado num inferno de morticínio e ruídos terríveis, rosnados, barridos, gritos, pragas, chamados, os gemidos dos agonizantes.

Zi, sendo o maior elefante e mais enfeitado e protegido, atraía maior número de atacantes, e Rob viu Khuff de pé, lutando ao lado do seu Xá. Khuff tinha perdido o cavalo. Brandia a pesada espada, girando-a sobre a cabeça e gritando pragas e insultos, e Ala, em cima do elefante, usava seu longo arco.

A batalha ficou mais intensa, os homens lutando furiosamente, todos ocupados com o trabalho importante da carnificina.

Conduzindo o camelo para cima de um lanceiro que se desviou e correu, Rob viu Mirdin a pé, a espada ao seu lado, não parecendo ter sido usada. Segurava um homem ferido pelas axilas, arrastando-o para fora da luta, alheio a tudo o mais.

Foi para Rob como um jorro de água gelada. Piscou os olhos e puxou rapidamente as rédeas do camelo, deslizando para o chão antes mesmo de Meretriz se ajoelhar. Aproximou-se de Mirdin e o ajudou a carregar o homem ferido, com o rosto já acinzentado e um ferimento no pescoço.

A partir desse momento, Rob esqueceu a matança e trabalhou como médico.

Os dois cirurgiões levaram o ferido para uma casa e continuaram a carregar outros enquanto a matança continuava. Tudo o que podiam fazer era apanhar os que caíam, pois seus instrumentos e medicamentos tão bem preparados estavam nas costas de uma dezena de burros, espalhados só Deus sabia por onde, e agora não tinham ópio nem óleo, nenhuma atadura limpa. Quando precisavam de pano para estancar o sangue, rasgavam um pedaço da roupa de um dos mortos.

Logo a luta se transformou em massacre. Os indianos tinham sido apanhados de surpresa e só metade deles tinha conseguido armas e feito uso delas, os outros resistiam com paus e pedras. Estavam sendo facilmente derrotados, embora a maioria lutasse desesperadamente por saber que se se entregassem seriam vergonhosamente executados ou transformados em escravos e eunucos na Pérsia.

A carnificina continuou noite adentro. Rob desembainhou a espada e carregando uma tocha foi à casa vizinha. Encontrou um homenzinho magro, a mulher e dois filhos pequenos. Os quatro rostos morenos voltaram-se para ele, os olhos fixos na espada.

– Deve sair sem que o vejam – disse Rob para o homem –, enquanto ainda há tempo.

Mas não entendiam o persa e o homem disse alguma coisa na sua língua estranha.

Rob foi até a porta e apontou para a noite, para a floresta distante, depois voltou para dentro e fez movimentos urgentes indicando que deviam sair.

O homem fez um gesto de assentimento. Estava apavorado; talvez houvesse animais selvagens na floresta. Mas reuniu a família e saíram silenciosamente da casa.

Na casa Rob encontrou lampiões e, em outras, óleo e pedaços de pano, e levou tudo para onde estavam os feridos.

Tarde da noite, no fim da luta, espadachins persas mataram todos os inimigos feridos e começou o saque e o estupro. Rob, Mirdin e um punhado de soldados percorreram o campo de batalha com tochas acesas. Não recolheram os mortos nem os agonizantes, mas procuravam os persas que podiam ser salvos. Logo Mirdin encontrou dois dos preciosos burros de carga e, trabalhando à luz do lampião, os cirurgiões começaram a tratar os ferimentos com óleo quente, a suturar e fazer curativos. Amputaram quatro membros, mas todos esses pacientes, exceto um, morreram. Assim trabalharam durante toda aquela noite terrível.

Tinham trinta e um pacientes e, quando a madrugada iluminou a sacrificada aldeia, encontraram mais sete feridos e vivos.

Depois da Primeira Prece, Khuff transmitiu as ordens para que os cirurgiões tratassem dos ferimentos de cinco elefantes, antes de voltar aos soldados. Três deles estavam com cortes nas pernas, um tinha a orelha transpassada por uma flecha e a tromba do outro estava cortada, e Rob recomendou que este último e o elefante cego fossem mortos pelos lanceiros.

Depois do *pilah* da manhã, os *mahouts* entraram nos currais de elefantes de Mansura e começaram a escolher os animais, falando suavemente com eles e fazendo com que se movessem puxando-os pelas orelhas com os ganchos chamados *ankushas*.

– Aqui, meu pai.

– Ande, minha filha. Quieto, meu filho! Mostrem-me o que vocês sabem fazer, meus filhos.

– Ajoelhe, mãe, e deixe-me montar na sua bela cabeça.

Com exclamações de ternura, os *mahouts* separaram os animais treinados dos que eram ainda semisselvagens. Só podiam levar elefantes dóceis, capazes de obedecer às suas ordens durante a marcha de volta a Ispahan. Os mais bravios seriam soltos, podendo voltar para a floresta.

Às vozes dos *mahouts* juntou-se outro som constante, um zumbido das varejeiras que já tinham encontrado os cadáveres. Com o calor do dia, o cheiro logo seria intolerável. Setenta e três persas estavam mortos. Apenas cento e três indianos tinham se entregado e estavam vivos, e quando Ala ofereceu a eles a oportunidade de trabalharem como carregadores militares, aceitaram com ansioso alívio; dentro de alguns anos conquistariam a confiança dos persas e teriam permissão para usar armas, e prefeririam ser soldados do que eunucos. Agora trabalhavam cavando as sepulturas para os soldados persas.

Mirdin olhou para Rob. *Pior do que eu temia*, diziam seus olhos. Rob concordava mas felizmente tudo tinha acabado e iam voltar para casa.

Mas Karim foi procurá-los. Khuff matou um oficial indiano, disse Karim, mas não antes que a espada do indiano tivesse cortado a espada de aço mais macio de Khuff quase completamente. Karim levou a espada de Khuff para mostrar a profundidade do corte. A espada capturada ao indiano era feita com o precioso aço com espirais e estava agora com Ala. O Xá pessoalmente assistira ao interrogatório dos prisioneiros, até descobrir que a espada fora feita por um artesão chamado Dhan Vangalil, em Kausambi, uma aldeia a três dias ao norte de Mansura.

– Ala resolveu ir até Kausambi – informou Karim.

Pretendiam capturar o ferreiro indiano e levá-lo para Ispahan, onde ele faria armas de aço espiralado para ajudar o Xá na conquista dos seus vizinhos e restaurar a grande e poderosa Pérsia dos velhos tempos.

Dizer era fácil, fazer foi muito mais difícil.

Kausambi era outra pequena aldeia na margem oeste do Indo, um lugar com algumas dezenas de casas pobres de madeira ladeando quatro ruas empoeiradas, cada uma delas levando à guarnição militar. Mais uma vez conseguiram atacar de surpresa, entrando pela floresta que protegia a cidadezinha contra a margem do rio. Quando os soldados indianos viram que se tratava de um ataque, explodiram do lugar como um bando de macacos assustados, desaparecendo no mato.

Ala ficou satisfeito, pensando que a covardia do inimigo lhe dera a mais fácil das vitórias. Não perdeu tempo em encostar a espada na garganta de um indiano apavorado, ordenando que o levasse a Dhan Vangalil. O artesão era um homem musculoso com olhos tranquilos, cabelo grisalho e barba branca, que escondia um rosto velho-jovem. Vangalil concordou imediatamente em ir para Ispahan e servir o Ala Xá, mas disse que preferia a morte se o Xá não permitisse que levasse a mulher, dois filhos, uma filha e vários instrumentos necessários para fazer o aço ondulado, incluindo uma grande quantidade de barras quadradas de duro aço indiano.

O Xá concordou. Porém, antes de saírem da cidadezinha, batedores chegaram com notícias inquietadoras. Os soldados indianos, em lugar de fugirem, tinham se posicionado na floresta e ao longo da estrada, estavam esperando para atacar quem tentasse sair de Kausambi.

Ala sabia que os indianos não podiam detê-los indefinidamente. Como os de Mansura, os soldados estavam mal armados; além disso, seriam obrigados a se alimentar com os frutos silvestres da terra. Os oficiais do Xá disseram que sem dúvida tinham enviado mensageiros com pedido de reforços, mas a força militar mais próxima ficava em Sehwan, a seis dias de viagem.

– Vocês devem entrar na floresta e acabar com eles – ordenou o Xá.

Os quinhentos persas foram divididos em dez unidades de cinquenta homens, todos soldados a pé. Saíram do povoado e entraram no mato à procura dos inimigos como se estivessem caçando javalis. Quando se encontravam com os indianos a luta era feroz, sangrenta e longa.

Ala ordenou que todos os mortos e feridos fossem retirados da floresta para que os indianos não os contassem, podendo calcular o enfraquecimento das suas forças. Assim, os persas mortos foram colocados sobre a poeira cinzenta de uma rua de Kausambi, para serem enterrados numa vala comum pelos prisioneiros de Mansura. O primeiro corpo levado para a cidade, logo no começo da luta na floresta, foi o do Capitão dos Portões. Khuff tinha uma flecha indiana nas costas. Tinha sido um homem rigoroso e carrancudo, mas era uma figura permanente e uma lenda. As cicatrizes no seu corpo podiam ser lidas como a história de árduas campanhas ao lado de dois Xás. Durante o dia, todos os soldados persas foram olhar o corpo.

A morte de Khuff os encheu de uma fúria fria, e dessa vez não fizeram prisioneiros, matando até um indiano que queria se entregar. Por outro lado, enfrentaram o desespero de homens caçados certos de que o inimigo não teria misericórdia. A luta foi tremendamente selvagem, flechas aguçadas e homens fazendo o pior possível com metal cortante, todos cortando, esfaqueando e gritando.

Duas vezes por dia os feridos eram reunidos numa clareira e um dos cirurgiões chegava até eles protegido por uma guarda pesada para os primeiros socorros, e para levar depois os pacientes para a cidade. A luta durou três dias. Dos trinta e oito feridos em Mansura, onze tinham morrido antes de os persas deixarem aquela cidade e dezesseis mais na marcha de três dias até Kausambi. Aos onze feridos que sobreviveram sob os cuidados de Mirdin e Rob juntaram-se mais trinta e seis naqueles três dias de batalha na floresta. Mais quarenta e sete persas foram mortos.

Mirdin fez mais uma amputação, e Rob fez três, uma delas resumindo-se na sutura da pele sobre o coto do braço cortado pelo indiano. No começo trataram os feridos de acordo com os ensinamentos de Ibn Sina: esquentavam óleo e derramavam no ferimento para evitar supuração. Mas na manhã do último dia o óleo acabou; lembrando como Barber tratava cortes com meteglin, apanhou uma pele de cabra cheia de vinho e começou a lavar os ferimentos com a bebida antes de enfaixar.

Naquela manhã, o último surto da batalha tinha começado com o nascer do dia. Algumas horas mais tarde, chegou um novo grupo de feridos e carregadores chegaram com alguém enrolado da cabeça aos pés em um cobertor indiano.

– Só feridos aqui – disse Rob secamente.

Mas os homens colocaram a carga no chão e esperaram, hesitantes, e Rob subitamente notou que o morto estava usando os sapatos de Mirdin.

– Se fosse um soldado comum nós o teríamos deixado na rua – disse um deles. – Mas é o *hakim*, por isso o trouxemos para o *hakim*.

Contaram que quando voltavam da floresta um homem saltou do meio do mato com uma machadinha. O indiano atacou apenas Mirdin e em seguida foi morto.

Rob agradeceu e os homens se afastaram.

Retirou o cobertor e viu que era mesmo Mirdin. O rosto contorcido parecia atônito e suavemente zangado.

Rob fechou os olhos ternos do amigo e amarrou o queixo longo e feio. Não pensava, movendo-se como se estivesse bêbado. Uma vez ou outra afastava-se para reconfortar os agonizantes ou tratar os feridos mas voltava para o lado do amigo. Em certo momento, beijou os lábios frios, mas não acreditava que Mirdin pudesse saber. Foi a mesma coisa quando tentou segurar a mão de Mirdin. Mirdin não estava mais ali.

Esperava que o amigo tivesse atravessado uma das suas pontes.

Finalmente Rob o deixou, tentando ficar afastado, trabalhando sem parar. Levaram para ele um homem com a mão direita amassada e Rob fez a última amputação da campanha, cortando logo acima da articulação do pulso. Quando voltou para Mirdin, ao meio-dia, o corpo estava coberto de moscas.

Tirou o cobertor e viu que a machadinha abrira o peito de Mirdin. Inclinou-se sobre o enorme ferimento e alargou as bordas com as mãos.

Rob não sentia o cheiro da morte que o rodeava nem da relva quente amassada sob seus pés. Os gemidos dos feridos, o zumbido das moscas e os gritos e sons distantes da batalha não pareciam chegar aos seus ouvidos. Não tinha consciência da morte do amigo e esqueceu o peso tremendo da dor.

Pela primeira vez, pôs a mão no interior de um corpo humano e tocou no coração.

CAPÍTULO 60

Quatro amigos

Rob lavou Mirdin e cortou suas unhas, penteou o cabelo e o enrolou no xale da oração, do qual metade de uma das franjas foi cortada, de acordo com o costume.

Procurou Karim, que se encolheu como se tivesse sido esbofeteado quando soube da morte do amigo.

– Não quero que seja enterrado na vala comum – disse Rob. – Sem dúvida a família virá apanhar o corpo e levar para Masqat, a fim de sepultar entre seu povo em solo sagrado.

Escolheram um lugar bem na frente de uma rocha tão pesada que nem os elefantes poderiam mover, depois mediram com exatidão o número de passos da rocha até a estrada mais próxima. Karim usou sua influência para obter pergaminho, pena e tinta; e depois de abrirem a cova, Rob desenhou um mapa do local. Faria um desenho mais detalhado e mandaria para Masqat. Se não houvesse prova incontestável da morte de Mirdin, Fara seria considerada uma *agunah*, esposa abandonada, e nunca mais poderia se casar. Essa era a lei, como Mirdin tinha ensinado.

– Ala vai querer estar presente – disse ele.

Viu Karim aproximar-se do Xá. Ala estava bebendo com seus oficiais, banhando-se na quente glória do triunfo. Rob viu que ele escutou com atenção o que Karim dizia, depois fez um gesto impaciente para que se afastasse.

Uma onda de ódio cresceu em Rob, lembrando a voz do rei na caverna dizendo para Mirdin: *Somos quatro amigos*.

Karim voltou com ar envergonhado e disse que podiam continuar; murmurou fragmentos esparsos de uma prece islâmica enquanto enchiam a cova de terra, mas Rob não tentou rezar. Mirdin merecia as vozes lamentosas do *Hashkavot*, o canto dos funerais, e o *Kaddish*. Mas o *Kaddish* tinha de ser recitado por dez judeus e ele era um cristão fingindo de judeu, ali de pé, mesmerizado e silencioso enquanto a terra se fechava sobre o amigo.

Naquela tarde, os persas não encontraram mais indianos na floresta.

O caminho para sair de Kausambi estava livre. Ala designou um veterano de olhos duros, Farhad, para Capitão dos Portões, e o oficial começou a gritar ordens para que os homens se organizassem para a partida.

Entre o júbilo geral, Ala fez um inventário. Tinha conseguido sua espada indiana. Perderam dois elefantes em Mansura mas haviam apanhado vinte e oito. Além disso, os *mahouts* encontraram quatro elefantes novos e saudáveis em Kausambi; eram animais para o trabalho, não treinados para a guerra, mas mesmo assim valiosos. Os cavalos dos indianos eram animaizinhos maltratados desprezados pelos persas, mas descobriram uma pequena manada de ótimos camelos em Mansura e dezenas de camelos de carga em Kausambi.

Ala estava eufórico com o sucesso das suas incursões.

Cento e cinquenta homens que haviam acompanhado o Xá desde Ispahan estavam mortos, e Rob era responsável pelo tratamento de quarenta e sete feridos. Muitos estavam feridos mortalmente e morreriam durante a viagem, mas nem pensava em deixá-los para trás no povoado devastado. Qualquer persa encontrado na cidade seria morto pelas forças indianas que deviam estar a caminho.

Rob mandou que os soldados recolhessem tapetes e cobertores nas casas vazias e os amarrou em estacas, fazendo macas. Depois, quando partiram, ao nascer do dia seguinte, os indianos carregavam os feridos.

Foram três dias de viagem difícil e tensa até o lugar em que podiam atravessar o rio sem luta. Na primeira fase da travessia, dois homens foram levados pelas águas. No meio, a corrente do Indo era rasa mas rápida, e os *mahouts* colocaram os elefantes enfileirados contra a corrente, para quebrar a força da água como um dique vivo, outra demonstração do valor daqueles animais.

Os gravemente feridos morreram logo, com o peito perfurado ou a barriga aberta, bem como um homem ferido no pescoço. Num único dia, seis homens morreram. Depois de quinze dias, chegaram a Baluchistan, onde acamparam em uma plantação e Rob abrigou seus feridos em um celeiro aberto de um dos lados. Procurou conseguir uma audiência por meio de Farhad, mas o novo capitão, cheio de empáfia e importância, não se apressou a atender o pedido. Felizmente Karim o ouviu falar com o soldado e o levou imediatamente à tenda do Xá.

– Tenho vinte e um feridos. Mas precisam ficar durante algum tempo em um só lugar, do contrário morrerão, Majestade.

– Não posso esperar pelos feridos – respondeu Ala, ansioso para marchar em triunfo pelas ruas de Ispahan.

– Peço permissão para ficar aqui com eles.

O Xá olhou atônito para Rob.

– Não posso deixar Karim com você como *hakim*. Ele precisa voltar comigo.

Rob fez um gesto de assentimento.

Ficou com quinze indianos e vinte e sete soldados armados para carregar as macas, e dois *mahouts* e cinco elefantes feridos. Karim mandou descarregar sacas de arroz. Na manhã seguinte, o acampamento fervia com os preparativos para a partida. Então, o corpo principal começou a seguir a trilha e, quando desapareceu o último homem, Rob ficou com seus pacientes e os poucos homens, envolto em um silêncio repentino, ao mesmo tempo bem-vindo e assustador.

O descanso foi bom para os pacientes, livres do sol e da poeira e dos balanços e trancos da viagem. Dois homens morreram no primeiro dia e outro dois dias depois, mas sobreviveram os mais fortes, que lutavam pela vida, e a decisão de Rob de parar em Baluchistan permitiu que vivessem.

A princípio os soldados não gostaram do trabalho. Os outros homens logo estariam em Ispahan a salvo e aclamados em triunfo, enquanto que eles continuavam em perigo e fazendo um trabalho sujo. Dois membros da guarda armada fugiram na segunda noite e ninguém mais os viu. Os indianos desarmados não tentaram fugir, nem os outros membros da guarda. Soldados por profissão, logo compreenderam que da próxima vez poderiam estar entre os feridos e eram gratos ao *hakim*, que estava se arriscando para ajudar seus camaradas.

Rob organizava pequenos grupos de caça e todas as manhãs preparavam os animais e cozinhavam o arroz deixado por Karim. Desse modo os pacientes começaram a recuperar as forças.

Tratava dos elefantes como tratava os homens, mudando os curativos regularmente e limpando os ferimentos com vinho. Os grandes animais deixavam que Rob os tratasse, mesmo quando provocava dor, como se compreendessem que era para o bem deles. Os homens comportavam-se tão corajosamente quanto os animais quando os ferimentos se inflamavam e Rob tinha de cortar pontos e abrir a carne que começava a cicatrizar para tirar o pus e limpar o ferimento com vinho antes de fechar novamente.

Verificou um fato estranho; praticamente todos os ferimentos tratados com óleo fervente tinham inflamado, inchado e supurado. Muitos dos pacientes tinham morrido, ao passo que os homens tratados depois que o suprimento de óleo acabou não sofreram inflamação e sobreviveram. Começou a anotar os casos, achando que essa observação talvez valesse sua presença na Índia. O vinho estava quase no fim, mas Rob não tinha manufaturado o Específico Universal sem aprender que onde havia fazendeiros existia bebida forte para vender. Comprariam mais durante a viagem de volta.

Quando, depois de três semanas, deixaram o celeiro, quatro dos seus pacientes já podiam montar. Doze soldados não levavam nenhuma carga e podiam se revezar no transporte das macas. Rob os levou para fora da Estrada das Especiarias na primeira oportunidade, fazendo um caminho mais longo. Isso acrescentaria uma semana ao tempo da viagem e os soldados não gostaram. Mas ele não queria arriscar sua pequena caravana seguindo logo atrás do grande exército do Xá em um país onde os saqueadores persas tinham espalhado o ódio e a fome.

Três elefantes mancavam ainda e não carregavam nenhum peso, mas Rob montou em outro que tinha apenas pequenos cortes na tromba. Estava satisfeito por se ver livre da Meretriz e pretendia nunca mais montar um camelo. As costas imensas do elefante ofereciam conforto, estabilidade e uma régia visão do mundo.

Mas a viagem tranquila dava a Rob oportunidade para pensar e a lembrança de Mirdin estava com ele em cada passo do caminho, de modo que as maravilhas comuns de uma jornada – o voo repentino de milhares de pássaros, um pôr do sol que incendiava o céu, o modo pelo qual um dos elefantes pisou na borda de uma vala íngreme para desmanchá-la, sentando depois como uma criança e escorregando pela rampa formada –, tudo isso ele via, mas sem prazer.

Jesus, pensava ele. *Ou Shaddai, ou Alá, seja lá quem for. Como pode permitir tanto desperdício?*

Reis conduziam homens comuns para as batalhas e os sobreviventes eram homens sem valor, alguns criaturas cruéis, pensou Rob com amargura. Contudo Deus havia permitido que fosse cortada a vida de um homem que possuía as qualidades de um santo e uma mente invejada por estudiosos. Mirdin teria passado a vida procurando apenas curar e servir a humanidade.

Desde o enterro de Barber, Rob não sentia tanta dor e tanta emoção, e estava ainda tristonho e revoltado quando chegaram a Ispahan.

Aproximaram-se da cidade no fim da tarde, de modo que Ispahan apareceu como da primeira vez que Rob a tinha visto, prédios brancos com sombras azuis, os telhados refletindo o rosa das montanhas de areia. Foram diretamente para o *maristan*, onde deixaram os dezoito feridos.

Então, Rob pediu seu cavalo castanho. Farhad, o novo Capitão dos Portões, ouviu o pedido e disse ao cavalariço para não perder tempo procurando o animal entre os outros.

– Dê ao *hakim* outra montaria.

– Khuff disse que me dariam o mesmo cavalo. – Nem tudo precisava mudar, pensou Rob.

– Khuff está morto.

– Isso não quer dizer nada. – Rob surpreendeu-se com a dureza da própria voz. Acabava de chegar de uma carnificina que o revoltava, mas agora queria algo para atacar, queria a violência como válvula de escape. – Quero o mesmo cavalo.

Farhad conhecia os homens e percebeu o desafio na voz do *hakim*. Não tinha nada a ganhar se discutisse com o *dhimmi*, mas muito a perder. Ergueu os ombros e se afastou.

Rob acompanhou o cavalariço procurando o cavalo no meio da manada. Quando o viu, envergonhou-se de seu comportamento agressivo. Separaram o cavalo dos outros e colocaram a sela enquanto Farhad, observando de perto, não escondia o desprezo pelo fato de o *dhimmi* estar disposto a brigar por aquele animal.

Mas o cavalo castanho trotou alegremente no fim do dia para o Yehuddiyyeh.

Mary ouviu uma agitação entre os animais. Apanhou a espada do pai e o lampião e abriu a porta que ligava a casa ao estábulo.

Ele estava em casa.

Rob já tinha tirado a sela do cavalo e o estava fazendo entrar de costas no estábulo. Voltou-se e à luz fraca do lampião Mary viu que ele estava bem mais magro; parecia quase o garoto semisselvagem e magricela que havia conhecido na caravana de Kerl Fritta.

Com três passos, Rob estava perto dela e a abraçou sem falar, pousando a mão na barriga firme e lisa.

– Foi tudo bem?

Mary riu tremulamente, pois estava ainda cansada e com o corpo dolorido. Por cinco dias Rob tinha perdido a oportunidade de ouvir seus gritos dolorosos.

– Nosso filho levou dois dias para nascer.

– Um menino.

Rob pôs a mão larga no rosto dela. O alívio da presença dele a fez estremecer, quase derrubou o óleo do lampião e a luz bruxuleou. Quando Rob estava ausente, Mary fora forte e corajosa, uma mulher de couro, mas era um prazer profundo ter ao seu lado mais alguém forte e protetor. Era como se o couro se transformasse em seda.

Largou a espada e segurou a mão dele, levando-o até onde o bebê dormia, em um cestinho forrado de linho.

Então ela viu aquele pedacinho de humanidade de rosto redondo através dos olhos de Rob, a carinha inchada ainda do trabalho de parto, uma penugem escura no topo da cabeça. Que tipo de homem era aquele, pensou Mary hesitante, pois não sabia se estava desapontado ou louco de felicidade. Quando o marido ergueu os olhos, ao lado do prazer havia uma profunda agonia.

– Como está Fara?

– Karim deu a notícia. Observei *shiva* com ela durante sete dias. Depois, com Dawwid e Issachar, ela seguiu para Masqat numa caravana. Com a ajuda de Deus, agora já devem estar com seu povo.

– Vai ser difícil para você sem ela.

– Mais difícil para ela – disse Mary com amargura.

O bebê começou a chorar, Rob o tirou do cesto e deu a ele o dedo mínimo, que foi abocanhado avidamente.

Mary usava um vestido largo com um franzido no pescoço, feito por Fara. Abriu o vestido até debaixo dos seios e apanhou o bebê dos braços de Rob. Rob deitou-se ao lado dela enquanto Mary amamentava o filho. Encostou a cabeça no seio que estava livre e Mary logo sentiu a umidade das lágrimas.

Nunca vira o pai chorar, nem outro homem qualquer, e o tremor convulsivo de Rob a assustou.

– Meu querido. Meu Rob – murmurou ela.

Instintivamente, com a mão livre levou a boca do marido ao mamilo. Rob era mais desajeitado do que o bebê e, quando ele sugou e engoliu, Mary ficou comovida e ao mesmo tempo ternamente divertida; pela primeira vez parte do seu corpo penetrava o corpo dele. Pensou em Fara e com um sentimento de culpa agradeceu à Virgem por não ter sido o seu homem. Com os dois pares de lábios no seu corpo, um pequenino, o outro grande e tão conhecido, Mary sentiu um calor excitante. Talvez fosse obra da mágica da Mãe Santíssima ou dos santos, mas por algum tempo os três formaram uma só pessoa.

Finalmente Rob se sentou na cama, e quando, inclinando-se, ele a beijou na boca, Mary sentiu o gosto quente e rico do próprio corpo.

– Não sou romano – disse ele.

SEXTA PARTE

Hakim

CAPÍTULO 61

A *nomeação*

Na manhã seguinte, Rob observou o filho à luz clara do dia e viu que era um belo bebê, com profundos olhos ingleses azuis e de mãos e pés grandes. Rob contou e flexionou ternamente cada um dos dedinhos das mãos e dos pés e encantou-se com as perninhas meio curvas. Uma criança forte.

O bebê cheirava a prensa de azeitonas, pois a mãe acabara de passar óleo nele. Então Rob sentiu um cheiro menos agradável, e pela primeira vez, desde que ajudava a mãe a cuidar dos irmãos, trocou uma fralda. Bem no íntimo desejava ainda encontrar William Stewart, Anne Mary e Jonathan Carter. Seria um prazer mostrar aquele sobrinho aos Cole há tanto tempo perdidos.

Rob e Mary discutiram sobre a circuncisão.

– Não vai fazer mal a ele. Todos os homens são circuncidados aqui, muçulmanos e judeus e facilitará a aceitação do menino.

– Não quero que seja facilmente aceito na Pérsia – retrucou Mary com ar cansado. – Quero que seja aceito em casa, onde os homens não são aparados e recortados, mas deixados como a natureza os fez.

Rob riu e Mary começou a chorar. Ele a consolou e logo que foi possível saiu para conversar com Ibn Sina.

O Príncipe dos Médicos o recebeu calorosamente, agradecendo a Alá sua sobrevivência e falando tristemente de Mirdin. Ouviu com atenção o relatório de Rob sobre tratamentos e amputações realizados durante as duas batalhas, interessando-se especialmente pela comparação da eficácia do óleo e do vinho na limpeza dos ferimentos. Ibn Sina importava-se mais com a verdade científica do que com a própria infalibilidade. As observações de Rob contradiziam o que Ibn Sina havia escrito, mas insistiu para que o novo *hakim* descrevesse por escrito suas experiências.

– Além disso, o efeito do vinho nos ferimentos deve ser sua primeira aula como *hakim* – disse o grande médico e Rob concordou com seu mentor.

Então o velho homem olhou fixamente para ele.

– Gostaria que você trabalhasse comigo, Jesse ben Benjamin. Como meu assistente.

Rob jamais teria sonhado com isso. Teve vontade de dizer que fora para Ispahan – de tão longe, atravessando outros mundos, superando tantos problemas – só para tocar a fímbria do manto de Ibn Sina.

Mas limitou-se a um gesto afirmativo.

– *Hakim-bashi*, eu gostaria muito.

Mary não fez nenhuma objeção. Estava em Ispahan há bastante tempo e não lhe ocorreu que o marido pudesse deixar de aceitar aquela honra, pois além de um bom salário, teria prestígio e respeito imediatos trabalhando com um homem venerado como um semideus, amado mais do que a realeza. Rob viu o quanto a mulher se alegrava por ele e tomou-a nos braços.

— Eu vou te levar para casa, prometo, Mary. Mas não por algum tempo. Por favor, confie em mim.

Mary confiou. Mas compreendeu que, se iam ficar mais tempo em Ispahan, ela precisava mudar seus hábitos. Resolveu fazer um esforço para aceitar o país. Relutantemente concordou com a circuncisão do menino.

Rob procurou a parteira Nitka.

– Venha – disse ela, levando-o ao Reb Asher Jacobi, o *mohel*.

– Muito bem, uma circuncisão – murmurou o *mohel*. – A mãe... – Pensativo, olhou para Nitka com olhos semicerrados, passando os dedos pela barba. – Uma Outra!

– Não precisa ser um *brit* com todas as preces – replicou Nitka, impaciente. Depois de ter tomado a séria decisão de ajudar no parto da Outra, era fácil se colocar no papel de defensora. – Se o pai pede o selo de Abraão no filho, será uma bênção fazer a circuncisão, não é mesmo?

– Sim – admitiu Reb Asher. – Seu pai. Ele vai segurar a criança? – perguntou para Rob.

– Meu pai está morto.

Reb Asher suspirou.

– Estarão presentes outros membros da família?

– Só minha mulher. Não temos nenhuma outra família aqui. Eu mesmo vou segurar a criança.

– Uma ocasião para comemoração – disse Nitka suavemente. – Será que se importa? Meus filhos, Shemuel e Chofni, alguns vizinhos...

Rob assentiu com um gesto.

– Vou tratar disso – respondeu Nitka.

Na manhã seguinte, Nitka e seus dois musculosos filhos, que eram cortadores de pedras, foram os primeiros a chegar à casa de Rob. Hinda, a vendedora do mercado judeu que desaprovara o casamento, compareceu com seu Tall Isak, um estudioso de barba grisalha com olhar vago. Hinda não sorria, mas levou um presente, um cueiro para enfaixar o bebê. Yaakob, o sapateiro, e Naoma, sua mulher, deram um garrafão de vinho. Micah Halevi, o padeiro, também apareceu, sua mulher, Yudit, carregando dois enormes pães doces.

Segurando o menininho no colo, Rob foi assaltado por dúvidas quando Reb Asher cortou a pele do pênis pequenino.

— Que o menino cresça cheio de vigor, da mente e do corpo, para uma vida de boas ações — pedia o *mohel*, enquanto o bebê gritava. Os vizinhos ergueram copos de vinho e aplaudiram, e Rob deu ao garoto o nome judeu de Mirdin ben Jesse.

Mary detestou cada segundo da cerimônia. Uma hora depois, quando ficaram sozinhos, molhou a ponta do dedo em água de cevada e tocou o bebê que chorava ainda, de leve, na testa, no queixo, no lóbulo de uma orelha, no lóbulo da outra.

— Em nome do Pai, e do Filho e do Espírito Santo, eu te batizo com o nome de Robert James Cole — disse ela com voz clara, dando ao filho os nomes do pai e do avô.

Depois disso, quando estavam sozinhos, Mary chamava o marido de Rob e a criança passou a ser Rob J.

Ao muito respeitado Reb Mulka Askari, Mercador de Pérolas de Masqat. Saudações.

Seu falecido filho Mirdin era meu amigo. Que descanse.

Trabalhamos juntos como cirurgiões na Índia, de onde eu trouxe estas poucas coisas que estou enviando agora por intermédio do Reb Moise ben Zavil, mercador de Qum, cuja caravana sai neste dia para a sua cidade com um carregamento de óleo de oliva.

Reb Moise lhe entregará um pergaminho com um mapa que mostra a localização exata da sepultura de Mirdin na aldeia de Kausambi, para que seus ossos sejam removidos algum dia, se for o seu desejo. Estou mandando também o *tefillin* que ele usava diariamente no braço e que, Mirdin me contou, o senhor deu a ele quando entrou para o *minyan*, ao completar catorze anos. Além disso, estou mandando as peças e o tabuleiro do Jogo do Xá, com o qual Mirdin e eu passamos muitas horas agradáveis.

Não havia mais nenhum objeto com ele na Índia. Naturalmente ele foi enterrado com seu *tallit*.

Peço ao Senhor que nos ajude a compreender essa grande perda, o senhor e eu. Com a morte de Mirdin, uma luz se apagou em minha vida. Ele era o melhor homem que conheci. Sei que Mirdin está com *Adashem*, e espero merecer encontrá-lo algum dia novamente.

Por favor, transmita minha afeição e respeito à viúva dele e aos seus valentes filhos, e peço informar que minha mulher deu à luz um menino, Mirdin ben Jesse, e manda a eles os carinhosos votos de uma boa vida.

Yivorechachah Adonai V'Yishmorechah,
Que o Senhor o Abençoe e Conserve. Sou
Jesse ben Benjamin, *hakim*.

Al-Juzjani era assistente de Ibn Sina há muitos anos. Conseguiu ser um grande cirurgião por seus próprios méritos e o mais bem-sucedido de todos os assistentes, mas todos tinham se saído bem. O *hakim-bashi* não poupava seus assistentes e a posição era como uma extensão do tempo de estudo, uma oportunidade para continuar a aprender. Desde o começo, Rob fez muito mais do que acompanhar Ibn Sina e apanhar coisas para ele, como às vezes eram obrigados a fazer assistentes de outros grandes homens. Ibn Sina esperava ser consultado quando surgia um problema ou quando sua opinião era necessária, mas o jovem *hakim* merecia sua confiança e devia agir sozinho.

Para Rob, foi um tempo feliz. Fez uma conferência na *madrassa* a respeito de lavar ferimentos abertos com vinho; poucas pessoas compareceram, pois na mesma manhã um médico visitante de al-Rayy fez uma conferência sobre o amor físico. Os médicos persas sempre compareciam em massa às conferências sobre sexo, uma curiosidade para Rob, pois na Europa o assunto não era de responsabilidade médica. Contudo, assistiu a muitas palestras sobre o assunto e, fosse por causa do que aprendeu, ou a despeito dos ensinamentos, seu casamento prosperou.

Mary recuperou-se rapidamente do parto. Seguiram as instruções de Ibn Sina. A abstinência devia ser observada durante seis semanas depois do parto e o sexo da mãe devia ser tratado gentilmente com óleo de oliva e massageado com uma mistura de mel e água de centeio. O tratamento teve ótimos resultados. A espera de seis semanas foi uma eternidade e, quando terminou, Mary voltou-se para Rob com a mesma avidez com que ele a abraçou.

Algumas semanas mais tarde, o leite de Mary começou a diminuir. Foi um choque, porque até ali tinha leite em quantidade; dissera a Rob que rios de leite corriam dentro dela, o bastante para suprir o mundo. Quando estava amamentando a mamada, aliviava a pressão dolorosa nos seios, mas agora a pressão tinha desaparecido e o doloroso era ouvir o choro do pequeno Rob J. Compreenderam que precisavam de uma ama, e Rob conseguiu, por intermédio das parteiras, uma armênia forte e simples chamada Prisca, que tinha leite mais do que suficiente para a filha recém-nascida e para o filho do *hakim*. Quatro vezes por dia Mary levava o filho à loja de couros do marido de Prisca, Dikran, e esperava enquanto Rob J. era alimentado. À noite Prisca ia à casa deles em Yehuddiyyeh e ficava no outro quarto com os dois bebês, enquanto Mary e Rob tentavam a maior discrição no ato de amor e depois desfrutavam o prazer de um sono ininterrupto.

Mary estava realizada e a felicidade a fazia luminosa. Desabrochou com uma nova segurança. Às vezes Rob tinha a impressão de que ela se atribuía todo o crédito por aquela criaturinha barulhenta que tinham criado juntos, e a amava mais do que nunca.

Na primeira semana do mês de *shaban*, a caravana de Reb Moise ben Zavil passou outra vez por Ispahan, a caminho de Qum, e o mercador entregou presentes do Reb Mulka Askari da sua nora, Fara. Fara mandou para o pequeno Mirdin ben Jesse seis roupinhas de linho feitas com amor e carinho. O mercador de pérolas devolveu a Rob o Jogo do Xá que pertencera ao seu filho morto.

Foi a última vez que Mary chorou por Fara. Quando enxugou os olhos, Rob arrumou as peças de Mirdin no tabuleiro e a ensinou a jogar. Depois disso, jogavam frequentemente. Rob não esperava muito, era um jogo de guerreiros e Mary era mulher. Mas ela aprendeu depressa e capturava as peças de Rob com um grito e um brado de guerra dignos de um bandido seljúcida. A habilidade com que movimentava o exército do rei, embora pouco natural numa mulher, não foi surpresa, pois há muito tempo Rob sabia que Mary Cullen era uma criatura extraordinária.

A chegada do Ramadã pegou Karim desprevenido, tão envolvido com o pecado que a pureza e sacrifício implícitos naquele mês de jejum pareciam inatingíveis e até mesmo dolorosos. As preces e o jejum não conseguiam afastar a lembrança de Despina e seu desejo crescente por ela. Na verdade, agora que Ibn Sina passava várias noites da semana nas mesquitas e quebrando o jejum à noite com *mullahs* e estudiosos do Qu'ran, o Ramadã era uma época segura para os encontros dos amantes. Karim via Despina com mais frequência do que nunca.

Durante o Ramadã, Ala Xá também se ocupava com reuniões para preces e outras atividades, e certo dia Karim teve oportunidade de voltar ao *maristan* depois de meses de ausência. Felizmente Ibn Sina não estava no hospital, tendo saído para atender um membro da corte com um caso de febre. Karim sentiu o sabor da culpa; Ibn Sina sempre o tratara bem e com justiça, e Karim não estava disposto a passar muito tempo ao lado do marido de Despina.

A visita ao hospital foi um desapontamento cruel. Os estudantes o acompanharam pelos corredores como de hábito – talvez em número maior do que antes, pois sua lenda crescia com o tempo. Mas Karim não conhecia nenhum paciente, os que ele havia tratado tinham morrido ou se restabelecido há muitos meses. E embora no passado tivesse percorrido aqueles corredores com a segura confiança na própria capacidade, viu-se hesitante, fazendo perguntas nervosas, sem saber ao certo o que estava vendo em pacientes que não eram seus.

Conseguiu não fazer papel de tolo mas reconheceu com amargura que, a não ser que passasse algum tempo praticando a medicina, tudo o que havia aprendido com tanto esforço, durante anos, seria esquecido.

Karim não tinha escolha. Ala garantia que o futuro que planejava para ambos fazia com que a medicina parecesse insignificante.

Nesse ano Karim não correu no *chatir*. Não treinou e estava mais pesado do que devia. Assistiu à corrida com Ala Xá.

O primeiro dia do *bairam* amanheceu mais quente do que no ano da vitória de Karim e a corrida prosseguiu lentamente. O rei renovou a oferta de um *ca-*

laat para quem conseguisse igualar o feito de Karim e terminasse as doze voltas antes da Última Prece, mas era evidente que ninguém conseguiria percorrer as 126 milhas romanas naquele dia.

Só na quinta volta começou a ser uma corrida disputada, resumindo-se na luta entre al-Harat de Hamadhan e um jovem soldado, Nafis Jurjis. Ambos no ano anterior tinham exagerado a velocidade e terminaram em completo colapso. Agora, para evitar isso, estavam correndo muito devagar.

Karim gritava encorajando Nafis. Disse que o soldado era um dos que haviam sobrevivido aos ataques indianos ao lado deles. Na verdade, embora gostasse de Nafis, Karim não queria que al-Harat vencesse, pois conhecera al-Harat em Hamadhan e sempre que se encontravam percebia no rosto do homem o desprezo pelo garotinho de Zaki-Omar.

Mas Nafis começou a enfraquecer depois de apanhar a oitava flecha e a corrida era toda de al-Harat. A tarde estava no fim e o calor era ainda brutal; sensatamente al-Harat fez sinal avisando que terminaria aquela volta e proclamaria sua vitória.

Karim e o Xá percorreram a volta final bem na frente do corredor, a fim de esperá-lo na linha de chegada. Ala no seu selvagem garanhão branco e Karim no árabe cinzento inquieto. Enquanto cavalgava, Karim se entusiasmou, pois sabia que ia passar muito tempo até que alguém conseguisse correr um *chatir* como ele havia corrido. Foi abraçado com rugidos de alegria como herói do *chatir* e herói de Mansura e Kausambi. Ala sorria satisfeito e Karim compreendeu que podia olhar com benevolência para al-Harat, pois o homem era um fazendeiro pobre e Karim logo seria vizir da Pérsia.

Quando passaram pela *madrassa*, viu o eunuco Wasif no telhado do hospital e, ao lado dele, o rosto coberto pelo véu, Despina. O coração de Karim deu um salto e ele sorriu. Era melhor passar por ela assim, montando um magnífico cavalo e vestido de seda e linho, do que cambaleante, cheirando a suor e cego de cansaço!

Não muito longe de Despina, uma mulher sem véu, impaciente com o calor, tirou o lenço negro da cabeça e sacudiu os cabelos como o cavalo de Karim sacudiu a crina. O cabelo solto abriu-se em leque, longo e esvoaçante. O sol cintilou nele gloriosamente, revelando tonalidades diferentes de ouro e vermelho. Karim ouviu a voz do Xá ao seu lado:

– É a mulher do *dhimmi*? A mulher europeia?

– Sim, Majestade. A mulher do nosso amigo Jesse Ben Benjamin.

– Achei que devia ser ela – comentou Ala.

O rei olhou para a mulher de cabeça descoberta até terminar de passar pelo hospital. Não fez mais perguntas, e Karim começou a falar sobre o ferreiro indiano Dhan Vangalil e as espadas que ele estava fazendo para o Xá na sua nova fornalha e forja atrás dos estábulos da Casa do Paraíso.

CAPÍTULO 62

A *recompensa oferecida*

Rob continuou a começar seus dias na sinagoga Casa da Paz, em parte porque a estranha combinação da prece cantada judaica com sua prece cristã silenciosa era agradável e reconfortante.

Mas especialmente porque de certo modo estranho sua presença na sinagoga era o pagamento do que devia a Mirdin.

Mas não podia entrar na Casa de Sion, a sinagoga de Mirdin. E embora os estudiosos se reunissem todos os dias para discutir a lei na Casa da Paz, e fosse possível sugerir que alguém o orientasse sobre os oitenta e nove mandamentos que não tinha estudado, não tinha coragem de terminar aquela tarefa sem Mirdin. Dizia a si mesmo que quinhentos e cinquenta e quatro mandamentos eram suficientes para um judeu de mentira, e não pensou mais no assunto.

O mestre havia escrito sobre todos os assuntos. Quando estudante, Rob tivera a oportunidade de ler vários dos seus trabalhos sobre medicina, mas agora começava a ler outras obras de Ibn Sina e sua admiração crescia. Havia obras sobre música, poesia e astronomia, sobre metafísica e o pensamento oriental, filosofia e o intelecto ativo, e comentários sobre toda a obra de Aristóteles. Enquanto esteve preso no castelo de Fardajan, Ibn Sina escreveu um livro intitulado *Orientação*, um resumo de todos os ramos da filosofia. Havia até um manual sobre a arte militar, *Direção e abastecimento dos soldados, soldados escravos e exércitos*, que teria sido útil para Rob na sua viagem à Índia como cirurgião de guerra. Ibn Sina escreveu sobre matemática, sobre a alma humana e a essência do sofrimento. E mais ainda, sobre o islã, a religião que recebeu do pai e que, ao lado da ciência que dominava o seu pensamento, Ibn Sina podia aceitar fielmente.

Por isso era tão amado pelo povo. Todos viam que apesar da casa luxuosa e das recompensas do *calaat*, apesar de ser procurado pelos mais sábios e famosos homens do mundo, apesar de os reis competirem pela honra de ser seu patrono – apesar de tudo isso, Ibn Sina, como o mais ínfimo homem do povo, erguia os olhos para o céu e exclamava:

La ilaha illa-l-Lah;
Muhammadun rasulu-l-Lah.

Não existe deus senão Deus;
Maomé é o Profeta de Deus.

Todas as manhãs, antes da Primeira Prece, centenas de pessoas se reuniam na frente da sua casa. Eram mendigos, *mullahs*, pastores, mercadores, pobres e ricos, homens de todo tipo. O Príncipe dos Médicos saía com seu tapete de oração e fazia a prece com os admiradores, e depois, quando ia para o *maristan*, caminhavam ao lado do seu cavalo cantando sobre o Profeta e entoando cânticos do Qu'ran.

Várias noites por semana os discípulos reuniam-se na casa de Ibn Sina. Geralmente liam sobre medicina. Todas as semanas, há um quarto de século, al-Juzjani lia em voz alta as obras de Ibn Sina, com maior frequência o famoso *Qanun*. Às vezes Rob pedia para ler em voz alta trechos do livro de Ibn Sina, *Shifa*. Seguia-se uma discussão animada, uma combinação de reunião social e debate científico, geralmente acalorada e às vezes hilariante, mas sempre instrutiva.

– Como é que o sangue chega aos dedos?! – exclamava al-Juzjani, repetindo a pergunta de um estudante. – Esquece que, segundo Galeno, o coração é uma bomba que movimenta o sangue?

– Ah! – intervinha Ibn Sina. – E o vento movimenta o navio. Mas como acha o caminho certo para Bahrain?

Frequentemente, quando saía, Rob via o eunuco Wasif escondido na sombra perto da porta da torre do sul. Uma noite, Rob foi até o campo que ficava atrás do muro da casa de Ibn Sina. Não ficou surpreso ao encontrar o garanhão árabe cinzento de Karim amarrado ali perto, sacudindo a crina.

Voltando para onde estava seu cavalo, Rob observou o apartamento no alto da torre sul. A luz tremulava nas estreitas janelas abertas na pedra e sem inveja nem despeito lembrou que Despina gostava de fazer amor à luz de seis velas.

Ibn Sina iniciou Rob nos mistérios:

– Existe dentro de nós um ser estranho, alguns o chamam de mente, outros de alma, que tem grande influência sobre nosso corpo e nossa saúde. A primeira prova que tive desse fato foi o caso de um jovem em Budapeste, quando eu começava a me interessar pelo assunto que me levou a escrever *O pulso*. Eu tinha um paciente, um jovem da minha idade, chamado Achmed; seu apetite tinha desaparecido e ele estava perdendo peso. O pai, um rico mercador local, estava muito preocupado e pediu minha ajuda.

"Examinei Achmed e não encontrei nada anormal. Mas insisti no exame e aconteceu uma coisa estranha. Meus dedos estavam sobre a artéria do seu pulso enquanto ele falava calmamente sobre várias cidades na região de Bukhara. O pulso estava lento e regular, até que mencionei a aldeia de Efsene, onde nasci. A pulsação do rapaz sofreu tamanha alteração que me assustei!

"Eu conhecia muito bem aquela aldeia e comecei a mencionar várias ruas, sem nenhum efeito, até chegar à rua do Décimo Primeiro Imã, quando o pulso dançou e acelerou novamente. Eu já não conhecia todas as famílias daquela rua, mas uma série de perguntas revelou que ali morava Ibn Razi, um homem que trabalhava com cobre, que tinha três filhas, a mais velha, Ripka, muito bonita. Quando Achmed falou dessa mulher, o adejar do seu pulso me fez pensar num pássaro ferido.

"Falei com o pai dele, dizendo que a cura do filho dependia do seu casamento com Ripka. Foi arranjado e os dois se casaram. Logo depois, o apetite de Achmed voltou. Há alguns anos, quando o vi, era um homem gordo e satisfeito.

"Galeno diz que o coração e as artérias pulsam com o mesmo ritmo, de modo que por uma delas podemos julgar todas, e que o pulso lento e regular significa boa saúde. Mas, desde o caso de Achmed, descobri que o pulso pode determinar o estado de agitação ou de calma do paciente. Fiz isso muitas vezes e tive a prova de que o pulso é O Mensageiro que Nunca Mente."

Assim Rob ficou sabendo que, além do dom de medir a vitalidade, podia monitorar o pulso para reunir informações sobre a saúde e estado de espírito do paciente. Tinha vasta oportunidade para praticar. Pessoas desesperadas procuravam constantemente o Príncipe dos Médicos para curas milagrosas. Ricos ou pobres, eram tratados do mesmo modo, mas poucos podiam ser aceitos como pacientes por Ibn Sina e Rob, e a maioria era encaminhada para outros médicos.

A clientela de Ibn Sina era em grande parte formada pelo Xá e membros importantes do séquito de Ala. Assim, em uma manhã, o mestre mandou que Rob fosse à Casa do Paraíso para atender Siddha, a mulher do ferreiro indiano Dhan Vangalil, que estava com cólicas.

Rob escolheu para intérprete o *mahout* pessoal de Ala, chamado Harsha. Siddha era uma mulher simpática, de rosto redondo e cabelos grisalhos. A família Vangalil adorava o Buda, assim a proibição do *aurat* não se aplicava e Rob pôde apalpar a barriga dela sem medo de ser denunciado pelos *mullahs*. Depois de um exame demorado, Rob decidiu que o problema era a dieta da paciente, pois Harsha disse que a família do ferreiro e os *mahouts* recebiam quantidades insuficientes de cominho, gengibre e pimenta, condimentos que estavam acostumados a comer durante toda a vida e dos quais dependia sua digestão.

Rob resolveu o caso determinando pessoalmente uma distribuição farta das especiarias. Já havia conquistado a admiração de alguns *mahouts* quando tratou os ferimentos de guerra dos seus elefantes, e agora ganhou a gratidão dos Vangalil também.

Levou Mary e Rob J. para visitá-los, esperando que os problemas mútuos de estrangeiros vivendo na Pérsia servissem de base para uma amizade. Mas a centelha de compreensão que tão rapidamente tinha aparecido entre Mary e Fara não tornou a brilhar. As duas mulheres entreolhavam-se constrangidas com rígida delicadeza, Mary tentando não olhar fixamente para o negro e redondo *kumkum* no meio da testa de Siddha. Rob não voltou a levar a família à casa do ferreiro.

Mas voltou sozinho, fascinado com o que Dhan Vangalil fazia com o aço.

Dhan tinha construído uma fornalha para derreter metais, num buraco raso no chão, revestido de argila e de uma camada externa mais espessa, de pedra e lama, tudo circundado por galhos verdes de árvore. Tinha a altura dos ombros de um homem e um passo de largura, afinando na parte de cima para concentrar o calor e evitar que as paredes desmoronassem.

Nesse forno Dhan fundia o ferro, alternando várias camadas de carvão com minério de ferro da Pérsia, desde o tamanho de uma ervilha ao de uma noz. Havia uma trincheira rasa em volta do forno. Sentado na beirada da vala com os pés dentro dela, Dhan manejava os foles feitos com a pele de uma cabra inteira, controlando com precisão a quantidade de ar bombeada sobre a massa incandescente. Acima da parte mais quente do fogo o minério era reduzido a pedaços de ferro como gotas de chuva metálica. Desciam pela fornalha depositando-se no fundo, formando uma mistura mole de carvão, escória, resíduos e ferro, chamada lupa.

Antes de fundir, Dhan fechava a abertura do forno com argila. No fim do trabalho, ele a abria para retirar a lupa, que era então trabalhada com o martelo e várias vezes reaquecida na forja. A maior parte do minério era escória e resíduo, mas o que sobrava era ferro batido de boa qualidade.

Porém, era muito mole, traduziu Harsha para Rob. As barras de ferro indiano, carregadas de Kausambi pelos elefantes, eram muito duras. Dhan derreteu várias delas num cadinho e depois apagou o fogo. Depois de frio, o metal ficava extremamente quebradiço e era partido e misturado aos pedaços de ferro batido.

Então, suando entre suas bigornas, tenazes, cinzéis, furadores e martelos, o indiano magro mostrava bíceps que pareciam serpentes, misturando o metal macio com o metal duro. Misturou na forja diversas camadas de ferro com aço, martelando como louco, retorcendo e cortando, colocando uma sobre a outra, dobrando a lâmina e martelando outra vez, misturando os metais como um ceramista mistura argila ou uma mulher faz o pão.

Observando o trabalho, Rob compreendeu que jamais aprenderia as complexidades, as variáveis da arte passada de geração para geração de ferreiros indianos; mas ficou conhecendo o processo por meio de inúmeras e variadas perguntas.

Dhan fez uma cimitarra e temperou a arma em fuligem umedecida com vinagre, e o resultado foi uma lâmina talhada em ácido com "marca-d'água" de cor azulada e opaca. Feita só de ferro, seria mole e sem corte; feita só com o aço indiano, ficaria quebradiça. Mas aquela espada era tão cortante que podia cortar um fio de linha no ar, e era uma arma vigorosa.

As espadas encomendadas por Ala ao indiano Dhan não eram armas reais. Eram espadas sem enfeites, para soldados, que seriam guardadas para guerras futuras, nas quais as cimitarras persas superiores a todas as outras dariam aos homens uma grande vantagem.

– O aço indiano acabará dentro de poucas semanas – observou Harsha.

Mesmo assim, Dhan ofereceu-se para fazer uma adaga para Rob, como agradecimento pelo que o *hakim* tinha feito por sua família e pelos *mahouts*. Rob recusou com muita pena; as armas eram belas mas ele não queria mais saber de matar. Porém, não resistiu à tentação de abrir a maleta e mostrar a Dhan seu escalpelo, um par de bisturis e o instrumento maior com serra para cortar osso.

Dhan deu um largo sorriso, revelando a falta de muitos dentes, e fez um gesto afirmativo com a cabeça.

Uma semana depois, Dhan entregou os instrumentos de aço misturado, com lâminas finamente afiadas, mantendo o corte como nenhum outro instrumento que Rob conhecia.

Iam durar toda a vida, tinha certeza. Era um presente principesco, que exigia algo muito precioso em troca, mas estava muito ocupado para pensar nisso no momento. Dhan viu o enorme prazer do *hakim* e regozijou-se com ele. Sem poder se comunicar com palavras, os dois homens se abraçaram. Juntos, passaram óleo nos objetos e os enrolaram em panos, e Rob os levou na sua maleta.

Satisfeito, saía da Casa do Paraíso quando encontrou um grupo de caçadores conduzidos pelo rei. Com as rudes roupas de caçador, Ala estava exatamente como Rob o vira pela primeira vez, há muitos anos.

Puxou as rédeas do cavalo e curvou-se, esperando que passassem por ele, mas logo depois Farhad chegou perto de Rob.

– Ele deseja que se aproxime.

O Capitão dos Portões esporeou o animal e Rob o seguiu até onde estava o Xá.

– Ah, *dhimmi*. Quero que me acompanhe por algum tempo. – Fez sinal aos soldados para que ficassem a uma certa distância e ele e Rob cavalgaram lado a lado para o palácio.

– Não recompensei os serviços que prestou à Pérsia.

Rob ficou surpreso, pois pensava que todas as recompensas pela incursão na Índia eram coisa do passado. Vários oficiais tinham sido promovidos por merecimento e soldados tinham recebido prêmios em dinheiro. Karim fora elogiado tão fartamente em público pelo Xá que todos diziam no mercado que logo seria elevado a um posto muito importante. Rob estava satisfeito por ter sido ignorado, feliz de que as incursões já tivessem passado à história.

– Estou pensando em conceder outro *calaat* a você, uma casa maior, com terreno, uma moradia digna de receber um rei.

– Não é necessário um *calaat*, Alteza. – Rob agradeceu a generosidade com voz seca. – Minha presença foi um modo insignificante de demonstrar gratidão.

Seria mais delicado falar em amor pelo rei, mas Rob não podia fazer isso, e Ala, de qualquer modo, pareceu não dar atenção às suas palavras.

– Seja como for, merece uma recompensa.

– Então peço ao meu Xá a permissão para ficar na pequena casa do Yehuddiyyeh, onde me sinto bem e estou feliz.

O Xá olhou fixamente para ele. Depois fez um gesto de assentimento.

– Deixe-me, *dhimmi*.

Bateu com os calcanhares no cavalo branco e o garanhão disparou. Atrás dele, a escolta apressou-se a segui-lo no galope e num instante os cavalos passaram por Rob barulhentos e velozes.

Pensativo, ele fez o cavalo dar meia-volta e tomou novamente o caminho de casa para mostrar a Mary os novos instrumentos.

CAPÍTULO 63

Uma clínica em Idhaj

Naquele ano o inverno chegou cedo e rigoroso na Pérsia. Em uma manhã, todos os picos das montanhas estavam brancos, e no dia seguinte ventos fortes e gelados espalharam uma mistura de sal, areia e neve sobre Ispahan. Nos mercados, os vendedores cobriram as mercadorias com panos, sonhando já com a primavera. Com enormes agasalhos compridos de pele de carneiro, os *cadabis*, encolhiam-se em volta de braseiros de carvão e se aqueciam com fofocas sobre o rei. Embora, de modo geral, recebessem as notícias das proezas de Ala com um riso abafado ou um olhar duvidoso e resignado, o último escândalo provocou expressões angustiadas que não eram devidas só ao vento frio.

Em vista das bebedeiras e orgias diárias do Xá, o imã Mirza-aboul Qandrasseh enviou seu amigo e auxiliar, o *mullah* Musa Ibn Abbas, para conversar com o rei e convencê-lo de que Alá abominava as bebidas fortes, proibidas pelo Qu'ran.

Ala estava bebendo há horas quando recebeu o enviado do vizir. Ouviu com expressão séria as palavras de Musa. Quando percebeu o objetivo da mensagem e o tom de cautelosa advertência, o Xá desceu do trono e se aproximou do *mullah*.

Constrangido, mas sem saber o que fazer, Musa continuou a falar. Então, sem mudar a expressão do rosto, o rei derramou vinho na cabeça do homem, para espanto de todos os presentes – cortesãos, empregados e escravos. Durante todo o resto do discurso, o rei continuou a derramar vinho sobre Musa, ensopando suas roupas e sua barba e depois o despediu com um aceno de mão, mandando-o de volta a Qandrasseh molhado e completamente humilhado.

Foi uma demonstração de desprezo para com os homens santos de Ispahan e foi interpretado como prova de que os dias de Qandrasseh como vizir estavam no fim. Os *mullahs* estavam acostumados com a influência e os privilégios que Qandrasseh lhes concedia, e na manhã seguinte, em todas as mesquitas da cidade, foram feitas profecias tenebrosas e perturbadoras sobre o destino da Pérsia.

Karim Harun foi falar com Ibn Sina e Rob sobre Ala:
– Ele não é assim. Pode ser o companheiro mais generoso e bem-humorado. Você o viu na Índia, *dhimmi*. É o mais bravo dos guerreiros e se é ambicioso e almeja ser um grande *Shahanshah* é porque é mais ambicioso ainda pela Pérsia.

Os dois ouviram em silêncio.

– Tentei evitar que ele bebesse – continuou Karim. Olhou desesperado para o antigo professor e para o amigo.

Ibn Sina suspirou:

– Ele é mais perigoso para os outros de manhã, quando acorda com o mal-estar do vinho da véspera dentro dele. Dê chá de sena então, para eliminar os venenos e aliviar a dor de cabeça, e polvilhe pó de pedra armênia na sua comida para livrá-lo da melancolia. Mas nada pode protegê-lo dele mesmo. Quando estiver bebendo, procure ficar o menor tempo possível por perto. – Olhou para Karim seriamente. – Deve também ter cuidado quando andar pela cidade, pois é conhecido como o favorito do Xá, e de modo geral o rival de Qandrasseh. Você tem agora inimigos poderosos muito interessados em impedir que chegue a qualquer cargo de poder.

Os olhos de Rob encontraram-se com os de Karim.

– Precisa ter cuidado e levar uma vida limpa – disse significativamente –, pois seus inimigos vão se valer de qualquer fraqueza.

Lembrou como tinha se desprezado quando dormiu com a mulher do mestre. Conhecia Karim; apesar da sua ambição e do amor pela mulher, havia nele uma bondade básica e Rob adivinhava a angústia que devia sentir por estar traindo Ibn Sina.

Karim assentiu com um gesto. Quando se despediu, segurou o pulso de Rob com um largo sorriso. Rob sorriu também; era impossível não corresponder. Karim possuía ainda seu belo encanto, embora não fosse mais despreocupado. Rob viu no rosto do amigo muita tensão e incerteza inquieta, e sentiu pena de Karim.

Os olhos azuis do pequeno Rob J. viam o mundo sem medo. Já tentava engatinhar e os pais ficaram maravilhados quando o menino aprendeu a usar uma xícara. Por sugestão de Ibn Sina, Rob tentou dar ao filho leite de camela, que, segundo o mestre, era o alimento mais forte para uma criança. Tinha cheiro forte e pedaços de gordura amarelada, mas Rob J. tomava avidamente. Desde então, a mulher, Prisca, deixou de amamentá-lo. Todas as manhãs, Rob ia buscar leite de camela no mercado armênio com uma vasilha de pedra. A antiga ama, sempre carregando um dos seus filhos, na tenda de couros do marido, esperava Rob chegar todas as manhãs.

– Mestre *dhimmi*! Mestre *dhimmi*! Como vai meu menininho? – perguntava Prisca e abria um sorriso luminoso quando Rob garantia que a criança estava bem.

Devido ao frio, inúmeros pacientes procuravam os médicos com catarro e dor nos ossos, além de articulações inchadas e inflamadas. Plínio, o Jovem, escreveu que para curar um resfriado o doente deve beijar o focinho peludo de um rato, mas Ibn Sina dizia que Plínio, o Jovem, não era digno de ser lido. Tinha seu remédio favorito para o catarro e as dores reumáticas. Ensinou Rob a misturar dois *dirhams* de cada uma das seguintes substâncias: castoreum, galbano de Ispahan, assafétida fedida, assafétida, semente de aipo, alforva grega, cardo, semente de harmel, opopanax, cola de arruda, miolo da semente de abóbora. As colas ficavam de molho em óleo durante uma noite e depois eram moídas no pilão, e sobre elas derramava-se mel quente sem espuma, a mistura era então amassada junto com os ingredientes secos e a pasta resultante colocada num vidro.

– A dose é um *mithqal* – disse Ibn Sina. – Faz efeito quando Deus quer.

Rob foi aos currais dos elefantes, onde os *mahouts* fungavam e tossiam, enfrentando sem entusiasmo a estação muito diferente dos pouco rigorosos invernos da Índia. Rob os visitou durante dias seguidos dando fumária, sálvia e a pasta de Ibn Sina, com resultados tão indefinidos que teria preferido receitar o Específico Universal de Barber. Os elefantes não pareciam tão magníficos quanto nas batalhas; estavam dobrados como tendas, cheios de cobertores.

Ao lado de Harsha, Rob observou Zi, o grande elefante macho do Xá, enchendo-se de feno.

– Meus pobres filhos – disse Harsha suavemente. – Houve um tempo, antes de Buda, Brama, Vishnu ou Shiva, em que os elefantes eram todo-poderosos e meu povo orava para eles. Agora são muito menos do que deuses e capturados e obrigados a obedecer.

Zi estremeceu enquanto eles olhavam, e Rob mandou que dessem baldes de água morna aos animais para esquentá-los por dentro.

Harsha hesitou.

– Eles têm feito exercício e trabalham bem, apesar do frio.

Mas Rob tinha lido sobre elefantes na Casa da Sabedoria.

– Já ouviu falar em Aníbal?

– Não – disse o *mahout*.

– Um soldado, um grande líder.

– Tão grande quanto Ala Xá?

– Pelo menos isso, mas há muito, muito tempo. Com trinta e sete elefantes, conduziu um exército através dos Alpes, montanhas altas e terríveis, íngremes e cobertas de neve, e não perdeu nem um animal. Mas o frio os enfraquecia. Mais tarde, atravessando montanhas menores, de todos os elefantes só um sobreviveu. A lição é que deve fazer com que eles descansem e se mantenham aquecidos.

Harsha assentiu respeitosamente.

– Sabe que está sendo seguido, *hakim*?

Rob sobressaltou-se.

– Aquele lá, sentado ao sol.

Viu apenas um homem enrolado na pele do seu *cadabi*, encostado na parede para se proteger do vento frio.

– Tem certeza?

– Tenho, *hakim*. Eu vi ontem também. Agora mesmo, não tira os olhos do senhor.

– Quando eu sair daqui, quer seguir o homem discretamente, para descobrir quem é?

Os olhos de Harsha cintilaram.

– Sim, *hakim*.

Mais tarde, naquela noite, Harsha foi ao Yehuddiyyeh e bateu na porta da casa de Rob.

– Ele o seguiu até aqui, *hakim*. Depois fui atrás dele até a mesquita Sexta-Feira. Fui esperto, oh, honrado, fiquei invisível. Ele entrou na casa dos *mullahs* com o *cadabi* velho e usado e saiu com o manto negro, chegando na mesquita a tempo para a Prece Final. Ele é um *mullah*, *hakim*.

Rob agradeceu pensativamente e Harsha foi embora.

O *mullah* fora mandado pelos amigos de Qandrasseh, tinha certeza. Sem dúvida haviam seguido Karim quando visitou Ibn Sina e Rob e queriam agora saber até que ponto Rob estava envolvido com o futuro vizir.

Talvez tenham chegado à conclusão de que ele era inofensivo, pois no dia seguinte, depois de cuidadosa observação, verificou que ninguém o seguia e o mesmo aconteceu nos outros dias.

O frio continuava, mas a primavera estava chegando. Só as pontas mais altas das montanhas cinzentas e púrpura estavam brancas de neve, e no jardim os galhos nus dos abricoteiros cobriam-se de pequenos botões, completamente redondos.

Certa manhã, dois soldados foram apanhar Rob e o conduziram à Casa do Paraíso. Na fria sala de pedra do trono, pequenos grupos de cortesãos com lábios azulados de frio esperavam e sofriam. Karim não estava presente. O Xá sentava-se à mesa colocada sobre a grade por onde passava o calor do braseiro. Terminado o *ravi zemin*, fez sinal para Rob sentar ao seu lado e o calor conservado pela pesada toalha de mesa era agradável.

O Jogo do Xá já estava armado e, sem dizer nada, Ala fez o primeiro movimento.

– Ah, *dhimmi*, você se transformou num felino faminto – disse o Xá.

Era verdade. Rob agora sabia atacar.

O Xá jogou com o cenho franzido, olhos atentos no tabuleiro. Rob usou dois elefantes e logo ganhou um camelo, um cavalo e um cavaleiro, três soldados a pé.

Os espectadores acompanhavam o jogo num silêncio absorto e inexpressivo. Sem dúvida alguns estavam horrorizados, outros, encantados pelo fato de o europeu infiel parecer estar levando a melhor.

Mas o rei tinha vasta experiência como general ardiloso. Quando Rob começava a se julgar um ótimo jogador e um mestre na estratégia, Ala ofereceu sacrifícios e atraiu o inimigo para seu campo. Usou os dois elefantes com maior habilidade do que Aníbal havia usado seus trinta e sete, até tomar os elefantes e os cavaleiros de Rob. Mas Rob continuou a lutar obstinadamente, recorrendo a tudo que Mirdin havia ensinado. Só depois de muito tempo foi *shahtreng*. Terminado o jogo, os cortesãos aplaudiram a vitória do rei e Ala permitiu a si mesmo uma expressão satisfeita.

O Xá tirou do dedo um anel pesado de ouro maciço e o pôs na mão de Rob.

– Sobre o *calaat*. Nós agora o concedemos. Terá uma casa suficientemente grande para receber um rei.

Com um *haram*. E Mary no *haram*.

Os nobres observavam e escutavam.

– Usarei este anel com orgulho e gratidão. Quanto ao *calaat*, estou muito satisfeito com a generosidade anterior de Vossa Majestade e vou continuar na minha casa.

Sua voz era respeitosa mas firme e não desviou os olhos com a rapidez suficiente para provar sua humildade. E todos os presentes ouviram as palavras do *dhimmi*.

Na manhã seguinte, Ibn Sina ficou sabendo do acontecido.

O médico-chefe, com sua experiência de dois viziratos, mantinha informantes na corte e entre os empregados da Casa do Paraíso, e soube por várias fontes da atitude impensada e tola do seu assistente *dhimmi*.

Como sempre fazia em momentos de crise, Ibn Sina meditou sobre o assunto. Sabia que sua presença na capital de Ala era motivo de orgulho para o rei, permitindo que se comparasse aos califas de Bagdá como um monarca culto e patrocinador do ensino. Mas Ibn Sina sabia também que sua influência tinha limites; um apelo direto não salvaria Jesse ben Benjamin.

Durante toda sua vida, Ala sonhara em ser um dos maiores Xás, um rei com nome imortal. Agora preparava-se para uma guerra que o levaria à imortalidade ou ao esquecimento, e não podia permitir que pessoa alguma impedisse a realização da sua vontade.

Ibn Sina sabia que o rei mandaria matar Jesse ben Benjamin.

Talvez assaltantes não identificados já tivessem recebido ordens para atacar o jovem *hakim* na rua, ou podia ser preso por soldados condenado por um tribunal islâmico. Ala era capaz de grande astúcia política e usaria a execução do *dhimmi* de modo proveitoso.

Durante anos Ibn Sina vinha estudando Ala Xá e compreendia o funcionamento da mente do rei. Sabia o que devia ser feito.

Naquela manhã, reuniu sua equipe no *maristan*.

– Fomos informados de que a cidade de Idhaj está com inúmeros doentes em estado grave, impossibilitados de viajar até o hospital – disse Ibn Sina, o que era verdade. – Portanto – voltou-se para Jesse ben Benjamin – você irá a Idhaj e organizará uma clínica para o tratamento desses doentes.

Depois de resolverem sobre as ervas e os medicamentos que Rob devia levar e os que poderia encontrar na cidade, e discutir sobre a história de alguns dos pacientes de Idhaj, Jesse despediu-se e partiu.

Idhaj ficava a três dias a cavalo para o sul, uma viagem lenta e pouco confortável, e o tratamento levaria pelo menos três dias. Ibn Sina tinha muito tempo.

Na tarde seguinte, foi sozinho ao Yehuddiyyeh, dirigindo-se diretamente à casa do seu assistente.

A mulher com a criança no colo abriu a porta. Surpresa e um tanto confusa viu o Príncipe dos Médicos ali parado, mas controlou-se e o convidou a entrar delicadamente. A casa era simples mas bem cuidada, e confortável, com tapeçarias e tapetes no chão de terra. Rapidamente Mary serviu doces e um *sherbet* de água de rosas com cardamão.

Ibn Sina não tinha pensado na dificuldade da língua. Tentou falar com ela e verificou que Mary sabia poucas palavras do persa.

Queria conversar demoradamente, usando persuasão, dizer quando havia reconhecido o valor da mente do marido dela e seus instintos, dizer que havia cobiçado o grande estrangeiro durante anos como um mendigo deseja o dinheiro ou um homem deseja uma mulher. Queria que o europeu tivesse sucesso na medicina porque era evidente que Deus o havia criado para curar.

– Ele será um homem brilhante. Está quase realizado mas é cedo ainda, Jesse não chegou lá.

"Todos os reis são loucos. Para uma pessoa com poder absoluto tirar uma vida é tão fácil quanto conceder um *calaat*. Porém, se fugir agora, vão se arrepender para o resto da vida, pois ele veio de tão longe, ousou tanto. Sei que não é judeu."

A mulher sentada com o filho no colo olhava para Ibn Sina com tensão crescente. Ele tentou falar hebraico, sem resultado, depois turco e árabe em rápida sucessão. Ibn Sina era também filólogo e linguista, mas conhecia poucas línguas europeias, pois aprendia línguas só para aumentar seus conhecimentos. Falou em grego, sem ser entendido.

Então passou para o latim e percebeu um movimento leve de cabeça e um brilho nos olhos de Mary.

– *Rex te venire ad se vult. Si non, maritus necabitur.* – Ele repetiu: – O rei quer que você vá a ele. Se não for, seu marido será morto.

– *Qui dicas?* O que está dizendo? – perguntou Mary.

Ibn Sina repetiu lentamente.

A criança começava a se inquietar nos braços dela, mas Mary não deu atenção ao filho. Olhou para Ibn Sina com uma palidez mortal. Era um rosto de pedra, mas ele percebeu um elemento que não havia notado antes. O velho médico compreendia as pessoas e pela primeira vez sua ansiedade diminuiu, pois percebeu a força daquela mulher. Ele providenciaria tudo e Mary faria o que fosse necessário.

Uma cadeirinha carregada por escravos foi apanhar Mary em casa. Ela não sabia o que fazer com Rob. J., por isso o levou também; foi uma ideia feliz, pois no *haram* da Casa do Paraíso a criança foi recebida por um grande número de mulheres encantadas.

Foi levada aos banhos, um constrangimento. Rob contara que a religião obrigava as mulheres muçulmanas a remover os pelos púbicos de dez em dez dias com um depilatório de cal e arsênico. Os pelos das axilas eram arrancados ou raspados uma vez por semana pelas mulheres casadas, a cada quinze dias pelas viúvas e uma vez por mês pelas virgens. As mulheres do *haram* olharam para Mary com repulsa indisfarçada.

Depois do banho, ofereceram três bandejas com perfumes diversos, mas ela usou apenas um e muito pouco.

Foi levada a um quarto onde havia apenas uma cama, almofadas, cobertores e um pequeno armário com uma bacia cheia de água. Depois de esperar o que para ela pareceu um longo tempo, Mary enrolou-se em um dos cobertores.

Finalmente Ala chegou, Mary ficou apavorada, mas ele sorriu ao vê-la de pé, com o cobertor nas costas.

Acenou para que o tirasse e depois, com impaciência para que tirasse o vestido também. Mary sabia que, comparada à maioria das mulheres do Oriente, era muito magra, e as mulheres persas a haviam informado de que as sardas eram castigo de Ala por Mary se recusar a usar véu no rosto.

Ala tocou os cabelos espessos e vermelhos de Mary e levou uma mecha ao nariz. Não estavam perfumados e o rei fez uma careta.

Durante um momento, Mary procurou se defender pensando no filho. Quando Rob J. fosse mais velho, lembraria daquele lugar? Dos gritos extasiados e das vozes suaves e carinhosas das mulheres? Os rostos cheios de ternura inclinados para ele? As mãos que o acariciavam?

As mãos do rei estavam ainda nos seus cabelos. Ele falava persa; se para ele mesmo ou para ela, Mary não sabia. Não ousava sequer balançar a cabeça dizendo que não entendia, pois ele poderia interpretar o gesto como rebelião.

Ala examinava agora os pelos púbicos de Mary com grande curiosidade.

– Hena?

Ela compreendeu a palavra e balançou a cabeça dizendo que não, não se tratava de tinta, numa linguagem que ele naturalmente não compreendeu. Ele segurou um fio delicadamente com a ponta dos dedos, esfregando, tentando tirar a tinta.

Subitamente Ala tirou o manto largo de algodão. Os braços eram musculosos e a cintura grossa com uma barriga avantajada e cabeluda. Todo seu corpo era recoberto de pelos. O pênis parecia menor que o de Rob e mais escuro.

Na cadeirinha, a caminho do palácio, Mary tinha imaginado uma porção de coisas. Numa dessas fantasias, ela chorava explicando que as mulheres cristãs eram proibidas por Jesus de praticar aquele ato fora do casamento; e como nas histórias dos santos, Ala ficava com pena dela e bondosamente a mandava de volta para a casa. Em outra, forçada ao ato para salvar a vida do marido, sentia-se livre por desfrutar o maior e mais lascivo prazer de sua vida, o estupro feito por um amante sobrenatural que, embora tivesse poder sobre as mais belas mulheres da Pérsia, a havia escolhido para sua cama.

A realidade não se aproximou sequer de nenhuma dessas fantasias. Ele examinou seus seios, tocando os mamilos, talvez de cor diferente dos que estava habituado a ver. O ar frio os enrijeciam, mas não prenderam por muito tempo a atenção do Xá. Quando ele a empurrou para a cama, Mary implorou silenciosamente a ajuda da Santa Mãe de Deus. Ela era um receptáculo relutante, seco pelo medo e pela raiva daquele homem que estivera prestes a ordenar a morte do seu marido. O Xá não usou nenhuma das carícias ternas com que Rob a aquecia, transformando seus ossos em água. O pênis de Ala, além de parecer uma vareta vertical, era curvo e ele teve dificuldade para penetrá-la, recorrendo ao óleo de oliva, que passou irritado nela e não nele. Finalmente ele a penetrou deslizando em óleo e Mary ficou imóvel com os olhos fechados.

Mary tinha tomado banho, mas logo percebeu que o Xá não fizera o mesmo. Ele não era vigoroso. Parecia quase entediado, rosnando baixinho enquanto trabalhava. Logo teve um estremecimento pouco régio e insignificante demais para um homem daquele tamanho, depois um gemido de aborrecimento. Então o Rei dos Reis saiu de dentro dela com um fraco ruído de sucção oleoso e saiu do quarto sem uma palavra ou um olhar para Mary.

Ela ficou ali deitada, lambuzada e humilhada, sem saber o que fazer. Mary recusou-se a chorar.

Finalmente as mulheres apareceram e a levaram a Rob J. Quando Mary partiu, elas puseram um cesto de corda cheio de melões verdes na cadeirinha. Já no Yehuddiyyeh, Mary pensou em deixar os melões na rua, mas achou que seria mais fácil deixar que a cadeirinha os levasse até sua casa.

Os melões no mercado não eram bons por serem conservados em cavernas durante o inverno persa e muitos estragavam durante esse tempo. Mas aqueles estavam em perfeitas condições e completamente maduros quando Rob voltou de sua missão em Idhaj, e extremamente saborosos.

CAPÍTULO 64

A jovem Bedoui

Estranho. Entrar no *maristan*, aquele lugar frio e sagrado cheirando a doença e a remédios, cheio de gemidos, gritos e o ruído do constante movimento, a canção do hospital. Tudo isso fazia ainda Rob prender a respiração, com o coração disparado quando entrava no *maristan* seguido agora como a mamãe gansa na frente dos filhotes, pelo grupo de estudantes.

Todos atrás dele, que não mais seguia os outros!

Parar e fazer com que um estudante recitasse a história de um doente. Aproximar-se de um leito e falar com o paciente, observando, examinando, tocando, farejando a doença como uma raposa à procura de ovos. Tentando sobrepujar o Cavaleiro Negro. Discutir demoradamente as doenças ou lesões com o grupo, recebendo opiniões geralmente sem valor, mas às vezes maravilhosas. Para os estudantes, um aprendizado; para Rob, a oportunidade de moldar aquelas mentes para que funcionassem como instrumentos de crítica, analisando e propondo tratamentos, rejeitando e propondo outra vez, de modo que, ensinando, Rob às vezes chegava a conclusões que de outro modo não lhe teriam ocorrido.

Ibn Sina o incentivava a dar aulas e os outros compareciam, mas Rob não se sentia completamente à vontade com eles, de pé e suando nervoso enquanto falava sobre um assunto que estudara cuidadosamente nos livros. Imaginava como deviam vê-lo, maior do que a maioria com seu nariz inglês quebrado e preocupado com a pronúncia, pois agora que falava o persa fluentemente estava mais consciente das suas falhas.

Ibn Sina o incentivava também a escrever, e Rob redigiu um artigo curto sobre tratamento de ferimentos. Trabalhou arduamente, mas não sentiu prazer nem quando seu trabalho terminado e copiado foi para a Casa da Sabedoria.

Rob sabia que era seu dever transmitir conhecimentos e habilidades, como outros os haviam transmitido a ele, mas Mirdin estava enganado. Rob não desejava fazer de tudo. Não pretendia se igualar a Ibn Sina. Não ambicionava ser filósofo, educador e teólogo, não sentia necessidade de escrever nem pregar. Era obrigado a aprender e pesquisar para ter certeza do que fazia quando precisava agir. Para ele, o desafio estava em segurar as mãos do paciente, a mesma sensação mágica de quando tinha nove anos.

Uma manhã, uma garota chamada Sitara foi levada ao *maristan* pelo pai, um fabricante de tendas *bedoui*. A menina estava muito doente, com náuseas e vômito, com uma dor terrível no lado direito do abdome rígido. Rob sabia do que se tratava mas não tinha a mínima ideia de como curar aquela doença. A menina gemia e mal podia responder às suas perguntas, mas Rob insistiu, na esperança de descobrir alguma coisa que pudesse aliviar sua condição.

Ele a purgou, tentou compressas frias e quentes, e naquela noite contou à mulher o caso da menina *bedoui* e pediu a Mary que rezasse por ela.

Mary pensou com tristeza na menina passando por tudo que James Geikie Cullen tinha passado. Lembrou então que o pai estava num túmulo não visitado no uádi de Ahmad, em Hamadhan.

Na manhã seguinte, Rob fez uma sangria na menina *bedoui* e administrou medicamentos e ervas, sem nenhum resultado. Ela ficou febril, com os olhos vidrados, e começou a fenecer como uma folha depois da geada. Morreu no terceiro dia.

Rob estudou os detalhes daquela curta vida exaustivamente.

A menina gozava de boa saúde antes da série de acessos de dor que a haviam matado. Era uma garota de doze anos, virgem, cuja menstruação havia começado há pouco tempo... o que tinha ela em comum com um garotinho e com seu sogro, um homem de meia-idade? Rob não encontrou nada. Porém os três tinham morrido do mesmo modo.

O estremecimento das relações entre Ala e seu vizir, o imã Qandrasseh, ficou mais evidente durante a audiência do Xá. O imã estava como sempre no trono menor, abaixo e à direita do trono de Ala, mas dirigia-se ao monarca com uma cortesia tão gelada que a mensagem era muito clara para todos os presentes.

Naquela noite, Rob foi à casa de Ibn Sina e sentaram-se para o Jogo do Xá. Foi mais uma aula do que uma competição, como um adulto jogando com uma criança. Ibn Sina parecia ter imaginado o jogo inteiro antes mesmo de começar. Movia as peças sem hesitação. Rob não conseguiu vencê-lo, mas percebeu a necessidade de planejar com antecedência, e adicionou essa conclusão à sua estratégia.

– Pequenos grupos estão reunidos nas ruas e nas *maidan*s, falando em voz baixa – disse Rob.

– Ficam preocupados e confusos quando os sacerdotes de Ala entram em conflito com o senhor da Casa do Paraíso, pois temem que a desavença possa destruir o mundo. – Ibn Sina tomou um *rukh* com seu cavaleiro. – Vai passar. Sempre passa e os abençoados sobrevivem.

Jogaram por algum tempo em silêncio, e então Rob falou na morte da pequena *bedoui*, descrevendo os sintomas e os dois outros casos de doença abdominal que o perturbavam.

– Satira era o nome da minha mãe – suspirou Ibn Sina. Mas não tinha explicação para a morte da menina. – Existem muitas respostas que não nos foram dadas.

— Não serão dadas se não as procurarmos — replicou Rob lentamente.

Ibn Sina deu de ombros e preferiu mudar de assunto, falando sobre as novidades da corte, revelando que uma expedição real ia ser enviada à Índia. Não atacantes dessa vez, mas mercadores encarregados pelo Xá da compra de aço indiano ou do minério para fazer o aço, pois Dhan Vangalil não tinha mais material para fabricar as lâminas azuladas tão preciosas para Ala.

— As ordens são para só voltar a Ispahan com uma caravana repleta de minério ou aço duro, nem que tenham de ir até o fim da Estrada da Seda.

— O que há no fim da Estrada da Seda? — perguntou Rob.

— Chumg-Kuo. Um país enorme.

— E além?

Ibn Sina deu de ombros.

— Água. Oceanos.

— Viajantes disseram que a Terra é chata e cercada de fogo. Que além de certo limite caímos no fogo, que é o inferno.

— Viajantes dizem tolices — observou Ibn Sina com desprezo. — Não é verdade. Li que fora do mundo habitado só existem sal e areia, como o Dasht-i-Kavir. Outros escreveram que grande parte da Terra é só gelo. — Olhou para Rob pensativamente. — O que existe além do seu país?

— A Grã-Bretanha é uma ilha. Além fica o oceano e depois a Dinamarca, a terra dos homens do Norte de onde veio o nosso rei. Além *disso*, dizem que existe uma terra de gelo.

— E ao norte da Pérsia, além de Ghazna, fica a terra de Rus, e depois a terra de gelo. Sim. Acho que na verdade grande parte da Terra é coberta de gelo. Mas não existe um inferno chamejante ao redor dela, pois os pensadores sempre souberam que a Terra é redonda como uma ameixa. Você já viajou por mar. Quando vemos um navio distante que vem em nossa direção, a primeira coisa que aparece é o mastro, depois, aos poucos, o resto da embarcação à medida que veleja sobre a superfície curva da Terra.

Venceu Rob no jogo, encurralando o rei do assistente quase sem prestar atenção, e depois chamou o escravo e pediu *sherbet* de vinho e pistaches.

— Lembra-se do astrônomo Ptolomeu?

Rob sorriu; de astronomia tinha lido apenas o que a *madrassa* exigia.

— Um grego antigo que escreveu no Egito.

— Exatamente. Escreveu que o mundo é redondo. Suspenso abaixo do firmamento côncavo, no centro do universo. Em volta da Terra giram o Sol e a Lua, criando a noite e o dia.

— Esse mundo-bola, com superfície de terra e mar, montanhas e rios, florestas, desertos e lugares cobertos de gelo, é oco ou sólido? E se é sólido, o que tem dentro?

O velho professor sorriu e ergueu os ombros, sentindo-se no seu elemento e divertindo-se.

– Não podemos saber. A Terra é enorme, como você sabe, pois já cavalgou e caminhou por uma boa parte dela. E nós, homenzinhos incapazes de cavar tão fundo para responder essa pergunta.

– Mas se fosse capaz de ver o centro da Terra, o senhor olharia?

– É claro!

– Porém, pode olhar o interior do corpo humano, mas não olha.

O sorriso desapareceu dos lábios de Ibn Sina.

– A humanidade está muito próxima da selvageria e deve viver de acordo com certas regras. Do contrário, mergulharemos na nossa natureza animal e pereceremos. Uma das nossas regras proíbe a mutilação dos mortos, que um dia serão tirados dos túmulos pelo Profeta.

– Por que as pessoas sofrem dessas doenças abdominais?

Ibn Sina deu de ombros.

– Abra a barriga de um porco e estude o enigma. Os órgãos do porco são idênticos aos do homem.

– Tem certeza, Mestre?

– Tenho. Está escrito desde o tempo de Galeno, cujos companheiros gregos não o deixavam abrir o corpo humano. Os judeus e os cristãos têm uma proibição similar. Todos os homens são contra a dissecação. – Ibn Sina olhou para Rob com ar preocupado. – Você venceu muita coisa para ser médico. Mas deve praticar a arte de curar dentro das regras da religião e da vontade geral dos homens. Do contrário, o poder humano o destruirá.

Rob voltou para casa contemplando o céu até os pontos de luz começarem a nadar na frente dos seus olhos. Dos planetas só conseguia identificar a Lua, Saturno e um ponto brilhante que devia ser Júpiter, pois brilhava mais do que as estrelas à sua volta.

Compreendeu que Ibn Sina não era um semideus. O Príncipe dos Médicos era apenas um estudioso de idade preso entre a medicina e a fé na qual fora criado. Rob amava mais o velho professor por suas limitações humanas, mas ao mesmo tempo sentia-se enganado de certa forma, como um garotinho que descobre os defeitos do pai.

Chegou ao Yehuddiyyeh e, pensativo, acomodou o cavalo castanho para a noite. Mary e o menino já dormiam e Rob despiu-se silenciosamente e se deitou de olhos abertos, pensando no que poderia causar aquela doença abdominal.

No meio da noite, Mary acordou e correu para fora da casa, onde vomitou. Rob a seguiu; obcecado pela doença que levara o pai dela, lembrou que o vômito era o primeiro sintoma. Vencendo as objeções da mulher, ele a examinou, mas o abdome de Mary estava normal e ela não tinha febre.

Voltaram para a cama.

– Rob! – murmurou Mary. E repetiu: – Meu Rob. – Um brado de tristeza que parecia sair de um pesadelo.

– Quieta, senão vai acordar o menino – replicou Rob com voz baixa.

Ficou surpreso, pois Mary não costumava ter pesadelos. Afagou a cabeça dela e a consolou, e Mary abraçou o marido com força desesperada.

– Estou aqui, Mary. Estou aqui, meu amor.

Falou suavemente até ela se acalmar, palavras de amor em inglês, em persa e na Língua.

Um pouco depois, Mary mais uma vez acordou sobressaltada, mas tocou o rosto dele e com um suspiro aninhou-se nos braços do marido. E Rob ficou ali, o rosto no seio macio até adormecer embalado pelo ritmo calmo e regular do coração dela.

CAPÍTULO 65

Karim

O calor do sol fez brotar o verde na terra e a primavera chegou a Ispahan. Pássaros cruzavam o ar com palhas e galhos pequeninos no bico para fazerem os ninhos e a água dos regatos e uádis corriam para o Rio da Vida, que crescia rugindo caudaloso. Era como se Rob tivesse tomado as mãos da natureza entre as suas e sentisse a vitalidade ilimitada e eterna. Mary era uma das evidências dessa fertilidade. A náusea continuou e ficou pior, e dessa vez não precisava de Fara para dizer que estava grávida. Rob estava feliz, mas Mary tristonha, mais irritada que da outra vez. Rob passava mais tempo do que nunca com o filho. O rostinho do menino se iluminava quando via o pai e agarrava-se a ele alegre como um cãozinho novo. Rob o ensinou a brincar com ele com alegria.

– Puxe a barba do pa – dizia, orgulhoso com a força das mãozinhas.
– Puxe as orelhas do pa.
– Puxe o nariz do pa.

O garoto começou a falar no mesmo dia em que deu os primeiros passos. Não era de admirar que sua primeira palavra fosse "pa". A voz daquela criaturinha chamando-o inundava Rob de amor e mal podia acreditar em tanta sorte.

Numa tarde de temperatura amena, convenceu Mary a acompanhá-lo ao mercado armênio, ele carregando Rob J. Chegando lá, pôs o menino no chão, perto da barraca de couros, para que desse alguns passos até onde estava Prisca, e a ama gritou feliz segurando o menino nos braços.

De volta ao Yehuddiyyeh, sorriam e cumprimentavam os conhecidos, pois, embora nenhuma outra mulher tivesse se aproximado de Mary depois da partida de Fara, também não repeliam mais a Outra Europeia e os judeus do bairro estavam acostumados com sua presença.

Mais tarde, enquanto Mary preparava o *pilah* e Rob podava um dos abricoteiros, duas das filhas de Mica Halevi, o padeiro, saíram da casa vizinha para brincar com Rob J. no jardim. Rob ouvia extasiado os gritos e as conversas infantis das crianças.

Havia gente muito pior do que os judeus do Yehuddiyyeh, pensou ele, e lugares bem piores que Ispahan.

Um dia, soube que al-Juzjani ia dar uma aula sobre a dissecção de um porco e foi assistir. O animal era na verdade um enorme javali com presas tão ameaçadoras quanto as de um pequeno elefante, olhos malvados e miúdos, o corpo comprido recoberto por cerdas duras e cinzentas e pênis grande e peludo. Estava morto há um dia e cheirava mal, mas, quando vivo, tinha se alimentado de cereais e o odor predominante, quando foi aberto, era de fermentação, como de cerveja, levemente ácido. Rob tinha aprendido que não havia cheiro ruim nem cheiro bom; todos eram de interesse, pois cada um tinha uma história. Mas nem seu nariz, nem suas mãos curiosas, nem seus olhos encontraram informação sobre a doença mortal do abdome nas entranhas do animal. Al-Juzjani, mais interessado em dar sua aula do que em permitir o acesso de Rob ao javali, ficou irritado com o tempo que ele passou examinando o animal.

Depois da aula, sem ter aprendido nada de novo, Rob foi procurar Ibn Sina no *maristan*. Percebeu imediatamente que alguma coisa grave tinha acontecido.

– Minha Despina e Karim Harun. Foram presos.

– Sente-se, mestre, e procure se acalmar – disse Rob suavemente, pois Ibn Sina estava muito abalado e parecia muito velho.

Era a realização dos maiores temores de Rob. Com esforço, fez as perguntas obrigatórias e não ficou surpreso ao saber que a acusação era adultério e fornicação.

Os agentes de Qandrasseh haviam seguido Karim até a casa de Ibn Sina. Naquela manhã, *mullahs* e soldados invadiram a torre de pedra e encontraram os amantes.

– E o eunuco?

Por uma fração de segundo, Ibn Sina olhou para ele e Rob detestou a si mesmo por tudo que a pergunta insinuava. Mas Ibn Sina apenas balançou a cabeça.

– Wasif está morto. Se não o tivessem assassinado de surpresa, não teriam entrado na torre.

– Como podemos ajudar Karim e Despina?

– Só Ala Xá pode ajudá-los – respondeu Ibn Sina. – Devemos fazer uma petição.

Nas ruas de Ispahan, as pessoas desviavam os olhos, procurando não envergonhar Ibn Sina com sua piedade.

Na Casa do Paraíso, foram recebidos pelo Capitão dos Portões com a cortesia habitualmente usada para com o Príncipe dos Médicos, mas foram conduzidos para a antessala e não à presença do Xá.

Farhad se afastou e logo voltou dizendo que o rei sentia muito, mas não podia atendê-los naquele dia.

– Nós esperamos – retrucou Ibn Sina. – Talvez apareça uma oportunidade.

Farhad estava satisfeito por ver a queda dos poderosos; sorriu para Rob com uma curvatura.

Esperaram durante toda a tarde, e depois Rob levou Ibn Sina para casa.

Na manhã seguinte, voltaram. Mais uma vez, Farhad foi cuidadosamente delicado. Foram conduzidos à mesma antessala, com permissão para esperar, mas era evidente que o rei não pretendia vê-los.

Mesmo assim, esperaram.

Ibn Sina quase não falava. Uma vez suspirou.

– Ela sempre foi como uma filha para mim – murmurou. E depois de algum tempo: – É mais fácil para o Xá considerar o ato ousado de Qandrasseh como uma pequena derrota do que enfrentar o vizir.

Passaram o segundo dia esperando na Casa do Paraíso. Gradualmente compreenderam que, a despeito da importância do Príncipe dos Médicos e do fato de Karim ser o favorito de Ala, o rei não faria nada.

– Está disposto a entregar Karim a Qandrasseh – disse Rob tristemente. – Como se estivessem disputando o Jogo do Xá e Karim fosse uma peça cuja falta não será muito sentida.

– Daqui a dois dias vai haver uma audiência – disse Ibn Sina. – Precisamos tornar possível ao Xá ajudar os dois. Farei um pedido público para que o rei conceda sua misericórdia. Eu sou o marido dela, e Karim, o amado do povo. Todos apoiarão meu pedido para salvar o herói do *chatir*. O Xá deixará parecer que está atendendo o pedido dos seus súditos.

Se isso acontecesse, continuou Ibn Sina, Karim talvez recebesse vinte chicotadas e Despina fosse espancada e condenada a prisão perpétua na casa do seu dono.

Mas, quando saíam da Casa do Paraíso, encontraram al-Juzjani à sua espera. O mestre cirurgião amava Ibn Sina como a todos, e por amá-lo deu a má notícia.

Karim e Despina haviam sido levados ao tribunal islâmico. Três testemunhas tinham feito depoimentos, todas elas *mullahs*. Sem dúvida para evitar a tortura, nem Despina nem Karim tentaram se defender.

O *mufti* que presidiu o tribunal os condenou à morte e a sentença seria executada na manhã seguinte.

– A mulher, Despina, será decapitada. Karim Harun terá a barriga rasgada.

Os dois entreolharam-se cheios de desânimo. Rob esperou que Ibn Sina dissesse a al-Juzjani como Karim e Despina podiam ainda ser salvos, mas o velho homem apenas balançou a cabeça.

– Não podemos evitar a sentença – replicou. – Só garantir que tenham um fim misericordioso.

– Então precisamos agir – disse al-Juzjani. – Subornos. E devemos substituir o estudante na prisão do *kelonter* por um médico de nossa confiança.

Apesar do calor da primavera, Rob ficou gelado.

– Deixem que eu vá – pediu.

Naquela noite, Rob não dormiu. Levantou-se antes do nascer do dia e foi para a cidade às escuras no seu cavalo castanho. Na casa de Ibn Sina, quase esperava ver o eunuco Wasif, uma sombra na semiobscuridade. Não havia luz nem vida nos quartos da torre.

Ibn Sina entregou a ele um vidro com suco de uva.

– Está misturado com possantes opiatos e pó de pura semente de cânhamo chamado *buing* – instruiu. – Nisso está o perigo. Devem beber bastante. Mas, se qualquer um dos dois tomar demais e não conseguir andar quando forem chamados, você morrerá com eles.

Rob assentiu, balançando a cabeça.

– A misericórdia de Deus.

– A misericórdia de Deus – murmurou Ibn Sina.

Antes de Rob deixar a casa, Ibn Sina estava entoando preces do Qu'ran.

Na prisão, disse ao sentinela que era o médico e deram-lhe uma escolta. Foram primeiro às celas das mulheres, e em uma delas uma voz de mulher cantava e soluçava alternadamente.

Teve medo de que fosse Despina, mas não era; na cela pequena, ela esperava. Não tinha tomado banho, não estava perfumada e seu cabelo pendia em mechas úmidas, o corpo pequenino e bem-feito coberto apenas por uma túnica negra e suja.

Rob pôs o vidro de *buing* no chão, foi até ela e ergueu o véu.

– Trouxe uma bebida para você.

Para Rob ela seria sempre *femina*, uma combinação de Anne Mary, sua irmã, Mary, sua mulher, a prostituta que o havia servido na *maidan* e todas as mulheres do mundo.

Seus olhos estavam cheios de lágrimas, mas ela recusou o *buing*.

– Deve beber. Vai ser bom para você.

Ela balançou a cabeça. Logo estarei no paraíso, era o que os olhos medrosos pediam que Rob acreditasse.

– Dê a ele – murmurou Despina, e Rob despediu-se dela.

Os passos ecoavam enquanto Rob seguia o soldado pelo corredor, desceram dois lances de escada e entraram em outro túnel de pedra chegando a outra pequena cela.

O amigo estava pálido.

– Então, europeu.

– Então, Karim.

Abraçaram-se forte e longamente.

– Ela está...?

– Eu a vi. Ela está bem.

Karim suspirou.

– Há semanas não falava com ela! Fui lá só para ouvir sua voz, você compreende? Tinha certeza de não estar sendo seguido naquele dia.

Rob fez um gesto de assentimento.

Os lábios de Karim tremeram. Quando Rob ofereceu o vidro, ele o agarrou e bebeu avidamente dois terços do líquido.

– Vai funcionar. O próprio Ibn Sina o preparou.

– O velho que você adora. Muitas vezes sonhei envenená-lo para ter Despina.

– Todos os homens têm pensamentos cruéis. Não vai realizar nenhum deles. – Por algum motivo, parecia de importância vital que Karim soubesse disso antes que o narcótico fizesse efeito. – Você compreende?

Karim assentiu com um gesto. Rob o observou atentamente, temendo que tivesse tomado *buing* demais. Se a infusão tivesse um efeito muito rápido, o tribunal do *mufti* se reuniria novamente para condenar outro médico.

Karim fechou os olhos. Estava acordado, mas não queria falar. Rob ficou com ele, em silêncio, até ouvir os passos que se aproximavam.

– Karim.

Ele piscou os olhos.

– É agora?

– Pense em vencer o *chatir* – disse Rob suavemente. Os passos pararam, a porta se abriu; havia três soldados e dois *mullahs*. – Pense no dia mais feliz da sua vida.

– Zaki-Omar podia ser um homem muito bondoso – retrucou Karim com um sorriso apagado e vazio para Rob.

Dois soldados o seguraram pelos braços. Rob foi atrás deles. Saíram da cela, seguiram pelo corredor de pedra, subiram os dois lances de escada e chegaram ao pátio, onde o sol brandia seu calor metálico. A manhã era suave e bela, a última crueldade. Viu que os joelhos de Karim se dobravam, mas qualquer observador pensaria que era de medo. Passaram pela fila dupla das vítimas do *carcan*, uma cena de pesadelo.

Algo terrível já estava no chão ensanguentado perto de uma figura de túnica negra, mas o *buing* enganou os *mullahs*; Karim não a viu.

O carrasco parecia pouco mais velho que Rob, um homem pequeno e gordo com braços imensos e olhos indiferentes. Sua força e habilidade e as lâminas mais afiadas eram o que o dinheiro de Ibn Sina havia comprado.

Os olhos de Karim estavam vidrados quando os soldados o conduziram ao carrasco. Não houve despedidas; o golpe foi rápido e certeiro. A ponta subiu até o coração, matando instantaneamente como o homem fora pago para fazer, e Rob ouviu o que parecia um suspiro alto e tristonho de Karim.

Rob foi encarregado de providenciar para que os corpos de Karim e Despina fossem levados ao cemitério, fora dos muros da cidade. Pagou uma boa quantia para que fosse entoada uma prece sobre os dois túmulos recentes, uma amarga ironia: os *mullahs* que fizeram a oração eram alguns dos que haviam presenciado a execução.

Terminado o funeral, Rob tomou a infusão que estava no vidro e deixou que o cavalo castanho o conduzisse sem controle das rédeas.

Mas, quando chegou perto da Casa do Paraíso, fez o animal parar e observou o palácio. Estava especialmente belo naquele dia, os estandartes coloridos dançando na brisa da primavera e o sol brilhava nos mastros e nas alabardas, cintilando nas armas das sentinelas.

Podia ouvir a voz de Ala. *Somos quatro amigos... Somos quatro amigos...*

Sacudiu o punho no ar.

– MI-SE-RÁ-VEL!

O som rolou para os muros alcançando e sobressaltando as sentinelas.

O oficial de dia desceu até o posto externo da guarda.

– Quem é? Vocês sabem?

– Sim. Acho que é o *hakim* Jesse. O *dhimmi*.

Observaram o homem a cavalo, viram quando brandiu o punho mais uma vez, notaram a garrafa de vinho e as rédeas soltas do animal.

O oficial sabia que o judeu tinha ficado para trás, na campanha da Índia, para tratar dos feridos.

– Está de cara cheia. – Sorriu. – Mas não é de todo mau. Deixem que passe.

E ficaram observando o cavalo castanho levar o médico para os portões da cidade.

CAPÍTULO 66

A cidade cinzenta

Assim, ele era o único sobrevivente da equipe médica de Ispahan. A ideia de que Mirdin e Karim estavam sob a terra era como tomar uma infusão de raiva, saudade e tristeza; contudo, perversamente, aquelas mortes faziam com que seus dias fossem tão doces quanto um beijo de amor. Rob saboreava os mais corriqueiros prazeres da vida. Uma respiração profunda, uma longa mijada, um peido lento. Mastigar pão velho quando tinha fome, dormir quando estava cansado. Tocar a cintura agora larga da mulher, ouvir os roncos dela. Morder a barriguinha do filho até a gargalhada infantil encher seus olhos de lágrimas.

Isso a despeito de Ispahan ter se tornado um lugar sombrio.

Se Alá e o imã Qandrasseh podiam destruir o heroico atleta de Ispahan, qual o homem comum que ousaria agora violar as regras do islã determinadas pelo Profeta?

As prostitutas desapareceram e as *maidans* não mais vibravam de alegria à noite. *Mullahs* patrulhavam as ruas da cidade aos pares, atentos ao véu que cobria pequena porção de um rosto feminino, ao atraso com que um homem respondia ao chamado do *muezzin* para a prece, ao dono de uma casa de bebidas bastante tolo para vender vinho. Até mesmo no Yehuddiyyeh, onde as mulheres sempre cobriam a cabeça cuidadosamente, muitas passaram a cobrir o rosto com os pesados véus muçulmanos.

Muitas pessoas suspiravam em segredo, sentindo falta da música e da alegria das noites do passado, mas outras pareciam satisfeitas, e no *maristan* o *hadji* Davout Hosein agradecia a Alá nas preces matinais.

– Mesquita e Estado nasceram do mesmo ventre, unidos, e jamais se separarão – dizia ele.

Todas as manhãs, um número sempre crescente de fiéis ia à casa de Ibn Sina para orar com ele, mas agora, quando a oração terminava, o Príncipe dos Médicos voltava para casa e só era visto na prece seguinte. Ibn Sina entregava-se completamente à dor e à meditação e não ia mais ao *maristan* para ensinar ou tratar doentes. Aqueles que se recusavam a ser tocados por um *dhimmi* eram atendidos por al-Juzjani, mas eram raros e Rob estava ocupado o tempo todo agora, atendendo seus pacientes e os de Ibn Sina.

Uma manhã entrou no hospital um homem magro com hálito fedido e pés sujos. Qasim ibn Sahdi tinha as pernas como as de um grou e uma barbicha rala que parecia roída por traças. Não sabia a própria idade e não tinha casa porque passara quase toda a vida fazendo trabalho braçal em diversas caravanas.

– Já viajei por toda parte, mestre.

– Esteve na Europa, de onde eu vim?

– *Quase* por toda parte. – Disse que não tinha família, mas que Alá tomava conta dele. – Cheguei aqui ontem com uma caravana de lã e tâmaras de Qum. No caminho, tive uma dor forte como um malvado *djinn*.

– Dor onde?

Qasim, gemendo, levou a mão ao lado direito da barriga.

– Teve náuseas?

– Senhor, estou doente de tanto vomitar e sinto uma fraqueza terrível. Porém, quando eu estava cochilando, Alá falou, dizendo que eu estava perto de alguém que podia me curar. E quando acordei, perguntei se existia um lugar onde curam pessoas por perto e me mandaram para o *maristan*.

Foi levado para um leito, lavado e alimentado com dieta leve. Era o primeiro paciente com a doença da dor do lado que Rob via no primeiro estágio. Talvez Alá soubesse como curar Qasim, Rob não sabia.

Passou horas na biblioteca. Finalmente o prestativo Yussuf-ul-Gamal, zelador da Casa da Sabedoria, perguntou o que ele estava procurando com tanta assiduidade.

– O segredo da doença abdominal. Estou procurando relatórios dos antigos que abriram a barriga humana antes de ser proibido.

O bibliotecário piscou os olhos e fez um gesto de assentimento.

– Posso tentar ajudá-lo. Vamos ver o que consigo encontrar.

Ibn Sina não estava acessível, portanto Rob procurou al-Juzjani, que não tinha a paciência do Príncipe dos Médicos.

– É comum as pessoas morrerem dessa doença – explicou –, mas algumas chegam ao *maristan* queixando-se de dor e calor no baixo-ventre, e a dor passa e os pacientes vão para casa.

– Por quê?

Al-Juzjani ergueu os ombros com um ar de censura e não quis perder mais tempo com o assunto.

A dor de Qasim desapareceu também depois de alguns dias, mas Rob não queria mandá-lo embora.

– Para onde você vai?

O velho tropeiro deu de ombros.

– Vou procurar uma caravana, *hakim*, pois elas são o meu lar.

– Nem todos que entram aqui podem sair. Alguns morrem, você compreende.

Qasim fez um gesto afirmativo com ar sério.

– Todos os homens devem morrer, no fim.

– Lavar os mortos e prepará-los para o enterro é servir a Alá. Poderia fazer esse trabalho?

– Posso, *hakim*. Pois é trabalho de Deus, como diz – respondeu solenemente. – Alá me trouxe para cá e talvez queira que eu fique.

Havia um pequeno quarto de despejo perto das duas salas do necrotério do hospital. Rob e Qasim limparam o pequeno quarto, que passou a ser a residência de Qasim ibn Sahdi.

– Você fará suas refeições aqui depois que os pacientes forem alimentados, e pode usar a casa de banhos do *maristan*.

– Está bem, *hakim*.

Rob deu a ele uma esteira para dormir e uma lamparina de cerâmica. O velho desenrolou seu puído tapete de orações e declarou que o quarto era o mais belo lar que já tivera.

Quase duas semanas passaram antes que Rob tivesse tempo de se encontrar com Yussuf-ul-Gamal na Casa da Sabedoria. Levou um presente de agradecimento pela ajuda do bibliotecário. Todos os vendedores lhe ofereceram pistaches grandes e bonitos, mas Yussuf tinha poucos dentes e Rob resolveu levar uma cesta de junco cheia de tâmaras macias do deserto.

Ele e Yussuf sentaram-se para comer as frutas tarde da noite na Casa da Sabedoria. A biblioteca estava vazia.

– Eu recuei bastante no tempo – disse Yussuf. – Tanto quanto possível. Fui até a Antiguidade. Os próprios egípcios, famosos por sua arte de embalsamamento, como sabe, aprendiam que era errado e um desfiguramento abrir o abdome.

– Mas... e quando faziam as múmias?

– Eram hipócritas. Pagavam homens desprezíveis, chamados *paraschistes*, que pecavam fazendo a incisão inicial proibida. Assim que faziam o corte, os *paraschistes* fugiam para não ser apedrejados até a morte, um reconhecimento da culpa que permitia aos respeitáveis embalsamadores retirar os órgãos do abdome e prosseguir com seus processos de preservação.

– Estudavam os órgãos que removiam? Deixaram alguma observação escrita?

– Usaram o embalsamamento durante cinco mil anos, tendo eviscerado quase três quartos de bilhão de seres humanos vitimados pelas mais variadas doenças, e guardavam as vísceras em vasos de cerâmica, calcário ou alabastro, ou simplesmente as jogavam fora. Mas não há nenhuma prova de que estudassem os órgãos.

"Quanto aos gregos, o caso era outro. E aconteceu na mesma região do Nilo", Yussuf serviu-se de mais tâmaras. "Alexandre, o Grande, tomou de assalto esta nossa bela Pérsia como um belo e jovem deus da guerra, novecentos anos antes do nascimento de Maomé. Conquistou o mundo antigo, e na extremidade noroeste do Delta do Nilo, numa faixa de terra entre o Mediterrâneo e o lago Mareótis, fundou uma bela cidade, à qual deu seu nome.

"Dez anos mais tarde morreu de febre dos pântanos, mas Alexandria já era o centro da cultura grega. Com o desmembramento do império de Alexandre, o Egito e a nova cidade passaram para as mãos de Ptolomeu da Macedônia, um dos mais cultos companheiros de Alexandre. Ptolomeu fundou o Museu de Alexandria, a primeira universidade do mundo, e a grande Biblioteca de Alexandria. Todos os ramos do conhecimento prosperaram, mas a escola de medicina atraiu os estudantes mais promissores do mundo todo. Pela primeira e única vez na longa história do homem, a anatomia tornou-se a viga mestra e a dissecção do corpo humano foi praticada em grande escala durante os trezentos anos seguintes."

Rob inclinou-se para a frente ansioso.

– Então é possível ler as descrições que fizeram das doenças dos órgãos internos?

Yussuf balançou a cabeça.

– Os livros da magnífica biblioteca se perderam quando as legiões de Júlio César saquearam Alexandria, trinta anos antes do começo da era cristã. Os romanos destruíram quase todos os documentos dos médicos de Alexandria. Celsus reuniu o que sobrou e tentou preservar tudo em sua obra *De re medicina*, mas menciona apenas brevemente a "doença que se instala no intestino grosso afetando principalmente a parte onde fica o ceco, conforme mencionei, acompanhada de violenta inflamação e dores veementes, especialmente do lado direito".

Rob resmungou desapontado.

– Conheço a citação. Ibn Sina a usa em suas aulas.

Yussuf deu de ombros.

– Portanto meu mergulho no passado deixa você exatamente onde estava quando comecei. A descrição que procura não existe.

Rob assentiu tristemente.

– Por que acha que o único momento na história em que os médicos abriram seres humanos aconteceu com os gregos?

– Não tinham a vantagem de um único deus forte que proibia a profanação da sua criação. Tinham, sim, todos aqueles fornicadores, aqueles deuses e deusas fracos e briguentos. – O bibliotecário cuspiu uma porção de sementes de tâmaras na palma da mão em concha e sorriu docemente. – Eles podiam dissecar porque eram, afinal de contas, apenas bárbaros, *hakim*.

CAPÍTULO 67

Dois recém-chegados

A gravidez de Mary estava muito avançada para ela montar a cavalo, mas foi a pé comprar mantimentos para a família, puxando o burro que carregava as compras com Rob J. numa espécie de cadeirinha nas costas do animal. O peso da criança por nascer a cansava e provocava dor nas costas e Mary caminhava lentamente de um mercado para outro. Como sempre fazia no mercado armênio, parou na tenda de couros para tomar um *sherbet* e comer o pão fino e quente da Pérsia com Prisca.

Prisca sempre ficava feliz em ver sua antiga patroa e o menino que tinha amamentado, mas nesse dia estava falando muito depressa. Mary tentava arduamente aprender a língua persa, mas só conhecia algumas palavras.

Estranho. De muito longe. Como o hakim. Como você.

As duas mulheres separaram-se sem chegar a uma verdadeira comunicação e naquela noite Mary, intrigada, contou o incidente ao marido.

Rob sabia o que Prisca tinha tentado dizer, pois a notícia tinha chegado rapidamente ao *maristan*.

– Um europeu acaba de chegar a Ispahan.

– De que país?

– Inglaterra. É um mercador.

– Um inglês?

Mary arregalou os olhos. Seu rosto estava corado e Rob notou o interesse e a excitação nos olhos dela e na mão colocada sobre o peito.

– Por que não foi procurá-lo logo?

– Mary...

– Pois deve ir. Sabe onde ele está morando?

– Está no bairro armênio, por isso Prisca sabia. Dizem que a princípio ele só queria ficar entre cristãos. – Rob sorriu. – Mas, quando viu os barracos onde moram os poucos armênios cristãos, logo alugou uma casa melhor, de um muçulmano.

– Deve escrever um recado. Convide o homem para jantar.

– Nem sei o nome dele.

– Que importa? Arranje um mensageiro. Qualquer pessoa no bairro armênio pode dizer onde ele está – disse ela. – Rob! Ele deve trazer *notícias*!

A última coisa que Rob desejava era contato perigoso com um cristão inglês. Mas não podia negar a ela essa oportunidade de ouvir falar de lugares muito mais próximos do seu coração do que a Pérsia, portanto escreveu a carta.

– Sou Bostock. Charles Bostock.

Ao primeiro olhar, Rob lembrou. Na primeira vez que voltou a Londres, depois de se tornar auxiliar de barbeiro-cirurgião, ele e Barber tinham viajado durante dois dias sob a proteção da longa fila de cavalos de Bostock carregados de sal das salinas de Arundel. No acampamento eles fizeram malabarismos e o mercador dera dois pence para Rob gastar quando chegassem a Londres.

– Jesse ben Benjamin. Médico deste lugar.

– Seu convite estava escrito em inglês. E fala a minha língua.

A resposta só podia ser a que Rob tinha inventado para Ispahan.

– Fui criado na cidade de Leeds.

Estava menos preocupado do que divertido. Catorze anos tinham passado. O filhotinho que era então transformara-se em uma espécie de cão estranho, pensou, e era pouco provável que Bostock identificasse aquele alto médico judeu a cuja casa persa fora atraído, como o garoto que fazia malabarismos.

– Esta é minha mulher, Mary, escocesa do país do Norte.

– Senhora.

Mary gostaria de estar com belas roupas, mas a barriga não permitia que usasse o vestido azul e estava com uma túnica larga e negra. Mas o cabelo muito escovado brilhava intensamente. Usava uma tira bordada na cabeça e como única joia um pingente de pérolas pequenas oscilando entre as sobrancelhas.

Bostock usava ainda o cabelo comprido amarrado na nuca com fitas e laços, só que agora era mais grisalho do que louro. O terno de veludo enfeitado, com bordado empoeirado, era muito quente para o clima e muito caro para a ocasião. Jamais vira olhos tão calculadores, pensou Rob, imaginando o valor de cada animal, da casa, das roupas, cada peça do mobiliário. E com um misto de curiosidade e desprazer avaliando o judeu moreno e barbudo, a mulher celta ruiva tão pesada com a gravidez, e o menino que dormia, mais uma prova da vergonhosa união daqueles dois.

Apesar do indisfarçado desprazer, o visitante desejava ouvir a língua inglesa tanto quanto eles, e logo estavam conversando amistosamente. Rob e Mary não se continham e as perguntas jorravam dos seus lábios:

– Tem alguma notícia das terras escocesas?

– As coisas estavam boas ou más quando saiu de Londres?

– Estavam em paz?

– Canuto ainda era o rei?

Fizeram Bostock cantar para merecer sua refeição, embora a notícia mais recente fosse de dois anos passados. Não sabia coisa alguma da terra dos escoceses nem do Norte da Inglaterra. O país continuava próspero e Londres crescia rapidamente, mais residências construídas a cada ano e mais embarcações nos portos do Tâmisa. Dois meses antes de deixar a Inglaterra, contou Bostock, o rei Canuto tinha morrido de morte natural e, quando desembarcou em Calais, soube da morte de Roberto I, duque da Normandia.

– Bastardos governam agora nos dois lados do Canal. Na Normandia, o filho ilegítimo de Roberto, William, embora seja ainda um garoto, tornou-se duque da Normandia com a ajuda dos amigos do falecido pai e parentes.

"Na Inglaterra, o trono por direito pertence a Harthacnut, filho de Canuto e da rainha Emma, mas há muitos anos Harthacnut leva uma vida nada britânica na Dinamarca, por isso o trono foi usurpado por seu meio-irmão mais novo, Harold Harefoot, reconhecido por Canuto como seu filho ilegítimo de uma mulher pouco conhecida de Northampton, chamada Aelfgifu, que é agora o rei da Inglaterra."

– Onde estão Eduardo e Alfredo, os dois príncipes filhos de Emma com o rei Aethelred antes do seu casamento com o rei Canuto? – perguntou Rob.

– Na Normandia, sob a proteção da corte do duque William, e pode-se supor que estejam olhando com muito interesse para o outro lado do Canal – respondeu Bostock.

Por mais famintos que estivessem para ouvir notícias de casa, o odor do jantar feito por Mary os fez famintos por comida e os olhos do mercador se abrandaram um pouco quando viu o que ela havia preparado em sua honra.

Dois faisões, bem temperados e frequentemente regados, recheados à moda persa com arroz e uvas, cozidos na panela em fogo lento e por muito tempo. Uma salada de verão. Melões doces. Torta de abricó com mel. E para coroar, um bom vinho rosado, muito caro e comprado com grande risco. Mary fora com Rob J. ao mercado judeu, e a princípio Hinda negou veementemente que tivesse vinho para vender, olhando medrosa para os lados, temendo que alguém tivesse ouvido o pedido. Depois de muita persuasão e o oferecimento de pagar três vezes o preço do vinho, um odre foi retirado do meio dos sacos de cereais e Mary o levou para casa escondido dos *mullahs* na cadeirinha, ao lado do filho adormecido.

Bostock dedicou toda a atenção ao jantar, e então, depois de um grande arroto, disse que partiria para a Europa dentro de poucos dias.

– Quando cheguei a Constantinopla para tratar de negócios da Igreja, resolvi continuar para o leste. Sabem que o rei da Inglaterra concede o título de *thane* ao mercador-aventureiro que fizer três viagens ao estrangeiro, aos países abertos ao comércio com a Inglaterra? Muito bem, pois é verdade e é um ótimo meio para o homem livre conseguir um título de nobreza, ao mesmo tempo tendo bons lucros. Sedas, pensei. Se seguir a Estrada da Seda posso conseguir mercadoria que me permitirá comprar toda Londres! Fiquei satisfeito por ter chegado à Pérsia, onde comprei tapetes e belos tecidos. Mas jamais voltarei, pois não há muito lucro nisso, preciso pagar um pequeno exército para transportar a mercadoria a salvo até a Inglaterra.

Rob procurou comparar as vias de acesso do leste, e Bostock contou que da Inglaterra tinha ido para Roma:

– Combinando negócios com um serviço para Aethelnot, o arcebispo de Canterbury. No palácio de Latrão, o papa Benedito IX prometeu grandes recompensas para *expeditiones in terra et mari*, e em nome de Jesus Cristo pediu-me que chegasse até Constantinopla para entregar documentos do papa ao Patriarca Alexius.

– Um legado do papa! – exclamou Mary.

Menos um legado, mais um mensageiro, pensou Rob, embora evidentemente Bostock tivesse gostado da admiração de Mary.

– Durante seiscentos anos a Igreja Oriental tem estado em competição com a Igreja Ocidental – continuou o mercador, cheio de empáfia. – Em Constantinopla, Alexis é considerado como igual ao papa, o que não agrada a Santa Sé. Os malditos sacerdotes barbudos do Patriarca podem se casar, eles *se casam*! E não rezam a Jesus e a Maria, nem tratam a Santíssima Trindade com o devido respeito. Assim, as mensagens de protesto vêm e vão constantemente.

A jarra estava vazia e Rob a levou para o quarto ao lado para enchê-la de vinho.

– Você é cristã?

– Sou – respondeu ela.

– Então, como se tornou propriedade desse judeu? Foi raptada por piratas ou muçulmanos e vendida a ele?

– Sou sua esposa – retrucou Mary com voz clara.

No quarto ao lado, Rob parou de encher a jarra e escutou, um sorriso sem alegria nos lábios. O desprezo do inglês por ele era tamanho que Bostock nem sequer procurou falar em voz baixa:

– Eu posso arranjar lugar na caravana para você e a criança. Pode ter uma cadeirinha com carregadores até dar à luz e estar pronta para cavalgar.

– Não é possível nada disso, Mestre Bostock. Pertenço ao meu marido por vontade própria e de comum acordo – replicou Mary, agradecendo friamente à oferta.

Bostock respondeu com cortesia que era um dever cristão, o que gostaria que oferecessem à sua filha se, que Jesus não permitisse, ela se encontrasse em circunstâncias semelhantes.

Rob Cole voltou à sala com vontade de espancar Bostock, mas Jesse ben Benjamin comportou-se com hospitalidade oriental, servindo vinho para o convidado em lugar de estrangulá-lo. A conversa era agora ressentida e hesitante. O mercador inglês partiu logo depois de comer, e Rob e Mary ficaram sozinhos.

Cada um absorto nos próprios pensamentos, começaram a arrumar a mesa. Finalmente ela disse:
— Algum dia iremos para casa?
Rob ficou atônito.
— É claro que sim.
— Bostock não foi minha última chance?
— Eu juro.
Os olhos de Mary brilharam.
— Ele tem razão em contratar um exército para proteger a caravana. A viagem é tão perigosa... como duas crianças poderão sobreviver a uma viagem tão longa?
Apesar do tamanho do corpo de Mary no fim da gravidez, Rob a abraçou cuidadosamente.
— Quando chegarmos a Constantinopla, seremos cristãos e viajaremos com uma caravana bem protegida.
— E daqui até Constantinopla?
— Aprendi o segredo de viajar por essa região.
Rob ajudou-a a se deitar. Era difícil agora, porque em qualquer posição seu corpo doía. Rob a abraçou acariciando os cabelos ruivos, falando como se Mary fosse uma criança assustada.
— De Ispahan até Constantinopla continuarei a ser Jesse ben Benjamin. E seremos acolhidos em todas as aldeias dos judeus, alimentados, protegidos e orientados, como um homem que atravessa um rio perigoso passando de uma pedra para outra.
Tocou o rosto dela. Colocando a mão aberta sobre o ventre da mulher, sentiu os movimentos do bebê e sentiu-se repleto de gratidão e de pena. Assim seria a viagem, garantiu para si mesmo. Mas não podia dizer a ela quando partiriam.

Rob estava acostumado a dormir encostado na barriga de Mary e uma noite acordou sentindo, além do calor, uma umidade, e quando conseguiu entender o que estava acontecendo, vestiu-se às pressas e foi chamar Nitka, a parteira. Embora habituada a ter gente batendo na sua porta quando todo mundo dormia, ela acordou rabugenta e carrancuda, mandando Rob ficar quieto e ter paciência.
— Ela já perdeu as águas.
— Está bem, está bem — resmungou a mulher.
Logo seguiram pela rua escura, Rob iluminando o caminho com uma tocha, Nitka atrás com uma trouxa de panos limpos, seguida pelos dois filhos musculosos que bufavam e resfolegavam sob o peso da cadeira de parto.

Chofni e Shemuel colocaram a cadeira ao lado da lareira como se fosse um trono e Nitka mandou Rob acender o fogo, pois no meio da noite o ar estava frio. Mary subiu na cadeira como uma rainha nua. Quando os filhos saíram, levaram com eles Rob J. e ficariam com ele até terminar o parto da mãe. No Yehuddiyyeh, os vizinhos prestavam esses serviços, mesmo quando se tratava de uma *goya*.

Mary perdeu a pose de rainha com a primeira dor, e o grito áspero e doloroso que saiu dos seus lábios desesperou Rob. A cadeira era forte e podia aguentar investidas e contorções, e Nitka começou a dobrar e empilhar os panos, imperturbável, enquanto Mary, agarrada aos braços da cadeira, soluçava.

Suas pernas tremiam o tempo todo, mas, quando chegavam as dores, sacudiam espasmodicamente. Depois da terceira dor, Rob colocou-se atrás dela e segurou os ombros de Mary contra o espaldar da cadeira. Mary, com os dentes arreganhados, rosnou como um lobo; Rob não teria ficado surpreso se ela tivesse uivado e mordido.

Já havia amputado braços e pernas e visto as mais terríveis doenças, mas sentiu que o sangue fugia da sua cabeça. A parteira olhou para ele e, estendendo a mão, beliscou com força o braço de Rob. A dor impediu que ele desmaiasse vergonhosamente.

– Fora – ordenou Nitka. – Fora, fora!

Foi para o jardim e ficou de pé no escuro, ouvindo os sons que vinham da casa. A noite estava fria e quieta; pensou em víboras saindo das aberturas na parede, e disse a si mesmo que não se importava. Perdeu a noção do tempo, mas finalmente lembrou que precisava atiçar o fogo e entrou na casa.

Mary estava com os joelhos bem separados.

– Agora faça força para baixo – mandou Nitka asperamente. – Trabalhe, minha amiga. Trabalhe!

Petrificado, ele viu a parte superior da cabeça do seu filho aparecer entre as pernas de Mary, como a calva de um monge com uma tonsura molhada e vermelha, e fugiu outra vez para o jardim. Depois de muito tempo, ouviu o choro, entrou e viu o bebê.

– Outro menino – disse Nitka secamente, limpando o muco da boquinha miúda com a ponta do dedo mínimo.

O cordão umbilical, grosso e enrolado, parecia azul na primeira luz da manhã.

– Foi muito mais fácil do que o primeiro – disse Mary.

Nitka fez a limpeza, deixou Mary numa posição confortável e deu a placenta a Rob, para ser enterrada no jardim. Aceitou o pagamento generoso com um aceno satisfeito e foi para casa.

Sozinhos no quarto, Rob e Mary se abraçaram, depois ela pediu água e batizou o bebê com o nome de Thomas Scott Cole.

Rob examinou o filho: um pouco menor do que o irmão, mas não pequeno demais. Um garoto forte, com olhos castanhos redondos e um tufo de cabelos negros com centelhas do vermelho do cabelo da mãe. Rob achou que os olhos, a forma da cabeça, a boca larga e os dedinhos finos e longos pareciam os dos seus irmãos William Stewart e Jonathan Carter quando nasceram. Era sempre fácil reconhecer um bebê Cole, disse para a mulher.

CAPÍTULO 68

O diagnóstico

Qasim estava cuidando dos mortos há dois meses quando a dor voltou.
– Como é essa dor? – perguntou Rob.
– Muito forte, *hakim*.
Mas evidentemente não era tão forte quanto antes.
– É uma dor surda ou aguda?
– É como se um *djinn* estivesse dentro de mim arranhando minhas entranhas, torcendo e rasgando.

O antigo tropeiro ficou apavorado com as próprias palavras e olhou suplicante para Rob, esperando que o médico garantisse que não se tratava disso.

Não tinha febre como quando chegou ao *maristan* e o abdome não estava rígido. Rob receitou doses frequentes de uma infusão de mel e vinho, que Qasim tomou avidamente, pois gostava de beber e estava muito sacrificado com as novas normas religiosas de abstinência.

Qasim passou bem algumas semanas, levemente embriagado, andando pelo hospital trocando opiniões e pontos de vista. Havia muito assunto para fofocas. As últimas novidades diziam que o imã Qandrasseh tinha fugido da cidade, apesar da sua vitória política e tática sobre o Xá.

Diziam que Qandrasseh tinha fugido para os turcos seljúcidas, e que quando voltasse seria com um exército seljúcida para derrubar o Xá e colocar no trono um rigoroso seguidor da religião islâmica – talvez ele mesmo? Enquanto isso, a vida continuava como sempre e pares de sombrios *mullahs* patrulhavam as ruas, pois o ardiloso velho imã deixara seu discípulo, Musa Ibn Abbas, como guardião da fé em Ispahan.

O Xá não saía da Casa do Paraíso, como se estivesse se escondendo. Não dava audiências. Não havia convites para diversões, caça, nem chamados para a corte. Quando precisavam de médico na Casa do Paraíso, agora que Ibn Sina estava indisposto, era chamado al-Juzjani ou outro, mas nunca Rob.

Porém chegou um presente do Xá para o novo bebê.

Chegou logo depois de o menino ter recebido seu nome judeu. Dessa vez Rob se encarregou de convidar os vizinhos. Reb Asher Jacobi, o *mohel*, pediu que o menino tivesse uma vida cheia de vigor e de boas ações e fez a circuncisão. Deram pão embebido em vinho para acalmar seus gritos de dor e na Língua foi chamado de Tam, filho de Jesse.

Ala não tinha enviado nenhum presente por ocasião do nascimento de Rob J., mas dessa vez mandou um lindo tapete azul-claro tecido com linha de seda do mesmo tom, e em relevo de um azul mais escuro o brasão da família real Samanid.

Rob achou o tapete muito bonito e queria pôr no chão ao lado do berço, mas Mary, que estava mal-humorada desde o parto, disse que não queria o tapete ali. Comprou um baú de sândalo para proteger o tapete das traças e o guardou.

Rob participou de uma banca examinadora. Sabia que estava ali substituindo Ibn Sina e sentia-se constrangido, pensando que alguém pudesse considerá-lo presunçoso assumindo o lugar do Príncipe dos Médicos.

Mas não tinha escolha, portanto procurou fazer o melhor possível. Preparou-se para o exame como se fosse um candidato e não um examinador. Fez perguntas sensatas, procurando não derrubar o candidato mas verificar seus conhecimentos, e escutava atentamente as respostas. A banca examinou quatro candidatos e fez três médicos. Houve certo embaraço a respeito do quarto homem. Gabri Beidhawi há cinco anos estudava medicina. Fora reprovado em dois exames, mas seu pai era rico e poderoso e com bajulação convenceu o *hadji* Davout Hosein, administrador da *madrassa*, a examinar novamente Beidhawi.

Rob fora colega de Beidhawi e sabia que o rapaz era preguiçoso e imprestável, descuidado e rude no trato com os pacientes. Naquele terceiro exame, demonstrou estar mal preparado.

Rob sabia o que Ibn Sina teria feito.

– Rejeito o candidato – disse com voz firme, sem hesitação.

Os outros examinadores concordaram imediatamente e a reunião terminou.

Alguns dias depois do exame, Ibn Sina apareceu no *maristan*.

– Seja bem-vindo, Mestre – cumprimentou Rob, satisfeito.

Ibn Sina balançou a cabeça.

– Não estou voltando ao hospital.

Parecia cansado e abatido, e disse a Rob que estava ali para uma consulta que desejava fazer com al-Juzjani e Jesse ben Benjamin.

Sentaram-se na sala de exames e ouviram a história da doença, como o próprio Ibn Sina havia ensinado.

Ibn Sina disse que ficara esperando em casa, até o momento de retomar seu trabalho. Mas não se refez dos choques da perda de Reza e de Despina e começou a se sentir mal e a ficar muito abatido.

Sentia lassidão e fraqueza, incapaz do menor esforço. A princípio atribuiu à melancolia aguda.

– Pois nós todos sabemos que o espírito pode fazer coisas terríveis e estranhas ao corpo.

Porém ultimamente suas evacuações tinham se tornado explosivas e as fezes apresentavam muco, pus e sangue, por isso tinha pedido essa consulta.

Os dois o examinaram como se jamais fossem ter oportunidade de examinar um outro ser humano. Não se esqueceram de nada. Ibn Sina, com doce paciência, deixou que eles o apertassem, batessem, ouvissem, fizessem perguntas.

Quando terminaram, al-Juzjani estava pálido, mas disse com expressão otimista:

– É o fluxo sanguíneo, Mestre, provocado pelo agravamento das suas emoções.

Mas a intuição de Rob dizia outra coisa. Olhou para o amado professor.

– Acho que é chirri, nos primeiros estágios.

Ibn Sina piscou os olhos.

– Câncer do intestino? – perguntou calmo, como se estivesse falando com um paciente desconhecido.

Rob fez um gesto afirmativo, tentando não pensar na lenta tortura da doença.

Al-Juzjani ficou rubro de raiva por sua opinião ter sido contrariada, mas Ibn Sina o tranquilizou. Por isso tinha pedido que os dois o examinassem, pensou Rob. Ibn Sina sabia que al-Juzjani, cego pelo amor ao mestre, não seria capaz de ver a verdade dolorosa.

Rob sentiu fraqueza nas pernas. Segurou a mão de Ibn Sina e seus olhos se encontraram.

– Ainda está forte, Mestre. Deve manter os intestinos abertos para evitar o acúmulo de bile negra, que provoca o crescimento do câncer.

O médico-chefe assentiu com um gesto.

– Rezo para que meu diagnóstico esteja errado – disse Rob.

Ibn Sina olhou para ele com um sorriso tristonho.

– Rezar não faz mal a ninguém.

Rob disse que gostaria de visitar o Mestre e passar uma noite com o Jogo do Xá, e o velho homem disse que Jesse ben Benjamin seria sempre bem-vindo à sua casa.

CAPÍTULO 69

Melões verdes

Num dia seco e empoeirado do fim do verão, da bruma do nordeste surgiu uma caravana de cento e dezesseis camelos com sinos cantantes. Os animais em fila, expelindo uma baba grossa devido ao esforço de carregar pesados fardos de minério de ferro, chegaram a Ispahan no fim da tarde. Ala esperava que Dhan Vangalil usasse o minério para fabricar muitas armas de aço desenhado. Infelizmente os testes feitos mais tarde pelos fabricantes de espadas revelaram que o minério era muito macio para esse fim, mas naquela noite as notícias levadas pela caravana criaram certa agitação na cidade.

Um homem chamado Khendi, capitão de tropeiros da caravana, foi chamado ao palácio para repetir detalhes da informação diretamente para o Xá e depois foi levado ao *maristan* para transmitir as notícias aos médicos.

Mahmud, o sultão de Ghazna, estivera gravemente doente durante meses, com febre e tanto pus no peito que tinha-se formado uma saliência mole e extensa nas suas costas, e os médicos decidiram que, para salvar a vida do sultão, seria preciso drenar aquele tumor.

Um dos detalhes do relato de Khendi era o fato de as costas do sultão ter sido coberta com uma fina camada de argila.

– Para quê? – perguntou um dos mais novos médicos.

Khendi deu de ombros, mas al-Juzjani, que era o chefe na ausência de Ibn Sina, sabia a resposta:

– A argila deve ser observada atentamente, pois o primeiro lugar que seca indica a parte mais quente da pele, portanto o melhor ponto para ser lancetado.

Quando os cirurgiões a abriram, a matéria apodrecida jorrou para fora, Khendi disse, e para livrar Mahmud do resto do pus, colocaram drenos.

– O bisturi usado tinha ponta redonda ou aguda? – perguntou al-Juzjani.

– Deram remédios para a dor?

– Os drenos eram de lata ou fios de linho?

– O pus era escuro ou branco?

– Havia traços de sangue?

– Senhores! Meus senhores, sou capitão de tropeiros, não um *hakim*! – exclamou Khendi, angustiado. – Não tenho resposta para essas perguntas. Só sei mais uma coisa, mestres.

– O que é? – perguntou al-Juzjani.
– Três dias depois de abrirem o tumor, o sultão de Ghazna morreu.

Eram dois jovens leões, Ala e Mahmud. Ambos subiram cedo ao trono, sucedendo a um pai forte, e ambos se vigiavam mutuamente, enquanto vigiavam seus reinos, certos de que um dia se defrontariam, que Ghazna devoraria a Pérsia ou a Pérsia devoraria Ghazna.

Nunca aconteceu. Mantinham-se alertas e uma vez ou outra suas forças tinham se encontrado em pequenas escaramuças, mas os reis esperavam, sentindo que não era o momento para a guerra total. Mahmud jamais saía do pensamento de Ala. O Xá sonhava constantemente com ele. Sempre o mesmo sonho, os exércitos reunidos ávidos para lutar e Ala cavalgando sozinho na direção dos ferozes homens de Mahmud, com o brado de desafio para o combate singular, como Ardeshir havia desafiado Ardewan, o sobrevivente provando seu destino de ser o verdadeiro Rei dos Reis.

Agora, devido à intervenção de Alá, nunca enfrentaria Mahmud em combate. Nos quatro dias que se seguiram à chegada da caravana de camelos, três espiões experientes e de confiança chegaram separadamente à cidade de Ispahan e passaram algum tempo na Casa do Paraíso, e por suas informações o Xá conseguiu visualizar o que tinha acontecido na capital de Ghazna.

Logo depois da morte do sultão, o filho de Mahmud, Muhammad, tentou subir ao trono mas foi impedido pelo irmão Abu Said Masud, um jovem guerreiro com apoio total do exército. Em poucas horas, Muhammad foi feito prisioneiro e Masud, declarado sultão. O funeral de Mahmud foi uma cerimônia agitada, um misto de adeus lamentoso e comemoração frenética, e quando terminou, Masud convocou seus chefes tribais e comunicou sua intenção de fazer o que o pai nunca tinha feito: o exército foi avisado de que marcharia contra Ispahan dentro de poucos dias.

Foram essas informações que finalmente fizeram com que Ala saísse da Casa do Paraíso.

A invasão planejada não o desagradava por dois motivos: Masud era impetuoso e inexperiente, e Ala via com satisfação a oportunidade de opor sua arte de comandante de exércitos contra o jovem. E porque havia algo na alma dos persas que amava a guerra, sabia que o conflito seria aclamado por seu povo como uma arma contra as restrições religiosas sob as quais os *mullahs* o obrigavam a viver.

Realizou reuniões militares que eram verdadeiras comemorações, com vinho e mulheres aparecendo nas horas certas, como no passado. Ala e seus comandantes estudaram seus mapas e verificaram que uma única via era praticável para um exército de Ghazna até Ispahan. Masud teria de atravessar as cordilheiras calcárias e as encostas ao norte do Dasht-i-Kavir, circundando o grande deserto, até seu exército penetrar no interior de Hamadhan. Daí viajariam para o Sul.

Mas Ala resolveu que um exército persa marcharia até Hamadhan para impedir que eles chegassem a Ispahan.

Os preparativos do exército de Ala eram o único tópico das conversas, até no *maristan,* embora Rob tivesse tentado falar de outra coisa com os médicos. Não pensava na guerra iminente, porque não pretendia tomar parte nela. Sua dívida para com Ala, por maior que fosse, estava paga. A incursão à Índia o havia convencido de que não queria ser soldado.

Assim, preocupou-se e esperou por uma intimação real que nunca chegou.

Enquanto isso, trabalhava arduamente. As dores abdominais de Qasim tinham desaparecido; para prazer do ex-tropeiro, Rob continuava a receitar uma dose diária de vinho e o fez voltar ao trabalho na sala dos mortos. Rob tinha mais pacientes do que nunca, pois al-Juzjani havia assumido o trabalho do médico-chefe, passando um grande número dos seus pacientes para os outros médicos, Rob entre eles.

Ficou atônito ao saber que Ibn Sina apresentara-se como voluntário para acompanhar o exército de Ala ao norte. Al-Juzjani, dominando ou escondendo sua indignação, contou para Rob:

– Um desperdício, mandar uma mente dessas para a guerra.

Al-Juzjani deu de ombros.

– O Mestre deseja uma última campanha.

– Está velho e não vai sobreviver.

– Sempre pareceu velho mas não viveu ainda sessenta anos – replicou al-Juzjani com um suspiro amargo. – Acho que espera ser atingido por uma flecha ou uma lança. Não seria uma tragédia a morte muito mais rápida do que aquela que o espera.

O Príncipe dos Médicos anunciou que havia escolhido onze homens para acompanhá-lo como cirurgiões do exército persa. Quatro eram estudantes, três, os mais novos médicos, e quatro, veteranos.

Agora al-Juzjani era médico-chefe tanto no título quanto de fato. Uma promoção sombria indicando à comunidade médica que Ibn Sina não voltaria a ser seu líder.

Para surpresa e consternação de Rob, foi nomeado para algumas das funções que al-Juzjani desempenhava sob Ibn Sina, embora o cirurgião pudesse ter escolhido outros médicos mais experientes. Além disso, como cinco dos onze que haviam partido com o exército eram professores, foi informado de que devia dar aulas com maior frequência e ensinar quando visitava seus pacientes no *maristan.*

Mais ainda, foi nomeado membro permanente da junta examinadora e convidado para fazer parte do comitê que se encarregava da cooperação entre a escola e o hospital. Sua primeira reunião do comitê foi na elegante casa de Rotun bin Nasr, diretor da escola. O título era honorífico e o diretor não se deu ao trabalho de comparecer, mas colocou a casa à disposição dos outros membros, deixando ordens para que fosse servida uma boa refeição.

O primeiro prato consistia em fatias de melões verdes, grandes, de sabor especial e muito doces. Rob experimentara esse tipo de melão só uma vez antes e ia comentar o fato quando seu ex-professor, Jalal-ul-Din, olhou para ele com um largo sorriso.

– Devemos agradecer à nova esposa do diretor por esta fruta deliciosa.

Rob não compreendeu.

O especialista em ossos piscou um olho.

– Rotun bin Nasr é general e primo do Xá, como deve estar lembrado. Ala o visitou na semana passada para fazer os planos de guerra e sem dúvida conheceu a esposa mais nova do seu anfitrião. Sempre que a semente real é plantada, Ala manda de presente seus melões especiais. Se a semente se transforma em um filho homem, então o presente é principesco, um tapete Samanid.

Rob não conseguiu ficar até o fim do jantar. Alegando um mal-estar, retirou-se. Com a mente num turbilhão, foi diretamente para sua casa no Yehuddiyyeh. Rob J. estava brincando no jardim com a mãe mas o bebê estava no berço e Rob o tomou nos braços e o examinou atentamente.

Apenas um bebê novo e pequeno. A mesma criança que ele amava quando saiu de casa naquela manhã.

Pôs o bebê no berço e tirou o tapete dado pelo Xá do baú de sândalo. Estendeu-o no chão ao lado do berço.

Quando ergueu os olhos, Mary estava na porta.

Seus olhos se encontraram. O fato foi então estabelecido e a dor e a pena que Rob sentiu por ela eram violentas.

Aproximou-se da mulher, pretendendo tomá-la nos braços, mas percebeu, surpreso, que suas mãos a apertavam com força. Tentou falar, mas não conseguiu.

Mary soltou-se das mãos do marido e massageou os braços.

– Você nos manteve aqui, eu mantive a nós dois vivos – disse ela, com desprezo.

A tristeza nos olhos dela era agora algo muito frio, o contrário do amor.

Naquela tarde, Mary saiu do quarto dele. Comprou uma cama estreita e a colocou entre as camas das crianças, ao lado do tapete dos príncipes Samanid.

CAPÍTULO 70

O quarto de Qasim

Sem poder dormir, Rob sentia-se enfeitiçado, como se o chão tivesse desaparecido sob seus pés, obrigando-o a caminhar uma longa distância no ar. Não era incomum para um homem na sua situação matar a mãe e a criança, pensava Rob, mas sabia que Mary e Tam estavam a salvo no quarto ao lado. Estava atormentado por pensamentos loucos, mas não estava louco.

De manhã, levantou-se e foi para o *maristan*, onde as coisas também não estavam boas. Quatro enfermeiros tinham sido convocados por Ibn Sina como carregadores de macas e coletores de feridos no campo, e al-Juzjani não encontrara ainda quatro substitutos adequados. Os enfermeiros que haviam ficado estavam sobrecarregados de trabalho e revoltados, e Rob visitou seus pacientes e fez tudo o que precisava sem nenhuma ajuda, às vezes parando para limpar o que um enfermeiro não tinha tido tempo de atender, ou lavar um rosto febril ou apanhar água para aliviar a boca seca e sedenta de um doente.

Encontrou Qasim ibn Sahdi deitado, muito pálido e gemendo, o chão em volta dele sujo de vômito.

Sentindo-se mal, Qasim saiu do quarto ao lado do dos mortos e ocupou um leito como paciente, certo de que Rob o encontraria quando fizesse sua ronda pelo hospital.

O ex-tropeiro disse que na semana anterior tivera vários acessos de dor.

– Mas não me disse!

– Senhor, eu tinha o meu vinho. Tomava o vinho e a dor passava. Mas agora o vinho não faz efeito, *hakim*, e não aguento mais.

Estava febril mas não com febre alta, e o abdome sensível mas macio. Às vezes, quando a dor era intensa, ele arfava como um cão; a língua estava encoberta e o hálito, com um cheiro forte.

– Vou fazer uma infusão.

– Alá o abençoará, senhor.

Rob foi diretamente para a farmácia. No vinho tinto que Qasim gostava, misturou opiatos e *buing* e voltou apressado para o paciente. Os olhos do velho encarregado da sala dos mortos estavam cheios de respeito temeroso quando tomou o remédio.

Através das telas finas das janelas abertas, sons invadiam o *maristan* em volume crescente, e, quando Rob saiu do hospital, viu que a cidade estava toda na rua para se despedir do exército.

Acompanhou o povo até as *maidans*. O exército era grande demais para caber nas praças. Enchia as ruas que saíam da parte central da cidade. Não centenas, como no grupo de assalto que fora à Índia, mas milhares. Lanceiros a pé. Lanceiros a cavalo e cavaleiros com espadas em pôneis e camelos. A multidão era enorme e o barulho, maior ainda: gritos de adeus, choro, gritos das mulheres, piadas obscenas, comandos, palavras de despedida e de encorajamento.

Rob abriu caminho como se estivesse nadando contra a corrente humana, através do fedor, uma mistura de cheiro de gente, suor de camelo e bosta de cavalo. O reflexo do sol nas armas brilhantes era ofuscante. Na frente da fila estavam os elefantes. Rob contou trinta e quatro. Ala estava levando todos os que possuía.

Rob não viu Ibn Sina. Despedira-se de alguns dos médicos no *maristan*, mas Ibn Sina não tinha aparecido nem chamado Rob, e era evidente que preferia não se despedir.

Lá estavam os músicos reais. Alguns com longas trombetas, outros sacudiam sinos prateados, anunciando o balouçante e enorme Zi, uma força magnífica. O *mahaout* Harsha estava de branco e o Xá, com roupa de seda azul e turbante vermelho, sua roupa de guerra.

O povo gritava extasiado vendo seu rei-guerreiro. Quando Ala ergueu a mão na saudação real, sabiam que lhes estava prometendo Ghazna. Rob observou as costas rígidas do Xá; naquele momento, Ala não era Ala, era Xerxes, era Dario, era Ciro, o Grande. Era todos os conquistadores em um só homem.

Somos quatro amigos. Somos quatro amigos. Rob ficou atordoado pensando em todas as ocasiões em que teria sido tão fácil matar o Xá.

Estava bem atrás na multidão. Mesmo que estivesse na frente, seria cortado ao meio antes de atingir o rei.

Deu as costas ao desfile. Não esperou com os outros para ver a partida dos que caminhavam para a glória ou para a morte. Com dificuldade, livrou-se da multidão e caminhou, sem ver, para onde ia até chegar às margens do Zayendeh, o Rio da Vida.

Tirou do dedo o anel de ouro maciço, presente de Ala por seus serviços na Índia, e o atirou na água escura. Então, enquanto a multidão distante rugia e rugia, voltou para o *maristan*.

A infusão fez efeito mas Qasim parecia muito doente. Os olhos vazios, o rosto pálido e encovado. O dia estava quente mas ele tremia e Rob o agasalhou com um cobertor. Logo o cobertor ficou molhado de suor e o rosto de Qasim estava muito quente.

No fim da tarde, a dor era tão intensa que, quando Rob tocou o abdome do doente, ele gritou.

Rob não foi para casa. Ficou no *maristan*, voltando diversas vezes ao leito de Qasim.

Naquela noite, no meio da agonia, houve um alívio completo da dor. Durante algum tempo, a respiração esteve calma e regular e ele dormiu. Rob sentiu alguma esperança mas poucas horas depois a febre voltou e o corpo de Qasim estava mais quente do que antes, o pulso rápido e às vezes quase imperceptível.

Ele se debatia delirando.

– Nuwas – chamava ele. – Ah, Nuwas.

Às vezes falava com o pai ou com o tio Nili, e novamente com o desconhecido Nuwas.

Rob segurou a mão de Qasim e seu coração se apertou; não a soltou, pois só podia oferecer sua presença e o consolo de um toque humano. Finalmente a respiração estertorante simplesmente ficou mais lenta e parou. Rob segurava ainda as mãos calejadas quando Qasim morreu.

Rob segurou o corpo com uma das mãos sob os joelhos ossudos e a outra sob os ombros magros e levou-o para a sala dos mortos, depois foi até o quarto ao lado. O quarto fedia; precisava mandar fazer uma limpeza. Sentou-se entre as coisas de Qasim, que eram poucas: uma muda de roupa, muito usada; um tapete de oração, rasgado; algumas folhas de papel e um pedaço de couro curtido no qual um escriba havia copiado, mediante pagamento, várias preces do Qu'ran. Duas garrafas de vinho proibido. Um pão armênio velho e uma tigela com azeitonas verdes rançosas. Uma adaga barata com a lâmina em serra.

Passava da meia-noite e o hospital dormia. Aqui ou ali um paciente gritava ou chorava. Ninguém viu Rob retirar os objetos de Qasim do pequeno quarto. Quando estava carregando a mesa de madeira, encontrou um enfermeiro, mas a falta de funcionários deu ao homem coragem para desviar a vista e passar apressado pelo *hakim*, temendo que o encarregasse de mais trabalho do que já tinha para fazer.

Na sala, Rob colocou uma tábua sob duas pernas da mesa, inclinando-a, e no chão, no lado mais baixo, colocou uma bacia. Precisava de muita luz e percorreu o hospital roubando quatro lampiões e uma dúzia de velas, que colocou em volta da mesa como se fosse um altar. Então, apanhou Qasim na sala dos mortos e o deitou na mesa.

Mesmo durante a agonia de Qasim, Rob sabia que violaria o mandamento.

Porém, agora que o momento tinha chegado, mal podia respirar. Não era um egípcio antigo, embalsamador, que podia chamar um desprezível *paraschiste* para abrir o corpo e arcar com a culpa. O ato e o pecado, se fosse pecado, seriam só seus.

Escolheu um bisturi curvo com tenta na ponta e fez a incisão, abrindo o abdome do esterno até a virilha. A carne se abriu estalando e começou a porejar sangue.

Rob não sabia como proceder e destacou a pele do esterno, depois perdeu a coragem. Em sua vida, tivera apenas dois amigos e ambos morreram com os corpos cruelmente violados. Se fosse apanhado, morreria do mesmo modo, com o acréscimo do esfolamento, a maior agonia. Deixou a pequena sala e percorreu o hospital nervosamente, mas os poucos que estavam acordados não notaram sua presença. Continuava a sentir como se o chão estivesse aberto e ele caminhando no ar, mas agora acreditava estar olhando para as profundezas do abismo.

Apanhou uma pequena serra para ossos do pequeno laboratório improvisado e serrou o esterno, imitando o ferimento que provocara a morte de Mirdin na Índia. Na extremidade inferior da incisão, cortou da virilha até a parte interna da coxa, fazendo uma aba grande e mal cortada que dobrou para trás, expondo a cavidade abdominal. Sob a barriga rosada, a parede do intestino era como carne sangrenta com fios esbranquiçados de músculos, e mesmo no magro Qasim havia glóbulos amarelos de gordura.

O forro fino da parede abdominal estava inflamado e recoberto por uma substância coagulada. Os órgãos pareciam normais aos seus olhos espantados, exceto o intestino delgado, que aparecia avermelhado e irritado em vários lugares. Até os menores vasos estavam tão cheios de sangue que pareciam ter sido injetados com cera vermelha. Uma pequena parte do intestino, em forma de bolsa, estava enegrecida e ligada por aderência ao revestimento do intestino; quando tentou separá-la puxando cuidadosamente, as membranas se partiram mostrando duas ou três porções de pus, a infecção que provocara tanta dor a Qasim. Rob suspeitava que a dor tinha passado quando o tecido doente se abriu. Um fluido fino, escuro e malcheiroso escapava da inflamação na cavidade abdominal. Rob molhou a ponta do dedo nele e cheirou com interesse, pois podia ser o veneno que produzia a febre e a morte.

Queria examinar os outros órgãos, mas teve medo.

Suturou o corte cuidadosamente, de modo que, se os homens santos estivessem certos e Qasim ibn Sahdi ressuscitasse um dia do túmulo, estaria inteiro. Cruzou os pulsos do morto, amarrando-os, e enrolou um pedaço de pano na parte inferior do corpo. Depois, cuidadosamente, o enrolou na mortalha e o levou para a sala dos mortos para ser enterrado na manhã seguinte.

– Obrigado, Qasim – agradeceu Rob solenemente. – Descanse.

Levando uma única vela para a casa de banhos do *maristan*, esfregou todo o corpo e trocou de roupa. Mas tinha a impressão de que o cheiro da morte continuava com ele e lavou os braços e as mãos com perfume.

Lá fora, no escuro, ainda sentia medo. Não podia acreditar no que acabara de fazer.

Era quase madrugada quando se deitou. De manhã ele dormia profundamente e o rosto de Mary parecia de pedra quando sentiu o perfume de flores de outra mulher que parecia impregnar toda a casa.

CAPÍTULO 71

O erro de Ibn Sina

Yussuf-ul-Gamal chamou Rob para a sombra da biblioteca.
– Quero mostrar um tesouro.
Era um livro grosso, uma nova cópia da obra-mestra de Ibn Sina, *Cânon de medicina*.
– Este *Qanun* não é propriedade da Casa da Sabedoria. É uma cópia feita por um escriba meu conhecido. Está à venda.
Ah. Rob apanhou o livro. Era feito com carinho, as letras negras e claras em cada página cor de marfim. Era um códice, um livro com muitos cadernos – grandes folhas de pergaminho dobradas e depois cortadas para que as páginas pudessem ser viradas. Os cadernos eram delicadamente costurados entre capas de pele de carneiro macia e tratada.
– É muito caro?
Yussuf fez um gesto afirmativo.
– Quanto?
– Ele vende por oitenta *bestis* de prata. Porque precisa de dinheiro.
Rob contraiu os lábios. Não tinha tanto dinheiro. Mary tinha, o dinheiro do pai, mas ele e Mary não eram mais...
Rob balançou a cabeça.
Yussuf suspirou:
– Achei que *você* devia ficar com ele.
– Quando vai ser vendido?
Yussuf deu de ombros.
– Posso reservar por duas semanas.
– Está certo. Reserve então.
O bibliotecário hesitou.
– Vai ter o dinheiro, *hakim*?
– Se for a vontade de Deus.
Yussuf sorriu.
– Sim. *Imshallah*.

Rob colocou um ferrolho na porta do quarto ao lado da sala dos mortos. Comprou outra mesa, uma lâmina de aço, um garfo, uma pequena faca, vários escalpelos afiados e um cinzel do tipo que os canteiros chamam de quartel, um quadro para desenho, papel, carvão e lápis, pinças, argila e cera, penas e um tinteiro.

Um dia levou vários estudantes fortes ao mercado e comprou a carcaça fresca de um porco, que eles carregaram sem esforço para o hospital. Ninguém estranhou quando disse que ia fazer dissecação no pequeno quarto.

Naquela noite, sozinho, carregou o corpo de uma jovem morta há poucas horas e a colocou na mesa vazia. O nome dela era Melia.

Dessa vez ele estava mais ansioso e menos apavorado. Tinha pensado no seu medo e chegou à conclusão de que não estava agindo por estar enfeitiçado, nem sob influência de um *djinn*. Acreditava que lhe tinha permitido ser médico para proteger a mais perfeita criação de Deus, e que o Todo-poderoso não iria censurar o fato de querer saber mais sobre essa complexa e interessante criatura.

Abrindo o porco e a mulher, preparou-se para fazer uma cuidadosa comparação das duas anatomias.

Por ter começado a inspeção na área onde se instalava a doença abdominal, logo encontrou uma diferença. O ceco do porco, o pedaço de tripa em forma de saco onde começava o intestino grosso, era grande, com trinta e seis centímetros de comprimento. Mas o da mulher era pequeno em comparação, com cinco ou sete centímetros, da largura do dedo mínimo de Rob. E vejam só!... ligado ao pequeno ceco havia... alguma coisa. Parecia um vermezinho rosado apanhado no jardim e posto dentro da barriga da mulher.

O porco na mesa não tinha esse vermezinho, e Rob nunca tinha visto um no intestino de nenhum outro porco.

Não tirou conclusões apressadas. Pensou a princípio que devia ser uma anomalia da mulher, e que a coisinha em forma de verme era um tumor ou coisa parecida.

Preparou o corpo de Melia cuidadosamente como tinha feito com o de Qasim e a levou para a sala dos mortos.

Mas nas noites seguintes abriu os corpos de um garoto, de uma mulher de meia-idade e de um bebê de seis semanas. Em todos eles, com excitação crescente, encontrou o mesmo pedacinho de tripa. O "verme" era uma parte de todas as pessoas – prova pequena, mas real de que os órgãos do ser humano não eram iguais aos dos porcos.

Oh, maldito Ibn Sina. "Seu velho maldito", murmurou Rob. "Você está enganado."

Apesar do que Celsus havia escrito, apesar do que ensinavam há milhares de anos, homens e mulheres eram únicos. E nesse caso, quem podia saber quantos mistérios magníficos seriam desvendados simplesmente estudando o interior dos seres humanos?

* * *

Durante toda a vida, Rob estivera sozinho e solitário até conhecer Mary, e agora estava sozinho outra vez e não podia suportar. Uma noite voltou para casa e deitou-se ao lado dela, entre as duas crianças.

Não fez nenhum movimento para tocá-la, mas Mary transformou-se em um animal selvagem. A palma da mão dela estalou violentamente no rosto de Rob. Mary era grande e forte e a pancada foi dolorosa. Rob segurou as duas mãos da mulher ao lado do corpo.

– Mulher louca!

– Não venha para mim dos braços das suas prostitutas persas!

É o perfume, pensou Rob.

– Uso-o porque tenho estado dissecando animais no *maristan*.

Mary ficou calada por um momento, e então tentou se libertar. Rob sentia o corpo tão conhecido debatendo-se contra o seu e o perfume dos cabelos dela.

– Mary.

Ela se acalmou; talvez fosse o tom de voz dele. Porém, quando se inclinou para beijá-la, não teria ficado surpreso se ela mordesse sua boca ou seu pescoço. Mas Mary não o mordeu. Só depois de uma fração de segundo percebeu que ela retribuía o beijo. Largou as mãos de Mary e com infinita gratidão tocou os seios que estavam rígidos, mas não com o rigor da morte.

Não sabia se ela chorava ou se os soluços eram de excitação. Beijou os mamilos leitosos e acariciou com os lábios o umbigo dela. Sob aquele ventre morno, vísceras rosa brilhante e cinzentas enrolavam-se e se entrelaçavam como criaturas do mar se amando, mas os membros não eram rígidos e frios, e no púbis, primeiro um, depois dois dedos encontraram calor e umidade, o material da vida.

Quando Rob a penetrou, gozaram juntos como duas mãos batendo palmas, investindo e batendo como que tentando destruir alguma coisa que não podiam enfrentar. Exorcizando o *djinn*. As unhas de Mary arranhavam as costas do marido enquanto o corpo dela subia e descia no ritmo selvagem. Era só o gemido suave e o *ploc-ploc-ploc* do ato sexual, até que finalmente ela gritou, ele gritou, Tam chorou e Rob J. acordou com um berro, e juntos os quatro riram ou choraram, os adultos fazendo as duas coisas ao mesmo tempo.

Finalmente as coisas se acalmaram. O pequeno Rob J. dormia e o bebê foi levado ao seio da mãe. E enquanto o amamentava ela contou, em voz baixa, como Ibn Sina a havia procurado, dizendo o que devia fazer. E Rob ficou sabendo como a mulher e o velho médico tinham salvo sua vida.

Foi uma surpresa e um choque a intervenção de Ibn Sina.

Quanto ao resto, a experiência de Mary estava muito perto do que Rob já havia adivinhado, e depois que Tam dormiu nos braços dela, Rob a abraçou e disse que ela era a mulher que ele havia escolhido para toda a vida, e acariciou o cabelo vermelho e beijou a nuca onde as sardas não ousavam aparecer.

Quando Mary também dormiu, Rob, de olhos abertos, ficou olhando para o teto escuro.

Nos dias seguintes, ela sorria muito e com tristeza e raiva Rob percebia um traço de medo no sorriso, embora procurasse com suas ações demonstrar seu amor e sua gratidão.

Uma manhã, cuidando de uma criança doente na casa de um membro da corte, viu perto da cama o pequeno tapete azul da realeza Samanid. Olhou para a criança e notou a pele morena, o nariz já curvo, uma expressão diferente nos olhos. Era um rosto conhecido, mais familiar cada vez que olhava para o próprio filho.

Interrompeu seu esquema de trabalho, foi até em casa, apanhou o pequeno Tam e o examinou à luz do dia. O rosto era igual ao da criança doente.

Contudo, às vezes, Tam se parecia também demais com William, o irmão de Rob.

Antes e depois dos dias que havia passado em Idahj a mando de Ibn Sina, ele e Mary tinham feito amor. Quem podia dizer que o garoto não era fruto de sua semente?

Trocou a fralda do bebê, tocou a mão pequenina, beijou o rostinho macio e o deitou no berço.

Naquela noite ele e Mary fizeram amor terna e delicadamente, satisfazendo-se, mas não como antigamente. Depois, Rob saiu e se sentou no jardim lavado de luar, perto das ruínas outonais das flores tão bem cuidadas por Mary.

Nada fica sempre igual, pensou ele. Ela não era aquela jovem que o seguira com tanta confiança no trigal, e ele não era o jovem que a havia levado até lá.

E essa não era a menor das dívidas que Ala Xá tinha para com ele.

CAPÍTULO 72

O homem transparente

Vinda do leste, ergueu-se uma nuvem de poeira de tamanha proporção que os observadores esperavam ver surgir uma enorme caravana, ou talvez várias caravanas reunidas em um único comboio.
Mas foi um exército que se aproximou da cidade.
Quando chegou aos portões, foi possível identificar os soldados como afegãos de Ghazna. Pararam do lado de fora dos muros e o comandante, um jovem com túnica azul e turbante branco, entrou em Ispahan seguido por quatro oficiais. Não havia ninguém para detê-los. O exército de Ala fora com ele para Hamadhan e os portões estavam guardados por um punhado de velhos cavalarianos, que desapareceram à aproximação do exército inimigo, e assim o sultão Masud – pois era ele – entrou na cidade tranquilamente. Na mesquita Sexta-Feira, os afegãos desmontaram e entraram, e depois de acompanhar a Terceira Prece com os fiéis, reuniram-se a portas fechadas por várias horas com o imã Musa lbn Abbas e seu séquito de *mullahs*.
A maior parte dos habitantes de Ispahan não viu Masud, mas, logo que souberam da presença do sultão, Rob e al-Juzjani estavam entre aqueles que subiram ao alto dos muros para ver os soldados de Ghazna. Eram homens de aparência selvagem, com calças muito usadas e camisas longas e largas. Alguns tinham a ponta dos turbantes enrolada em volta da boca e do nariz para protegê-los da poeira e da areia da viagem e tinham mantas acolchoadas atrás das pequenas selas dos pôneis maltratados. Estavam entusiasmados, preparando flechas e os arcos longos, os olhos na rica cidade com suas mulheres desprotegidas, como lobos olhando para um bando de lebres, mas eram disciplinados e esperaram sem violência enquanto o chefe estava na mesquita. Rob imaginou se entre eles estaria o afegão que havia disputado o *chatir* com Karim.
– O que Masud quer com os *mullahs*? – perguntou a al-Juzjani.
– Seus espiões devem ter informado sobre o desentendimento de Ala com eles. Acho que pretende governar Ispahan em breve e procura negociar com as mesquitas para conseguir bênçãos e obediência.
Talvez fosse isso, pois logo Masud e os oficiais voltaram para seus homens e não houve saque da cidade. O sultão era jovem, pouco mais de um garoto, mas ele e Ala podiam ser parentes. Tinham o mesmo rosto cruel de predador. Eles o viram desenrolar o turbante branco e muito limpo, que foi guardado

cuidadosamente e substituído por outro, negro e sujo, antes de retomar sua marcha.

Os afegãos dirigiram-se para o norte, seguindo o caminho tomado pelo exército de Ala.

– O Xá se enganou pensando que eles viriam por Hamadhan.

– Acho que a força principal de Ghazna já está em Hamadhan – disse al-Juzjani pensativo.

Rob compreendeu que ele estava certo. Os afegãos que acabavam de partir eram em menor número do que o exército persa e não havia elefantes com eles; deviam ter outra força maior.

– Então Masud está armando uma emboscada?

Al-Juzjani fez um gesto afirmativo.

– Podemos avisar os persas!

– Tarde demais, do contrário Masud não teria nos deixado vivos. Seja como for – al-Juzjani ironizou –, tanto faz Ala derrotar Masud ou Masud derrotar Ala. Se o imã Qandrasseh está trazendo os seljúcidas para Ispahan, no fim nenhum dos dois prevalecerá. Os seljúcidas são terríveis e numerosos como as areias do mar.

– Se os seljúcidas vierem, ou se Masud voltar para tomar a cidade, o que vai acontecer com o *maristan*?

Al-Juzjani deu de ombros.

– O hospital será fechado por algum tempo e nós todos vamos procurar fugir do desastre. Depois, sairemos dos nossos esconderijos e a vida continuará como sempre. Com nosso Mestre, servi meia dúzia de reis. Os monarcas vêm e vão, mas o mundo continua precisando de médicos.

Rob pediu a Mary o dinheiro para comprar o livro e agora o *Qanun* era seu. Ele o segurava com reverência. Nunca tivera um livro antes, mas sua satisfação era tão grande que prometeu adquirir muitos outros.

Porém, não passou muito tempo lendo, pois o quarto de Qasim o atraía mais.

Dissecava várias noites por semana e começou a usar o material de desenho, ávido para fazer mais, porém limitado no seu tempo porque precisava de um mínimo de horas de sono para trabalhar no *maristan* durante o dia.

No corpo de um jovem esfaqueado em uma briga de bar, encontrou o pequeno apêndice do ceco aumentado, com a superfície áspera e avermelhada, e supôs que estava vendo os primeiros estágios da doença intestinal, quando o paciente começava a sentir as primeiras dores intermitentes. Tinha agora o quadro da doença desde o começo até a morte e escreveu no seu livro de notas:

> Doença perfurante abdominal foi observada em seis pacientes. Todos morreram.

O primeiro sintoma da doença é súbita dor abdominal.
A dor é geralmente intensa e raramente leve.
Ocasionalmente é acompanhada de calafrios e mais frequentemente de náuseas e vômito.
A dor abdominal é seguida de febre como sintoma constante seguinte.
Uma resistência em área limitada é sentida à palpação na região direita inferior da barriga, com a área geralmente sensível à pressão e os músculos abdominais tensos e rígidos.
A condição instala-se em um apêndice do ceco que pode ser descrito como um verme gordo e rosado comum. Se esse órgão fica irritado ou infeccionado, torna-se vermelho e depois negro, enche-se de pus e finalmente rompe-se, o conteúdo passando para a cavidade abdominal.
Nesse caso a morte vem rapidamente, via de regra de meia hora a trinta e seis horas a partir da instalação da febre.

Rob cortava e estudava somente as partes do corpo que podiam ser cobertas pela mortalha. Isso excluía os pés e a cabeça, o que era frustrante, pois não se satisfazia mais com o exame do cérebro do porco. Continuava a respeitar Ibn Sina, mas compreendia agora que em certas áreas seu mentor não fora orientado corretamente sobre o esqueleto e a musculatura e que havia passado adiante a informação errada.

Rob trabalhava pacientemente, descobrindo e desenhando músculos que pareciam fios de metal e pedaços de corda, alguns começando como uma corda e terminando como corda, outros com ligações achatadas, outros com ligamentos redondos, outros ainda encordoados apenas nas extremidades e grupos de músculos com duas cabeças, aparentemente com a única função de uma cabeça substituir a outra em caso de lesão. Começou em completa ignorância e gradualmente, num estado constante de excitação febril e irreal, ele aprendeu. Desenhava ossos e estrutura das articulações, a forma, a posição, sabendo que esses desenhos seriam valiosos para ensinar novos médicos no tratamento de distensões e fraturas.

Quando terminava o trabalho, envolvia o corpo na mortalha, levava para a sala dos mortos e carregava os desenhos com ele. Não sentia mais que estava na beira do abismo da própria danação, mas não esquecia o fim terrível que o esperava se fosse apanhado. Dissecando na luz bruxuleante do pequeno quarto abafado, sobressaltava-se com qualquer barulho e ficava paralisado de terror nas raras ocasiões em que alguém passava pelo outro lado da porta.

Tinha razão para ter medo.

Uma manhã, bem cedo, retirou da sala dos mortos o corpo de uma mulher idosa morta há pouco tempo. Quando ia saindo, viu um enfermeiro que caminhava na sua direção, carregando o corpo de um homem. A cabeça da mulher caiu molemente para o lado e um dos braços balançou quando Rob parou, sem dizer nada, olhando para o enfermeiro, que inclinou a cabeça delicadamente.

– Quer que o ajude com esse, *hakim*?

– Não é pesado.

Na frente do enfermeiro, voltou para a sala dos mortos, e puseram os dois corpos lado a lado, saindo juntos.

O porco tinha durado só quatro dias, rapidamente atingindo o estado que exigia sua remoção. Contudo, quando abria o estômago e os intestinos de seres humanos, o cheiro era muito pior do que o fedor adocicado da podridão suína. Apesar do sabão e da água, o cheiro estava entranhado no pequeno quarto.

Rob comprou outro porco. Naquela tarde, quando passou pelo quarto de Qasim, viu o *hadji* Davout Hosein tentando abrir a porta trancada.

– Por que está trancada? O que há aí dentro?

– Estou dissecando um porco nesse quarto – respondeu Rob calmamente.

O diretor interino da escola olhou para ele com ar de nojo. Ultimamente Davout Hosein olhava para tudo com severa suspeita, pois fora designado pelos *mullahs* para policiar o *maristan* e a *madrassa* à procura de infrações da lei islâmica.

Naquele dia, várias vezes Rob o viu ali por perto muito atento.

Naquela noite, Rob foi mais cedo para casa. Na manhã seguinte, quando chegou ao hospital, viu que tinham forçado e quebrado a fechadura da porta do quarto de Qasim. Dentro, tudo estava como havia deixado – mas não exatamente. O porco estava coberto sobre a mesa. Seus instrumentos estavam em desordem, mas não faltava nenhum. Não tinham encontrado nada que o incriminasse, e estava a salvo por enquanto. Mas aquela revista tinha implicações apavorantes.

Sabia que mais cedo ou mais tarde seria descoberto, mas estava aprendendo fatos preciosos e vendo coisas maravilhosas, e não se sentia preparado ainda para parar.

Esperou dois dias, nos quais não foi perturbado pelo *hadji*. Um velho morreu no hospital, enquanto conversava calmamente com Rob. Naquela noite, abriu o corpo para ver qual a causa da morte tão tranquila e verificou que a artéria que alimentava o coração e os membros inferiores estava ressecada e murcha como uma folha seca.

No corpo de uma criança, viu por que o câncer tinha esse nome, notando como o tumor faminto em forma de caranguejo estendia suas pinças em todas as direções. No corpo de outro homem viu que o fígado não era macio e marrom-avermelhado como nos outros, mas amarelado e duro como madeira.

Na semana seguinte, dissecou uma mulher grávida de alguns meses e desenhou o útero como um copo invertido aconchegando a vida que se formava nele. No desenho deu à mulher o rosto de Despina, que jamais daria à luz um filho. Intitulou-o de Mulher Grávida.

E certa noite, ao lado da mesa de dissecação, criou um jovem, ao qual deu os traços de Karim, uma semelhança imperfeita mas reconhecível aos que o haviam amado. O que não podia ver no corpo aberto, desenhou de acordo com a descrição de Galeno. Sabia que alguns dos detalhes não comprovados eram incorretos, mas assim mesmo o desenho era notável, mostrando órgãos e vasos sanguíneos como se os olhos de Deus estivessem vendo através da carne sólida.

Quando terminou, satisfeito, assinou e datou o desenho, intitulando-o "O Homem Transparente".

CAPÍTULO 73

A casa em Hamadhan

Durante todo esse tempo não tinham recebido nenhuma notícia da guerra. De acordo com a combinação prévia, quatro caravanas com suprimentos tinham partido à procura do exército, mas jamais foram vistas e todos pensavam que deviam ter encontrado Ala e se integrado na luta. Então certa tarde, um pouco antes da Quarta Prece, chegou um cavaleiro, com as piores informações que podiam imaginar.

Como tinham pensado, quando Masud passou por Ispahan sua força principal já havia encontrado os persas e estavam em luta. Masud mandou dois generais superiores, Abu Sahl al-Hamduni e Tash Farash, para conduzir o exército pela rota esperada. Planejaram e executaram um ataque frontal perfeito. Dividindo seu exército em duas partes, esconderam-se atrás do povoado de al--Karaj e mandaram na frente observadores. Quando os persas se aproximaram, Abu Sahl al-Hamduni atacou por um lado de al-Karaj e Tash Farash com seus afegãos atacaram pelo outro. Caíram sobre dois flancos dos homens de Ala, e as duas alas logo se aproximaram até o exército de Ghazna se reunir, formando um gigantesco semicírculo de combate, como uma rede.

Depois da surpresa inicial, os persas lutaram bravamente, mas eram em menor número e estavam em posição desvantajosa. Perderam terreno dia após dia. Finalmente descobriram na sua retaguarda outra força de Ghazna comandada pelo sultão Masud. A luta então tornou-se mais desesperada e selvagem, mas o fim era inevitável. Na frente do exército persa, estava a força superior de dois generais de Ghazna. Atrás, a cavalaria do sultão, pequena em número, mas feroz, que travava uma luta semelhante às batalhas entre os romanos e os antigos persas, só que dessa vez o inimigo da Pérsia era o efêmero grupo de pilhagem. Os afegãos atacaram outra vez e mais outra, sempre parecendo recuar e reaparecendo em outro setor da retaguarda.

Finalmente, quando os persas ensanguentados estavam suficientemente enfraquecidos e confusos, acobertado por uma tempestade de areia, Masud lançou toda a força dos seus três exércitos em um ataque geral.

Na manhã seguinte, o sol mostrou a areia rodopiando sobre os corpos de homens e animais, a melhor parte do exército persa. Alguns tinham escapado e diziam que Ala Xá entre eles, contou o mensageiro, mas não era certo.

– O que aconteceu com Ibn Sina? – perguntou al-Juzjani.

– Ibn Sina deixou o exército muito antes de chegarem a al-Karaj, *hakim*. Estava com uma cólica tremenda que o impedia de trabalhar, e assim, com permissão do Xá, o mais novo dos cirurgiões da equipe, Bibi-al-Ghuri, o levou para a cidade de Hamadhan, onde Ibn Sina tem uma casa que foi do pai dele.
– Sei onde fica – murmurou al-Juzjani.
Rob sabia que al-Juzjani iria procurar o mestre.
– Deixe-me ir também – pediu.
Por um momento, o ciúme ressentido cintilou nos olhos do velho médico, mas a razão venceu e ele fez um gesto afirmativo.
– Partiremos imediatamente.

Foi uma viagem árdua e sombria. Exigiram o máximo dos cavalos, sem saber se ainda o encontrariam vivo. Al-Juzjani estava paralisado pelo desespero, o que não era de admirar; Rob amava Ibn Sina há poucos anos, mas al-Juzjani tinha adorado o Príncipe dos Médicos durante toda a vida.

Precisavam fazer uma volta para leste, a fim de evitar a guerra que, ao que sabiam, estava ainda sendo decidida no território de Hamadhan. Mas, quando chegaram à capital que dava o nome ao território, Hamadhan parecia sonolenta e em paz, sem vestígios da grande carnificina ocorrida poucos quilômetros dali.

Quando Rob viu a casa, achou que combinava mais com Ibn Sina do que a grande propriedade em Ispahan. A construção de pedras e barro era como a roupa que Ibn Sina sempre usava, modesta, simples e confortável.

Mas lá dentro estava o cheiro da doença.

Al-Juzjani ciumentamente mandou Rob esperar fora do quarto de Ibn Sina. Momentos depois, ouviu rumor de vozes, e então, para sua surpresa e alarme, o som inegável de um soco.

O jovem médico Bibi al-Ghuri saiu do quarto. Estava pálido e chorava. Passou por Rob sem dizer nada e saiu apressadamente da casa.

Al-Juzjani apareceu logo depois, acompanhado por um velho *mullah*.

– O jovem charlatão acabou com Ibn Sina. Quando chegaram aqui, al-Ghuri deu sementes de aipo para o mestre para diminuir os gases da cólica. Mas, em vez de dois *danaqs* de sementes, deu cinco *dirhams*, e Ibn Sina desde então está evacuando grande quantidade de sangue.

Cada *dirham* correspondia a seis *danaqs*; isso significava quinze vezes a dose recomendada do brutal catártico.

Al-Juzjani olhou para ele.

– Eu fiz parte da banca examinadora que aprovou al-Ghuri – disse amargamente.

– Não podia olhar o futuro e ver esse erro – replicou Rob suavemente.

Mas al-Juzjani não se conformava.

– Uma ironia cruel – confirmou – que o grande mestre tenha sido liquidado por um *hakim* inepto.

– O Mestre sabe disso?
O *mullah* assentiu com a cabeça.
– Libertou os escravos e deu sua fortuna para os pobres.
– Posso entrar?
Al-Juzjani acenou consentindo.
Rob ficou chocado. Em quatro meses, a carne de Ibn Sina tinha derretido. Os olhos fechados estavam fundos nas órbitas, o rosto encovado e a pele era como cera.
Al-Ghuri o tinha prejudicado, mas seu erro havia apenas apressado o resultado inevitável do câncer nos intestinos.
Rob segurou as mãos do mestre e seu coração se apertou sentindo a fraca chama de vida. Ibn Sina abriu os olhos. Fixou-os nos de Rob como se pudesse ler seus pensamentos e não havia necessidade de disfarçar.
– Mestre – perguntou Rob com amargura –, por que, apesar de tudo que um médico pode fazer, ele não passa de uma folha no vento, e o poder verdadeiro está só nas mãos de Alá?
Para seu espanto, o rosto desfeito se iluminou. Rob compreendeu que Ibn Sina tentava sorrir.
– Essa é a adivinhação? – perguntou baixinho.
– É a adivinhação... meu europeu. Deve passar o resto da vida... procurando... a resposta.
– Mestre?
Ibn Sina estava outra vez com os olhos fechados e não respondeu. Rob ficou ao lado dele por algum tempo, em silêncio.
– Eu podia ter ido a qualquer outro lugar sem precisar fingir – disse, em inglês –, para o Califado do Ocidente, Toledo, Córdoba. Mas ouvi falar de um homem, Avicena, cujo nome árabe me enfeitiçou e me provocou calafrios. Abu Ali at-Husain ibn Abdullah ibn Sina.
O velho mestre devia ter entendido apenas o próprio nome, mas abriu os olhos novamente e apertou de leve a mão de Rob.
– Para tocar a fímbria da sua túnica. O maior médico do mundo – murmurou Rob.
Mal se lembrava do carpinteiro cansado e maltratado pela vida que fora seu pai. Barber o havia tratado bem, mas sem afeição. Este era o único pai que sua alma conhecia. Esqueceu das coisas que tinham provocado seu desprezo e sentia apenas uma urgente necessidade.
– Peço a sua bênção.
As palavras entrecortadas de Ibn Sina foram ditas em puro árabe, mas não era preciso entender. Sabia que Ibn Sina o tinha abençoado há muito tempo.
Despediu-se com um beijo. Quando saiu, o *mullah* estava ao lado da cama lendo em voz alta trechos do Qu'ran.

CAPÍTULO 74

O rei dos reis

Voltou sozinho para Ispahan. Al-Juzjani ficou em Hamadhan, tendo deixado bem claro que desejava ficar a sós com o Mestre agonizante.
— Nunca mais veremos Ibn Sina — disse para Mary, docemente, quando chegou em casa, e ela, virando o rosto, chorou como uma criança.
Depois de descansar da viagem, voltou ao *maristan*. Sem Ibn Sina e al-Juzjani, o hospital estava desorganizado e com muita coisa por fazer, e Rob passou o dia examinando e tratando pacientes, dando aulas sobre ferimentos e — uma tarefa desagradável — conferenciando com o *hadji* Davout Hosein sobre a administração geral da escola.
Naqueles dias incertos, muitos estudantes tinham abandonado a escola e voltado para casa fora da cidade.
— Isso nos deixa com poucos estudantes para o trabalho do hospital — resmungou o *hadji*.
Felizmente o número de pacientes também tinha diminuído, pois as pessoas preocupavam-se mais com a possibilidade de violência militar do que com as doenças.
Naquela noite, Mary estava com os olhos vermelhos e inchados e ela e Rob abraçaram-se com uma ternura que estava quase esquecida.
De manhã, quando saiu da pequena casa no Yehuddiyyeh, sentiu a mudança no ar como a umidade antes da tempestade na Inglaterra.
Muitas bancas do mercado judeu estavam vazias, e Hinda empacotava apressadamente sua mercadoria.
— O que está acontecendo? — perguntou Rob.
— Os afegãos.
Rob foi até os muros da cidade. Subiu a escada e encontrou o parapeito cheio de pessoas silenciosas. Olhou para fora e viu o motivo do medo, pois as hostes de Ghazna estavam reunidas em toda a sua força. Os guerreiros a pé de Masud enchiam a pequena planície fora dos muros, a oeste da cidade. Cavaleiros e soldados montados em camelos estavam acampados nas encostas, e elefantes de guerra amarrados nas vertentes mais altas, perto das barracas e tendas dos nobres e comandantes cujos estandartes estalavam no vento seco. No meio do campo, flutuando acima de tudo, estava a bandeira serpentina dos Ghaznavides, a cabeça de um leopardo negro sobre campo cor de laranja.

Rob calculou que o exército de Ghazna era quatro vezes maior do que o que havia passado por Ispahan comandado por Masud a caminho do oeste.

– Por que não entraram na cidade? – perguntou a um membro da força policial do *kelonter*.

– Estavam perseguindo Ala e ele está dentro dos muros da cidade.

– Por que isso os faz ficar lá fora?

– Masud diz que Ala deve ser traído por seu próprio povo. Diz que se entregarmos o Xá, poupará nossas vidas. Do contrário, promete fazer uma pilha com nossos ossos na *maidan* central.

– Vão entregar Ala?

O homem olhou carrancudo para ele e cuspiu.

– Somos persas. E ele é o Xá.

Rob fez um gesto de assentimento. Mas não acreditou.

Desceu e voltou para a casa no Yehuddiyyeh. A espada inglesa estava guardada, envolta em panos com óleo. Rob a pôs na cintura e mandou Mary apanhar a espada do pai e pôr barricadas na porta.

Tomou a montar e foi para a Casa do Paraíso.

Na avenida Ali e Fátima, o povo formava grupos agitados. Havia poucas pessoas na avenida de quatro pistas dos Mil Jardins e ninguém na dos Portões do Paraíso. O bulevar real, geralmente imaculado, mostrava sinais de abandono; ultimamente o jardim não tinha sido tratado nem podado. Na extremidade da rua, estava uma sentinela solitária.

O guarda deu um passo à frente para interpelar o recém-chegado.

– Sou Jesse, *hakim* no *maristan*. Fui chamado pelo Xá.

O guarda era pouco mais que um garoto e parecia inseguro, até mesmo assustado. Finalmente fez um gesto de assentimento e recuou, dando passagem ao cavalo e ao cavaleiro.

Rob atravessou os bosques artificiais feitos para os reis, passou pelo campo verde onde jogavam bola e bastão, pelas duas pistas de corrida e pelos pavilhões.

Parou atrás dos estábulos, no alojamento de Dhan Vangalil. O fabricante de armas indiano e o filho mais velho haviam ido para Hamadhan com o exército. Rob não sabia se estavam vivos, mas a família tinha partido. A casa estava deserta e alguém tinha derrubado as paredes de barro da fornalha construída com tanto carinho por Dhan.

Seguiu pela avenida que levava à Casa do Paraíso. Não havia sentinelas nas ameias. Os cascos do seu cavalo ecoavam quando atravessou a ponte levadiça, e Rob deixou o animal amarrado pelas rédeas do lado de fora das grandes portas.

Dentro da Casa do Paraíso seus passos soavam no vazio dos corredores. Chegou à sala de audiências, onde sempre tinha se apresentado ao rei, e viu

Ala sentado no chão, num canto, sozinho, as pernas cruzadas. Na sua frente estava uma jarra cheia até a metade de vinho e o tabuleiro arrumado com um problema do Jogo do Xá.

Parecia tão maltratado e sujo como alguns dos jardins lá fora. A barba estava despenteada. Tinha manchas arroxeadas sob os olhos e estava mais magro, o nariz parecendo mais do que nunca o bico de uma ave de rapina. Ergueu os olhos para Rob de pé na sua frente com a mão no punho da espada.

— Então, *dhimmi*? Veio para se vingar?

Só depois de um segundo Rob compreendeu que o Xá falava do jogo e já estava arrumando as peças no tabuleiro.

Deu de ombros, tirou a mão da espada, ajeitou a arma e sentou-se no chão, na frente do rei.

— Exércitos descansados — disse Ala sem alegria, começando a jogar, movendo um soldado a pé de marfim.

Rob moveu um soldado negro.

— Onde está Farhad? Foi morto na luta?

Não tinha esperado encontrar Ala sozinho. Pensou que teria de matar o Capitão dos Portões para chegar até ele.

— Farhad não foi morto. Ele fugiu.

Ala tomou um soldado negro com seu cavalo e imediatamente Rob capturou um soldado branco com seu cavalo.

— Khuff não o teria abandonado.

— Não, Khuff não teria fugido — concordou Ala com ar distraído.

Estudou o tabuleiro. Finalmente apanhou, na extremidade da linha de combate, o guerreiro *rukh* de marfim com as mãos de matador em concha sob a boca, bebendo o sangue do inimigo.

Rob fez uma armadilha e atraiu Ala para ela, cedendo um cavalo de ébano em troca do *rukh* branco.

Ala arregalou os olhos.

Depois disso, os movimentos do rei ficaram mais deliberados e passava mais tempo meditando. Com olhos brilhantes, capturou o outro cavalo, mas ficou gelado quando Rob apanhou seu elefante.

— E o elefante Zi?

— Ah, *aquele* era um bom elefante. Eu o perdi também no portão de al-Karaj.

— E o *mahout* Harsha?

— Foi morto antes de o elefante morrer. Uma lança atravessou seu peito. — Bebeu vinho sem oferecer a Rob, diretamente da jarra, deixando cair algumas gotas na túnica já suja e manchada. Passou as costas da mão na boca e na barba. — Chega de conversa — resmungou, voltando toda a atenção ao jogo, pois as peças negras estavam com uma pequena vantagem.

Ala atacou ferozmente, usando todos os truques que antes davam tão bons resultados, mas Rob passara os últimos anos competindo com mentes mais elevadas; Mirdin o tinha ensinado quando devia ser ousado e quando ser cauteloso, e Ibn Sina o ensinara a antecipar, a pensar com muita antecedência, e agora era como se estivesse conduzindo Ala pelos caminhos que levariam as peças brancas ao aniquilamento certo.

O tempo passou e uma película de suor apareceu sobre o rosto de Ala, embora as paredes e o chão de pedra mantivessem a sala fria.

Rob tinha a impressão de que Mirdin e Ibn Sina estavam jogando com ele.

No tabuleiro havia agora apenas o rei, o general e um camelo brancos; logo Rob, seus olhos nos do Xá, capturou o camelo com seu general.

Ala colocou o general na frente do rei, bloqueando a linha de ataque. Mas Rob tinha ainda cinco peças: o rei, o general, um *rukh*, um camelo e um soldado a pé, e rapidamente movimentou o soldado que não estava ameaçado para o outro lado do tabuleiro, onde as regras permitiam que trocasse por seu outro *rukh*, não mais perdido.

Com três movimentos, sacrificou o *rukh* ganho para capturar o general de marfim.

E com mais dois movimentos seu general de ébano pôs em perigo o rei de marfim.

– Retire, ó Xá – disse Rob suavemente.

Repetiu três vezes, enquanto posicionava suas peças, cortando todas as vias de fuga do rei de Ala.

– *Shahtreng* – disse finalmente.

– Sim, a agonia do rei. – Ala jogou para longe as peças que restavam no tabuleiro.

Agora examinavam-se mutuamente e a mão de Rob voltou ao punho da espada.

– Masud disse que, se o povo não o entregar, os afegãos vão assassinar todos e saquear a cidade.

– Os afegãos vão assassinar e pilhar quer me entreguem ou não. Só há uma chance para Ispahan. – Pôs-se de pé e Rob levantou-se também, pois um cidadão comum não devia ficar sentado quando o rei se levantava.

– Vou desafiar Masud para o combate, rei contra rei.

Rob queria matá-lo, não admirar ou gostar daquele rei, e franziu a testa.

Ala pegou o grande arco que poucos homens podiam retesar e esticou-o. Apontou para a espada de aço desenhado feita por Dhan Vangalil dependurada na parede na outra extremidade da sala.

– Apanhe minha arma, *dhimmi*.

Rob obedeceu e observou enquanto Ala a colocava na cintura.

– Vai enfrentar Masud agora?

– Acho que é uma boa hora.
– Quer que eu seja seu segundo?
– Não!

Rob viu o desdém e o choque provocados pela sugestão de que o rei da Pérsia pudesse ser servido por um judeu. Não ficou zangado, sentiu alívio, pois arrependeu-se imediatamente do oferecimento impulsivo; não via nenhum sentido, nenhuma glória em morrer ao lado de Ala Xá.

Mas o rosto de falcão se adoçou e Ala Xá ficou imóvel antes de sair.

– Foi uma oferta corajosa. Pense no que vai querer como recompensa. Quando eu voltar, posso lhe conceder um *calaat*.

Rob subiu a estreita escada de pedra até a ameia mais alta da Casa do Paraíso, de onde podia ver as casas da parte mais rica de Ispahan, os persas no alto dos muros da cidade, a planície mais além e o acampamento de Ghazna estendendo-se pelas montanhas.

Esperou um longo tempo, com o vento açoitando seu cabelo e sua barba, e Ala não apareceu.

Mais tempo passou e Rob começou a se culpar por não ter matado o Xá, certo de que Ala o havia enganado e fugido.

Mas então ele o viu.

O portão de oeste não era visível de onde estava, mas lá na planície plana, além dos muros, o Xá saiu da cidade, montado no selvagemente belo garanhão árabe branco, que balançava a cabeça e andava com seu passo inquieto.

Rob viu Ala cavalgar diretamente para o campo inimigo. Quando chegou perto, puxou as rédeas do cavalo e de pé nos estribos gritou seu desafio. Rob não ouviu as palavras, apenas o grito distante e ininteligível. Mas alguns dos homens do rei ouviram. Tinham sido criados com a lenda de Ardewan e Ardeshir e o primeiro duelo para a escolha do *Shahanshah*, e do topo dos muros ergueu-se o brado de encorajamento. No campo de Ghazna, um pequeno grupo de cavaleiros partiu da área das tendas dos oficiais. O homem que ia na frente estava de turbante branco, mas Rob não sabia se era Masud. Estivesse onde estivesse, se conhecia a lenda de Ardewan e Ardeshir e a antiga batalha pelo direito de ser Rei dos Reis, Masud não dava muita importância a lendas.

Um grupo de arqueiros cavalgando cavalos velozes adiantou-se das fileiras afegãs.

O garanhão branco era o cavalo mais veloz que Rob conhecia, mas Ala não tentou fugir deles. Ficou outra vez de pé nos estribos. E agora, Rob tinha certeza, estava gritando desafios e insultos para o jovem sultão que se recusava a lutar.

Quando os soldados estavam quase em cima dele, Ala retesou o arco e começou a correr com seu cavalo branco, mas não tinha para onde fugir. Em grande velocidade, voltou-se na sela e atirou uma flecha, que atingiu o afegão que comandava o grupo. Um tiro perfeito que arrancou aplausos do povo que assistia dos muros. Mas uma chuva de flechas o atingiu como resposta.

Quatro flechas acertaram o cavalo. Um borbotão vermelho jorrou da boca do garanhão. O animal diminuiu o passo, parou e ficou cambaleando antes de tombar com seu cavaleiro morto.

Rob foi apanhado de surpresa pela tristeza que o invadiu.

Viu os homens amarrarem uma corda no tornozelo de Ala e o arrastarem para o acampamento de Ghazna, erguendo uma nuvem de poeira. Sem compreender por que, Rob ficou perturbado com o fato de terem arrastado o rei pelo chão com o rosto virado para baixo.

Levou o cavalo castanho para o padoque, atrás dos estábulos reais, e tirou a sela. Não era fácil abrir o portão maciço sozinho, mas tudo estava deserto na Casa do Paraíso e Rob fez o serviço.

– Adeus, amigo.

Bateu na anca do animal e, quando ele se juntou à manada, fechou o portão cuidadosamente. Só Deus sabia quem seria o próximo dono do cavalo castanho na manhã seguinte.

No padoque dos camelos, apanhou um par de cabrestos no barracão aberto dos arreios e escolheu as duas fêmeas jovens e fortes que queria. Elas se ajoelharam no chão ruminando, esperando que ele se aproximasse.

A primeira tentou morder o braço de Rob quando ele se aproximou com o bridão; mas Mirdin, o mais gentil dos homens, tinha ensinado como tratar os camelos e ele deu um soco tão violento nas costelas do animal que o ar assobiou entre os dentes amarelos. Depois disso o camelo ficou calmo e o outro não deu trabalho, como se tivesse aprendido observando. Rob montou o maior e levou o outro por uma corda.

A jovem sentinela não guardava mais os Portões do Paraíso e, quando Rob entrou na cidade, Ispahan parecia ter enlouquecido. Gente corria por toda parte, carregando fardos e puxando animais carregados. A avenida Ali e Fátima estava em alvoroço; um cavalo fugido passou velozmente por Rob e os camelos se assustaram. Nos mercados, alguns comerciantes tinham abandonado as mercadorias. Viu olhares cobiçosos dirigidos aos seus camelos e tirou a espada da bainha, mantendo-a atravessada no colo. Teve de dar uma volta para chegar ao Yehuddiyyeh; gente e animais já se estendiam por metros, tentando fugir de Ispahan pelo portão do leste, evitando o inimigo acampado além dos muros a oeste.

Quando chegou em casa, Mary abriu a porta muito pálida e com a espada do pai na mão.

– Vamos para casa.

Ela estava apavorada, mas Rob viu que seus lábios se moviam numa prece de agradecimento.

Rob tirou o turbante e os trajes persas e vestiu o cafetã negro com o chapéu de couro judeu.

Apanharam sua cópia do *Cânon de medicina* de Ibn Sina, os desenhos de anatomia enrolados e acondicionados em pedaços de bambu, seu caderno de notas, os instrumentos cirúrgicos, o jogo de Mirdin, alimentos e alguns remédios, a espada do pai de Mary e uma caixinha com dinheiro. Tudo foi colocado nas costas do camelo menor.

De um lado da sela do camelo maior pendia um cesto de junco e do outro, um saco de tecido aberto. Rob tinha uma pequena quantidade de *buing* em um frasco, o suficiente para molhar a ponta do dedo mínimo e dar para Rob J. chupar, e um pouco para Tam. Quando os dois adormeceram, Rob pôs o mais velho no cesto e o bebê, no saco, e a mãe montou o camelo entre os dois.

Não estava escuro ainda quando deixaram a pequena casa no Yehuddiyyeh pela última vez, mas não ousaram se demorar, pois os afegãos podiam atacar a cidade a qualquer momento.

A escuridão era total quando Rob conduziu os dois camelos para fora do portão oeste. A trilha de caça que seguiram pelas montanhas passava tão perto das fogueiras do acampamento de Ghazna que ouviam os gritos e os cantos, e os brados estridentes dos afegãos estimulando-se para o saque.

Em certo momento, tiveram a impressão de que um cavaleiro galopava gritando na sua direção, mas o ruído dos cascos se afastou.

O efeito do *buing* estava passando e Rob J. começou a choramingar e depois a chorar. Para Rob, o choro da criança parecia alto demais, mas, Mary tirou o menino do cesto e o silenciou dando-lhe o seio.

Ninguém os perseguia. Logo deixaram para trás as fogueiras, mas, quando Rob voltou-se na sela, um halo rosado aparecia no céu; Ispahan estava em chamas.

Viajaram a noite toda e, quando chegou a primeira hesitante luz da manhã, Rob viu que tinham saído das montanhas e não havia nenhum soldado à vista. Seu corpo estava dolorido e os pés... sabia que quando parasse a dor seria outro inimigo. As duas crianças estavam chorando desconsoladamente e Mary, pálida, com os olhos fechados sobre o camelo, mas Rob não parou. Obrigou as pernas cansadas a continuarem a caminhada, conduzindo os camelos para oeste, na direção das primeiras aldeias judias.

SÉTIMA PARTE

O retorno

CAPÍTULO 75

Londres

Atravessaram o grande Canal no dia 24 de março, Anno Domini de 1043, e no fim da tarde ancoraram em Queen Hythe. Talvez, se tivessem chegado a Londres em um quente dia de verão, o resto de suas vidas fosse diferente, mas Mary chegou com uma fina chuva primaveril de granizo, carregando o filho mais novo que, como o pai, tinha vomitado desde a França até o fim da viagem, e ela não gostou de Londres e não confiou na cidade desde aquele primeiro momento de úmida escuridão.

Mal havia espaço para o desembarque; Rob contou mais de vinte enormes navios negros da marinha ancorados, e os navios mercantes estavam por toda parte. Os quatro estavam exaustos da viagem. Dirigiram-se para uma das estalagens do mercado, em Southwark, da qual Rob se lembrava, mas encontraram um lugar imundo, cheio de insetos, que aumentaram seu desconforto.

Na manhã seguinte, bem cedo, ele saiu sozinho à procura de um lugar melhor, percorrendo a calçada e atravessando a ponte de Londres, que estava bem conservada, o detalhe menos alterado da cidade. Londres tinha crescido; onde havia campos e pomares, ele via agora estruturas e ruas com traçado tão tortuoso quanto as do Yehuddiyyeh. A parte norte da cidade era completamente estranha para ele, pois quando era garoto só havia ali mansões com campos e jardins, propriedades das famílias antigas. Agora algumas tinham sido vendidas e a terra, loteada, para outros negócios menos limpos. Havia uma fundição de ferro e os artesãos de ouro tinham seus conjuntos de casas e oficinas, bem como os que trabalhavam em prata e em cobre. Não era um bom lugar para morar, com aquela nuvem de fumaça de madeira que cobria tudo, o fedor dos curtumes, o bater constante dos malhos nas bigornas, o rugir das fornalhas e o ruído metálico e constante do trabalho e da indústria.

Todos os bairros pareciam ter grandes defeitos para Rob. Cripllegate ficava muito próximo do pântano não drenado, Halborn e a rua Fleet longe demais do centro de Londres, Cheapside tinha muitas lojas. A parte baixa da cidade era mais congestionada ainda, mas tinha sido a parte heroica da sua infância e Rob sentiu-se atraído para a margem do rio.

A rua Thames era a mais importante de Londres. Na imundície das vielas estreitas que saíam de Puddle Dock em uma extremidade e de Tower Hill na outra, viviam carregadores, estivadores, criados e outros desprivilegiados, mas na longa extensão da rua Thames com seus cais estava o centro próspero da exportação, importação e vendas por atacado. No lado sul da rua, o paredão do rio e os cais obrigavam um certo alinhamento, mas no lado norte as ruas eram tortuosas, às vezes largas, às vezes estreitas. Em alguns lugares, casas grandes empurravam suas fachadas com cumeeiras que pareciam saliências prenhes. Às vezes um jardinzinho com grade adiantava-se pela calçada ou um armazém se afastava, e durante quase todo o tempo a rua estava repleta de gente e de animais cujos eflúvios vitais e sons Rob lembrava muito bem.

Numa taverna, perguntou sobre casas para alugar e indicaram um lugar não muito longe de Walbrook. Ficava perto da pequena igreja de St. Asaph e Rob achou que Mary iria gostar. No andar térreo morava o proprietário, Peter Lound. O segundo andar estava para alugar, e consistia em um quarto pequeno e outro maior, ligados à rua movimentada por uma escada íngreme.

Não havia sinal de insetos e o preço parecia razoável. O local era bom, pois nas ruas laterais e na parte alta, ao norte, moravam ricos comerciantes que tinham também aí suas lojas.

Rob foi imediatamente buscar a família.

– Não é ainda uma bela casa. Mas vai servir, não acha? – perguntou para a mulher.

O olhar de Mary era tímido e sua resposta se perdeu sob o badalar dos sinos de St. Asaph extremamente barulhentos.

Logo que se instalaram, Rob foi a um fabricante de placas e mandou fazer uma de carvalho com letras negras. Quando ficou pronta, foi colocada perto da entrada da casa na rua Thames, para que todos pudessem ver que ali morava Robert Jeremy Cole, médico.

No começo foi agradável para Mary estar entre britânicos e falar inglês, embora continuasse a falar com os filhos em *erse*, porque queria que falassem a língua dos escoceses. A possibilidade de obter coisas em Londres era embriagadora. Descobriu uma costureira e encomendou um vestido marrom. Gostaria de ter um vestido azul como o que tinha ganho do pai, azul como o céu de verão, mas naturalmente isso era impossível. Porém, o vestido marrom era elegante – longo, cinturado, com gola alta e redonda e mangas tão largas que se dobravam sobre os pulsos graciosamente.

Para Rob encomendaram uma calça cinzenta e um paletó. Embora ele protestasse contra a extravagância, Mary comprou duas túnicas negras de médico, uma de pano leve sem forro para o verão, a outra mais pesada, com capuz com pele de raposa. Estava mais do que na hora de comprar roupa para Rob, pois usava ainda o que tinha comprado em Constantinopla quando terminaram a jornada dos povoados judeus seguros, como quem segue uma cadeia, elo por elo. Rob tinha cortado a barba espessa, deixando apenas uma barbicha, e trocado a roupa de judeu por vestimentas ocidentais, e quando se juntaram a uma caravana, Jesse ben Benjamin desapareceu. Em seu lugar estava Robert Jeremy Cole, um inglês voltando para casa com a família.

Sempre econômica, Mary guardou o cafetã e com ele fez roupas para os filhos. Tam usava o que não servia mais em Rob J., embora este fosse grande para a idade e Tam, miúdo, pois tinha estado gravemente doente durante a viagem para o Ocidente. Na cidade franca de Freising, os dois meninos tiveram amigdalite, que os deixou com os olhos lacrimejantes, e depois febres violentas, que apavoraram Mary, pensando que ia perder os dois. Ficaram febris durante dias; Rob J. não apresentou nenhum efeito posterior da doença, mas a perna esquerda de Tam ficou fraca, pálida e aparentemente sem vida.

A família Cole tinha chegado a Freising com uma caravana que devia seguir viagem em poucos dias, e o chefe da caravana disse que não iria esperar por pessoas doentes.

– Vá para o inferno! – xingou Rob, porque as crianças precisavam tratamento e iam ter. Tratou a perna de Tam com compressas quentes e úmidas, deixando de dormir para trocar as compressas constantemente e segurando a perninha da criança em suas mãos fortes, dobrando o joelho e trabalhando os músculos, massageando também e beliscando depois de passar gordura de urso.

Tam se recuperou, mas lentamente. Tinha começado a andar há menos de um ano; precisou aprender outra vez a se arrastar e engatinhar, e quando deu os primeiros passos, perdeu o equilíbrio, porque a perna esquerda estava um pouco mais curta que a direita.

Ficaram em Freising quase doze meses, esperando que Tam se recuperasse, e depois esperaram por uma caravana. Embora nunca tivesse chegado a gostar dos francos, Rob apreciou o comportamento deles. As pessoas procuravam seus serviços médicos, apesar da dificuldade da língua, tendo visto o carinho e o cuidado com que tratava do filho. Rob não parou de trabalhar com a perna de Tam, e embora o menino arrastasse um pouco o pé esquerdo, era uma das crianças mais ativas de Londres.

Na verdade, as duas crianças pareciam mais à vontade em Londres do que a mãe, pois Mary não conseguia se adaptar à cidade. Achava a temperatura úmida e os ingleses, frios. Quando ia ao mercado, tinha de se controlar para não começar a pechinchar à moda oriental, um hábito de que ela gostava. As pessoas eram menos amáveis do que esperava. O próprio Rob queixava-se da falta da conversa fluente e constante dos persas.

– Embora a lisonja não significasse coisa alguma, era agradável – disse ele pensativo.

Mary estava confusa a respeito do marido. Faltava alguma coisa no seu leito conjugal, havia uma falta de prazer que ela não conseguia definir. Comprou um espelho e examinou o próprio rosto, notando que sua pele tinha perdido o viço sob o sol inclemente da viagem. Estava mais magra e as maçãs do rosto, mais salientes. Sabia que a amamentação tinha modificado seus seios. Por toda a cidade, prostitutas com olhos frios andavam pelas ruas e algumas delas eram bonitas. Será que Rob, mais cedo ou mais tarde, iria procurá-las? Imaginava o marido dizendo a uma prostituta que tinha aprendido tudo sobre o amor na Pérsia e via os dois rolando na cama, rindo alegremente, como antes ela e Rob costumavam fazer.

Para ela, Londres era um lodaçal negro onde já estavam afundados até os tornozelos. A comparação não era acidental, pois a cidade fedia mais do que os pântanos que tinham visto durante suas viagens. Os esgotos abertos e a sujeira não eram piores do que os esgotos abertos e a sujeira de Ispahan, mas em Londres vivia muito mais gente e em alguns bairros viviam amontoadas, de modo que o fedor das excreções humanas misturado ao do lixo era abominável.

Quando chegaram a Constantinopla e Mary sentiu-se outra vez entre uma maioria de cristãos, fez uma verdadeira orgia de visitas às igrejas, mas agora isso já não era tão importante, pois achava as igrejas de Londres sufocantes. Havia mais igrejas em Londres do que mesquitas em Ispahan, mais de cem igrejas. Dominavam com sua altura todos os prédios próximos – era uma cidade construída entre igrejas – e elas falavam sempre com uma voz tonitruante que a fazia tremer. Às vezes tinha a impressão de que ia ser erguida do chão e carregada por um forte vento religioso levantado pelo badalar dos sinos. Embora a igreja de São Asaph fosse pequena, os sinos eram grandes e reverberavam na casa da rua Thames, sempre em concerto estonteante com todos os outros, uma intercomunicação mais eficiente do que a de um exército de *muezzins*. Os sinos chamavam os fiéis para a oração, os sinos testemunhavam a consagração da missa, os sinos avisavam os descuidados sobre o toque de recolher; os sinos sacudiam as torres nos batismos e casamentos e soavam tristes e solenes dobrando pelos mortos; os sinos tocavam o alerta para incêndios e desordens de rua, visitantes distintos e bem-vindos, badalavam para anunciar cada novo dia, e dobravam em tons abafados para anunciar desastres. Para Mary, os sinos eram a cidade.

E ela odiava os malditos sinos.

A primeira pessoa que apareceu, atraída pela placa na porta, não foi um paciente. Era um homem magro e curvado com olhos semicerrados e inquisitivos.

– Nicholas Hunne, médico – disse ele, inclinando a cabeça quase calva, como um pardal, esperando a reação. – Da rua Thames – concluiu significativamente.

– Vi a sua placa – replicou Rob. Sorriu. – Está numa extremidade da rua Mestre Hunne, e eu me estabeleci ali agora na outra. Entre nós existem bastantes londrinos doentes para dar trabalho a uma dúzia de médicos.

Hunne fungou.

– Não tanto quanto pensa. E os médicos não estão assim tão ocupados. Londres já tem médicos demais, e, na minha opinião, uma cidade menor teria mais necessidade de um principiante.

Perguntou onde Mestre Cole tinha estudado, e Rob mentiu como um vendedor de tapetes dizendo que durante seis anos havia estudado no Reino Franco do Leste.

– E quanto pretende cobrar?

– Cobrar?

– Sim. O preço da consulta, homem, sua tabela de preços.

– Ainda não pensei nisso.

– Pois pense imediatamente. Vou dizer qual é o nosso costume, pois não convém que um recém-chegado prejudique os outros. Os preços variam de acordo com as posses do paciente, é claro que o céu é o limite. Mas nunca cobre menos de quarenta pence por uma flebotomia, pois a sangria é a base da nossa profissão, e nunca menos de trinta e seis pence pelo exame de urina.

Rob olhou pensativamente para o homem, pois os preços citados eram extremamente altos.

– Não precisa se preocupar com a ralé nas extremidades da rua Thames. Eles têm seus barbeiros-cirurgiões. Também não é prudente procurar a nobreza, pois os nobres são tratados por um pequeno número de médicos: Dryfield, Hudson, Simpson e outros iguais. Mas a rua Thames é um jardim de ricos comerciantes, embora eu tenha aprendido a exigir o pagamento antes de começar o tratamento, quando a ansiedade do paciente está no auge. – Olhou para Rob com expressão matreira. – Nossa competição não precisa ser desvantajosa, pois descobri que impressiona bem chamar um médico consultante quando o doente é rico e podemos nos chamar mutuamente com frequência, o que acha?

Rob deu alguns passos na direção da porta, conduzindo o homem.

– Prefiro trabalhar sozinho, de modo geral – disse, friamente.

– Pois então vai ficar satisfeito, Mestre Cole, pois vou espalhar a notícia e nenhum médico chegará perto do senhor. – Com um breve aceno de cabeça, ele se foi.

Os pacientes apareciam, mas não frequentemente.

Era de esperar, pensou Rob; ele era um arenque novo em mares estranhos e levaria tempo para que sua presença fosse notada. Melhor esperar do que fazer jogos sujos e lucrativos como o de Hunne.

Enquanto isso, começou a se instalar na nova vida. Levou a mulher e os filhos para visitar os túmulos da sua família e os meninos brincaram entre as lápides no pátio da igreja de St. Botolf. Agora, bem no seu íntimo, aceitava o fato de que jamais encontraria os irmãos, mas encontrava consolo e orgulho na nova família que havia criado, esperando que, de um modo ou de outro, Samuel, Mãe e Pai soubessem da existência da sua mulher e dos seus filhos.

Encontrou uma taverna que o agradava em Cornhill. Chamava-se A Raposa e era um bar de trabalhadores como aquele no qual seu pai se refugiava quando Rob era garoto. Continuou a evitar o meteglin, tomando só cerveja, e conheceu um construtor chamado George Markham, que era membro da corporação dos carpinteiros no tempo do seu pai. Markham era um homem forte, de rosto vermelho, cabelo preto grisalho nas têmporas e a ponta da barba também grisalha. Tinha pertencido a um grupo de cem diferente do de Nathanael Cole, mas lembrava-se dele, e Rob acabou descobrindo que era sobrinho de Richard Bukerel, o carpinteiro-chefe daquele tempo. Tinha sido amigo de Turner Horne, o mestre carpinteiro com quem Samuel viveu antes de ser atropelado nas docas.

— Turner e a mulher morreram de febre dos pântanos há cinco anos, com seu filho mais novo. Foi um inverno terrível — concluiu Markham.

Rob contou aos homens na taverna que estivera fora durante muitos anos, estudando medicina no Reino Franco Oriental.

— Conhecem um aprendiz chamado Anthony Tite? — perguntou a Markham.

— Era marceneiro assistente quando morreu no ano passado da doença do peito.

Rob fez um gesto de assentimento e continuaram a beber em silêncio.

Por meio de Markham e de outros na Raposa, Rob informou-se do que estava acontecendo com o trono inglês. Parte da história tinha ouvido de Bostock em Ispahan. Agora ficou sabendo que, depois de suceder a Canuto, Harold Harefoot foi um rei fraco, mas com um forte guardião, Godwin, duque dos saxões do Oeste. Seu meio-irmão Alfredo, que se denominava Atheling, ou Príncipe Coroado, veio da Normandia e as forças de Harold dizimaram seus homens, arrancaram os olhos de Alfredo e o jogaram numa prisão, onde morreu de infecção nas cavidades orbitais.

Harold em pouco tempo morreu de tanto comer e beber e Harthacnut, outro dos seus meio-irmãos, voltou da guerra que mantinha com a Dinamarca para substituí-lo.

— Harthacnut ordenou que o corpo de Alfredo fosse exumado de Westminster e jogado em um pântano perto da ilha de Thorney — disse George Markham, sua língua solta pela bebida. — O corpo do meio-irmão! Como se fosse um saco de merda ou um cachorro morto.

Markham descreveu como o cadáver do que tinha sido rei da Inglaterra repousava entre os juncos enquanto as águas do pântano subiam e desciam sobre ele.

— Finalmente, alguns de nós fomos até lá às escondidas. A noite estava fria, com uma neblina pesada que quase escondia a lua. Pusemos o corpo num bote e o levamos para o Tâmisa. Enterramos os restos decentemente no pequeno cemitério da igreja de São Clemente. Era o mínimo que homens cristãos podiam fazer. — Fez o sinal da cruz e tomou um grande gole de cerveja.

O reinado de Harthacnut durou apenas dois anos e ele morreu subitamente durante um banquete de casamento, e então chegou a vez de Eduardo. A essa altura Eduardo tinha se casado com a filha de Godwin e era também dominado pelo duque saxão, mas o povo gostava dele.

— Eduardo é um bom rei — continuou Markham. — Construiu uma bela frota de navios.

Rob assentiu com um gesto.

— Eu vi. São velozes?

— O bastante para manter as rotas marítimas livres dos piratas.

Toda essa história de reis, enfeitada com anedotas de taverna e lembranças, secava as gargantas que exigiam mais bebida, muitos brindes aos irmãos mortos e ao rei vivo Eduardo, monarca do reino. Assim, durante algumas noites, Rob esqueceu sua fraqueza para suportar excesso de bebida e cambaleou da taverna para a casa na rua Thames, e Mary tinha de despir o marido bêbado e mal-humorado e levá-lo para a cama.

A tristeza no rosto dela ficou mais profunda.

— Querido, vamos embora daqui — pediu Mary um dia.

— Ora, e para onde?

— Podemos morar em Kilmarnock. Tenho minha propriedade lá e muitos parentes que vão gostar de conhecer meu marido e meus filhos.

— Precisamos dar mais oportunidade a Londres — replicou ele suavemente.

Rob não era tolo e prometeu ter mais cuidado quando fosse à taverna da Raposa e beber com menor frequência. O que ele não disse foi que Londres era como uma visão para ele, mais do que a oportunidade de viver como um curandeiro. Tinha absorvido coisas na Pérsia que eram agora parte dele, coisas que ninguém sabia na Inglaterra. Ansiava pela troca livre de opinião no campo da medicina como havia em Ispahan. Isso exigia um hospital, e Londres seria um lugar excelente para uma instituição igual ao *maristan*.

Naquele ano, a primavera longa e fria transformou-se em um verão chuvoso. Todas as manhãs a margem do rio aparecia recoberta por uma espessa neblina branca. Horas depois, quando não chovia, o sol atravessava o cinzento sombrio e a cidade despertava como que renascendo. Era a hora favorita de Rob para caminhar, e num dia excepcionalmente belo a névoa se dissolveu quando passava pelo porto comercial, onde escravos empilhavam barras de ferro para embarque.

Havia umas doze pilhas de pesadas barras de metal. Tinham sido feitas altas demais ou havia alguma irregularidade em uma das camadas. Rob olhava o brilho do sol no metal molhado quando o homem que conduzia uma carroça gritando comandos, estalando o chicote e puxando as rédeas fez os cavalos brancos sujos recuarem cada vez mais depressa e a traseira da pesada carroça bateu na pilha de metal com um ruído surdo.

Rob já tinha decidido que seus filhos não brincariam nas docas. Detestava carroças de carga. Sempre que via uma lembrava-se do irmão Samuel esmagado sob as rodas. Agora viu com horror outro acidente.

A barra de ferro no topo da pilha foi lançada para a frente, balançou e começou a escorregar pelo lado da pilha, seguida por mais duas.

Ouviu-se um grito de aviso e os homens correram desesperadamente, mas dois escravos não conseguiram. Caíram e uma das barras de ferro despencou em cima de um deles, matando-o instantaneamente.

A ponta de outra barra bateu na parte inferior da perna direita do outro homem e o grito de dor fez com que Rob agisse imediatamente.

— Aqui, tirem isso de cima dele! Depressa e com cuidado, agora! — ordenou ele e meia dúzia de escravos ergueram as duas barras de ferro.

Rob mandou que fossem levados para longe das pilhas. Um simples olhar foi o bastante para saber que o primeiro estava morto. O peito estava esmagado, a traqueia partida e o rosto já escuro e congestionado.

O outro escravo não gritava mais porque tinha desmaiado quando o retiraram debaixo da barra de ferro. Melhor assim. O pé e o tornozelo do homem estavam esmagados e Rob não podia fazer nada. Mandou um escravo apanhar seus instrumentos em casa, e enquanto o homem estava inconsciente, fez uma incisão acima do ferimento e começou a soltar a pele para fazer uma aba, depois cortou a carne e o músculo.

Emanava do homem um fedor que assustava e enervava Rob, o cheiro do suor do animal humano, muitas vezes secado nas roupas andrajosas, embebido muitas vezes nos panos que cobriam seu corpo, tornando-se quase uma parte dele, uma parte tangível como a cabeça raspada de escravo ou o pé que Rob estava começando a remover. Rob lembrou dos outros dois estivadores escravos que tinham carregado seu pai das docas para casa para morrer.

— Que diabo pensa que está fazendo?

Ergueu os olhos e com esforço se dominou, pois de pé ao seu lado estava o homem que vira pela última vez na casa de Jesse ben Benjamin na Pérsia.

— Estou atendendo um homem.

— Mas dizem que é médico.

— Estão certos.

— Sou Charles Bostock, comerciante e importador, dono deste armazém e desta doca. Não sou tão idiota, nenhum burro para chamar um médico para um escravo.

Rob deu de ombros. Os instrumentos chegaram e ele estava pronto para começar; com a serra, cortou o osso, separando o pé da perna, e suturou a aba de pele sobre o toco sangrento com o capricho que al-Juzjani teria exigido.

Bostock continuava ali.

– Estou falando sério – dizia ele. – Não vou pagar você. Não vai ver nem um pêni do meu bolso.

Rob fez um gesto de assentimento. Bateu de leve com dois dedos no rosto do escravo e o homem gemeu.

– Quem é você?

– Robert Cole, médico da rua Thames.

– Nós nos conhecemos?

– Não que eu saiba, comerciante.

Apanhou os instrumentos, cumprimentou com um aceno de cabeça e se foi. No fim da doca, arriscou um olhar para trás e viu Bostock parado, como que petrificado, ou profundamente intrigado, olhando para ele fixamente.

Rob procurou se convencer de que Bostock tinha visto um judeu com turbante em Ispahan, com barba espessa e roupas persas, o exótico judeu Jesse ben Benjamin. E nas docas o comerciante tinha falado com Robert Jeremy Cole, um londrino livre com roupas inglesas, seu rosto... transformado... por uma barba curta e em ponta.

Era possível que Bostock não se lembrasse dele. E era possível que se lembrasse.

Rob remoeu a questão como um cão roendo um osso. Não temia tanto por si mesmo (embora *estivesse* com medo) quanto pelo que podia acontecer à mulher e aos filhos se surgissem problemas.

Assim, quando Mary voltou a falar em Kilmarnock naquela noite, Rob a escutou, e compreendeu o que devia fazer.

– Como eu gostaria de ir até lá – disse ela. – Tenho vontade de andar no chão que é meu e estar outra vez entre meus parentes e os escoceses.

– Preciso fazer algumas coisas aqui – replicou Rob lentamente. Segurou as mãos dela. – Mas acho que você e os meninos devem ir para Kilmarnock sem mim.

– Sem você?

– Isso mesmo.

Mary ficou imóvel. A palidez acentuou-se nas maçãs salientes desenhando sombras no rosto fino, fazendo com que os olhos parecessem maiores. Os cantos da boca, aquelas linhas sensíveis que sempre traíam suas emoções, diziam o quanto a sugestão a desagradava.

– Se é o que você quer, nós iremos – murmurou.

Nos dias seguintes, Rob mudou de ideia mais de uma dúzia de vezes. Não tinha havido nenhum protesto nem alarme. Nenhum homem armado tinha aparecido para prendê-lo. Era evidente que, embora Bostock tivesse a impressão de que o conhecia, não o tinha identificado como Jesse ben Benjamin.

Não vá, queria dizer a ela.

Várias vezes, quase disse, mas sempre alguma coisa o impedia de falar; no íntimo, carregava o fardo pesado do medo, e não faria mal nenhum providenciar para que ela e as crianças estivessem a salvo em outro lugar, por algum tempo.

Falaram outra vez no assunto.

– Se você puder nos fazer chegar ao porto de Dunbar – pediu Mary.

– O que há em Dunbar?

– MacPhees. Parentes dos Cullen. Eles providenciarão para que cheguemos a salvo em Kilmarnock.

Dunbar não apresentou nenhum problema. Estavam no fim do verão e era grande o movimento de barcos que partiam, pois os proprietários procuravam fazer as últimas viagens curtas antes da chegada das tempestades que fechariam o Mar do Norte durante o inverno. Na taverna da Raposa, Rob ouviu falar em um navio de passageiros que parava em Dunbar. Chamava-se *Aelfgifu*, o nome da mãe de Harold Harefoot, e o capitão era um dinamarquês grisalho que ficou feliz por receber o dinheiro da passagem de três pessoas que não comiam muito.

O *Aelfgifu* partiria em menos de duas semanas, o que exigia preparativos apressados, costurar roupas, decidir o que Mary levaria ou não.

De repente a separação estava por poucos dias.

– Logo que eu puder, vou buscar você em Kilmarnock.

– Vai mesmo? – perguntou ela.

– É claro que vou.

Naquela noite, véspera da partida, ela disse:

– Se você não puder ir...

– *Eu irei.*

– Mas... se não for. Se por qualquer motivo o mundo nos separar, fique certo de que meus parentes criarão os meninos até ficarem homens.

Para Rob foi mais um aborrecimento do que uma garantia, e tamanho foi seu temor que arrependeu-se de ter sugerido a separação.

Tocaram-se cautelosamente, em todos os lugares familiares, como dois cegos procurando gravar a lembrança nas mãos. Foi um tristonho ato de amor, como se soubessem que era o último. Quando terminaram, Mary dormiu profundamente e Rob a embalou nos braços, em silêncio. Queria dizer certas coisas mas não podia.

De manhã, ele os levou até o *Aelfgifu* e embarcaram com a luz cinzenta do começo do dia. O navio tinha as linhas estáveis dos barcos vikings mas apenas vinte metros de comprimento com convés aberto. Um mastro, com dez metros de altura e uma grande vela quadrada, e o casco era trincado feito com tábuas de carvalho. Os navios negros do rei se encarregariam de manter os piratas longe da costa e o *Aelfgifu* não se afastaria muito da terra, parando para descarregar e carregar mercadorias e aportando ao primeiro sinal de tempestade. Era o tipo de barco mais seguro.

Rob ficou na doca. Mary estava com sua expressão invencível, a armadura que usava para se proteger contra o mundo ameaçador.

O barco apenas balançava de leve nas marolas do porto mas o pobre Tam já estava verde e sentindo-se mal.

– Continue a tratar da perna dele! – gritou Rob fazendo gesto de quem massageia. Mary fez um gesto afirmativo. O marinheiro soltou a espia e o barco se moveu. Vinte remadores o levaram até o meio da corrente. Sempre a boa mãe, Mary tinha posto os filhos bem no centro do barco, onde não havia perigo de que caíssem no mar.

Ela inclinou-se e disse alguma coisa para Rob J. quando ergueram a vela.

– Adeus, pai! – gritou a vozinha fina, clara e obediente.

– Vão com Deus! – gritou Rob.

Rapidamente se foram e Rob ficou ali, os olhos semicerrados fixos no lugar em que o barco tinha desaparecido. Não queria sair do cais, pois lembrou que tinha voltado ao lugar dos seus nove anos, quando não tinha família nem amigos na cidade de Londres.

CAPÍTULO 76

O liceu de Londres

Naquele ano, no dia 9 de novembro, uma mulher chamada Júlia Swane tornou-se o assunto principal da cidade quando foi presa, acusada de feitiçaria. Diziam que tinha transformado a filha, Glynna, de dezesseis anos, num cavalo voador, e depois a cavalgou com tanta brutalidade que a jovem ficou permanentemente aleijada.

– Se for verdade, é hediondo e cruel fazer isso com a própria filha – comentou com Rob o seu senhorio.

Rob sentia uma saudade imensa dos filhos e da mulher. A primeira tempestade marítima desabou mais de quatro semanas depois da partida deles. Já deviam ter chegado a Dunbar há muito tempo, e Rob rezava para que, onde quer que estivessem, esperassem a passagem das tempestades em lugar seguro.

Era outra vez o solitário errante, revisitando todos os lugares de Londres que conhecia e as coisas novas criadas desde que partira. De pé na frente da Casa do Rei, que no passado lhe parecia a imagem perfeita da grandeza real, admirou-se com a diferença entre aquela simplicidade inglesa e a extravagância da Casa do Paraíso. O rei Eduardo passava a maior parte do tempo no castelo em Winchester, mas uma manhã, na frente da Casa do Rei, Rob o viu caminhando em silêncio entre seus guardas e ajudantes, meditando pensativo. Eduardo parecia ter mais do que seus 41 anos. Diziam que seus cabelos tinham embranquecido quando era ainda jovem, ao saber o que Harold Harefoot fizera ao seu irmão, Alfredo. Rob achou que Eduardo não tinha a imponência de um rei como Ala, mas lembrou que Ala estava morto e Eduardo, vivo.

A partir do Dia de São Miguel, no fim de setembro, o outono ficou frio e castigado por ventos fortes. O começo do inverno foi quente e chuvoso. Rob pensava neles desejando saber exatamente quando tinham chegado em Kilmarnock. Sentindo-se só, passava muitas horas na taverna da Raposa mas tentava se controlar, pois não queria se meter em briga, como tinha acontecido quando era jovem. Mas a bebida não aliviava sua solidão, pelo contrário, o deixava mais triste, pois sentia que estava ficando igual ao pai, um homem que vivia nos bares. Procurava resistir às prostitutas e às mulheres disponíveis, mais tentadoras agora com sua abstinência; dizia a si mesmo com amargura que, apesar da bebida, não precisava se transformar completamente em outro Nathanael Cole, o homem casado que estava sempre com prostitutas.

A chegada do Natal não facilitou as coisas, pois era uma festa da família. No Dia de Natal, jantou na taverna da Raposa: a gelatina de mocotó chamada *brawn* e torta de carneiro, regada com uma prodigiosa quantidade de *mead*. De volta a casa, viu dois marinheiros espancando um homem cujo chapéu de couro estava jogado na lama, e Rob viu que usava a túnica negra. Um dos homens segurava os braços do judeu atrás das costas enquanto o outro o martelava com murros que ecoavam impressionantemente cada vez que atingiam o corpo da vítima.

— Parem com isso, malditos!

O homem que dava socos fez uma pausa no seu trabalho.

— Vá andando, mestre, enquanto é tempo.

— O que foi que ele fez?

— Um crime cometido há mil anos, e agora vamos mandar o fedido judeu-francês de volta para a Normandia, morto.

— Deixe o homem em paz.

— Já que gosta tanto dele, vamos ver você chupar o caralho do judeu!

O álcool sempre despertava uma fúria agressiva em Rob e ele estava pronto. Seu punho fechado chocou-se contra o rosto duro e feioso. O outro homem largou o judeu e fugiu correndo enquanto o companheiro se levantava.

— Filho da puta! Vai beber o sangue do Salvador na taça deste porra de judeu!

Rob não os perseguiu. O judeu, um homem alto de meia-idade, ficou parado, os ombros sacudidos pelos soluços. Seu nariz sangrava e a boca estava ferida, mas chorava mais de humilhação do que de dor.

— Olá, o que está acontecendo? — perguntou um homem com cabelo e barba ruivos e crespos e nariz grande riscado de pequenas veias arroxeadas.

— Não muita coisa. Esse homem foi assaltado.

— Humm. Tem certeza de que ele não provocou a briga?

— Tenho.

O judeu tinha se controlado e conseguiu falar. Era evidente que estava agradecendo, mas em rápido francês.

— Entende essa língua? — perguntou Rob ao homem ruivo, que balançou a cabeça desdenhosamente.

Rob queria falar com o judeu na Língua e desejar a ele um Festival das Luzes mais tranquilo, mas, na presença do outro homem, não ousou. Afinal o judeu apanhou o chapéu e se foi, e logo depois o homem ruivo partiu também.

No cais, Rob encontrou um pequeno bar e, para recompensar a si mesmo, pediu vinho tinto. O lugar era escuro e abafado e Rob levou a garrafa para o cais, sentando-se no píer que talvez tivesse sido feito por seu pai, a chuva encharcando suas roupas, o vento o açoitando e as ondas cinzentas e ameaçadoras erguendo-se lá embaixo.

Estava satisfeito. O dia certo para evitar uma crucificação.

O vinho não era da melhor safra e pegava na garganta quando descia, mas assim mesmo era agradável.

Era filho do seu pai e sabia saborear a bebida quando queria.

Não, a transformação já tinha se efetuado: ele *era* Nathanael Cole. Ele era o pai. E estranhamente sentia que era também Mirdin e Karim. E Ala e Dhan Vangalil. E Abu Ali at-Husain ibn Abdullah ibn Sina (oh, sim, era *especialmente* Ibn Sina!)... Mas era também o gordo bandoleiro que tinha matado há muitos anos, e aquele merda piedoso, o *hadji* Davout Hosein...

Com uma clareza que o atordoava mais do que o vinho, compreendeu que era todos os homens e todos os homens eram parte dele, e sempre que lutasse contra o Cavaleiro Negro estaria lutando pela própria sobrevivência. Sozinho e embriagado, Rob compreendeu isso pela primeira vez.

Terminou de tomar o vinho e escorregou do ancoradouro. Com a garrafa vazia na mão, que logo conteria medicamento ou talvez a urina de alguém para ser analisada por um preço justo, ele e todos os outros caminharam oscilando cuidadosamente para a segurança da casa na rua Thames.

Não tinha ficado ali sem mulher e sem os filhos para se transformar num bêbado, disse Rob severamente para si mesmo na manhã seguinte, quando a cabeça clareou.

Resolvido a tratar dos detalhes da sua profissão, foi a uma loja de ervas na parte baixa da rua Thames para renovar seu suprimento, pois em Londres era mais fácil comprar certas ervas do que encontrá-las na natureza. Já conhecia o proprietário, um homenzinho rabugento chamado Rolf Pollar, que parecia ser bom farmacêutico.

– Aonde devo ir para me encontrar com outros médicos? – perguntou Rob.

– Ora, eu diria ao Liceu, Mestre Cole. É onde os médicos da cidade se reúnem regularmente. Não conheço os detalhes, mas sem dúvida Mestre Rufus sabe – respondeu ele, indicando um homem na outra extremidade da loja, que cheirava um maço de beldroega seca para testar sua volatilidade.

Pollard apresentou Rob a Aubrey Rufus, médico da rua Fenchurch.

– Falei sobre o Liceu dos Médicos para Mestre Cole – disse ele –, mas não me lembro dos detalhes das reuniões.

Rufus, um homem sério, uns dez anos mais velho do que Rob, passou a mão pelo cabelo ralo cor de areia e cumprimentou gentilmente.

– As reuniões são na noite da primeira segunda-feira de cada mês, hora do jantar, na sala que fica em cima da taverna Illingsworth, em Cornhill. É mais uma desculpa para saciar nossa gula. Cada um paga o que come e bebe.

– Preciso de convite?

– De modo nenhum. É aberta aos médicos de Londres. Mas se um convite parece mais agradável, então eu o convido agora – replicou Rufus amavelmente, e Rob sorriu, agradeceu e se despediu.

Assim, na primeira segunda-feira do lamacento ano novo ele foi até a taverna Illingsworth e viu-se na companhia de uns vinte médicos. Sentados em volta das mesas, bebiam, riam e conversavam, e quando Rob entrou o examinaram com a furtiva curiosidade de um grupo para com um recém-chegado.

O primeiro homem que Rob reconheceu foi Hunne, que franziu a testa ao vê-lo e murmurou alguma coisa para os companheiros. Mas Aubrey Rufus estava em outra mesa e fez sinal para que Rob se juntasse a ele. Apresentou os outros quatro homens, dizendo que Rob acabava de chegar à cidade e tinha consultório na rua Thames.

Eles o observaram com graus variados da desconfiança sombria demonstrada por Hunne.

– Foi aprendiz de quem? – perguntou um homem chamado Brace.

– Estudei com um médico chamado Heppmann, na cidade franca oriental de Freising. – Enquanto estiveram em Freising esperando o restabelecimento de Tam, o nome do seu senhorio era Heppmann.

– Humpf – observou Brace, sem dúvida uma opinião para todos os médicos que estudavam no exterior. – Por quanto tempo?

– Seis anos.

O interrogatório foi interrompido pela chegada da comida, galinha grelhada muito passada com nabos assados, e cerveja que Rob bebeu com cuidado, pois não queria fazer papel de tolo. Depois do jantar, foi informado de que Bruce faria a palestra naquela noite. Falou sobre ventosas, aconselhando os colegas a aquecerem convenientemente as ventosas de vidro, pois era o calor que puxava os venenos do sangue para a superfície da pele, onde podiam ser eliminados por meio da sangria.

– Devem demonstrar aos pacientes sua confiança na cura com aplicações repetidas de ventosas e sangrias para que compartilhem do seu otimismo – recomendava Bruce.

A palestra fora mal preparada, e pelas conversas Rob chegou à conclusão de que quando tinha onze anos aprendera mais com Barber sobre ventosas e sangrias do que aqueles médicos sabiam.

Assim, o liceu foi um desapontamento.

Pareciam obcecados com preços de consultas e rendas pessoais. Rufus chegou a brincar com o presidente da mesa, médico do rei, chamado Dryfield, dizendo que o invejava por receber pagamento anual e roupas de médico.

– É possível conseguir um ordenado sem servir ao rei – interrompeu Rob.

Agora todas as atenções voltaram-se para ele.

– Como isso pode acontecer? – perguntou Dryfield.

— O médico pode trabalhar num hospital, um centro de cura dedicado ao tratamento e ao estudo das doenças.

Alguns olharam para ele sem compreender, mas Dryfield assentiu com um gesto.

— Uma ideia do Oriente que começa a tomar vulto. Ouvi falar de um hospital recém-instalado em Salerno, e há muito tempo existe o Hôtel Dieu, em Paris. Mas, prestem atenção, os doentes são mandados para o Hôtel Dieu para morrer e esquecidos, e é um lugar infernal.

— Hospitais não precisam ser como o Hôtel Dieu — disse Rob, sentindo não poder falar sobre o *maristan*.

Mas Hunne interrompeu:

— Talvez o sistema funcione para as raças inferiores, mas os médicos ingleses têm espírito mais independente e devem ter liberdade para conduzir seus negócios.

— Sem dúvida a medicina é mais do que um negócio — observou Rob delicadamente.

— É menos que um negócio — retrucou Hunne —, com o preço das consultas e com os borra-botas inexperientes que estão sempre chegando a Londres. Por que acha que é mais do que um negócio?

— É uma vocação, Mestre Hunne, como o chamado divino para os homens da Igreja.

Brace deu uma gargalhada. Mas o presidente da mesa tossiu, farto da discussão.

— Quem vai fazer a palestra no mês que vem? — perguntou.

Silêncio.

— Vamos, vamos, todos devem contribuir — exigiu Dryfield, impaciente.

Era um erro se oferecer na primeira reunião, Rob sabia. Mas ninguém disse nada e finalmente resolveu falar:

— Posso fazer a palestra, se for do seu agrado.

Dryfield ergueu as sobrancelhas.

— E qual será o assunto, mestre?

— Falarei sobre a doença abdominal.

— Doença abdominal? Mestre... ah, Crowe, é isso?

— Cole.

— Mestre Cole. Ora, uma palestra sobre a doença abdominal será esplêndida. — E o presidente da mesa deu um largo sorriso.

Júlia Swane, acusada de feitiçaria, confessou. A marca da feiticeira foi encontrada na carne macia e branca da parte interna do seu braço, logo abaixo do ombro esquerdo. A filha, Glynna, disse no seu depoimento que Júlia a tinha segurado dando gargalhadas, enquanto a jovem era sexualmente usada por alguém que ela achava que era o demônio. Várias outras vítimas a acusaram de enfeitiçá-las. Quando estava sendo amarrada na banqueta para ser mergulhada no Tâmisa gelado, Júlia resolveu contar tudo, e agora estava cooperando com os homens da Igreja, que procuravam arrancar a raiz do mal, e que estavam realizando várias entrevistas com ela tratando de vários aspectos da feitiçaria. Rob procurou não pensar na mulher.

Comprou uma égua um pouco gorda demais e conseguiu acomodá-la no que fora antes o estábulo de Egglestan, agora propriedade de um homem chamado Thorne. Era um animal não muito novo e insignificante mas, pensou Rob, não pretendia jogar bola e bastão com ela. Ia a cavalo ver pacientes que o chamavam e outros iam à sua casa. Era a época do crupe, e embora gostasse dos medicamentos persas, como tamarindo, romã e figo em pó, fazia poções com o que estava à mão: beldroega embebida em água de rosas para gargarejo, infusão de violeta seca para dor de cabeça e febre, resina de pinho misturada com mel para ser ingerida contra catarro e tosse.

Um homem o procurou e disse chamar-se Thomas Hood. Tinha cabelo e barba cor de cenoura e nariz manchado; parecia familiar e logo Rob o reconheceu como o homem que vira o incidente do judeu com os marinheiros. Hood queixava-se de sintomas de sapinho, mas não tinha ulcerações na boca, nem febre, a garganta não estava inflamada e parecia muito bem-disposto para estar doente. Na verdade o homem era uma fonte constante de perguntas pessoais. Com quem Rob tinha estudado? Morava sozinho? Como? Não tinha mulher nem filhos? Há quanto tempo estava em Londres? De onde vinha?

Até um cego teria percebido que não se tratava de um paciente, mas de um bisbilhoteiro. Rob não disse nada, receitou um forte purgativo, que o homem não ia tomar na certa, e o levou até a porta entre outras perguntas não respondidas.

Mas a visita o deixou bastante preocupado. Quem tinha mandado Hood? Para quem estava investigando? E teria sido coincidência sua presença na noite do caso com os marinheiros?

No dia seguinte, ficou sabendo algumas respostas possíveis quando foi à loja do vendedor de ervas, e encontrou novamente Rufus Aubrey também fazendo compras de suprimentos.

– Hunne está falando mal de você sempre que pode – informou Rufus. – Diz que você é muito atrevido. Que parece um rufião e um patife, e que duvida que seja médico. Ele quer proibir a entrada no liceu a todos que não estudaram medicina em Londres.

– O que me aconselha?

– Ora, não faça nada. Evidentemente ele não se conforma em dividir a rua Thames com você. Nós todos sabemos que Hunne seria capaz de rasgar os testículos do avô por uma moeda. Ninguém vai dar ouvidos a ele.

Mais calmo, Rob voltou à casa da rua Thames.

Eliminaria as dúvidas de todos com seus conhecimentos, pensou e começou a trabalhar na palestra sobre doença abdominal, como se estivesse se preparando para uma aula na *madrassa*. O Liceu Original, perto de Atenas, era onde Aristóteles lecionava; ele não era Aristóteles, mas fora ensinado por Ibn Sina e mostraria aos médicos de Londres o que era uma palestra médica.

Mostraram-se interessados, naturalmente, porque cada um dos médicos do liceu já tinha perdido pacientes com a doença da parte inferior direita do abdome. Mas mostraram também desprezo geral.

– Um pequeno verme? – perguntou com voz arrastada um médico vesgo chamado Sargent. – Um vermezinho rosado dentro da barriga?

– Um apêndice em forma de verme, mestre – respondeu Rob secamente. – Ligado ao ceco. E supurado.

– Os desenhos de Galeno não mostram nenhum apêndice em forma de verme no ceco – interrompeu Dryfield. – Celsus, Rhazes, Aristóteles, Diascórides, quem, entre esses homens, escreveu sobre esse apêndice?

– Nenhum. O que não significa que ele não exista.

– Já dissecou um porco, Mestre Cole? – perguntou Hunne.

– Já.

– Muito bem, então sabe que o interior do corpo do porco é igual ao do homem. Já viu algum apêndice rosado no ceco do porco?

– Era uma pequena salsicha de porco, mestre! – exclamou um engraçadinho, e todos riram.

– Internamente, o porco parece ser igual ao homem – respondeu Rob pacientemente –, mas há algumas pequenas diferenças. Uma delas é o pequeno apêndice no ceco humano... – Desenrolou o "Homem Transparente" e pregou o desenho na parede com tachinhas de ferro. – É disto que estou falando. O apêndice é mostrado aqui nas várias fases de irritação.

– Supondo que a doença abdominal seja causada como descreveu – perguntou um médico com um forte sotaque dinamarquês –, sugere algum meio de cura?

– Não sei nenhum método de cura.

Houve gemidos de desaprovação.

– Então de que adianta sabermos ou não a origem da doença?

Outros apoiaram com murmúrios, esquecendo o quanto odiavam os dinamarqueses, unidos na ânsia comum de contestar o recém-chegado.

– A medicina é como a lenta construção de uma parede – replicou Rob. – Temos sorte se, durante uma vida inteira, conseguimos colocar um tijolo. Se pudermos explicar a doença, alguém que ainda não nasceu pode descobrir a cura.

Mais gemidos.

Agruparam-se na frente do desenho, estudando o Homem Transparente.

– Desenho seu, Mester Cole – perguntou Dryfield, notando a assinatura.

– Sim.

– Um trabalho excelente. O que usou como modelo?

– Um homem com a barriga rasgada.

– Então viu apenas um desses apêndices? – perguntou Hunne. – E sem dúvida a voz onipotente que o chamou para a nossa *vocação* disse também que o vermezinho rosado no intestino é universal?

Mais risadas, e Rob se irritou finalmente:

– Acredito que o apêndice no ceco é universal. Eu o vi em mais de uma pessoa.

– Em quantas mais... digamos, quatro?

– Em mais de meia dúzia.

Agora olhavam embasbacados para ele, não mais para o desenho.

– Meia dúzia, Mestre Cole? Como conseguiu ver o interior dos corpos de seis seres humanos? – perguntou Dryfield.

– Alguns tiveram o abdome aberto em acidentes. Outros em lutas. Não eram todos meus pacientes, e os incidentes ocorreram durante um longo período de tempo. – Parecia improvável até para o próprio Rob.

– Mulheres também? – perguntou Dryfield.

– Algumas mulheres – respondeu Rob com relutância.

– Hummmpf – retrucou o presidente da mesa, deixando bem claro que achava que Rob era um mentiroso.

– Então as mulheres tinham tomado parte em duelos também? – insinuou Hunne com voz suave, e dessa vez até Rufus riu. – Sem dúvida é uma coincidência que tenha tido oportunidade de ver o interior de tantos corpos desse modo – acrescentou Hunne com um clarão satisfeito nos olhos, e Rob compreendeu que seu oferecimento para fazer a palestra no liceu tinha sido um erro desde o começo.

Júlia Swane não escapou do Tâmisa. No último dia de fevereiro, mais de duas mil pessoas se reuniram ao nascer do dia para ver e aplaudir o castigo. Foi posta dentro de um saco com um galo, uma serpente e uma pedra, o saco foi costurado e atirado no profundo remanso, em São Giles.

Rob não assistiu ao afogamento. Nesse dia foi ao desembarcadouro de Bostock para saber do escravo com o pé amputado. Mas não o encontrou e o capataz, de poucas palavras, informou apenas que o tinham levado para outro lugar, fora de Londres. Rob preocupava-se, pois sabia que a existência de um escravo dependia da sua capacidade para o trabalho. No cais, viu outro escravo com cortes inflamados nas costas, provocados por golpes de chicote que pareciam penetrar no corpo. Rob voltou para casa, preparou uma pomada com gordura de cabra, gordura de porco, óleo, olíbano e óxido de cobre, voltou ao cais e passou o medicamento nas costas do homem.

– Ei, você aí? Que diabo é isso?

Um capataz estava parado ao lado deles, e embora Rob não tivesse acabado de espalhar a pomada, o escravo fugiu.

– Este é o cais do Mestre Bostock. Ele sabe que está aqui?

– Isso não importa.

O homem olhou para ele furioso mas não o seguiu e Rob ficou satisfeito por sair do cais de Bostock sem maiores complicações.

Apareceram também pacientes que podiam pagar. Rob curou o fluxo de uma mulher pálida e chorosa com leite de vaca fervido. Um rico construtor de navios chegou com o paletó ensanguentado de um corte tão profundo no pulso que a mão parecia prestes a se soltar. O homem admitiu imediatamente que tinha se cortado com a própria faca, tentando suicídio durante uma bebedeira.

Quase atingiu a profundidade mortal, cortando quase até o osso. Rob sabia, por seus estudos na sala dos mortos no *maristan*, que a artéria do pulso passava junto ao osso; mais um milímetro e o homem teria realizado seu desejo de bêbado. Tinha cortado os tendões que comandavam os movimentos e o controle do polegar e do indicador. Quando Rob terminou de suturar e enfaixar o pulso, os dois dedos estavam insensíveis.

– Vou recuperar o movimento e a sensibilidade?

– Depende de Deus. Você fez um trabalho completo. Se tentar outra vez, acho que vai se matar. Portanto, se quer viver, deve evitar bebidas fortes.

Rob temia que o homem fizesse outra tentativa. Estavam na época dos catárticos, porque não tinham verduras durante todo o inverno e ele preparou uma tintura de ruibarbo que acabou numa semana. Tratou um homem mordido no pescoço por um burro, lancetou uns dois furúnculos, imobilizou pulsos torcidos e um dedo quebrado. Uma noite uma mulher assustada o chamou na outra extremidade da rua Thames – que Rob considerava terra de ninguém, a área bem no centro da distância entre sua casa e a de Hunne. Teria sido uma sorte se a mulher preferisse chamar Hunne, pois seu marido estava gravemente doente. Trabalhava nos estábulos de Thorne e há três dias cortara o dedo. Naquela noite foi para a cama com dor nas virilhas. Quando Rob chegou, o homem estava com os maxilares cerrados fortemente, a saliva espumosa mal passava entre os dentes fechados e seu corpo parecia um arco com a barriga erguida, apoiando-se nos calcanhares e na cabeça. Rob nunca tinha visto essa doença antes, mas a reconheceu pela descrição no livro de Ibn Sina; era epistótono, "o espasmo para trás". Não se conhecia a cura e o homem morreu antes de raiar o dia.

A experiência no liceu deixara um gosto de cinzas na boca de Rob. Naquela segunda-feira, compareceu de má vontade à reunião de março, apenas como espectador, de boca fechada, mas o mal já estava feito e viu que o consideravam um tolo fanfarrão dominado por fantasias. Alguns sorriam zombeteiramente, outros olhavam para ele com frieza. Aubrey Rufus não o convidou para sua mesa mas desviou os olhos e Rob sentou-se ao lado de estranhos que não falaram com ele.

A palestra foi sobre fraturas do braço, antebraço e costelas, e deslocamentos dos maxilares, do ombro e do cotovelo. Feita por um homenzinho redondo chamado Tyler, foi a pior das aulas, com tantos erros de método e de fatos que teria deixado furioso Jalal, o consertador de ossos. Rob ouviu em silêncio.

Terminada a palestra, a conversa foi sobre o afogamento da feiticeira.

– Outros serão apanhados, marquem minhas palavras – disse Sargent –, pois os feiticeiros praticam suas artes sujas em grupos. Quando examinarmos pacientes, devemos procurar a marca do diabo.

– Devemos ter cuidado para não despertar suspeitas – disse Dryfield pensativo –, pois muitos pensam que os médicos estão muito perto das práticas de feitiçaria. Já ouvi falar de um médico feiticeiro que faz os pacientes espumarem pela boca e ficar com o corpo rígido como o de um morto.

Rob pensou no cavalariço com epistótono, mas ninguém o interpelou nem acusou.

– De que outro modo pode se conhecer um feiticeiro? – perguntou Hunne.

– São iguais a qualquer homem – respondeu Dryfield. – Só que alguns cortam a ponta do pênis, como os pagãos.

Os testículos de Rob contraíram-se de medo. Saiu logo que foi possível, sabendo que não voltaria, pois não era seguro frequentar um lugar onde sua vida corria perigo se um colega o visse urinando.

Se sua experiência no liceu teve como resultado só desapontamento e prejuízo para sua reputação, pelo menos tinha esperança no seu trabalho e uma magnífica saúde, pensou ele.

Mas na manhã seguinte Thomas Hood, o bisbilhoteiro ruivo, apareceu na casa da rua Thames com dois companheiros armados.

– Em que posso servi-lo? – perguntou Rob friamente.

Hood sorriu.

– Somos três oficiais de justiça do tribunal do bispo.

– Sim? – perguntou Rob, mas já sabia a resposta.

Com prazer Hood pigarreou e cuspiu no chão da casa do médico.

– Estamos aqui para prendê-lo, Robert Jeremy Cole, e levá-lo à Justiça de Deus.

CAPÍTULO 77

O monge de cinza

— A onde vão me levar? – perguntou quando estavam a caminho.
– O julgamento será no pórtico sul de St. Paul.
– Qual a acusação?
Hood ergueu os ombros e balançou a cabeça.
Quando chegaram a St. Paul, foi levado a uma pequena sala cheia de gente. Havia guardas na porta.
Rob teve a impressão de já ter passado por aquilo antes. No limbo a manhã toda, sentado no banco duro, ouvindo a conversa de um bando de homens com hábitos religiosos, era como estar de volta ao reino do imã Qandrasseh, mas dessa vez não estava ali como um médico da corte. Pensou que era um homem tão honesto quanto muitos outros mas sabia que pelas leis da Igreja era tão culpado quanto qualquer outro levado a julgamento naquele dia.
Mas não era feiticeiro.
Agradeceu a Deus por Mary e as crianças não estarem com ele. Queria pedir permissão para orar na capela, mas sabia que não a concederiam, por isso rezou em silêncio ali mesmo onde estava, pedindo a Deus que o livrasse de ser costurado dentro de um saco com um galo, uma serpente e uma pedra e atirado nas profundezas do rio.
Preocupava-se com as testemunhas que podiam ter arranjado; teriam chamado os médicos que o ouviram afirmar ter visto o interior de muitos corpos humanos, ou a mulher que o vira tratar do marido com espuma na boca e o corpo rígido antes de morrer. Ou Hunne, o sujo filho da mãe, que era capaz de inventar qualquer coisa para o fazer passar por feiticeiro, a fim de se livrar dele.
Mas Rob sabia que, se já tivessem resolvido, as testemunhas não eram importantes. Tirariam sua roupa e veriam sua circuncisão, e procurariam no seu corpo até encontrar a marca dos feiticeiros.
Sem dúvida tinham tantos métodos quanto o imã para conseguir uma confissão.
Deus amado...
Teve muito tempo para alimentar seu medo. Só no começo da tarde foi chamado à presença dos clérigos. Num trono de carvalho, sentava-se um bispo velho com os olhos semicerrados, batina marrom desbotada, estola e casulo;

pelas conversas na sala de espera, Rob sabia que era Aelfsige, de St. Paul, e um juiz inclemente. À direita do bispo estavam dois padres de meia-idade vestidos de negro, e à esquerda, um jovem beneditino com hábito cinza-escuro discreto.

Um atendente levou as Sagradas Escrituras para que Rob as beijasse e jurasse solenemente que diria a verdade. Tudo começou tranquilamente.

Aelfsige olhou para ele.

— Qual é o seu nome?

— Robert Jeremy Cole, Excelência.

— Residência e ocupação?

— Médico na rua Thames.

O bispo fez um gesto de assentimento para o padre à sua direita.

– O senhor, no dia 25 de dezembro, em companhia de um judeu estrangeiro, atacou sem ter sido provocado o mestre Edgar Burstan e mestre William Symesson, homens nascidos livres, cristãos de Londres, da paróquia de Santo Olavo?

Rob ficou atordoado por um momento e então sentiu um imenso alívio compreendendo que não era acusado de bruxaria. Os marinheiros tinham feito queixa contra ele por ter ajudado o judeu! Uma acusação menor, mesmo que o condenassem.

– Um judeu-normando chamado David ben Aharon – continuou o bispo, piscando os olhos rapidamente.

Ao que parecia, enxergava muito pouco.

– Nunca ouvi antes o nome do judeu, nem os dos queixosos. Mas os marinheiros não contaram a verdade. Eles estavam espancando injustamente o judeu. Por isso eu o defendi.

– É cristão?

– Sou batizado.

– Frequenta a igreja regularmente?

– Não, Excelência.

O bispo fungou e balançou a cabeça.

– Traga a testemunha – ordenou para o monge de cinza.

O alívio de Rob desapareceu quando viu de quem se tratava.

Charles Bostock estava ricamente vestido e usava um cordão de ouro no pescoço e um enorme anel de sinete. Durante sua identificação, disse que tinha recebido o título de *thane* do rei Harthacnut como recompensa por três viagens como mercador-aventureiro e era cônego honorário de São Pedro. Os religiosos o trataram com deferência.

– Muito bem, Mestre Bostock. Conhece este homem?

– Ele é Jesse ben Benjamin, judeu e médico – respondeu Bostock com voz inexpressiva.

Os olhos fracos do bispo estavam fixos no mercador.

– Tem certeza de que é judeu?

– Excelência, há quatro ou cinco anos eu estava viajando pelo patriarcado bizantino, comprando mercadorias e com a missão de enviado de Sua Santidade de Roma. Na cidade de Ispahan, ouvi falar de uma mulher cristã que ficara sozinha e desamparada na Pérsia depois da morte do pai escocês e que tinha se casado com um judeu. Quando recebi o convite, não resisti ao impulso de ir à casa dela para investigar o que tinha ouvido. Lá, para minha consternação e meu desgosto, vi que era tudo verdade. Ela era a mulher deste homem.

O monge falou pela primeira vez:

– Tem certeza de que era ele, meu bom *thane*, o mesmo homem?

– Tenho certeza, santo irmão. Ele apareceu há algumas semanas no meu ancoradouro e tentou me cobrar muito caro por um trabalho malfeito em um dos meus escravos, que naturalmente não paguei. Quando vi o rosto dele, achei que já o tinha visto antes e pensei muito até me lembrar. Ele é o médico judeu de Ispahan, não há dúvida. Um profanador de mulheres cristãs. Na Pérsia, a mulher cristã já tinha um filho dele e estava grávida do segundo.

O bispo inclinou-se para a frente.

– Sob juramento solene, qual *é* o seu nome, mestre?

– Robert Jeremy Cole.

– O judeu mente – disse Bostock.

– Mestre mercador – perguntou o monge. – Viu este homem apenas uma vez na Pérsia?

– Sim, uma única vez – respondeu Bostock relutantemente.

– E não o viu mais durante cinco anos?

– Mais para quatro do que cinco. Mas isso é verdade.

– Contudo tem certeza?

– Sim. Eu afirmo, não tenho dúvida.

O bispo assentiu com um gesto.

– Muito bem, *thane* Bostock. Nós agradecemos.

Enquanto o comerciante era conduzido para fora da sala, os clérigos observavam Rob, que se esforçava para se manter calmo.

– Se é um cristão nascido livre, não parece estranho – disse o bispo com voz fraca – que tenha sido trazido a esta corte por duas acusações separadas, uma afirmando que ajudou um judeu e outra afirmando que é judeu?

– Sou Robert Jeremy Cole. Fui batizado a seiscentos metros daqui, em St. Botolph. O registro da paróquia pode confirmar. Meu pai era Nathanael, um carpinteiro da Corporação dos Carpinteiros. Está enterrado no cemitério da igreja, bem como minha mãe, Agnes, que quando viva era costureira e bordadeira.

O monge falou friamente:

– Frequentou a escola da igreja?

– Apenas dois anos.

– Quem ensinava as Escrituras?

Rob fechou os olhos e franziu a testa.

– Era o padre... Philibert. Sim, padre Philibert.

O monge olhou interrogativamente para o bispo, que ergueu os ombros e balançou a cabeça.

– O nome Philibert não me é familiar.

– Latim então? Quem ensinava latim?

– Irmão Hugolin.

– Sim – disse o bispo. – Irmão Hugolin ensinou em St. Botolph. Lembro-me bem dele. Já morreu há anos. – Segurou a ponta do nariz e olhou para Rob com seus olhos míopes. – Naturalmente vamos verificar no livro da paróquia.

– Encontrarão exatamente o que estou dizendo, Excelência – disse Rob.

– Muito bem, permitirei que prove por juramento que é quem diz ser. Deve comparecer novamente perante este tribunal daqui a três semanas. Deverá trazer doze homens livres como testemunhas, todos dispostos a jurar que você é Robert Jeremy Cole, cristão e nascido livre. Compreendeu?

Rob fez um gesto afirmativo e foi dispensado.

Minutos depois estava na frente de St. Paul, mal acreditando que não estava mais exposto às palavras inquisidoras e severas do tribunal.

– Mestre Cole! – chamaram.

Voltou-se e viu o beneditino caminhando apressado para ele.

– Quer ir comigo até o bar, mestre? Gostaria de falar com você.

O que vai ser agora?, pensou Rob.

Mas seguiu o homem pela rua enlameada até o bar, onde sentaram-se num canto tranquilo. O monge disse que era o irmão Paulinus e pediram cerveja.

– Acho que no fim as coisas foram boas para você.

Rob não respondeu e seu silêncio fez o monge erguer as sobrancelhas.

– Ora, vamos, um homem honesto pode encontrar doze homens honestos.

– Eu *nasci* na paróquia de St. Botolph. Que deixei quando era garoto – disse Rob sombriamente – para viajar pela Inglaterra como ajudante de barbeiro-cirurgião. Vou ter um trabalho danado para encontrar doze homens, honestos ou não, que se recordem de mim e que estejam dispostos a viajar até Londres para confirmar isso.

Irmão Paulinus tomou um gole de cerveja.

– Se não encontrar os doze, o caso é considerado duvidoso. Terá então oportunidade de provar sua inocência por ordálio.

A cerveja tinha sabor de desespero.

– Quais são os ordálios?

– A Igreja usa quatro: água fria, água quente, ferro quente e pão consagrado. Posso dizer que o bispo Aelfsige prefere o ferro quente. Você recebe água benta para beber e para molhar a mão. Você escolhe a mão. Depois segura uma barra de ferro em brasa e a carrega por uma distância de três metros em três passos, deixa cair o ferro e corre para o altar, onde a mão é enfaixada e selada. Depois de três dias, as ataduras são removidas. Se a mão estiver branca e pura dentro das ataduras, será declarado inocente. Se não estiver limpa, será excomungado e entregue à autoridade civil.

Rob tentou disfarçar a emoção, mas sabia que estava pálido.

– A não ser que sua consciência seja melhor do que a da maioria dos homens nascidos de mulher, acho que deve sair de Londres – disse Paulinus secamente.

– Por que está me dizendo tudo isso? E por que me oferece conselho?

Os dois homens se entreolharam. O monge tinha barba muito crespa, sua tonsura era castanho-clara, da cor de palha velha, olhos cor de ardósia e com a mesma dureza... mas enigmáticos, olhos de um homem que vivia dentro de si mesmo. A boca, generosa e honesta. Rob tinha certeza de que nunca o vira antes daquela manhã em St. Paul.

– Sei que é Robert Jeremy Cole.

– Como sabe?

– Antes de me tornar Paulinus na Comunidade de São Bento, meu nome era Cole. É quase certo que sou seu irmão.

Rob aceitou imediatamente. Estava preparado para aceitar há 22 anos e agora sentia um júbilo crescente, que foi logo dominado por uma sensação de culpa cautelosa, de que alguma coisa estava errada. Começou a se levantar, mas o monge ficou sentado, observando-o com um ar calculista e alerta. Rob tornou a sentar.

Ouvia a própria respiração.

– Você é mais velho do que devia ser o bebê Roger – disse ele. – Samuel está morto. Sabia disso?

– Sabia.

– Portanto, você é Jonathan... ou...

– Não, eu era William.

– William.

O monge continuava observando Rob.

– Quando o pai morreu, você foi levado por um padre chamado Lovell.

– Padre Ranald Lovell. Ele me levou para o mosteiro de São Bento em Jarrow. Viveu só mais quatro anos, e então já estava decidido que eu seria irmão oblata.

Paulinus contou sua história brevemente:

– O abade em Jarrow era Edmund, e foi o amoroso guardião da minha juventude. Ele me estimulou e me moldou, de modo que ainda muito novo tornei-me noviço, monge e superintendente. Eu era mais do que seu forte braço

direito. Ele era *abbas er presbyter*, devotado santa e continuamente à recitação do *opus dei* e ao estudo, ao ensino e a escrever. Eu era o administrador severo, o *reeve* de Edmund. Como ecônomo do mosteiro, eu não era muito popular.
– Sorriu brevemente. – Há dois anos, quando ele morreu, não fui eleito para substituí-lo, mas o arcebispo andava observando Jarrow e me pediu para deixar a comunidade que era toda a minha família. Vou ser ordenado e servir como bispo auxiliar em Worcester.

Um discurso de reencontro sem amor e muito estranho, pensou Rob, aquela recitação fria da carreira com a admissão implícita de expectativa e ambição.

– Grandes responsabilidades o esperam – disse sombriamente.

Paulinus deu de ombros.

– Isso é com Ele.

– Pelo menos agora preciso procurar só onze testemunhas. Talvez o bispo permita que o testemunho do meu irmão conte como mais de uma.

Paulinus não sorriu.

– Quando vi seu nome na queixa, fiz uma investigação. Com algum encorajamento, o mercador Bostock pode testemunhar citando detalhes interessantes. E se perguntassem se fingiu ser judeu para frequentar uma academia pagã, desafiando as ordens da Igreja?

A mulher da taverna aproximou-se deles e Rob a despediu com um gesto.

– Então eu responderia que Deus, em Sua sabedoria, permitiu que eu fosse médico porque Ele não criou homens e mulheres só para sofrer e morrer.

– Deus tem um exército de escolhidos que interpreta Suas intenções para o corpo e para a alma do homem. Barbeiros-cirurgiões e médicos que estudaram entre pagãos não são escolhidos e temos leis da Igreja que condenam pessoas como você.

– Vocês fazem as coisas difíceis para nós. Às vezes nos atrasam. Eu acho, William, que vocês não nos fizeram parar ainda.

– Você vai sair de Londres.

– E sua preocupação é por amor fraterno ou medo de que o futuro bispo auxiliar de Worcester seja embaraçado por ter um irmão excomungado e executado por paganismo?

Ficaram em silêncio por um infindável momento.

– Procurei por vocês durante toda a minha vida. Sempre sonhei em encontrar as crianças – disse Rob com amargura.

– Não somos mais crianças. E sonhos não são realidade – replicou Paulinus.

Rob assentiu com um gesto. Empurrou a cadeira para trás.

– Sabe de algum dos outros?

– Só da menina.

– Onde está?

– Morreu há seis anos.

– Oh. – Rob levantou-se pesadamente. – Onde encontro sua sepultura?
– Não existe. Foi um grande incêndio.
Rob mais uma vez fez um gesto de assentimento e saiu do bar sem olhar para o monge.

Agora temia menos a prisão do que assassinos pagos por um homem poderoso para desembaraçá-lo de um constrangimento. Correu para os estábulos de Thorne, pagou a conta e tirou o cavalo. Na casa da rua Thames, parou apenas o tempo necessário para apanhar as coisas que eram essenciais à sua vida. Estava farto de sair dos lugares às pressas e de viajar grandes distâncias, mas tinha prática e era rápido.

Enquanto irmão Paulinus jantava no refeitório em St. Paul, o irmão legítimo deixava a cidade de Londres. Rob conduziu o cavalo pesado pela enlameada estrada Lincoln, que ia para o Norte, perseguido por Fúrias e nunca escapando delas porque algumas levava dentro da sua alma.

CAPÍTULO 78

A jornada conhecida

A primeira noite dormiu numa pilha de feno ao lado da estrada. Era o feno do último outono, podre sob a superfície, por isso não enterrou o corpo nele, mas mesmo assim servia para esquentar um pouco e o ar não estava muito frio. Quando acordou, antes do nascer do dia, sua primeira lembrança foi de que havia deixado na casa da rua Thames o Jogo do Xá que fora de Mirdin. Era tão precioso que ele o havia carregado desde a Pérsia, e saber que o havia perdido para sempre era um golpe cruel.

Estava com fome mas não queria tentar comer alguma coisa numa fazenda, onde seria lembrado se alguém o estivesse perseguindo. Cavalgou a metade da manhã com o estômago vazio até chegar a um povoado que tinha um mercado ao ar livre, onde comprou pão e queijo para satisfazer a fome e um pouco para levar na viagem.

Seguiu meditando sombriamente. Encontrar aquele irmão fora pior do que não encontrar nunca, e Rob sentia-se enganado e rejeitado.

Mas pensou que tinha lamentado a perda de William como o garoto que era e ficaria feliz se nunca mais visse os olhos frios de Paulinus.

– Vá para o inferno, bispo auxiliar de Worcester! – gritou.

Sua voz fez com que pássaros em bandos voassem das árvores, assustando seu cavalo, que empinou as orelhas e refugou. Para que ninguém pensasse que o campo estava sendo atacado, tocou sua corneta de chifre, e o gemido familiar trouxe o consolo da volta à infância e à juventude.

Se alguém o perseguisse, procuraria nas estradas principais, por isso Rob saiu da Lincoln e seguiu as trilhas da costa que uniam as aldeias próximas do mar. Era uma viagem que tinha feito muitas vezes com Barber. Agora não tocava tambor e não dava espetáculo, nem procurava pacientes, temendo que estivessem procurando um médico fugido. Em nenhum dos povoados reconheceram o jovem barbeiro-cirurgião do passado; seria impossível encontrar testemunhas de sua identidade nesses lugares. Seria condenado. Sabia que era uma bênção ter escapado, e a tristeza o deixou quando compreendeu que a vida estava ainda repleta de oportunidades.

Reconhecia mais ou menos alguns lugares, notando aqui uma casa diferente ou uma igreja incendiada, ou ali uma nova casa se erguia, ou tinham devastado a floresta. Seu progresso era dolorosamente lento, pois em alguns trechos a trilha era de lama pesada e logo o animal começou a demonstrar cansaço. O cavalo era perfeito para levá-lo até a casa dos pacientes, à noite, em passo lento e digno, mas não servia para a viagem em campo aberto por estradas cheias de lama – velho, cansado e desanimado. Rob procurou poupar o animal parando com frequência e deitando ao lado de um regato enquanto o cavalo pastava a relva nova da primavera e descansava. Mas nada podia devolver a juventude nem fazer com que fosse boa montaria.

Rob economizava seu dinheiro. Sempre que lhe davam ou vendiam permissão, dormia em celeiros quentes sobre a palha, evitando as pessoas, mas quando isso era impossível, abrigava-se nas estalagens. Certa noite, num bar da cidade costeira de Middlesbrough, viu dois marinheiros bebendo uma quantidade incrível de cerveja.

Um deles, atarracado e forte, com cabelos negros em parte escondidos por um gorro de meia, bateu com o punho fechado na mesa.

– Precisamos de um marinheiro. Vamos seguir pela costa até o porto de Eyemouth, Escócia. Pescando arenque o caminho todo. Existe algum homem neste lugar?

O bar estava quase cheio, mas fez-se silêncio entrecortado por algumas risadas, e ninguém se mexeu.

Será que tenho coragem?, pensou Rob. Seria muito mais rápido.

Até o oceano seria melhor do que continuar com aquele cavalo na lama, resolveu e, levantando-se, aproximou-se dos homens.

– É seu barco?

– É. Sou o capitão. Sou Nee. Ele é Aldus.

– Sou Jonsson – disse Rob. Era um nome tão bom quanto outro qualquer.

Nee olhou para ele.

– Um grande machão.

Segurou a mão de Rob e examinou a palma macia desdenhosamente.

– Posso trabalhar.

– Veremos – retrucou Nee.

Naquela noite, Rob deu o cavalo para um estranho na taverna, pois não tinha tempo para vender na manhã seguinte e o animal não valia muito. Quando viu o barco de pesca, pensou que era tão velho e tão fraco quanto o cavalo, mas Nee e Aldus tinham aproveitado bem o inverno. O barco estava calafetado com estopa e breu e navegava levemente.

O problema começou logo que partiram e Rob, debruçado na amurada, vomitava enquanto os dois pescadores praguejavam e ameaçavam jogá-lo ao mar. Apesar da náusea e do vômito, Rob trabalhou. Depois de uma hora lançaram a rede, arrastando-a enquanto seguiam viagem, e depois os três a puxaram para dentro, vazia e pingando água. Jogaram outra vez e recolheram, outra e outra vez, mas pegaram poucos peixes, e Nee ficou violento e mal-humorado, Rob tinha certeza de que só o seu tamanho impedia os homens de maltratá-lo.

A refeição da noite foi pão duro, peixe defumado cheio de espinhas e água com gosto de arenque. Rob tentou engolir alguns pedaços, mas devolveu tudo. Para piorar as coisas, Aldus estava com o intestino solto e o balde que servia de privada logo se tornou uma ofensa para o nariz e para os olhos. Não era nada que pudesse incomodar quem já tinha trabalhado em um hospital e Rob esvaziou o balde e lavou com água do mar. Talvez esse ato tenha apanhado os homens de surpresa, pois depois disso não o xingaram mais.

Naquela noite, tremendo de frio e desesperado enquanto o barco balançava e dava guinadas de proa e de popa, na escuridão, Rob arrastou-se diversas vezes até a amurada até não ter mais nada para vomitar. De manhã tudo recomeçou, mas na sexta recolhida da rede alguma coisa mudou. Quando puxaram a rede, parecia ancorada. Lenta, laboriosamente, foram puxando devagar, e finalmente ela trouxe uma pilha de seres prateados em frenéticas contorções.

– Agora apanhamos arenque! – alegrou-se Nee.

Três vezes a rede chegou cheia, e depois com menor quantidade, e quando não tinham mais lugar para guardar o peixe, navegaram a favor do vento para terra.

Na manhã seguinte, o peixe foi comprado por comerciantes que o venderiam fresco, seco ao sol e defumado, e assim que o barco ficou vazio voltaram para o mar.

As mãos de Rob, cheias de bolhas, ardiam e estavam ásperas. A rede se rasgava às vezes e ele aprendeu a fazer os nós para consertar. No quarto dia, sem que ele percebesse, o mal-estar passou. Não voltou. Preciso contar para Tam, pensou agradecido.

Cada dia subiam mais a costa, sempre ancorando em novo porto para vender o peixe apanhado antes que estragasse. Às vezes, nas noites de lua, Nee via um borrifo de peixes do tamanho de gotas de chuva saltando no ar para fugir a um cardume em busca de alimento e jogavam a rede arrastando-a pela trilha de luar, recolhendo a dádiva do mar.

Nee agora sorria muito e Rob o ouviu dizer a Aldus que Jonsson dava sorte. Agora, quando chegavam ao porto ao cair da noite, Nee pagava cerveja e uma refeição quente para sua tripulação e os três ficavam até tarde sentados, cantando. Entre as coisas que Rob aprendeu como marinheiro estava uma porção de canções sujas.

– Você daria um bom pescador – disse Nee. – Vamos parar em Eyemouth uns cinco ou seis dias, para consertar as redes. Depois voltamos a Middlesbrough, porque é isso que fazemos, pescamos arenque entre Middlesbrough e Eyemouth, para a frente e para trás. Quer ficar?

Rob agradeceu, satisfeito com a oferta, mas disse que os deixaria em Eyemouth.

Chegaram alguns dias depois, entrando em um porto movimentado e bonito, e Nee pagou a Rob com algumas moedas e uma palmada nas costas. Rob disse que precisava de um cavalo, e Nee o levou através da cidade até um negociante honesto, que recomendou dois animais, uma égua e um macho castrado.

A égua era muito mais bonita.

— Uma vez tive muita sorte com um castrado — disse Rob, escolhendo o macho.

Não era um cavalo árabe, mas um insignificante nativo da Inglaterra com pernas curtas e peludas e crina emaranhada. Tinha dois anos, era forte e esperto.

Rob arrumou sua trouxa atrás da sela e montou. Ele e Nee trocaram uma saudação:

— Que você faça boas pescarias!

— Vá com Deus, Jonsson!

O forte animal deu grande satisfação a Rob. Era melhor do que parecia e resolveu chamá-lo Al Borak, o cavalo que, segundo os muçulmanos, tinha levado Maomé da Terra para o Sétimo Céu.

Nas horas mais quentes da tarde, sempre que podia, parava ao lado de um regato ou lago para dar um banho em Al Borak e passava os dedos pela crina emaranhada, desejando ter um pente forte de madeira. O cavalo parecia nunca se cansar e as estradas estavam secando, assim viajava rapidamente. O barco pesqueiro o tinha deixado além da terra que ele conhecia e agora tudo parecia mais interessante por ser novo. Seguiu a margem do rio Tweed durante cinco dias, até a corrente seguir para o Sul e ele para o Norte, entrando nas terras altas e viajando entre colinas baixas demais para serem chamadas de montanhas. As charnecas extensas eram cortadas em alguns lugares por penhascos escarpados. Nessa época do ano, a neve derretida descia ainda pelas encostas e cada travessia de regato era um ato de coragem.

As fazendas eram poucas e espalhadas. Algumas eram grandes, outras, modestos sítios; notou que a maioria delas era bem cuidada com a beleza da ordem que só se consegue com trabalho árduo. Tocava constantemente sua corneta de chifre. Os pequenos fazendeiros ficavam vigilantes e retraídos, mas nenhum tentou atacá-lo. Observando o país e o povo, pela primeira vez compreendeu certas coisas sobre Mary.

Há muitos e longos meses não a via. Estaria numa missão fútil? Talvez ela tivesse outro homem, talvez aquele maldito primo.

Era uma terra agradável para o homem, mas feita para carneiros e vacas. O topo das colinas era árido, mas quase todas as encostas, ricos pastos. Todos os pastores usavam cães e Rob aprendeu a respeitá-los.

A meio dia de distância de Cumnock, parou numa fazenda e pediu permissão para dormir no feno por aquela noite, e ficou sabendo que na véspera a mulher do fazendeiro fora mordida no seio por um dos cães.

– Jesus seja louvado! – exclamou o homem quando Rob disse que era médico.

A mulher era forte e tinha filhos crescidos, e agora estava quase louca de dor. Foi um ataque selvagem, como se tivesse sido mordida por um leão.

– Onde está o cão?

– Não existe mais – respondeu o homem com ar sombrio.

Obrigaram a mulher a beber uma boa quantidade de bebida de cereais. Ela chegou a ficar engasgada, mas ajudou a aliviar a dor enquanto Rob aparava a carne rasgada e suturava. Na sua opinião, ela não teria morrido, mas agora estava muito melhor por causa dele. Devia ter cuidado dela por um ou dois dias, mas ficou uma semana, até compreender que ainda estava ali porque não era longe de Kilmarnock e estava com medo de terminar sua viagem.

Disse ao fazendeiro para onde queria ir e ele indicou o melhor caminho.

Pensava ainda nos ferimentos da mulher dois dias depois, quando foi acossado por um grande cão que, rosnando, se pôs na frente do cavalo. A espada estava quase fora da bainha quando chamaram o cachorro. O pastor disse qualquer coisa áspera para Rob, em *erse*.

– Não falo sua língua.

– Está na terra dos Cullen.

– Exatamente onde queria estar.

– Como? O que disse?

– Eu explico para Mary Cullen. – Rob examinou o pastor e viu um homem jovem ainda, mas maltratado pelo sol e pelo vento, tão alerta quanto seu cão.

– Quem é você?

O escocês olhou para ele aparentemente pensando se queria ou não responder.

– Craig Cullen – respondeu afinal.

– Meu nome é Cole. Robert Cole.

O pastor fez um gesto de assentimento, não parecendo surpreso nem satisfeito.

– É melhor me seguir.

Rob não viu o homem fazer nenhum sinal para o cachorro, mas este ficou para trás e caminhou bem perto do cavalo, de modo que Rob estava entre o homem e o cão, levado como um animal perdido que tivessem encontrado nas colinas.

A casa e o celeiro eram de pedra, bem construídos há muito tempo. Crianças olhavam e cochichavam à sua passagem e só depois de alguns momentos Rob percebeu que seus filhos estavam entre elas. Tam falou em voz baixa com o irmão, em *erse*:

– O que foi que ele disse?

– Ele disse "esse é nosso pai?". Eu disse que era.

Rob sorriu e queria apanhá-los, mas eles gritaram e correram com as outras crianças quando ele desmontou. Tam ainda arrastava um pouco o pé, mas corria com facilidade, Rob notou satisfeito.

– Estão só encabulados. Logo voltarão – disse ela, na porta.

Mary estava com o rosto meio virado e evitou os olhos dele; Rob pensou que não estava satisfeita por vê-lo. Então ela estava nos seus braços, o que era um prazer! Se Mary tinha outro homem, ali mesmo, no pátio, estavam dando a ele muito o que pensar.

Rob a beijou e descobriu que Mary tinha perdido um dente superior no lado direito.

– Eu estava tentando pôr a vaca no cercado e caí em cima dos chifres dela. – Estava chorando. – Estou velha e feia.

– Não me casei com um maldito dente. – Seu tom era áspero mas ele encostou de leve a ponta do dedo na falha, sentindo o calor e a umidade de primavera da boca da mulher quando ela chupou seu dedo. – Não foi um maldito dente que levei para a cama – disse ele, e embora ainda com lágrimas nos olhos, Mary sorriu.

– Para seu trigal – disse ela. – Na terra perto dos ratos e de coisas rastejantes, como um carneiro montando uma ovelha. – Enxugou os olhos. – Deve estar cansado e com fome. – Segurou a mão dele e o levou para a casa onde ficava a cozinha. Era estranho ver Mary tão à vontade naquela casa. Ela serviu biscoitos de aveia e leite, e Rob falou do irmão que tinha encontrado e perdido, e da sua fuga de Londres.

– Que estranho e triste para você... Se não tivesse acontecido, teria voltado para mim?

– Mais cedo ou mais tarde. – Não paravam de sorrir. – É um belo país. Mas duro.

– Mais fácil com tempo quente. Logo será tempo de arar a terra.

Rob não aguentava mais engolir biscoitos de aveia.

– É tempo de arar agora.

Mary ainda corava com facilidade. Era uma coisa que jamais mudaria, notou Rob com satisfação. Ela o levou para a casa principal, os dois tentando se abraçar, enroscando as pernas, batendo os quadris desajeitadamente, e logo estavam rindo tanto que Rob teve medo de que interferisse com o ato de amor, mas não tiveram nenhum problema.

CAPÍTULO 79

Nascimento de ovelhas

Na manhã seguinte, cada um com um filho na frente, na sela, Mary o levou para conhecer a enorme propriedade cheia de colinas. Ovelhas estavam por toda parte, erguendo focinhos negros, brancos e castanhos de relva nova quando os cavalos passavam. Mary o levou a uma grande distância, mostrando tudo com orgulho. Havia vinte e sete pequenos sítios nos arredores da grande fazenda.

– Todos os sitiantes são meus parentes.
– Quantos homens tem aqui?
– Quarenta e um.
– Toda a sua família está aqui?
– Os Cullen estão. Os Tedder e MacPhee são também nossos parentes. Os MacPhee moram a algumas horas daqui, depois das colinas baixas, a leste. Os Tedder moram a um dia a cavalo para o norte, passando a ravina e o grande rio.
– Nas três famílias, quantos homens vocês têm?
– Talvez uns cento e cinquenta.

Rob franziu os lábios.

– Seu exército particular.
– Sim. É um conforto.

Rob tinha a impressão de estar vendo rios infindáveis de ovelhas.

– Peles e couro, por isso criamos ovelhas. A carne se estraga rapidamente, por isso a comemos. Vai ficar cansado de comer carneiro.

Naquela manhã, Rob conheceu o negócio da família.

– Os nascimentos da primavera já começaram – disse Mary –, e noite e dia alguém precisa ajudar as ovelhas. Alguns filhotes precisam ser mortos do terceiro ao décimo dia de vida, quando a pele é melhor.

Ela o deixou com Craig e foi embora. Depois de algumas horas, os pastores já tinham aceitado sua presença, observando que ele mantinha a calma nos partos problemáticos e sabia como amolar e usar facas.

Rob ficou atônito com os métodos que usavam para alterar os machos recém-nascidos. Tiravam as gônadas dos animais com os dentes e as cuspiam num balde.

– Por que fazem isso? – perguntou.

Craig deu um largo sorriso com a boca cheia de sangue.

– Temos de tirar os testículos. Não podemos ter carneiros demais, podemos?

– Por que não usam a faca?

– Sempre foi feito assim. É mais rápido e menos doloroso para o carneiro.

Rob foi até onde estava seu alforje de viagem e apanhou um escalpelo de aço especial, e logo Craig e os outros concordaram, embora relutantemente, em dizer que o método dele também funcionava. Não contou que tinha aprendido a ser rápido e preciso para evitar que homens sentissem dor no processo de transformá-los em eunucos.

Verificou que os criadores de ovelhas eram homens independentes, com habilidades indispensáveis.

– Agora sei por que você me queria – contou para Mary, mais tarde. – Todo mundo por aqui é parente.

Mary olhou para ele com um sorriso cansado, pois tinham trabalhado com peles o dia todo. O lugar cheirava a ovelha, mas também a sangue e carne, não de todo desagradáveis para ele, pois lembravam o *maristan* e o hospital de campanha na Índia.

– Agora que estou aqui, pode dispensar um pastor – observou Rob e o sorriso desapareceu dos lábios de Mary.

– *Whisht* – replicou ela rapidamente. – Está louco?

Segurou a mão dele e saíram da sala das peles para outra construção de pedra com três salas pintadas de branco. Uma era um escritório. A segunda, uma sala de exames, com mesas e armários, igual à sala que Rob tinha em Ispahan. Na terceira, ficavam os bancos de madeira onde os pacientes esperavam a consulta.

Rob começou a conhecer as pessoas individualmente. Um homem chamado Osric era o músico. Uma faca de esfola atingira a artéria no braço de Osric e Rob fez parar a hemorragia, depois fechou o ferimento.

– Vou poder tocar? – perguntou Osric ansioso. – Este braço é que sustenta o peso do instrumento.

– Dentro de alguns dias vai ficar bom – garantiu Rob.

Algum tempo depois, passando pelo barracão onde as peles eram curadas, Rob viu Malcolm, o velho pai de Craig Cullen, primo de Mary. Parou e examinou as pontas dos dedos do velho inchadas e as unhas estranhamente recurvadas para baixo.

– Durante muito tempo teve tosse. E febres frequentes – disse Rob para o homem.

– Quem contou para você? – perguntou Malcolm Cullen.

Ibn Sina chamava a condição de "dedos hipocráticos" e sempre significava doença pulmonar.

– Vejo por suas mãos. Os dedos dos pés estão assim também, não estão?
O velho assentiu.
– Pode fazer alguma coisa?
– Não sei. – Encostou o ouvido no peito do homem e ouviu uns estalidos, como os de vinagre fervendo.
– Está cheio de fluido. Venha ao dispensário uma manhã dessas. Vou fazer um pequeno furo entre as costelas e tirar a água, um pouco de cada vez. Enquanto isso, vou estudar sua urina para verificar a progressão da doença, e vou aplicar fumigações e receitar uma dieta para eliminar o excesso de líquido do seu corpo.

Naquela noite Mary sorriu para ele.
– Como foi que enfeitiçou o velho Malcolm? Está dizendo para todo mundo que você tem poderes mágicos.
– Ainda não fiz nada para ele.

Na manhã seguinte, Rob ficou sozinho no dispensário; Malcolm não apareceu nem outra pessoa qualquer. No outro dia foi a mesma coisa.

Quando Rob se queixou, Mary balançou a cabeça.
– Não virão enquanto não terminar o período de nascimento das ovelhas, é costume.

Estava certa. Não apareceu ninguém durante dez dias. Chegou então o período mais tranquilo entre os nascimentos e o trabalho pesado da tosa, e uma manhã, quando abriu a porta do dispensário, os bancos estavam todos ocupados e o velho Malcolm desejou um bom dia para Rob.

Depois disso, apareciam todas as manhãs, pois a notícia de que o homem de Mary Cullen era um verdadeiro médico espalhou-se pelas ravinas e pelas montanhas. Era o primeiro médico em Kilmarnock e compreendeu que levaria anos para desfazer os efeitos da automedicação. Além disso, levavam os animais doentes também para ele, e, quando não podiam, não hesitavam em chamá-lo para o exame nos seus celeiros. Adquiriu grande experiência em apodrecimento de cascos e úlceras na boca. Na primeira oportunidade dissecou uma vaca e alguns carneiros para saber o que estava fazendo. Não viu nada de parecido com o porco nem com o homem.

Na obscuridade do seu quarto, onde se entregavam à tarefa de fazer outro filho, Rob tentou agradecer a Mary pelo dispensário que, tinham-lhe contado, fora a primeira coisa que ela fez logo que chegou a Kilmarnock.

Mary inclinou-se sobre ele.
– Por quanto tempo ficaria comigo sem seu trabalho, *hakim*?

Não havia censura nas palavras e ela o beijou carinhosamente.

CAPÍTULO 80

Promessa cumprida

Rob ia com os filhos até as florestas e as montanhas à procura das ervas de que precisava, e os três colhiam o que encontravam, levavam para casa, secavam algumas, transformavam outras em pó. Sentado ao lado dos filhos, ensinava a utilidade das plantas, mostrando cada folha, cada flor. Falava sobre as ervas – quais eram usadas para dor de cabeça, cólicas, as que faziam baixar a febre e diluir o catarro, para hemorragia nasal e frieiras, as que curavam amigdalite e outras para dores nos ossos.

Craig Cullen fazia colheres de madeira e usou sua habilidade para fazer caixas de madeira com tampa onde as ervas ficavam secas e bem protegidas. As caixas, como as colheres que Craig fazia, eram decoradas com ninfas e criaturas selvagens de todo tipo, recortadas na madeira. Rob teve ideia de desenhar algumas peças do Jogo do Xá.

– Pode fazer alguma coisa parecida com isto?

Craig olhou para ele com um sorriso.

– Por que não?

Rob desenhou todas as peças e o tabuleiro. Craig não precisou de muita orientação para fazer tudo, e assim Rob e Mary mais uma vez passavam horas com o jogo que ele tinha aprendido com o rei morto.

Rob resolveu aprender gaélico. Mary não tinha livros, mas se dispôs a ensinar, começando com o alfabeto de dezoito letras. Rob já sabia o que fazer para dominar uma língua desconhecida e durante o verão e o outono trabalhou no aprendizado, e no começo do inverno já escrevia curtas frases em *erse* e estava começando a falar, para grande divertimento dos pastores e dos seus dois filhos.

Como tinha imaginado, o inverno ali era rigoroso. O frio mais intenso chegou um pouco antes das festas da Candelária. Depois chegou a época da caça, pois a neve que cobria o solo ajudava a seguir as pegadas dos gamos e das aves e caçavam linces e lobos que atacavam os rebanhos. À noite sempre havia reuniões na sala comum, na frente de um grande fogo. Craig trabalhando na madeira com sua faca, outros consertavam arreios ou faziam qualquer outra coisa que podia ser feita ao calor do fogo e na companhia dos amigos. Às vezes Oric tocava sua gaita de foles. Faziam um famoso tecido de lã em Kilmarnock, tingindo as melhores peles com as cores da urze, mergulhando-as em soluções de liquens das rochas. Teciam separadamente, mas reuniam-se na grande sala comum para o trabalho de encolhimento do pano. Depois de mergulhado em água com sabão, o tecido era passado em volta da mesa e cada mulher batia e escovava, sempre cantando canções próprias para aquele trabalho e Rob achava singular o som das vozes e da gaita de foles.

A capela mais próxima ficava a três horas a cavalo e Rob tinha pensado que não seria difícil evitar os padres, mas um dia, na segunda primavera que passava em Kilmarnock, apareceu um homenzinho gorducho com um sorriso cansado.

– Padre Domhnall! É o padre Domhnall! – exclamou Mary, apressando-se a dar as boas-vindas ao homem.

Cercaram o padre, saudando-o carinhosamente. O padre deu atenção a todos, fazendo uma pergunta com um sorriso, dando uma palmadinha carinhosa no braço, uma palavra de encorajamento – como um bom senhor entre seus escravos, pensou Rob amargamente.

Aproximou-se de Rob e o olhou de alto a baixo.

– Então. Você é o homem de Mary Cullen.

– Sou.

– É pescador?

A pergunta desconcertou Rob.

– Pesco trutas.

– Eu teria apostado que sim. Amanhã cedo vamos pescar salmão – disse ele, e Rob concordou.

No dia seguinte, caminharam na luz acinzentada da manhã até um pequeno rio de águas rápidas. Domhnall tinha duas varas maciças e pesadas, linha forte e iscas longas onduladas com penas e anzóis traiçoeiros escondidos no meio.

– Como certos homens que conheço – observou Rob, e Domhnall fez um gesto de assentimento, olhando intrigado para ele.

O padre mostrou a Rob como jogar a isca e depois puxar aos trancos, com movimentos que imitavam os de um peixe pequeno dentro d'água. Lançaram várias vezes sem resultado, mas Rob não se importou, pois estava perdido na corrente do rio. O sol estava alto. Lá em cima viu uma águia pairando no nada, e ali perto ouviu o grito de um galo silvestre.

O peixe grande abocanhou sua isca na superfície com um movimento rápido que espirrou água em volta.

Começou a fugir rio acima imediatamente.

– Vá atrás dele, senão a linha se parte ou ele solta o anzol! – gritou Domhnall.

Rob já estava dentro do rio, correndo atrás do salmão. Naquela arrancada inicial, o peixe quase o venceu, pois Rob caiu várias vezes na água gelada, os pés no fundo de pedras e chapinhando em remansos mais fundos.

O peixe continuou, levando Rob rio acima e rio abaixo. Domhnall gritava instruções, mas então Rob ouviu uma batida forte na água e, olhando para trás, viu que o padre tinha seu próprio problema. Outro peixe fora fisgado e Domhnall estava, também, dentro do rio.

Rob procurou manter o peixe no meio da corrente. Afinal o salmão parecia dominado, mas perigosamente pesado na ponta da linha.

Logo Rob conseguiu arrastar o peixe que se movia agora fracamente – tão grande! – para o baixio de cascalhos. Quando segurou a haste da isca, o salmão, com um último salto convulsivo, soltou o anzol com uma tira de tecido sanguinolento da garganta. Por um momento ficou imóvel, de lado, e então Rob viu um fluxo espesso de sangue saindo das guelras e o peixe deslizou para a água e desapareceu.

Rob ficou parado, tremendo e aborrecido, pois o sangue indicava que o peixe estava morto e agora perdido.

Mais por instinto do que outra coisa, caminhou rio abaixo, e mal tinha dado doze passos viu uma mancha prateada na água à sua frente. Perdeu o peixe de vista duas vezes, ou o salmão nadou ou foi levado pela água. Então viu que estava bem em cima dele. O peixe estava morrendo, mas não morto ainda, imprensado contra uma pedra pela força da corrente.

Rob mergulhou o corpo todo para apanhar o peixe e carregá-lo com os dois braços para a margem, onde acabou de matá-lo com uma pedra. Pesava pelo menos uns treze quilos.

Domhnall estava levando seu peixe para terra, quase do mesmo tamanho.

– O seu tem carne suficiente para nós todos – disse ele.

Rob fez um gesto afirmativo e o padre jogou o outro peixe na água. Segurou-o cuidadosamente, deixando que a corrente o levasse. As nadadeiras movimentaram-se preguiçosamente, como se o peixe não estivesse lutando para manter a vida, e as guelras começaram a bombear. Rob viu o tremor de vida percorrer o corpo do peixe enquanto ele desaparecia na corrente e compreendeu que aquele padre seria seu amigo.

Tiraram a roupa molhada, estenderam-na para secar e deitaram ao lado, na rocha plana banhada de sol.

Domhnall suspirou.

– Não é o mesmo que pescar trutas – disse ele.

– A diferença entre apanhar uma flor e derrubar uma árvore.

Rob tinha mais de uma dúzia de cortes nas pernas das suas quedas no rio e algumas equimoses.

Entreolharam-se sorrindo.

Domhnall coçou a barriga redonda, branca como a de um peixe, e ficou calado. Rob esperava perguntas, mas percebeu que o estilo daquele padre era ouvir atentamente e esperar, uma paciência valiosa que faria dele um oponente mortal se Rob ensinasse ao padre o Jogo do Xá.

– Mary e eu não nos casamos na igreja. Sabia disso?

– Ouvi dizer alguma coisa.

– Muito bem. Estivemos realmente casados durante todos esses anos. Mas é uma união de mãos dadas.

Domhnall resmungou qualquer coisa.

Rob contou ao padre a história dos dois. Não omitiu nem amenizou seus problemas em Londres.

– Gostaria que nos casasse, mas devo avisar que talvez eu esteja excomungado.

Ficaram se secando preguiçosamente ao sol, meditando sobre o problema.

– Se esse bispo auxiliar de Worcester tem alguma força, com certeza procurou evitar – disse Domhnall. – Um homem tão ambicioso prefere um irmão perdido e esquecido do que um parente escandalosamente expulso da Igreja.

Rob fez um gesto de assentimento.

– E se não conseguiu encobrir?

O padre franziu a testa.

– Não tem nenhuma prova segura da excomunhão?

Rob balançou a cabeça.

– Mas é possível.

– Possível? Não posso orientar minha obra sacerdotal de acordo com seus temores. Homem, homem, o que seus temores têm a ver com Cristo? Nasci em Prestwick. Desde que me ordenei, nunca saí desta paróquia da montanha e espero continuar aqui até a minha morte. Além de você, não conheço ninguém de Londres ou de Worcester. Nunca recebi mensagem de um arcebispo ou de Sua Santidade, só de Jesus. Pode acreditar que é a vontade do Senhor que eu não faça de vocês quatro uma família cristã?

Rob sorriu e balançou a cabeça.

Enquanto viveram, os dois filhos lembraram o casamento dos pais, e contavam para seus netos. A missa nupcial no salão dos Cullen foi pequena e tranquila. Mary usava um vestido de fazenda leve cinza-claro, um broche de prata e cinto de couro com tachas de prata. Uma noiva discreta, mas seus olhos cintilaram quando o padre Domhnall declarou que, para sempre e em santa proteção, ela e os filhos se uniam irreversivelmente a Robert Jeremy Cole.

Depois disso, Mary enviou convites a toda a família para conhecer o marido. No dia marcado, os MacPhee foram para oeste, atravessando as montanhas, e os Tedder atravessaram o grande rio e a ravina até Kilmarnock. Levaram presentes de casamento, bolos de frutas, tortas de carne e garrafões de bebida forte, além dos grandes pudins de carne e aveia que tanto apreciavam.

Na propriedade de Mary, um boi e um bezerro giravam nos espetos sobre fogos ao ar livre, além de oito carneiros, doze cordeiros e várias aves. Tinham música de harpa, gaita, viola e corneta, e Mary cantou com as outras mulheres.

Durante toda a tarde, por ocasião das competições de atletismo, Rob conheceu os Cullen, Tedder e MacPhee. De alguns gostou, de outros, não. Tentou não observar demais os primos, que eram uma legião. Por toda parte os homens começaram a ficar embriagados, e alguns procuraram obrigar o noivo a se juntar a eles. Mas Rob brindou à noiva, a seus filhos e ao clã, e depois os dissuadia facilmente com uma palavra ou um sorriso.

Naquela noite, enquanto a festa estava ainda em franco progresso, caminhou para longe das construções, dos cercados e mais adiante. A noite estava boa, estrelada e não muito quente. Sentia o perfume do tojo e, quando o barulho da festa se distanciou, ouvia as ovelhas e o relinchar de um cavalo e o vento nas colinas e o canto dos regatos, e teve a impressão de sentir raízes emergindo das solas dos seus pés e enterrando-se profundamente no solo fino e metálico.

CAPÍTULO 81

O círculo se fecha

Por que uma mulher concebe uma nova vida ou não, esse era o mistério perfeito. Depois de ter dado à luz dois filhos e passado cinco anos sem engravidar, logo depois do casamento Mary concebeu. Trabalhava cuidadosamente, pedindo sempre ajuda para as tarefas mais pesadas. Os dois filhos estavam sempre atrás dela fazendo isso ou aquilo; às vezes Rob J. parecia gostar do trabalho, mas Tam alimentava as ovelhas com entusiasmo e pedia para ajudar na tosa. Havia algo mais nele, revelado pela primeira vez nos traços simples que fazia na terra com um graveto, até o pai lhe dar carvão e uma tábua de pinho, mostrando como desenhar pessoas. Rob não precisou dizer ao filho para ignorar as falhas nos rostos que desenhava.

Na parede, acima da cama de Tam, estava dependurado o tapete dos reis Samanidas e todos sabiam que pertencia a ele, presente de um amigo da família, da Pérsia. Apenas uma vez Mary e Rob enfrentaram aquela coisa que tinham escondido nos recessos de suas mentes. Vendo-o correr atrás de uma ovelha desgarrada, Rob pensou que não seria nenhuma bênção para o menino saber que tinha um verdadeiro exército de irmãos estrangeiros que jamais veria.

– Nunca diremos a ele.

– Ele *é* seu – disse Mary.

Abraçou o marido e entre os dois estava o volume que seria Jura Agnes, a única filha.

Rob aprendeu a nova língua, pois era a que todos falavam, e ele estudou com afinco. O padre Domhnall emprestou uma Bíblia escrita em *erse* por monges da Irlanda, e como tinha aprendido o persa no Qu'ran, aprendeu gaélico nas Sagradas Escrituras.

No escritório dependurou na parede o "Homem Transparente" e a "Mulher Grávida", e começou a ensinar aos filhos os traçados anatômicos e a responder suas perguntas. Muitas vezes, quando chamado para atender uma pessoa ou um animal, um deles ou os dois o acompanhavam. Numa dessas vezes, Rob J. montou na garupa de Al Borak e foram a uma casa na encosta da montanha, impregnada com o cheiro da morte iminente da mulher de Osric, Ardis.

O menino observou o pai preparar a infusão e dar para a doente. Depois Rob molhou um pano em água e o entregou ao filho.

– Pode lavar o rosto dela.

Rob J. lavou delicadamente, tomando muito cuidado com os lábios rachados. Quando terminou, Ardis, com esforço, tomou as mãos do menino nas dela.

Rob viu o sorriso terno mudar para algo diferente. Viu a confusão do reconhecimento, a palidez. A pressa com que o menino retirou a mão.

– Está tudo bem – disse ele.

Passou os braços carinhosamente pelos ombros do garoto. *"Está tudo bem."* Só sete anos. Dois anos mais novo do que Rob. Compreendeu, admirado, que sua vida tinha completado um grande círculo.

Consolou e tratou de Ardis. Fora da casa, segurou as mãos de Rob J. para que o filho sentisse a força vital e ficasse tranquilo. Olhou nos olhos do menino.

– O que você sentiu em Ardis, e a vida que sente em mim agora... sentir essas coisas é um dom do Todo-poderoso. Uma dádiva boa. Não é nenhum mal, não tenha medo. Não tente entender agora. Vai ter muito tempo para compreender. Não tenha medo.

A cor voltava ao rosto de Rob J.

– Está bem, pa.

Rob montou, pôs o menino na garupa e foi para casa.

Ardis morreu oito dias depois. Durante meses depois disso, Rob J. não foi ao dispensário nem pediu para acompanhar o pai em suas visitas. Rob não insistiu. Até mesmo para uma criança, pensou, o envolvimento com o sofrimento do mundo tem de ser um ato voluntário.

Rob J. tentou se interessar pelos rebanhos acompanhando Tam.

Quando se cansou, saía sozinho para colher ervas e caminhava horas e horas. Era um garoto confuso.

Mas confiava plenamente no pai, e chegou o dia em que correu atrás de Rob, quando ele saía para atender um doente.

– Pa! Posso ir com você? Para cuidar do cavalo e coisas assim?

Rob assentiu e o puxou para a garupa.

Logo Rob J. começou a aparecer no dispensário e sua instrução continuou; quando fez nove anos, a seu pedido, começou a ajudar o pai diariamente como aprendiz.

No ano seguinte ao nascimento de Jura Agnes, Mary deu à luz seu terceiro filho homem, Nathanael Robertsson. Um ano depois, outro menino nasceu morto e foi batizado com o nome de Carrik Lyon Cole antes de ser enterrado, depois teve dois abortos naturais e difíceis, sucessivamente. Embora pudesse ainda conceber, não engravidou mais. Isso a entristecia, pois desejava dar muitos filhos a Rob, mas ele estava satisfeito vendo-a aos poucos recuperar as forças e a disposição.

Um dia, quando o filho mais novo estava com cinco anos, um homem com uma túnica empoeirada e negra e chapéu de couro em forma de sino chegou a Kilmarnock puxando um burro carregado.

– A paz esteja com você – disse Rob na Língua, e o judeu, espantado, respondeu:

– A paz esteja com você.

Era um homem musculoso, com barba comprida, castanha, espessa e emaranhada, a exaustão revelando-se na linha da boca e nos cantos dos olhos. Chamava-se Dan ben Gamliel de Rouen, e estava muito longe de casa.

Rob acomodou os animais do homem e deu água para se lavar, depois serviu alimentos não proibidos. Percebeu que tinha esquecido muito da Língua, mas recitou a bênção do pão e do vinho.

– Então vocês são judeus? – perguntou Dan ben Gamliel, espantado.

– Não, somos cristãos.

– Por que faz isto?

– Temos uma grande dívida – respondeu Rob.

As crianças sentaram-se à mesa olhando curiosas para o homem diferente de todos que conheciam, ouvindo maravilhadas o pai murmurar bênçãos estranhas antes de comer.

– Quando terminar de comer, talvez queira estudar comigo. – Rob sentia crescer dentro dele aquela excitação quase esquecida. – Talvez possamos nos sentar e estudar os Mandamentos – disse ele.

O estranho olhou para ele com atenção.

– Sinto muito. Não, não posso! – O rosto de Dan ben Gamliel estava pálido. – Não sou um estudioso – murmurou.

Disfarçando o desapontamento, Rob deu ao viajante um bom lugar para passar a noite, como teriam feito num povoado judeu.

No dia seguinte, levantou cedo. Entre as coisas que tinha levado da Pérsia, encontrou o solidéu judeu, o xale de orações e os filactérios, e juntou-se a Dan ben Gamliel nas devoções matinais.

O homem olhou espantado quando Rob pôs a caixinha na testa e enrolou a tira de couro no braço, formando as letras do nome do Impronunciável. O judeu observou Rob quando começou a balançar o corpo e ouviu suas preces.

– Sei o que você é – disse com voz tensa. – Você era judeu e agora é um apóstata. Um homem que deu as costas ao próprio povo e ao próprio Deus e entregou a alma a outra nação.

– Não é nada disso – falou Rob, vendo com remorso que tinha perturbado as preces do homem. – Explico quando terminar – disse, retirando-se.

Mas, quando voltou para chamar o judeu para a refeição da manhã, Dan ben Gamliel não estava lá. O cavalo também não. Nem o burro. O fardo pesado fora apanhado e levado embora, e seu hóspede preferiu fugir a se expor ao temível contágio de um apóstata.

Foi o último judeu de Rob; nunca mais viu outro nem falou a Língua.

Sentia que começava a esquecer também o persa, e um dia resolveu que, antes de esquecer por completo, traduziria o *Qanun* para o inglês, para continuar a consultar o Mestre Médico. Foi um trabalho muito longo. Costumava dizer que Ibn Sina levara menos tempo para escrever o *Cânon da medicina* do que Rob para traduzir!

Às vezes, sentia pena de não ter estudado todos os Mandamentos de uma vez. Pensava em Jesse ben Benjamin, mas cada vez mais conformado com seu desaparecimento – *era* difícil ser judeu! –, e quase não falava mais de outros tempos e outros lugares. Certa vez, quando Tam e Rob J. entraram na competição de corrida no dia da festa de São Kolumb, nas montanhas, contou aos filhos a história de um corredor chamado Karim que tinha vencido a longa e maravilhosa corrida chamada *chatir*. E raramente – em geral quando estava ocupado com uma das tarefas que marcavam o ritmo regular dos dias dos escoceses, tirando esterco dos cercados, limpando a neve do caminho ou cortando lenha – sentia o cheiro do calor do deserto quando se resfriava à noite, ou lembrava-se de Fara Askari, acendendo as velas do sabá, ou do barrido irritado de um elefante atacando o inimigo, ou a sensação estranha de voar empoleirado nas costas de um veloz camelo. Mas era como se Kilmarnock tivesse sido sempre sua vida e tudo o que aconteceu antes, uma história que ouvira contar perto do fogo, quando o vento soprava frio lá fora.

Seus filhos cresciam e mudavam de aparência, sua mulher ficava mais bonita com a idade. Enquanto passavam as estações, uma coisa se mantinha constante. A sensibilidade extra, o senso de curar que nunca o abandonou. Fosse quando o chamavam à noite ou de manhã, quando se apressava para o dispensário repleto de doentes, Rob sempre sentia a dor de todos eles. Lutando contra ela, jamais deixou de sentir – como tinha sentido no seu primeiro dia no *maristan* – a maravilhada gratidão por ter sido escolhido, por ter sido tocado pela mão de Deus e por essa oportunidade de tratar e servir ter sido concedida a um ajudante de Barber.

Agradecimentos

O *físico* é uma história na qual apenas dois personagens, Ibn Sina e al-Juzjani, realmente existiram. Houve um Xá chamado Ala-al-Dawla, mas a informação a seu respeito é tão pouca que o personagem com esse nome é baseado em um amálgama de xás.

O *maristan* coincide com descrições do hospital medieval Azudi, em Bagdá.

Grande parte do sabor e dos fatos do século XI perdeu-se para sempre. Onde os registros não existem ou são obscuros, não hesitei em fazer uso da ficção; assim, deve ficar claro que se trata de uma obra da imaginação e não um trecho da história. Qualquer erro, pequeno ou grande, cometido no afã de recriar fielmente uma sensação de tempo e lugar, é de minha responsabilidade. Contudo, este livro não poderia ter sido escrito sem a ajuda de muitas bibliotecas e de muitos indivíduos.

Agradeço à Universidade de Massachusetts, em Amherst, por me conceder os privilégios de catedrático em todas as suas bibliotecas, e a Edla Holm, do Escritório de Empréstimos Interbibliotecas, dessa mesma universidade.

A Biblioteca Lamar Soutter, do Centro Médico da Universidade de Massachusetts, em Worcester, foi uma fonte valiosa de livros sobre medicina e história da medicina.

O Smith College teve a bondade de me classificar como um "estudioso da área" para que pudesse fazer uso da Biblioteca William Allan Neilson; a Biblioteca Werner Josten, no Centro Smith de Artes Teatrais, uma excelente fonte de detalhes sobre roupas e fantasias.

Barbara Zalenski, bibliotecária da Biblioteca Belding Memorial, de Ashfield, Massachusetts, jamais me desapontou, por maior que fosse o trabalho de pesquisa exigido para a elaboração de um livro.

Kathleen M. Johnson, bibliotecária de referência da Biblioteca Baker, da Escola Superior de Administração de Harvard, forneceu material sobre a história do dinheiro na Idade Média.

Quero agradecer também aos bibliotecários e às bibliotecas do Amherst College, Mount Holyoke College, Brandeis University, Clark University, à Biblioteca Countwav de Medicina, da Faculdade de Medicina de Harvard, à Biblioteca Pública de Boston, e à Biblioteca Consortium, de Boston.

Richard M. Jakowski, V.M.D. Patologista de Animais do Centro Médico Veterinário de Tufts-New England, em North Grafton, Massachusetts, comparou a anatomia interna dos porcos e a dos humanos para mim, como fez Susan L. Carpenter, Ph.D. *fellow* de pós-doutorado dos Laboratórios de Rocky Mountain, do Instituto Nacional de Saúde de Hamilton, Montana.

Durante vários anos, o Rabbi Louis A. Rieser, do Templo Israel de Greenfield, Massachusetts, respondeu perguntas e mais perguntas sobre o judaísmo.

O Rabbi Philip Kaplan, das Sinagogas Associadas de Boston, explicou os detalhes do abate *kosher* dos animais.

A Escola Superior de Geografia da Universidade Clark forneceu mapas e informação sobre a geografia do mundo no século XI.

O corpo docente do Departamento de Clássicos do Holy Cross College, Worcester, Massachusetts, ajudou-me com várias traduções do latim.

Robert Ruhloff, ferreiro em Ashfield, Massachusetts, deu-me informações sobre o aço desenhado azul da Índia e me fez conhecer o jornal dos ferreiros, *The Anvil's Ring*.

Gouveneur Phelps, de Ashfield, contou-me como se pesca salmão na Escócia.

Patricia Schartle Myer, minha ex-agente literária (aposentada), encorajou-me, bem como meu agente atual, Eugene H. Winick de McIntosh, e Otis, Inc. Pat Myrer sugeriu que eu escrevesse sobre a dinastia de médicos de uma mesma família por muitas gerações, uma sugestão que me levou à continuação de *O físico*, já em andamento.

Herman Gollob, da Simon & Schuster, foi o editor ideal – severo e exigente, caloroso e prestativo – e fez da publicação deste livro uma experiência notável.

Lise Gordon ajudou-me no copidesque do manuscrito e, com Jamie Gordon, Vincent Rico, Michael Gordon e Wendi Gordon, deram-me amor e apoio moral.

E, como sempre, Lorraine Gordon forneceu a crítica, lógica suave, firmeza e o amor pelos quais há muito tempo lhe sou grato.

                                                    Ashfield, Massachusetts
                                                    26 de dezembro de 1985.

NOAH GORDON, americano nascido em 1926, em Massachusetts, formou-se em jornalismo, é mestre em literatura e escrita criativa. Especializado na área de ciências, foi editor de algumas revistas científicas.

Os principais temas de seus romances são a história da medicina, a ética médica e, mais recentemente, a herança cultural judaica.

Seu primeiro livro O *rabino* tornou-se best-seller internacional. Além da premiada trilogia composta pelos títulos O *físico*, *Xamã* e *A escolha da Dra. Cole*, o autor publicou outros livros pela Rocco, entre os quais O *comitê da morte*, O *diamante de Jerusalém*, *La Bodega*, O *último judeu* e o infantil *Sam e outros contos de animais*.